T0038085

A la sombra del ángel

Novela histórica

Biografía

Kathryn S. Blair nació en La Habana, Cuba, y creció en la Ciudad de México. Se graduó de la ucla con un título en historia y trabajó para la Oficina de Asuntos Latinoamericanos durante la Segunda Guerra Mundial. Regresó a México en 1959 y se casó con Donald, el único hijo de Antonieta Rivas Mercado. Comenzó a investigar el misterioso suicidio de Antonieta y su participación en la política mexicana a principios del siglo xx. Su extensa investigación la llevó a escribir su primera novela, *A la sombra del ángel*, cuyo éxito inspiró a Kathryn a seguir escribiendo. A través de múltiples proyectos promueve el rico legado cultural de México ante el público de habla inglesa. Actualmente radica en la Ciudad de México.

Kathryn S. Blair
A la sombra del ángel

Planeta

Título original: *In the Shadow of the Angel*

© Kathryn S. Blair

Traducción: Leonor Tejada

Derechos reservados

© 2023, Editorial Planeta Mexicana, S.A. de C.V.
Bajo el sello editorial BOOKET M.R.
Avenida Presidente Masarik núm. 111,
Piso 2, Polanco V Sección, Miguel Hidalgo
C.P. 11560, Ciudad de México
www.planetadelibros.com.mx

Diseño de portada: Jorge Garnica / La Geometría Secreta
Fotografías de portada: mujer, vintage postcard, ca. 1923, www.thegraphics-fairy.com; Monumento a la Independencia, autor desconocido, ca. 1930
Fotografías de interiores: © Cortesía del archivo personal de Kathryn S. Blair

Primera edición en formato epub: abril de 2018
ISBN: 978-607-07-4888-2

Primera edición impresa en México en Booket: junio de 2023
ISBN: 978-607-39-0163-5

Impreso en los talleres de Impresora Tauro, S.A. de C.V.
Av. Año de Juárez 343, colonia Granjas San Antonio, Ciudad de México
Impreso y hecho en México - *Printed and made in Mexico*

Para mi esposo, Donald Antonio Blair Rivas Mercado.
Con todo mi amor.

PRÓLOGO

París, 11 de febrero de 1931

Por la entrada principal de la catedral de Notre-Dame penetró una ráfaga de aire invernal agitando el velo negro de una mujer alta que en ese momento entraba y avanzaba por el pasillo lateral hacia la sacristía. Un haz de luz que atravesaba el rosetón de vidrio emplomado teñía la nave central con suaves tonalidades de azul y rubí. Detrás de la reja entreabierta del altar, los miembros del coro comenzaban a abandonar sus asientos mientras aún vibraban las últimas notas del *Te Deum* bajo las soberbias bóvedas ojivales del recinto: el ensayo había concluido y los cantantes se retiraban hablando en voz baja, seguros de que al día siguiente el himno sacro exaltaría el ánimo de la multitud de fieles que acudirían a celebrar la coronación del papa Pío XI.

La nave quedó desierta salvo por unos cuantos feligreses dispersos, arrodillados para orar en silencio. Eran las doce y cuarto del día.

Un joven cura llevaba, apresurado, un mensaje a la sacristía, cuando observó a la mujer alta que, sola y de pie, alzaba el rostro hacia Cristo en la cruz: iba elegantemente vestida de negro, con líneas simples que ceñían su cuerpo delgado, sus bien torneadas piernas enfundadas en medias de seda negra; su rostro desaparecía tras un largo velo de viuda. Aunque sólo la vio de reojo, el sacerdote percibió en ella cierta majestuosidad.

El órgano vibró de nuevo al tocar trinos discordantes como preludio a la práctica formal. La mujer permanecía inmóvil. Finalmente se acercó a un reclinatorio, se arrodilló y se llevó la mano derecha a la frente para iniciar la señal de la cruz.

Las campanas anunciaron la media de las doce y su vibración repercutió en la vasta oquedad, reduciéndose hasta enmudecer justo cuando el organista dejó de practicar. La mujer seguía de rodillas, inmóvil, con la mirada fija, velada y constante, en el crucifijo. Después, con toda calma, sacó una pistola de la bolsa negra que había dejado en el banco y se la llevó al corazón.

La detonación quebrantó aquel momento hasta la eternidad. Uno de los fieles volteó y dio un grito, con la mirada fija en la mujer que se desplomaba. El grito repercutió, extendiendo la consternación bajo el techo abovedado de la catedral gótica.

Horrorizado por el suceso, el joven sacerdote llegó corriendo desde la sacristía y empezó a impartir órdenes apremiantes:

—Cierren las puertas. No dejen entrar a nadie.

Lentamente se ajustó la sotana y se arrodilló para examinar a la víctima, levantando el velo con precaución, temeroso de lo que iba a ver. Era la joven mujer en la que se había fijado momentos antes; su rostro delicado, enmarcado por el cabello corto, y la pistola aún humeante en la mano. Se inclinó un poco más y pudo ver que aquellos labios pálidos se movían casi imperceptiblemente mientras la sangre brotaba de su pecho empapando el vestido de lana negra.

El sacerdote solicitó con urgencia los santos óleos para suministrarle la extremaunción. Le santificó ojos, boca y oídos, pronunciando las oraciones de los últimos ritos, y terminó el ritual de la purificación absolviendo todos sus pecados, todo lo que aquella mujer había visto, dicho y oído en su corta vida. Le colocó un crucifijo sobre los labios y oró: «Acéptala, oh Dios, en el reino de los cielos».

Unas cuantas personas se habían reunido, con la curiosidad y la compasión reflejada en los rostros; alguien ofreció un abrigo, que el cura dobló para interponerlo con suavidad entre la cabeza de la mujer y las frías losas. Luego le tendieron un chal de lana para cubrir la esbelta figura.

—Debemos pedirles que se vayan —exclamó la voz autoritaria de un enérgico canónigo que se abría paso entre el pequeño círculo de curiosos—. Y por favor, no toquen nada; ya hemos llamado a la policía y pedido un médico del hotel Dieu —y dirigiéndose al joven sacerdote, susurró—: Debemos evitar la publicidad hasta donde sea posible, ¿entiende? El comisario viene en camino.

Sin embargo, bien sabía él que a la mañana siguiente todo París estaría enterado de que la catedral de Notre-Dame había sido profanada.

—Dirigiré el servicio de reconsagración en cuanto se pueda —agregó—. Las puertas deberán permanecer cerradas al público hasta que hayamos terminado. ¡Qué tiempos estos, qué tiempos! —El tono de su voz delataba un profundo enojo.

El grupito comenzó a dispersarse; el canónigo se disponía a alejarse cuando se volvió para contemplar la figura tendida.

—Es joven.

—Treinta, treinta y tres años a lo sumo —calculó el cura—. ¡Pobre alma desesperada!

—¿Es… era católica?

—Creo que sí. Lleva puesta una medalla de la virgen de Guadalupe.

El canónigo asintió con un ademán y posó nuevamente la mirada en la figura inmóvil.

—¿Quién será? —preguntó en voz alta, sin dirigirse a nadie en particular.

Primera parte

LA FAMILIA

1

Tenso, Antonio Rivas Mercado se deslizó hacia la ventana de su carruaje Brougham coupé sosteniendo con cuidado un ramo de tulipanes que acababa de comprar en el nuevo invernadero japonés. La ansiedad fruncía sus cejas frondosas arriba de ojos café claros y un bigote y barba entrecanos. El bebé se había adelantado. ¿Estaría bien Cristina? ¿Sobreviviría la criatura? Beto le había enviado el carruaje a la academia para avisarle del nacimiento del bebé y decirle que el doctor lo esperaba. Si algo hubiera salido mal, de seguro que Beto habría enviado un mensaje escrito. Las malas noticias eran el oficio preferido de Beto. Antonio suspiró profundamente. ¡Ojalá Cristina y su irascible hermano soltero accedieran a vivir en paz!

Impaciente, el caballo golpeó el empedrado y Feliciano, el cochero, lanzó un largo silbatazo para anunciar su llegada al portero.

Antonio cambió de brazo el ramo y miró por la ventanilla. Envuelto en su sarape a pesar del calor, el viejo Demetrio avanzaba a trote sobre las baldosas de la entrada. Una sonrisa iluminó el rostro del anciano, quien se quitó el sombrero de paja mientras abría las pesadas puertas de hierro forjado.

Tengo una hija más, pensó Antonio, nacida hoy, 28 de abril de 1900. ¡Hija del siglo XX! La idea le agradó. A los cuarenta y siete años, Antonio estaba en la cima de su triunfante carrera de arquitecto. El nuevo siglo se presentaba bien para él... y para México. Pensó en el estuchito de terciopelo guardado en la caja fuerte de su dormitorio. Había visto el colgante en la vitrina de Cartier durante su último viaje a París. Hoy se lo daría a Cristina como regalo por el nacimiento.

—¡Felicidades, patrón! —le gritó Demetrio.

—Gracias, viejo —respondió Antonio con una amplia sonrisa, mientras el caballo avanzaba hacia el camino circular que conducía a la casa.

La mansión de los Rivas Mercado proyectaba una personalidad única. Era una casa de dos pisos, aunque de línea horizontal, plantada en ángulo y de buena altura. Se entraba por una larga galería abierta desde la cual se proyectaba un pórtico clásico sobre el rellano de un par de escaleras que bajaban de cada lado hasta el camino circular. Rompía la simetría un pabellón solitario en el extremo derecho de la galería y, por encima del techo alto y plano, había una torre visible desde la calle. Una armoniosa composición de piedra y ladrillo adornaba la fachada, y un friso de mosaico coronaba el largo de la galería, agregando un toque pompeyano. Los colegas de Antonio habían bautizado el estilo como «Clasico-Ecléctico»: puro Rivas Mercado.

La casa daba al noroeste, error que Antonio había reconocido ante Cristina, pero sólo después de que pasaron tiritando toda su primera temporada de lluvias. Es cierto que la Ciudad de México está en una zona templada, pero Antonio no había tomado en cuenta la considerable diferencia que hay entre sol y sombra a una altitud de dos mil ciento cincuenta metros. Su estudio del segundo piso era la habitación más caliente e iluminada, con lo que daba pábulo a la acusación de haber construido una mansión de veinte habitaciones, como si fuera un atelier de artista.

En aquel momento, el aroma de los naranjos en flor perfumaba el aire y las fucsias caían desde la baranda de la galería como una cascada de colores magenta y rosado.

Beto y la pequeña Alicia, de cuatro años, esperaban en el rellano del pórtico. Su hermano, otrora tan erguido que se veía más alto que el metro noventa y dos que medía Antonio, se inclinaba sobre el bastón, con perilla y bigote perfectamente bien cortados y peinados, y la boina inclinada sobre la oreja. Con su vestidito blanco almidonado, la niña se desprendió de su nana y corrió a abrazar a su padre.

—¡Con cuidado, preciosa! Estas flores son para tu mamá y tu hermana pequeña. ¿Ya sabes que tienes una hermanita? —Acarició la mejilla de la nenita que había agachado la cabeza y depositó los tulipanes entre los brazos de la nana—. Ponlos en un jarrón y déjalos en el recibidor —dijo. Y volviéndose a Beto, preguntó—: ¿Cómo está Cristina? ¿Bien?

—Sí.

—¿Y la criatura?

—Una cosita flacucha, pero he contado cinco dedos en cada mano y otros cinco en cada pie —dijo Beto, con una sonrisa inexpresiva—. ¿Te has dado cuenta de que ya las mujeres son mayoría en esta familia?

—Me agradan las mujeres —contestó Antonio ahogando una risa. Y enderezó la boina de Beto—. Supongo que habrás avisado a nuestras hermanas. Si no lo has hecho, de seguro te desheredarán.

—He enviado al mozo de cuadra. El doctor Vásquez Gómez está esperándote en tu despacho. ¿Por qué has tardado tanto? —Sin esperar respuesta, Beto regresó renqueando al pabellón.

Antonio se dirigió al extremo izquierdo de la galería y abrió la puerta de su despacho de la planta baja. La antesala era una pequeña estancia en la que recibía a cobradores y amigos íntimos.

El doctor Vásquez Gómez se levantó de un profundo sillón de cuero y saludó a Antonio con un fuerte apretón de manos. Era un hombrecillo bajo y regordete, de piel morena, que había llegado muy arriba en su ramo; era el médico particular del presidente Porfirio Díaz. Aun cuando el médico nunca expresara sus convicciones políticas, encerrándose en la reserva de un profesionalismo discreto, sabía a la perfección lo que opinaba Antonio del viejo dictador, pues una vez le había dicho con toda claridad: «No admiro la elección mediante autonombramiento y autoperpetuación».

—¿Cómo está Cristina? ¿Y la nenita? —preguntó Antonio sin preámbulos—. Lamento haber tardado tanto; el tránsito, como de costumbre. El nacimiento me tomó por sorpresa: es prematura. ¿Está bien? Quiero decir, ¿la niña vivirá?

El doctor palmeó el brazo de Antonio.

—Muchos años, me atrevo a predecir. Lo esperé para asegurarle. La criatura es saludable y el nacimiento ha sido normal. Considero que ha llegado dos o tres semanas antes de término, pero en cuanto alcance su peso normal nadie adivinará que ha sido prematura. —El doctor sonrió—. Tal vez tenía prisa por llegar a este mundo. Quizá al echar los dientes llegue a presenciar una nueva era política en México.

Antonio alzó las cejas con expresión irónica.

—¿Qué quiere usted decir con eso, exactamente?

El doctor Vásquez Gómez limpió sus anteojos de armazón metálica y alzó la mirada hacia su amigo.

—Hay agitación, ya lo sabe usted. Se rumora que don Porfirio está buscándose un vicepresidente. Este año cumple los setenta y creo que, por fin, se ha enfrentado al hecho inevitable de su mortalidad. —Antonio rio.

—Brindemos por eso, doctor. ¿Anís o coñac? ¿Qué prefiere?

Los dos amigos brindaron una y otra vez por la hijita recién nacida, y el doctor se despidió.

* * *

Antonio abrió la puerta de la capillita que separaba su dormitorio de la suite de Cristina. Marcando sus huellas en la recargada alfombra, llegó de puntillas hasta la cama. Bajo la tenue luz que mantenía el dormitorio en una suave penumbra, vio que su esposa dormía y dejó aquel ramo tan especial sobre la mesilla de noche.

En silencio llegó junto a la engalanada cuna, separó las nubes de tul y contempló pensativamente a la diminuta ocupante que apenas llevaba tres horas en este mundo. Siempre de puntillas, volvió al lecho endoselado y miró el bello rostro enmarcado en los pliegues cremosos de una almohada forrada de raso. Cabellos negros de reflejos castaños caían sobre los bordes, menos un mechoncito enganchado en el botón de perla que retenía el encaje vaporoso del canesú. Debía de alegrarse de que todo hubiera terminado, pensó. Cristina odiaba los embarazos. Ya había sufrido dos abortos, y treinta y un años no era edad propicia para traer hijos al mundo. Bueno, dos hijas era suficiente. Él estaba demasiado ocupado —y era demasiado viejo— para cuidar de una familia numerosa. Se inclinó y acarició la mejilla de su esposa con la yema de los dedos.

Cristina se movió, abrió lentamente sus ojos morenos llenos de cansancio, sacó un brazo de la colcha y tomó a Antonio de la mano.

—Tulipanes, Antonio. ¡Qué extravagancia! —Vaciló y buscó su mirada—. ¿Has visto a la bebé?

—Es menudita. No tiene mucho cabello.

—¿Estás desilusionado de que no sea niño?

Antonio le acarició amorosamente la mejilla:

—No, mi reina. No estoy desilusionado. Con una hermanita, Alicia aprenderá a compartir. —Sumió la mano en su saco de alpaca—. ¡Oh!, tengo algo para ti. Un regalito. —Y colocó el estuche de terciopelo en la mano de su esposa.

Cristina lo abrió y quedó maravillada de lo que veían sus ojos. Un colgante de esmeralda brillaba sobre el terciopelo negro: un racimo de uvas intrincadamente sujeto por un tallo y zarcillos de oro.

—¡Es exquisito! —Sonrió.

Antonio rebosaba de gozo. La perfección en el detalle era un triunfo de la artesanía y un tributo a su infalible buen gusto. Despreocupado en cuanto a su propia vestimenta, Antonio se deleitaba al ver a Cristina vestida con los modelos más bellos que hermosas joyas ponían en valor.

—¿Te sientes bien? —Se inclinó y le besó la mejilla.

Ella sonrió desvaídamente, con su cutis pálido sobre la sábana de raso blanco y los ojos entornados bajo cejas oscuras y bien arqueadas. Tomándole otra vez la mano, Cristina se volvió y preguntó en voz baja:

—¿No te parece que la nenita es algo morena? Quiero decir, no blanca y sonrosada como Alicia. Por supuesto, los recién nacidos suelen ser algo morenos y los prematuros están arrugados y, bueno… flacos.

—Lo que cuenta no es el color de la piel, sino una mente y un cuerpo saludables. El doctor me ha dicho que luchó valerosamente para llegar en buena salud. Creo que es muy hermosa.

Cristina suspiró.

—Estuve pensando en nombres. Hay tantos en la familia.

—La llamaremos Antonieta.

—¡Pero no es un nombre castellano! Por Dios, Antonio, ¿por qué tienes que hacerlo todo al estilo francés? ¡Eres más francés que los franceses! La llamaremos Antonia, como tú. Creo que tendrá que ser María Antonia.

—No. Me gusta Antonieta, será un nuevo nombre mexicano. A diferencia de su madre, tal vez ella se atreva a ser original —afirmó, para provocarla.

—María Antonia —insistió Cristina con obstinación.

—María Antonieta —concedió Antonio—. ¡Muy bonito!

—Y Valeria, por el día de su santo —agregó tercamente su esposa—. No puedes negar que la niña es cristiana —con un suspiro de derrota y agotamiento, volvió a recostar la cabeza en la almohada y cerró los ojos.

Cristina era como un camafeo, pensó Antonio, admirando los rasgos clásicos del perfil, un perfil cuya serenidad era engañosa, algo que descubrió muy pronto. En aquella penumbra, la mirada de Antonio siguió la curva de la mejilla, la del cuello y la hendidura entre los senos bajo el botón de perla. Al principio había padecido unos celos silenciosos al observar a su esposa provocar coqueteos o apartar a otras mujeres para convertirse ella en el centro de atención de un grupo de admiradores. Entonces fue cuando descubrió que los halagos y atenciones de los hombres le eran necesarios para calmar la inseguridad profundamente arraigada que yacía oculta tras la compostura de Cristina. Él había llegado a resignarse con sus «juegos de salón» desde hacía tiempo; al fin y al cabo, no llevaban a ninguna parte.

Antonio juntó las manos a la espalda y examinó el dormitorio, tan femenino, y a sus ocupantes. La luz tamizada creaba un aura de irrealidad alrededor de la cuna. Se sumió en un sillón familiar y cerró los ojos, tratando de dormir, pero el sueño no llegó. Percibía la respiración ligera de Cristina y estaba consciente de la diminuta presencia en la habitación, pero su mente volvía constantemente a sus días de soltero. Una leve brisa agitó las cortinas; la luz y la sombra lo llevaron de nuevo a aquel día, siete años antes, en 1893, cuando más allá de una docena de carruajes en medio de la circulación, sus ojos se habían fijado en un sombrero de castor.

Volvía de un viaje polvoriento y prolongado, y estaba sentado junto al cochero, como de costumbre, con el tapabocas agitado por un viento frío. Desviaron el rumbo para incorporarse a la corriente que transitaba por la calle Patoni, donde comenzaba el parque de la Alameda. Como siempre, se fijó en el número 18, la mansión de su hermana Juana en medio de la cuadra; precisamente su carruaje acababa de salir por la cochera. Arrastrado por dos caballos negros perfectamente acoplados y conducido por un cochero inglés de librea y su impecable lacayo, el carruaje de Juana era conocido por prácticamente toda la ciudad. El escudo naranja y oro de la familia Torres Adalid, que adornaba ambas puertas, era una vacua ostentación que fastidiaba a Antonio, pues de sobra conocía el inicuo origen de la fortuna de su cuñado.

Dos damas ocupaban el asiento frente a su hermana, una señora mayor, que Antonio no veía claramente, y otra más joven con sombrero de castor. El carruaje de Juana dobló la esquina al final del parque, en la primera vuelta del paseo vespertino tradicional que sólo servía para que se pavonearan damitas casaderas. ¿A quién estaría promoviendo Juana?, se preguntó Antonio.

«El paseo» terminaba siempre en el café Colón, restaurante popular localizado en el extremo oeste de la pequeña ciudad. El cochero de Antonio logró introducirse entre los carruajes que atestaban ambos lados de una calle sin terminar, y se estacionó.

El café estaba lleno del murmullo de voces atipladas. Como de costumbre, la mayoría de las mesas estaban ocupadas por damas jóvenes y sus «carabinas». Finalmente, Antonio divisó a un conocido que estaba sentado, solo, cerca de la entrada, y pidió sentarse con él. Media hora después llegaron Juana y sus invitadas. Con la cabeza muy erguida, la larga falda ondeando con el andar gracioso y bien cimbreado, la joven del sombrero de castor pasó cerca de él al encaminarse a la mesa: echó una mirada hacia atrás, con una sonrisa recatada todavía en los labios al presentársele de perfil.

Mientras bebía a sorbitos su vermut, se dio cuenta de que su vista estaba clavada en la joven pero no se decidía a acercarse a la mesa de Juana para que los presentara.

Cuando las damas terminaron su café y pastelitos, Juana se puso en pie, se dirigió a la mesa de Antonio y pidió hablarle a solas. Su hermana, bajita y rechoncha, estaba nerviosa y jugueteaba con un rizo negro que salía del amplio sombrero de plumas.

—Tengo que pedirte un favor, Antonio. Es una tontería, pero dejé el monedero en casa, no se me ocurrió mirar en la bolsa y el camarero está a punto de presentarme la cuenta. Esas damas son mis invitadas. —Angustiada, alzó los hombros estrechos y redondeados—. Gracias a Dios que te vi.

Antonio acompañó a su hermana hasta la mesa donde la esperaban sus invitadas.

—Quiero presentarte a la señora María de la Luz de Castellanos. —La bella señora, algo mayor, tendió una mano tímida—. Y a su hija Matilde Cristina Castellanos.

La joven alzó la mirada hasta él bajo el sombrero de castor, con una expresión de reto y un tono de voz levemente burlón, al responder a la presentación.

Aquella noche, Antonio no pudo dormir. Veía la manga plisada deslizarse y revelar la suave piel blanca del interior del brazo de aquella mujer, la punta de su lengua moviéndose entre los labios, los ojos oscuros destacándose sobre un cutis cremoso sin mancha.

A las doce del día siguiente, Antonio se presentó en casa de Juana. Nervioso, caminaba por el recibidor cuando llegó su hermana, sorprendida y complacida por la visita de su hermano predilecto.

Sin esperar siquiera a que le diera un beso de bienvenida, Antonio le dijo a bocajarro:

—Oye, dime, esa chica Castellanos que me presentaste ayer… ¿está comprometida?

—Bueno, no lo está —tartamudeó su hermana, por lo imprevisto de la pregunta.

—¿Tiene algún pretendiente?

—Digo… pues no.

—¿Está enamorada? ¿Se interesa por alguien?

—No, que yo sepa —respondió Juana, que comenzaba a comprender el motivo del interrogatorio.

—¿Qué le has dicho de mí?

Su maternal hermana inclinó la cabeza y sonrió presuntuosamente:

—Le he dicho que eres el pobre hermanito menor de la familia, embarcado para Europa cuando tenías once años, y que no regresaste hasta los veintisiete, todo cubierto de medallas arquitecturales del gobierno francés, con la cabeza cubierta por un fez que algún vampiro marroquí —indudablemente perdido de admiración por ti— te había regalado. Que eres voluble, que las mujeres mexicanas te aburren y que mamá solía decir que deberíamos darte tiempo para plantar tu jardín antes de poder cortar una flor. Le hice comprender que tu jardín abunda en flores abiertas, que eres un pillo, que las madres te persiguen y que yo pretendo defenderte contra mujeres como ella.

Antonio soltó una carcajada.

—¿Y contra qué me estás protegiendo?

Muy erguida, Juana sostuvo su mirada:

—Antonio, tienes casi cuarenta años —expresó en tono solemne—. Ya sé que has pensado últimamente en el matrimonio, pero creo que deberías saber que el padre de Matilde es un abogado de la peor ralea, inspector oficial de teatrillos baratos. ¡Y sus dos hermanos! Ambos son faranduleros inútiles, jugadores, parásitos de la sociedad. Ahora bien, doña Luz, su madre, es una dama católica de lo mejor que proviene de una familia políticamente destacada de Oaxaca. He oído decir que un hermano le salvó la vida a don Porfirio en la batalla de Puebla. Odia a los franceses, ama a los alemanes. Doña Luz es medio alemana —su apellido de soltera es Haaf—, una dama tranquila y encantadora, pero que abriga grandes ambiciones para su hija —Juana se interrumpió y enderezó los hombros—. La verdad es que a Matilde Castellanos la dejó recientemente plantada un joven de buena familia cuyo nombre no te diré.

—¿Por qué?

—Porque lo conoces.

—Me importa un rábano el tal jovenzuelo. ¿Por qué la dejó plantada?

—Porque su familia se enteró de la clase de abogado que es su padre. La verdad es que yo considero a los Castellanos como gente decente, pero no puedo invitarlos a casa. Ya sabes cómo es Ignacio.

—¡Al diablo con Ignacio! —exclamó Antonio. No soportaba a su cuñado, un inválido cicatero que contaba hasta el último centavo y dominaba a Juana con las riendas muy cortas—. Mi querida casamentera —dijo—, aprecio la presentación y quiero que le digas a Cristina Castellanos que deseo casarme con ella.

—¡Antonio! —dijo Juana, boquiabierta—. Se llama Matilde y tiene veinticuatro años, o sea, que ya ha pasado la edad... —tartamudeó— y el padre...

—No voy a casarme con el padre —interrumpió Antonio—. Estoy decidido y la llamaré Cristina. —Se echó hacia atrás sonriendo con expresión satisfecha, y, mirando a su confundida hermana, dijo—: ¿Quieres hacerme el favor de trasmitir el siguiente mensaje a la señorita Cristina y, por supuesto, a doña Luz? Que le propongo matrimonio lo antes posible.

Y Antonio se despidió de su hermana con una caravana digna de un escenario.

La boda se efectuó tres meses después. Cristina lucía radiante, triunfante, mientras recibía las felicitaciones de las familias más prominentes de la capital. Su posición en la sociedad quedaba firmemente establecida por la asistencia a la ceremonia de don Porfirio, el «presidente imperial» de la República.

* * *

Una sensación de movimiento interrumpió sus reminiscencias y Antonio comprobó que el candil oscilaba. Se quedó perfectamente quieto hasta que cesó el movimiento; un pequeño temblor, nada del otro mundo. Volvió su atención hacia la cuna. Aquel retoñito ocuparía sin duda la atención de Cristina, pensó, esperando que su vida social disminuyera un poco. La sociedad mexicana lo aburría: la misma gente una y otra vez, envuelta en un manto europeo que les sentaba a muy pocos. A quién invitaba uno y quién lo invitaba a uno eran temas de importancia primordial en la vida de Cristina.

Con el paso de los años él había observado, lleno de admiración, cómo el temor a equivocarse socialmente había dejado paso al papel de gran dama. Cristina conversaba con soltura en español, francés e inglés, presidiendo una mesa a la cual se sentaban con frecuencia artistas, diplomáticos, ministros y hombres de negocios de primera magnitud. Inclusive había dejado de oponerse al fez que él usaba cuando recibían visitas los domingos por la tarde, al descubrir que las excentricidades de su marido eran un cómodo pretexto para narrar anécdotas con cierto humorismo burlón.

Cristina se movió.

—Antonio, todavía estás aquí. ¿Qué hora es?

—Son las dos y media, mi reina. Me alegro de que hayas podido descansar.

—Cielos, la familia no tardará en llegar y de seguro me veo horrible. Llama a Domitila para que me traiga el peine y el cepillo… y el espejo, por favor.

—Estás bellísima. —Y Antonio le besó la mejilla y volvió a levantar las nubes de tul de la cuna para mirar al bultito que había debajo.

—Antonieta, hija del nuevo siglo —susurró—, vamos a hacerte fuerte.

Con suavidad volvió a extender el tul protector, encendió las lámparas de petróleo, besó a su esposa y se fue a cumplir las órdenes recibidas.

Cristina tomó de nuevo el estuche de terciopelo. Sostuvo el colgante bajo un haz de luz y se quedó mirando puntitos verdes bailando sobre la colcha de encaje. Nadie tendría nunca joyas como las de ella —¡ninguna otra!—, ni siquiera su cuñada Leonor, esa matriarca arrogante que poseía el talento de hacerla sentirse torpe. Con mucho cuidado, Cristina prendió el colgante de esmeraldas sobre el camisón, justo en la V de sus senos llenos y firmes.

Apretó los duros pechos haciendo una mueca: tan pronto como la niña alcanzara su peso, contrataría una nodriza. Amamantar era una función de animales y echaba a perder la figura. Hay procedimientos para que se vaya la leche, pensó retadoramente, sintiendo de repente una fuerte antipatía hacia aquella niña que había traído al mundo... Los diminutos rasgos eran bonitos, la nariz ligeramente aguileña, los dedos largos y ahusados: nada de ello revelaba la menor señal de sangre india. ¡Pero su color! Era tan morena, como cualquier bebé mexicano común y corriente.

Desde su atalaya en el pabellón, Beto vio salir a su hermano de la antesala, acompañar al doctor Vásquez Gómez hasta su carruaje y desaparecer después dentro de la casa. Se preguntó si habría comido. A él le habían servido la comida en el pabellón, con el loro y los canarios por única compañía. Beto se acomodó en su viejo y cómodo sillón de ratán. Había un montón de periódicos muy manoseados sobre la mesa. Desde que la artritis le había hinchado las articulaciones y dificultado el caminar, el interés de Beto por los asuntos amorosos de la alta sociedad se había visto suplantado por una pasión por los asuntos políticos de México.

—¡Pendejo! ¡Pendejo! —garrió el loro.

Damiana, su vieja y fiel sirvienta, había comprado el ave en el mercado para «que le haga compañía». Cristina había amenazado mandar exterminar a la criatura en cuanto oyó esa vulgar palabra, y el astuto pajarraco había aprendido a callar cuando ella pasaba cerca del pabellón. ¿Cómo se le ocurría a Antonio procrear un hijo a su edad? ¡Nada menos que tulipanes! Beto arrancó un trozo suelto de bambú y lo hizo pedazos.

—¡Algún día la sorprenderé! —murmuró.

Echándose hacia atrás, sacó una delgada cigarrera de oro y golpeó metódicamente un cigarrillo antes de introducirlo en la boquilla. ¡Gracias a Dios, él nunca se había casado! Beto inhaló a fondo, pescando recuerdos en las mohosas grietas de su mente: las trasnochadas en establecimientos nocturnos donde se comía malísimamente y se bailaban habaneras y se giraba muy pegado a muslos y pechos jóvenes... hasta que salían a relucir navajas y pistolas. Sus amigos se habían casado todos con mujeres bien educadas, pero gustaban de pasar sus noches en el Ángel Azul, con pecadoras que les mentían y robaban, cuyo lenguaje crudo y directo agregaba sazón a la plática, y que tenían otro sabor aun cuando este pudiera ser venenoso. Las esposas eran siempre las mismas; trataban de dominar al hombre; eran fastidiosas. Había que dar gracias a Dios por las prostitutas. ¿Cómo podía un hombre superar el tedio del matrimonio sin ellas? ¿Cómo podía Antonio? Era una pregunta que nunca le había hecho. Antonio había cambiado.

Siempre meticulosamente vestido y arreglado, Beto conservaba aún cierto aspecto de Beau Brummell del pasado: ¡Si una vez lo confundieron con el príncipe de Gales en la Ópera de París! Las piedras angulares de la vida de Beto habían sido el ingenio, el encanto, la vanidad y un conocimiento profundo de las gracias y las debilidades sociales. Su bello perfil, el ajuste perfecto de su abrigo Prince Albert, la cabeza de león en oro que adornaba su bastón de ébano: todo ello había contribuido a que se distinguiera en cualesquiera de los eventos sociales y culturales importantes. Su estatura poco común, desplegada con insolencia, intimidaba a los timoratos. Alberto Rivas Mercado nunca había abrigado pretensiones en cuanto a la necesidad de trabajar, pues a edad temprana llegó a dominar el arte de pasar el tiempo y dejar que otros manejaran los asuntos financieros. De solteros, Beto y Antonio habían vivido juntos, viajado juntos y compartido una vida de bohemios que Antonio sufragaba de buena gana espiritual y financieramente. Cuando Antonio tomó esposa a los cuarenta años, resultó de lo más natural que su hermano soltero fuera a vivir con ellos.

Beto fumaba furiosamente, logrando enojarse. ¡Un bebé con un padre de barba entrecana! ¿Cómo demonios se había dejado engatusar Antonio? ¡Arpía! Había sorprendido a su cuñada en las habitaciones de él, mirando un libro que había dejado sobre la mesa. Un libro pornográfico.

—¿Cómo te atreves a dejar este tipo de libros para que lo vean las jóvenes sirvientas? —había vituperado Cristina.

—Pero ¡si las sirvientas no saben leer! —había replicado él—. Si quieres leer mis libros, pídemelos.

Ella no volvió a dirigirle la palabra en toda una semana.

Masajeando la articulación hinchada, Beto flexionó la rodilla. Hasta los libros atrevidos le resultaban aburridos. Echaba de menos los chismes de café y las maravillosas polémicas verbales, discusiones que simplemente surgían en otra mesa, en otros tiempos.

—Y ahora, escucha esto —dijo, dirigiéndose al loro, tomando un periódico y golpeando una foto—. Han empezado a derribar el Café de la Concordia para edificar una compañía de seguros americana. ¡El progreso! ¡Bah!

—¡Cabrón! —garrió el loro en señal de protesta.

Es la destrucción injustificable del último baluarte de la comida civilizada. ¿Dónde obtendremos langostas vivas traídas por corredores desde Acapulco? ¿Y dónde van a asar venado con puré de castañas? Beto se repantigó en el sillón. ¿Qué destino esperaba a los héroes de la Independencia cuyos retratos, en su grandeza deslustrada, adornaban la pared posterior del café? ¿Habría alguien para rescatar al padre Hidalgo con una tira de espagueti colgándole de la oreja cuando la pintura se hubiera caído? Ahora, ¿dónde podría presumir el yerno de don Porfirio con su ridículo levitón y sus lechuguinos?

Beto pensó en sus amigos «británicos», Gálvez y Carvajal, aplastando sus Dunhills mientras discutían los chismes del teatro londinense. Ninguno de ellos había estado en Inglaterra, pero, ¡ah!, qué al tanto estaban de todo aquello. México estaba tan condenadamente atrasado que era menester encender algunas chispas con la imaginación. Se preguntó qué pozo habría de tragarse al viejo don Guillermo de Landa y Escandón, quien por radio se mantenía al tanto del tiempo que imperaba en Londres: si estaba lluvioso y frío en Londres, don Guillermo se ponía su *mackintosh* y llevaba paraguas el día más soleado y caluroso de México. Gente maravillosa y excéntrica, a.C. (antes de Cristina). Hoy, el Café de la Concordia estaba condenado a convertirse en un montón de escombros. La vida era un montón de escombros y la *crème de la crème* comenzaba a agriarse junto con don Porfirio.

Diablos, se estaba volviendo sentimentaloide… y empezaba a quedarse helado.

Como si al pensarlo la hubiera invocado, la vieja Damiana salió del corredor de la cocina y le puso un chal sobre los hombros. Ella era un remanente de los tiempos de la soltería y en su compostura prevalecía cierto aire de superioridad. Era custodia de la despensa y barrendera de la galería, trapeaba el piso de mosaico, regaba las plantas y tenía aterrorizada a la cocina donde la reverenciaban y la temían.

—Ya ha comido usted. Ahora debe ir a su apartamento —ordenó tiránicamente Damiana.

—¿Quién te ha preguntado nada, vieja? La familia no tardará en llegar para echar un vistazo a la bebé. ¿Has conseguido restablecer la moral en la cocina?

Damiana se estiró todo lo que le permitía su metro treinta de estatura, con la cofia firmemente asentada sobre su cabello gris trenzado y un rizo cayéndole sobre la mejilla arrugada y morena.

—No podemos permitir que se corrompa a las sirvientas jóvenes. El bribón y la moza han sido despedidos.

—Has hecho bien, mi querida vieja metiche —dijo Beto en tono solemne—. Y ahora, ¿dónde está mi libro?

—Donde usted lo dejó, bajo el colchón, señor. —La vieja india se alisó el delantal con la mano y se despidió.

Beto rio entre dientes. La moralidad había sido restablecida en forma de un nuevo mozo. Una sucesión de mozos y criados cruzaba el umbral de la casa de la calle Héroes número 45. Su talento más sobresaliente, por lo visto, consistía en hacerle el amor a las sirvientas. Beto había visto que el nuevo mozo era japonés.

Fuertes ladridos llamaron su atención cuando dos gran daneses se precipitaron por el camino de coches. Beto se inclinó hacia delante y miró entre las enredaderas. El carruaje de Leonor estaba frente a la verja. Al acercarse la *victoria* a la casa, vio que sus hermanas Juana y Elena venían con Leonor. Había comenzado el desfile familiar, las matronas en que se habían convertido sus hermanas llegaban a la vanguardia para examinar a la bebé. Fue a su encuentro, bajo el pórtico que techaba el rellano de la escalera.

Juana fue la primera, con rizos grises postizos colgando bajo un sombrero cargado de flores. Un desaliño atractivo había renovado su aspecto. Como no tenía hijos, siempre había sido generosa con sus sobrinas, sus sobrinos… y Beto. Se inclinó para recibir un beso de su hermanita mayor, la chaparrita.

—¿Cómo está Cristina? ¿Y la nenita?

—No te preocupes, muchacha. Ambas vivirán. —Beto la invitó con un ademán a que atravesara la galería para entrar por el frente.

Elena llegó detrás. Con una exuberancia natural, su paso era ligero al subir las escaleras. La más joven y más guapa de las hermanas era, a los cincuenta años, abuela de una criatura de la edad de Alicia. El esposo francomexicano de Elena era dueño de una perfumería en la exclusiva calle de Plateros, en el centro de la ciudad. Beto permitió que le plantara un beso en la mejilla.

—¿Ya llegó Antonio?

—Sí.

—Ahora, trata de ser amable con Cristina, Beto, y muestra algo de entusiasmo por la nenita —dijo Elena, y siguió a Juana por la galería.

Leonor fue la última, una matrona esbelta y elegante de cincuenta y cinco años, de porte alto y distinguido. Juana y ella se habían casado con hermanos de ascendencia española cuya hacienda, cerca de la Ciudad de México, constituía un escaparate de la grandeza hispánica pasada.

—Te ves pálido, Beto. ¿Te alimenta debidamente Cristina? Hemos venido tan pronto como recibimos tu aviso. ¡Lástima que sea una niña! Supongo que Cristina puede recibirnos.

—Creo que puedes suponerlo. Antonio está con ella —dijo secamente Beto.

Leonor pasó rápidamente delante de él hasta el recibidor para que la anunciaran.

—Defiéndete bien, criatura —murmuró Beto y regresó al pabellón.

2

En el salón de clases provisional, parado con las piernas abiertas y los brazos cruzados, Antonio tenía la vista fija en sus estudiantes, a la manera de un gigante que se enfrentara a una multitud.

—La arquitectura se basa en órdenes específicos. ¿Comprenden ustedes ese concepto?

Se produjo un silencio incómodo. En el fondo de la clase, atestada, ocupada en gran parte por viejos archivos, alguien tosió.

Esperando una respuesta, Antonio contemplaba a sus estudiantes. Constreñido y fuera de su elemento en aquel vetusto salón mohoso, presentía que los estudiantes compartían su mal humor. Su irritación no se debía únicamente al insatisfactorio salón provisional donde ya llevaban más de un año. También le provocaban enojo y frustración los torpes intentos por reparar San Carlos, la vieja academia de arte y arquitectura. Las mesas de madera estaban pandeadas, no se contaba con el alumbrado y el polvo de ciento cuarenta años de «educación superior» se elevaba, se agitaba y caía de nuevo al ritmo de la conferencia de cada día. Impaciente, se mesó la barba y enfocó la mirada en un rostro moreno e inexpresivo de la primera fila.

—Hay cosas que deben ustedes meterse en la cabeza —anunció. Inclinándose mucho sobre la mesita del podio, Antonio avanzó la quijada—: El dórico no es sólo un estilo, ¡es uno de los órdenes mismos de la arquitectura! —Y apuntando con un trozo de gis al rostro moreno y desconcertado, agregó—: Grábatelo. ¡Grábatelo!

El estudiante asintió con la cabeza y se enderezó en su asiento.

Ciertamente, Antonio dominaba la atención de sus estudiantes pero además les inspiraba respeto. Les gustaba aquel maestro que creía en la disciplina, el trabajo aplicado y el profesionalismo. Pronto habían reconocido las arrugas bien definidas del humorismo en su afable expresión, como también habían descubierto que en su carácter se destacaban la rectitud y la generosidad. Por lo general, se podía contar con él para echar la mano al bolsillo si algún estudiante en apuros necesitaba ayuda.

Como arquitecto, el maestro gozaba de la admiración de todos. Los techos de sus mansardas, sus cornisas ornamentadas, sus balaustradas y sus majestuosos pórticos agraciaban los edificios de aquella ciudad en pleno desarrollo. Los estudiantes solían permanecer en sus asientos después de clases, copiando algún elegante detalle morisco o un frontón clásico trazado con mano maestra en el pizarrón. El orgullo de su trabajo y el orgullo por México, al que consideraba como un niño que estuviera aprendiendo a leer, proporcionaban a Antonio una honda satisfacción. Gozaba enseñando.

Haciendo rodar el gis entre sus dedos, Antonio miró hacia las abarrotadas mesas.

—Quiero que todos ustedes diseñen los órdenes básicos de la arquitectura y sus entablamentos. Les doy hasta el final de la clase.

¡Si tan sólo fuera posible inyectar educación y cultura como se inyecta un suero! Partió el gis en dos y se inclinó sobre el atril.

—¿Has comprendido la tarea? —preguntó al joven de la primera fila.

El estudiante meneó la cabeza sin vacilar, cruzando la mirada con aquellos ojos que, a pesar de sus esfuerzos, nunca conseguían mostrarse severos.

Con un suspiro que se oyó en toda el aula, Antonio se volvió hacia el pizarrón y escribió en mayúsculas regulares: DÓRICO JÓNI-

CO CORINTIO. Entonces, con mucho cuidado para no pisar alguna de las tablitas flojas del entarimado, fue hasta el escritorio y se sentó. Una nubecilla de fino polvo cayó sobre sus papeles. Echándose hacia atrás en la silla de encino, alzó la mirada hacia el techo, cuya ornamentación italiana se veía deslucida por el yeso suelto y las manchas de agua. Irritado, se sacudió la solapa. El deterioro del edificio repercutía en la disciplina y el esfuerzo académico. El nuevo director no tenía la menor idea de lo que significaba administrar.

¡Era un político! Las quejas de estudiantes y maestros se ignoraban o se recibían con indiferencia. En vez de hacerle caravanas al ministro de Educación, el director debería estar presionándolo para que apuntalara el edificio y modernizara el currículo en aquel débil intento por imitar *les Beaux-Arts,* la tan amada alma máter de Antonio. México tenía veinticinco años de atraso respecto de Francia... En todo.

Distraído, vació en la papelera el montoncito de yeso. Los estudiantes se aplicaban en silencio. Año tras año, Antonio venía dedicando dos mañanas por semana a la enseñanza, con lo que sacrificaba un tiempo valioso, pero que en ocasiones producía un profesional competente. Hoy dominaba apenas su impaciencia. Tenía trabajo urgente que terminar en el atareado estudio de su casa.

Las campanas de la catedral en el Zócalo, a pocas cuadras de distancia, comenzaron a tañer el ángelus de mediodía. Pronto se unieron a su canto las campanadas discordantes de otras iglesias y, finalmente, el profundo retumbar de las campanas de La Merced.

—La clase —anunció, golpeando el escritorio con un mazo— ha terminado.

Toscos diseños se amontonaron sobre su escritorio a medida que los estudiantes se empujaban unos a otros en el tumulto habitual para vaciar las mesas de trabajo y llegar a la puerta.

Gracias a Dios, ya sólo le faltaba una clase más. Antonio consultó su agenda: el Congreso Panamericano se inauguraría dentro de una semana y su trabajo en el palacio estaba atrasado. ¡Tantos días de santos, vacaciones nacionales, fiestas... y tantos lunes, el día del ausentismo nacional! Era un milagro que se lograra terminar algo.

Levantó sus ciento diez kilogramos de peso de la silla crujiente y se acercó a la ventana abierta. El aire era seco y cálido. Dominando la calle, las torres de la catedral alzaban sus sólidas siluetas contra un transparente cielo azul. Hacia el sureste, la cúpula de La Merced, centro del rebosante mercado de verduras y artesanías, surgía entre una multitud de techos planos y bajos. Desde aquel ventajoso punto podía ver el rincón del Zócalo, la plaza principal de la ciudad donde el viejo palacio de Cortés, convertido en Palacio Nacional, se erguía en ángulo recto y era gobernado por la mano firme del presidente Porfirio Díaz desde hacía veintitrés años. Hoy, Antonio estaba enfadado con el gobierno: el ministro de Educación había rechazado su solicitud personal en favor de un presupuesto mayor para la academia. Hacienda estaba derramando el contenido de sus arcas en la construcción. No es que Antonio estuviera en contra, pero debería hacerse un reparto más equitativo. Díaz estaba decidido a completar puntualmente, para la celebración en 1910 del centenario de la Independencia, la transformación de una deteriorada municipalidad colonial española en una capital de estilo europeo. Arquitectos extranjeros llegados de Francia, Italia, Inglaterra y Estados Unidos rivalizaban para conseguir las jugosas comisiones que el Departamento de Obras Públicas seguía concediendo. Había extranjeros en todas partes. Antonio sintió una punzada de resentimiento: se sabía que el viejo dictador no tenía mucha confianza en la capacidad de los mexicanos. ¿Qué podrían esperar sus estudiantes si el país estaba gobernado por ancianos y extranjeros?

Se oyó el estrépito desacompasado de las últimas campanadas que acabó por apagarse mientras Antonio comenzaba a reflexionar sobre el único encargo que le interesaba entre todos los que ofrecía el gobierno: el tan llevado y traído monumento a la Independencia, proyecto esbozado desde que triunfó aquella gesta heroica. Al ocupar Díaz el cargo, se aprobó un proyecto, se modificó y finalmente se dio carpetazo a los planos; pero ahora había vuelto a la actualidad con el nombramiento de una comisión encargada de asignar el proyecto. Por fin habían escogido el lugar donde habría de ubicarse, pero este seguía siendo un secreto bien guardado en Obras Públicas.

Miró su reloj: diez minutos más. Antonio fijó distraídamente la mirada en una pareja rubia que se había detenido para hacerle una pregunta al guardia que cuidaba la puerta del Museo Nacional, calle arriba. Entonces se sobresaltó al ver, doblando la esquina junto al palacio, su propio carruaje con el caballo tirando rápidamente de él por la calle de Moneda rumbo a la academia. ¿Qué demonios? ¿Por qué entraría Feliciano por la puerta principal? Contuvo el aliento: ¿tal vez otra emergencia? Antonieta ya correteaba por todas partes y como la semana pasada se había caído al intentar subirse a la reja, habían tenido que llamar al doctor Vásquez Gómez.

Antonio se dirigió apresuradamente a la terraza que daba al patio interior de la escuela, miró hacia abajo y vio que el Brougham coupé se había detenido junto a una estatua de Venus, a la sombra de un arco. Jadeando, se abrió paso entre la multitud estudiantil y bajó por la amplia escalinata para llegar al patio en el momento en que Feliciano saltaba del pescante para saludarlo.

—¿Qué ha ocurrido? —preguntó Antonio, fatigado.

Feliciano, en posición de firmes y sosteniendo respetuosamente el sombrero contra el pecho, explicó:

—Me han enviado a toda prisa para entregarle personalmente este mensaje. Don Alberto dijo que era urgente.

Antonio tomó el sobre de bordes dorados que llevaba el sello de la oficina del presidente, aliviado pero irritado.

—Te he prohibido estacionarte aquí. Sienta un mal precedente.

Rompió el sello de lacre y leyó el breve texto firmado por el secretario de Obras Públicas. ¡Maldición! ¡Había asegurado al secretario que la obra estaría concluida a tiempo! Lo convocaban urgentemente y luego lo tendrían esperando una hora en la antesala. ¿Y por qué no envió el secretario el mensaje desde la esquina hasta la academia? ¿Habría olvidado que seguía dando clases? ¿Habría alguien más para sustituirlo?

—Deberías haberte estacionado en la calle. Puedo caminar hasta palacio.

—Don Alberto dijo que era urgente —repitió estoicamente Feliciano. Como cochero de la clase privilegiada, no dejaba pasar la menor oportunidad de hacer alarde de su posición.

—Está bien. Llévame. No hay por qué desenjaezar al caballo. Tendré que cancelar mi clase.

Al salir, Antonio cerró la puerta de la oficina del director y tropezó con Santiago Rebull, viejo y exuberante catalán que era un excelente maestro de arte.

—¡Antonio! Lo andaba buscando. Quiero que hable con Diego Rivera. Ese muchacho permite que el temperamento pase por encima del talento y han vuelto a suspenderlo.

—¿Y qué ha hecho esta vez?

—Ha insultado a ese joven cura que da clases de escultura, lo ha tratado de estúpido y acusado de barbarie porque todavía los obliga a seguir copiando los mismos moldes de yeso.

—Deberían tener modelos, no moldes de yeso. Veré qué puedo hacer.

—Si fuera asunto de elecciones, yo votaría por usted para director, Antonio. Pondría orden en este instituto.

Y meneando la cabeza, el viejo Rebull se alejó por el corredor.

El Brougham coupé dio vuelta en la esquina de palacio y se introdujo en el enredado tránsito del Zócalo. Feliciano esquivó hábilmente un tranvía arrastrado por mulas y un carro de entregas que se disputaban el derecho de paso. Había compradores cruzando la calle sin mirar y damas que subían o bajaban de los coches a su antojo, entorpeciendo la circulación. Con una destreza que era fruto de la experiencia, el cochero guio al caballo alrededor de la plaza, más allá de los arcos invadidos por tianguis.

Al doblar la última esquina de la plaza, Feliciano detuvo con un latigazo al nervioso caballo justo frente a la puerta de palacio.

—¿Entraremos, señor?

—No. Espérame junto al mercado de las flores.

Feliciano bajó de un salto y abrió la puerta a su patrón, mirando con altivez a los guardias mientras interrumpía el tránsito.

* * *

Una hora después, Antonio salía de palacio. Saludó rápidamente a los guardias y echó a andar por la calle con paso ligero. En la esquina se tocó el sombrero al pasar junto al atosigado policía, cruzó hasta la banqueta de la catedral, entró en el atrio y se detuvo junto a una joven india que, sentada en el piso, ofrecía montoncitos de nueces, ajos, semillas de calabaza y chabacanos. Un par de piernas flacas salían de su rebozo y tres chiquillos medio desnudos se apretujaban contra ella con expresión desolada. Antonio lanzó un peso de plata al regazo de la mujer y sonrió encantado al verla echarle una mirada llena de asombro y santiguarse.

Cuidando dónde ponía los pies, se abrió paso a través de la habitual multitud de fieles y marchantes que ocupaban el atrio. Botines abotonados, tacones franceses, botas militares, chancletas, polainas, huaraches indios y pies descalzos pasaban por el umbral en aquel desfile cristiano tan típicamente mexicano.

El aroma embriagador de las gardenias lo envolvió mientras pasaba entre los puestos de flores del mercado donde dedos esbeltos trenzaban las delicadas coronas formando arreglos mortuorios. Manecitas sucias se tendían hacia él, vendedores de lotería lo importunaban y los mendigos se le acercaban tímidamente mientras él seguía avanzando hacia los puestos interiores. ¡Era una ocasión que ameritaba flores! Los estantes desaparecían bajo aquella orgía de colores: cubetas de crisantemos amarillos, claveles rosados, rosas rojas, gladiolas purpúreas y agapandos azules. El estallido de colores bajo toldillos blancos de algodón se destacaba como pintado sobre el transparente cielo azul. Dos niños con brazadas de olorosas flores lo siguieron al trote hasta el carruaje.

Antonio colocó su opulento ramo dentro del coupé y subió al pescante junto a Feliciano, práctica que Cristina y sus hermanas miraban con malos ojos pero que le proporcionaba un perfecto punto de observación para contemplar la ciudad.

—Mira, van a dejarnos entrar en la fila. Adelántate.

Parado sobre su cajón, un policía de guante blanco les hizo señas de que entraran por Plateros, la vía principal y más elegante de la ciudad. Los carruajes avanzaban a paso de tortuga en ambas direcciones, rozándose casi al pasar.

—¡Rayos! Hay una boda en La Profesa. —Antonio tenía prisa por llegar a casa: anunciaría la buena noticia durante la comida.

Un río de chisteras y de sombreros floridos bloqueaba la entrada de la iglesia mientras espectadores curiosos estiraban el cuello para echar una mirada a la novia. Un robusto conocido salió de la tienda del sastre inglés, al otro lado de la calle, y se tocó el sombrero sonriendo mientras rebasaba los carruajes y desaparecía entre la gente que contemplaba los aparadores.

—Trata de sacarnos de este embotellamiento —dijo Antonio, impaciente—. Dobla en la esquina siguiente hacia Mesones.

—Es todavía peor, señor —declaró llanamente Feliciano—. Ahora ya tienen tres cuadras sin pavimento.

Las monstruosas máquinas de Obras Públicas levantaban el viejo empedrado por todas partes, cortando a través de las angostas calles y callejas que convergían en el Zócalo. ¿Cuándo comenzarían a trabajar en el Paseo de la Reforma? La tentativa de Maximiliano de trazar un bulevar comparable a los Champs-Elysées seguía siendo nada más que un sendero entre campos cubiertos de maleza. Había que plantar árboles, nivelar la larga avenida... ¡pero ahora! El lunes llevaría a sus topógrafos. Sería la estructura más alta de la ciudad. ¡Una jugada maestra! Sí, lo era. Y frunció los labios en una sonrisa interior.

Milagrosamente, el tránsito comenzó a avanzar a paso firme. Por costumbre, Antonio miró el palacio de Iturbide que tenía a la izquierda. El rótulo chillón de un hotel eclipsaba la regia piedra labrada de la entrada de aquel edificio del siglo XVII. Cada vez que pasaban por delante se sentía personalmente ofendido por la odiosa marquesina, pero hoy apenas si se molestó.

A la mitad de la angosta y congestionada arteria, la calle se convertía en la de San Francisco. Más adelante, a su derecha, estaba el Jockey Club. Como de costumbre, había una hilera de señores sentados en sillas plegadizas delante de la entrada de su resplandeciente casa de azulejos, ostentando los colores de sus caballerizas y mirando el desfile de transeúntes. Antonio se tocó el ala del sombrero para saludar a sus consocios.

—¡Vaya, Antonio! —le gritó un gallardo observador—. Ya veo que te han ascendido a lacayo.

Antonio rio con buen humor moviendo la mano; Feliciano impulsó al caballo que inició entonces un trotecillo hacia Patoni, la amplia avenida que lindaba con el parque de la Alameda. Ahora avanzaban rápidamente, al trote, por una calle bordeada de altos fresnos y laureles, jardines con flores y fuentes coloniales. El caballo empezó a detenerse cuando se acercaban al número 18. Había edificado la casa de Juana, pero odiaba que lo llamaran tan pronto como se descomponía un grifo.

—No te detengas —ordenó a Feliciano—. Vamos a casa.

En el extremo norte del parque, Feliciano tiró bruscamente de las riendas: un rebaño de reses hacía olas y sus conductores se esforzaban por mantenerlas juntas mientras cruzaban la calle camino al rastro. Antonio se llevó un pañuelo a la nariz y estornudó. En San Cosme dieron vuelta en el mercado del barrio, una sucesión de puestos que atraían moscas y perros, y de niños que mantenían en equilibrio pesados canastos sobre sus cabezas. Ya casi estaban por llegar.

El caballo obedeció a las riendas cuando se volvieron hacia el norte por el nuevo y elegante vecindario de Guerrero, cuyas calles atravesaban un viejo vergel franciscano que databa de los primeros días de la Conquista. Fue allí donde los soldados de Cortés, agobiados por el peso del oro, habían huido de Tenochtitlan durante la Noche Triste cuando el conquistador lloró de impotencia. Se decía que el tesoro de Moctezuma se había hundido en el fondo del lago al abatirse las flechas aztecas sobre los soldados españoles en fuga que se abalanzaban por la angosta calzada. Antonio no había hallado oro, pero había comprado su terreno a tres centavos el metro cuando la gente vaticinó que la ciudad no se extendería hacia el norte. Todavía se sentía agradablemente complacido por su perspicacia.

Pasaron delante de la parada del tranvía en la calle Violeta y volvieron sobre la calmada calle de Héroes, una cerrada llamada así porque estaba previsto terminarla en una imponente rotonda dedicada a los héroes de México... y estancada en los restiradores de Obras Públicas. Ahora esta dependencia tenía un proyecto mucho más apremiante: el monumento a la Independencia. El propio don Porfirio le había encomendado la obra. Antonio sintió una oleada de orgullo, excitación y la sensación de un reto. Sólo le habían estipulado tres cosas: que la estructura fuera una columna, que se alzara en el cuarto círculo del Paseo de la Reforma, y que estuviera terminada para la celebración del centenario, en 1910.

Faroles ornamentados, como otros tantos centinelas, se alineaban por la calle Héroes delante de mansiones cuyos balcones enrejados sobresalían de altas fachadas de piedra. El caballo se detuvo ante el número 45; un muro bajo sostenía una reja de hierro forjado que permitía ver el camino circular y la casa. Cerca de la reja había un viejo fresno con el tronco invadido de buganvillas y rodeado de árboles cubiertos de mimosas; ahora lo iluminaba la brillante luz del sol revistiendo sus viejas ramas de un atavío regio.

Antonio sentía todo su ser lleno de gozo, el gozo de un hombre en armonía con su trabajo, su esposa, su familia y su Dios.

Ladrando como salvajes, los gran daneses corrieron por el camino de coches y llegaron a la verja antes que Demetrio.

Antonio miró su casa. La cabecita de Antonieta apareció debajo de una maceta en la baranda de la galería haciéndole señas con la mano.

3

En el dormitorio que compartía con Alicia, junto al *boudoir*, la salita de su madre, Antonieta volvía su cabecita de un lado a otro en la cama, resistiéndose a la siesta que todavía le imponían. A los tres años, era una niña activa, precoz, incapaz ya de dormir prolongadas siestas. Hoy, a través de la puerta de comunicación, oía el leve choque de las tenacillas de rizar el cabello en manos de Domitila, señal de que su madre se preparaba para salir. La niña se levantó y se arrodilló frente a la puerta para atisbar por el ojo de la cerradura como solía hacerlo cuando no podía dormir. Oyó a su madre decirle a Domitila:

—Anda, ve y dile al señor que se apure porque si no llegaremos tarde. Recuérdale que es el invitado de honor.

El relinchar de los caballos indicaba que el carruaje ya estaba frente a la casa. Vio a su mamá salir del vestidor como un torbellino, oyó los taconazos cruzar el vestíbulo y el golpazo de la puerta de la galería. Mamá se había ido.

¡Papá también se iba!

Levantando su largo camisón, la nenita se puso en pie de un brinco y abrió la puerta de las habitaciones de su madre. Descalza, atravesó rápidamente el vestíbulo y subió las escaleras corriendo para meterse por el angosto espacio entre las puertas, hinchadas por la humedad, que daban a la terraza sobre el jardín lateral. Cayó de rodillas frente a la balaustrada y, de un empujón enérgico, metió la cabeza entre dos columnitas de piedra.

—¡Adiós, mamá! ¡Adiós, papá! —gritó.

Había llegado justo a tiempo para ver desaparecer el bajo bordado de la capa de su madre mientras la corpulenta figura de su padre la ayudaba a entrar en el carruaje.

—¡Adiós!, ¡adiós! —siguió gritando sin apartar la mirada del carruaje que tomaba la curva del camino. Alcanzó a ver el sarape de Demetrio, quien se aprestaba a abrir las puertas de la calle.

Se habían ido.

Antonieta intentó sacar la cabeza forcejeando y empujándose con las manos, pero la tenía irremediablemente atascada entre las columnas de la balaustrada. El primer goterón de una tormenta vespertina le cayó en la nariz. Ahora, de unos enormes ojos color café brotaban lágrimas de frustración y temor, y se oyó un gemido angustiado. Mientras la niña se esforzaba por liberarse, raspándose las rodillas en el piso de terrazo, el gemido se convirtió en una serie de gritos desesperados y la lluvia, en aguacero.

A través de los truenos y sus propios gritos oyó la voz de Sabina, su nana, quien luchaba por abrir el pesado par de puertas hinchadas.

—¡Amorcito!, ¿qué has hecho? Cálmate, pequeñita, que Sabina va a sacarte de ahí.

La intensidad de los sollozos empezó a disminuir tan pronto como la presencia de Sabina tranquilizó a la angustiada niña. Un terrible relámpago iluminó la terraza, y el trueno ahogó sus gritos, débiles ya.

El corazón de Sabina latía con fuerza, pero no dejó de hablar mientras batallaba con las puertas. Antonieta era una niña precoz e impredecible; y ella, Sabina, la tenía bajo su responsabilidad. Sin duda, los caballos la habían despertado al alejarse el carruaje con los señores. A veces, la pobre criatura se espantaba cuando sus padres salían de casa. Tenía buenas razones para sentirse abandonada: no era frecuente que su madre le diera un beso de adiós o de buenas noches, y no ignoraba Sabina que la señora no quería a esta criatura de tez oscura, a esta morenita.

—Ya vengo, amorcito.

Finalmente, la robusta nana india dio un fuerte empujón, abrió la puerta, corrió hacia la niña y al instante se hizo cargo de la situación.

—Ahora escúchame, Tonieta. Si has podido meter la cabeza, también puedes sacarla —declaró Sabina—. Vamos, despacito, cálmate. —Sacó hacia atrás los cabellos largos y mojados—. Deja que Sabina te sujete las orejitas. Así es. Baja la barbilla.

¡Ya estaba fuera! Con un sollozo de alegría, la niñita empapada se arrojó en brazos de su nana y sumió la mejilla arañada en un mojado cuello almidonado.

* * *

Sentado en el pabellón, Beto, aburrido, mordisqueaba un trozo de queso. La vida era tediosa cuando no estaba Antonio: que si a Puebla en busca de azulejos, a Querétaro por piedra de cantera y ahora a Guanajuato para la inauguración de su teatro. Cuantos más éxitos lograba su hermano, menos tiempo pasaba en casa. Gracias a Dios que en este viaje se había llevado consigo a Cristina. Y estaría más tiempo ausente a medida de que progresara el monumento, razonó Beto, pero sintió una oleada de orgullo al pensar en la hazaña arquitectónica de su hermano. La piedra angular había sido colocada el año anterior y la base estaba casi terminada. Se levantaría una columna de cuarenta metros para sostener a la Victoria Alada, volando muy por encima de la ciudad. Los restos mortales de los héroes de la Independencia serían exhumados y enterrados en la cripta. Beto conocía cada una de las especificaciones del monumento, puesto que cualquier conversación con Antonio desembocaba siempre en ese tema.

Flexionando su rodilla inflamada por la artritis, Beto agarró el periódico de la mañana.

—Treinta y uno de octubre —leyó en voz alta, plegando la primera plana de *El Imparcial*, con una fotografía de los puestos de la Alameda Central, cargados de calaveras de azúcar y esqueletos danzantes así como la colección habitual de cabras y corderos de algodón de azúcar elaborados para el Día de Muertos.

—¿Cuándo celebraremos el Día de los Vivientes? —preguntó, dirigiéndose al loro, y arrojó el periódico—. ¿Sabías que ese pillo americano de Doheny ha perforado en Tampico un surtidor de petróleo? Oro negro que brota hacia el cielo, pero salpica condenadamente poco en nuestras arcas. Escucha esto: nuestro amado presidente le ha vendido cientos de hectáreas por menos de un peso cada una. ¡Menso!

—¡Pendejo! —garrió el lorito.

Beto se inclinó sobre la mesa y posó la mirada en el jardín. Se fijó en un lazo blanco que sujetaba unos cabellos largos y que aparecía y desaparecía sobre una «montaña» volcánica cerca del establo; un naranjo lo ocultaba a medias. El lazo blanco se inclinó sobre una flor de cacto, desapareció de la vista y reapareció junto a la fuente.

—¡Tonieta! —se oyó gritar a Sabina—. No te acerques demasiado. Te vas a mojar.

La niña metió la mano en la fuente para recoger un velero náufrago y Beto observó que el lazo para el pelo colgaba desmadejado por la espalda de la niña mientras esta y el velero eran azotados por una tempestad producida por la fuente; arrojando el lazo mojado en una maceta, desapareció por el camino de los gallineros.

Alicia había dado vueltas y vueltas durante más de una hora en la carriola jalada por una cabra. Beto la había visto sacudir el polvo del asiento con un finísimo pañuelito de encaje antes de sentarse. Había observado que cuando esa niña plantaba flores en su parcelita, se ponía guantes y un sombrero de paja por encima del lazo de su cabello. El sombrero de Antonieta, a pesar de las órdenes estrictas de Cristina para que siempre lo llevara puesto en el jardín para protegerse del sol, solía estar tirado por ahí, olvidado sobre cualquier arbusto.

¡Qué diferentes eran las dos niñas!, inclusive en el color de su tez. Desde que empezó a gatear, las sirvientas apodaron a la pequeña la Morena y a Alicia la Bonita. Beto reconocía que quizá hubiera sangre mora en sus antepasados españoles, pero lo que había teñido el cutis de la hija de Cristina era su sangre de india zapoteca. ¡Bah, qué importaba! La pequeña Antonieta tenía rasgos aristocráticos y una mente vivaz. La niña se había refugiado en el pabellón desde que aprendió a andar. Aquella sobrinita suya se había convertido en su compañera, escuchándolo atentamente mientras él leía las noticias en voz alta, «leyéndole» sus cuentos de hadas a él, con aquellos ojos morenos muy abiertos por el drama que ella misma inventaba. El chorro incesante de preguntas lo obligaba a engrasar las ruedas de su oxidado cerebro, y el afecto espontáneo de la niña había despertado en él una ternura recién descubierta.

Beto observó que la cabra daba otra vuelta por el camino, jalando de su incansable pasajera. Se echó la boina sobre los ojos y empezó a dormitar. Seguía dormitando cuando Antonieta llegó de puntillas con un polluelo en el bolsillo y le levantó la boina. El polluelo pio con voz aguda. Beto abrió un ojo y sonrió a la niñita que traía el delantal manchado y plumas de pollo enredadas en sus largos rizos.

—Mamá y papá llegan a casa mañana y Sabina nos va a llevar ahora mismo a la Alameda para comprar calaveras de azúcar. Necesito saber si la tuya la quieres de ojos azules o rojos.

—Rojos —dijo Beto, y volvió a taparse los ojos con la boina.

* * *

Agotada, Cristina reposaba en su *chaise-lounge*. El viaje de regreso desde Guanajuato había resultado interminable, con el tren traqueteando sobre las vías angostas y serpenteantes del ramal de Querétaro. Y luego la larga espera hasta que llegó del norte el tren estadounidense. En la estación de la Ciudad de México el gentío los había sometido a codazos y empellones, abriéndose paso a través del éxodo anual por el Día de Muertos. Trenes, tranvías y carruajes públicos estaban atestados de gente que retornaba a sus aldeas, algunos que se dirigían en tropel hacia iglesias y cementerios próximos, las mujeres con un chiquillo a las espaldas, otro en el vientre, una canasta de comida bajo el brazo y un ramo de brillantes cempasúchiles en la mano. Odiaba esas pequeñas caléndulas anaranjadas que llenaban los mercados de flores y el olor almizcleño que impregnaba los dedos mucho después de que las flores hubieran quedado sobre las tumbas. Odiaba los cementerios y había prohibido que metieran esas flores en la casa. Año tras año, a pesar de todo, el desagradable aroma surgía de las habitaciones de la servidumbre; semanas después se alimentaría con las flores secas a las gallinas, que producirían entonces huevos con la yema de un color anaranjado brillante.

El 1 y 2 de noviembre eran siempre días agotadores. Este año, de los quince sirvientes que componían el personal, ocho habían pedido permiso para ir a sus pueblos. No se les podía negar, y había que contar con tres días de vacaciones que siempre se prolongaban hasta cuatro o cinco.

Cristina tiró de la campanilla para llamar a Domitila y después se recostó en los cojines de plumas.

—Quiero que desempaques —ordenó a la muchacha—. Pon el terciopelo negro sobre el maniquí y desarrúgalo con vapor. —Se quitó el chongo postizo, se sacudió la cabellera y, enroscando las plumas de un adorno alrededor del dedo, agregó—: Llévate esto y dame el programa que está encima de mi maleta. Gracias.

Acariciando el retrato de la carátula, Cristina desarrugó el papel: AÍDA. POR LA COMPAÑÍA DE LA ÓPERA DE MILÁN. Ahí estaba él: Giorgio Cassini.

Había sido un estreno brillante. Antonio había convertido el viejo teatro Juárez de Guanajuato en el rubí del califa entre las gemas arquitectónicas de aquella ciudad colonial. Un peristilo dórico coronado por ocho graciosas musas flotaba en el cielo tachonado de estrellas. Los asientos de rico terciopelo armonizaban con el esplendor morisco, y cuando se encendieron las luces el auditorio, admirado, se quedó sin aliento.

Antonio y ella habían ocupado el palco junto al del presidente. Don Porfirio, todo él acero y granito, permanecía sentado tieso como un poste, inclusive cuando dormitaba. A los setenta y tres años todavía conservaba su esbeltez y su porte militar.

Doña Carmelita, la esposa del presidente, sentada entre su esposo y el gobernador, hacía comentarios volviéndose ora hacia el uno, ora hacia el otro, para lucir su tiara de pedrería. Doña Carmelita era una hermosa mujer, treinta y cinco años más joven que su marido. De buena cuna y bien educada, fue ella quien pulió a aquel tosco soldado hasta proporcionarle la brillantez de una personalidad internacional. ¡Con que fuera Antonio sólo un poquito más político!, meditaba sombríamente Cristina.

«Ya hay suficientes lambiscones alrededor del viejo para lamerle las botas», le había contestado más de una vez. Así era como terminaba siempre el tema. Cristina admiraba a la refinada esposa del presidente. Durante el entreacto ambas habían comentado su deleite mutuo al cabalgar temprano por la mañana en el bosque de Chapultepec, donde se encontraban frecuentemente cuando don Porfirio cambiaba su residencia al castillo en verano.

—Pero —se dijo Cristina con una sonrisa complacida— me han prestado tanta atención como a usted—. Se recostó cerrando los ojos para vivir de nuevo ese gozo que había sentido sabiendo que todos la miraban, con el collar de rubíes brillando sobre su cutis blanco, acentuado por el audaz escote del vestido de terciopelo negro. Las luces del anfiteatro se habían apagado, se levantó el telón y entonces, cantando las apasionadas arias, la voz gloriosa del tenor Giorgio Cassini llenó el teatro. Ella se había sentido hipnotizada, como flotando para captar cada una de las bellas notas como si fueran luciérnagas. Después de que cesaron los últimos aplausos y que las luces iluminaron el teatro lleno, Cassini la había mirado —¡a ella!— y una vez más se había inclinado profunda, reverentemente.

Cristina se sumió aún más entre los cojines, dándose el lujo de abandonarse a la fantasía. En el banquete que siguió a la función le había arrancado a Cassini la promesa de que en la capital cantaría para sus invitados el domingo por la tarde cuando Antonio y ella «recibían» tradicionalmente a sus selectas amistades.

Reanimada por una siesta, Cristina se dirigió a su escritorio y tomó el montón de cartas, mensajes e invitaciones que se habían acumulado durante su ausencia. Un mensaje de su hermano José estaba encima de todas. Con un mal presentimiento rompió el lacre: «Mi queridísima hermana: Esto puede parecerte frívolo, pero le debo un favor a Renata Strozzi. La última función de la obra será el domingo. Lo correcto es hacerle un regalo o invitarla a cenar. ¿Tengo que decirte cuánto cuesta una cena en Sylvain? ¿Puedo contar contigo? Siempre tuyo, José». Hizo pedazos la carta.

¡Dinero, dinero! Nunca había suficiente para su familia. ¿Cómo iba a poder justificar un gasto más?

Cristina abrió el cajón del secreter Luis XV y sacó su libro de cuentas. Rápidamente recorrió la página de gastos de la casa: el mes pasado, los tres pesos diarios asignados para alimentos habían sumado ciento diez pesos para pagarle al abarrotero español caprichos tales como caracoles vivos importados de Francia y calamares de España. Antojos de Antonio. Con las sirvientas todavía ausentes, pensó, esta semana podría ahorrar los quince centavos diarios que le daba a cada una para el pan. Cristina se había quejado con su esposo:

—Es sólo un pretexto para chismorrear en la panadería local.

—No me importa. Es suyo para gastarlo como quieran y tal vez eso las anime a ahorrar —respondió tercamente Antonio.

Con mucho cuidado, Cristina estudió la lista de alimentos: maíz, frijoles, arroz… había lo suficiente en los barriles para terminar el mes pero, según su inventario, tendría que mandar traer dos costales de azúcar y dos de harina. Antonio pagaba siempre los embarques de vinos que importaba de Francia. Lo único que fluctuaba era el precio de los alimentos enlatados. A veces, cuando Antonio estaba fuera, podía ahorrar cincuenta centavos diarios en fruta, pero esta vez, mientras estuvieron en Guanajuato, Beto y las nanas habían consumido la cantidad habitual. Sabía que Beto compartía frutas caras con la vieja Damiana, lo mismo que los quesos que enviaban de los ranchos los hermanos de Antonio. ¿Y en qué contribuía él al presupuesto de la casa? Cerró el libro de golpe.

Y después de todo, ¿por qué tenía que rendir cuentas? Desde el punto de vista económico, la esposa era esclava de su marido. ¿Lo comprendería José algún día?

Exasperada, vació las monedas que había en un tarro chino y las contó: treinta reales… tres pesos con setenta y cinco centavos. ¡No era suficiente!

Más calmadamente, Cristina ponderó la petición de José: era importante que vieran a su queridísimo hermano con una actriz destacada. El pobre José vivía en la periferia del teatro, un estilo de vida que costaba más de lo que él ganaba. Lingüista, traducía programas y eventualmente alguna obra. Virginia Fábregas —una estrella ascendente en la galaxia mexicana— lo había contratado recientemente para que trabajara en su nuevo teatro. El empleo era una ganga, pero implicaba obligaciones costosas; no podía uno asociarse con personalidades teatrales sin corresponderles.

José y también Manuel, su moreno hermano menor, seguían viviendo en la casa. Ninguno se había casado y se esperaba que cada uno contribuyera al bienestar económico de la familia. Manuel era tacaño y quejumbroso al igual que su padre, quien martirizaba a su madre por cada centavo que gastaba, insistiendo en que anotara hasta el precio de los vulgares mondadientes que mascaba sin cesar. ¡Malditas cuentas! ¡Claro que sí: José tenía que llevarla a Sylvain! Renata Strozzi era una importante actriz italiana. Cristina tecleó con los dedos sobre el escritorio. El único ingreso personal de que disponía, la renta de una casita que había heredado de un pariente, se lo entregaba a su madre. Pobre mamá. ¡Su odioso e indolente padre! ¡Y el condenado de Manuel! Habían vuelto a despedirlo, esta vez de la Biblioteca Pública. Con grandes dificultades le había conseguido Antonio un puesto en los archivos, de donde habían desaparecido dos libros valiosos. Cristina le había arrancado su confesión: se había dejado sobornar por un coleccionista privado. Ella suplicó a Antonio que no se lo contara a Beto; esa humillación no la habría podido soportar.

Una visita a algún misterioso médico. ¡Eso era! Se quejaría de problemas femeninos.

* * *

Aunque Cassini era un gordo esnob debería aguantarlo, y Antonio se encajó el fez en la cabeza y pasó del vestidor al oratorio, el camino más corto hasta el dormitorio de su esposa. Llamaba «el capricho de Cristina» a la capillita abovedada, y no sabría decir exactamente si ella había insistido en ese anexo para impresionar a la beata de su madre o para alargar la distancia entre sus respectivas camas.

Cristina lo vio reflejado en el espejo. De pie, delante de la cómoda, estaba ajustándose un vaporoso vestido de *crepé de Chine* verde pálido.

—¡Qué bueno que ya estés vestido, Antonio! He pensado en las esmeraldas. —Sacó un collar exquisito de una cajita con candado—. ¿Estás de acuerdo?

—Perfecto.

—Ciérramelo, mi amor.

—No esperarás que me aguante todo el concierto, ¿verdad? La casa estará llena de féminas desmayadas. Y a todo esto, además de Cassini, ¿quién va a venir?

Escapando hábilmente de entre sus brazos, contestó:

—Ayer vi a Adamo Boari en la Legación italiana. Acaba de regresar de Chicago y dijo que quería verte. Lo mismo dijo tu amigo el ingeniero Gonzalo Garita. Ellos no quieren oír cantar a Cassini, lo que quieren es enterarse de lo de tu ángel. —Y rio.

—Te he dicho repetidas veces que no es un ángel, es una Libertad. ¿Quién ha oído hablar de un ángel con senos? Son asexuados.

—De todos modos, todavía están todos verdes de envidia porque tú obtuviste el encargo.

Antonio consideraba que Adamo Boari era el mejor arquitecto extranjero de México. Su edificio de Correos era magnífico y ahora estaba construyendo el enorme teatro de la ópera.

—De modo que quizá lleguen Boari y Garita. ¿Alguién más que yo conozca? —dijo en broma, y le besó el hombro—. Voy a ocuparme del vino y los licores.

—¡Papá! —Dos niñas impecablemente cepilladas y vestidas estaban en el vestíbulo, esperándolo. Cuando sus papás recibían, se permitía que las niñas aparecieran durante la primera hora.

Antonio alzó a sus hijitas en brazos, intercambió besos con ellas y volvió a dejarlas en el suelo.

—Las dos están preciosas.

—Adivina, papá —dijo Alicia—. ¡Tonieta se sabe ya los reinos!

—¿Qué reinos?

—El reino animal, el reino mineral y el reino vegetal.

—Bravo, preciosa. —Antonio volvió a besar a su hijita—. Ahora, señoritas, si me lo permiten, tengo otros asuntos que atender.

* * *

A las ocho de la noche, Cassini llevaba más de una hora cantando. Antonio tocó el brazo de Boari:

—¿Ya has tenido suficiente? Vámonos al estudio.

El italiano sonrió con picardía:

—Es obvio que para las damas no es suficiente. Fíjate en esa columna corintia envuelta en drapeados; parece como si la vieja experimentara un orgasmo. ¡Qué maldición para un italiano carecer de oído musical!

Beto los vio cuando salían de la sala. Le agradaba Boari, un tipo robusto carirredondo pero bien parecido, oscuros el bigote y el cabello ondulado, y de mirada sagaz, un hombre con porte de romano… y que conocía a las mujeres. La buena educación le impedía cometer una falta de cortesía hacia la esposa de su amigo, pero Beto sabía que Boari se había rehusado a hacerle el juego a Cristina.

Recostado contra la pared del fondo de la sala de música, parcialmente oculto por los cortinones de terciopelo, Beto enfocó la mirada en Cristina, quien se ocupaba con unos papeles de música y le murmuraba algo a Cassini. Estaba representando su papel de *grande dame.* Y Cassini, demonio lascivo, asentía con la cabeza sin levantar la mirada del surco sensual entre sus senos. ¡Zorra!

El fósforo lanzó una breve llamarada y Beto aspiró el humo del cigarro sin apartar la mirada fija de la escena que se desarrollaba junto al piano. Cuando Antonio la cortejaba, Cristina aparentaba jugar con dos barajas, coqueteando con él tan pronto como Antonio daba la espalda. Él había respondido con una magnífica actuación: pasión fingida y, después, rechazo y ridículo. Ella no lo olvidaría jamás.

Apoyando descuidadamente el brazo sobre una consola junto al piano de cola, Cristina posaba ahora junto a un enorme ramo de rosas rojas. Sabía que la estaba observando, que la había estado observando, que la había visto apartar a la competencia, bromeando en italiano, llevando la conversación hacia temas que dejaban fuera a las demás mujeres. Tentando a Cassini. ¡Tentándolo!

Beto pasó a un espacio abierto y lanzó un anillo de humo por encima del hombro carnoso que tenía delante. Antonio seguía amando a esa loba y cerraba los ojos a todos los asquerosos engaños. Hubo otras mujeres, pero fueron pocas las que atrajeron a su hermano. Cuando Antonio volvió de Europa, sus hermanas lo habían atosigado haciendo desfilar ante él a las más bellas muchachas, los mejores partidos: mexicanas recatadas. En el «paseo», Antonio divisó a una muñeca fogosa con cutis de porcelana y se puso en ridículo en el Café Colón; era su media hermana de Guadalajara. Beto aspiró hondo el cigarrillo y recordó a otra muchacha, una heredera yanqui procedente de Chicago cuyo padre contaba su fortuna en cabezas de ganado que llegaran a los famosos rastros. Rebelde e independiente como la mayoría de las féminas estadounidenses, había querido escapar con él, fugarse, pero el padre la jaló de las riendas. Después de hacer una visita oficial y aburrirse toda la noche, Antonio y él habían buscado alivio en un cabaret gitano. Ligeramente borracho, Antonio había brincado sobre una mesa para flamenquear a lo salvaje. En medio del zapateado, los aplausos y el castañetear, había visto al viejo Ossobuco entrar en el establecimiento llevando del brazo a una señora que no era su esposa. Ya no volvieron a admitir a Antonio. Beto exhaló un anillo de humo perfecto. ¡Qué tiempos aquellos! A.C. (antes de Cristina).

* * *

Antonio abrió la puerta del estudio y dejó pasar a Adamo.

El estudio ocupaba un extremo del segundo piso. Era una pieza amplia que daba cabida a cinco restiradores, un pequeño escritorio de cortina para el contador y el escritorio de Antonio: de superficie plana, macizo, de caoba. Había proyectado el estudio para que aprovechara al máximo la luz del norte. Un tragaluz en el techo eliminaba las sombras largas, y tejas metálicas galvanizadas contribuían a conservar el calor.

Clavados a la pared, había gran cantidad de esbozos de columnas, plataformas, obeliscos, figuras alegóricas, diseños de piso

y una hilera de fotografías de columnas conmemorativas procedentes de toda Europa.

—Ya veo que has hecho bien tus tareas para el monumento.
¿Te queda tiempo para dar clases?

—Por supuesto. Me considero indispensable —dijo con una
sonrisita.

—Y a todo esto, ¡enhorabuena! ¿Qué se siente ser director de
esa vieja reliquia?

—No puedo decir que me disguste —contestó Antonio, sonriendo ampliamente—. Me llegó el día de mi quincuagésimo cumpleaños.

Antonio sacó una botella de coñac y dos copas, las colocó en
un restirador y jaló de dos taburetes.

—La verdad es que llegué bogando sobre una ola de protestas. Una bola de estudiantes exaltados provocaron una rebelión
cuyas repercusiones no quiso enfrentar don Porfirio.

—¿O sea? —inquirió Adamo.

—La Iglesia. Ya sabes lo indulgente que ha sido él. El clero se
está metiendo constantemente en las escuelas del gobierno. Los estudiantes acusaron de homosexualidad al cura que daba clases de
escultura. La cosa se volvió desagradable, la polémica de siempre
entre la Iglesia y el ministerio de Educación.

—¿Y qué hicieron en Educación?

—Despedir al director.

—Y ponerte a ti para que restablecieras la ley y el orden.

—Rebull y Velasco renunciaron. Hemos perdido a los mejores
maestros. ¡Me han cargado con un subdirector que es pintor de
moros y bucaneros! Tengo un profesorado compuesto por mo-
dernistas pedantes y mediocres. —Exhaló un suspiro.

—Debe resultar difícil ser mexicano con perspectivas euro-
peas. —Adamo miró con simpatía a su corpulento colega mexicano y levantó la copa—. A la salud del nuevo director de San
Carlos, hombre de talla. Anímate, Antonio.

—No te he traído aquí para hablar de la academia. ¿Sabes lo
que me quita el sueño? Esa esponja que llamamos nuestro subsuelo. —Antonio puso los codos sobre el restirador—. ¿Te ente-
raste de algo en Chicago?

—Trabajé con Millikan Brothers —dijo Adamo, inclinándose hacia delante—. Te he traído un paquete de gráficas. Creo que conoces a Millikan, esa empresa que ha estado experimentando a orillas del lago Michigan hasta quince y veinte pisos.

—Correcto. Están aplicando ese concepto de cimientos flotantes —dijo Antonio—. Continúa.

Pronto estuvieron enfrascados ambos en el tema de la nueva tecnología, olvidándose de las altas notas del tenor que llegaban flotando desde la planta baja.

La música aún se oía en el cuarto de juego de las niñas, en el segundo piso, donde Sabina había pasado casi una hora meciendo a Antonieta. ¿No acabaría nunca de cantar ese tipo de la ópera? El estómago de su pobre angelita estaba cada vez peor.

—Me duele, nana, me duele —gemía, tensa, la niña sin poder reprimir las lágrimas.

—Voy a buscar a tu madre —anunció Sabina, dejando a su consentida y levantándose de la mecedora.

—¡No, nana, por favor! Mamá dice que no debemos llorar. Nos pellizca cuando lloramos.

De repente, la niña vomitó. Sabina la alzó en brazos y bajó las escaleras casi corriendo hasta llegar al dormitorio que compartían las dos hermanitas. La nana Victoria estaba cepillándole el cabello a Alicia.

—¡Dame la bacinica! ¡Y la palangana! —ordenó Sabina.

Una espuma blanca salía de la boca de Antonieta mientras vomitaba y trataba de recobrar el aliento.

—Y ve por café fuerte. Apúrate, Victoria.

Antonieta se puso a devolver mientras Sabina le sostenía la cabeza sobre la palangana, y a cada espasmo le salía una espumita biliosa.

Aquello no era un dolor de estómago común y corriente, de los que una nana puede resolver sola. Era agudo, convulsivo, como si la niña hubiera ingerido veneno. Sabina trató de recordar lo que había comido la niña. De repente lo comprendió todo: a eso de las seis y media habían ido a visitar a las ancianas solteronas que vivían al final de la calle. Las señoritas siempre tenían golosinas especiales para sus pequeñas visitantes. En la charola de los bombones había un frasco de medicina con una cucharita de plata al lado. La señorita Gloria había tomado una cucharada en su presencia. ¿Sería posible? ¡Esa infinita curiosidad! La niña probaba de todo lo que hubiera a la vista. ¡Virgen santísima!, podría morir.

Alicia se había quedado de pie, mordisqueando el cepillo y con una mirada horrorizada.

—¡Ve a buscar a tu padre! —le dijo Sabina—. Está en el estudio. —Le quitó el cepillo—. ¡Anda, muévete! Hace falta un médico.

Alicia salió corriendo del dormitorio. Momentos después, Antonio irrumpió en la habitación. Con suavidad tendió a su hija desmadejada en la cama y vio que su carita pálida con los ojos cerrados caía hacia atrás. La puso en pie.

—¡Tiene que caminar! —le dijo a Sabina—. Sin parar. Se lo diré a la señora y traeré al médico.

Beto se había aguantado todo el concierto, un repertorio sin brillantez que le pareció aburrido. Retrocedió hacia los cortinones de terciopelo que constituían un puesto de observación perfecto. Por encima de varias filas de cabezas distinguidas enfocó la mirada en Cristina, quien de nuevo posaba junto a las rosas rojas… a corta distancia del piano desde el que Cassini se esforzaba por alcanzar un Do agudo.

La puerta junto a Beto se abrió de golpe y entró Antonio en la sala abriéndose paso rápidamente.

—¡Cristina!

La ancha boca de Cassini se esforzó, pero la nota no logró salir; desentonó y siguió cantando el aria con vacilaciones, mientras las cabezas se volvían hacia la puerta y algunas personas empezaban a ponerse en pie.

Beto vio el asombro de Cristina convertirse casi en cólera.

Antonio dio grandes zancadas hasta llegar al piano. Cassini se interrumpió en medio de una frase. Ya el concierto se había arruinado irreparable, deliciosamente.

—Antonieta tiene convulsiones —dijo a su mujer—. Voy por Vásquez Gómez. Presenta excusas y ve con ella. Beto puede ocuparse de nuestros invitados. —Se volvió hacia la atónita asamblea—. Lo siento —dijo, y salió de la sala. ¡Fue algo magnífico!, pensó Beto.

Los invitados comenzaron a tomar sus abrigos, susurrando en voz alta. «¿Qué dijo? ¿Qué pasó?».

Cristina permaneció inmóvil un buen rato; después, con el rostro cenizo y las manos apretadas, murmuró unas cuantas excusas y se fue.

Una risita maliciosa señaló el final del drama. Elegantemente, Beto envolvió con dos pieles de visón el cuello enjoyado que tenía delante y se inclinó lo más que se lo permitieron sus rodillas hinchadas.

Antonieta siguió gravemente enferma durante dos días; inclusive el caldo más inocuo le producía espasmos y dolores de estómago en extremo dolorosos. Adelgazó y se cubrió de una palidez amarillenta. Habían contratado a una enfermera, y la enfermería del segundo piso alojó a su primera paciente.

—No tengo ganas de pescar unas paperas a mi edad —había declarado Antonio al incluir en los planos de la casa una enfermería que se componía de dos piezas... Una para el paciente, que necesita estar solo, y otra para la enfermera, que necesita descansar.

El espacio daba al vestíbulo de la planta baja.

Sabina se afanaba alrededor de la cama de Antonieta, tratando de hacerle «mal de ojo» a la enfermera y aplicando en secreto cataplasmas de piel de cebolla bañada en aguardiente sobre el estomaguito dolorido de la paciente. Mágicas plumas de pollo que apartaban los aires nocivos fueron escondidas bajo el colchón, y por encima de la cama clavó una virgen milagrosa a la que oró para que intercediera por el restablecimiento de su amada niña.

Antonieta descubrió el encanto de estar enferma. Todos los de la casa la mimaban, y sus tías, tíos y primos llegaban con regalos: un estereoscopio, muñecas de cartulina con amplios vestuarios de papel: camisas, vestidos, zapatos, sombreros y manguitos. Las señoritas le regalaron una pecera con un pez de vivos colores, y Alicia la distraía contándole lo delicioso que era salir de visita con mamá. Un día, Alicia compartió con ella algunas flores que había comprado con su «domingo» y las plantó en el jardincito de su hermana junto al suyo. «Una lección de botánica viviente», había dicho papá cuando le dio instrucciones a Cástulo, el jefe de los jardineros, de que preparara la tierra y marcara las parcelas de las niñas. Por la mañana, cuando papá y mamá volvían de su paseo matutino por el parque de Chapultepec, iban a visitarla dejando un delicioso aroma a botas y caballos que le agradaban más que el perfume de violetas de mamá. Mamá Lucita, su abuela, venía todos los días desde su casa, atravesando el parque de la Alameda, para rezar con ella el rosario, y su abuelo le dio un peso de oro, un peso que papá quiso ver.

Una noche no pudo dormir por el bullicio y la música que llenaban la casa. Sentada en la cama, veía brillar el enorme candil con un ciento de velas, sus prismas agitados lanzando destellos por todos lados, como volando al ritmo de la orquesta que llenaba el balcón. Dos grandes espejos dorados reflejaban vestidos vaporosos y tiras de chispas doradas de diademas y lentejuelas, todo ello mezclándose y cambiando como los colores de un gigantesco calidoscopio que cayera como confetis sobre los danzantes. Mamá bailaba continuamente, pero a papá sólo lo vio bailar una vez. De pie en la cama podía oscilar como mamá, hacia atrás y adelante, siguiendo el ritmo hipnotizador del vals. Finalmente cayó sobre la cama, agotada.

* * *

Durante su larga convalecencia, la escuela fue la distracción de Antonieta. Una pieza pequeña al fondo del segundo piso servía de salón de clases presidido por la señorita Chávez, de anteojos, maestra de primaria de escuela pública, y *miss* Etta, la profesora de inglés que nunca se quitaba el sombrero. Su padre había encargado para ella, en el taller de carpintería, un pupitre igual que el de Alicia y habían comprado, para ella sola, una serie de útiles escolares exigidos por el programa de primaria del gobierno. Los mejores días eran cuando *miss* Etta les leía poesías. Debajo del ábaco en el estante del pupitre, Antonieta escondía su apreciado libro de *Cuentos* de Grimm. Muy pronto agregaría *A Child's Garden of Verses* a su biblioteca secreta.

Cuando papá y mamá salían de noche, la nana Victoria tocaba la guitarra y cantaba mientras Alicia, sentada en la cama, se cepillaba el cabello. Ahora que había vuelto al dormitorio del primer piso, arrebujada entre los brazos de Sabina, también Antonieta cantaba y lloraba un poco por la pobre muñequita de su canción predilecta:

Yo tenía una muñequita vestida de azul
con su camisita y su canesú.
La llevé a la calle, se me constipó,
la llevé a la casa y se me murió.

—Pero yo no me morí, ¿verdad, Sabina? —preguntaba Antonieta—. Y hasta mamá se alegró, ¿verdad?

4

1907

Alicia fue la última en abandonar el salón de clases. Ordenó esmeradamente sus papeles, su cuaderno y, levantando la tapa del pupitre, los metió dentro. Indecisa, miró la gruesa *Historia de México* que sobresalía del estante de abajo, la tomó en sus manos junto con la *Aritmética* y el *Silabario Ollendorf*, y echó a andar por el corredor hacia el nuevo dormitorio del segundo piso que compartía con Antonieta. Era jueves, sólo faltaba un día más de clases.

Haciendo girar con la mano la gruesa manija de cobre, abrió la puerta de un empujón, soltó los libros escolares y consiguió ahogar un grito al ver que, agazapada en el antepecho de la ventana, con las persianas abiertas y sin nada más tras ella que el cielo azul, su hermanita se disponía a saltar.

—¡No, Tonieta! ¡Por favor, no! —gritó.

Y en ese momento desapareció la cabeza de Antonieta.

Tapándose la boca con la mano, Alicia se quedó paralizada de pavor. Logró dominar el temblor de sus rodillas y se dirigió por fin a la ventana para mirar hacia abajo. Tendida de bruces, Antonieta se deslizaba sobre el domo del oratorio que se proyectaba desde las habitaciones de sus padres en el primer piso. Desde allí se dejó caer, con la gracia de un gato, hasta el patio de la cocina y sonrió, mirando hacia arriba y con los dedos sobre sus labios.

En un abrir y cerrar de ojos, la hermanita menor estaba de vuelta en el dormitorio, cubiertas de tierra la blusa marinera y la falda, y con una sonrisa de oreja a oreja.

—Ya ves que, al fin y al cabo, mi brinco mortal no ha resultado tan mortal. —Y saludó como un animador de circo.

—No tienes derecho a darme esos sustos —resopló Alicia, llorosa—. Es también mi recámara, y no vuelvas a practicar más saltos mortales, ¿me oyes? Y no se lo enseñes a Chela.

—Chela lo hace casi tan bien como yo. Anda, vamos, Licha. ¡Miedosa! ¿Me oyes?

—¿Miedosa? Chela y tú pueden saltar todo lo que quieran del columpio y el trapecio, pero no por mi ventana.

—No sólo saltamos —declaró Antonieta con los brazos en jarras—. Somos artistas acróbatas.

Desde que se habían mudado al piso de arriba, lejos de la mirada de águila y el fino oído de su madre, las hermanas peleaban sin cesar. Su dormitorio del primer piso lo ocupaba ahora Mario, un hermanito que tenía ya casi tres años. Antonieta, quien acababa de cumplir siete, era independiente, tenía mucha confianza en sí misma y había dejado de someterse al dominio de su hermana mayor. Alicia, con once años, estaba adquiriendo proporciones bellísimas y tenía la cabeza llena de ensueños románticos que dejaban poco lugar para materias tan temibles como la aritmética y la historia, tan ágilmente absorbidas y memorizadas por su hermana menor.

—¿Y qué has hecho con mi libro? —preguntó Alicia con voz acusadora, todavía sacudida por el salto mortal. Recogió sus libros escolares para dejarlos caer sobre la mesa tocador—. ¡Vamos, contéstame!

El día anterior había metido su libro predilecto de aventuras, de Julio Verne, bajo la mesilla de noche, con una señal en la página que narraba cómo un misterioso imán estaba arrancando los clavos del barco, pero cuando quiso recogerlo por la noche, el libro había desaparecido.

—Está bien, está bien. Voy a buscar tu libraco.

Antonieta se quitó los zapatos de dos patadas y saltó de espaldas sobre la cama. Era alta, de piernas largas, y gozaba de una agilidad inusitada. Aterrizó limpiamente sobre su trasero en medio de la alta cama de bronce ornamentado, se estiró hacia atrás y sacó un libro de debajo de la funda de olanes.

Arrugando la nariz, Alicia observaba los movimientos nada elegantes de su hermanita.

—No deberías enojarte. Has leído ese libraco por lo menos seis veces. ¡Tómalo! Que al fin el tío Beto me lo va a comprar… en inglés.

Era un golpe bajo. *Miss* Etta, quien seguía impartiendo sus clases con el sombrero puesto, llevaba años tratando de que el inglés entrara en la cabeza de Alicia, mientras que Antonieta había comenzado a parlotear en el difícil idioma a los cuatro años. Alicia se sentía morir de vergüenza cuando su madre la sentaba junto a algún caballero inglés o estadounidense en el comedor de gala. Siempre rogaba que la sentaran junto a uno de los colegas franceses de papá; todos los mexicanos bien educados hablaban francés, y ambas niñas habían aprendido el idioma al mismo tiempo que el español.

Hacía mucho que Alicia había llegado a la conclusión de que era mejor no seguir discutiendo: siempre ganaba Antonieta. Se apoderó del libro, se dio media vuelta y, fingiendo escoger un vestido en el ropero, lo puso en el estante de arriba, escondido detrás de una sombrerera. Un olor curioso emanaba de la hilera de vestidos, y sumió el rostro en una nesga de suave tela para olerla.

Los vestidos habían llegado recientemente en la caja de París, esa misteriosa caja de madera que cruzaba el Atlántico envuelta en papel alquitranado por si llegara a inundarse la bodega del barco. Una vez al año, hacía su aparición la caja de París con un nuevo guardarropa para las niñas, escogido en el catálogo del Bon Marché.

—Huele igual que el tabaco del humidificador de papá. ¿No te gusta?

—¿El qué?

—El olor. ¿Qué vestido me pondré? Saldremos de compras con mamá después de comer. —Contempló los vestidos uno tras otro. Todos cabían en el moderno ropero empotrado de pared a pared que papá había encargado para ellas a los carpinteros.

Instalada en la cama con los almohadones sosteniéndole la espalda, Antonieta levantó su falda plisada y cruzó las piernas. De debajo del colchón sacó un cuaderno de apuntes y comenzó a pasar el dedo pulgar por lo escrito la víspera. Un chocolate con pasita, aplastado, estaba pegado a una página: se lo metió en la boca y tomó un lápiz encajado en la base de la lámpara eléctrica. El manoseado cuadernito de esquinas dobladas llevaba por título *Pensamientos*. En parte diario y en parte poesía, encerraba sus experiencias y sus anhelos secretos. Había garabatos desperdigados por los márgenes, y las frases insatisfactorias estaban tachadas con líneas no muy rectas. Mientras, Alicia chachareaba acerca de los vestidos nuevos. Antonieta mordisqueó el lápiz y se puso a meditar un poema que estaba germinando en su mente:

Anoche conté un millón de estrellas
pero hoy han desaparecido
en la luz mañanera bella.

Leyó en voz baja, pronunciando silenciosamente las palabras. No estaba del todo bien. Empezó a copiar el poema en una página en blanco.

Desde los cuatro años, Antonieta podía leer y escribir frases simples. También había aprendido a tocar al piano Chopin y Grieg, y bailaba con una gracia sobresaliente. La niña tenía talento, todo el mundo lo reconocía, pero nunca sería bella como Alicia. Alicia era la joya de la familia: el cabello moreno ondeado como el de su padre, el cutis de un blanco lechoso como el de su madre y la nariz perfecta, herencia de quién sabe qué antepasado, prometían una belleza extraordinaria: así lo habían vaticinado los jueces del consejo familiar. La piel morena de Antonieta seguía morena a pesar de las reglas férreas impuestas por Cristina, y su nariz era algo puntiaguda, rasgo compartido por las mujeres Rivas Mercado que ellas odiaban, pero que sobrellevaban con inteligencia y gracia. Por fortuna, habían aprendido a ocultar su inteligencia hasta después de la boda.

Fijando la mirada en un rosetón del techo de yeso blanco, Antonieta, tendida de espaldas, reflexionaba. ¿Por qué fingían los adultos? Decían cosas que no pensaban ni sentían realmente. Pues bien, ella había aprendido a fingir… como mamá. Algún día llegaría a ser una gran actriz porque fingía muy bien. Su mirada se desvió hacia los ramilletes del papel de la pared y se detuvo en uno que ostentaba la huella de un zapato entre las flores: había lanzado el zapato con enojo ese día. ¿Lo sospecharía mamá? Sintió el habitual nudo en el estómago. No era miedo, era la sensación peculiar de haber perdido algo. Algo se había ido; ya no podía seguir confiando en su madre. Eso empezó el día que vio al cantante de ópera besándola en el vergel, el mes pasado, mientras papá estaba en Nueva York. «¿Por qué dejaste que te besara?», gritaba su corazón confundido y enojado. Era un grito silencioso; ése era un secreto que no podía escribir en su cuaderno, un secreto que temía articular en palabras. Dobló los brazos bajo la cabeza, cerró los ojos y recordó.

* * *

Aquella tarde estaba sentada en el banco detrás de los naranjos mirando un libro que trataba de los dioses griegos, y que había tomado «prestado» de la biblioteca de papá. Con frecuencia compartía ese banco con tío Beto, quien prefería leer ciertos libros en la privacidad del vergel. Pero aquel día sólo la acompañaban pajarillos y lagartijas.

La Cruz Roja estuvo celebrando una sesión toda la tarde en la casa, y las damas de la Cruz Roja habían actuado como tontas con el caballero de la ópera que iba a cantar en su función benéfica de primavera. Oyó a su madre decir que era la tercera temporada del cantante. El ruidoso parloteo de las damas fue la causa de que el tío Beto se refugiara en sus habitaciones, y ella se alegró cuando por fin el último carruaje desapareció por el camino de coches.

El sol del atardecer había dejado que su libro se cubriera de sombras oscuras, y de repente sintió frío. Iba a levantarse cuando oyó la risa de su madre gorgear como un arpegio por la senda del vergel, hablando en italiano con él y riendo como cuando se sentía estimulada. Se detuvieron al pie del alto tilo. Mamá estaba de espaldas y no la vio agacharse detrás del banco para volverse invisible; escondida, oyó que él susurraba: «Cristina, *cara mía*».

Captó con el rabillo del ojo un gorrito blanco que se acercaba: sin duda, Damiana creía que el tío Beto estaba allí. A través de los intersticios del banco, vio el enorme diamante del anillo del caballero de la ópera refulgir al rodear el talle de mamá cuando ella se echó hacia atrás y él le besó y le besó la boca y la garganta. En su pánico dejó caer el libro, dio un salto y echó a correr hacia las caballerizas, con el corazón palpitante como si le fuera a estallar. Estaba segura de que mamá la había visto huir… y que también había visto a Damiana. «Pero no estábamos espiando, mamá, ¡no estábamos espiando!».

* * *

Antonieta se puso a contar las flores de cada ramillete tratando de apartar la escena de su mente. Quiso fingir que era un sueño, que Damiana seguía en casa para ponerle una toquilla al pobre tío Beto cuando se quedaba tiritando en el pabellón. Ahora sólo podía enfurecerse contra las jóvenes sirvientas cuando perdía las cosas. ¡Pobre tío Beto!

Una lágrima brotó y corrió hasta el cuaderno mientras la ira se disolvía en un extraño sentimiento de traición. Se secó ojos y nariz con el dorso de la mano y volvió a tomar el cuaderno; las lágrimas habían emborronado su poema. Lo tachó con una línea ondeante, pasó a otra página y escribió:

Anoche conté un millón de estrellas
Pero hoy se han desvanecido
Sin dejar siquiera una huella.

—De todos modos, así está mejor —se dijo.

—¿Qué estás murmurando? —preguntó Alicia, sosteniendo un vestido de organdí blanco y admirándose en el espejo.

—Borradas ¿es con B alta?

—Deja ese cuaderno de una buena vez y vístete —reprendió Alicia con voz de mando. Los jueves, los Castellanos iban a comer con ellas, y cuando tenían que salir de compras, mamá Lucita solía llegar temprano.

—No quiero ir al centro. Por favor, Licha, dile a mamá que me duele el estómago.

—Otra vez dolor de estómago. ¡Siempre la misma excusa!

—Bueno, tú sabes que me duele.

—Anda, date prisa. No tarda mamá en subir a buscar a Mario.

Su antiguo cuarto de juegos, justo del otro lado del pasillo, frente al dormitorio de las niñas, estaba ahora lleno de bloques de construcción, una locomotora chifladora y soldaditos que libraban ruidosas batallas. Gracias a san Antonio, cuya imagen Antonieta había colgado de cabeza durante diez días, Alicia y ella habían sido trasladadas al segundo piso antes de que naciera el hermanito.

Se estiró, sin hacerle el menor caso a Alicia. Aquí arriba era un mundo totalmente distinto, un mundo maravilloso. En un extremo del corredor y unos escalones más arriba estaba el estudio de papá. Si una llamaba por la tarde y prometía no hacer ruido, se le permitía sentarse en un alto taburete ante un restirador y hacer las tareas. Y a veces hasta podía lamer las estampillas de impuestos para pegarlos en los recibos de las rentas. Papá cobraba muchas rentas de edificios comerciales y de departamentos que el gobierno le había cedido al no poder pagarle sus construcciones. Inclusive era dueño del convento de San Jerónimo, donde sor Juana Inés de la Cruz había escrito sus poesías. Cuando lo visitó con papá, se había arrodillado en el reclinatorio de sor Juana, había alzado los brazos suplicando y de repente se había sentido inspirada para ser poetisa…

En vez de dinero para el bolsillo, Alicia y ella recibían, cada una, la renta de un departamento; llevaban un libro con sus respectivos gastos y mantenimiento, y podían ahorrar o gastar el remanente. El mantenimiento era muy importante; eso era algo que papá les había metido en la cabeza. Pero sus inquilinos seguían rompiendo las llaves del agua y la tapadera de la taza del baño, y eran los mismos gastos una y otra vez.

En el otro extremo del corredor, más allá de su salón de clases y de las escaleras de atrás que conducían a la cocina, se encontraba su lugar predilecto entre todos: la torre. Una angosta escalera

KATHRYN BLAIR

subía hasta la torre donde papá acababa de instalar un brillante telescopio nuevo de bronce. Papá decía que el oratorio era el anexo de mamá y la torre de observación el suyo.

El mundo estaba lleno de misterio y descubrimientos en la torre. Allí se convertía en princesa y contemplaba su reino que, extendiéndose por encima de los techos planos hasta los altos árboles del parque de la Alameda, llegaba aún más allá, hasta las copas de los árboles del Zócalo. Las cumbres nevadas del Ixtaccíhuatl y el Popocatépetl se erguían por encima de los montes que orlaban el valle como guardianes de sus dominios.

Al mirar por el telescopio, había descubierto la apasionante vida de los techos: muchísimos perros vivían en las azoteas, lo mismo que palomas y cerdos... ¡y hasta una vaca! Un cobertizo de lámina y el taller de un artista se le antojaban vecinos, y le parecía conocer a los chiquillos desnudos que corrían tras una pelota de caucho en medio de una selva de ropa tendida. Desde la torre, toda la ciudad yacía a sus pies, desparramada en tejados dispersos y manchones de casuchas. La vista desde la torre se parecía al paisaje que pintó el señor Velasco y que estaba colgado detrás del gran sofá de la sala.

Una noche se había despertado cuando la luz de la luna resplandecía desde la ventana del dormitorio, brillante, atractiva, creando una senda luminosa por la alfombra florida hasta la puerta del corredor. Abandonó la cama y se encontró totalmente a oscuras al pie de la escalerita de la torre. Tan pronto como abrió la puerta, la luz de la luna inundó las escaleras y la atrajo como un imán.

La nieve del Popo y del Ixta brillaba, iluminada por la luna, y un millón de brillantes lentejuelas tachonaban la negrura del cielo. Ella había relatado su aventura nocturna a Chela y ahora la torre era su escondite secreto. Una vez estuvo a punto de contarle a Chela lo del señor de la ópera.

Como las imágenes de un proyector, la secuela de la escena del vergel adquiría en su mente dimensiones luminosas.

Fue al día siguiente. Había estado agitada y preocupada toda la noche. Como sentía sueño después de comer, se había metido en su antiguo cuarto y, dejándose caer sobre la cama, se puso a hojear «Alí Babá y los cuarenta ladrones». Mario estaba arriba, en el cuarto de juegos: mamá dormía su siesta acostumbrada y Alicia, en el jardín del frente, trataba de evitar que los primos que habían venido de visita pelearan por el goce del carrito con la cabra. Mamá se había mostrado irritable durante la comida; siempre se ponía así cuando papá no estaba. Medio adormecida, Antonieta oyó pasos conocidos, desiguales, cruzando el vestíbulo; el sonido del bastón sobre el piso de parqué le hizo comprender que el tío Beto estaba enojado. Golpeando desde fuera la puerta del *boudoir* de mamá, fulminó:

—¡Cristina! Abre esta puerta.

El tío nunca se acercaba al saloncito de mamá. La voz le temblaba de furor al repetir la orden:

—¡He dicho que abras!

La puerta se abrió sin más tardar. Tranquila y serena, la voz de su madre contestó:

—¿En qué puedo servirte, Alberto? Espero que no estés enfermo.

—Sabes condenadamente bien por qué estoy aquí. Exijo que me·digas por qué despediste a Damiana.

Era cierto. Mamá había visto a Damiana. ¿También la habría visto a ella?

—No la despedí —mamá hablaba con un tono de voz contenido—. Ella prefirió marcharse.

—¿Por qué? —la pregunta brotó como una pequeña explosión.

—Esperaba decírtelo personalmente, pero veo que escuchar los chismes de la cocina sigue siendo uno de tus pasatiempos favoritos.

El tío Beto respiraba muy fuerte.

—Hablando en plata —prosiguió mamá—: Damiana fue sorprendida robando.

—¡Eso es mentira!

—Porque Damiana se metió en cosas de la cocina tuve que despedir al nuevo mozo. El muchacho era decente. Volvió después y me contó que había visto a Damiana sacar paquetes de la despensa.

Silencio.

Mamá se sonó la nariz, señal de que estaba nerviosa.

—Revisé mi inventario y comprobé que era cierto. Faltaban dos kilos de frijoles, un kilo de arroz y sabe Dios cuánto maíz. Entonces vino la nueva sirvienta llorando y me juró por la virgen santísima que también ella había visto a Damiana robando. Yo... yo sabía que eso te iba a trastornar, de modo que los despedí a todos.

—¿Y esperas que me crea ese melodrama? No te imaginaba tan ingenua, Cristina.

El tío Beto dio un golpe con el bastón.

Sintió ganas de echar una mirada por el ojo de la cerradura, pero no tenía fuerzas para moverse.

—Antonio vuelve la semana que viene. ¡Ya veremos si te cree!

Se oyó un ruido como de papel arrugado.

—Mientras tanto, ahora que la temporada de la ópera ha pasado ya, quizá encuentres divertido este libro. Está escrito por nuestro ilustre Federico Gamboa, el diplomático intelectual. Demasiado atrevido para la gente decente.

Se rasgó un papel.

—Toma. Se titula *Santa* y describe los trabajos y tribulaciones de una puta.

La puerta del *boudoir* se cerró de golpe y se oyeron los pasos del tío Beto alejándose por el vestíbulo.

Un sollozo angustiado llegó desde el otro lado de la puerta. Nunca había oído llorar a su madre. Temblando, se había puesto de pie para dejarse caer frente al ojo de la llave.

Con el cabello suelto cayendo sobre la bata de raso blanco, su madre se parecía a la pequeña santa Teresa bajo la campana de cristal del oratorio. No, más bien a uno de los fantasmas de *Don Juan Tenorio*, un fantasma con un libro en la mano. Un fantasma sin escenario dónde fingir.

De repente, su madre estalló en sollozos y gritó:

—¡Espías! ¡Damiana y tú, los dos!

Un doloroso sentimiento de simpatía había embargado a Antonieta. Ahogándola casi. Quería abrir la puerta y consolar a su madre, pero las rodillas se le habían vuelto de piedra.

Pobre tío Beto. Damiana se había ido y Victoria también. La amada nana de Alicia había cerrado la caja de su guitarra para desaparecer en un tranvía. Damiana era amiga de Victoria. Pobre Alicia. Había llorado. «¿Me viste a mí, mamá? Yo no estaba espiando», gritó en silencio Antonieta.

* * *

Abrió los ojos. Quizá no llegara a saberlo nunca. Ambas seguirían fingiendo, mamá y ella. Volvió su atención hacia Alicia, todavía absorta en el ritual de la elección del vestido correcto. ¿Por qué resultaba tan difícil encontrar el vestido correcto? El taconeo decidido que se acercaba por el vestíbulo la hizo bajarse de la cama. En un instante, antes de que su hermana pudiera protestar, había saltado por la ventana, perdiéndose de vista.

—¿Por qué estás ahí parada con la boca abierta? ¿Dónde está Antonieta? Le he pedido a tu padre que llegue temprano; ya sabe que quiero salir de compras. ¿Por qué tienes esa mirada fija? Por el amor de Dios, Alicia, cierra la boca.

Más tranquila, Cristina dio a su hija un beso en la mejilla y, metiendo las manos entre los vestidos del armario, sacó el de organdí blanco.

—Este es bonito. Voy a comprarles zapatos blancos. Que también Antonieta se vista de blanco... y que lleve guantes limpios. Le he dicho diez veces a Sabina que los guantes y los zapatos deben estar limpios, pero la mitad del tiempo no me hace caso. Quiero que las dos estén de lo más guapas.

Cristina se alejó dejando tras de sí un ligero aroma a violetas. Dos minutos después, Antonieta estaba de regreso.

—¡Ay, Antonieta! —gimió Alicia.— ¿Por qué eres siempre tan... tan temeraria?

—Porque se necesita valor para desafiar a la muerte. —Y sonriendo con picardía—: ¿Le has dicho que me dolía el estómago? —Sus ojos expresivos interrogaban a los de su hermana.

—Tendrás que ir. Nos va a comprar zapatos nuevos. Oh, deja de hacer caras. Ya sabes que papá siempre llega tarde a comer los jueves. Quizá no quede tiempo para ir de compras.

—No necesito zapatos nuevos —dijo Antonieta, malhumorada, brincando de nuevo sobre la cama. Se quitó los zapatos de golpe, se desprendió de blusa y falda y las arrojó al suelo.

Alicia miraba compasivamente a su hermana; mamá era dura con ella, siempre regañándola y castigándola. No comprendía que Antonieta vivía en un mundo distinto, un mundo de libros, ideas extrañas, un mundo que compartía en parte con tío Beto y con papá cuando tenía tiempo. Encerrarla en su dormitorio para castigarla no era ningún castigo, pues a ella le encantaba estar sola. Por eso a veces provocaba el castigo. Lo había admitido en sus *Pensamientos*. Pero no había la menor explicación, ni siquiera en el cuaderno, de su humor cambiante. Antonieta lo dramatizaba todo. Era exasperante y acababa con su paciencia. La semana pasada había encontrado a su hermanita de rodillas en las losetas frías del cuarto de baño, a las dos de la madrugada, con un lazo de tendedero enrollado en la cintura.

—¿Qué estás haciendo? —le preguntó, adormilada.

—Estoy sufriendo.

—¿Por qué?

—Porque mamá Lucita dice que debemos sufrir por los demás como Jesús sufrió por nosotras.

—Vas a ponerte a moquear. Será mejor que te acuestes.

—Pero no he terminado de sufrir.

—Voy a despertar a mamá.

Antonieta había oscilado sobre los talones enderezándose en un solo movimiento y la había seguido hasta el dormitorio donde se acostó con ella para calentarse los helados pies.

Alicia miró a su hermana, sentada y en camisa, escribiendo sobre las rodillas sin percatarse de la hora que era.

—Más vale que dejes ese cuaderno y que te laves la cara. Mamá ha dicho que debes vestirte de blanco.

—¿Acaso existe otro color?

Aunque no sabía la hora, Sabina aparecía siempre en el momento en que la necesitaban. La pequeña sargento almidonada marchó por el cuarto, puso unos guantes blancos recién lavados sobre el tocador, dejó bajo la cama un par de relucientes botines blancos, recogió la ropa sucia del suelo y se fue derecha al ropero donde escogió un vestido blanco. Entonces llevó a empujones a la renuente escritora hasta el cuarto de baño.

—No apreté lo suficiente tus rizadores anoche. Tienes el cabello hecho un desastre.

—Me lo voy a cortar. Espera y verás —dijo Antonieta, resistiéndose a que le cepillaran el cabello. Lo tenía moreno, lacio y fino—. No me gusta dormir con la cabeza envuelta en «cuetes».

Oyeron ladrar a los gran daneses, el habitual ladrido que anunciaba la llegada de su padre. Sabina prendió el quemador y empezó a calentar la tenacilla rizadora.

* * *

—Ve derecho a las caballerizas —ordenó Antonio a Feliciano—. Quiero ver a Cástulo.

Cuando Antonio salió de las caballerizas, los gran daneses llegaron brincando desde el ángulo de la casa y rodearon a su amo, olisqueando el paquete que llevaba en la mano.

—Quietos, Kublai, Gengis. ¡Quietos! —Hoy no estaba de humor para lidiar con ellos.

Antonio dio vuelta al establo y llegó al jardín tropical, una colección de cactos que aumentaba tras cada excursión familiar al campo. Las niñas lo llamaban su «montaña».

Vio el baqueteado sombrero de paja de su jardinero inclinado hacia la tierra, donde plantaba un nuevo ejemplar.

—Mira, Cástulo. Traigo algo para la cueva de Antonieta.

Siendo muy pequeña, Antonieta había descubierto la cueva después de que una tormenta deslavara una enorme roca volcánica. Había suplicado a su padre que no la rellenara y había metido una muñeca de trapo en la gruta en miniatura «para cuidar la montaña». La lluvia y los roedores habían hecho de la pequeña ermitaña una desmadejada bola de algodón.

—¿Qué te parece el nuevo cuidador?

Antonio sacó una figurilla de piedra, rechoncha y fea. Era un ídolo que habían desenterrado durante una inspección reciente de los nuevos canales del desagüe. Antonio sabía poco de la historia azteca: era mejor que aquellos templos bañados en sangre siguieran sepultos. Pero parecía haber un frenesí de excavar estos últimos tiempos. Los británicos estaban especialmente empeñados en las excavaciones. Sólo había conservado el idolillo porque tenía el tamaño exacto para la cueva de Antonieta.

—Mira, Cástulo, cabe justo.

El jardinero contempló la figura con una extraña expresión en su arrugado rostro broncíneo. Cuando su patrón se hubo alejado, el viejo hizo la señal de la cruz, recuperó rápidamente su herramienta y se alejó, fuera del alcance del temido Huitzilopochtli.

* * *

¡Dónde demonios estaría su boquilla! Malhumorado, Beto clavó el cigarrillo entre los dientes y en cuanto lo tuvo encendido lo aplastó en el cenicero. Antonio subía por la escalera del frente, con la preocupación pintada en el rostro.

Beto arrancó un trocito de papel que se le había pegado al labio, dio una lengüetada a la herida y se dirigió al rellano.

—¿Qué tal un aperitivo antes de que desciendan los Castellanos? Tienes un aspecto terrible. Podría levantarte un poco el ánimo.

—Lo siento, viejo, hoy no. Pero me sentaré un minuto contigo.

Antonio hizo crujir la silla de ratán al sentarse y se sirvió un vaso de jugo fresco.

—¿Qué hay de nuevo?

—Poca cosa —respondió Beto con un encogimiento exagerado de hombros—. Al parecer, 1907 va a ser un año inolvidable. La bolsa de valores acaba de desplomarse en Nueva York y Flores Magón y sus anarquistas están fomentando la revolución.

Una sonrisita perpleja iluminó los ojos de Antonio:

—¿Algo más?

—¿Quién entiende a los estadounidenses? Capturan a ese Flores Magón y lo meten en la cárcel a petición de Díaz, pero permiten que su grupo de revolucionarios desterrados siga publicando un periódico que destroza los principios mismos que Estados Unidos defiende. —Beto dio un puñetazo a la mesa—. Ya te hablé de ese periódico, lo llaman *Regeneración*. Lo publican en Saint Louis y lo traen clandestinamente a este lado de la frontera. —Se inclinó más hacia su hermano—. Encontré una pila de ejemplares en la librería de Villagrande. —Villagrande era un intelectual y un rebelde que fomentaba discusiones ardientes en su arcaica librería.

—Y supongo que escamotearías uno —dijo Antonio—. ¿Qué vas a hacer con todos esos recortes? ¿Escribirás un tratado? ¿Y quién lo leería? —Antonio cortó un generoso trozo de queso—. También yo pasé esta mañana por donde Villagrande.

—¿Sigues buscando mapas? —Y Beto prendió otro cigarrillo mientras Antonio asentía con la cabeza.

—Ha sacudido para mí una tonelada de polvo de viejos archivos. Estamos intentando descubrir la ubicación exacta de los caminos de Tenochtitlan. Me he convencido de que el monumento está sobre un relleno, en una parte del viejo lago.

Otra vez el monumento. Beto estudió el rostro de su hermano: profundas arrugas le surcaban la frente y entre las barbas aparecían hilos de plata.

—¿Encontró Villagrande algo que te sirviera?

—No. —Antonio dejó el vaso sobre la mesa.

Beto esperó, callado.

—Todos los cálculos demuestran que la columna es estable, pero con nuestro condenado subsuelo los cálculos más precisos pueden ser números sin sentido. —Calló y siguió masticando—. Debo confesarte, Beto, que últimamente no duermo muy bien. Una de esas corazonadas. No puedo demostrarlo, pero me parece que la columna está a punto de inclinarse —y prosiguió—: Ya lleva trece metros de alto. Los siguientes metros serán decisivos.

Reconociendo la expresión del rostro de su hermano, Beto se cuidó mucho de hacer alguna de sus observaciones petulantes. Antonio estaba profundamente perturbado: el monumento se había convertido en una obsesión.

—¡Ah, sí! Hay otra noticia más. —Beto se mostraba voluntariamente animado—. El viejo «Vinagrillo» no nos honrará hoy con su presencia.

El padre de Cristina era un hombre enjuto, cicatero, de tipo criollo, que odiaba a los españoles, los aristócratas, los altos funcionarios del gobierno y los yanquis.

—¿Pero supongo que gozaremos del placer de la compañía de todos los demás Castellanos? —preguntó Antonio.

—Supones bien. Incluyendo a nuestro ilustre ex bibliotecario.

En la intimidad de la antecámara, Beto había apodado a Manuel, el moreno hermano de Cristina, el Indio Estreñido, dado que sus comentarios más apreciados eran gruñidos. La madre de Cristina era el único premio del paquete sorpresa de parientes adquiridos por Antonio. Era una dama tranquila y resignada cuya belleza delicada reflejaba su ferviente fe católica y la aceptación serena de lo que le había deparado el destino. Vinagrillo la dominaba con la mirada.

—Comeré arriba, en el estudio —dijo Antonio de repente—. Presenta mis excusas, Beto, ¿quieres? —Se puso en pie abrochándose la levita sobre el abultado estómago.

Beto meneó la cabeza: el monumento le había quitado el sueño a su hermano, pero el apetito no.

Cristina estaba sentada ante el tocador, con una suave bata sobre los hombros. Antonio se quedó parado un instante en el umbral viéndola cepillarse un rizo. La belleza de la juventud se agostaba rápidamente, y una cintura más amplia solía ser la recompensa de la llegada de herederos, pero a los treinta y siete años, la belleza de Cristina se había desarrollado hasta la plenitud que caracteriza a algunas mujeres.

Lo vio por el espejo de mano y sonrió. Él se inclinó para besarle la nuca.

—Cuidado, Antonio —le rogó, quitándose la bata y poniéndose en pie. Tenía el joyero abierto sobre el tocador—. Estaba pensando en el collar de perlas. ¿O prefieres un simple prendedor?

—¿Cuántas damas conoces que tengan un aderezo de joyas para cada día de la semana?

—Sólo Cristina de Rivas Mercado. —Y sonrió, complacida—. Bueno, escoge tú.

—¿Acaso sirvo únicamente para cerrar collares? —Tomó el collar de cinco hileras de perlas y rodeó con él el cuello alto de la blusa hecha a la medida—. He venido a decirte que prefiero que me sirvan de comer en el estudio. Estoy agobiado de trabajo.

El rostro de Cristina presentaba una expresión estoica al volverse hacia él.

—Lo que tú digas, mi amor.

Cuando Antonio se fue, Cristina abrió las grandes puertas labradas del armario de su dormitorio y se examinó en tres lunas de cuerpo entero. Todos los lunes ayunaba, bebiendo sólo leche para depurar el sistema. Nunca permitiría que un corsé le comprimiera rollos de grasa. Esbelta desde cualquier ángulo, nunca volvería a quedar embarazada. Había sido un año aburrido, con Antonio fuera tanto tiempo. Y aquellas semanas, desde «el incidente», fueron un infierno, aguantando en silencio las miradas de Beto, insinuantes, acusadoras, burlonas, que le provocaban insomnios y dolores de cabeza. Pero ahora estaba segura de que la vieja no había divulgado su secreto. En cuanto Antonio volvió de Nueva York, había insistido en que lo acompañara a visitar a Damiana en su miserable cabaña a la orilla de un polvoriento río de lava. Vivía con su hija y una prole de nietos abandonados. La vieja se había mostrado servil y cortés, agradecida por la generosa canasta de alimentos y ropa. Antonio no había cuestionado el derecho de su esposa a despedir a la sirvienta infiel, pero sí había insistido en pasarle una pensión mensual. Demasiado generoso. Antonio no tenía sentido del dinero. Con la mirada, Cristina había expresado a la vieja que la pensión llegaría mientras no revelara cierto secreto. El trato fue cerrado con otra mirada; ya sólo quedaba una leve inquietud.

Cristina volvió al vestidor y contó sus anillos, prendedores, broches, pulseras, collares y cerró la caja fuerte oculta en un compartimento secreto del tocador. Mirándose al espejo a través de un bosque de frascos llenos de perfumes y lociones se enfrentó a su imagen. ¿Por cuánto tiempo recordaría Antonieta? La memoria de una niña se apagaba pronto, gracias a Dios. Olvidaría, claro que olvidaría, se repetía Cristina sin cesar.

Acercándose al espejo, Cristina dedicó toda su atención a su peinado. Meticulosa en su aseo personal, no le gustaba salir de casa sin que cada cabello estuviera en su lugar, cada postizo seguro. Como para juzgar alguna escultura, volvió la cabeza de un lado a otro. Arreglarse el cabello era tarea monótona. Las últimas

KATHRYN BLAIR

ediciones de *La Mode Illustrée* presentaban una nueva moda de peinados. Los sombreros planos de ala ancha que se llevaban ahora reposaban sobre una corona de cabello natural, discretamente estirado hacia atrás y peinado con sencillez.

La luz del sol penetraba por la ventana revelando unas cuantas pecas, expresión de su ascendencia alemana que prestaba igualmente un rubor natural a su cutis. Sólo su cabello mostraba alguna evidencia de su sangre india: era grueso y lacio. Ni siquiera Antonio sabía que aquellos reflejos castaños representaban el resultado de años y años de aplicación de té de manzanilla.

¡Qué difícil resultaba ser mujer!, se decía Cristina, razonando, mientras se empolvaba las pecas con una borla. Los hombres solían tener sus aventurillas, procreaban hijos sin nombre y evadían su responsabilidad. La mujer tenía que someterse al marido, a sus caprichos. La respuesta de la esposa era siempre: «Por supuesto, por supuesto, mi amor». ¿No se lo había oído decir a su madre un millón de veces? Las mujeres solteras se convertían en solteronas amargadas mientras las casadas quedaban encerradas entre las paredes de su casa. Y entre tanto, los maridos gozaban de libertad para divertirse con sus queridas. ¡Los hombres eran unos ególatras! Un marido creía que él, y sólo él, llenaba todos los espacios vacíos del corazón de la mujer, esos dolorosos anhelos que gritaban pidiendo libertad. Para la mujer, esa lucha nunca tenía fin. Para ella, siempre fue una lucha: disimular su herencia india, mantenerse fuera de la luz del sol, elevarse poco a poco por la escala social, y sólo Dios sabía cuánto había tenido que disimular para liberarse de las exigencias egoístas de su padre, para salir de Oaxaca, para ir a una buena escuela, para aprender idiomas, para ser la primera de la clase, ¡inclusive para ser la primera joven blanca en escalar el Popo hasta la cima! Y a pesar de todo aquello, seguía habiendo espacios vacíos allá dentro. ¡Toda mujer llegaba al mundo presa de una trampa!

Con un último toque, Cristina se volvió hacia la puerta. Acabaría pronto con la comida. Sombreros nuevos encabezaban su lista de compras.

* * *

76

Densos nubarrones de polvo cubrían la zona céntrica de la ciudad, levantándose en bocanadas hacia el transparente cielo azul. Parecía que el equipo mecánico moderno contratado por el gobierno municipal estuviera en movimiento por todos lados. Boquiabierta, la población se reunía con admiración ante los potentes rodillos compresores que alquitranaban las calles.

Sentada en el borde del asiento de la *victoria*, el carruaje descubierto de la familia, Antonieta echaba miradas a su alrededor.

—Mira, han puesto un nuevo letrero a la calle. ¡Patoni se ha convertido en avenida Juárez! —exclamó, poniéndose en pie. El estruendoso bocinazo de un automóvil obligó a Feliciano a tirar de las riendas y la niña cayó hacia atrás, sentándose bruscamente.

—¿No aprenderás nunca a ser una dama? —la reprendió Cristina—. Feliciano, trata de pasar por alguna calle lateral.

Giraron hacia la derecha pasando ante una hilera de tiendecitas de hilos, pañuelos, novedades y mercería en los que colgaban, torcidos, letreros de «Liquidación». Siglos de mugre se habían pegado a sus paredes pandeadas, a punto de ser demolidas.

—¡Detente aquí! —ordenó Cristina.

Feliciano se detuvo junto a la banqueta, bloqueando el paso al carruaje que venía detrás, mientras su patrona entraba para examinar un sombrero osadamente inclinado que le había llamado la atención. Volvieron a detenerse delante de una tienda de telas, donde el empleado sacó piezas enteras para que ella las viera, dejando caer en cascada metros y metros sobre la bien barrida banqueta. Más allá dieron vuelta hacia la calle del Coliseo y se detuvieron delante de una pastelería con vitrinas cargadas de apetitosísimos confites.

—Mamá, por favor, ¿puedo comprar unos bollos suizos? —rogó Alicia.

Un policía apartó a varios niños sucios para que abrieran paso a la elegante dama y sus hijas. Antonieta volvió la mirada hacia el grupo amedrentado, de narices moqueantes, barriguitas hinchadas y traseros al aire bajo camisas de algodón demasiado cortas. Al salir, metió la mano en la bolsa de Alicia y lanzó dos o tres bollos hacia las manos tendidas. Alicia se apoderó de la bolsa de Antonieta llena de pasitas con chocolate y las ofreció a los incrédulos espectadores. Desconfiados al principio, abalanzándose después con temeridad, introdujeron los diminutos dedos en la bolsa y se llenaron con las codiciadas golosinas las boquitas hechas agua. Al salir de la pastelería, Cristina vio el final del pequeño drama. Antonieta recuperó su bolsa rota y la cerró con las pocas pasitas que quedaban.

—¡Ahora no te las puedes comer! —le dijo Cristina dando una palmada a la muñeca de Antonieta. Las pasitas se desparramaron por todos lados levantando un remolino de traseros desnudos.

El pescante de la *victoria* estaba cargado de cajas de zapatos y de sombreros. Feliciano se coló en un espacio libre de la calle de Capuchinas parcialmente pavimentada. La perfumería, la última en la lista de Cristina, estaba a la vuelta de la esquina.

—Espera aquí.

Flanqueada por sus dos figurines, Cristina echó a andar por Plateros hacia la perfumería de sus parientes, los Labadie.

Reunidos en la esquina de la calle y vestidos con pantalones a cuadros, un grupo de «lagartijos» observaban su avance. Antonieta odiaba a aquellos jóvenes que se pasaban el día al sol, contemplando el desfile femenino y echando piropos a las damas.

—¡Oiga, señora! —gritó uno—. Le cambio a su hija por mi padre. Él es muy guapo y ella va a ser una belleza, igual que su madre.

Era un doble piropo para una matrona de treinta y siete años. Alicia sacudió la cabeza con altivez, pero Cristina sonrió al pasar junto al atrevido. Detrás de las faldas de su madre, Antonieta le sacó la lengua.

Al entrar en la perfumería, Alicia quedó desilusionada: no estaba el primo Mauricio, quien siempre daba a las niñas un frasquito con muestra de perfume.

—¡Ah, la señora de Rivas Mercado! Es un honor y un placer verla a usted y a sus dos bellas hijas —exclamó el vendedor, muy efusivo.

—Es usted muy amable.

Cristina se sentó en un taburete delante del mostrador de caoba indicando a las niñas que esperaran en el banco circular que rodeaba unos macetones con palmeras. La luz del sol penetraba a raudales por el domo de cristal emplomado.

Cristina se dirigió al empleado con sonrisa condescendiente.

—Puede mostrarme sus perfumes. Los del último embarque, por supuesto.

Anhelante, el vendedor abrió las puertas corredizas del mostrador y sacó una bandeja llena de muestras de esencias y aromas embriagadores.

El caballero que estaba en el extremo del mostrador se acercó a Cristina y la saludó inclinándose:

—No pude menos que oír su nombre. ¿Es usted Cristina de Rivas Mercado?

Extrañada, Cristina estudió aquellos asombrosos ojos azules, segura de no haber visto anteriormente al caballero.

—Sí.

—No he tenido aún el placer de conocerla. Una gran pérdida para mí —el caballero volvió a inclinarse—. Pero permita que me presente. Soy sobrino de Antonio, Fernando Rivas Figueroa.

—¡Por supuesto! El hijo de Pedro. —De hecho, sobrino-nieto de Antonio—. Debería haberlo reconocido por los ojos.

Pedro era el sobrino mayor, hijo del primogénito de los Rivas Mercado que le llevaba veinte años a Antonio. Este hombre tendría treinta y un años, cuando mucho treinta y cinco, calculó Cristina. Se había casado y vivía en España.

—Espero que me permita visitarla pronto. Tal ha sido mi intención desde mi regreso de Madrid.

Los modales de Fernando y su ropa elegante desmentían que hubiera nacido en un rancho. Ella nunca había apreciado a Pedro con sus rústicas pretensiones de hacendado. La educación y el dinero, o lo que quedaba de este, pertenecían a la esposa... y también los intensos ojos azules.

—Será un honor. —Cristina sonrió amablemente.

Fernando explicó enseguida:

—Mi esposa era española. He pasado en Madrid los diez últimos años, pero una vez que perdí a mi esposa me fui deshaciendo poco a poco de los negocios y no tengo mucho tiempo de haber regresado a México.

—Acepte usted nuestro pésame por el fallecimiento de su señora. Lo ignorábamos.

—Es usted muy amable. Me gustaría quedarme en México si consigo encontrar posibilidades interesantes para mis inversiones. Mi padre me había sugerido que el tío Antonio...

—¡Claro que sí! Estoy segura de que mi esposo podrá ayudarle. Debe venir a comer con nosotros. ¿Tal vez el sábado?

—Acepto con muchísimo gusto.

—Lo esperaremos con impaciencia. —Cristina se puso en pie y tendió la mano enfundada en mitones que revelaban la finura de sus dedos. El sobrino de Antonio no era tan alto como la mayoría de los Rivas Mercado, pero sí mucho más guapo y tenía un aspecto mundano que le resultaba singularmente atractivo.

Fernando sintió la calidez de una naturaleza que respondía a la suya y se inclinó para besar la mano tendida.

5

Había sido una semana agobiante para Antonio, con reuniones diarias en la academia y, además, invitados a los que tenía que atender: ingenieros, colegas arquitectos, visitantes, estudiantes y maestros. Sus dos escritorios, en casa y en la academia, estaban atestados de trabajo. Sin contar que habían comenzado las vacaciones de primavera, momento en que el profesorado examinaba los expedientes de los candidatos para becas de estudios en Europa. La recaudación de fondos era, para él, una tarea despreciable que le habían obligado a asumir; puesto que la Secretaría de Educación había restringido su asignación de fondos, no le había quedado más remedio que acudir a mecenas privados para poder mantener a los estudiantes en el extranjero.

Dobló la esquina de Héroes desde la parada del tranvía. Estaba irritado, irritado contra el gobierno y también irritado por haber tenido que caminar toda la semana. La calle Héroes estaba sumida en un caos pegajoso: montones de piedras descartadas obstruían la banqueta y brillantes charcos de alquitrán moteaban la orilla cubierta de hierba. ¡Maldito vecino! Joaquín Casasús había informado lisa y llanamente al vecindario que él sufragaría el costo de la pavimentación de la calle Héroes. Por supuesto, era un gesto dictado por el interés: recientemente retirado de su embajada en Washington, Casasús había regresado con un Packard último modelo y se había comprado otro automóvil en Alemania… Quizá fuera ya hora de retirar a Feliciano y a los caballos.

Antonio siguió cuidadosamente su camino hacia el número 45; se había retrasado precisamente hoy que Cristina había invitado a toda la familia para darle oportunidad de saludar a su sobrino Fernando, por tanto tiempo ausente. Le pasaron por la mente unos ojos azul pálido; era un tipo insolente. ¿Cuáles eran sus calificaciones? ¡Ja! Antonio raspó una bola pegajosa del zapato. Maldición, necesitaba tiempo para sí mismo, tiempo para revisar hasta el menor detalle del monumento, para estudiar y rehacer todos aquellos cálculos complejos. Intentó deshacerse de un sentimiento habitual de aprensión, pues la razón le decía que Beto estaba en lo justo, que había permitido al monumento convertirse en obsesión. La noche pasada lo despertó una pesadilla entre sábanas empapadas en sudor frío. En el horrible sueño veía cómo se inclinaba la columna, igual que la de Pisa pero, a diferencia de esta, que llevaba siglos inclinada, seguía inclinándose lentamente sobre un suelo incapaz de soportar el peso de la plataforma. Vio cómo las piedras de Chiluca, que habían sido tan primorosamente redondeadas y encajadas, se desprendían, cómo ondulaban los escalones de granito blanco y cómo sus mármoles —rojo y amarillo el de Verona, verde el de Génova, escogidos con tanto esmero— se partían al inclinarse el piso de mosaicos de la plataforma. En la pesadilla, había visto cómo caía la heroica Libertad de bronce con un crujido atronador y su cabeza rodaba por el Paseo de la Reforma. Aquella mañana, su jefe de albañiles le confirmó sus propias sospechas: había oído un ruido y detectado una fisura casi imperceptible en la plataforma de concreto. Esa gente tenía una percepción pavorosa. ¡Dios mío, ya llevaban dieciocho metros de altura! W.H. Kipp había construido un tubo de malla en acero reforzado al que se unían las piedras ajustadas. La columna era sólida.

Con la atención fija en donde ponía los pies, Antonio prosiguió cautelosamente el camino hasta su casa. Ninguna construcción, en su ya larga carrera, le había inspirado una ansiedad tan grande. Una columna no tenía nada de complicado ni original: hubo columnas para conmemorar triunfos y celebrar héroes en toda la historia desde la antigüedad: la columna trajana en la ciudad de los Césares, las de Alejandría, Roma, Londres, París y San Petersburgo, todas columnas clásicas similares. Pero esta iba a ser una hazaña de ingeniería edificada sobre un suelo movedizo; debería resistir a los terremotos e inclusive al rayo. Tenía que anclarse en el fondo del viejo lago de tal manera que nunca oscilara. Su columna debía erguirse soberbiamente, símbolo de orgullo dominando la ciudad, ángel de libertad flotando en el cielo.

Yérguete soberbiamente también tú, se reprendió Antonio. Todos saben por qué has conseguido el encargo. Mira la verdad cara a cara. Ha sido un obsequio, una ramita de olivo... Tal vez haya llegado el momento de acudir a ingenieros de fuera.

Buscando charcos negros con la mirada, permitió que afluyeran sus recuerdos del año 1880 cuando regresó de Europa.

* * *

Al tomar en mano las riendas del poder en 1876, Díaz había encontrado vacías las arcas de Hacienda. El astuto general, con su gran sentido práctico, no tardó en abrir las puertas de México a los inversionistas extranjeros. En 1880, los banqueros franceses y americanos ya estaban financiando una era de progreso y desarrollo. Francia era la fuente de la cultura y los mexicanos estaban enamorados de todo lo que fuera francés. Con un título de ingeniero y otro de arquitecto obtenidos en París, así como una carpeta de honores arquitecturales impartidos por el gobierno francés, Antonio había encontrado todas sus estrellas en las posiciones correctas. Había cruzado la sala de espera del Departamento de Comunicaciones y Obras Públicas donde jóvenes arquitectos mexicanos con insuficiente preparación aguardaban sin esperanza en los gastados sillones. Su primer encargo importante, ganado por concurso, fue la gigantesca terminal de ferrocarriles en Santiago de Tlatelolco. Los ferrocarriles se habían convertido en el nervio vital de la nación, al unir el norte con el sur, el Golfo con el Pacífico, serpenteando por las ásperas cordilleras que durante siglos habían separado unos de otros a los mexicanos, dividiendo México en áreas incomunicadas. La casa redonda de máquinas, el laberinto de vías y la casa de aduanas neoclásica le habían valido felicitaciones y encargos suntuosos. Así comenzaron su éxito y su fortuna. Pero ya en 1890, los mexicanos tenían que luchar para ser reconocidos. Los extranjeros pululaban, y en Obras Públicas se opinaba que para ser bueno había que ser extranjero. Aquel año se abrió un concurso para la edificación del palacio legislativo, el proyecto más ambicioso de Díaz hasta el momento. Todos los arquitectos acreditados podían competir.

—Voy a presentar dos proyectos —había confiado Antonio a un colega mexicano.

—¿Por qué? ¡Si sólo uno va a ganar!

—Quiero ponerlos a prueba. Ya está decidido. Un proyecto será de estilo renacentista y lo firmaré con nombre italiano. El otro será una cúpula neoclásica, firmado por un francés.

Y habían reído de la jugarreta.

Antonio se había enterado, por un amigo que formaba parte de la comisión de jueces, que sus proyectos habían obtenido el primero y segundo lugares, pero tan pronto como se descubrió que los dos misteriosos arquitectos eran un mismo mexicano, le concedieron el tercer lugar... ¡a la zaga de un italiano y un francés!

¡Había estallado!

—Les contaré la verdadera historia —declaró a los reporteros de *Le Courríer du Mexique* y *The Mexican Herald*, quienes habían oído rumores del fraude.

Su demoledora historia alimentó la ira de los jóvenes profesionales mexicanos, que se unieron a la protesta contra los extranjeros privilegiados. Desde entonces, el nombre de Antonio Rivas Mercado obtuvo una nueva resonancia. El encargo del monumento a la Independencia era una rama de olivo que Porfirio Díaz tendía al verdadero ganador del concurso del palacio legislativo.

* * *

Raspando la suela de sus zapatos en el limpiabarros al pie de las escaleras, Antonio subió a la galería. Esperaba pasar de largo junto al pabellón, pero Beto lo estaba esperando y lo llamó:

—Pareces deprimido. Ven y entérate de noticias verdaderamente malas.

—Supongo que podré descansar un minuto —contestó Antonio con una risita ahogada—. ¿Qué otro golpe acaba de sufrir el mundo?

—Se ha declarado en huelga una fábrica textil en Veracruz. Una carnicería, una masacre, un asunto muy feo —expresó Beto con voz lúgubre.

—¡Ejem! —Antonio se sirvió un vaso de agua de tamarindo antes de sentarse.

Obviamente, Antonio no estaba de humor para discusiones. Beto se echó hacia atrás y cruzó las piernas.

—Y tú, ¿qué cuentas de nuevo? ¿Cómo van esas becas?

—Diego Rivera ha obtenido una, gracias a Dios. Ha estado dando vueltas por el taller de un grabador borracho, cerca de la academia, desde que lo expulsaron. He ofrecido una amnistía, pero no quiere venir a clases. Por lo menos ahora podrá ir a Europa. Dehesa, el gobernador de Veracruz, está asegurándole un año en España.

—¿Y cuánto has puesto de tu bolsillo?

Antonio se encogió de hombros sin contestar.

—Bueno, por lo menos un estudiante mexicano va a sobresalir —dijo Beto irónicamente, recordando al joven de ojos saltones y constitución semejante a la de Antonio—. Tal vez no se sumerja en ese cenagal de inferioridad mexicana en el que se atascan tus muchachos allá.

—¿Ha llegado ya Fernando? —preguntó abruptamente Antonio, poniendo fin al tema del dinero de las becas.

—No faltaba más. Está disfrutando las atenciones de su corte de admiradoras.

—¿Quiénes han llegado?

—Leonor y su parvada de hermosas nietas. Parece ser que Leti ha vuelto de Europa sin novio. Lástima. Han sido demasiado exigentes. Su precioso durazno está que se cae de maduro. —Beto lanzó un anillo de humo—. Y está Elena.

—¿Y qué pasa con Juana?

—No ha venido. Torres la tiene como rehén hasta que repares el techo de su casa.

—Yo no sabía que Juana fuera tan dócil. ¿Es toda la lista de invitados?

—No. Ese eminente crítico de teatro, tu otro cuñado, también está aquí. Eres el último en llegar.

Antonio se sirvió una pechuga de pollo y escuchó el parloteo de las damas. Las voces de su esposa, sus hermanas, sus hijas y sobrinas, se elevaban y bajaban, orientadas por las prolongadas disertaciones de Fernando acerca de los hábitos y moradas de la nobleza española. Un tipo atractivo y arrogante. Decían que su difunta esposa había sido mucho mayor que él; hosca pero acaudalada. Gracias a Dios que los sábados sus cuñados Torres jugaban al dominó en el Jockey Club; los pormenores acerca de la sociedad española habían dominado la conversación desde el principio. Antonio contemplaba la sonrisa sarcástica que curvaba los labios de su sobrino.

—¿Y qué te parece México, Fernando? —La voz de Antonio resonó, dominando el alto conteo de decibeles.

—Estaba explicándole a su encantadora esposa que después de Europa hay que proceder a un ajuste. Cuando me fui, México era una ciudad de paredes descascaradas, malos olores y baches capaces de partir un eje. Ahora es una ciudad de barricadas, hoyos profundos y polvo. Llevo una semana sin ver los volcanes.

Antonio consiguió capturar la mirada de su sobrino:

—Me interesan tus observaciones. ¿Consideras que México ha progresado en estos diez años?

—Por supuesto. Hay agua y electricidad en mi cuarto de hotel, y los tranvías eléctricos son un cambio apreciable. Pero no he visto muchos automóviles. Madrid está lleno de ellos. —Fernando tuvo una sonrisa maliciosa—. Y me parece señal de madurez ver todas esas estatuas de mármol, desnudas, en el parque de la Alameda. —Un murmullo de risitas reprimidas corrió alrededor de la mesa—. Pero, ¿mi verdadera opinión? México sigue aún patéticamente atrasado. —Fernando hizo girar su copa de vino en un rayo de luz cobalto que atravesaba el pavorreal de vidrio emplomado.

Por qué razón lo ofenderían esas observaciones, se preguntaba Antonio. Recordaba la impresión que le causó su regreso a México en 1880: le había parecido una tierra primitiva habitada por un pueblo sucio e ignorante. Niños desnudos defecando en plena calle y, por todos lados, el estado deplorable de la ciudad había afectado su sensibilidad europea. Pero, ¿y ahora?, ¿se había acostumbrado?

—El cambio más importante —proseguía Fernando— es que nuestra amada capital ha dejado de ser una fétida Venecia. Me complace observar que don Porfirio ha entubado esos olores apestosos en una red de alcantarillas. Y doña Cristina me dice que está usted trabajando en un nuevo sistema de desagüe. El otro día me sorprendió un aguacero en Plateros: tuve el agua hasta los tobillos en un minuto, y no me quedó más remedio que pagarle a un indio cincuenta centavos para que me llevara a cuestas al otro lado. Al dejar México, un paseo a lomos costaba doce centavos. Yo llamo a eso inflación galopante. —Y rio.

Bebiendo su vino lenta, deliberadamente, sin permitir que se distrajera la atención de su auditorio. Fernando prosiguió:

—Parece que han florecido las cantinas. De ser cierto que la población de esta ciudad asciende ahora a cuatrocientos mil habitantes, ¡trescientos noventa mil son indios borrachos! Ayer fui a buscarlo a la academia, tío Antonio, y pasé por el mercado de La Merced. Dios mío, qué apestoso laberinto. Caminos tapados por carretas, montañas de verduras que se pudren y burros sumidos en estiércol. Me costó llegar, entre marchantes y borrachos, hasta el viejo muelle del canal. Debe de haber un kilómetro de barcas sumidas en un embotellamiento bestial. Tuve que taparme la nariz con el pañuelo. Uno olvida el hedor que emanan los borrachos sucios. —Y Fernando se secó pulcramente con la servilleta el bien cortado bigotito.

—¿Has ido alguna vez a Les Halles, en París? —preguntó René Labadie. Era de sangre francesa pero de lealtad mexicana.

—Vamos, René —replicó Fernando—. ¿A cuántos franceses borrachos encuentras allí? Y si los encontraras, olerían a vino civilizado. El indio mexicano es de una raza atrasada y fea. Por desgracia es eterno y olerá por siempre a fermentado.

Volvieron a oírse risitas socarronas reprimidas.

Beto había estado estudiando a aquel pulido sobrino suyo con expresión sardónica.

KATHRYN BLAIR

—De esa fermentación saca su dinero tu padre —dijo—. ¿Has efectuado una inspección de las cantinas? Tu padre podría dar empleo a un buen administrador en su hacienda de pulque.

—Extraer jugo de cacto, aunque sea para ganar dinero, no es mi especialidad, querido tío.

—¿Y cuál es tu especialidad? —insistió Beto.

—Sí, cuéntanos tus planes —intervino Leonor. Habría querido que Leticia se uniera a la conversación y no se mostrara tan indiferente. Sus dos jóvenes nietas parecían fascinadas por aquel «tío» tan guapo, tan hombre de mundo—. ¿Qué piensas hacer ahora que estás de regreso, Fernando?

—Puesto que Dios no nos concedió la bendición de una familia y que ahora no tengo hogar, creo que puedo pasar un poco de tiempo evaluando México, viendo si todavía puedo encajar aquí. —La mirada de aquellos penetrantes ojos azules recorrió la concurrencia—. Por el momento voy a ser un *dilettante*.

Antonieta se preguntó qué significaría *dilettante*. Podía percibir que su madre estaba molesta con la tía Leonor, quien siempre hablaba de Europa: mamá nunca había ido a Europa. Era bueno que tía Elena estuviera allí: mantenía la paz entre ambas.

—Para ser *dilettante* manejas un buen coche —comentó Beto, reconociéndole cierto talento a su sobrino. Se sirvió la última pechuga de pollo cuando pasaron de nuevo la fuente y sonrió maliciosamente a José en el gran espejo barroco.

Del otro lado de la mesa, Antonieta captó el gesto y disimuló su risa con la servilleta. Una vez el abuelo Castellanos se había servido la pechuga que era para Beto y por poco acaba con un tenedor acusador en el ojo. Cuando era pequeña, creía que todos los pollos tenían tres pechugas: una para papá, una para el tío Beto y una más para un invitado.

* * *

Antonieta dejó caer el libro sobre el buró y cerró las cortinas. Entonces se tendió en la cama y se quedó allí, con la mente vacía, sin inspiración para escribir, sin ganas de hacer nada. Había tenido una sensación incómoda todo el día. Se estiró y meneó los pies. No le gustaba que el tío Fernando pasara tanto tiempo en la casa. Cuando no venía a comer, llegaba por la tarde y se iba de visita con mamá «para presentárselo a la gente bien». Mamá reía demasiado y Alicia estaba hecha una tonta junto al tío Fernando. Chela y ella eran las únicas a quienes no les gustaba. Mentía, como cuando le dijo a mamá que iría a comer con un viejo amigo de España, pero la prima Tita le había contado a Alicia que había comido en casa de Leti. Tita dijo que era engreído, aunque guapo. De todos modos, Leti podría tener el marido que quisiera: su nariz era todavía más perfecta que la de Alicia.

Con los brazos a lo largo del cuerpo, Antonieta se estiró, tratando de deshacerse de un sabor a bilis que no se le quitaba. Había empezado por la mañana en la iglesia. Sabina y ella habían ido corriendo a través del parque donde terminaba la calle Héroes, para oír misa temprano en San Fernando. Por lo general se sentaban en la banca de delante, decían una oración y se iban. Pero era cuaresma y esta mañana se había arrodillado ante el dorado altar mayor de Nuestro Señor de los Dolores para orar por mamá y papá que no habían ido a misa ni una vez durante la cuaresma. Papá se quedaba dormido en la iglesia y decía que era ofender a Dios, y mamá tenía su oratorio, pero Sabina afirmaba que si no sentía una las piedras frías y duras bajo las rodillas, Dios prestaba oídos sordos a las plegarias.

San Fernando tenía un aura enigmática, un olor almizcleño a incienso y cera y un maravilloso silencio que sólo interrumpía el sonsonete de las oraciones pronunciadas en latín por los franciscanos descalzos. Cuando se empinó para prender su vela en el altar de Nuestro Señor de los Dolores, observó que la pintura de los pies de Cristo estaba desgastada donde tanta gente los había besado. Alzó la mirada hacia el triste Cristo de rodillas y de repente sus ojos —ojos luminosos a punto de derramar lágrimas— cruzaron la mirada con los de ella. Todo el día había recordado la mirada insistente de aquellos ojos. Ahora un estremecimiento le recorrió los hombros y en el estómago sintió un nudo apretado, el de siempre.

Oyó los pasos de Sabina en el corredor antes de que se abriera la puerta.

—¿Estás otra vez acostada en la oscuridad? —Sabina descorrió bruscamente las cortinas—. Cavilas demasiado. Anda, bebe tu té de manzanilla y cuando termines, ha dicho tu tío que vayas al pabellón.

* * *

Beto dormitaba con *The Mexican Herald* en equilibrio inestable sobre su rodilla. Oyó acercarse a su sobrinita y se enderezó sobresaltado, mandando a volar el periódico cuyas hojas se desparramaron por el piso. Rápidamente se apoderó de *El Imparcial*, dobló las páginas y se aclaró la garganta carraspeando.

—¡Qué cinismo más descarado! No tiene nada de imparcial este diario y no dice ni una palabra de la huelga. Si quieres enterarte de lo que sucede en México, ¡lee los periódicos extranjeros! ¿Cómo estás, princesa?

—Bien —Antonieta recogió las hojas dispersas del tabloide en inglés y empezó a juntarlas. Se detuvo ante una fotografía de hombres amenazados por policías armados—. ¿Qué significa huelga, tío Beto? —preguntó, provocando por costumbre una disertación política que le permitiera a su tío desfogar sus emociones.

—Significa que algunos trabajadores tienen quejas y que han dejado de trabajar para quejarse.

Leyó en voz alta el pie de grabado: «Cananea: Los huelguistas exigen igualdad de salario con los mineros americanos y se niegan a trabajar en domingo». Echó una mirada severa a su tío.

—¿Te gustaría trabajar en domingo?

Beto volvió ruidosamente las páginas de *El Imparcial*.

—Aquí hay algo que te interesará —dijo, dejando la pregunta sin respuesta—. Habla de tu padre. ¿Dónde estaba? —Se ajustó las antiparras sobre la nariz y leyó—: «El martes pasado, el presidente de la república, Porfirio Díaz, inauguró el puerto de Salina Cruz sobre el Pacífico y el ferrocarril reconstruido que atraviesa el Istmo de Tehuantepec hasta Coatzacoalcos, sobre el Golfo de México. El azúcar importado desde las islas de Hawái hasta las mesas de Nueva York, vía México, ha abierto cauces nuevos al comercio mundial».

—Ahí no dice nada de papá.

—Todavía no he llegado a los huéspedes distinguidos. —Beto llegó con el dedo al final de la columna—. La lista de invitados en la página seis. Aquí está. «El renombrado arquitecto, don Antonio Rivas Mercado, quien fue el proyectista del laberinto de vías, la casa redonda y el edificio de la terminal del nuevo ferrocarril de Tehuantepec… —plantó los anteojos sobre la punta de la nariz y alzó la mirada hacia su solemne auditorio— acompañó al presidente en la serenata y baile subsiguientes, ejecutando un bello tango con el primer magistrado».

Antonieta rio al imaginar el chistoso espectáculo y se puso a bailar alrededor de la mesa; levantó la boina de su tío y le besó la calva incipiente.

—Pensé que eso te animaría. Apenas has probado la comida.

Con un cambio repentino de humor, Antonieta preguntó:

—¿Crees que papá pasará algún tiempo en casa? Alicia está enamorada del tío Fernando, ¿sabes? Por eso se está haciendo tonta.

—Hablábamos del azúcar de Hawái —dijo Beto—. No cambies de tema.

Alicia no era la única que estaba enamorada de él, pensó Beto. Dios mío, Antonio debería echar de casa a ese *dilettante* engatusador. Mientras él andaba comprando ónix en Puebla y piedra de Chiluca en alguna aldea polvorienta, Fernando se empapuzaba a su mesa, congraciándose con las niñas y componiendo adorables escenitas con Cristina y el niño.

—Salgo para la librería de Villagrande en unos minutos; Feliciano va a llevarme. Entonces pasaré por San Carlos para buscar a tu papá a las cinco en punto… y tendré que esperarlo por lo menos media hora. ¿Quieres venir?

—¡Sí, tío Beto! —Villagrande era su tienda predilecta del centro. «Una cueva de antigüedad», decía tío Beto de la vieja librería, porque había que soplar para quitarles el polvo a los volúmenes antiguos buscados por los clientes de todo tipo que se reunían allí—. Voy a avisar a Sabina.

* * *

KATHRYN BLAIR

Feliciano guio al caballo hacia el Zócalo por la tienda del Nacional Monte de Piedad y dio la vuelta delante del nuevo almacén francés de departamentos al final de los arcos del lado poniente. Cuando llegaron a la esquina de palacio, hizo ondear el látigo saludando a dos conocidos que se apoyaban en la verja de la catedral mientras les lustraban las botas y que, al reconocer a su colega cochero, se apartaron de los limpiabotas para abrirle un espacio al landó, el nuevo carruaje de los Rivas Mercado.

Antonieta bajó de un salto y se quedó esperando a que Feliciano ayudara a su tío a bajar sus doloridas piernas hasta el pavimento.

—¡Mira! —exclamó, señalando el otro lado de la calle. Una multitud estaba reunida alrededor de una excavación donde palas hidráulicas habían abierto una zanja para los enormes ductos del drenaje. En *El Imparcial* había salido la foto de algunas serpientes de aspecto temible descubiertas en la base de un antiguo templo azteca—. Quizá hayan encontrado más ídolos. Vamos a ver.

—¡No! —Beto estaba irritado por tantos obstáculos y rodeos. Se abrió paso alrededor del mercado de las flores, dando vuelta en la calle de Tacuba a espaldas de la catedral.

Banquetas ondulantes y ventanas inclinadas caracterizaban el barrio. Al emprender la instalación de los ductos del drenaje, Antonio había explicado a sus hijos que en tiempos de los aztecas, el corazón de la Ciudad de México era una isla constantemente amenazada por las inundaciones. Los españoles habían desaguado los poco profundos lagos y rellenado los canales para incrementar la superficie de tierra seca. Pero el esponjoso subsuelo se salía siempre con la suya, empujando un edificio para arriba y jalando otro hacia abajo.

El barrio le era familiar a Antonieta, pues con frecuencia acompañaba a su padre cuando iba a cobrar las rentas de algunos de aquellos edificios destartalados que necesitaban reparaciones constantes. Hoy, aromas incitantes disiparon el nudo que tenía en el estómago: tacos y gorditas condimentados siseaban sobre asadores al aire libre y muchachitos en las esquinas fumaban cigarrillos. Aquí la juventud se movía en un mundo misterioso.

La librería de Villagrande ocupaba la planta baja de un viejo edificio colonial. Era un punto de reunión para los criollos, mestizos e indios cultos, muchos de los cuales habían obtenido educación gracias a sus venerables volúmenes. El interior estaba apenas alumbrado; altas estanterías cargadas de un revoltijo de publicaciones creaban un tapiz de diseño abstracto. Los dependientes empujaban las escaleras de mano de acá para allá, atendiendo a clientes de todas las edades, profesiones, fortunas e ideologías políticas.

Al verlos entrar, Eduardo Villagrande salió detrás del mostrador. Caballero miope y bajito, con los anteojos encajados sobre una cabeza morena y despeinada, el dueño de la librería presentaba un aspecto engañoso. Mestizo ilustrado de intelecto brillante y vocabulario fluido, disfrutaba provocando a sus amigos conservadores con su retórica socialista. De comportamiento caballeroso, Villagrande era, empero, rebelde de corazón, hombre seguro de su identidad, sus opiniones y su pasión por México.

—¡Don Alberto! —saludó con calor a Beto—. ¿Qué puedo hacer por usted, amigo mío? Antonieta, siento mucho que no estén los niños en casa. Se han ido de compras o adonde sea con su madre.

Antonieta se alegró. Le gustaba la divertida casa del piso alto y simpatizaba con los revoltosos niños Villagrande, pero hoy no estaba para juegos.

—Vengo por cuenta de Antonio —explicó Beto—. ¿Supone usted que podría desenterrar algún viejo mapa de Tenochtitlan en este agujero negro que califica de archivos? ¿Alguno que muestre la profundidad de los canales y su ubicación exacta?

—Lo único que me queda por hacer es echar mano de una azada; fuera de eso, he ahondado todo lo posible para don Antonio —replicó festivamente Villagrande, alzando las manos—. Los españoles quemaron la biblioteca azteca y destruyeron sus registros, ya lo sabe usted. Se han salvado pocos documentos.

—Eso he oído decir —pronunció rápidamente Beto. Villagrande acostumbraba darle lecciones acerca de los aztecas, habiéndolo motejado de «invasor» desde hacía mucho. El invadido y los invasores, Huitzilopochtli y Aristóteles. ¡Qué diablos era un mexicano!—. Pensé que todavía tendría usted enterrado algo por aquí.

—Encontré un mapa que muestra los diques aztecas y sus acueductos, pero no indica las profundidades. ¿Sabía usted que los aztecas tenían un acueducto para traer el agua desde las fuentes de Chapultepec? Todo el mundo está convencido de que los acueductos se iniciaron con los españoles.

—¡Ya lo sé! Voy a echar una mirada. —No lo sabía. No le interesaban los aztecas, sólo sus canales.

—Mire, espéreme en mi despacho. Trataré de encontrar un ejemplar de la segunda carta de Cortés a Carlos V. Acabo de recordar que contiene un mapa de Tenochtitlan.

Apoyándose en Antonieta, Beto trepó por las angostas escaleras que conducían al cubículo de Villagrande en el entrepiso. El considerable escritorio desaparecía bajo columnas de libros, revistas, octavillas y periódicos, todo ello amontonado en un equilibrio oscilante. La mirada de Beto captó el título de un volante sujeto por un pisapapeles: El Partido Liberal Mexicano, impreso un año antes, que enumeraba las demandas anarquistas. Se puso los anteojos.

Antonieta empezó a jugar con el pisapapeles. De repente exclamó:

—¡Mira, tío! Hay una enorme hormiga cargada con una miga de pan. ¿De dónde habrá salido? Mira cómo se tambalea. ¡Va a caerse del escritorio!

—¡Quita! —Y Beto aplastó la hormiga con un tintero.

Antonieta se mordió el labio.

—Lo siento, princesa. Pero estoy tratando de leer algo importante. —La compasión que le inspiraba su amada sobrina se veía superada en ocasiones por la exasperación. Había algo frágil oculto en el alma de aquella niña, una inquietud, una tristeza, una impaciencia por aprender. Hoy se mostraba especialmente taciturna—. ¿Por qué no te quedas sentada un minuto?

Villagrande empujó la puerta y derramó una brazada de libros sobre el ya sobrecargado escritorio.

—He encontrado un mapa en una vieja crónica española donde dan una descripción de los canales.

—¿Quiere usted decir que hay cierto orden en el desorden que impera allá abajo?

—Mi librería está mil veces mejor catalogada que los Archivos Nacionales —se jactó Villagrande.

—Pero el polvo allí quizá no tenga tantas sabandijas como el de usted. —Y Beto echó una mirada inquisitiva a su voluminoso amigo—. Me llevaré el mapa y dejaré los libros para los eruditos. Muchísimas gracias.

* * *

Los salones de San Carlos habían quedado silenciosos al final de la tarde. Era el momento que Antonio disfrutaba. Sentado detrás de su escritorio revisando obras de arte y proyectos, calificaba privadamente a los estudiantes y sus profesores. Había pocas cosas que considerara «creativas» en la academia. Los estudiantes nunca disponían de materiales suficientes para poder experimentar creativamente; los maestros ganaban tan poco que tenían otros empleos, con lo que perdían interés en la enseñanza o ni siquiera se presentaban. Echaba de menos a Rebull y Velasco, inclusive a Félix Parra con sus aberraciones sobre todo lo relacionado con lo azteca.

Metódicamente proseguía Antonio su trabajo, pero sus pensamientos volvían sin cesar al monumento. Estaba inclinándose: era un hecho demostrado. Pero, ¿seguiría inclinándose? ¿Debería solicitar de Obras Públicas que un equipo de ingenieros evaluara la situación? ¡Dios!, ¿estaría más allá de la salvación?

Sumido en sus pensamientos, Antonio se sobresaltó al oír que tocaban a la puerta abierta de su despacho. Su visitante llenó el vano de la puerta, con un fieltro de ala ancha en la mano y un saco demasiado angosto para contener su robusto corpachón.

—He subido porque pensé encontrarlo aquí.

—¡Diego! —dijo Antonio, levantándose para saludar al joven y sacudiéndole vigorosamente la mano—. ¡Cuánto me alegra verlo! Confío en que todo estará ya listo para su viaje.

Diego Rivera, de diecinueve años, medía más de un metro ochenta y pesaba unos ciento quince kilogramos. Había cierta fealdad atractiva en aquel rostro espabilado que despertó la simpatía de Antonio desde el primer momento.

Diego se sacó del bolsillo un sobre salpicado de pintura.

—Aquí tengo mi billete del tren hasta Veracruz y mi boleto de pasaje para España. He venido a despedirme y darle las gracias, maestro, por ayudarme en lo de la beca.

—Te la has ganado por tu talento. —Antonio dio unas palmaditas en el hombro que se inclinaba hacia la mesa y sumió las manos en los bolsillos—. Ahora conocerás con tus propios ojos a algunos de los grandes maestros que tan hábilmente has copiado: El Greco y Velázquez, Zurbarán y hasta Goya. No pierdas un solo día de esta época privilegiada de tu vida, muchacho. —El profesor miró a su raído estudiante y sonrió—. Ya sabes que los conquistadores mismos eran mestizos, fenicios, romanos, visigodos, moros, aun judíos, su sangre estaba más mezclada que la nuestra. No permitas que ningún español te mire con altivez. Allí los mexicanos constituyen una curiosidad. —Y torciendo la boca con expresión divertida—: Y tú, mexicano, eres un objeto curioso.

—Le sacaré provecho, maestro. —Y Diego sonrió—. Ah, sí, tengo una carta. —Y sacó otro sobre manchado—. Es de Gerardo Murillo para Chicharró, pidiéndole que me admita en su estudio.

Murillo, quien firmaba sus pinturas como Dr. Atl, había informado a Antonio del interés que sentía por Diego. También había citado a unos jóvenes pintores españoles, renegados que estaban rompiendo con la escuela clásica e inclusive la postimpresionista, unos llamados Picasso y Gris.

—¿Qué opina usted, maestro? —preguntó Diego.

La mirada de Antonio se fijó en los ojos grandes y saltones que estaban al mismo nivel que los suyos. Aquel joven, con su naturaleza apasionada y su desbocada imaginación que lo hacían tan vulnerable, podría perderse fácilmente en la Europa de las vanguardias. Ponderó su respuesta.

—No te dejes llevar por la novedad, hijo. Estudia las técnicas de los grandes de la pintura. Emula su estilo. Ellos serán tus mejores maestros hasta que surja tu estilo propio.

Impulsivamente, maestro y discípulo se palmearon las espaldas. El alto y corpulento joven se caló el sombrero y desapareció por el corredor mientras Antonio le decía adiós con la mano desde la puerta de su despacho. En ese momento, el reloj de la catedral dio cinco campanadas.

* * *

Beto se aferraba a la barandilla para subir la escalinata hasta el segundo piso de San Carlos. Antonieta habría querido adelantarse, subir los escalones de dos en dos, pero siguió comedidamente el paso de su tío. Al llegar al final de la escalera echó a correr; la puerta que decía «Director» siempre estaba abierta. Con un saludo jubiloso se precipitó en el despacho y abrazó a su padre sentado detrás del gran escritorio de encino, con el retrato de don Porfirio mirando por encima de su hombro.

—¡Hola, ángel!

Beto llegó cojeando hasta el escritorio y desdobló victoriosamente el mapa:

—¡Mira esto! Villagrande lo ha desenterrado.

Antonio estudió reflexivamente el viejo documento lleno de manchas.

—Ya decía Villagrande que acabaría por encontrar algo. Ha sido muy amable al seguir buscando. —Sonrió con picardía y miró a su hermano con algo de condescendencia—. ¿Y qué más has encontrado allí? ¿Más literatura sediciosa?

Beto pasó por alto la ironía de su hermano.

—Sí. Puedo decirte con certeza que las cosas empiezan a arder en el norte.

Antonio consideraba como un juego el nuevo interés que mostraba su hermano al fijar su atención en el escenario político. En vez de mordisquear chismes sociales, había encontrado medio de morder con dientes de tigre las grandes noticias políticas. La vida de Beto se había visto tan lastimosamente menguada, ¡reducida a tan poca cosa! Miró el rostro crispado de su hermano, su orgulloso hermano que nunca se quejaba, que nunca hablaba de sus dolores físicos.

—No pasará nada —replicó Antonio, muy seguro—. Díaz no es ningún tonto. Aplastará a la oposición como si fuera un hormiguero, igual que siempre.

Antonieta sabía que su padre tenía razón en lo de las hormigas.

Antonio cerró con llave los cajones de su escritorio y descolgó el sombrero de la percha.

—Tendré que detenerme donde Boari un minuto y ver el techo de Juana antes de que se vayan los obreros. ¿Nos vamos?

El estudio de Adamo Boari era una verdadera colmena por la actividad que allí se ejercía en media docena de idiomas. El señor Louis Lamm, un ingeniero estadounidense, estaba despidiéndose y se detuvo para hablar con Antonio en un lenguaje que el buen señor creía ser español. El americano y sus socios estaban rellenando las zonas pantanosas del extremo oeste de la ciudad y vendiendo parcelas a razón de ¡trece pesos el metro cuadrado! Lo llamaban colonia Roma. Antonio pasó entre restiradores cargados de planos azules hasta donde Boari y el escultor Alciati examinaban una hermosa maqueta de la ópera. Cuatro pegasos de bronce montados sobre sendos pedestales habían sido añadidos alrededor de la cúpula.

—¡Hola, Antonio! —dijo Adamo—. ¿Qué te parece?

—Impresionante. Pero esta mañana observé que una de tus bestias voladoras de bronce está colgando de una polea. ¿Te sigue preocupando el peso? —preguntó Antonio.

—Los hermanos Millikan han llegado de Chicago para efectuar los cálculos —contestó Boari encogiéndose de hombros—. Hemos bombeado suficiente concreto en los cimientos para soportar dos teatros de ópera. ¿Dónde se habrá metido?

De modo que Adamo seguía teniendo dificultades.

—También yo estoy pensando en irme a Chicago a ver a tus hermanos Millikan. ¿Por qué no vienes conmigo?

—¿Y dejar todo esto? —Y Boari abrió los brazos.

—Tal vez tengas que hacerlo. Con este elefante blanco que va elevándose frente al palacio veneciano que llamas Oficina de Correos, podrías decidir crear un Gran Canal. —Y Antonio rio, pero Adamo no estaba de humor para bromas. Más serio, agregó—: He venido a ver a Garita.

—Se fue temprano —dijo Boari.

Antonio llevó aparte a su amigo.

—Estoy preocupado, Adamo. Preocupadísimo. Mis cálculos muestran que el monumento tiene dos grados de inclinación. Quiero que Garita lo compruebe. —Antonio respetaba mucho la habilidad del ingeniero mexicano—. ¿Quieres preguntarle si podrá venir a verme en la construcción el lunes por la mañana? A las siete.

Boari asintió, comprensivo, y acompañó a Antonio hasta la puerta.

* * *

La casa de tía Juana era demasiado convencional y oscura, una casa ceremoniosa excepto el recibidor. El tío Beto se había quedado en el carruaje; tampoco a él le gustaba la casa, decía que no tenía una sola silla confortable, pero Antonieta sabía que era porque no le agradaba el inválido tío Ignacio que siempre le gritaba a la gente. También ella se sentía incómoda en la casa, pero había muchas cosas que ver. Su tía Juana coleccionaba cajitas y animalitos de cristal y especialmente muñecas; el tío Beto decía que era porque no tenía hijos.

Un piano de cola ocultaba en parte la vitrina de las muñecas en el vestíbulo. Antonieta pasó los dedos por las teclas y alzó la mirada. El sol poniente derramaba largos rayos de vivos colores del techo emplomado. Podía ver una sombra tras la lumbrera donde papá había mandado poner un andamio para reparar las goteras. Ahora estaba allí arriba y probablemente se quedaría hasta que hubiera oscurecido demasiado para poder ver. La niña trepó al banquito del piano y miró hacia el estante más alto de la vitrina de las muñecas.

—¡Tonieta, criatura! No sabía que estabas aquí. ¿Te asusté?

Juana, que estaba en su salita, acababa de entrar silenciosamente. Antonieta se bajó de un salto para darle un beso a su tía.

—¡Qué gusto me da verte, mi amor! —Y la besó afectuosamente—. De seguro que tu padre ha subido al techo.

—Sí. No sabía que estabas en casa. Tienes algunas muñecas nuevas, tía. Me gusta esa, con el vestido que la envuelve y cambia de color con la luz, la del rubí en la nariz. No me lo digas, déjame adivinar de dónde es… ¡la India!

—¡Sí! —El caudal de información que se almacenaba en la cabeza de aquella niña no dejaba de impresionar a Juana. Sabía demasiado para sus siete años—. Tengo un nuevo libro, precioso, con grabados de muñecas del mundo entero. Está en la biblioteca. Ven, te lo voy a enseñar.

Juana sentó a Antonieta en una silla alta de respaldo recto, con el pesado libro abierto sobre su regazo. Entonces se dio vuelta para irse.

—No te vayas, tía. Quédate y mira el libro conmigo. Por favor, no te vayas.

—Perdóname, preciosa —y Juana sonrió, disculpándose—. Tengo que hablar de algunas cosas con tu padre antes de que se haga de noche. —Besó a su sobrina y le dio unas palmaditas en la mano—. Vuelvo enseguida.

Y Juana salió.

Antonieta pasó las páginas hasta ver la imagen de una muñeca negra. Seguramente de África pero, ¿de qué país? Tapó la leyenda y cerró los ojos. Trató de adivinar… ¿Tangañika? No. Era del Congo Belga.

Apenas había vuelto cinco hojas cuando la casa pareció estallar. Caían vidrios, se dispersaban y se quebraban en el recibidor. Un grito agudo, desgarrador, la hizo ponerse en pie de un salto. El piano produjo un acorde alto, disonante. La niña corrió al vestíbulo cubriéndose los oídos con las manos. Llovían vidrios de colores, enormes trozos se venían abajo haciéndose añicos, lanzando rayos multicolores sobre las paredes blancas. Por un agujero desigual, abierto ahora en la cúpula, aparecía la cabeza de papá mirando hacia abajo, con el rostro blanco y la boca abierta.

Un trozo más de vidrio cayó y se rompió.

—¡Apártate, papá! —gritó la niña.

Poco a poco recorrió la pieza con la mirada: más allá del piano vio una falda arrugada sobre el piso y una pierna con un zapato de tacón alto que sobresalía. Como hipnotizada, se acercó: su tía

Juana estaba tendida en el suelo, abierta de piernas y brazos, al lado de la vitrina de las muñecas, volcada, astillada y rodeada de cuerpecitos decapitados. Le corría sangre desde el cuello y se le veían las piernas grotescamente torcidas hasta el encaje de sus pantalones.

Antonieta se cubrió los ojos y se puso a gritar histéricamente.

Al cabo de unos instantes su padre estaba arrodillado junto a la tía Juana. Trabajadores, sirvientas y mozos se habían reunido, boquiabiertos.

—Carmen, ve a buscar al médico. Tú, tráeme una cobija, y un catre, una tabla de planchar o cualquier cosa que sea plana. Ustedes, los hombres, ayúdenme a levantarla y llevarla a su recámara.

Cubrieron a la tía Juana y se la llevaron.

Antonieta sintió que le dolía el vientre. Se había quedado paralizada, con la sangre agolpándosele por todo el cuerpo. Entonces, al sentir que la rodeaban y la alzaban los brazos de su padre, escondió la cara en el hombro de él.

—¡Dios mío, Dios mío, ay, Dios mío! —murmuraba Antonio una y otra vez—. Esa falda tan larga… se enganchó el tacón y no pude alcanzarle la mano para sujetarla.

Antonieta rodeó con sus brazos el cuello de su padre y sollozó; las lágrimas de Antonio se perdían entre los largos rizos chamuscados de su hija.

* * *

Los negros cortinones del carruaje funerario se alzaron cuando el tranvía giró en el Zócalo y se detuvo en la parada. Los dolientes se apearon.

Antonio se secó la frente. Sudaba bajo el sombrero de copa. Y el saco de calle, con el brazal negro cosido a la manga, era para él como un cilicio. El día era caluroso, caluroso y opresivo aquel día de Viernes Santo, el día que enterraban a Juana. Podía oír a lo lejos, como una venganza de fuego, las explosiones de los Judas, efigies de papel de China y pólvora hechas a imagen y semejanza de políticos aborrecidos. La culpabilidad colgaba de su propia alma, una carga pesada y sofocante.

101

KATHRYN BLAIR

La familia, de pie en la plataforma, soportaba las prolongadas condolencias.

El vestido de cuello alto de Antonieta raspaba. ¿Tendría que asistir papá a todo el novenario? ¿Le importaría eso a tía Juana, allá arriba en el cielo? Aquel rostro cerúleo del féretro no era el de su tía. Nadie le creyó cuando dijo que había visto elevarse su alma por el orificio de la cúpula, un vaporcillo blanco que se fue adelgazando hasta desaparecer. La vida parecía ser una cosa delgada. Como el canario de tío Beto. Ayer estaba cantando y esta mañana era un hacecillo muerto en el fondo de la jaula. Una lágrima le corrió por la punta de la nariz mientras agarraba la mano de su padre.

Antonio sentía como si tuviera un bulto atragantado, pero su rostro se mantenía impasible. Juana, Juanita, su amada y generosa hermana, disimulando la infelicidad de su matrimonio con incontables acciones de caridad. Apretó la mano de Antonieta. Ella había insistido en ir al cementerio. Habían hablado, solos, muy tarde la noche del suceso. La fascinación que Antonieta sentía por la muerte lo había perturbado profundamente. Tantas preguntas, tantas preguntas sin respuesta. Al final, la hija fue quien se dedicó a consolar a su padre.

No era justo, gritaba el corazón de Cristina. ¡Seis meses de luto! ¡Ahora que había un montón de invitaciones sobre su escritorio: dos bodas importantes, un banquete en el castillo para el señor Elihu Root, el secretario de Estado norteamericano, un baile de máscaras en el Club Automovilístico y una cena muy exclusiva de los Casasús en honor de ese barón inglés del petróleo, Weetman Pearson, ¡ahora lord Cowdray! Alzó su velo negro y se secó los ojos.

La mirada de Beto estaba fija en la espalda de Ignacio que se alejaba, sumiendo la muleta en la hierba recién plantada al atravesar la plaza hacia su carruaje. Había rehuido a Antonio, lanzando un sudario de culpabilidad donde no había culpa alguna. El viejo avaro hervía de coraje porque Juana había dejado dinero para Antonio en su testamento, que no podría cobrarse, claro está, mientras viviera el viejo réprobo. La mente de Beto comenzó a entretejer intrigas diabólicas mientras observaba a Leonor y su marido alcanzar a Ignacio, uniéndose a él en su censura.

Lo odio, pensó Alicia. ¿Por qué había ignorado a papá? ¿Y por qué tuvo Antonieta que contarle lo de la sangre y el cuello roto y los pantalones? Prefería pensar en tía Juana como una dama digna que siempre hacía algo especial para los niños. Pobre mamá. Conocían a una dama que vivía prácticamente vestida de negro debido al deceso de un pariente tras otro.

Alicia sintió que un brazo consolador le rodeaba los hombros y al levantar la vista sonrió desvaídamente a Fernando. Se alegraba de tener cerca a tío Fernando mientras papá estuviera en Chicago.

6

Cuando ya no pudo aguantar las voces agudas que daban los niños, Beto se levantó, separó las enredaderas que rodeaban la ventana de hierro forjado del pabellón y miró hacia el jardín. Alicia seguía rodeada de su corte de primas y amigas que gritaban todas a un tiempo mientras discutían cómo debería decorar su *tonneau*, importado desde Londres para la gran Batalla de las Flores. Cristina, Fernando, Leonor y Leti se habían unido a las contendientes y, ahora, Alicia tiraba del brazo de Fernando para llevarlo junto a la maravilla de mimbre. Se hizo el silencio.

—Sugiero que lo decores con cascadas de cintas blancas y rosas rosas. —Oyó Beto el dictamen solemne de Fernando.

—Bueno, puesto que ya se ha resuelto el problema, ¿nos vamos? —dijo Leonor, tomando del brazo a Fernando por un lado y a Leti por el otro.

Su hermana era una presencia llamativa con traje sastre azul marino y sombrero de ala ancha. Beto vio alejarse al elegante trío hacia el nuevo coche de turismo de Leonor, un Renault, monstruo hecho por encargo que ocupaba todo el espacio destinado a los carruajes. Cristina se había vuelto para correr detrás de Mario, quien parecía empeñado en subirse al *tonneau*. Como analista sutil de las tempestades humanas, Beto sabía que era un pretexto. Había observado cómo se desarrollaba la rivalidad en pos de la atención de Fernando. ¡Ja! Cristina se había quedado sin su perrito faldero… y estaba perdiendo su frescor, pensó Beto, con deleite sardónico. Volvió al sillón de ratán y se puso a dormitar a pesar del alboroto.

—Oh, vamos, Chela —dijo Antonieta, tirando a su prima de la mano—. Deja que Alicia decore sola su bendito *tonneau.*

Desde que se unió a la clase, Graciela se había convertido en compañera inseparable de Antonieta. Era una jovencita bella y voluntariosa de cutis claro, cabello castaño y ojos verdes supuestamente heredados de un abuelo irlandés. Su hermana tenía la tez morena y Beto la había apodado: la India Triste. Chela no tardó en superar a Alicia en aritmética y compartía la afición de Antonieta por los libros. En su propia casa, dos tutores la habían declarado incorregible y habían presentado dignamente su renuncia.

—Podemos subir a la torre —murmuró Antonieta al oído de Chela—. Nadie nos echará de menos y podríamos hacerlo allí.

—Está bien —accedió su prima—. Vamos.

Se escurrieron por la escalera de atrás, la de la cocina, se detuvieron en el baño de arriba donde Antonieta sacó del canasto de la ropa una bolsita de lona y su amado cuaderno, y ambas echaron a correr por la angosta escalera que conducía a la torre.

¡Libres! Allí estaban a salvo de la autoridad y de las miradas inquisitivas.

Excitadas ante la tarea que se habían impuesto, las niñas unieron sus manos y permanecieron en silencio un momento, contemplando el inmenso panorama que se ofrecía a sus ojos. El cielo azul se matizaba de turquesa al llegar a los montes de colores verde y púrpura que se elevaban a lo lejos en forma de sierras ondulosas. Una hilera de volcanes bajos, achatados en la cima, atravesaban el valle y, por encima de la cumbre nevada del gran Popo, una espiral de nubecillas semejaba humo saliendo del amante extinto que por tanto tiempo estuvo cuidando el sueño de su dama dormida. Los colores constituían una verdadera paleta en el aire delgado y transparente.

—¿Lista? —susurró Antonieta.

—Lo harás tú —murmuró Chela.

Las niñas se instalaron en un banco y Antonieta aflojó la cinta que cerraba la bolsita de lona. Sacó un paquete de agujas, siguió buscando y encontró un frasquito de alcohol. Escogiendo una aguja, la bañó cuidadosamente en el frasco tal y como *miss* Etta les había enseñado en la clase de higiene.

Chela cerró los ojos y crispó el rostro; valerosamente tendió el dedo. Antonieta lo pinchó con un movimiento rápido y después pinchó el suyo. Las niñas apretaron sus dedos uno contra otro, manchándolos con sangre. Mirándose firmemente a los ojos, recitaron: «Nosotras, Graciela Eugenia Rivas Mercado Carey y María Antonieta Valeria Rivas Mercado Castellanos, somos ahora hermanas. Nos contaremos una a la otra todos nuestros secretos y sólo la verdad, y prometemos defendernos mutuamente hasta el día de nuestra muerte».

—Lo prometo.

—Lo prometo.

—Ahora, expresa un deseo.

—Deseo… —Y Chela cerró los ojos apretándolos mucho—. Querría tener la llave de mi cuarto para poder dejar fuera a mamá. Ahora te toca a ti.

—Deseo… —Antonieta se mordió el labio. Costaba trabajo decirlo en voz alta—. Querría tener un cutis blanco sin mancha y una nariz perfecta.

—¿Por qué? —preguntó Chela.

—Para que mamá me ame —confesó en voz baja Antonieta, bajando la vista.

—¡Qué va! Deberías estar contenta de que no te preste mucha atención. Si vieras a mi mamá, siempre tras de mí como si pudiera romperme o fugarme o quién sabe qué. La única persona en quien ella confía es tía Cristina. ¡Ay, Tonieta! ¡Cuánto me alegro de estar aquí! ¿Ahora me dejas leer tu cuaderno?

—Mañana —dijo Antonieta, apretando contra su pecho sus secretísimos *Pensamientos*.

—Somos hermanas de sangre —le recordó Chela.

—Es que ahora no tenemos tiempo —dijo Antonieta sin convicción. Nunca había leído nadie su cuaderno antes de ahora, aun cuando sospechaba que Alicia sí, antes de que lo escondiera en la canasta de la ropa. Su corazón ansiaba compartir sus secretos. Chela era la única que comprendería.

—Mira, yo también tengo muchísimos secretos que no he contado a nadie. No nos los contaremos todos juntos. Sólo uno al día, después de clases. —Y Chela oprimió la mano de su nueva hermana.

Con el corazón rebosante de gozo, Antonieta le devolvió el apretón.

* * *

Sujetando firmemente la mano de su hijito rebelde, Cristina subió majestuosamente la escalerita y se dirigió a la sala familiar en busca de privacidad. Recogió su canasta de labores de aguja y estiró una fundita sin terminar. Automáticamente metió el gancho y lo sacó, pasó el hilo alrededor del índice y se dedicó a enganchar y jalar, enganchar y jalar, tratando de controlar sus emociones. Cuando Leonor chasqueaba los dedos, todos saltaban... Fernando inclusive.

¡Era un hombre débil! ¡Ingrato! El pecho de Cristina subía y bajaba con fuerza mientras sus hábiles dedos formaban una rosa. El travieso Mario quiso subirse a su regazo, pero ella lo apartó, con la mente hecha un torbellino. Hizo otro rosetón y otro más.

Una imagen difusa comenzó a formarse: el quiosco de la plaza de Oaxaca, y ella, al ritmo de la música, dando vueltas y vueltas con sus primas, las Mejía. Sólo tenía diez años, pero los muchachos ya se fijaban en ella. La habían llamado Güera. Era de tez clara, era diferente. Entre los rostros morenos, ella se destacaba. Vueltas y más vueltas, las muchachas hacia acá, los muchachos hacia allá, el quiosco rodeado por vagos harapientos que miraban boquiabiertos la tuba de brillante latón que retumbaba al compás de una marcha animada o del viejo vals *Sobre las olas* que daba ritmo a una vuelta más. Los Mejía eran una familia orgullosa. Habían luchado por sus tierras y por sus derechos; habían combatido contra el invasor americano en 1847 y contra el francés en 1862. Ignacio, su tío abuelo, fue ministro de la Guerra bajo el presidente Benito Juárez, y una fotografía autografiada de aquel indio, el más ilustre entre todos los indios mexicanos de pura sangre, estaba colgado de la pared de su sala con una bayoneta francesa arrebatada al enemigo, clavada debajo. El único hermano de su madre había muerto salvando la vida de Porfirio Díaz en la batalla de Puebla. Leonor tenía muchas ínfulas, pero su esposo y ella no habían sido nunca invitados a una cena íntima en el castillo. Ninguna intriga les conseguiría una invitación a ocupar un balcón en palacio la noche del 15 de septiembre. ¡En Oaxaca, la familia de Cristina tenía mucho peso!

Mario estaba tratando de subirse otra vez a su regazo. Cristina alzó al niño y lo paró bruscamente. Dejó de lado su labor de gancho y, con una expresión decidida en el rostro, se dirigió a la cocina. Era hora de reunir a todas y todos los pequeños visitantes en el comedor de los niños. Antonio no tardaría en llegar.

* * *

—Es bueno que llegues tarde —rugió Beto desde el pabellón cuando Antonio subió las escaleras de la galería—. Una manada de coyotes acaba de irse en busca de comida. ¿Por qué tienen que dar gritos tan agudos los niños?

—Pues a ti no te salen tan mal —replicó Antonio—. Ya sabes que es señal de sordera. Te voy a comprar una trompetilla —resoplando, se acercó y dejó en la mesa un ramo de rosas—. Cástulo acaba de cortarlas. Son bellísimas, ¿verdad?

—Me alegra verte de mejor humor —dijo secamente Beto—. ¿Has terminado de desprender la última piedra?

—Sí. —Antonio se metió un higo jugoso en la boca—. Dos mil trescientas cuarenta y dos piedras han sido ya desmanteladas y numeradas. Garita y Beltrán empezarán mañana sobre los nuevos cimientos —se limpió los labios—. Van a sumir un bosque entero de pilotes de madera hasta veintitrés metros atravesando el lecho del lago.

—¡Dios mío! ¡Veintitrés metros!

—La ciudad entera podrá hundirse, pero el monumento a la Independencia nunca más volverá a inclinarse.

—Parece que estás más tranquilo.

—Lo estoy. Garita y Beltrán se han encargado de los nuevos cimientos. —Tomó una rosa y la olió—. Y bien, ¿ha sucedido algo nuevo en el mundo?

Beto se encogió de hombros.

Antonio se instaló en una silla, desplegó el diario de la mañana y calló.

¡Cómo había encanecido la barba de su hermano!, caviló Beto. Pensó en aquel día, seis años antes, cuando siguió penosamente a Antonio entre maleza y matorrales hasta el lugar donde se había trazado el cuarto círculo. Tenía doscientos metros de diámetro. «La masa limitante de una estructura alta y esbelta puede perderse en un espacio tan inmenso», había dicho Antonio. «La columna debe mantener su aspecto monumental vista desde todos los ángulos». Beto había mirado a su hermano: Antonio había alcanzado su meta. Pero ahora su «columna perfecta» yacía hecha un montón de piedras.

—¿Qué te parece la nacionalización de los ferrocarriles? —preguntó, rompiendo el silencio.

—Creo que Limantour acaba de arruinar un buen ferrocarril. Hay dos cosas en las que los mexicanos no se distinguen: los horarios y el mantenimiento.

—Yo digo que Limantour cedió ante los huelguistas. Está asustado.

—Vamos, vamos, Beto. Limantour es el político más astuto del gabinete. Se trata de una maniobra conciliatoria. Ya sabes cuál es la estrategia de Díaz: si quieres que un perro que gruñe no muerda, arrójale un hueso.

—¿No imaginarás que todo ese ondear de banderas significa algo? «México para los mexicanos». Afuera los extranjeros, los Hearst y los Guggenheim y los Rockefeller y los demás. Te digo que el descontento cala muy hondo. Sólo deja que un líder aparezca y abra ese albañal. Y mira esto —Beto levantó una caricatura—: publicada en un periódico aprobado de la capital, ¿eh? Mira a Díaz. ¡Míralo! Sentado en su féretro y negándose a morir. ¿Y qué momias son esas sosteniendo velas encendidas? Ahí está Limantour en compañía de todo su partido de científicos intocables.

Antonio aspiró el delicado aroma de los pétalos, pensando en otra cosa... Escaseaba el dinero. Limantour y su grupo eran ávidos partidarios de la ciencia como panacea. Nuevas industrias y una tecnología nueva impondrían el progreso a la nación, a pesar del mexicano.

—¡Deja ya de oler esa bendita flor! —estalló agresivamente Beto—. Dime, Antonio, ¿crees que soy un viejo chocho que imagina fantasmas atacando a México?

Antonio rio.

—Chocho no, pero has leído demasiado. Necesitas salir. Ve a una corrida de toros, invita a cenar a una dama. Creo que te compraré esa trompeta. Todavía debe de haber alguna dama por ahí que gustaría de susurrarte al oído dulces bobadas. —Le arrojó la rosa a Beto y se puso en pie—. Aléjate de la tienda de Villagrande y dormirás mejor.

Beto vio alejarse a su hermano por la galería hasta la entrada principal. ¡Antonio era un avestruz! En realidad, Antonio sólo tenía dos intereses en la vida: su trabajo y su familia.

—¿Qué te parecería echarles una meada a esas momias antes de que les prenda fuego? —preguntó al loro; entonces acercó un fósforo a la caricatura—. ¡Al diablo la política!

* * *

Con los ojos muy abiertos en el dormitorio oscuro, Antonieta permanecía despierta recordando todas las experiencias, los pensamientos y los temores que habría de compartir con Chela. Para empezar, le contaría lo del caballero de la ópera y quizá lo del hombre del mercado de San Cosme que estaba orinando contra una pared y se volvió para enseñarle «su cosa». Fue horripilante, pero ella no pudo dejar de mirar. Había muchísimo más que contar; le diría a Chela de su nuevo sueño: ser actriz. La semana pasada, mamá la dejó en el teatro con el tío José mientras iba de visita con el tío Fernando. Era la primera vez que presenciaba un ensayo. Cuánto esfuerzo había que desplegar para ser actriz, repitiendo las mismas palabras una y otra vez hasta lograr la entonación correcta, recordando cuándo moverse, dónde pararse.

Una vez terminado el ensayo, el tío José la llevó tras bambalinas. Allí conoció a Virginia Fábregas. ¡Qué actriz tan bella! Le había dado un beso en la mejilla. Detrás del escenario existía todo un mundo distinto, una selva de disfraces y puertas falsas, y actores que iban y venían murmurando en voz baja. Los ojos que se veían tan dulces desde el teatro estaban fuertemente delineados en negro. Desde el auditorio se veía una pared de piedra, pero de cerca no había más que un cartón pintado. ¡La actuación era excitante! Quizá Chela la ayudara a decidir si iba a ser una gran actriz, una poetisa o una bailarina, o quizá una concertista de piano. Le gustaba tocar el piano cuando no había nadie escuchando; su auditorio eran la gruesa abuela Mercado, quien la miraba desde su marco dorado por encima del piano, y todos los demás parientes en aquellos retratos apagados, entre las rosas bordadas del mantón de Manila que dejaba caer sus flecos por los costados del piano de cola. A veces tocaba el *Vals triste* para ellos, y en ocasiones parecían preferir una mazurka.

Tapándose la cara con las cobijas, Antonieta acabó por quedarse dormida.

* * *

La Batalla de las Flores fue, toda ella, un borrón eufórico. Acordonaron el parque de la Alameda. El sombrero de copa de papá resaltaba en la tribuna especial en medio de un mar de vestidos floridos y altos sombreros de seda. En la fila del frente estaban los jueces, muy solemnes con sus pantalones rayados y sombreros de copa. Multitudes alborotadas se apiñaban contra las barreras. Los carruajes adornados con guirnaldas se pusieron en fila. Trovadores tocando la guitarra y un centenar de violines les daban serenata. Entonces, el corneta lanzó el llamado. La Reina de las Hadas desfiló en su *tonneau* arrastrado por un poni; junto a ella iba sentada una perfecta dama de honor. Las candidatas desfilaron alrededor del parque de la Alameda y hasta el Hemiciclo a Juárez. Entonces, quien tocaba la corneta volvió a tocar para el anuncio maravilloso: «El primer lugar para la señorita Catalina Gavaldón Navarro con la cascada de violetas. El segundo lugar para la señorita Alicia Rivas Mercado con la sombrilla de flores de durazno y festones de rosas».

Los músicos dieron serenata a las ganadoras por todo el camino hasta el parque de Chapultepec donde se inició la «batalla»: los pasajeros de carruajes y automóviles se bombardeaban mutuamente con flores. Alicia las había sacado del *tonneau* y las arrojaba a los peatones que formaban valla a lo largo del camino a través del parque. Mamá las llamó sus maravillosas ganadoras y les dio las buenas noches con un beso, dejando tras de sí un aroma a violetas.

«Ha sido un día perfecto», inscribió Antonieta en su cuaderno.

Pero los días perfectos escaseaban. El día de su octavo cumpleaños, Antonieta se cayó del trapecio y se le puso un ojo morado; Alicia estaba de mal humor y se quejaba de dolores de estómago. Papá estaba demasiado enojado con el tío Ignacio para llevarlas, como solía hacerlo todos los años en primavera, a Ometusco, a la hacienda de pulque de los Torres Adalid donde se recorrían inmensos campos de maguey a bordo de un pequeño tren.

Antonieta descubrió que su hermanito no era tan insoportable cuando le leía cuentos en voz alta. Una tarde estaba sentada en su banqueta de la sala familiar leyéndole su libro de *Cuentos* de Grimm en voz alta a Mario, Alicia tejía y mamá leía un libro de Émile Zola. Mamá apenas les había dirigido la palabra y pocas veces volvía una página del libro; de repente lo arrojó al suelo y salió corriendo de la pieza. Mario agarró el libro azul y Antonieta le dio una palmada en la mano, provocando alaridos de protesta.

—¿Qué le pasa a mamá? —le preguntó a Alicia.

—No lo sé.

Mario seguía gritando.

—De seguro sabes algo. ¡Dime!

Alicia terminó con una aguja y recogió su tejido.

—¿Adónde vas?

—Voy por nana Pancha. No quiero escuchar más berrinches.

Antonieta se puso en pie de un salto y tomó la mano de su hermana.

—¡Dime lo que le pasa a mamá!

—Va a tener un bebé.

* * *

Cristina casi no salía de la casa ni quería recibir en domingo; era presa de una profunda depresión. Iba a cumplir treinta y nueve años cuando naciera ese niño y Antonio cincuenta y cinco. Las alegrías que pasaba con su hijito eran los únicos momentos de paz interior para Cristina. Se convirtió en madre abnegada, pasaba horas cosiendo en el jardín y supervisaba personalmente los juegos del niño.

Huitzilopochtli sonreía desde su cueva en la «montaña» de las niñas donde exóticas flores de cacto florecían y se agostaban. Una mañana, atraída por una planta curiosa, Cristina echó una mirada a la cueva; retrocedió llena de horror y repulsión: un corazón de pollo yacía en una charca de sangre negra coagulada al pie del ídolo. A su lado había un montoncito de maíz. No se podría acusar a nadie; nadie confesaría jamás. A la mañana siguiente, había desaparecido.

De la depresión pasó a la irritabilidad. Cristina se convirtió en una incansable y severa supervisora de sus hijas. Comer con mamá significaba tener que escuchar la letanía de los buenos modales una y otra vez. «Cierra la boca. Siéntate derecha. No hables mientras tengas la boca llena. No juegues con el tenedor. Manten las manos en el regazo».

Antonieta recibía su castigo con regularidad por medio de una caña de bejuco, por cometer el mismo delito casi todos los días:

—¡Mírate el vestido!

Cristina hacía restallar el látigo de la disciplina e impuso a las niñas un horario rígido. La vida se dividía entre «antes de comer» y «después de comer».

Siete de la mañana: Vestirse. Sabina llevaba un vaso de leche para cada una y así iniciaban el día. Inclusive Alicia se veía sometida a los tirones del cepillo para el pelo, aun cuando protestaba de que ya no necesitaba los servicios de una nana.

De 8:00 a 10:30 hrs: Escuela. Instrucción primaria con la señorita Chávez, de acuerdo con el programa oficial del gobierno.

A las 10:35 hrs: Almuerzo. Un tentempié a media mañana, ya tuvieran hambre o no: fruta, bollos, cecina, otro vaso de leche.

De 11:00 a 13:30 hrs: Inglés. Memorizar el método Ollendorf, página por página. Lectura en voz alta. Identificar océanos y países del mundo en el globo.

De 13:30 a 14:00 hr: Tiempo libre. Chela iba de regreso a su casa.

De 14:00 a 14:30 hrs: Aseo y volver a cepillarse el pelo.

De 14:30 a 15:30 o 16:00 hrs: Comida. Cuando comían con papá, se libraban de la retahíla de los buenos modales.

De 16:30 a 17:30 hrs: Suplementos. Lunes, miércoles y viernes: clases de piano, de baile español y de francés.

A las 18:00 hrs: Tareas. Con mamá.

Alicia odiaba las tareas, odiaba que mamá le metiera en la cabeza aritmética y ortografía. Las clases de piano eran un martirio y se alegró cuando la indultaron del baile folclórico, en el que brincoteaba como frijol saltarín.

La música fluía bajo los finos dedos de Antonieta y su cuerpo grácil. Llevaba perfectamente el ritmo del fado, el minueto y la polca. Acompañándose del ardiente tableteo de las castañuelas, hacía ondear su larga falda española de volantes con gracia y elegancia. El piano fue un goce especial hasta que Cristina trajo un metrónomo y se lo puso al lado de la hoja pautada. El clic-clac era enloquecedor.

—¡Pero, mamá!, si no estoy practicando escalas —alegó—. Estoy tocando música de Chopin.

—¿Me vas a decir a mí cómo hay que estudiar piano? ¡Úsalo! —ordenó Cristina, y volvió a poner en marcha el despreciado instrumento.

En un gesto desafiante, Antonieta arrojó el metrónomo al suelo. Cristina le pellizcó el brazo, retorciendo la carne hasta que Antonieta consiguió liberarse y corrió a su dormitorio. Estuvo castigada una semana entera, encerrada en su cuarto adonde le llevaban las comidas.

Al terminar el mes de junio se cerró la sala de clases para todo el verano. La señorita Chávez se despidió con un beso de sus estudiantes, y *miss* Etta les entregó su lista de lecturas para el verano. Las niñas acompañaron a su decorosa maestra de inglés hasta la verja, le dieron un beso bajo el sombrero y fingieron no darse cuenta de que el chofer alemán de los Casasús le lanzaba un silbido, como siempre. Al día siguiente, Chela se fue a la hacienda de caña de azúcar que tenía la familia en Veracruz. La casa se quedó silenciosa y solitaria.

«Querido Dios —escribió Antonieta en sus *Pensamientos*—, ¿qué puedo hacer para complacer a mamá? Quiero agradarle, pero todo lo que hago está mal. Era mejor cuando el tío Fernando venía diariamente. Ya no viene, sólo mamá Lucita sigue viniendo todos los días. Ayer nos contó una historia de santa Genoveva, quien, con sus oraciones, salvó a París de los hunos de Atila. Tenía siete años cuando decidió hacerse monja. ¿Debería hacerme monja?».

A mediados del verano toda la familia tomó unas vacaciones en forma muy especial: don Porfirio les prestó su vagón privado del ferrocarril para llevarlos al lago de Chapala. En la estación, los guardias presidenciales los saludaron para despedirlos, y todos miraban a Alicia con el rabillo del ojo sin mover la cabeza. Ella tenía ahora dos bultos redondos en el busto y se le notaban, por mucho que hiciera para disimularlos. En la casa de sus primos, junto al lago, papá hizo dibujos graciosos de delfines y sirenas que clavaron en la pared de la veranda, y cuando el bote de remos de la familia se hundió, envió a su primo una corona mortuoria.

* * *

Los árboles de mimosas volvieron a florecer y después cayeron florecillas amarillas por los senderos de tezontle del jardín. El granizo azotó un día la galería y una helada extemporánea congeló las rosas de invierno. En diciembre, el cielo sin nubes era de un intenso azul, el sol brillaba con una luz deslumbrante y transformaba objetos triviales como si los hubiera tocado la varita mágica de un hada.

Dos semanas antes de Navidad, Cristina dio a luz una preciosa niña, cuyo cutis de alabastro prometía una abundante cosecha de pecas. Antonio fue inquebrantable y proclamó que Alicia y Antonieta eran madrinas perfectamente adecuadas.

—No me opongo a que tratemos de hacer de nuestros hijos buenos cristianos. A lo que me opongo es a que los pobres padrinos tengan que gastar tanto a cambio de ese honor. ¡Por favor, Cristina! ¿Un vestido nuevo, invitaciones grabadas, una medalla de oro para cada invitado? ¡Es una imposición imperdonable!

La niña recibió el nombre de Amelia. Por cuarta vez sacaron del armario el ropón de bautizo. Sólo la familia más próxima se reunió con Antonio y Cristina, de rodillas en sus reclinatorios del oratorio. Mientras el cura entonaba el ritual del bautismo, Antonio rogaba: «¡Señor!, por favor concede el retiro a ese ropón de bautizo. Ya no nos debe nada».

7

La salita de los Castellanos era rígida, austera, y, al sentarse, Cristina sintió la dura orilla del sofá Luis XVI dorado, ahí donde se había desgastado el relleno y no quedaba nada de oro. El mensaje de José le suplicaba que acudiera a las doce, indicándole que era urgente. ¿Dónde demonios andaba?

Sola en aquella pieza, sintió que la claustrofobia se apoderaba de ella. Allí se alojaban la ira, el temor y las angustias pasadas. Atrajo la mirada de Cristina un largo tizne en el desvaído papel floreado donde una llama parpadeaba devotamente al pie de un santo muy erguido, por siempre joven, que miraba con expresión sentenciosa desde lo alto de su pedestal dorado. Volvió su mirada hacia la pared opuesta donde su propio retrato, enmarcado con oro de hoja, colgaba más arriba de un diploma de la distinguida escuela para señoritas de *madame* Pomier. Siguió mirándolo y recordó: ¡Se había sentido tan orgullosa! ¡La primera de la clase! Pero no gracias a su padre. El viejo coraje volvió a embargarla. Su padre, con aquella miopía suya en todo lo que se refería a las necesidades ajenas... nunca había gastado un sólo centavo en su educación. Decía que no disponía de dinero para educar a una hija. Ella supo cuál era la razón, la comprendió al presentarse un día en la casa un extraño joven preguntando por él y afirmando ser un pariente de Oaxaca, pero sin admitir un parentesco tan cercano que justificara el gran parecido que tenía con su padre, tanto como si fuera una copia al carbón.

Llegaba desde la cocina el ruido de ollas y sartenes: la vieja sirvienta le había franqueado la entrada. Esperaría cinco minutos más.

Sin querer se quedó mirando el retrato de bodas de sus padres sobre el mármol de la mesa del centro: desde que podía recordar, había estado sobre esa misma mesa y esa misma carpetita, tantas veces zurcida. Cristina desabrochó su chaleco bordado con pasamanería. Ella había encontrado el camino para salir de Oaxaca; el camino hacia la escuela de *madame* Pomier. A los diez años, ya sabía lo que debía hacer. Su salvador fue un tío lejano, un inglés que se había casado con una de las Mejía de Oaxaca; viudo y sin hijos, hizo de Cristina su protegida, su obsesión. Ella y la familia se mudaron a la ciudad, a la casa de él. Le compró un caballo y le enseñó a montar con la elegancia de una reina; le compró un piano y pagó las lecciones. Aprendió inglés y francés y fue invitada a las casas de personas de dinero y posición, en compañía de su augusto «tío Robert». Tenía dieciséis años cuando él murió, dejándole la casa como herencia. Por cierto que Antonio no había intervenido nunca en los asuntos de la casa; cuando se casaron, ella la alquiló y le cedió el dinero de la renta a su madre.

¿De eso querría hablarle José? ¿Se habría enterado?

La puerta de entrada se abrió bruscamente y José irrumpió para tomar de la mano a su hermana.

—¡Cristina! Me retuvieron en el teatro. Lo siento. ¿No ha llegado mamá?

—No —contestó de inmediato Cristina, sospechosa—. ¿Qué puede ser tan urgente que mamá no tenga que enterarse?

José acercó una sillita de bejuco y tomó las manos de su hermana entre las suyas.

—Es muy penoso confesarlo. —Y trató de captar su mirada—. Pero eres la única a quien puedo recurrir.

Ella sintió que le clavaba las uñas en las manos.

—Cristina, tal vez tenga que ir a la cárcel.

—¡Santa madre de Dios! ¿Qué has hecho?

—Nada censurable. Ha sido la mala suerte. Invertí en el mercado de acciones, era un soplo seguro. Los expertos financieros aseguraban que la crisis había pasado.

Los ojos de su hermana no revelaban la menor emoción.

—¿Cómo iba yo a saber que la bolsa de Nueva York volvería a hundirse? Tuve que vender a la baja.

Con los labios muy apretados, Cristina liberó sus manos. Él notó que ella empezaba a enfurecerse.

—La verdad es que tuve que pedir dinero prestado para comprar las acciones.

—¿Quién te prestó el dinero?

—Unos rancheros ricos.

—¿Y el colateral de garantía?

—La recomendación de un amigo. —José cayó de rodillas—. Cristina, Cristinita, necesito tener el dinero el viernes para no ir a la cárcel. —Y sumió el rostro en el regazo de su hermana.

Cristina sintió la humedad salada sobre sus manos y trató de mostrarse imperturbable. ¿Sería realmente la bolsa o sus infernales juegos de cartas? Pasó la mano por los cabellos castaños ondulados y preguntó:

—¿Cuánto?

Muy pálido, José volvió a tomar asiento.

—Mil pesos en números redondos.

—¿Qué?

Con dedos temblorosos prendió José un cigarro y esperó. Siempre había sido el confidente de Cristina; sabía de sus debilidades, sus inseguridades, sus crecientes frustraciones al ver que la juventud se le escapaba; conocía sus vanidades, su egocentrismo, su necesidad de ser admirada por los hombres y su temor a la pobreza. Y no ignoraba que el actual inquilino de su casa era Fernando.

—Eso es una locura. —Y Cristina se puso en pie.

—¡Tengo que conseguirlos!

—Trescientos. Podría conseguir trescientos. —Y Cristina echó a andar hacia la puerta.

José la tomó del brazo y la obligó a hacerle frente.

—Lo están exigiendo todo. —La estrechó fuertemente entre sus brazos y le susurró—: No me falles, Cristina, te lo suplico.

—¿Te he fallado alguna vez? —Había logrado controlar su voz, pero lo fulminaba con la mirada.

José ayudó a su hermana a subirse al carruaje que la esperaba y no lo perdió de vista hasta que dobló la esquina.

* * *

Había caído la noche sin que se diera cuenta. Antonio encendió las luces del estudio y volvió a su escritorio. Absorto en sus papeles, no oyó el suave toque hasta que se volvió insistente.

—Adelante, adelante.

—Lamento mucho interrumpirte, Antonio, pero tengo que hablar contigo.

—Claro que sí, reina, ¿de qué se trata?

Sin esperar a que él acercara una silla, Cristina se encaramó en la orilla de un banco de diseñador y respiró hondo.

—Se trata de la casa de papá. Mamá me ha dicho que tiene goteras y fui a verla esta mañana. Las vigas están podridas. Hay que rehacer todo el techo de la parte de atrás. Pensando en Juana…

—Le echaré una mirada, reina. Podré prescindir de algunos de mis muchachos la próxima semana. No se caerá de aquí a entonces.

—Mamá se mortificaría si supiera que te he molestado para que te ocupes de las reparaciones de su casa. Es responsabilidad de papá.

Antonio soltó un gruñido.

—José ha obtenido un cálculo de los albañiles que trabajan en los nuevos camerinos del teatro. Instalarán vigas y tejas nuevas por trescientos pesos. ¿Te parece exorbitante?

—No, pero por Dios, Cristina, antes de que contrates albañiles inexpertos, preferiría echarle un vistazo.

—José puede ocuparse de eso. No quiero que lo sepa mamá. —Cristina bajó la mirada y empezó a estudiarse los dedos—. He venido a pedirte un préstamo —dijo en voz baja.

Cruzándose de brazos, Antonio se recostó en el respaldo de su silla; después se puso en pie.

—Está bien. Que sea lo que tú quieres. —Fue hasta la caja fuerte y contó treinta monedas de oro—. Trescientos pesos es mucho dinero, Cristina. No es un préstamo para tu familia. Te lo doy para que recobres la paz interna.

Cristina rodeó con los brazos el cuello de su marido.

—Gracias, Antonio. Eres muy generoso. Y yo soy una mujer muy afortunada. —Le besó la mejilla—. Te suplico que no se lo cuentes a… nadie.

—Ya sabes que respetaré tus deseos. Ahora hay un tema que quiero comentar contigo. Siéntate. —Antonio acercó la silla lateral—. Tengo que ir a Europa, y pronto. He recibido una carta de la fundición de Florencia. Están a punto de fundir los bronces para el monumento y algunos ni siquiera han sido encargados. La columna está creciendo más rápido de lo calculado. Mira —le tomó la mano a su mujer—, pienso escribir a Jean Joyeux para pedirle que alquile en París una casa para nosotros, cerca del jardín del Luxemburgo. —Los ojos de Antonio se iluminaron al ver la sorpresa reflejada en el rostro de Cristina—. Estoy invitando a toda la familia a acompañarme. —Se sonrió.

Atónita, Cristina se quedó mirando a su esposo:

—Me siento abrumada. Hay tantas cosas en qué pensar, tanto qué preparar. La bebé sólo tiene dos meses. No sé si deberíamos trasladarla tan pronto… el viaje, el frío invierno. Supongo que implica pasar allí todo el invierno.

—Por lo menos ocho meses, quizá un año. Piénsalo, reina. Quiero que estés conmigo. —Antonio le alzó la barbilla y la besó en la boca.

Cristina cerró suavemente la puerta al salir.

* * *

Antonio juntó sus manos en la nuca y empujó la pesada silla de encino lejos del escritorio para estirar las piernas. Una sonrisa jugueteaba en sus labios. Llevaría a la familia a París. ¿Qué edad tenía la primera vez que él vio París? ¿Dieciséis? No, diecisiete años.

René Labadie le había llevado la noticia de que su padre no podía seguir sufragando su permanencia en el internado inglés.

—Tienes el talento para dibujar —le había dicho su cuñado.
—Tú perteneces a París. No te costará nada aprender francés. Tengo una tía en Burdeos; le pediré que te dé alojamiento.

Se despidió sin tardanza del director y atravesó el Canal de la Mancha. Burdeos era otro mundo: ¡sol, libertad, un camino abierto, una ciudad llena de vida! Los Labadie vivían en un barrio obrero donde el Liceo era foro de peleas y encuentros con jovencitas. Adiós a las comidas insípidas y el estiramiento despectivo de los ingleses. Un año después se despedía de Burdeos y de sus generosos parientes. Abordó el tren a París. Corría el año de 1871.

Antonio lo recordaba muy bien: soldados marchando con precisión prusiana, después de la amarga caída de la ciudad. De entonces databan su aborrecimiento por los alemanes y su amor por todo lo francés.

Con justo el dinero necesario para pagar la matrícula, se había inscrito en la escuela de arquitectura de *Beaux-Arts*. Recibía pocas cartas de casa. Al parecer, su padre lo había desheredado, obligándolo a trabajar.

A los dieciocho años había alcanzado la estatura de los Rivas y la corpulencia de los Mercado. Nunca le faltó trabajo: en Burdeos se había dedicado a almacenar cajas de vino, y en el Loira a embotellarlo. También se dedicó a la lucha libre y fue pregonero de feria. Jean Joyeux y él se alquilaron como gigolós para presenciar las Folies. ¡Y ahora Jean era senador! A solas, en su estudio, Antonio soltó una carcajada recordando un incidente especial, narrado una y otra vez hasta convertirse en leyenda familiar:

—¡Oye, tú, grandulón!, ¿quieres luchar? Un luis de oro para ti si derribas al oso.

Sus amigos y él se habían detenido delante de la iglesia de Saint-Germain-des-Prés donde artistas callejeros pasaban el sombrero. Había una muchedumbre reunida alrededor de un cuadrilátero improvisado, pero el gitano, que tenía atado con una cadena a un enorme oso pardo, no encontraba retadores.

—Anda, Antonio, tú puedes —lo animaban sus amigos—. Y así podremos comer.

Pasó al interior de la cuerda y clavó la mirada en los ojos de la enorme bestia siberiana. Al instante se soltó la cadena y dos zarpas amenazadoras se lanzaron hacia su cuello. Antonio esquivó el golpe, metió el pie por detrás de una pata peluda sólidamente plantada en el pavimento y dio un tirón. Sorprendido por su oponente bípedo, el oso cayó de espaldas con las cuatro zarpas agitándose en el aire. Al gitano no le quedó más remedio que pagar.

Balanceándose en su silla, Antonio soltó otra carcajada. En los anales de la bohemia lo conocieron desde entonces como el Oso. Aquellos primeros años se estuvo preguntando si pertenecía a México. Recordaba la difícil decisión: «Mamá está muy enferma. Su único deseo es verte antes de morir», había escrito Elena. Y tomó el primer barco de regreso a México.

Con una sonrisa de satisfacción, Antonio se quedó dormitando en el sillón.

* * *

Fue mamá Lucita quien se dio cuenta de que faltaba el dragón.

—¡Hijo!, ¿qué fue del dragoncito de jade? —preguntó a Antonio mientras comían—. Esta mañana me di cuenta de que ya no estaba.

—¿Qué quiere decir? —Y Antonio clavó la mirada en su suegra. El dragón formaba parte de una colección de objetos de gran valor que habían llegado de oriente en la Nao de China cuando su abuelo era capitán del puerto de San Blas sobre el Pacífico, en lo que era entonces la provincia de Tepic en la Nueva España.

—Estuve mirando dentro de la vitrina mientras esperábamos…, ya sabes cuánto me gustan tus tesoros, y no pude encontrar el dragón.

Antonio recorrió la mesa con la mirada y la fijó en Cristina.

—¿Qué sabes tú de eso?

—Sólo es una observación al pasar, hijo —dijo mamá Lucita, vacilante—. Puedo estar equivocada.

—Yo también vi que faltaba —se atrevió a decir Alicia—. Ayer, cuando le enseñaba nuestros tesoros a *miss* Chávez. Estábamos estudiando sobre barcos.

Beto miró el rostro enjuto del padre de Cristina reflejado en el espejo barroco del otro lado de la mesa. El viejo cicatero había estado cobrando un estipendio del gobierno durante años como delegado suplente de Oaxaca, sin haber sido llamado una sola vez. ¿Lo habrían corrido?

—Esa vitrina siempre está cerrada con llave, ¿no es así, Cristina? Y tú tienes la llave —Antonio alzó la voz—. ¿Y bien?

Cristina contempló la transparencia de su taza de café, de porcelana de Limoges, mientras enrojecía hasta el escote.

—Lo han robado —dijo finalmente—. No pensaba traer el asunto a colación en presencia de todos. Tal vez a estas alturas esté ya en el Monte de Piedad. —Levantó la vista y sólo encontró miradas estupefactas.

—Estaba sacudiendo los objetos de la vitrina, como suelo hacerlo de vez en cuando; me llamaron y tuve que salir de la pieza… dejando el mueble abierto. Al colocar de nuevo los objetos, me di cuenta de que faltaba el dragón. —Se mordió los labios—. Y también faltaba la nueva sirvienta que acababa de contratar.

—¡Mandaré a que la arresten! —rugió Antonio.

—¿Por qué una sirvienta habría escogido una pieza tan valiosa para llevársela? —preguntó Beto—. ¿Sabría que vale mil pesos o más?

—No es el precio —repuso Antonio—. ¡Lo quiero de vuelta! ¿Quién recomendó a la muchacha?

El rubor que cubría las mejillas de Cristina se acentuó más aún.

—Es inútil —tragó saliva—. Se presentó en la puerta. Me dio lástima y la tomé a prueba. Era su primer día… y no tengo dónde encontrarla. —Turbada, sacó el pañuelo de la manga y se tocó la nariz—. Lo siento: es culpa mía, por negligente. —Empujó su silla hacia atrás y se puso en pie—. Con su permiso.

Observando a su esposa que salía del comedor, Antonio se dijo que sabía más de lo que estaba dispuesta a admitir.

Dirigiéndose a mamá Lucita:

—¿Dónde está José? ¿Por qué no ha venido hoy?

—Está fuera de la ciudad, hijo. Algún asunto del teatro. Lleva una semana ausente.

Cristina recorría con impaciencia la estropeada salita de espera. La oficina del abogado que Manuel había recomendado para ella se encontraba dentro de un viejo edificio del barrio de La Merced. Hacía treinta minutos que el hombre se había encerrado con aquel amanuense del tribunal. El abogado era de esos tipos sigilosos, con un brillante en el meñique y sus escasos pelos aplastados con una pomada perfumada, y que tendía una mano blanda; no daba el apretón. Manuel había descubierto al abogado y aseguraba que si alguien podía sobornar a un juez, era él; tenía acceso a los más altos tribunales y era conocido por lograr la libertad de un defendido aunque fuera culpable sin remedio. Cristina sentía que los ojos la abrasaban, tenía la cabeza ardiendo y ¡estaba a punto de ponerse a gritar!

Se agachó y pegó el ojo a una grieta que hendía la hoja de la pesada puerta. Unos zapatos puntiagudos y brillantes rascaron la pernera de un pantalón junto al escritorio. Le decía algo al otro. ¿Estarían preparando el amparo? Era lo único que le pedía, un escrito de *habeas corpus* para sacar a José de la cárcel. Gracias a Dios, la prensa todavía no se había enterado de la sórdida historia. Había tenido pesadillas pensando en los titulares: «Negocio fraudulento con acciones. Acusan al cuñado de Antonio Rivas Mercado». Leonor se regodearía con el escándalo.

Arrastraron una silla; Cristina volvió rápidamente a la salita de espera. Se abrió la puerta y el nervudo abogado se acercó a ella, con ojos parpadeantes.

—Haga el favor de sentarse, señora. —Y señaló una silla de cuero medio desgastado.

—Prefiero estar de pie. Bien, ¿qué ha arreglado usted?

—Todo ha sido inútil.

Cristina sintió que se le helaba la sangre.

—Ha habido algunos cambios y ya no es tan fácil persuadir al juez. Los que acusan a su hermano son rancheros poderosos. Su última palabra es que les pague todo lo que les debe.

—¿Cuánto?

—Todo.

—¿Cuánto es todo?

—¿No lo sabe usted, señora?

—Si lo supiera, no se lo preguntaría —soltó, mintiendo y deseando oír el importe de la boca de este canalla—. ¿Cuánto?

—Mil doscientos pesos oro. Tengo el recibo —el ojo derecho del abogado parpadeó rápidamente—, más una pequeña gratificación por mis servicios.

Cristina sintió que se asfixiaba; pasó un momento sin poder respirar. ¿Tendría José dinero escondido... o no se había atrevido a confesar el total de la suma?

—Podré entregarle a usted ochocientos pesos mañana, pero tardaré sesenta días en darle el resto. ¡Convénzalos!

Cristina salió dando un portazo, con lo que se desprendió de la pared un grueso trozo de yeso. Sacudió el polvillo blanco que le había caído y con rápidos taconazos descendió a la calle. ¡Y pensar que había vendido el dragón en quinientos pesos!

* * *

Antonio subió corriendo las escaleras, agitando una brazada de periódicos que dejó caer sobre la mesa de ratán delante de Beto. Resoplando aún, dijo de sopetón:

—Ya puedes dejar de preocuparte, viejo. Mira este encabezamiento. ¡Por toda la ciudad lo comentan!

Incrédulo, Beto leyó: «DÍAZ DECLARA QUE RENUNCIARÁ EN 1910. LOS PARTIDOS DE OPOSICIÓN SERÁN BIEN RECIBIDOS».

—No lo creo. ¡Es una broma!

—¡Es un bombazo! Te he traído tres periódicos y la *Extra*.

Mira, este trae la traducción de toda la entrevista con Creelman.

—¿Y quién es Creelman?

—Un reportero estadounidense que vino a entrevistar a Díaz el año pasado. Esta es una traducción de la prensa extranjera.

—¿Quieres decir que la noticia ha tardado un año en llegar a México? —Beto recorrió la primera plana con la mirada. La leyó a saltos, citando a Díaz—: «Creo que la democracia es el único principio justo de gobierno. Recibí este gobierno de manos de un ejército victorioso cuando el país estaba dividido, y he esperado con paciencia el día en que la República de México estuviera preparada para la democracia». Demagogia. ¡Demagogia pura! A los yanquis les gusta esa palabrita «democracia». Escucha esto:

«Lo único que temo es que los principios democráticos no hayan arraigado bastante hondo en la conciencia de nuestro pueblo... El mexicano se preocupa por sus derechos personales, pero no lo suficiente por los derechos del prójimo. Le importan sus privilegios, pero no sus deberes». Esa sí es una declaración justa.

—El viejo ha declarado públicamente que va a renunciar, Beto. ¡Esa es la noticia!

—Son palabras empleadas para consumo exterior, hermanito mío. Recuerda que fue a principios del año pasado cuando la prensa de Estados Unidos empezó cuestionar su política interna. A los grandes inversionistas los inquietaba que el viejo cayera muerto sin dejar preparado a nadie para ponerse las botas del difunto.

—Eres un escéptico empedernido, hombre. Mira, ya se ha publicado en todo México. El viejo está comprometido.

—Hazme caso —replicó Beto—. Sólo hay una leve nata sobre ese sumidero que lleva treinta y dos años emponzoñándose. Podría estallar antes de las elecciones del año que viene. A menos que el viejo mismo provoque un incendio para justificar su permanencia en el poder. Tú no entiendes el poder, Antonio. Los dictadores no «renuncian».

—Mira, Beto. Siempre he admirado tu capacidad de observación, pero déjame decirte que no comparto tu preocupación por ese sumidero del que tanto hablas. Porque yo soy un patrón. El mexicano siempre ha escuchado la voz de la autoridad: cuenta con que el patrón se haga responsable. El patrón enterrará a un niño o comprará una vaca o pagará al médico, y lo aceptará de nuevo cuando haya pasado toda una semana borracho. Y el patrón número uno es don Porfirio. Si entrega las riendas a un hombre como Pepe Limantour, otro patrón fuerte y autoritario se pondrá sus botas. Son los condenados intelectuales y radicales los que agitan la bandera y claman justicia. Y al peón que tan vocingleramente defienden le importa un bledo la política.

—De acuerdo —admitió Beto—, estoy completamente de acuerdo. Al peón tampoco le importa la fontanería moderna —agregó con una sonrisa maliciosa—. He observado a ese nuevo carpintero que has contratado: prefiere mear contra la pared de atrás.

¿Por qué despilfarras tu dinero en nuevos cuartos de baño, Antonio? —Y Beto acercó su sillón a la mesa—. Leeré hasta el pie de imprenta y subrayaré todas las mentiras ambiguas que haya inventado el viejo. A todo esto, Sabina me ha dejado un recado para ti. Cristina quiere verte cuanto antes.

Sentada en la pequeña sala familiar, Cristina dejó la labor de gancho y le dio un beso a su marido en cuanto entró.

—Me alegro de que llegues temprano. La bebé está dormida.

Antonio se dejó caer en el amplio sillón y esperó que Cristina hablara. Parecía que hubiera llorado. Últimamente había estado muy nerviosa, quejándose de jaquecas. ¡Dios no quiera que esté embarazada!

—¿Querías verme? —preguntó.

—He estado pensando en el viaje a París, Antonio. No puedo ir.

—¿Por qué?

—Se trata de la bebé.

—Nos llevaremos a Sabina o Pancha, y tengo previsto contratar a una institutriz para Mario y las niñas.

—El médico me ha aconsejado que no la lleve.

—¿A quién viste? ¿Vásquez Gómez?

—No. Un nuevo médico especializado en niños. Dijo que Memelita tiene un problema respiratorio y sería peligroso que pescara un resfriado o influenza durante sus primeros meses. ¿No te has dado cuenta de que a veces la pobre criatura respira con dificultades?

—No. —Antonio guardó silencio, con la desilusión pintada en el rostro—. Quería enseñarte París, pero no puedo discutir con un médico. —Se levantó penosamente y dio un beso a su esposa—. Has tomado una decisión responsable. No puedo menos que admirarte. —Y se dispuso a salir.

—¡Espera! No he terminado. Quisiera proponerte una sustituta.

—¿Quién?

—Alicia.

—No podría hacerme cargo de semejante responsabilidad, mujer. Ten en cuenta que pasaré días enteros en la fundición y de viaje.

—Blanche Joyeux no tiene hijos. Y hablabas de una institutriz. Significaría tanto para ella, Antonio. Alicia tiene trece años. Tendría quince en dos más, y necesita conocer algo más que estas paredes antes de presentarla en sociedad.

—¿Tú crees que le agradaría ir… sola?

—Estará fascinada, extasiada. Ya empiezo a sentir celos.

—Espera…

—Por favor, di que estás de acuerdo, Antonio. Me duele hasta el fondo del alma tener que renunciar, pero si va Alicia contigo, no me preocupará la idea de que pudieras sucumbir a los encantos de alguna francesa descocada.

Con su sonrisa más cautivadora, Cristina se puso en pie y abrazó a su marido. Más adelante, en unos cuantos días, sugeriría a Antonieta: debería ir para hacerle compañía a Alicia, para que él pudiera despreocuparse. Quedaba tiempo para convencerlo: seis semanas.

¿Y para ella? Quizá un año de libertad para resolver todos sus… problemas. Con los ojos brillándole de contento, le dio un beso en la mejilla.

Antonio miró a su bella esposa con simpatía y admiración. Cristina es fuerte, se dijo.

8

1909

El tren serpenteaba cuesta abajo desde la alta planicie, al encuentro del lujuriante trópico; las niñas comenzaron a percibir un aroma fascinante, sabroso… y de repente allí estuvo: ¡el océano!

—Huele igual que el papel alquitranado de nuestra caja de París.

—Más bien a estiércol del jardín y un caballo mojado y…

—Son los buques petroleros —dijo Antonio—. Vean esos tanques ahí: transportan petróleo hacia Europa.

Veracruz era caluroso y húmedo, el puerto hervía de actividad y los muelles estaban abarrotados de barcos que ostentaban banderas exóticas en la popa. Unos vendedores se pegaron como moscas a las señoritas de la ciudad ofreciéndoles cajitas de conchas marinas y tentándolas con sorbetes de agua de coco.

—¿Dónde viste el carruaje de oro, papá? ¿Dónde?

—Allí, en ese muelle. —Antonio apuntó con el dedo.

—¡Maximiliano había llegado para enfrentar su destino mientras tú salías para encontrar el tuyo! —exclamó dramáticamente Antonieta.

Era cierto que papá había sido un niño de once años que viajó solo a Europa. Era cierto que había visto descargar el carruaje dorado de Maximilano en ese mismo muelle; 1864 ya no le parecía tan, tan lejano.

—¡Ahí está el barco! Mira, dice *La Navarre.* —Y Antonieta señaló con tanta vehemencia que se le cayó el sombrero. Sacudió sus rizos húmedos y rio, sintiéndose refrescada por la brisa del mar que se colaba por los largos bucles.

Un sonido tan profundo como el de una gigantesca rana les hizo echar a correr por el muelle hasta el atracadero donde estaba anclado *La Navarre.* ¡El barco era enorme! De un blanco deslumbrante, se balanceaba ligeramente al compás de las olas que lamían el muelle. Fascinadas, vieron desaparecer baúles y maletas por unas rampas, mientras enormes garras metálicas bajaban para agarrar y levantar pesados cajones por el aire. Cuerpos morenos, desnudos de la cintura para arriba, y marinos vestidos de un blanco impecable iban y venían por todos lados; en cuanto unas bocanadas de humo negro surgieron de las chimeneas, el rugido profundo hizo correr a todos hacia la rampa de embarco.

Mientras zarpaba el vapor, las niñas se quedaron de pie en cubierta junto al pasamano, a ambos lados de su padre, viendo cómo la orilla de la tierra subía y bajaba, alejándose y volviéndose más y más pequeña. Ya el hogar parecía muy distante. Pronto, el mundo entero se convirtió en océano y la tierra no fue más que una imagen conservada en la mente.

* * *

Al cumplirse veintidós días de viaje llegaron a Saint-Nazaire donde abordaron el tren de París. Era el 1 de abril de 1909, un día gris y frío.

Pusieron pie en el Quai d'Orsay: dos niñas con impecables vestidos y guardapolvos blancos, sombreros de paja bien plantados sobre los rizos. Parado entre ambas, Antonio sujetaba firmemente sus manecitas enguantadas de blanco y miraba por encima de las cabezas de la gente buscando a su viejo compañero de la vida bohemia. Tiritando en su atuendo primaveral, las niñas veían rostros extraños, se sentían cohibidas y observadas curiosamente por personas vestidas de colores discretos con tapabocas protectores, que caminaban ordenadamente hacia las señales de salida. No había mendigos ni buhoneros. Por encima del murmullo de voces discretas oyeron que papá gritaba:

—¡Jean! ¡Jean Joyeux! Aquí. ¡Aquí estamos!

Un gallardo caballero con el bigote en forma de manillar de bicicleta, acompañado por una señora flaca, se separó de la multitud. Una larga capa azul marino oscilaba a ritmo marcial y un moño plantado en la coronilla amenazaba desatarse mientras la señora avanzaba a buen paso junto al senador.

—Debe ser la institutriz —susurró Alicia.

—Tengo mucho gusto en conocerlas —expresó la señora, con una voz asombrosamente profunda, y besó las mejillas de las niñas.

—No te has encogido, Antonio —dijo el senador, empinándose para dar a su amigo un beso en cada mejilla.

—Jean, estas pobrecitas *américaines* deben estar congelándose con esa ropa tan ligera —dijo la señora en rápido francés—. Podremos hablar en el auto. Tráelo, querido. *Vite.*

—Me impresiona tu español, mi querida Blanche —dijo Antonio, sonriendo.

—¡Bueno! He tomado ocho lecciones en Berlitz para darles la bienvenida a tus *petites américaines.* —Y una brillante sonrisa iluminó aquel rostro ordinario—. Bienvenidas, señoritas.

Las niñas, atontadas, hicieron una breve reverencia.

* * *

El Renault abandonó el muelle de Orsay para entrar en el barrio latino por el bulevar Saint-Michel; bordeando el Luxembourg llegaron a la rue d'Assas.

—¡Aquí estamos! Espero que su nuevo hogar les parezca confortable, queridas mías.

Tante Blanche, como se indicó a las niñas que llamaran a aquella señora flaca y enérgica, había previsto todos los detalles. Su nuevo alojamiento era la planta baja de una casa renacentista localizada en la misma calle que la amplia mansión de los Joyeux y a un paso del Jardín de Luxemburgo. Habían agregado un cuarto de baño completo, sufragado por papá, y alquilado un cuartito del piso de arriba para una sirvienta. No habían contratado cocinera porque papá tenía pensado visitar todos los bistrots de París.

* * *

Tante Blanche se encargó vigorosamente de sus *petites américaines*, y muy pronto se instalaron en una rígida rutina bajo su práctica tutela. Se acabaron los lazos en el cabello y los lindos vestiditos que habían llevado de México. Tante Blanche las vistió con faldas largas hechas a la medida y vestidos de manga larga, grises entre semana y azul marino los domingos. Afuera los preciosos zapatitos de cuero de última moda; aprendieron a atarse las odiosas botas de color café con agujetas, «calzado práctico y conveniente», según declaró Tante Blanche, sin discusión.

—Es demasiado mandona —se quejaba Alicia—. El otro día le oí contar a una amiga que había esperado que sus *petites américaines* fueran unas bárbaras. Pues bien: no soy una bárbara y tampoco *petite*. ¡Tengo trece años!

—¡Bah! Es justa. Me cae bien —la contradijo Antonieta.

Madame Joyeux no tardó en percatarse de la agilidad y la gracia singular de Antonieta. Pronto encontró un sobrenombre para la niña alta de rostro melancólico y ojos notables, expresivos, que giraba alrededor de los postes y hacía piruetas en las barandillas. *Mon petit singe* —mi changuito—, dicho con un cariño que Antonieta apreciaba.

Llegar tarde era una ofensa imperdonable. Las niñas se levantaban temprano para lidiar con las feas botas y llegar a tiempo al solarium de Tante Blanche, así llamado porque albergaba dos plantas héticas en macetas. Su clase de historia de Francia comenzaba a las 8:45 bajo la dirección de la propia Tante Blanche.

—En Francia hemos nacido con la historia. Es una valiosa herencia con la que estamos en deuda y un porvenir del que somos responsables. Tonton Jean puede reconocer a su familia inmediata hasta de quinientos años atrás.

—¡México ni siquiera era México por aquel entonces! —exclamó Antonieta.

—Por eso, América es el Nuevo Mundo, querida mía. En cuanto a las demás clases, estudiarán *sciences naturelles* en el jardín botánico y *littérature* será una clase impartida en la biblioteca. En cuanto a las *mathématiques* se las dejo a su padre.

A las diez, *miss* Louise, su institutriz inglesa, las rescataba y se oía comunicar el programa del día: museos, exposiciones y caminatas completaban el horario. La iglesia de Saint-Sulpice estaba cerca y en algún momento del día se detendrían allí para arrodillarse rápidamente, cumpliendo la palabra dada a mamá Lucita. Casi diariamente comían en un restaurante vecino llamado Le Fleurus, en compañía de *miss* Louise quien, como *miss* Etta, no se quitaba nunca el sombrero. El dueño del Fleurus era el cajero; su esposa, la cocinera; y el camarero, un gran estudioso de las carreras de caballo.

El Sena ejercía en Antonieta una fascinación especial.

—Los edificios parecen tan sólidos en el agua hasta que pasa una barca, y entonces se vuelven todos de gelatina —le explicaba a *miss* Louise.

Un día que las torres de Notre-Dame se reflejaban en el agua, las gárgolas miraron hacia arriba desde el río, apartándose y juntándose.

«A veces me siento así, sólida por fuera pero hecha gelatina por dentro», escribió en su diario. «Inclusive nuestra casa de México a veces parece un reflejo. Aquí, en Francia, ni siquiera saben dónde está México».

A fines de mayo, Antonio había vuelto de la fundición de Florencia donde estaban trabajando su Libertad Alada. Los adornos más pequeños se fundían en París. Las niñas reconocían racimos de hojas de roble, guirnaldas de acantos, balanzas de bronce, linternas, barandas, urnas. Las visitas que hacían a la fundición con su padre parecían acercarlas más a su hogar.

Las tardes del miércoles, Antonio las tenía reservadas para una visita al Louvre, con él por guía, estudiando una galería a la semana con sus dos aplicadas estudiantes.

—La función primordial del arte consiste en crear belleza —disertaba—. No le preguntes a una estatua griega si es moral o virtuosa o noble. La contemplas y dejas que su belleza penetre en tu alma. Basta y sobra con la fealdad que existe en el mundo. El talento no debe derrocharse imitándola.

Tan pronto se hubieron instalado en París, Antonio comenzó a buscar a «sus muchachos». Casi todos habían tenido que dedicarse a trabajos humildes y vivían en condiciones miserables cuando no en la absoluta miseria. Frecuentaban cafés baratos en vez de ir a clases. Encontró a Enrique Freyman, empleado en una vieja librería de la rue Jacob. Enrique era un estudiante brillante, hijo de una joven mexicana y un viejo judío alemán que había emigrado a la lejana provincia de Tepic en tiempos de Juárez. Sensato, ambicioso y con una capacidad innata para reconocer el talento, Enrique se había aproximado a un círculo íntimo de artistas e intelectuales cuyos sueños de fama no pasaban aún de ser visiones informes.

—¿Y dónde se esconde Diego? —le preguntó al becario; este le dio las señas.

Un miércoles por la tarde, Alicia y Antonieta fueron en taxi con su padre hasta un barrio próximo a Les Halles donde el olor fétido de las verduras en descomposición impregnaba el aire. El conductor se introdujo por varias callejas antes de dar con las señas. La escalera era oscura y el taller de Diego estaba en el tercer piso.

Una señora con aspecto de pajarita los recibió, revelando los finos modales de una persona ajena a aquel barrio. Detrás de ella, una silueta voluminosa cuyos pantalones raídos estaban cubiertos de manchas de pintura, blandía un bastón mexicano labrado en vivos colores.

—¡Maestro! Creí que sería algún cobrador. ¡Pase usted!

La señora se llamaba Angelina Beloff. Encontró dos taburetes donde se sentaron las niñas y prendió una llama bajo la tetera.

—Estoy ansioso por saber cómo has progresado, Diego. ¿Te ha resultado París un buen maestro? —así comenzó Antonio a interrogar a su ex discípulo.

—Me ha hecho conocer a los impresionistas, gracias a Dios. Mi primer encuentro fue con Cézanne.

—¿Lo has visto?

—No. Pero vi un cuadro en la Galerie Vollard: era de Cézanne. Me quedé mirándolo horas enteras, hipnotizado, como si las paredes de mi alma estuvieran desprendiéndose de su viejo revestimiento. El vendedor de arte sacó otros dos Cézannes en mi honor. —Los ojos de Diego se habían puesto vidriosos—. El impacto que me causó Cézanne me mandó a la cama con calentura durante varios días.

Antonio se contuvo para no sonreír.

Una disertación animada sobre los nuevos movimientos artísticos brotó en el francés fluido y expresivo de Diego, salpicado con modismos para impresionar a su viejo maestro.

—¿Enseñan en San Carlos estas nuevas técnicas? —preguntó Diego para provocar al director.

—Ya sabes qué enseñanzas impartimos. Lo fundamental: composición, perspectiva, equilibrio. —Antonio echó una mirada benévola a su interrogador—. Una base sólida desde la cual un artista pueda volverse hacia nuevos horizontes. Observo que tú te lo has tomado a pecho —comentó, señalando una pared cubierta de paisajes y retratos—. Veo un toque de El Greco y Sorolla y, naturalmente, una fuerte influencia de los impresionistas.

—Eso ya tiene tres años. Pinté algunos hace un par de años: mi trabajo en España. Cuando colgué la colección, todavía tenía esperanzas de que alguna galería la aceptara.

—¿Y qué hay de una exposición?

—A un pintor desconocido le resulta imposible encontrar patrocinador —declaró Diego con algo de amargura—. Los maestros de la École des Beaux-Arts reservan sus favores a los discípulos que se adhieran estrictamente a los viejos preceptos del arte clásico. Pero hay una generación nueva, más audaz, que empieza a abrirse paso hacia el primer plano. ¿Ha visto usted a los cubistas, maestro?

—No me interesan los cubistas. Es una moda efímera, en el mejor de los casos. No es arte serio.

—Angelina, la tetera está hirviendo. Sirve un poco de té a las damitas y un coñac al maestro; sin duda lo necesitará. —Diego se volvió hacia el caballete y apartó la tela que cubría la pintura—. Observe mi nuevo estilo.

Antonio no dijo nada, pero Antonieta se quedó boquiabierta: ¡Era horrible! Había una nariz donde debería haber un ojo. Con miedo de mostrar su horror, agachó la cabeza y vio que una cucaracha corría por el piso. Por fin, su padre rompió el silencio. Enfrentándose a su ex discípulo, el oráculo habló:

—Tienes talento, Diego. Un don divino. Entonces, ¿cómo es posible que estés pintando algo tan absurdo? ¿Llamas arte a esa desfiguración artificial? Es basura, muchacho. ¿Por qué derrochas tu talento en semejante idiotez?

El rostro de Diego se ensombreció.

—Eso nos da de comer —contestó—. Es la única clase de pintura que se vende hoy en día. A mi amigo Picasso le va muy bien con el cubismo.

—Pero es un arte feo. ¿Satisface a tu espíritu? ¿Te agrada siquiera? —Antonio señaló la pared—. Diego, ahí tienes algunas pinturas excelentes. Se venderían en México a buen precio. —Miró al joven artista cuyos ojos parecían más saltones que nunca en el rostro enflaquecido—. ¿Qué te parecería volver a México el verano que viene? Creo que San Carlos patrocinaría una exposición de Diego Rivera para la celebración del centenario.

Diego avanzó el labio inferior, sin cejar en su actitud beligerante.

—Creo que deberías aceptar —sugirió Angelina en voz baja.

—Allí acudirán jefes de Estado y personajes importantes del mundo entero —prosiguió Antonio—. Has pasado tres años en Europa. El contacto con la patria hará brotar esa fuente de inspiración.

Diego asintió con un movimiento de la cabeza. Pasó un rato sin hablar, y entonces:

—Gracias por el ofrecimiento, maestro. Acepto.

Había junto a la puerta gran cantidad de libros amontonados sobre una mesa. Cuando Antonio pasó cerca, uno de los libros se cayó y al recogerlo pudo ver el título: *Das Kapital*.

* * *

Los domingos iban a La Gaîté Lyrique, donde se representaban operetas; al Châtelet junto a la isla de La Cité, con sus farsas ligeras; al Odéon y la Comédie Française, donde vieron a

Sarah Bernhardt en *Camille*. La legendaria actriz parecía una anciana junto al joven y guapo duque, pero ella hablaba con una entonación cautivadora y una voz teatral que Antonieta jamás habría de olvidar. El duque le hacía el amor a la anciana con tanta pasión que la obra era realmente una tragedia para Alicia.

Una noche de sábado muy especial fueron a la Ópera de París que presentaba un espectáculo de ballet. Una nueva perspectiva —más allá de la imaginación, más allá de los sueños— se abrió ante los ojos de Antonieta: tul blanco revoloteando, bellas damas inclinándose, sumiéndose, los brazos ondeando con gracia, variaciones sinfónicas de la orquesta invisible. De puntillas, las bailarinas bailaban perfectamente al unísono, después daban grandes saltos y giraban en el aire por todo el escenario. Con gran facilidad flotaban —¡ay, cómo flotaban! ¿Podría existir algo más bello en el mundo?

Aquella noche, poseída por la visión, Antonieta se colgó del pilar de la cama y practicó, arqueando los pies, más y más alto hasta que pudo sostenerse sobre las puntas.

—Estás sacudiendo la cama —se quejó Alicia—. Termina de una vez y déjame dormir.

Tarareando la música, la pequeña *ballerina* persistió hasta que, a las tres de la madrugada, dio una vuelta por el dormitorio y cayó, agotada, en la cama.

Durante el desayuno del domingo con los Joyeux, Alicia anunció en voz alta:

—Esta niña no me quería dejar dormir. Puede bailar de puntas. Sin zapatos ¡puede bailar de puntas!

Al instante, Tante Blanche pidió permiso a Antonio para presentar a la joven aficionada al baile en la escuela de *monsieur* Soria, el maestro de ballet de la Ópera de París.

Una cálida mañana de junio, Tante Blanche se presentó con su *petit singe* vestida con una falda plisada gris y blusa marinera, en la entrada principal de la escuela, junto a la iglesia de la Madeleine.

—Me siento por dentro como si fuera de gelatina —confesó Antonieta a Tante Blanche, quien le apretó la mano y le dio un abrazo afectuoso al entrar al edificio.

En el extremo del recibidor, una ventana daba al salón de *practique*. Allí, un alto espárrago estaba golpeando el suelo con un bastón, y unas jóvenes *ballerinas*, en fila, giraban por la sala, se inclinaban... y daban traspiés. La clase había terminado.

—Tenemos que apresurarnos —dijo Tante Blanche, abriendo la marcha por el pasillo hacia la oficina del director.

—Tengo cita con el señor Soria —anunció a la joven que acabó por abrir la puerta. *Vite, vite, mademoiselle,* que no se vaya.

El señor Soria, sentado detrás de un escritorio sencillo de caoba, tenía los largos cabellos enredados por la agitación de las prácticas. Escuchó cortésmente las observaciones elogiosas de Tante Blanche acerca de su protegida, echando de vez en cuando una mirada a la nerviosa aspirante a discípula.

—Pero señora, esta niña nunca ha estudiado baile clásico, y con nueve años es demasiado tarde —declaró el Espárrago, agitando la mano para evitar que lo interrumpieran—. Sí, sí, toca las castañuelas y baila fados, polcas y bailes folclóricos mexicanos... todos ellos son bailes muy bonitos. Pero eso no es ballet. Los pies deben estar formados. No puedo aceptarla.

—Creo que debería usted verla bailar, una pequeña demostración extemporánea, *n'est-ce pas?* No estamos hablando de una carrera, sólo de escuela de verano. —Tante Blanche se enderezó con todo lo que daba su metro y medio—. *Monsieur,* el senador y yo patrocinamos la Ópera y estaríamos muy agradecidos.

Alzando las manos, indicando que se rendía, el señor Soria se puso cansinamente en pie y las llevó al salón de prácticas donde el pianista se había rezagado para recoger sus papeles.

—Unos cuantos compases de prueba, Guillaume, por favor. Ta-ta-ti ta-ta-ti-ti. La niña improvisará.

De repente, la gelatina que tenía Antonieta en el estómago dejó de agitarse. Nunca había experimentado un deseo tan grande. Tante Blanche se sentó en una silla plegadiza con una sonrisa orgullosa en el rostro mientras el Espárrago, cruzado de brazos, permanecía de pie junto al piano. La bailarina de otros tiempos se deshizo del sombrero, se apoyó en la pared para quitarse zapatos y calcetines, y avanzó sobre el piso. El pianista comenzó a tocar.

Antonieta cerró los ojos para aislarse de todo lo que no fuera la música, mientras quedaba parada en primera posición durante los compases introductorios. Entonces comenzó a mover el cuerpo y a bailar, imitando a las *ballerinas* que había admirado en aquel escenario mágico, improvisando, primero en una pequeña superficie y después abandonándose totalmente, girando por toda la pieza...

—¡Suficiente! —dijo el señor Soria, golpeando con el bastón—. Podrá empezar el lunes a las diez de la mañana.

En agosto, Antonio interrumpió las clases de la *ballerina* para llevarla con Alicia a visitar a unos «primos» de Provenza, una familia por la que sentía gran afecto, un afecto que era mutuo. Las niñas fueron abrazadas y besadas, y besadas y abrazadas, sometiéndose inclusive a los abrazos efusivos de una tía abuela bigotuda. Montaron en bicicleta y corrieron descalzas por los campos y jugaron a «que sigan al guía» con los nietos. Sus jóvenes anfitriones rivalizaron para ver quién contaba la travesura más atrevida.

—Una vez, en el lago Chapala, un octópodo gigantesco me agarró de la muñeca y yo lo mordí y mordí hasta que le rompí el tentáculo y escapé a nado —contó Antonieta.

—Tú y Julio Verne —dijo en broma un muchachito de doce años de edad—. ¿Acaso eres tan valiente? —diciendo lo cual la derribó y le dio un beso en la boca.

* * *

A mediados de septiembre comenzaron a formarse filas de escolares por todo París y cerró la escuela veraniega de ballet. Las alumnas que pretendían continuar debían pasar un severo examen, una actuación individual agotadora ante un tribunal compuesto de *monsieur* Soria, la *première danseuse* y el *premier danseur* del ballet.

—¿Cree que podría pasar el examen? —preguntó Antonieta a Tante Blanche—. ¡Quiero presentarme!

—Tendrás que hacer lo que te indique el corazón, cariño.

Una barra para ejercicios fue instalada en el solarium. Pálida al cabo de dos semanas de prácticas agotadoras, Antonieta era la última alumna en presentarse ante el tribunal. Tante Blanche esperaba en el recibidor.

Con las lágrimas corriéndole por el rostro, la joven candidata abrazó a su inquebrantable defensora con tanta energía que algunas horquillas del apretado moño se desprendieron.

—He sido aceptada —dijo entre sollozos—. He sido aceptada.

* * *

Para distraer a Alicia, Antonio se la llevaba a los estudios de los artistas que seguían trabajando los detalles ornamentales del monumento. Una tarde visitaron el taller del joven escultor encargado de modelar la puerta de bronce que conducía a la cripta. Las indicaciones eran que debería simbolizar a «la joven nación», pero el artista había renunciado a una docena de intentos. Mientras Antonio estudiaba los nuevos diseños y las siluetas de barro, el artista se quedó mirando a Alicia tan fijamente que la niña enrojeció hasta el cuello del vestido.

—Por favor, vuélvase con el perfil hacia mí y no se mueva —pidió el escultor. Hizo un rápido esbozo y se lo tendió a Antonio—. Estuve buscando un perfil clásico perfecto… y su hija lo tiene. Verá, le pondré un gorro frigio y la presentaré como un camafeo enmarcado en un medallón. ¿Permite usted que pose para mí, *monsieur l'architecte*?

Alicia ocultó el rostro colorado; se sentía mortificada… y halagada.

—Eso depende de mi hija. ¿Qué dices, reina? ¿Te gustaría ser inmortal?

—Sí, papá, si no te parece impropio.

* * *

Las semanas pasaban volando. Al llegar la Navidad nevó, y, sin la menor inhibición, las jovencitas bombardearon con bolas de nieve a quien se pusiera en su camino. En enero sólo faltaba fundir, pulir y empacar las piezas pequeñas de bronce. Al visitar la fundición por última vez, un sentimiento de orgullo embargó a las niñas. ¡También México tenía historia! Sobre una mesa, lejos del calor insoportable de los hornos, había un modelo del monumento a la Independencia. Junto a él estaba un vaciado de hojas, parte de un molde roto y descartado.

—¿Esto es parte de la corona, papá?

—Sí. Es la corona de la Libertad Alada. Mira cómo la sostiene en la mano.

—Es gigantesca —exclamó Alicia.

—Mi Libertad mide seis metros con setenta centímetros —declaró Antonio—. ¿Saben que es dos veces más grande que la Victoria de Samotracia que está en el Louvre?

Llegó la hora de pensar en hacer las maletas. Tuvieron que apremiar a *madame* Gautier para que terminara las últimas prendas destinadas al guardarropa de mamá. Faltaba comprar todavía algunos regalos, despedirse de algunas amigas, de los títeres del Luxemburgo y de la pista de patinaje en el hipódromo, y ver una última película en el Panteón. *Miss* Louise les confesó que Eugéne, el camarero del Fleurus, y ella planeaban casarse. Había hecho negocios. Con sus apuestas y cierto caballo, les dijo con orgullo, le había comprado un brillante de compromiso.

Antonieta sintió un nudo en la garganta, tan grande que apenas podía tragar al percatarse de que se iban de verdad. Bailaba con un nuevo patetismo, con tanta pasión y gracia que *monsieur* Soria quedó convencido de que alguna tragedia le había ocurrido a aquella mexicanita que había cautivado por completo su atención.

—Regresaré a México el mes que viene —contestó simplemente Antonieta a la pregunta sobre la causa de su *tristesse*.

—¡Ah, bien! Tendré que hablar con tu padre —dijo su amado maestro.

—No quiero tener nada que ver con «ese tipo» —fue la respuesta de Antonio a la solicitud del maestro de ballet. Blanche, Alicia y Antonieta produjeron tal coro de súplicas que Antonio cedió y aceptó recibir en su casa al «caballero». Muy dentro de sí, temía que la reunión lastimara a su hija en vez de ayudarla.

El señor Soria se presentó puntualmente, vestido con *jacket* y alto sombrero de seda. El hombre sacudió la mano de su anfitrión con fuerza, después se sentó muy erguido y fue directamente al grano:

—¿Usted ha visto bailar a su hija?

Antonio asintió con la cabeza.

—Es excepcional, señor. Una en un millar. —*Monsieur* Soria se inclinó hacia delante—. Seré breve. Si deja usted a Antonieta en Francia durante cinco años, bajo la custodia de una familia honorable, claro está, llegará a ser la *première danseuse* de la Ópera de París. No puedo negar la necesidad de disciplina y duro trabajo para que sea la mejor, pero por mi honor, *monsieur* Rivas, será tratada con todo el cuidado y el aprecio que ella merece.

Antonio siguió callado. Después de mucho deliberar, había captado la magnitud del ofrecimiento y la amplitud del talento de su hija. Se puso en pie frente al maestro, quien también se levantó.

Antonieta estaba paralizada. Alzó la vista hacia sus dos gigantes —el Oso y el Espárrago— y esperó la decisión que determinaría su porvenir.

—Ser padre es una terrible responsabilidad —comenzó Antonio—. Nuestros hijos nos han sido prestados sólo por corto tiempo, *monsieur*. He visto crecer a Antonieta en París, extenderse su mente por nuevos horizontes y expresar con su cuerpo matices sensibles en la danza. Soy custodio de este talento excepcional. —La voz de Antonio se quebró—. La estatura de Antonieta es engañosa: sigue siendo una niña, todavía no cumple los diez años, y es una edad demasiado tierna para vivir lejos del hogar. Es demasiado joven. —Aspiró profundamente—. Agradezco su ofrecimiento, el reconocimiento que hace al talento de mi hija, pero me pide algo que no puedo concederle. Antonieta regresará a México conmigo.

Los ojos de Antonieta se llenaron de lágrimas y también los de Blanche Joyeux, que había abrigado la esperanza de tener una hija.

Fue rápida la separación en la estación del ferrocarril. El rostro de Tante Blanche se estremeció al abrazar y besar a sus *petites américaines*. Antonieta se volvió rápidamente con el corazón profundamente conmovido.

El viaje de regreso fue agitado: la mar picada, y el viento constante. Papá pasó la mayor parte del tiempo encerrado en el camarote tratando de calmar a fuerza de kümmel su estómago descompuesto. En Santander, un ruidoso grupo de gitanos subió a bordo y por las noches los rasgueos melancólicos de las guitarras subían desde la clase de tercera. La excitación poblaba los cielos: el cometa Halley era claramente visible, arrastrando tras de sí una larga cola flameante a través del cielo nocturno.

Cuando dejaron muy atrás La Habana, Antonieta permaneció sola en cubierta, mirando al océano. Vio una mancha oscura surgir del agua, agitarse y chapotear como si estuviera en peligro; parecía un madero. O quizá una persona... ¿Qué se sentiría flotando en aquel inmenso océano?, ¿sólo alejarse flotando?

Una extraña atracción la poseyó y entonces se aferró al pasamano.

* * *

Beto estaba sumido en el viejo sillón de ratán, con la mente perdida en pensamientos perturbadores. ¿Qué querría insinuar Villagrande al decir que Díaz no sólo había cambiado su sangre mixteca por sangre azul, sino que había olvidado que las selvas estaban llenas de ídolos ocultos? ¿Estarían armados los anarquistas? Respetaba a Villagrande, pero sus diatribas contra Díaz habían empezado a inflamarse: tierra, opresión, injusticia. Ahora hablaba de los derechos de los trabajadores y del indio, siempre víctima de la explotación. Otra vez Cortés y Cuauhtémoc. La interminable discusión: ¿Qué era peor: la espada o el puñal de obsidiana? La librería se había convertido en centro de reunión para los jóvenes radicales que masticaban a Díaz a modo de aperitivo. Nunca hablaban de treinta años de paz porfiriana. ¿Y las escuelas públicas, los caminos seguros y un enorme superávit en las cajas del Estado? Pobre, miserable México, menospreciado durante cien años, hoy ¡envidiado y alabado!

—Te vas a achicharrar el cerebro con todo ese calor —le había dicho en tono burlón—. Don Porfirio puede tener más medallas colgadas del pecho que un milagroso santo de aldea, ¡pero se las impusieron reyes y presidentes e inclusive un zar! Sin decir que el crédito de México es bueno en el mundo entero.

—La prosperidad es un fino barniz que cubre a una nación devorada por los *termes*.

Villagrande se las arreglaba siempre para tener la última palabra. Díaz había amordazado a la prensa, pero ¿podría seguir aplastando con la bota al populacho? Don Porfirio era un moribundo rodeado de buitres.

—Ya es hora de irse, don Porfirio —le dijo en voz alta al loro—. Ya es hora de irse.

Y el viejo pícaro sabio encogió la cabeza, aprobando.

Se acercó una joven sirvienta:

—He terminado de limpiar su apartamento, señor, si quiere entrar. Empieza a hacer viento —dijo con dulzura.

—Gracias, hija.

—¿Quiere que le traiga la toquilla?

—No, no te molestes. —Beto observó la suave piel morena, el rostro dulce y los ojos oscuros. Y la firmeza de los senos. Era una bonita muchacha india, joven y guapa—. Puedes marcharte.

Sus antepasados españoles habrían sido unos tontos de no haberse acostado con muchachas como esa. Todos somos un poco mestizos, unos más blancos, otros más morenos. ¡Cuándo dejarán los mexicanos de juzgarse los unos a los otros por el color de la piel! El color, se dijo, es la maldición del Nuevo Mundo.

Beto se enderezó y soltó un profundo suspiro. *La Navarre* llegaría a Veracruz dentro de dos semanas. Era hora de que alguien más se fuera.

* * *

Beto se levantó temprano. Con un cuidado meticuloso, anudó su corbata a la perfección y pasó una gamuza por el ala de su sombrero de fieltro; finalmente sacó una bolsita de cuero del cajón de la cómoda y contó doce monedas de oro, número adecuado para su misión.

Sin que lo viera Cristina, Beto salió por la puerta de coches y se fue cojeando dolorosamente calle arriba hasta la esquina de la calle Violeta, donde abordó un tranvía. Se bajó en Espíritu Santo y caminó el corto trecho que lo separaba de un angosto callejón. Un carruaje pasó traqueteando por el pavimento mientras él se detenía frente al número siete.

Beto estudió la fachada de la estrecha casa: no había cambiado en quince años. Tampoco Cristina. Tiró de la campanilla con fuerza y la oyó tintinear en el interior. El propio Fernando salió a la puerta y la sorpresa inicial fue pronto sustituida por una sonrisa sardónica.

—¿A qué debo el honor de esta visita, tío Beto? Pasa.

—No te sientas tan honrado. He venido a hablar de negocios.

—Nunca me muestro contrario a un negocio —dijo Fernando, con una sonrisa amable.

Beto llegó al grano sin acusar ni amenazar ni levantar la voz. Era una simple proposición de negocios con fuerte castigo si se quebrantaba el contrato. Fernando escuchaba. Había algo cruel en aquellos ojos azules que llamaban la atención, algo cínico que revelaba una resignación secreta a las circunstancias, una curiosa ironía que le permitía elevarse con indiferencia por encima de emociones y afectos.

—Entonces, ¿estás de acuerdo? —Y Beto tendió un sobre a su sobrino—. Tu barco sale de Veracruz el sábado. Ahí tienes un boleto de tren, y tu pasaje está reservado en el *Marseille*.

Fernando abrió el sobre.

—Un carguero. Podías haberte mostrado más generoso. —Se encogió de hombros como si el destino lo dejara insensible.

—Me alegro de verte tan razonable. ¿Acaso te he quitado un peso de encima?

—Vamos, tío, qué culpa tengo yo de que a las mujeres les encante complacerme. Llevo mucho tiempo, como tú, dejando que los demás paguen mis cuentas.

Beto contó las doce monedas de oro.

—Suficiente para que llegues a España y hagas frente a cualquier eventualidad. ¿Necesito recordarte que de producirse la menor hablilla, si te abandonaras a la tentación de fanfarronear, ya me ocuparía yo de que tu reputación quedara por los suelos en Europa, en México y para siempre?

Fernando se encogió nuevamente de hombros.

—¿Y puedo recordarte que no soy responsable de las murmuraciones?

El convenio quedó sellado. El sábado era un buen día para que Cristina recibiera un ramo de rosas y un mensaje de despedida de su amante. Beto mismo dictó la carta y compró el ramo.

Cristina no guardó cama. Al día siguiente, y al otro, siguió su rutina sin la menor muestra de emoción, sin que se escapara un sólo cabello de su elegante peinado. A pesar suyo, Beto tuvo que admirar la determinación resuelta de Cristina en cuanto a enterrar a Fernando y olvidar su ausencia.

A la semana siguiente, Beto volvió a la parada del tranvía al que subió, para bajar en el Zócalo y caminar hasta la librería de Villagrande.

—Dime, Eduardo, ¿qué sabes de ese antirreeleccionista llamado Madero? He oído decir en el Jockey Club que tiene muchísimos partidarios.

—Es el candidato de un partido legalmente constituido. Terrateniente acaudalado, es un idealista y defensor de los de abajo. Su librito, *La sucesión presidencial*, parece haberle quitado el barniz al estrecho círculo de los científicos de Díaz. Limantour y el círculo interior están jineteando para lograr una posición, algunos inclusive pasándose al lado de Madero. —Villagrande se quitó los anteojos que tenía anclados en la cabeza y se los puso; mirando a Beto, agregó—: Todo eso ya lo sabías. ¿Qué es lo que realmente deseas saber?

—¿Combatirá Madero? Me refiero a encabezar una rebelión.

Villagrande arrugó los labios.

—Madero está en favor de elecciones libres y una transferencia pacífica del poder. Ese hombre es un rico hacendado. No tiene estómago para pelear. Y si quisiera hacerlo, los condenados yanquis no se lo permitirían. He llegado a la triste conclusión, amigo mío, de que en julio las elecciones van a ser las mismas de siempre.

9

1910

¿Cómo es posible —se preguntaba Antonieta— que al cabo de un año de ausencia se encuentre una con que nada ha cambiado en casa? Inclusive su dormitorio estaba tal como ella lo había dejado. Sólo Memelita había cambiado. Era una cosita regordeta y gorjeante que corría por todo el cuarto de juegos y el jardín, con Pancha pegada a sus talones.

—¿Nadie puede ver que yo soy diferente? —habría querido gritar—. ¡Y tengo diez años!

Antonieta tocó el último acorde del *Vals triste*, cerró silenciosamente la tapa del teclado y pasó del salón de música al vestíbulo. Sin saber qué hacer, giró de un lado a otro colgada de la bola de latón de la barandilla y finalmente subió a su dormitorio arrastando los pies.

Era una tarde melancólica. No había nada que hacer en aquella casa. Si por lo menos estuviera Chela…, pero la habían metido en el colegio de las monjas francesas. Antonieta ajustó el alto espejo en su marco de ratán y se quedó mirando su figura. «Nunca serás una belleza —le dijo a la niña del espejo—, pero tus manos y pies son bonitos y sabes bailar». Se quitó la blusa y la falda, metió la enagua en sus pantalones bombachos y se deshizo de los zapatos en dos patadas. «¡Eres *mademoiselle Antoinette, première danseuse*!».

Con gracia suave ejecutó un arabesco perfecto que terminó en un profundo plié. Inspirada, comenzó a tararear con las manos elegantemente arqueadas y el cuerpo fluyendo en una danza improvisada.

Y golpeando con un bastón imaginario, reprendió en francés:

—¿Estás en el Corps de Ballet o eres un cadáver viviente? Tienes que estar llena de vida y poner resortes en tus pies.

La puerta se abrió de repente.

—¡Antonieta!

Cristina cerró de un portazo.

—¡Deja esas ridículas prácticas! Estás medio desnuda —regañó—. Vístete. Quiero que bajes. Tenemos un invitado que ha traído a su hija.

Antonieta hizo frente a su madre.

—¿Puedo tener una barra de prácticas en el cuarto de juegos? Por favor, mamá. Hay mucho espacio.

—¿Y supongo que vas a querer aprender sola? Olvida el ballet. No hay un solo maestro decente de danza clásica en México.

—Chela dice que una señora rusa...

—Apúrate, ¿me oyes? Te quiero ver abajo. Ahora mismo.

Cristina salió dando otro portazo. Había estado a punto de golpear a aquella rebelde que ella misma había procreado... aquella morena. ¡Golpear a alguien! Ella sabía que Beto estaba detrás de la súbita partida de Fernando, pero nunca le permitiría vislumbrar siquiera la angustia que le había causado ni las lágrimas que había vertido. ¡Nunca!

* * *

Antonieta dejó su libro de poesía en la mesa del pabellón y apoyó la barbilla en las manos. El tío Beto seguía sumido en el periódico de la mañana.

—¿Te has fijado que *miss* Etta sigue poniéndose su mismo sombrero viejo?

—¿Qué?

—Nada. —El tío Beto no escuchaba. Nuevamente mostraba aquella expresión preocupada.

Si yo fuera una hoja seca colgando de tu rama,
si fuera una nube veloz para volar contigo…

—Tío, ¿te gusta Shelley?

Beto alzó la mirada por encima de su periódico.

—Prefiero a Rubén Darío. El español es el lenguaje de la poesía.

El tío Beto ha cambiado, pensó Antonieta. Tenía el rostro crispado y su calva era más amplia debajo de la boina. Impulsivamente, se levanto y fue a abrazarlo.

—Será mejor que vaya a vestirme. A las dos llegan unos invitados a comer. —Alzó la boina y le besó la calva.

* * *

Antonio encontró a Cristina en el comedor arreglando iris recién cortados del jardín. Contó doce asientos, el número habitual para la comida del sábado.

—Reina, se me olvidó decirte que he invitado a comer hoy con nosotros a un joven ingeniero. Me lo ha recomendado mi buen amigo el profesor Walker, ya sabes, aquel de la Universidad de Michigan que está ocupándose de los problemas del subsuelo.

—¿Y dónde lo voy a sentar? —preguntó Cristina un poco irritada. Miró alrededor de la mesa el orden de los asientos—. ¿Qué edad tiene ese ingeniero?

—Diecinueve o veinte, supongo. Parece que es condiscípulo de algunos de los muchachos Madero, en el norte.

—Oh… —Y Cristina miró a su marido, intrigada—. ¿Los Madero? Son rebeldes. Ojalá tu joven encaje aquí. Lo sentaré junto a Alicia para que puedan hablar en inglés.

—Cambia a Antonieta del otro lado. Creo más fácil que ella entienda su inglés. Este joven Blair es sureño, de Kentucky.

* * *

El ingeniero americano, Albert Blair, era robusto, rubio y locuaz. México lo había deslumbrado, dijo a su anfitrión mientras los invitados pasaban al comedor. No agregó que la imagen del mexicano sombrerudo, moreno, dormitando al pie de un cacto, acababa de borrársele.

Sentado a la abundante mesa, Albert se volvió hacia la bella jovencita que tenía a la derecha y carraspeó:

—Señorita Alicia, lamento no saber hablar mucho español.

—Yo hablo inglés —le aseguró Alicia.

Entonces, su vecino de mesa se lanzó en un discurso desordenado: había llegado en tren con sus amigos Raúl y Julio Madero. Iban a redactar un trabajo sobre los problemas del subsuelo para graduarse en junio en la Houghton School of Mines, de Michigan. La Ciudad de México le recordaba a Londres, donde había nacido, antes de que su padre se encargara de la operación de una mina de carbón que la familia tenía en Kentucky.

Alicia tomaba delicadamente su sopa de flor de calabaza, asintiendo cortésmente de vez en cuando, incapaz de seguir siquiera el hilo de la narración; llegó a la conclusión de que el inglés de Kentucky era un lenguaje distinto.

Al sentir la mirada impaciente de una sirvienta, el estadounidense pescó con la cuchara un bulto redondo y verde de su plato de sopa y sintió que se le incendiaba la garganta. Esforzándose por no toser, echó mano del vaso de agua.

Una mano delgada puso un panecillo junto a su plato.

—El pan apagará el fuego —susurró Antonieta—. Lo que viene después es sopa seca, pero esa se come con tenedor. —Y rio disimuladamente.

—Muchísimas gracias —consiguió expresar Albert. Miró a la joven del lazo azul en el cabello que tenía a la izquierda. Dos ojos grandes y amigables encontraron su mirada. Su nombre era algo francés, recordó. Incapaz de seguir las conversaciones en español y francés a su alrededor, Albert se dirigió a la hija más joven.

—Estoy impresionadísimo con el monumento que está levantando su padre —comentó.

—Papá ha tenido que hacer frente a tantos problemas —explicó Antonieta en su inglés más oficial, antes de seguir con un discurso asombrosamente ingenieril.

La niña no podía tener más de doce años. Una familia impresionante, se decía Albert. Inclusive el apellido Rivas Mercado era impresionante, pero habría preferido que los mexicanos pusieran su último apellido después y no antes. Raúl decía que en vez de señor, había que darle a su anfitrión su título profesional: arquitecto.

Observando al joven ingeniero, Cristina llegó a la conclusión de que era torpe y no valía la pena cultivarlo. Y no volvió a pensar en él.

A las cuatro y media los invitados se levantaron de la mesa.

—Si gusta, le enseñaré los tesoros de la familia —se brindó Antonieta—. Es decir, a menos que quiera reunirse con los señores en la biblioteca para tomar brandy y fumarse un puro.

—Me interesaría muchísimo —no añadió que nunca había entrado en semejante mansión y que sentía curiosidad por ver el resto—. Con su permiso, señor —dijo a su anfitrión—: Su hija me ha propuesto enseñarme la casa.

Antonio le palmeó el hombro.

—Te dejo en manos de una verdadera historiadora. Si la lección se te hace larga, puedes reunirte con nosotros en la biblioteca.

* * *

Cuando se quedaron solos en la sala, a Alber no se le ocurría qué decir.

—Es muy bonito el lazo que lleva puesto, me recuerda a mi hermana Dorothy. Mire, yo acostumbro ser muy directo: me intriga que lleve usted nombre francés.

—No, no lo es: me llamo Antonieta.

—Pero eso es francés, ¿no?

—No, es un nombre mexicano.

—¿Pero usted habla francés?

—¡Por supuesto!

Antonieta lo condujo al salón de música donde en un gabinete Luis XV se guardaba una colección inestimable de objetos orientales.

—La mayor parte de estos objetos pertenecieron a la familia de papá. Habían llegado en galeones españoles. ¿Ve ese crucifijo de marfil? Las sombrías salas de la Inquisición estaban llenas de santos y crucifijos tallados por los paganos en China —recitó con tono altisonante.

—Sí, claro. —Y Albert siguió escuchando atentamente mientras proseguía la lección de historia. Entonces preguntó—: ¿Quién toca el piano?

—Yo. —Y Antonieta levantó la tapa del teclado y tocó un acorde—. Este es mi auditorio. —Y con amplio ademán señaló las fotografías dispersas sobre los bordados del mantón de Manila.

—¿Quién es esa señora? —preguntó el invitado, señalando un cuadro con un marco muy trabajado.

—Mi abuela, Leonor Mercado. Nació en Nueva Orleans y solía ir a las subastas de esclavos cuando era pequeña.

—¿Quiere usted decir, New Orleans, en Louisiana, Estados Unidos de América?

—¡Por supuesto!

—Sabrá usted que Lincoln liberó a los esclavos.

—En 1863.

Esa niña sabía mucho de historia.

—Mi abuela nació en 1823, dos años después de nuestra Independencia.

Y se reanudó la clase de historia: su bisabuelo había sido enviado a Nueva Orleans como ministro, para establecer líneas comerciales. Al parecer, los españoles nunca permitieron que sus colonias tuvieran comercio exterior. Había que tener mucho dinero para ser diplomático, porque los diplomáticos debían pagar sus gastos. De Nueva Orleans fue enviado a Bélgica... La recitación fluía como algo bien ensayado, pero Alberto estaba fascinado... tanto por la conferencia como por la conferencista.

—Este es mi bisabuelo Rivas —dijo Antonieta, señalando el apagado daguerrotipo de un caballero de aspecto impetuoso, dotado de largas patillas—. Era capitán del puerto de San Blas, adonde llegaban los galeones españoles... reyes de los mares, presa de los piratas y víctimas de una naturaleza tempestuosa. —Y tocó otro acorde—. Él mandaba descargar, cobraba los impuestos de la corona y se quedaba con lo que quería. —Alzó la mirada y sonrió con picardía—. Verá usted, los negocios y el contrabando van de la mano.

—¿Y quién es este caballero con traje sacerdotal?

—Un tío abuelo. Era cura. Y fue un héroe. Saltó desde una torre de la iglesia de Tepic para protestar contra la incursión de las tropas realistas que perseguían a Morelos. Cuando yo era pequeña solía confundirlo con el padre Hidalgo.

—¿Otro tío?

—¿El padre Hidalgo? ¡Fue el padre de nuestra Independencia! ¿No prefiere usted dar una vuelta por el jardín?

—No, no, por favor. Prosiga. México me tiene interesadísimo, fascinado. Hábleme de este guapo caballero.

—Es mi abuelo Rivas, el padre de mi padre —respondió la joven historiadora, y siguió con su relato—: Después de la Independencia, el abuelo Rivas había ingresado en una empresa comercial inglesa que exportaba cosas, tales como perlas del mar de Cortés. La emperatriz Eugenia de Francia envidiaba el collar de perlas de mi abuelita: serán para mí algún día, cuando sea mayor —declaró moviendo orgullosamente la cabeza.

Sonriendo, Albert apoyó los codos en el piano.

—Si a su abuelita no le importa, me daría muchísimo gusto oírla interpretar algo.

Antonieta se ruborizó, súbitamente tímida.

—¿Qué le gustaría oír?

—Mi hermana Dorothy toca Chopin. ¿Sabe algo de Chopin?

—¿Le gusta esta? —Y Antonieta empezó a tocar.

Albert observaba las manos que corrían por el teclado, asombrado por los matices y el ardor que ponía en la *Polonaise*. Observaba el moño de seda azul que oscilaba sobre el cabello cuando los acordes eran fuertes y los ojos cuya expresión adquiría tanta dulzura al prolongarse armónicamente la melodía. Se preguntó si muchas mexicanas serían tan notables como aquella joven.

Antes de acostarse, Antonieta pensó en el rubio americano de chistoso acento. Estaba entusiasmado con México, pero no había parado de hablar de Madero y los pobres. Quizá no había pobres en Estados Unidos.

* * *

Observando al visitante mañanero desde su atalaya del pabellón, Beto se sorprendió al ver que el doctor Vásquez Gómez bajaba del carruaje: el hombre regordete y calvo parecía brincar de escalón en escalón. Beto se reunió con Antonio en el rellano y los dos hermanos saludaron al inesperado visitante.

—Don Antonio, don Alberto, me alegro de verlos a ambos. Perdonen la visita temprana pero me trae un asunto urgente.

—¿Está alguien gravemente enfermo? —preguntó Antonio—. Por favor, vamos a la antesala.

—Gracias. Para tranquilizarlos, les diré que hago esta visita en interés de la salud de la nación. —El médico sonrió graciosamente y pasó a la salita con sus anfitriones.

—Haga el favor de sentarse —ofreció Antonio a su amigo.

—Voy al grano. El país está al borde de la insurrección. Hay rebeliones latentes en todo el país y se habla de una revolución. En las cárceles de don Porfirio no caben ya más opositores. Estoy seguro de que ustedes coinciden conmigo en que una revolución sería desastrosa para nosotros, ricos y pobres. Soy antirrevolucionario. Como ustedes saben, soy candidato a la vicepresidencia con Madero. Nuestra plataforma está en favor de un cambio pacífico de gobierno. Queremos evitar la revolución a toda costa.

—¿Usted cree que la cosa sea tan grave, doctor? —preguntó Antonio—. Tengo la impresión de que Díaz ha derrotado ya a la oposición. Ramón Corral ha sido nombrado vicepresidente y sólo faltan dos semanas para las elecciones.

—Ése es precisamente el punto, señor. Francisco Madero ha sido detenido en San Luis Potosí y su arresto es inconstitucional.

—Lo leí en el periódico —dijo Beto—. El informe lo acusaba de desafiar a las autoridades e incitar a la rebelión.

—Propaganda, señor. Madero no es un agitador. Es un hombre de medios, cultura y educación… Un hombre de valor y principios. Está jugándose la vida y la fortuna para restablecer el poder de este país en manos de un sucesor llamado Ley y Justicia. Lo que demandamos es elecciones libres. Nada más.

KATHRYN BLAIR

Beto observaba a su hermano, quien jugueteaba con la cadena del reloj, asimilando lo que acababa de oír.

—¿Y qué quiere que hagamos nosotros? —preguntó Antonio.

—Que se unan a nuestra causa. Como mexicanos patriotas, como hombres respetados de nuestra sociedad, como hombres inteligentes que son, he venido a solicitar su apoyo. Sólo que firmen esta petición para que saquen a Madero de la cárcel.

Antonio estaba de pie, mirando serenamente el documento. Su memoria lo devolvió al sitio de París en 1871... Un joven Antonio que corría, corría para salvar la vida, perseguido por un soldado prusiano que había estado golpeando a un inocente ciudadano. A mano limpia había golpeado al soldado antes de echar a correr. Cuántos crímenes se habían cometido en nombre de «Ley y Justicia». Lo había leído en Dante, Dickens, Dumas, Dostoievski... ¡en una sola letra del alfabeto! La oposición pintaba a Díaz como un tirano con botas aplastando a las masas. Su gobierno era acusado de corrupto y codicioso. Pero la corrupción siempre había existido; era un hongo pernicioso plantado en todo el sistema social por los españoles y los aztecas antes que ellos. En cuanto a la codicia, no era privilegio de clases: los que estaban abajo se robaban unos a otros, se mataban unos a otros por naderías, llenaban su vacuidad con envidia, envidia hacia el vecino que tenía un pollo de más o la mujer deseada. ¿Podría ese Madero sacar a este pobre diablo de su agujero? Un hombre débil en el poder podría dar paso a una revolución. ¡Claro que reinaba la injusticia! Había hacendados que se preocupaban más por sus burros que por sus peones. Pero, ¿qué decir de los buenos hacendados como su hermano Luis? Luis proporcionaba alimentos, escuela, médico y cura a sus peones. La revolución significaría la muerte para la academia, para su obra. Él debía su posición y su riqueza al viejo. Firmar aquella petición sería una declaración de ingratitud.

El doctor seguía esperando. Colocó su petición sobre la mesa.

—Tengo la esperanza de que podamos obligar a Díaz a entrar en razón, a renunciar y convocar a elecciones libres. La celebración del centenario en septiembre sería entonces un magnífico tributo, una despedida honrosa. ¿Firmará usted, Antonio?

—No puedo. A pesar de todo lo dicho y hecho, doctor, soy porfirista.

—También yo soy porfirista —declaró Beto, levantándose pesadamente del profundo sillón de cuero—. Pero un buen amigo me ha sugerido que abra las ventanas empañadas de mi mente y deje entrar algo de aire fresco. —Sonrió—. Creo que un nuevo gobierno es lo que necesita la salud de la nación. Yo firmaré su petición, doctor.

* * *

En agosto, la fiebre del centenario se había apoderado del país.

—Mira esas fotos, tío Beto —exclamó Antonieta, señalando el periódico—. Pueblos y ciudades decorados para la gran fiesta. Hasta va a haber corridas de toros especiales.

—Un obsequio para su pueblo de nuestro César reelecto —observó cínicamente Beto.

—El fervor de la revolución se apagará con los fuegos artificiales de don Porfirio —predijo Antonio—. La fiesta viene primero… ¡al diablo el trabajo, al diablo las causas! Gracias a Dios que ya está terminado el monumento.

* * *

En la capital se retiraron las barreras; desaparecieron las desviaciones que habían atascado las arterias principales, y el tránsito fluía por anchas calles nuevas y avenidas bordeadas de árboles. Las fachadas de las tiendas lucían toldos verdes, una nueva cúpula enmarcada en acero se destacaba sobre el horizonte como preludio al gran palacio legislativo que se proyectaba, y un vasto jardín florido alfombraba el frente de la inconclusa ópera de Boari, llamada ya oficialmente Teatro Nacional. Habían raspado y pintado de nuevo las escuelas públicas así como las puertas de la Universidad, por largo tiempo cerradas, que se volverían a abrir con un desfile de personalidades internacionales portando augustos birretes y togas. Tanto los que calzaban botas como los descalzos se sonreían mutuamente compartiendo un mismo orgullo por su ciudad.

Los primeros enviados especiales llegaron a la capital el 5 de septiembre. En la grandeza de su despacho de palacio, el presidente Díaz recibió a su excelencia el marqués Menutolo di Bugnano, representante del rey Víctor Emanuel, de Italia; a su excelencia Karl Buenz, representante del Kaiser alemán; al honorable señor Curtis Guild, embajador especial de Estados Unidos; a su excelencia Chan Ting Fang, representante del emperador manchú de China; y al noble barón Yasuya Uchida, representando al emperador del Japón.

El 6 de septiembre, el nada notable licenciado José Manuel Castellanos sufrió un ataque cardiaco mientras cruzaba la calle. Para cuando se presentó la Cruz Roja, ya había muerto. El obituario en *El Imparcial* indicaba que la víctima era el suegro del famoso arquitecto don Antonio Rivas Mercado.

* * *

El vestido negro era caliente y el alto cuello raspaba. Cristina estaba tiesa de cansancio después de haber permanecido de pie horas enteras, en la capilla húmeda, recibiendo el pésame de parientes, amigos y de interminables filas de estudiantes y extraños a quienes nunca había visto en la vida. Con una solemnidad hija de la práctica, su hermano José tendía la mano a medida que la gente desfilaba para ver el cadáver.

Antonio permanecía junto a su esposa. El aire estancado tenía el olor dulzón, enfermizo de las coronas de gardenias. A eso de la medianoche, Cristina se sintió mareada y comenzó a derrumbarse.

—Te voy a llevar a casa, reina. Y también a tu madre. Necesitas descansar antes del funeral de mañana.

Acostada cómodamente en su cama, Cristina flotaba entre ilusión y realidad, ahí donde la luz de su lamparita se convertía en una vela que lanzaba sombras parpadeantes sobre un rostro de cera en una caja negra. Cuando el sueño la dominó, bajó por el espacio atrapada en largos velos negros que flotaban sobre maniquíes vestidos con sus preciosos modelos de París. Podía oír la risa seca de su padre a medida que cada prenda sin vida era arrastrada hacia las profundidades. Su último pensamiento consciente fue que Alicia debería ir al baile en su lugar.

* * *

—¿Puedo ayudarte a poner la bandera en la torre, papá? —preguntó Mario, de seis años—. ¿Y puedo ir en coche contigo al desfile?

La casa estaba llena de parientes llegados de la provincia. Antonio acarició la cabeza de su hijo.

—Claro que sí. Y tendrás una banderita que agitarás para saludar a los que desfilen.

A despecho de la tradición del luto, Cristina se unió a la familia para presenciar el gran desfile desde la terraza del hotel Majestic, donde ocuparon espacios entre los demás espectadores privilegiados.

Con un estallido de címbalos, las bandas militares iniciaron el desfile. Había muchachitos colgados de los árboles del Zócalo mientras ola tras ola de marinos y soldados trajeados con espléndidos uniformes del mundo entero desaparecían por Plateros, seguidos por los cadetes militares mexicanos marchando impecablemente a paso de ganso. Vítores y aplausos se volvieron ensordecedores cuando los charros hicieron corvetear a sus briosos caballos, con los adornos de plata y los sombreros bordados lanzando destellos bajo un sol brillante y cegando a los espectadores. Confetis y serpentinas llovieron sobre los rurales con sombreros de fieltro de copa alta cuando giraron en la esquina del Nacional Monte de Piedad y cabalgaron siguiendo la ruta del desfile.

El viejo general español patiestevado, el marqués de Polavieja, con la banda de Carlos III, marchaba delante de un cañón en el que se exhibían las pertenencias de Morelos, capturado y ejecutado por los realistas en 1815, y que eran devueltas después de haber permanecido tanto tiempo en la Armería de Madrid. La multitud lloraba y vitoreaba locamente. El enviado francés devolvía a México las llaves que un ejército mexicano derrotado había entregado al general Forey en 1863. Los sentimientos fraternales se exacerbaron cuando el francés saludó a la bandera de México.

—¡Mira, ahí viene Moctezuma! —chilló Mario. Se había iniciado el desfile alegórico, representando la historia de México.

Cuando cincuenta indios de pura sangre azteca avanzaron delante de su emperador a través de la plaza donde cuatrocientos años antes se elevaba su gran teocalli, Beto se preguntó qué sombríos pensamientos albergarían sus expresiones estoicas. Montado en su caballo blanco, Cortés llegó a palacio. Moctezuma fue bajado de su palanquín y se mantuvo erguido. Invasor e invadido se encontraron frente a frente.

Antonio imaginaba los templos pintados de colores brillantes que constituyeron antaño aquella plaza. Los diseños geométricos y los sacrificios humanos se habían visto sustituidos por torres y rituales romanos. Pero la capa divisoria era muy delgada. Las mismas manos morenas que habían esculpido ídolos de piedra, también habían labrado santos y ángeles. La capa no se había fusionado aún. Aquellas manos morenas no sabrían qué hacer con un boletín de voto. Ochenta y cinco por ciento de la población no sabía leer ni escribir. Lo que habría que derrotar era la ignorancia ¡no a don Porfirio!

* * *

Justificando todos los vaticinios, Alicia se había convertido en una bella joven. Aún no cumplía quince años y ya llevaba su bien torneado cuerpo con dignidad y casta. Su sonrisa comedida era natural, sugería inocencia y no invitaba al coqueteo. Estaba muy quieta mientras le probaban el vestido lila de su madre, bordado con aljófar, para el gran baile.

—La caída de la falda es perfecta. *Madame* Gautier estaría orgullosa —comentó Antonieta, llena de admiración. No sentía celos de su hermana cuyo perfil pronto sería descubierto en la puerta de bronce del monumento de papá.

El Zócalo era una exhibición deslumbrante de luces. Cincuenta mil bombillas subrayaban la silueta de los edificios históricos.

El gentío empujaba de aquí para allá esforzándose por ojear siquiera la hilera de carruajes y automóviles que desfilaban por los portales de palacio. Los ojos y la mente de Alicia recordarían por siempre el acontecimiento. El señor Boari le tendió la mano al salir del Daimler, el nuevo y elegante automóvil de papá recién llegado de Alemania. Papá le ofreció su brazo y se dirigieron hacia la escalinata mayor. Cientos de músicos tocaban para parejas que bailaban girando y haciendo caravanas a lo largo y ancho de los balcones que daban al patio. Pudo ver un reflejo de sí misma cuando pasaron por el salón de los Espejos que papá había redecorado recientemente en toda su elegancia versallesca.

Justo delante, con mucho empaque, regia, con su tiara de diamantes coronando aquella noche de gloria nacional, doña Carmelita de Díaz estaba de pie al lado de su esposo dando la bienvenida a sus invitados. «El gran viejo de las Américas» y su aristocrática esposa presentaban un cuadro que Alicia no olvidaría jamás.

Papá encontró un asiento cerca de una mesa de banquete tan suntuosa que desafiaba cualquier descripción. La loza, la champaña y hasta los camareros habían sido traídos de Francia. Su cuadernillo de baile estaba tres veces lleno. Hubo un vals, entre todos, que la dejó débil y temblorosa. Su pareja se llamaba Enrique, Enrique Lozano. En sus brazos, Alicia se sintió transportada al cielo.

* * *

La noche del 15, llevando a sus hijas de la mano, Antonio se sumó a la multitud para escuchar el Grito. Nunca antes se había encontrado en medio de aquella masa de humanidad que solía ver desde algún balcón de palacio. Esta noche, los balcones estaban ocupados por los invitados de honor de don Porfirio. Mañana también llenarían la tribuna para la inauguración del monumento a la Independencia.

A la primera campanada de las once de la noche se hizo el silencio entre la multitud. El mar humano alzó las miradas hacia la torre del reloj. El balcón central se iluminó de repente; don Porfirio avanzó, la banda roja, blanca y verde de su magistratura cruzándole el pecho; su cabellera y su bigote blanco destacaban sus bellos rasgos morenos. Se le habían llenado los ojos de lágrimas al contemplar al gentío reunido para rendirles homenaje a él y a la nación. Con voz retumbante se lanzó el primer «viva». La respuesta fue «Viva México». En las torres de la catedral se leyeron las palabras «Progreso y Libertad». La respuesta de la muchedumbre fue subiendo en *crescendo* hasta que el último «Viva México» estalló sobre el Zócalo. Las campanas de la catedral se lanzaron al vuelo y la noche se vio iluminada por los fuegos artificiales. Entonces se oyó otra aclamación: ¡VIVA DON PORFIRIO!

Cientos de guitarras le dieron serenata por su cumpleaños. Don Porfirio, a los ochenta años, había llegado a la cúspide de su prestigio, tanto en su país como en el extranjero.

Abriéndose paso entre la multitud, Antonio condujo a sus hijas de vuelta al coche. En Plateros, la policía montada se dedicaba a dispersar a una chusma portadora de banderines que decían «Viva Madero».

* * *

El alba lanzaba sus primeros rayos cuando Antonieta despertó. A las diez de la mañana, ese mismo día, se inauguraría el monumento de papá, que estaba construyéndolo desde que ella tenía memoria. Abrochó su bata, buscó sus zapatillas y bajó las escaleras de puntillas. Ya se oía palmear las tortillas en la cocina y una luz pálida envolvía el jardín como un velo traslúcido. A toda prisa bajó corriendo la escalinata de piedra hasta el camino de coches. Levantó el rostro hacia el cielo y alzó los brazos. No había una sola nube.

—¡Por favor, Dios mío —suplicó—, que sea hoy un día perfecto!

* * *

Antonio estaba de pie entre su esposa y su hija mayor, y Antonieta al lado de Alicia, sujetando la mano de Mario; el tío Beto le aferraba la otra mano. Detrás de ellos, Sabina llevaba a Memelita en brazos. Era un momento emocionante. La guardia presidencial estaba en posición de firmes mientras el presidente Díaz y sus ayudantes tomaban asiento. Entonces una fanfarria de la banda militar anunció el inicio de la ceremonia.

Antonio fue el primer orador:

—Señor presidente, señoras y caballeros. La nación mexicana tenía una deuda de gratitud hacia aquellos que la hicieron libre e independiente. Desde tiempos pretéritos, obeliscos y columnas han conmemorado a los héroes y a las gestas heroicas. Hoy, México se une a las grandes ciudades del mundo al erigir una columna clásica para honrar a nuestros héroes…

Otros oradores pronunciaron panegíricos de los héroes y se leyó un poema épico. Entonces, en su impecable uniforme, en su elegante levita y sombrero de copa, el augusto y viejo presidente dio un paso adelante y cortó la cinta simbólica. Retumbó un aplauso atronador. La banda militar tocó el himno nacional y sus notas más altas resonaban muy claras en las voces de un coro de niños.

La mirada de Antonieta siguió las guirnaldas de piedra hacia arriba, arriba, más arriba por la alta columna, hasta el ángel dorado que danzaba en el cielo, con una corona de laureles en la mano tendida. De la otra mano colgaba una cadena rota, inútil, sin fuerza.

El aire era puro, el cielo, de un azul cerúleo. Con los ojos derramando lágrimas de orgullo, Antonieta formó con sus labios la letra del himno:

Mexicanos al grito de guerra
el acero aprestad y el bridón,
y retiemble en sus centros la tierra
al sonoro rugir del cañón…

Sereno, el ángel dorado seguía danzando en el cielo.

Segunda parte

LA REVOLUCIÓN

10

Michigan, junio de 1910

Ya habían concluido los exámenes finales. A medida que el sol comenzaba su lenta caída a través de la angosta península en el Lago Superior, un viento que aún llevaba consigo una leve sugerencia invernal barrió los altos pinos del norte que rodeaban el campus de la Escuela de Minas de Houghton. En la fraternidad Sigma Rho empezaron a retumbar amagos de parranda por los salones. Faltaban tres días para la graduación.

Albert Blair se dejó caer sobre la cama. Apartó un mechón de cabellos rubios y lacios, y flexionó metódicamente los hombros, estiró las musculosas piernas y apretó su espalda muy derecha sobre el duro colchón. El macheteo se había convertido en un modo de vida desde su regreso de México, aquel viaje de «investigación» no autorizado que tanto había inquietado a su familia. Pues bien, su padre no podría echarle en cara haber perdido el tiempo: se graduaría con honores.

Albert se encajó una almohada bajo la cabeza y siguió tendido de espaldas, descansando, con la mirada fija en nubes teñidas de rosa sobre los altos pinos frente a su ventana. Una realidad efímera y cambiante, igual que su futuro. El futuro. Encargarse de la administración de las minas de carbón de la familia en el viejo y querido Henderson era el único «futuro» que siempre había planeado... hasta ahora. Un fragmento de recuerdo onduló en el cielo: recordó a un niño de diez años paralizado de admiración al paso del carruaje de la reina Victoria por la verja del palacio de Buckingham. En su imaginación infantil, las trompetas impulsaban a los valerosos soldados de su majestad a hazañas victoriosas. Soñaba con hechos heroicos, transportado por G. A. Henty ¡a Pretoria, Jartúh, la Pampa, a la India con Clive! Y entonces, la realidad. Recordaba la cubierta mojada del barco en que llegó a América aquel año en que cumplió diez, el año de principio de siglo.

En América sus sueños de Imperio habían sufrido un golpe catastrófico: el Salvaje Oeste y los vaqueros suplantaron a capitanes valientes, y Kim no estaba en la India de Kipling, sino que ése era el nombre del muchacho negro que le enseñó a lanzar canicas en línea recta. Había resultado desastroso enterarse de que Jesucristo no era inglés y de que él, Albert, era menospreciado por ignorante. Narices sangrantes al salir de la escuela aceleraron la metamorfosis contribuyendo a cambiar su acento inglés por el acento sureño.

Los ojos azules de Albert seguían fijos en el cielo, que se oscurecía lentamente. El viaje a México, manipulado por sus compañeros de dormitorio, Raúl y Julio Madero, había traído nuevamente a la superficie los antiguos ensueños. La sacudida impuesta a sus propios sentidos los había despertado: en México parecía que el cielo fuera más azul, las estrellas más brillantes; allí los cactos crecían junto a los pinos. Todo se presentaba en fuertes contrastes. Un país donde los pobres vivían a la sombra de los ricos. Y sin embargo, la gente era amable, por ser la cortesía un atributo natural y porque el tiempo se destilaba en nuevas esencias. Lo maravillaba la forma en la que sus compañeros veían la vida: carrera, calificaciones e inclusive las muchachas. Raúl y Julio lo enfocaban todo descuidadamente… menos la política. La pasividad mexicana sólo estaba en la superficie, se lo habían afirmado; podría estallar en cualquier momento. La política se había convertido en obsesión desde que su hermano mayor, Francisco, había implicado a su numerosa y acaudalada familia en sus planes de reforma política. En sus cartas, Francisco, a quien los muchachos llamaban afectuosamente Pancho, había enumerado críticas feroces contra el viejo dictador, acusándolo de convertir la constitución en «prosa muerta» y de permitir que engatusaran al pobre peón para mantenerlo casi esclavo.

Durante tres años de estrecha asociación en la escuela, escuchando historias de una agitación creciente en México, Albert había llegado a compartir las angustias que agobiaban a sus condiscípulos. Navegando por el Lago Superior en una balandra, le habían explicado los sueños de Pancho: «Justicia para todos», gritaban al viento; los problemas de México se inflamaban sobre salchichas salpicadas de arena. Había aprendido a cantar *Mariquita linda*, que Julio acompañaba con la guitarra. México había formado parte de su currículo.

En invierno, cuando la nieve se amontonaba al pie de la ventana, la fraternidad entera se reunía en el gran salón ante un fuego rugiente y escuchaba los discursos delirantes de Julio y Raúl sobre el gobierno autoritario del viejo dictador.

—¿Por qué se toma la molestia Díaz de convocar a elecciones? —había preguntado Hank, cuyo padre había perdido una feroz carrera por el ayuntamiento de una ciudad de Kansas.

—Para poder rellenar las urnas de votos y demostrar lo popular que es —respondió Raúl con amargura.

—¿No puede el Congreso imponer elecciones libres? Representa al pueblo, ¿no es así? —Quiso saber Jim, un bostoniano muy alto, tránsfuga de derecho.

—Todavía no comprendes, Jim. Díaz señala con el dedo a un gobernador o un senador, y ya «han votado por él». Díaz controla al Congreso. Primero decide lo que quiere y entonces ordena al Congreso que modifique la Constitución.

La admiración de Albert por Francisco había ido en aumento: una voz gritando en el desierto mexicano. En su viaje a México había descubierto la asombrosa extensión de la fortuna de los Madero: poseían vastos ranchos de ganado y plantaciones de algodón en el norte, plantaciones de henequén en Yucatán, un banco, minas, cervecerías, plantas fundidoras. Y sin embargo, era aquel mismo Francisco Madero, quien se estaba jugando posición y fortuna para lograr elecciones libres, para mejorar el destino de los desposeídos.

La noche anterior Julio había abierto una nueva ventana ante el futuro de Albert.

—Si quieres regresar a México, te conseguiré un empleo administrativo en una de las minas de la familia. Será mejor que sudar a muerte en esa pila de carbón.

Como una astilla que puede sentirse sin llegar a dar con ella, el ofrecimiento había estado aguijoneando la conciencia de Albert el día entero.

Involuntariamente, las mandíbulas se le contrajeron de sólo pensar enfrentarse a su padre. ¡Ignorar una obligación familiar para irse a ese país bárbaro! «Adoradores de ídolos», así llamaba su madre a los católicos. La secta protestante fundamentalista a la que pertenecían sus padres prohibía beber, fumar, bailar y jugar a la baraja por ser, estos, pecados cardinales. ¡Los mexicanos eran de otro planeta! Albert se sentó. Maldición, sólo tenía veinte años; era demasiado joven para agostarse en las minas de carbón de Kentucky.

—Oye, Blair, ¿qué demonios estás haciendo ahí? Ven a echarte una partida con nosotros. —Big Red, un ex leñador, llenaba el vano de la puerta—. Cinco naipes y una buena racha.

De mala gana, Albert se dejó atraer a la habitación vecina, llena de humo, donde le pusieron en la mano un tarro espumoso. Bebió dos cervezas más antes de terminar el juego y embolsarse cuatro dólares y veinticinco centavos.

—¡Óyeme! ¡Ahora no puedes marcharte!

—¿Quién dice? —contestó Albert con una sonrisa impudente, y se fue por la puerta.

De nuevo en su dormitorio, Albert encendió la lámpara de mesa, dio con su pipa, aspiró ruidosamente mientras la encendía y empezó a recoger sus libros. Una mina en México… México.

La puerta se abrió bruscamente. Julio se quitó la chamarra y la arrojó sobre la cama; traía los ojos muy abiertos, el cutis quemado por el sol y él mismo se mostraba lleno de una urgencia visible. Fue al armario y sacó una maleta vacía.

—Acabamos de recibir un telegrama —anunció—. ¿Puede uno renunciar a la toga y el birrete?

Acostumbrado a los arrebatos de Julio, Albert preguntó:

—¿Y qué tiene que ver el telegrama con tu toga y tu birrete?

—¿Dónde está Raúl? Tenemos que salir para México. ¿Y dónde está mi guitarra? —Y empezó a buscar dentro del armario.

—Despacio, mexicano —dijo Albert—. Eres demasiado impetuoso.

—Tienes razón, yanqui. —Y Julio se sentó en un taburete metálico, uniendo las manos entre las rodillas—. No sería justo para mi padre y mi abuelo que no llevara a casa un pergamino.

Albert se sentó en el borde de la cama. Los ojos morenos frente a él estaban muy serios; probablemente habría caído enfermo alguno de sus doce hermanos o hermanas. Eran una familia muy unida y lo que afectaba a uno los afectaba a todos.

—¿Qué dice el telegrama?

—Pancho está en la cárcel.

—¿Qué? Yo creí que estaba haciendo campaña en el norte.

—Díaz lo acusó de incitar a la rebelión en Monterrey. Está en la penitenciaría de San Luis Potosí.

—¡Es un atropello! Dime, con todas las relaciones de tu familia no pueden mantenerlo preso.

Julio soltó una carcajada melodramática.

—Todavía no entiendes, Al. Nos estamos enfrentando a un dictador, un dictador respaldado por Estados Unidos, que tiene todo el poder en sus manos. A menos que permita la existencia de la oposición o que se vea obligado a tolerarla, la aplastará.

—¿Crees que podría estallar la revolución?

Un músculo se crispó en la quijada de Julio mientras se apretaba los nudillos.

—Ya sabes que Pancho es pacifista. Odia la violencia, pero odia todavía más la injusticia.

Albert sintió que había dolor en aquellas palabras. Palmeó el hombro de Julio.

—Pero te quedas para la graduación, ¿me oyes? Si tu hermano está en la cárcel, tres días más o menos no cambiarán nada. Ven conmigo al otro cuarto y démosle una paliza a esos bandoleros. Acabo de darles cátedra de póquer. ¡Menuda racha!

* * *

171

Albert colgó su toga y su birrete en el armario vacío y echó una última mirada al dormitorio. La guitarra de Julio estaba sobre la cama y faltaba guardar unos cuantos libros en su baulito. No había traído a colación el tema del ofrecimiento de Julio. La presencia de su padre en la graduación había contribuido a que México se volviera irreal y lejano. Amaba a su padre, sabía cuánta sinceridad y generosidad se ocultaba tras la rigidez exterior. Albert había decidido que el futuro inmediato se encontraba en Kentucky.

La habitación le pareció súbitamente deslustrada y vacía. La exuberancia de los Madero la había llenado. Echaría de menos a sus hermanos mexicanos, su buen humor, su generosidad, sus estallidos y exageraciones emocionales, su amistad leal y su fervor patriótico: aquellos mexicanos que, de no ser por su acento, habrían podido pasar por americanos. Cuánto había envidiado la facilidad con que Raúl y Julio trataban a las mujeres. Las muchachas de la Universidad de Michigan se ponían en fila, literalmente, para bailar una polca con «aquellos encantadores mexicanos». Julio medía ocho centímetros menos que él, con su uno setenta y cinco de estatura, pero eso no le impedía sacar a bailar a una muchacha alta. Raúl tenía un año más y era más alto, pero todavía bajito según la norma estadounidense. Pues bien, ninguno de los dos se mostraba inhibido por su baja estatura, rasgo que afectaba mucho a Albert, quien había aspirado siempre a alcanzar el uno ochenta y tres de estatura de su padre... sin lograrlo.

—¿Sigues empacando? —preguntó Julio al entrar en la habitación—. Tu familia está esperando abajo, en el vestíbulo.

—Ya lo sé —Albert cerró el candado del baulito y se volvió hacia la ventana. Tragó saliva: había que despedirse.

—Mira, Julio, ya sé que estás preocupado por Francisco y que mientras esté en la cárcel todo parece perdido. Pero la gente votará por él sin importar dónde esté. Lo que quiero decir es que admiro inmensamente a tu hermano y siento gran afecto por México y los mexicanos. —Hizo una pausa—. Escucha, si algo sucediera, por ejemplo una revolución, quiero ayudar. Lo digo de veras. Mándame un telegrama.

Julio miró a su compañero de cuarto y sonrió con picardía. Sabía que nada hacía cambiar de opinión a Albert Blair cuando había tomado una decisión. Era terco y vehemente.

—Puedes estar seguro de que si estalla la revolución, te avisaremos.

—Y quiero saber lo que esté pasando —dijo Albert—. No te sumas en uno de esos silencios mexicanos. Mantente en contacto y escribe ¡qué demonios!

Los jóvenes ingenieros de minas se abrazaron y se palmearon las espaldas en un abrazo efusivo.

* * *

En Henderson, el verano fue caluroso y monótono. A mediados de julio, el *Chicago Tribune* publicó seis líneas refiriéndose a México: «El presidente Porfirio Díaz ha sido electo para un décimo mandato, prolongado ahora hasta seis años, de 1910 a 1916. La tranquila elección promete seis años más de estabilidad en ese país, que estuvo sumido en la revolución hasta que este excelente estadista tomó las riendas». No decía nada respecto al destino de Francisco Madero.

A petición suya, la biblioteca de Henderson mandó traer *Conquest of Mexico* de William Prescott. Albert leyó los dos pesados tomos durante los pocos ratos ociosos de que disponía. Una carta de Julio le resultó desmoralizadora:

«Pancho sigue preso. Anteriormente, mi odio hacia Díaz era sólo una amarga emoción… Ahora es algo profundo, ¿entiendes? Ha embargado todas las posesiones de la familia: propiedades y empresas».

Una vez, Albert intentó hablar de la situación política de México con su padre. El tema no fue bien recibido.

—¿Qué ves en ese país semibárbaro cuando aquí lo tenemos todo?

Sus hermanas, Grace y Dorothy, fueron derechito al grano:

—Mamá está segura de que esos chicos Madero te han pervertido para beber cerveza. ¿Es cierto? ¿Te emborrachaste allí, en México?

Su padre se mostró más razonable cuando Albert le dijo que desearía embarcarse en un carguero y viajar antes de establecerse en una posición permanente en el negocio familiar. Su abuelo había sido comerciante de té, en Londres, y una vez dijo su padre que lamentaba no haberse embarcado en un carguero antes de formar parte de la empresa de su propio padre.

El patriarca de rostro severo atribuyó la naturaleza inquieta de su hijo mayor al «espíritu independiente de la juventud». Un año a bordo de un carguero debería ser suficiente para ver mundo… y regresar a Henderson. Las tupidas cejas se juntaron en una seria contemplación.

—Por supuesto, eso sería casi exclusivamente a expensas tuyas. Grace ingresa este año en la escuela de enfermeras.

Albert sumió la barbilla:

—Por supuesto. Se lo agradezco, señor. Ya estoy investigando acerca de empleos de ingeniero.

En octubre Albert estaba trabajando en un puente de Vancouver, en la Columbia Británica, Canadá.

* * *

La mesa del pequeño restaurante se tambaleaba. Albert prendió un cigarrillo y metió el fósforo de madera bajo la pata coja. Había pasado seis semanas solitarias, excesivamente mojadas, en Vancouver, y empezaba ya a sentir el frío del invierno. Comió un bocado de pastel de cereza caliente y se puso a volver las hojas del periódico que tenía junto al plato. De repente, su atención fue atraída por el encabezado de una página interior: «Masacre en México».

Se apresuró tanto en doblar la hoja que derramó su café y tuvo que empapar el líquido oscuro con la servilleta, abriendo un agujero en el diario.

Alguien, de nombre Aquiles Serdán, había sido muerto el 18 de noviembre en una ciudad llamada Puebla. El hombre había proyectado atacar un cuartel federal en respuesta al llamado a la rebelión armada lanzado por Francisco Madero.

¡Había estallado la Revolución!

Las siguientes líneas apenas eran legibles, pero sacó en conclusión que Madero había enviado una declaración desde su celda en la cárcel de San Luis Potosí, una declaración incitando a la nación a sublevarse contra el dictador el día 20 de noviembre; escrita el 5 de octubre, terminaba manifestando: «Hice todo lo posible por llegar a un acuerdo. Inclusive estaba dispuesto a retirar mi candidatura si el general Díaz permitía que la Nación escogiera, por lo menos, a un vicepresidente para sucederle. Pero dominado por un orgullo incomprensible y prestando oídos sordos a la Nación, prefirió provocar una revolución». ¡Era claramente un llamamiento a las armas!

Por lo visto, Madero había huido de la cárcel: a bordo de un tren del norte y escondido en un vagón de carga, atravesó la frontera en Texas y estableció su cuartel general en el exilio en San Antonio. ¡San Antonio! Las mejillas de Albert enrojecieron de excitación: se había detenido en San Antonio con Julio y Raúl durante su viaje a la Ciudad de México.

Albert se metió en la boca un buen trozo de tarta de cereza, agarró su sombrero, salió a la llovizna y se alejó a toda prisa hacia la oficina de telégrafos.

Leído de Serdán. Viva Madero. Infórmame situación. Reuniré contigo San Antonio cuando lances señal. Albert.

En el camino de regreso hacia la casa de huéspedes, Albert se detuvo ante la vitrina de una librería. Inclinado contra un atlas mundial había un bello portafolio de cuero con el título de *Journal* en letras doradas. Obedeciendo a un impulso, entró y se gastó lo de toda una semana de comidas en el cuaderno bellamente curtido y fileteado.

7 de marzo de 1911

Esto es lo primero que escribo en este diario, y lo hago en un vagón de segunda del Great Northern Railway, a unas dos horas de Seattle y rumbo a Los Ángeles. Desde allí atravesaré el desierto de Mojave y después las grandes llanuras del suroeste hasta San Antonio.

Salí de Vancouver a las ocho de la mañana, al día siguiente de mi cumpleaños número veintiuno (momento adecuado para que un hombre lleve a la práctica lo que haya decidido). Al dejar los rudos fríos y vientos del norte en mi viaje hacia el sur, tengo conciencia de haber experimentado un cambio, como si el aire que respiro fuera más ligero, como si tuviera tres pulgadas más de estatura. Me siento como el capitán de mi propio destino. He tomado la decisión de unirme a la revolución mexicana. Telegrafié a Julio Madero al enterarme de que su hermano había lanzado un llamamiento a las armas el 20 de noviembre, pero al parecer las revoluciones tardan mucho en ponerse en marcha. Madero cruzó la frontera con sus soldados rebeldes el 13 de febrero, y el 14 me llegó el telegrama de Julio: Aviso lanzado. Telegrafía llegada.

Traigo conmigo hasta el último centavo que poseo. Afortunadamente son más de 800 dólares. Tengo que confesar que 79 dólares con 35 representan mis ganancias en el póquer mientras estuve en Houghton. Mi padre me envió doscientos como regalo de Navidad; es más que generoso, pues él pensaba que iba a embarcarme para viajar alrededor del mundo. Lo demás lo he ahorrado de mis ganancias viviendo muy frugalmente.

Aquí declaro que yo, y sólo yo, he decidido combatir en pro de esta justa causa, y este diario será testimonio fiel de esa experiencia. ¡Viva México!

* * *

Una vaharada de aire caliente recorrió el pasillo del coche de segunda cuando el conductor metió la cabeza y gritó: «¡San Antonio! ¡San Antonio!».

Albert consultó su reloj: eran las siete y media de la mañana. Quitó un poco de polvo de la ventanilla y miró hacia el andén cuando el tren entraba en la estación. ¡Julio! Albert agarró su maleta y su sombrero, y saltó del tren en marcha. Los ex condiscípulos fueron al encuentro uno de otro y se dieron grandes palmadas en las espaldas. Albert sintió músculos nuevos y duros en las palmadas y vio que las botas tejanas le hacían parecer más alto a Julio.

—¡Has venido, Julio! Gracias. ¿Dónde está Raúl?

—Del otro lado, combatiendo con Villa.

—¿Pancho Villa?

—Por supuesto.

—Compré *The Examiner* en Los Ángeles y decía que Francisco fue herido en un lugar llamado Casas Grandes, decía que había mostrado verdaderas cualidades de líder y valor en la batalla, que siguió peleando. ¿Qué más has oído? ¿Está bien?

—Casi restablecido. Nos trajeron la noticia por mensajero anoche. Villa los está destrozando ahora —y señalando la maleta—: ¿Es lo único que traes?

—Me pareció que lo único que voy a necesitar son unos calzones y un par de camisas. ¿Por qué no vienes de uniforme?

—No lo llevamos puesto en San Antonio. Estamos en Estados Unidos, yanqui. —Sonrió.

—Yo creía que San Antonio era una rosa cortada del jardín de tu familia —dijo Albert en broma, y alzó la maleta—. Bueno, ¿me presento en el cuartel general, o me voy directamente al campo de entrenamiento? Oye Julio, tengo que confesarte la verdad: nunca he disparado un arma —agregó con algo de vergüenza.

Julio soltó la carcajada.

—En este ejército, balas y uniformes cuestan caros. Si quieres practicar tiro al blanco, tendrás que hacerlo por tu cuenta, fuera de la ciudad y detrás de algún mezquite donde no te oigan los de la policía. Vamos, podremos hablar en el hotel.

* * *

San Antonio puede encontrarse en Estados Unidos, pero el hotel Hutchins parecía estar en México, pensó Albert. A la hora del desayuno, el comedor era una Babel de español, servían salsa mexicana, a base de chile, y tortillas con los huevos. Miembros de la familia Madero, que había conocido cuando estuvo en México, lo saludaron afectuosamente en inglés, pero tenía la impresión de ser un invitado en un país extranjero donde todo el mundo se esfuerza por mostrarse hospitalario. Lo presentaron a tías, tíos, primos y primas, parientes políticos y amigos que se habían afiliado a la Revolución. Eran desterrados, le confió Julio; sus haberes habían sido congelados y estaban amenazados con la confiscación de sus tierras y empresas.

—Nunca hablamos de la Revolución durante las comidas, en el vestíbulo ni en lugares públicos. Ahora instálate y me reuniré contigo arriba, en tu habitación, a las nueve y media —dijo Julio—. Tenemos que ir al centro a comprarte ropa de color caqui, hermano. Hay una reunión del Estado mayor a las doce y estás invitado.

Albert examinó su rostro en el diminuto espejo que colgaba por encima del lavabo rajado, pero limpio de su habitación. Era un rostro ordinario, cabello rubio, ojos azules, la nariz algo ancha: no era un rostro desagradable, pero tampoco tenía nada que lo distinguiera como revolucionario. Volvió a mirar. Entonces comprendió que debería dejarse crecer el bigote.

Tocaron a la puerta, y dejó entrar a Julio y a otro hombre.

—Albert Blair, Sebastián Carranza. Sebastián es de nuestro Estado mayor.

Sin más cumplidos, Julio tendió al nuevo recluta un sombrero de fieltro de ala plana y una cinta de tres colores: rojo, blanco y verde.

—Esta cinta es la insignia del oficial revolucionario. Ahora estás comisionado como teniente en el ejército del presidente provisional de México, Francisco I. Madero. —Y Julio hizo el saludo militar—. Es lo único que vas a recibir del ejército —agregó con una sonrisa resignada—. Aquí tienes un alfiler de seguridad para sujetar la cinta que debe pasar alrededor de la copa. Ahora vámonos.

Albert volvió de la expedición al centro con sus compras: dos conjuntos de color caqui, saco y pantalón, con un par de botas y un revólver Colt. Además había adquirido una funda repujada y un cinturón para el dinero. Total de gastos: ochenta dólares con treinta y siete centavos.

Julio lo puso al corriente mientras se dirigían a un saloncito privado donde se reunía el Estado mayor.

—Te he recomendado para un puesto en el Estado mayor, pero tendrás que ser aprobado por el general Carranza. Sugerí que un yanqui sureño de cabeza dura podría ser útil y ha dicho que te lleve. Por el momento somos tres: Sebastián, que es sobrino del general, Jesús Hernández y yo. —Julio se dio cuenta de que Albert había reaccionado y le dijo que encontraría a muchos Jesuses en México—. Pero si no quieres sentirte blasfemo, puedes llamarle Chucho. Okey, algunos antecedentes acerca del general: es norteño, de Coahuila, del mismo estado que nosotros. Es un veterano de la política, fue senador bajo Díaz.

—Quieres decir ¿uno de esos que Díaz señalaba con el dedo? —interrumpió Albert.

—Exactamente.

Julio explicó que Carranza ambicionaba una gobernatura, pero que se había separado de Díaz cuando el viejo dictador faltó a su promesa y no permitió que fuera electo un vicepresidente.

—Al llamar Francisco a las armas, Carranza se unió a nosotros. Es el miembro principal de esta junta.

—¿Cuándo pasaremos al otro lado?

—Cuando dé la orden Carranza. Dice que nos tiene en reserva. Todos ansiamos que empiece a moverse.

* * *

El general era un caballero alto con mucha presencia, una larga barba blanca y anteojos oscuros. Apretó firmemente la mano de Albert y le señaló un asiento. Todos ocuparon sus lugares alrededor de una mesa en cuyo centro estaba extendido un mapa de México. Albert se dio cuenta de que la mirada del general estaba fija en él mientras Julio traducía en voz baja. A veces captaba lo esencial, pero un tiro graneado de español hacía que el *Spanish in Twenty Lessons* de Cortina le resultara tan inútil como un manual de chino. El general marcó un punto rojo para identificar el campamento de Villa cerca de la ciudad de Chihuahua y el campamento de un tal Pascual Orozco cerca de allá. Albert escribió una lista de nombres para aprendérselos. Líderes rebeldes surgían por todas partes.

La reunión se disolvió al cabo de una hora y Albert se dirigió al comedor en compañía de Chucho y Sebastián.

Julio se les unió antes de que sirvieran la sopa de frijoles y golpeó suavemente el pecho de Albert.

—Ya la hiciste. El general Carranza te ha juzgado sensato. Tiene que haber adivinado que eres un escocés taciturno y empecinado a pesar de tu dulce acento sureño. Mi hermana Ángela está sentada ahí al lado. Hace señas. ¿La ves? Ha dicho que vayas con ella después de la comida y te dará una clase de español.

* * *

Sentado en el borde de la tina, Albert se daba un baño de pies. Podía oír a Ángela Madero al piano, abajo, donde un grupo se había reunido después de la cena para cantar. Agitó sus pies doloridos en el agua caliente y trató de entender los sucesos del día. Reconoció que las revoluciones proporcionan unos socios inesperados. Los «tenientes» clave de Madero eran un mulero —el tal Orozco—, un bandido —Pancho Villa— y un peligroso aventurero llamado Zapata, que estaba asolando las ricas haciendas en el estado meridional de Morelos. ¿Dónde estarían los mexicanos cultos de que tanto hablaban Julio y Raúl durante aquellas noches nevadas de Houghton? ¡Bah!, fue la chusma la que peleó en la revolución americana. Y Madero gozaba del respaldo de un clan fuerte y acaudalado. Lo importante era que la llama prendida por Madero se había convertido ya en un incendio de la pradera.

Antes de acostarse, Albert escribió en su diario: «He llegado a San Antonio a las siete y media de la mañana, he sido nombrado teniente del ejército revolucionario a las nueve y media, y a mediodía he sido asignado al Estado mayor del general Carranza».

Durante el desayuno, un caballero que Albert reconoció llegó del vestíbulo y susurró algo al oído del mayor de los Madero. La consternación se pintó en aquel rostro patricio y se entabló una discusión rápida en español.

Julio se fue corriendo y volvió.

—Nuestro banco de Monterrey ha cerrado —dijo, con la ira matizando cada palabra—. Díaz está haciendo todo lo posible para destrozarnos financieramente. Sabe que Francisco necesita con desesperación armas y municiones.

Albert dejó a Julio ocupado en cuestiones familiares y se dirigió a su habitación; un joven a quien había conocido el día anterior lo detuvo en el vestíbulo.

—¿Tú eres Ble-er, no? ¿Amigo de Julio? —preguntó con un acento terrible. Un bigote intentaba disimular su corta edad, y unos ojos claros se fijaron en los de Albert a su mismo nivel.

—Sí. Estoy en el estado mayor del general Carranza —respondió Albert, muy erguido.

—Juan Andreu Almazán —dijo el joven, y le tendió la mano.

—¿Andrew? —preguntó Albert.

—No. Andreu. Es catalán. ¿De dónde eres, yanqui?

—Kentucky —respondió Albert.

—¿Y por qué eres voluntario?

—Porque la libertad es de la incumbencia de todos y porque creo en esta causa.

—¡Fffiú! —silbó Almazán—. Espero que seas tan buen combatiente como Giuseppe Garibaldi. Tiene trescientos voluntarios yanquis, algunos italianos, y están aprendiendo con Pancho Villa lo que es pelear. Un importante ganadero se negó a permitir que los hombres de Villa se lavaran en su fuente y Pancho le pegó un tiro así no más.

—Ese Garibaldi, ¿está emparentado con el patriota italiano?

—Es su nieto. Andaba en busca de una pelea. ¿Y tú?

Albert clavó la mirada en el reto burlón de aquel bello rostro.

—He venido a pelear. ¿Y tú?

—Soy estudiante de medicina. Pero me parece más importante librarnos del yugo de Díaz que disecar cadáveres. Me uno a Madero porque es el único que tiene pantalones y ya he probado el sabor de la pólvora. Llegué hasta aquí para ver a Carranza, pero tiene pies de plomo, de modo que pienso ir a reunirme con Zapata —dijo el joven con una sonrisa simpática—. ¿Quieres venir al centro? ¿Conocer San Antonio?

Julio salió del comedor y atravesó el vestíbulo. Almazán le guiñó un ojo.

—Estoy invitando a tu amigo a ir conmigo al centro y tomar una soda de chocolate. ¿Quieres venir?

—¿Y por qué no? —aceptó Julio encogiéndose de hombros.

17 de marzo

Hace tres días, Pancho Villa tomó por asalto la ciudad de Torreón, Coahuila, el entronque ferrocarrilero más importante del norte y centro de la zona algodonera. El *Laredo Times* informó que fue un baño de sangre. Al parecer, Villa también masacró a trescientos chinos en Torreón, sin razón alguna, llevándolos como si fueran reses hasta las afueras de la ciudad. Pregunté qué estaban haciendo tantos chinos en Torreón y me explicaron que eran descendientes de los coolies que había importado de China Estados Unidos para trabajar en el ferrocarril Union Pacific. Muchos fueron llegando al norte de México. Pobres diablos. ¡Villa es un bárbaro! Pero sigue en pie el hecho de que ha capturado Torreón.

21 de marzo

Llevo ya una semana en este hotel. Hay poco que contar. La inactividad de Carranza es exasperante. Estallan furiosas batallas sangrientas como una serie de cohetes en los estados norteños, y aquí estamos, sentados en reuniones de Estado mayor que no tienen sentido, señalando en el mapa los puntos en que se libraron las batallas.

* * *

Julio estaba sentado solo en un rincón del vestíbulo, con los hombros caídos y un periódico doblado sobre las rodillas. Albert lo vio y se acercó a él. Sabía la causa de la depresión de Julio; se susurraba a puerta cerrada y estaba escrito en todos los rostros de los habitantes del hotel Hutchins: Madero había enviado un mensaje desesperado solicitando municiones. Dinero... se trataba de dinero.

Albert acercó una silla.

—Escúchame, Julio. He estado pensando. Hay suficientes simpatizantes aquí mismo, en San Antonio, para juntar el dinero necesario y comprar un vagón de municiones. Sugiéreselo a Carranza. Tenemos que hacer algo.

—¿Y cómo lo pasamos al otro lado? ¿Has visto esto? —Y Julio abrió el periódico—. Taft está reuniendo más soldados estadounidenses a lo largo de la frontera, desde Brownsville hasta El Paso. Poderosos ganaderos claman ante sus congresistas que necesitan protección. Nuestra mejor esperanza es mi hermano Gustavo. Lleva una semana en Nueva York tratando de obtener un préstamo.

Albert sabía también que el dinero de Madero había comprado armas, que el dinero de Madero había equipado y pagado a los soldados, de que cada penique de la fortuna personal de Madero había financiado aquella Revolución, y que su hermano Gustavo había convertido en dinero contante y sonante todo lo que poseía.

—¿No se sabe todavía nada de Gustavo?

—Nada. Los banqueros no tienen fe en las causas justas —observó sombríamente Julio.

—Vámonos, te invito a una copa. Voy al Buckhorn Saloon a ver qué rumores puede captar un paisano.

—No, gracias. Le dije a mi padre que iría con él hasta la oficina de telégrafos.

* * *

Albert plantó la bota en la barra de latón, pidió un whisky y echó una mirada por la cantina. Reconoció a un oficial del ejército estadounidense, un tipo de cabello corto y cuello de toro que se encontraba estacionado en el Fuerte Sam Houston.

—¿El capitán Harris, cierto?

—Sí.

—Albert Blair.

—Es un ingeniero de Kentucky, ¿verdad? Siéntese.

Después de unas cuantas palabras corteses, Albert empezó su interrogatorio.

—¿Qué se cuenta en el Fuerte Sam? He leído en el periódico que Madero cuenta con quince mil hombres bajo las armas en este momento, nueve mil en el norte. ¿Cree que tiene alguna posibilidad? —La Revolución mexicana, esa rebelión de ahí abajo, era el tema de conversación predilecto en el Buckhorn Saloon.

—Podría tener veinticinco mil y sería igual —respondió Harris—. Esos pobres cabrones no tienen la menor oportunidad. Los he visto. Toman una ciudad disparando como locos, vitoreando, derrochando municiones y dejándose exterminar. Ahora vea usted a los federales: esos tipos son soldados profesionales. Sus oficiales son hombres de carrera, han estudiado en las mejores academias militares de Europa. Póngalos usted aquí, en el norte, en número suficiente, y esa rebelión quedará cortada de cuajo.

—He oído decir que oficiales y soldados federales han cambiado sus guerreras grises por sencillos sarapes. Esta es una guerra de ideales, capitán. —Y Albert sintió que se acaloraba de los hombros para arriba.

26 de marzo

En el aire flota una palabra siniestra: intervención. Hoy comí con Harris en Fuerte Sam. Se quedaría petrificado si se enterara de que soy oficial en el ejército de Madero. Pero sí sabe que soy amigo de ellos.

—Dígales a sus amigos que si a este relajo en México se le sube la temperatura, bastará un disparo a través de la frontera para que el Tío Sam ponga fin a la función. Ande, será mejor que se lo diga.

Él no sabe que podría detenerse por falta de balas.

Estoy pensando en escribirle a Grace, a su escuela de enfermeras, para decirle dónde estoy. Ella podría contárselo a mi padre y mi madre. No me gusta el engaño, pero causarles preocupación sería peor. De todos modos, es posible que esta revolución termine antes de que ellos se enteren de mi paradero.

31 de marzo

¡He recibido una larga carta de Raúl! Toda llena de manchas y arrugada, pero ha llegado. Por si se pierde la carta, voy a copiarla entera:

Querido hermano Al: Así que has renunciado a tu viaje alrededor del mundo para unirte a nosotros. Estoy acampando con Villa cerca del jefe; lo vi ayer, tiene el brazo casi curado (díselo a mi madre). No me reconocerías: llevo semanas sin rasurarme y tengo los ojos constantemente rojos, irritados. Diariamente se presentan nuevos reclutas dispuestos a dar la vida por la Revolución. Casi todos son carne de cañón. Este no es campo de entrenamiento, pero siguen llegando. Perdemos de dos a trescientos hombres y entonces el ejército recibe nuevos voluntarios que tratan de salirse de los trigales. Los soldados de Villa no han cesado de combatir desde diciembre, con una taza de frijoles aguados en la barriga y un sarape que les evite congelarse por la noche. No sabías que pudiera nevar en Chihuahua. Sigue haciendo mucho frío.

Orozco es un veterano de las guerrillas, aprendió todas las mañas persiguiendo bandoleros cuando transportaba plata y plomo aurífero desde las minas de Chihuahua. Tienes que haberte enterado de que Villa pasó dieciséis años huyendo de los federales y los rurales que le pisaban los talones. El jefe lo ha indultado de todos los crímenes y es un oficial condenadamente leal, un táctico astuto sin un solo pelo de cobarde. Ahora tenemos a los federales bailando en un pie: perseguimos a esos sombreros azules, los atraemos sacándolos de las guarniciones para defender ciudades que les dejamos tomar, y las recuperamos. Eso ahorra municiones y los mantiene en ascuas. Me he convertido en un buen tirador y mi caballo es un magnífico alazán.

Te cuento todo esto para que sepas que no se parece en nada a un desfile de los regimientos de la Reina Victoria. Aquí abajo cabalgas como el viento, atacas, te retiras a las colinas, duermes ahí donde caigas, comes tortillas y frijoles, se te clavan espinas de cacto en el trasero y tienes poquísimas oportunidades de darte un baño. Y por ahora, hasta la vista. Raúl.

Mi admiración por Raúl crece. ¡Cuánto quisiera estar con él!

1 de abril

Esta noche he conocido a un abogado que se llama José Vasconcelos y que ha venido para conferenciar con la junta. Él y un médico llamado Vásquez Gómez andan cabildeando en Washington para que se reconozca a Madero y le preste apoyo el gobierno de Estados Unidos. Cuanto más estudio la historia de México más evidente me resulta que Estados Unidos siempre ha interferido en la política mexicana, con una modalidad política basada en «pórtate bien o te muevo el tapete». Recuerdo que Raúl solía decir que cuando el Tío Sam estornuda a México le da pulmonía. Pues bien, gracias a Dios que la causa de Madero empieza a encontrar apoyo. ¡Con tal de que aguante!

Un fuerte golpe en la puerta interrumpió las anotaciones de Albert en su diario. Julio abría la puerta, gritando:

—Al, ponte los pantalones que estamos celebrando abajo. ¡Gustavo ha conseguido el préstamo!

11

3 de abril de 1911

¡Estamos en movimiento! Somos un destacamento de cuatro hombres con la misión de recibir y entregar municiones en Ojinaga, población fronteriza entre Texas y Chihuahua. Ojinaga es un punto estratégico que acaban de recuperar los federales por tercera vez. Se trata de una operación clandestina muy arriesgada, pero me dirijo a cumplir mis órdenes con una confianza expectante.

* * *

¡Por fin, la Revolución se estaba poniendo en marcha! Los cuatro jóvenes revolucionarios se bajaron del tren en Alpine, en el oeste de Texas, rentaron un venerable Buick de cuatro cilindros, que llevaron por una carretera serpenteante y consiguieron, a pesar de gruñidos y estornudos mecánicos, hacerlo bajar a terreno caluroso y cubierto de matorrales que atravesaron a la máxima velocidad que la carcacha permitía hasta Presidio que, del lado americano del río, hace frente a Ojinaga. Por entonces, Presidio se componía de unos quince edificios de adobe a lo largo del lodoso río Grande. Una patrulla fronteriza americana les informó que las bajas de la «batalla de ese lado» habían sido cuatro burros muertos y un niño accidentalmente herido en el vientre.

Ojinaga era una población lastimosamente pobre, desangrada, en cuanto a alimentos y provisiones, por los mil o más federales que habían vuelto a atestar la plaza. Impaciente, el estado mayor de Carranza celebró reuniones de «plan de campaña» en la decrépita escalera de su pensión, esperando la «mercancía». La prodigiosa familia Madero, tan unida, se había dispersado desde la frontera hasta Washington y Nueva York para difundir propaganda maderista, reunirse con agentes confidenciales, negociar ventas de armas en Tucson, Phoenix y Nogales, organizar las entregas a lo largo de la frontera y vigilar con desconfianza los movimientos de los militares americanos. Al quinto día, los jóvenes estrategas habían descargado una camionada de municiones en los altos juncos de la orilla del río, donde las tenían escondidas. Si los estadounidenses estaban enterados, se hicieron de la vista gorda. El apoyo a la causa de Madero se reconocía abiertamente en Presidio…, pero la regla era usar subterfugios. Albert se tiñó el pelo y el bien crecido bigote de negro; disfrazados con harapos, yendo y viniendo por el puente con los mexicanos que trabajan del lado americano, pronto se pusieron en contacto con los líderes rebeldes de Ojinaga. Entregando armas, los revolucionarios no tardaron en «saborear la pólvora». Bien entrenados en el arte de avistar «sombreros azules», los líderes rebeldes iniciaron su juego del gato y el ratón: pega y corre, mete la barriga para escurrirte a lo largo de un muro sin perder de vista la esquina y cubre a tus hombres en escaramuzas callejeras. Busca uniformes bien cortados y botas lustrosas. No derroches municiones. ¡Afina la puntería! Ver sangre se volvió soportable. Albert se asombraba ante lo que su conciencia había llegado a aceptar en nueve días. Pero hacía falta muchísimo más valor —escribía Albert en su diario— para abrir la carta de Grace: «Madre y padre habían sospechado que estabas metido en esa rebelión en México. Oran todos los días por que sigas sano y salvo. Tuve que decirles la verdad. Ahora rezan por que recobres la razón y vuelvas a casa. Estoy de acuerdo. Te quiere tu hermana, Grace».

Los rumores los tenían en ascuas: Madero volvía hacia el sur y la capital. Díaz tenía ahora treinta mil hombres en armas. Habían matado a Garibaldi. Madero volvía hacia el norte para enfrentarse al general Navarro.

12 de abril

Nos han ordenado dirigirnos a El Paso. La prensa americana ha confirmado que el general Navarro, comandante de las fuerzas federales, ha fortificado la población, y Madero marcha hacia el norte. Tomaremos el tren en Alpine a las dos de la tarde.

* * *

En El Paso se respiraba incertidumbre. Era una población próspera en las estribaciones de las montañas del oeste de Texas, donde ahora pululaban soldados americanos, reporteros de noticias, mexicanos alarmados que llegaban en tropel de Ciudad Juárez… y turistas americanos que cruzaban la línea hacia las cantinas, las tiendas y las carreras de caballos. El presidente Taft había movilizado veinte mil soldados a lo largo de la frontera y bloqueado los puertos del Golfo y del Pacífico con la armada de Estados Unidos. Los ojos de Washington estaban fijos en Ciudad Juárez, la importante terminal norteña del ferrocarril, al otro lado del río. Estaban en juego los intereses de la Anaconda Corporation, los Guggenheim, los Hearst, los Rockefeller, así como los intereses petroleros de Doheny y los inmensos ranchos americanos de ganado. Las inversiones estadounidenses en México superaban los mil millones de dólares, o sea, más que todo el capital de los propios mexicanos. El coronel Edgar Z. Steever, comandante del 4° regimiento de caballería de Estados Unidos en Fort Bliss, había recibido del presidente Taft órdenes de proteger las vidas y propiedades norteamericanas a toda costa. El más leve incidente podría ser una excusa para la intervención.

18 de abril

Aquí no hay razón para andar disfrazados. Un ojiazul cualquiera puede ser tanto mexicano como norteamericano. Van y vienen como quieren. Tres puentes cruzan el río, y los tres tienen una garita de guardia en cada extremo. El río mide unos cien metros de ancho, y aunque ahora es sólo un arroyo enfangado dicen que se convierte en feroz torrente después de una tormenta. El hotel Shelton, donde estamos acuartelados, es como el Hutchins de San Antonio: está lleno de mexicanos partidarios de Madero, cuya llegada se espera en cualquier momento. El general Carranza, quien lleva aquí unos días, presta autoridad a la situación, y la gente se fía de él para confirmar o denegar rumores. Pero la verdad es que él sabe tan poco como los demás. Hemos instalado un telescopio en el tejado de este hotel y nos turnamos para no perder de vista las fortificaciones de Navarro y comprobar si hay o no señales de acción.

La primera noche conocí a un texano llamado Ed Skidmore en el bar del hotel Ormdorf; es operador de linotipo y también escribe para un periódico local. Skidmore conoce Ciudad Juárez como la palma de su mano, y ahí vamos juntos diariamente para explorar los andurriales. Un campamento federal se extiende por millas a lo largo de las vías del ferrocarril en la base de los montes, y los rurales con sus sombrerones de fieltro cabalgan para arriba y para abajo, patrullando las vías ocupadas por vagones de mercancías. Pancho Villa ha hecho volar los rieles de aquí hasta la ciudad de Chihuahua, de modo que si quisiera repararlos y emplear el ferrocarril, tendría que pararse en seco justo en las afueras. Ciudad Juárez me hace pensar en un mendigo harapiento que esconde una armadura. Calculamos que hay unos mil doscientos hombres en cuarteles ocultos por ahí.

* * *

Sombrillas y vestidos floreados, trajes de tres piezas y camisas de obreros salpicaban los tejados de El Paso como si estuviera a punto de comenzar el espectáculo que, en efecto, se inició el 20 de abril, a eso de mediodía.

Las fuerzas revolucionarias empezaron a concentrarse en las afueras de Ciudad Juárez a las doce del día. Un grito se elevó del hotel: «¡Ya llegaron los revolucionarios!». En unos cuantos minutos, el tejado se cubrió de curiosos, y a lo largo de la orilla del río, el ejército de Estados Unidos se alineó con los prismáticos de campaña enfocados en el otro lado.

Flanqueado por una reducida escolta, Francisco Madero encabezaba la marcha de una columna de infantería, exhausta por la fatiga del combate, que se acercaba a la llanura limitada por el río Grande. Envuelto en un sencillo sarape pardo, el presidente provisional se confundía con sus soldados. Al tomar su turno al telescopio, Albert lo enfocó en el conjunto desharrapado y de repente se le saltaron las lágrimas. Madero no era tan alto como había imaginado, pero iba a pie a la cabeza de sus hombres sin jactancia ni soberbia. Buscando con el telescopio la terminal del ferrocarril, vio a Ed Skidmore parado sobre un vagón de carga. Junto a él se encontraban Williams, del *The New York Herald*, y Elton, del *The Washington Post*, veteranos reporteros que habían cubierto la revolución cubana en 1898. La batalla era su materia prima. ¡Batalla!

A las cuatro de la tarde, Julio le dio un codazo a Albert:

—Ya he contado unos dos mil soldados. ¡Más de los que tiene Navarro!

De repente apareció el general Carranza. Vestido de uniforme caqui, su cabellera canosa y su larga barba le aseguraban una presencia distinguida.

—Acabo de recibir un mensaje del presidente Madero —dijo a los allí reunidos—. Está apremiando al general Navarro para que se rinda. Comprendo que han negociado una breve tregua —y volviéndose hacia su estado mayor, agregó—: Madero ha establecido su cuartel general a la orilla de los campamentos. Ahora voy para allá. Habrá una reunión con órdenes a las diecisiete horas. A ponerse el uniforme, muchachos.

* * *

Del otro lado, aquello era el caos. Los hombres de Villa seguían llegando a caballo a través de los matorrales que bordeaban el poco profundo río. Los cuatro oficiales, llamativamente limpios, se metieron entre jamelgos, mulas, carretas y reclutas apiñados alrededor de las tiendas de campaña. Los soldados descargaban municiones y pertrechos mientras sus mujeres, arrodilladas sobre la tierra, avivaban con el soplillo braseros cubiertos de tizne.

No tardó en destacarse el palmoteo de las tortillas en medio de la ruidosa confusión. Albert seguía abriéndose paso con los codos entre soldados calzados con huaraches lodosos... Soldados con paliacates alrededor del cuello, las cananas cruzadas sobre el pecho y sombreros de paja colgándoles a la espalda. Llevaban sobre la camisa trocitos de cinta tricolor sujetos con alfileres en compañía de alguna virgen de cartón o una medalla religiosa. El olor de los animales, sudor humano y comida picante le llenó la nariz. El zumbido del lenguaje se fundía con una hilera de imprecaciones: «¡Anda, huevón, levanta la chingada caja! ¡Hijo de tu puta madre, levántala tú!». Aquellos eran los hombres de Villa que deberían acampar río abajo para servir de amortiguador entre los campamentos revolucionarios y la ciudad.

Chucho, Sebastián y Albert, precedidos por Julio, se abrieron camino a través de la confusión y llegaron a la orilla de los campamentos. Allí estaba... una casucha de adobe junto al río, con una bandera mexicana al frente y dos soldados montando guardia en la puerta. Con la adrenalina subida al máximo, Albert siguió a sus compañeros, se identificó y entró.

El cuartito estaba lleno de hombres vestidos con uniformes empapados en sudor. Madero, sentado detrás de una mesa rústica, hablaba con un grupo de oficiales. Bajo la mesa que servía de escritorio, Albert veía unas botas de montar amarillas cubiertas de lodo. Pero fue el rostro del hombre lo que retuvo su atención: allí había entusiasmo juvenil y benevolencia. Unos ojos morenos llenos de vida por encima de un bigote oscuro y una barbita se concentraban ahora sin vacilar en el oficial que se dirigía a él. Albert estaba a sólo unos cuantos pasos de aquel hombre que había acaudillado la Revolución. Elevada moral, disciplina e integridad eran las características de Francisco Madero. La suya no era una oscura conspiración para derrocar al opresor, ¡era una batalla abierta! Madero tenía una visión mesiánica de su cometido, Julio se lo había explicado una vez, confidencialmente. Fervoroso creyente en la libertad, se había impuesto la misión de despertar el alma de su atormentado país.

Ahora, Raúl avanzó. A Albert le picaban los ojos: su ex compañero de cuarto era todo un hombre cuyo porte reflejaba fuerza y confianza en sí. Se le saltaron las lágrimas a Albert cuando vio a Julio avanzar y saludar a sus dos hermanos. Unidos en un apretado abrazo, el momento emocionante también hizo desbordar lágrimas en otros ojos que sin embargo se habían endurecido al fragor de las batallas. Una amplia sonrisa cruzó el rostro de Raúl al ver a su amigo.

—¡Teniente Alberto Blair! —exclamó—. Maldición, yanqui, hasta aquí has llegado. —Y se palmearon mutuamente las espaldas.

Madero se puso en pie y tendió la mano espontáneamente.

—Bienvenido, teniente, bienvenido. —Entonces se volvió nuevamente hacia un hombre alto y bien parecido, vestido con traje de montar color canela y cuyo sombrero de terciopelo verde tenía el ala angosta vuelta hacia abajo y una banda tricolor más ancha que las demás.

Albert retrocedió: Garibaldi. Aquel era Giuseppe Garibaldi y no estaba muerto ¡ni mucho menos! Albert recorrió la habitación con la mirada. Reconoció al general Benjamín Viljoen, un hombre delgado y moreno, veterano de la guerra de los boers en Sudáfrica y desde hacía poco ranchero en Nuevo México, que había entrenado a rudos vaqueros en sus comandos. Chucho le dio con el codo para señalarle a Roque González Garza, Eduardo Hay, con un parche sobre el ojo que había perdido en Casas Grandes, y Abraham González, ex gobernador del estado de Chihuahua y un puntal de la Revolución. Albert reconoció a Óscar Creighton, el experto dinamitero de Villa… ex corredor de bolsa en Nueva York.

Una bocanada de aire recorrió la pieza cerrada, y entró el coronel Pascual Orozco; tras él, una figura llenaba el vano de la puerta, y Albert sintió como si una carga de electricidad llenara la atmósfera… ¡Villa!

Orozco se plantó firmemente con su rifle 30-30 frente al jefe. Le hizo el saludo y claramente expresó:

—A sus órdenes, señor presidente. Tengo trescientos hombres acampados río abajo, como usted ordenó, y cien caballos bien comidos y bebidos. —Orozco se quedó cruzado de brazos, con un rostro largo y huraño totalmente desprovisto de expresión.

Madero dirigió sus observaciones a todos los que estaban en la pieza.

—Si estamos aquí, se lo debemos al valeroso liderazgo de ustedes y al arrojo de sus hombres. El general Navarro tiene bien fortificada la ciudad. Quiero que se mantengan ustedes en alerta constante, en previsión de un ataque por sorpresa. Y no provoquen uno bajo ningún pretexto. —Pasó la mirada de Orozco a Villa—. Los hago responsables del temperamento de sus hombres. Ahora el plan consiste en rodear a Navarro lo más estrechamente que podamos y esperar a que se rinda.

Albert había retrocedido automáticamente cuando Villa avanzó hacia Madero. Fascinado por la corpulencia de aquel casi mítico bandido convertido en héroe, Albert se encontró en su camino al retroceder Villa. Se tocaron sus manos: de su piel parecía emanar una fuerza primitiva, indomable.

—Díaz ha enviado emisarios a El Paso para hablar con nosotros.

He nombrado al doctor Francisco Vásquez Gómez jefe de un comité que se reunirá con ellos. Deben saber ustedes que nuestras condiciones no son negociables. Díaz, su gabinete y todos sus gobernadores deben renunciar antes de que nosotros depongamos las armas.

Se levantó un clamor de apoyo entusiasta, y Madero levantó la mano:

—Ahora, vayan a descansar un poco.

23 de abril

Se ha negociado una tregua de cinco días. No sé cómo lo tomarán Orozco y Villa; sus hombres se aprestan a entrar en combate. Mientras esperamos, la lucha continúa en Sinaloa, Guerrero, Morelos y Yucatán, nidos de ratas todos ellos que Díaz sigue atacando, con lo que se dispersan sus fuerzas. Me pregunto cómo se las estará arreglando Juan Andreu Almazán con Zapata.

* * *

Julio y Albert se pasaban la mayor parte del día con Raúl en el campamento villista. Una avanzada federal hacía frente a la vanguardia rebelde. A medida que se alargaba la tregua, comenzaron a llover insultos:

—¡Ladrones de pollos! —gritaban los federales—. ¡Mugrosos pendejos, hijos de puta sin agallas, saqueadores de ranchos indefensos!, ¡cobardes que no tienen huevos para disparar un rifle!

—¡Hijos de la chingada! Tenemos órdenes, igual que ustedes. ¿Nos dicen cobardes? Pues miren esto nomás, robado bajo las meras narices de los gringos.

Y sacaron un cañón montado sobre ruedas; era una vieja reliquia, de cilindro corto, una maravilla de corto alcance con una placa. Vestigio histórico de la guerra méxico-norteamericana, se había visto por última vez en el prado delante del tribunal de El Paso.

6 de mayo

Las conversaciones sobre un armisticio se prolongan. Cinco días se han convertido en trece, y ahora la tregua se ha extendido ¡seis días más! La impaciencia comienza a propagarse por los campamentos como una enfermedad.

* * *

El estallido de fuego graneado puso a todos en pie; dejando las servilletas en la mesa del desayuno, corrieron hacia la azotea a tiempo para ver a Orozco salir de una peluquería y a Villa correr en busca de un taxi. Los líderes rebeldes desaparecieron por el puente.

—Ya sabía que iban a provocarlo. Cabrones —dijo Chucho—. Los estuve oyendo cuchichear.

Pero las azoteas estaban cubiertas de testigos en cuanto a la inocencia de los provocadores.

La voz de Madero temblaba de furor cuando Villa le hizo frente.

—¡Ordene a sus hombres que hagan alto al fuego! ¡Deténgalos, coronel Villa! ¿Me oye? ¡Deténgalos! Estamos negociando un armisticio. —Pero ya sabía él que la mecha estaba prendida y que la retirada era imposible.

Apresuradas reuniones del Estado mayor no lograron producir plan ni acuerdo. Madero volvió a convocar a Villa. El sol estaba en el cénit cuando Pancho Villa se puso a estudiar el plano de Ciudad Juárez; al llegar la tarde, ya tenía listo el plan de ataque.

* * *

La luna lanzaba sombras deformadas sobre el cementerio, un viento frío agitaba las hojas del sauce que rozaba la lápida de un hombre muerto a los veinte años, y agazapado detrás, Albert esperaba que amaneciera. Fijó la mirada en Raúl, silueta fantasmal que se inclinaba sobre un ángel de mármol varias hileras más allá, Raúl conduciría el ataque antes del alba. Albert se sentía la garganta seca; se mojó los labios con la lengua. Tal vez la muerte estuviera esperándolo a la vuelta de la esquina, del otro lado de la calle, detrás de la puerta de un corral, sobre un tejado, en el patio de la escuela o tras los barrotes de una ventana cerrada. Dormitando y rezando a ratos, la mente de Albert le proyectaba imágenes macabras: el horror en el rostro de su padre y su madre al recibir la noticia, el piano de Grace cubierto de un lienzo negro. El arquitecto Rivas Mercado reconociendo el nombre Albert Blair en una lista de bajas. Un escalofrío lo recorrió y dispersó sus fantasías. ¿Qué diablos estaba haciendo él en aquella revolución? Levantó la cantimplora y bebió un trago de agua. Estaba a la cabeza de un pelotón; eso era la realidad. Tenía la responsabilidad del sargento Saldaña junto a él y de aquellos hombres que fingían dormir.

Por décima vez, Albert miró su reloj: las cuatro y media de la madrugada. Tocó el hombro de Saldaña:

—Ya es hora de salir, sargento —susurró—. Cúbrame cuando lleguemos a la bodega y entonces espere mis órdenes.

Más allá había hombres reptando hacia delante: sombras entre lápidas, sombras convertidas en una corriente alargada que se estiraba cautelosamente hacia la carretera. Albert había aprendido el mapa de memoria: Villa llegaría por el sur, Lucio Blanco por el este, Orozco y Garibaldi por el oeste. Se reunirían en la plaza. Su meta era el cuartel federal.

Agachándose, Albert condujo a su pelotón afuera del cementerio. Lo único que se oía era el goteo de un grifo. Se abalanzaron hacia la seguridad relativa de un muro, un muro sumido ahí donde un vagón lo había golpeado dejando el borde oxidado de una llanta que les obstaculizaba el paso. Albert lo apartó con la bota y lo oyó golpear la acera y prolongar el eco por la carretera de terracería. Alzando la mano para detener a sus hombres, escuchó: no se oía nada. Pegados a los muros avanzaron calle arriba y doblaron esquinas. Ni la menor señal de vida aún. Ahora otros soldados también avanzaban cautelosamente: eran los hombres de Orozco. Podía ver más allá la bodega norteamericana, terreno que él mismo había explorado.

Avanzaban como felinos. Ahora la bodega estaba justo enfrente. Como una antena, los sentidos de Albert percibieron movimiento en el patio de la escuela, frente al rótulo de Kettleson sobre la puerta de la bodega. Sus entrañas le advirtieron que la escuela estaba fortificada con ametralladoras y que probablemente habría también una en el tejado. Fue avanzando por la banqueta a paso mesurado... avanzando. Avanzando.

—¿Quién vive? —gritó un guardia federal, apareciendo detrás de una barricada.

Albert alzó la mano y vociferó: «¡fuego!», y se quedó viendo cómo brotaba la sangre de la garganta del soldado mientras caía.

Unos segundos después se encontraron en medio de un feroz fuego cruzado. Delante de la escuela una ametralladora barrió la bodega, obligando al pelotón a romper filas. Otra oleada de soldados se adelantó. Como loco, Albert se paró en medio de la calle, disparando, y por el rabillo del ojo vio un costal de arena a su derecha: giró sobre un pie y le disparó justo cuando empezaba a responder en un intento de los federales por rechazar la violenta embestida. Delante de la escuela, una ametralladora escupía sus tiros mortales; las ventanas se hacían añicos, los hombres caían gritando de dolor y de rabia. La muerte rondaba a su alrededor; estaban rodeados. Rodeados, informó cierta parte de su cerebro mientras veía cómo un infante federal volaba y daba en tierra y luego otro, y otro. Las rápidas salvas eran ensordecedoras, el polvo y el humo lo ahogaban. Entonces se oyeron unos cascos de caballos golpeando la tierra mientras la caballería doblaba la esquina disparando y desaparecía.

Se oyó la fuerte voz de Villa:

—¡Todos a la estación!

Cayó el polvo y Albert echó a correr, tropezando con cadáveres y mezclándose con los que corrían delante de él dirigiéndose a la estación.

Durante la eternidad de un instante, Albert se encontró clavado a un muro antes de lanzarse por la rampa hasta la amplia sala de espera de la estación. Refugiados y soldados entraban en tropel; había heridos sentados contra las paredes, con ojos vidriosos, y el hedor a humanidad se hacía más denso a medida que seguían llegando. No veía ni un solo rostro conocido. Un coronel de tez morena con cabello negro y crespo se subió a un mostrador y empezó a ladrar órdenes:

—Villa está llevando a sus hombres hacia la plaza. A sólo cuatro malditas cuadras de aquí. Ustedes, cabrones, pueden llegar hasta allí, ¿o no? ¿Dónde están sus oficiales?

Un pequeño núcleo comenzó a reunirse cerca del mostrador.

—Encuentren a sus compañeros. Cuéntense de diez en diez. Los de Orozco, aquí. Muévanse. ¡Rápido! Los de Villa a la derecha. ¡Orden! —el coronel vociferaba para que lo oyeran en medio del alboroto.

Albert se abrió paso hacia aquel único individuo sensato y se unió a los villistas dispersos que empezaban a agruparse.

—Tú, gringo, ¿qué grupo tienes bajo tu mando?

—El que usted diga, mi coronel.

—Llévate a estos hombres y métete entre las casas para llegar a los arcos de la plaza. En esa bolsa hay dinamita. Ahí. Emplea cargas pequeñas para que no vuelen ustedes solos, cabrones. ¡Adelante!

Zigzagueando por calles y callejones desiertos para evitar descargas esporádicas, Albert condujo a su pelotón hacia una esquina conocida y se refugió en una casa de la calle que daba a la plaza. Había muebles bloqueando la puerta, pero la casa estaba abandonada. Albert no había manejado dinamita en toda su vida. Antes de que pudieran pasar por la primera pared, una explosión ensordecedora desencajó las ventanas y sacudió los arbolitos que luchaban por sobrevivir en la calle polvorienta. Sin respeto por su propia vida, un joven recluta corrió calle arriba y regresó.

—El tanque de agua. ¡Hemos volado la torre! Ahora se han quedado sin agua —anunció gozosamente el muchacho.

Una profunda risotada salió de la garganta de Albert. Era el viejo «Silbador», aquel cañón monstruoso construido en un taller de Chihuahua. ¡La condenada cosa había disparado y dado en el blanco!

* * *

«Y el mundo era informe y vacío, informe y vacío». Las palabras bíblicas se repetían en la mente de Albert mientras descansaba sobre el mostrador de una tienda, con las piernas estiradas y la espalda recostada en la pared. Su estómago vacío gruñó; le sangraba la mano. ¿Qué día era? ¿El 9 de mayo?, ¿el 10?, ¿el 11? Todo se había vuelto indistinto. Ataque y retirada, seguir provocando explosiones de dinamita a través de las paredes como una manada de ratas hasta que se lanzó una granada por un orificio, mandando a volar patas de mesa y cojines por el saloncito y rompiéndole la quijada a uno de sus hombres. Habían reptado a través de la densa polvareda corriendo y dispersándose.

Dos veces había visto a Raúl con Villa, a la cabeza de una carga arrolladora, en un intento por sacar a los federales del cuartel y atraerlos a la plaza, sólo para verse rechazados desde fortificaciones camufladas. La noche pasada había dormido en una mata de yerbas junto al río y dado tumbos calle arriba con los hombres de Orozco al amanecer. Este amanecer. Hoy. La mano le palpitaba donde le había arrebatado el rifle una bala federal. Aturdido, había pateado el cadáver de un federal y se había apoderado de su máuser y una bolsa de cartuchos antes de echar a correr, saltando por encima de los cadáveres como en una carrera de obstáculos mientras las rociadas de balas silbaban por encima de su cabeza. Había levantado la vista hacia una columna federal que marchaba hacia él: infantería, dos morteros y una batería de ametralladoras. Dio un salto hacia la esquina y oyó una voz que le gritaba en inglés:

—¡Corre por tu vida, Al! ¡Hacia acá! ¡Te cubriremos! —Era Julio.

Albert volvió la cabeza despacio y enfocó la mirada en dos siluetas oscuras que aparecieron en el vano de la puerta de la tienda. Julio, que estaba mirando por el agujero de la cortina de hierro, y un soldado junto a él.

—Te dije que te vendaras la mano —le ordenó Julio—. Agarra uno de esos pañuelos.

Albert miró a su alrededor. Era una de esas tiendas que parecen contener de todo: medias de algodón, hilos, tijeras, martillos, clavos, piezas de tela apiladas en altos estantes y, más abajo, botellas. Tomó una: píldoras del doctor Richard para personas nerviosas; miró la etiqueta: la imagen ridícula de un hombre con los pelos de punta y mirada de loco. Albert empezó a reír, dio vuelta a la botella: el mismo hombre, bien arreglado, sonriente, transformado por el doctor Richard. Una risa sonora que salía de muy adentro lo sacudió; entonces Julio lo zarandeó muy fuerte.

—Tienes calentura. Envuelve esa mano, demonios.

Julio tendió la mano y sacó un pañuelo de paliacate con lo que soltó una cascada de cinta azul. Albert vio cómo caía del mostrador abajo y se enrollaba formando un montón. Recordó un lazo azul… y lo tonto que se había sentido. *Antonieta*. Nunca había olvidado ese nombre.

Un toque agudo de corneta le hizo levantarse.

—Están rechazando nuevamente a Orozco —explicó Julio—. Voy a abrirme paso hasta Garibaldi. Al, avisa a Orozco. Dile que vamos a traer refuerzos.

En un segundo, Julio y el soldado habían desaparecido.

Albert se ató la mano, saltó al suelo y salió sigilosamente. Allá delante, los tiradores de Orozco estaban tratando de no ceder terreno contra los federales, a corta distancia. Entonces, la voz estridente de Orozco ordenó la retirada. Él mismo se dejó impulsar por los soldados que retrocedían, dispersándose por las banquetas, tropezando, agachándose para disparar, retomando el camino del río y gritando a voz en cuello: «¡Retírense! ¡Levanten los pies, cabrones!». El miedo le estrujó las entrañas y Albert retrocedió con el frenético río humano que rompía filas y echaba a correr hacia el río. Se escondió bajo el ángulo de un pilar del puente y se arrastró un poco hacia atrás, sumiéndose entre la maleza. En el otro extremo del puente, destacándose sobre el claro cielo azul, las barras y las estrellas ondeaban... le hacían señas. Un soldado norteamericano montaba guardia en la caseta del centinela. Alineados tras él, como perros de presa listos para saltar, había soldados estadounidenses de infantería, a un tiro de piedra, al otro lado. Albert lavó el pañuelo ensangrentado en el río y vio que el agua lodosa se ponía roja. Una tormenta había elevado el nivel del agua, pero él era buen nadador. Un movimiento entre los matorrales lo distrajo; con el rabillo del ojo vio una visera azul moverse y disparó el máuser, lastimándose la mano herida. Un joven soldado se tambaleó hacia él y cayó.

—Yo quería nadar al otro lado —balbuceó.

Los ojos morenos y asustados de un muchacho lo miraron, el quepí azul había desaparecido y la cabeza afeitada de un soldado novato sangraba donde la bala le había rozado el cráneo. Federal o rebelde, ¿dónde estaba la diferencia? Era simplemente un pobre chico mexicano, de catorce años cuando mucho, obligado a servir en una revolución que pretendía salvarlo. Albert alzó al muchacho y lo llevó hasta la orilla del agua.

—Ándale, muchacho. Tú puedes. Sólo tienes que nadar debajo del puente y entregarte a ese guardia gringo que está allí.

Una barrera de fuego estalló súbitamente detrás de los federales perseguidores. ¡Villa! Había atrapado al enemigo entre dos fuegos.

Voces frenéticas se pusieron a dar órdenes, tratando de ser oídas por encima de los aullidos rebeldes. Retirándose en orden, los federales empezaron a retroceder hacia la plaza.

Alcanzando rápidamente a los hombres de Villa, Albert volvió a avanzar hacia el centro de la población. Avanzaron calle por calle, casa por casa, conservando sus posiciones, obligando a retroceder al general Navarro, logrando que se replegara hacia el cuartel.

De repente, un cambio se produjo en Albert. La energía de un tigre comenzó a correr por sus venas. La exaltación hizo palpitar cada uno de sus nervios cuando llegaron a la plaza y reunió a parte de su pelotón. Los revolucionarios empezaron a llegar por la esquina oeste. Albert reconoció el sombrero de terciopelo verde de Garibaldi y vio que a su lado estaba Julio. Desfiló un contingente de los hombres de Orozco. Podía oír que a lo lejos los rebeldes de Villa rehacían los destacamentos dispersos. Lucio Blanco llegó por el este. Ahora la marejada de las fuerzas de Madero inundaba la plaza.

Alguien golpeó la espalda de Albert: era Raúl.

—¡Chingado! Lo lograste bribón —le gritó a Albert—. Alista a tus hombres. Vamos a tomar el cuartel por asalto.

Y se fue.

Albert miró su reloj: las tres de la tarde. Quinientos revolucionarios estaban de pie bajo el sol abrasador, frente a la fortificación de Navarro. Se alinearon y esperaron, mientras sus comandantes conferenciaban, con la mirada fija en las altas y gruesas puertas de madera. Las circunstancias se encargarían de dictar la estrategia, y la estrategia se convirtió en una decisión rápida. La palabra se difundió velozmente. En un esfuerzo gigantesco concertado, iban a atacar el cuartel.

El sudor corría por el bigote de Albert mientras cargaba su máuser, sin sentir ya el dolor de la mano. Vio una espada federal descartada, golpeada por una bala pero intacta en su funda de cuero. Se agachó a recogerla. Frente a sus hombres sacó la espada de la vaina, disponiéndose a levantarla para llamarles la atención. Una carcajada espontánea surgió cuando los fragmentos oxidados cayeron al suelo.

—¡Ojalá que las bisagras de esas puertas estén igual de oxidadas! —exclamó Albert, con lo que cedió la tensión—. Manténgase en alerta. Esperen la orden de atacar.

Chasquearon los cerrojos de los rifles y después se hizo silencio en la plaza.

Albert sentía que los músculos del cuello se le tensaban al estudiar la alta muralla de piedra y las puertas aparentemente invencibles. Le pasaron por la mente historias de soldados ingleses que trepaban por los muros de fortalezas, mientras sobre ellos caía una lluvia de aceite hirviendo.

Con la mirada fija en Raúl, esperando su señal, Albert estaba listo para ponerse en movimiento. Sin previo aviso, las puertas del cuartel se abrieron: flanqueado por sus oficiales, el general Navarro salió con sus hombres, ordenadamente y con las manos levantadas por encima de la cabeza.

¡Se estaban rindiendo!

La horda revolucionaria, andrajosa, gallarda y vociferante, se quedó muda. Haciéndose inmediatamente cargo de la situación, Raúl empujó hacia delante a Garibaldi, el oficial de más alto rango. Apretujándose, estirando el pescuezo, las fuerzas rebeldes se acercaron.

—¡Orden en las filas! —gritó el italiano.

El teniente coronel Félix Terrazas, oficial superior en la división villista, dio rápidamente un paso adelante y recibió la pistola que tendía el venerable general de Díaz.

De pie junto a Terrazas, Raúl tomó la palabra:

—Yo recibiré su espada, señor.

Con un ademán lleno de dignidad, el canoso general entregó su arma bien amada.

Empujado hacia delante por los rebeldes que estaban detrás, Albert se encontró de pie junto a una pequeña oficina a un lado de la entrada principal del cuartel. Señalándolo, Garibaldi ordenó a todos los oficiales federales que entregaran sus espadas al teniente. Albert reaccionó de inmediato: asumió la posición de firmes mientras cada oficial dejaba caer la espada a sus pies. El montón crecía. Con una disciplina poco común, los soldados rebeldes conservaron sus posiciones hasta que todos los hombres del cuartel estuvieron desarmados.

Enterado de la rendición por uno de sus jinetes, Villa llegó al galope y se hizo cargo.

—Rodeen a esos prisioneros y escóltenlos hasta la cárcel —ordenó—. Informaré al presidente Madero que el general Navarro se ha rendido.

Hizo dar vuelta a su caballo y se alejó al galope.

* * *

En el vestíbulo del hotel Sheldon se oyó un alarido salvaje. La gente se abría paso para entrar y para salir. Los reporteros sólo contaban con sus codos para circular entre las multitudes de mexicanos y simpatizantes estadounidenses que celebraban la victoria, y disparaban sus preguntas a los vencedores de la batalla de Juárez.

—¿Cuántos federales se han rendido?

—Ahora sabemos que el total de sus fuerzas sólo ascendía a setecientos.

—¿Qué le espera al general Navarro? He oído decir que Villa quiere lincharlo.

—Eso lo decidirá el presidente Madero.

—¿Es cierto que después de volar el tanque de agua, el viejo cañón se autodestruyó con el siguiente disparo?

—Así fue, en verdad. No tuvimos tiempo de hacerle un funeral digno —y así eludió Creighton dar una respuesta clara.

Albert estuvo a punto de escaparse cuando Ed Skidmore le palmeó con fuerza la espalda.

—Quiero un relato personal de la batalla, Al. Demonios, voy a ganarles a Williams y Elton la noticia fresca —exclamó lleno de gozo. Se llevó a Albert a un rincón—. ¿Has oído a ese tipo? Esos cuarteles que exploramos tú y yo apenas tenían gente. Navarro sólo disponía de setecientos soldados. El viejo Díaz se estaba echando un farol al presumir de que tenía treinta mil soldados listos para el combate… soldados de papel, tal vez, como sus listas de votantes, ¿eh? De todos modos, están cayendo como moscas en Yucatán, Morelos y Sinaloa. ¡Como moscas, te digo! Creo que esto se acabó. —Y Skidmore apartó aún más a Albert de la multitud—. ¿Qué opinas? Si hubiera tenido más hombres Díaz, ¿podría haber ganado?

—Mañana, Ed. Por el amor de Dios, mañana.

Todavía cargado de adrenalina, Albert se abrió paso hasta el ascensor. Oyó gritar: «¡Viva Madero!». El mismo grito había estallado como una ola contra la escollera de Ciudad Juárez, atestada de ciudadanos que vitoreaban enloquecidamente. Hizo señas a un camarero y ordenó que le sirvieran un banquete en su habitación. Tras la puerta cerrada, Albert se echó un trago de whisky antes de dejarse caer en la cama.

Llegó un carrito cargado de puré de papa, filetes, bizcochos, ensalada fresca y helado, al mismo tiempo que Julio.

—¡Somos unos condenados héroes! —aulló Julio, quitándose una bota y lanzándola por el aire—. ¿Qué crees que dirá de esto la *Gazette* de Henderson, cabrón?

—Un poco más de respeto, por favor —dijo Albert, sentándose y sonriendo de oreja a oreja—. Me han comunicado que desde hoy soy el capitán Blair.

—Pues bien, capitán, traigo una invitación del presidente provisional de México. Estás invitado a acompañarlo en su viaje triunfal a la capital.

Esta vez, fue la bota de Albert la que dio en el techo.

12

1911

Sentada en el jardincillo que había frente a la iglesia de San Fernando, Antonieta esperaba que Sabina fuera a buscarla. ¡Habían terminado sus lecciones de catecismo! Ahora tendría tiempo para acompañar al tío Beto a la librería del señor Villagrande, en el centro. Él decía que aquella vieja caverna de antigüedad se había convertido en una caverna de iniquidad donde los maderistas iban a reunirse para enterarse de lo que había de cierto acerca de la Revolución. Se estaba librando una gran batalla en el norte y el tío decía que don Porfirio debería ir preparando sus maletas. De tan sólo pensarlo, se había producido una oleada de pánico en toda la casa.

Una paloma se paró en el respaldo del banco, pero emprendió el vuelo en cuanto Antonieta quiso tocarla. Mamá decía que don Porfirio no renunciaría nunca. Se había encerrado prácticamente desde que comenzó la temida revolución y se negaba a recibir a parientes o amigos que pronunciaran el nombre de Madero. Papá decía que el señor Madero era un caballero inteligente y razonable y que sólo deseaba una transferencia pacífica del poder. Mamá le había gritado, llamándolo traidor, antes de salir dando un portazo.

—Se está produciendo una revolución y no puedes negarla encerrándote tras estas paredes —había replicado papá. Todos tenían los nervios de punta.

Iwa Horiguchi, su nueva amiga, llegó corriendo desde la iglesia. El padre de Iwa era el nuevo ministro del Japón y su madre, una dama belga, católica.

—¡Antonieta! Cuánto me alegro de que todavía estés aquí. —Iwa se sentó en el banco—. El padre Xavier me ha detenido para preguntarme si mi padre sabe si han firmado un acuerdo de paz allá arriba donde están combatiendo. Teme que los revolucionarios ataquen la iglesia. Ayer vi un retrato de Zapata. Tiene ojos negros y mirada penetrante.

México asustaba a Iwa, que siempre había vivido en Europa.

—Mi padre dice que el señor Madero es hombre razonable. Los calmará a todos. —Y Antonieta palmeó la mano de su amiga—. ¿Vas a venir a mi desayuno? Ya sabes que toda tu familia está invitada.

—De eso precisamente quería hablarte. No podremos ir. Mi padre dice que el presidente Díaz podría renunciar en cualquier momento, y él no debe abandonar la Legación. ¡Ay, cuánto lo siento!

—Por lo menos podremos ir juntas por el pasillo —dijo Antonieta, desconsolada.

Las niñas se habían mandado hacer vestidos iguales para su primera comunión. Un cura nuevo las había tomado por hermanas porque eran de la misma estatura, y sus cabellos morenos y ojos redondos eran parecidos. El hermano de Iwa tenía cabello rubio y ojos oblicuos.

Un hermoso carruaje con el sol naciente pintado en el costado apareció por la calle lateral. La señora Horiguchi mandó un beso a Antonieta mientras Iwa salía corriendo y decía adiós con la mano.

* * *

Sueños extraños se creaban y se disolvían mientras dormía Antonieta; a veces ni siquiera estaba segura de si estaba despierta o dormida. Flotaba como una pluma debajo del Pont Neuf... Corría entre bellos campos de flores silvestres en Provenza, era una pequeña estatua desnuda con senos firmes que un joven tocaba cada vez que pasaba cerca de ella. Un indio de pantalón blanco le arrancó los brazos de un jalón y ella permanecía inmóvil con la garganta seca. A eso del amanecer despertó con una sensación caliente entre los muslos. Con una mano inquisitiva se tocó la carne caliente… arriba… dentro de sus muslos. Sacó la mano y se quedó mirando, horrorizada al verse los dedos rojos y pegajosos. ¡Sangre! Algo dentro de ella había estallado. Estaba muriéndose. Muriéndose.

—Madre de Dios, perdóname. Jesús bendito, ten piedad de mi alma. —Lágrimas calientes le corrieron por la cara y se le enfriaron.

A las siete, Sabina abrió la puerta y miró la infeliz figura sobre la cama, tendida con los ojos muy abiertos y fijos en el techo.

—¡Tonieta! ¿Qué pasa? —Y la sacudió—. ¡Contéstame!

La niña parecía sumida en un éxtasis. Sabina la tomó por los hombros y la sacudió hasta que empezaron a brotar lágrimas de los ojos fijos.

—Nana, me estoy muriendo. Mira.

Tranquilizada, Sabina le secó las lágrimas. Hablaron mucho rato… acerca del sufrimiento. Las mujeres habían venido al mundo para sufrir. ¿Todas las mujeres? Sí, todas las mujeres de cualquier color o raza que fueran. La sangre era señal de sufrimiento y purificación. Ahora era una mujer y algún día tendría hermosos hijos. Y le pondrían una vela a San Antonio de Padua, el santo que encontraba buenos esposos… Cuando llegara el día, por supuesto. Tendrían que ir mañana a la iglesia.

En la mente de Antonieta se formó la imagen de San Antonio cubierta de medallitas en forma de corazón, pinchadas en su túnica, en su nicho lleno de velas parpadeantes que las damas «quedadas» prendían día tras día, damas que olían a polvos y perfume rancios.

—Yo no me voy a casar ¡y no le prenderé una vela a San Antonio!

Sabina se cruzó de brazos y miró a su señorita.

—¿Qué otra cosa puedes tener en la vida que no sea un buen matrimonio?

—Seré una gran mujer de letras y bailaré para mi público especial en París. Inclusive podría dar un concierto... Chopin, Grieg, Liszt.

Al convertirse en toda una mujer había surgido una rebelde.

—¿Por qué no me lo dijo mamá? ¿Y Alicia? Por eso pasa tanto tiempo en el cuarto de baño. ¿Por qué tiene que ser un secreto?

Una no hablaba de esas cosas, le explicó Sabina. No era un tema decoroso, ni entre la familia humilde ni entre gente decente. Ella le llevaría una taza de manzanilla caliente a la cama. Su señorita debería descansar todo el día.

Sabina había cumplido con su deber.

* * *

—Mira, ya se han abierto las rosas —dijo Cristina.

—Ya te decía yo que el jardín estaría en flor para la primera comunión de Antonieta —exclamó orgullosamente mamá Lucita. Estaban cuidando los últimos detalles para la fiesta matutina en el jardín—. Yo quería que fuera un día perfecto para ti, mi amor. —Y acarició la mano de su amadísima nieta.

Aun cuando ni una sola chispa de blanco le aliviara el atuendo negro, Antonieta se alegraba de ver a su abuela de tan buen humor.

—Sus centros de mesa son una obra de arte, mamá —expresó Cristina con admiración sincera. Una pequeña escultura de pasta de azúcar en forma de cruz de Cruzado, pintada minuciosamente en plata y punteada con pequeñas «gemas» de colores ocupaba el centro de cada una de las mesas—. No comprendo cómo tiene usted paciencia para crear estas cosas en tiempos tan agitados.

—Son estos tiempos los que piden paciencia y una fe profunda —respondió mamá Lucita, resueltamente, mirando a Antonieta. Su nieta había pasado la edad habitual de la primera comunión. Apenaba mucho a mamá Lucita que las tradiciones católicas se tomaran tan poco en cuenta en aquel hogar.

Antonieta amaba a su bella y tranquila abuela, aun cuando habría querido hablar con ella de algo que no fuera religión. Estos días la impacientaba especialmente el zumbido monótono de los avemarías.

* * *

Antonieta ocupaba la mesa de honor con sus acompañantes: mamá Lucita, Alicia, Chela y Mario a su izquierda; a su derecha: su padre, su madre, tío Beto, el tío Luis y la tía Teresa, de Querétaro. Se sirvió de una fuente llena de fruta fresca y después volovanes de pollo. Hubo champaña para los adultos y medio vaso de vino para los niños, de modo que también ellos pudieran brindar. Parecía un banquete como muchos, pero cierta sensación de irrealidad permeaba esta celebración en particular, como si los invitados fueran actores de una comedia. La gente comía con movimientos acelerados, y ademanes nerviosos acompañaban conversaciones en susurros. Los hombres abandonaban sus mesas y se ponían a hablar en grupos pequeños. De repente llegó corriendo por el sendero la nueva sirvienta irlandesa de los Casasús y murmuró algo al oído del licenciado; este se excusó apresuradamente. El tío Luis, que había llegado de su hacienda de Querétaro, hacía muchos ademanes al hablar con papá y tío Beto.

—Te digo que fue una escena desagradable —decía Luis—. Estaba ayer en el banco, en Plateros, cuando esa chusma llegó por la calle lanzando «mueras» a Díaz y «vivas» a Madero. Miles de ellos se dirigían al Zócalo. Oímos disparos y la policía montada comenzó a abrirse paso a garrotazos entre la multitud. De no ser porque en ese momento cayó un chubasco providencial, Dios sabe lo que habría ocurrido. En Querétaro la situación está muy tensa. Me ha parecido prudente transferir algunos fondos a Texas. Ayer la cosa se puso muy dura en el banco. ¡Muy dura! ¿Qué has pensado hacer, Antonio?

—Nada. Esto es una revolución política y yo no soy político.

—¡Pero esa chusma borracha está en plena orgía, Antonio! —Y la voz de Cristina se elevó, aguda—. Los Gavaldón se van a París la semana que viene. También los Limantour y los Escandón. Dicen que en Veracruz no queda libre un solo cuarto de hotel. ¡Santa madre de Dios!, ¿crees que don Porfirio podrá detener todo esto?

—No pareces percatarte de que se trata de una revolución, Cristina —interrumpió Beto con voz fuerte—. Permite que te lo diga: una revolución es una reacción violenta del organismo contra una infección. Don Porfirio debería haberse ido cuando todavía era posible curarla. Pero ahora está incrustada en las entrañas de este país. —Y Beto alzó su copa de champaña—: El viejo tonto creyó que podría seguir borboteando por siempre. —Soltó una risotada—. Quisiera proponer un brindis: abajo los de arriba y arriba los de abajo.

—¡No sigas! ¡No sigas! —dijo Cristina, cubriéndose los oídos con las manos—. ¿No ves que todo está perdido… que todo, todo está perdido?

—¡Cállate, Beto! —increpó Antonio—. Aquí nadie está contra el viejo. ¡Sólo porque firmaste una petición! No es el momento de condenarlo. —Y echó a su hermano una mirada cargada de exasperación—. Dicen que ya no rige, que desvaría en su cama planeando todas las maniobras militares. Sin contar que sufre horribles dolores por el absceso que tiene en una muela. El viejo está acabado. Por favor, ten la decencia de dejarlo en paz.

—Estoy furioso contra él, Antonio. ¿No puedes entenderlo? Permitió que un tumor maligno se desarrollara cuando podría haberlo evitado mediante una acción muy sencilla: no haber presentado su candidatura en las últimas elecciones. ¡Viejo bufón inflado! ¡Maldito sea!

Antonio se acercó rápidamente al licenciado Casasús, que atravesaba el jardín a grandes trancos. Hablaron en voz baja y después caminaron juntos hacia la mesa de honor. Antonio golpeó su copa con un cuchillo para llamar la atención de sus invitados. Y se oyó la voz de Casasús:

—Amigos, acaban de informarme que el presidente Porfirio Díaz ha presentado su renuncia ante el Senado. Ahora se encuentra en el tren rumbo a Veracruz.

* * *

El tren que traía a Madero y su séquito abandonó los campos yermos y espinosos del norte y comenzó a trepar por empinadas sierras montañosas hasta llegar a la alta meseta central. En cada estación y tanque de agua, las multitudes saludaban a Madero

—todo un calidoscopio de vistosas blusas de colores: rojas, anaranjadas, rosadas y azules, de rebozos graciosamente plegados, de lustrosas trenzas negras, altos sombreros de paja, unos pocos bombines y vestidos de la ciudad. Albert estaba atrapado en el griterío, los cantos y las serenatas populares que competían con las desafinadas bandas de pueblo. Una niña descalza, de ojos redondos y tímidos, le puso en las manos un ramo de flores silvestres. Lo miraban y le sonreían aquellos mexicanos a quienes había contribuido a liberar. Con fervor se sentía parte de aquel gran movimiento, de la revolución triunfante. Aquel país extraño y bello lo atraía mientras vagos ensueños idílicos le pasaban por la imaginación.

Rehuyendo los discursos interminables y el banquete que les ofrecían en cada población, Albert se encontró en el atrio cubierto de flores de una iglesia. Para ver más allá de los marchantes y mendigos sentados en el suelo, permitió que la curiosidad lo llevara hasta la pesada puerta de madera. Cruzó el umbral y se quedó clavado en el piso, escandalizado ante la representación de un Cristo colgando por encima del ornamentado altar… Una imagen horripilante clavada en la cruz, chorreando sangre, con la cabeza caída y una faldilla orlada de encaje alrededor de la cintura. ¿Se verían a sí mismos los mexicanos como Cristo crucificado? ¿Dónde estaba el Cristo resucitado? Para los mexicanos, el sufrimiento era un valor asfixiante. A la oscura y parpadeante luz de las velas había vislumbrado otras imágenes en nichos. Imágenes por todos lados.

Albert salió tambaleándose.

* * *

La ciudad de Querétaro fue la última parada importante antes de llegar a la capital. Al desaparecer de su vista los arcos del acueducto colonial, Albert recordó que justo más allá de ese punto alcanzarían una altitud de tres mil metros antes de comenzar el descenso hacia el valle de México.

Sierra tras sierra de montañas ondulantes se iban difuminando al caer la noche sobre el tren de la victoria. Una excitación febril se apoderó de los viajeros. Sería difícil dormir esta noche. Madero había previsto que su entrada triunfal en la capital fuera a las diez del día siguiente, 7 de junio, justo un año después de su encarcelamiento en Monterrey.

Al despuntar los primeros rayos del sol a través del vasto cielo abierto, Albert sintió que el tren se bamboleaba convulsivamente… otra vez. ¡Iban a descarrilar! Abrió la cortina de su litera y vio que todos estaban saltando al piso. «¡Terremoto!», gritó alguien. El tren osciló y crujió como si fuera a desarmarse. Y de repente todo terminó: el movimiento frenético había cesado.

* * *

Cristina despertó justo antes del amanecer. Había dormido a ratos, atormentada por una sensación de desastre inminente. Los abogados de José la apremiaban para que les entregara más dinero. Las familias importantes habían salido hacia Europa y los revolucionarios estaban a punto de tomar posesión de la capital. Pensó en Fernando. Parecía tan lejano el tiempo que pasaron juntos. ¿A quién estaría viendo? Recordaba su contacto, sus labios… su cuerpo.

Enterró la cara en una suave almohada de plumas. De repente, una sacudida violenta la hizo enderezarse y la cama se sacudió convulsivamente. ¡Un temblor! Las cortinas del dosel se agitaron mientras Cristina veía sus frascos de perfume deslizarse y caer del pequeño tocador. El candil empezó a oscilar amenazadoramente como un péndulo. Saltó de la cama y llegó dando tumbos a la puerta del oratorio, abriéndola con fuerza. La campana de vidrio que protegía la estatuita de santa Cecilia yacía en el piso, rota, y la figurita miraba hacia arriba, liberada al fin de su prisión, con una sonrisa resquebrajada desfigurándole el rostro de porcelana. Cristina apartó la figurilla de una patada y agarró la perilla de la puerta del vestidor de su esposo, la de su dormitorio.

—¡Antonio! —gritó—. ¡Antonio!

* * *

No tardó en quedar olvidado el terremoto con la excitación provocada por la llegada del tren de Francisco Madero.

—Es un mal presagio —dijo Cleotilde, la vieja lavandera que tenía fama de bruja. Una vez había echado el mal de ojo a una sirvienta, provocando así su despido.

La excitación había llegado hasta la cocina. Por dos y por tres, los sirvientes se acercaron al pabellón para hablar con Antonio. La patrona no quería hablar con nadie. La patrona se había metido en la cama.

—Señor, solicitamos su permiso para ir a la estación del tren y darle la bienvenida a don Francisco Madero.

—Hemos oído hablar tanto de Madero y Democracia que también queremos darle la bienvenida a su esposa —agregó con énfasis una joven recamarera.

La cocina había sido teatro de acaloradas discusiones. Democracia se llamaba la esposa de Madero. No, así se llamaba su madre. Eran Madero y Democracia.

—¿No vas a ir tú también, papá? —preguntó Alicia.

—No. Creo que ya veré lo suficiente a esos caballeros en el futuro.

—Antonieta y yo queremos ir. Estaremos a salvo con Sabina. Por favor.

Antonio llamó por teléfono a sus amigos americanos, los Langley, que vivían cerca de la estatua de Carlos IV, justo sobre el trayecto del desfile. Y quedó entendido que las niñas se reunirían allí con los espectadores.

* * *

Sabina tuvo que correr para seguirles el paso a sus pupilas. Las cortinas de hierro estaban cerradas en las tiendas vecinas mientras el gentío llenaba las calles. Cerca de la estación, la multitud se hacía más densa, avanzando sin cesar, tanto que las niñas tuvieron que agarrar a la pequeña Sabina para que no la aplastaran. Atrapadas en una oleada de humanidad, llegaron a la casa de los Langley justo cuando se oía el primer silbato del tren.

214

Los Langley habían colocado sillas plegadizas en la azotea de la casa, pero sus invitados estaban apiñados junto a una columnata baja de piedra que brindaba protección y una vista sin obstáculos de la ruta del desfile. Después de expresar una docena de veces «mucho gusto en conocerlos», Alicia y Antonieta se fueron a un ángulo de la azotea que les permitía ver en todas las direcciones. Una alta cornisa de piedra les servía de abrigo.

—¡Oooooh! Las alturas me marean —se quejó Alicia.

—¡Pues agárrate! —aconsejó Antonieta.

Los postes de la luz y los árboles de la calle estaban cubiertos de piernas colgantes, y una pirámide humana se elevaba sobre un tranvía. Todas las calles del área convergían en el caballito, aquel imperioso jinete que había presenciado todos los sucesos importantes desde tiempos coloniales. Ahora el caballo y su jinete estaban adornados con un collar humano, y un niño pequeño se había encaramado a la augusta cabeza de Carlos IV.

—¡Mira esa mosca! Ahí arriba. —Señaló Antonieta.

Una mosca humana trepaba por la fachada de un alto edificio y se instaló en el alféizar de una ventana. Se oyó de nuevo el silbato, más cerca. La masa humana de allá abajo palpitaba de impaciencia. Todos querían echarle una mirada al hombre que había derrocado al poderoso y viejo dictador.

* * *

Mirando desde la ventanilla del tren, Albert y Julio se quedaron sin aliento al contemplar la escena que se desarrollaba en el andén. Hasta donde alcanzaba la vista ondeaban banderas, los vítores de la multitud eran dominados por el tañido de las campanas, las bandas de alientos, los silbidos agudos de las fábricas y el silbatazo de las locomotoras en otra estación cercana. El tren empezó a frenar hasta detenerse finalmente.

Raúl llegó corriendo desde el coche del estado mayor.

—Ustedes dos deben cuidar a Francisco, mantengan un espacio abierto a su alrededor. Garibaldi y Hay irán en el carruaje con Francisco y Sarita. Nosotros estaremos muy cerca. Ustedes dos, salten a los estribos para apartar a la multitud.

Pasó una hora antes de que Madero y su señora pudieran subirse al elegante carruaje de Díaz que los esperaba. Albert y Julio saltaron detrás de la pareja radiante haciendo señas a la gente de que abriera paso. El trayecto del desfile los llevaría hasta palacio donde León de la Barra, quien había protestado como presidente interino hasta que se celebraran las elecciones, saludaría oficialmente al héroe de la Revolución.

La mirada de Albert enfocaba una y otra vez a las personas que se acercaban más al jefe, mientras intentaba verlo todo. A ambos lados de la calle, una muralla sólida de gente vitoreaba, lanzaba flores, corría junto a ellos. Un hombre con una caja negra corrió adelante, la puso sobre un trípode, dio vuelta a una manivela y echó nuevamente a correr por delante. Una vez más, al pasar delante de edificios, estatuas y parques bien cuidados, Albert se sintió impresionado por el aspecto europeo de la capital de México. Cuando llegaron al círculo ecuestre, saludó con la mano a la gente apiñada en las azoteas cuyos «¡vivas!» descendían en suaves modulaciones por el ancho bulevar.

Desde la azotea de los Langley, Antonieta gritó:

—¡Ese es Albert Blair!

—¿Quién? —preguntó Alicia.

—El ingeniero americano que vino a comer.

—¿Cuándo?

—Déjalo. Mira, creo que nos ha visto. ¡Ha saludado!

* * *

En la estela de la victoria, Albert permaneció en la capital. Se alojó en el hotel Bolívar y fue arrastrado por la marea de las celebraciones. En los bailes, las madres lo miraban y susurraban. Lo invitaron a jugar al golf en el Country Club y no tuvo más remedio que asistir a los subsiguientes tés danzantes.

—Eres un verdadero misterio, yanqui —lo embromaba Raúl—. Y un trofeo. Les he dicho a las muchachas que eres un zoquete —que por eso evitas bailar algo que no sea el *two step*—, pero siguen ahí paradas esperando que las saques a bailar. Ten mucho cuidado. Lo más probable es que una de ellas te eche el guante.

—¿Quien iba a quererme sin dinero ni empleo? —dijo seriamente Albert—. Tengo que empezar a pensar en el porvenir.

Vestido con un traje nuevo y ostentando una cinta tricolor en la solapa, se presentó en la mansión de los Rivas Mercado para saludar al señor arquitecto.

—¿Me quiere dar su tarjeta de visita? —pidió el viejo portero.

Apenado por no llevar ni una, Albert anotó su nombre en un papel y pidió que se lo entregara a la señora. El portero volvió enseguida.

—La señora no recibe hoy —informó al caballero extranjero.

—¿Cuándo recibe? —preguntó Albert.

—El domingo es su día, por la tarde —informó el portero.

El domingo por la tarde, Albert volvió a tocar la campanilla. Tras larga espera, una sirvienta llegó a la puerta y recibió una tarjeta que decía: «Capitán Alberto Blair. Ejército de Liberación».

Veía entrar y salir carruajes mientras se quedaba esperando delante de la puerta pequeña. Al cabo de un buen rato volvió la sirvienta.

—Lo siento, señor, la señora no puede recibirlo hoy.

Con las mejillas arreboladas de coraje, Albert se retiró, prometiéndose no volver a preocuparse por los Rivas Mercado. Hablaría con Julio de aquel empleo en una mina del norte.

* * *

Antonio tenía nuevas preocupaciones.

Como de costumbre, la puerta con la inscripción de «Director» estaba abierta. Los estudiantes que pasaban por el corredor apenas se fijaban; eran pocos los que necesitaban hablar con el director, pues estaban implicados en asuntos internos. El cambio de gobierno había provocado un cambio de actitud en las aulas de la academia. Esta nueva ráfaga de neófitos había soplado reciamente, agitando a los estudiantes más viejos. Habían presentado una solicitud para que se efectuaran cambios en el currículo y los métodos de enseñanza, como si —Antonio se irritaba— sus tupidos e ignorantes cráneos fueran capaces de dirigir el curso de sus estudios.

Obedeciendo a una directiva emitida por el nuevo secretario de Educación, ahora San Carlos ofrecía una carrera más: maestro constructor, curso práctico ideado para adiestrar capataces competentes. Antonio había aprobado la nueva carrera y pasado largas horas configurando el curso: una clase de matemáticas con insistencia en cómo efectuar cálculos, unos cuantos principios de ingeniería como ejercicio preliminar y una clase de diseño en perspectiva. Si un constructor es capaz de explicarse con un simple dibujo, hay menos posibilidades de malentendidos. El nuevo curso cubría una necesidad: la vivienda en las zonas obreras era una vergüenza, y los alojamientos atestados, apestosos y poco funcionales producían moscas y descontento. Viviendas adecuadas eran una necesidad en toda ciudad en desarrollo. Madero había prometido más escuelas; ya estaba en marcha un enérgico programa de construcción, especialmente en las áreas rurales donde era frecuente que sólo hubiera una persona alfabetizada: el maestro. Se proporcionaría un desayuno gratuito a cada escolar. Esa era otra de las ideas progresistas de Madero.

Antonio levantó la vista de sus papeles, con la mente ocupada por los sucesos de los últimos meses. Detrás de él estaba el retrato de don Porfirio, resplandeciente con todas sus medallas incluida la Orden del Sol, la Orden de la Jarrétela, el Collar Rojo del Águila, todas esas condecoraciones que le habían conferido los líderes mundiales: reyes, reinas, emperadores y presidentes. Pobre diablo, creía que duraría por siempre.

—Y ahora yo tengo una orden —dijo Antonio en voz alta, volviéndose y enfrentándose al retrato de marco tallado—. Tengo que quitarte de la pared.

Otra de las ideas de Madero: ninguna figura política viva debería ostentar su retrato en un edificio público.

Antonio se levantó y descolgó el pesado cuadro. Se sintió viejo de repente. Al fin y al cabo, pronto cumpliría los sesenta. Tal vez debería dimitir, dejar que se hiciera cargo la nueva generación. Mientras volvía a sus papeles y se colocaba los anteojos, sintió que alguien estaba parado en la puerta.

—Pase —dijo, y al levantar la mirada—: Pasa, pasa muchacho —repitió Antonio con una sonrisa complacida. Salió de detrás del escritorio para saludar a su visitante—. Me alegro de ver que todavía sigues con nosotros. Habías desaparecido después de tu exposición del centenario en palacio —reprendió—. ¿Qué pasó? Cuéntame de ti. Ven, siéntate.

Diego Rivera se quitó el fieltro ladeado y lo sostuvo entre las rodillas de su pantalón de corderoy manchado de pintura. Y apoyó dos cuadros mal envueltos contra la silla.

—He decidido volver a Europa. En México ya no hay nada más que hacer.

—¿Qué has hecho?

—Viajar por el país. He vendido unos cuantos lienzos, esperando que sucediera algo importante.

—¿Y no crees que ha sucedido nada importante?

—No, si está pensando en la Revolución. Todo terminó en seis meses y ahora son las mismas momias las que se sientan en el Senado.

—No del todo, Diego. Hay unos cuantos nuevos diputados y habrá más después de las elecciones. Muchos de los gobernadores son nuevos. Hay nuevas ideas.

—Para mí, no. Con perdón, maestro, pero es el mismo viejo escenario. Esta Revolución es sólo un cambio de perspectiva, como cuando se altera el ángulo de visión o cambia la luz y se hace un dibujo diferente de una misma montaña.

—Eres demasiado impaciente, Diego.

—Aquí no hay vida. Regreso a París.

—¿Y a los cubistas?

—Sí. —Diego se volvió en la angosta silla—. He venido a darle las gracias por haber organizado la exposición. Doña Carmelita Díaz compró la mayoría de mis cuadros. Aprecio el hecho de que la academia comprara unos cuantos. Ahí veo uno. —Y sonrió.

—Me agrada contemplar ese paisaje y lo tengo enfrente para recordar que Diego Rivera es un buen pintor —dijo Antonio, con sonrisa paternal—. No puedo estar de acuerdo contigo acerca del cubismo ni de ninguna de esas otras abstracciones. Mi tesis será siempre que la función primordial del arte es crear belleza.

—Y la belleza, maestro, está en los ojos del espectador.

—Muy cierto. Pero los esfuerzos estériles degradan al espíritu humano. Soy clasicista, Diego. No puedo ser otra cosa.

—Una vez miré la palabra clásico. Proviene del latín y significa modelo, excelencia, perdurable. Usted, maestro, es un clásico y espero que perdure muchos años más. —Diego se inclinó, tomó los cuadros, desató el cordel y arrugó el papel de envolver, liberando las pinturas antes de ponerlas sobre el escritorio de Antonio—. Quisiera regalarle dos de mis dibujos de España —dijo—. Vea, están dedicados.

Pasó un momento sin que Antonio dijera nada.

—Gracias, Diego, muchacho, los aprecio muchísimo. Si yo soy clásico, muchacho, tú eres un abstracto y adoptarás todavía muchas formas antes de encontrar tu propia sustancia sólida. No me dejes sin saber de ti.

* * *

—Al parecer, Madero está en medio de un fuego cruzado —comentó Beto durante la cena, iniciando un tema que irritaría irremediablemente a Cristina—. Unos consideran que sus reformas son demasiado liberales y otros exigen cambios liberales extremos. Lo condenan si lo hace y lo condenan si no lo hace. ¿Qué te parece a ti, Cristina? Fuiste a esa recepción para educadores en el castillo.

—Llevaba las botas enlodadas.

—¿Alguna otra observación? —la provocó Beto.

—Sí. Nos sirvieron tamales y atole. —Y la risita de Cristina revelaba un profundo desdén—. ¿Sabes cómo llaman a su mujer? Su nombre es Sara Pérez de Madero. Y en el castillo le dicen: Sarape de Madero.

Se oyeron risas discretas alrededor de la mesa.

De repente se abrieron las puertas vidrieras que daban a la galería y apareció una sirvienta asustada seguida por dos jóvenes nerviosos. Antonio los reconoció: eran estudiantes de arquitectura. Se quitaron las gorras y miraron a su alrededor tropezando con expresiones de sorpresa. Sin preámbulo, explicaron su presencia:

—Señor director, va a haber una huelga en San Carlos mañana. Será mejor que no vaya usted. Los pintores y los escultores quieren que se vaya usted y obligarlo a dimitir.

—Y la señorita —dijo el otro, señalando con la cabeza a Alicia— no debería tomar su clase de dibujo mañana.

Antonio no podía creer lo que le estaban diciendo.

—No considero que unas cuantas caricaturas sobre las paredes de las aulas y una petición redactada por unos pocos estudiantes desorientados sean actos de violencia —protestó.

—Amenazan usar garrotes, de ser necesario, para que no pueda usted entrar, señor. Hemos querido advertirle.

* * *

A las once de la mañana siguiente, Antonio dijo a Ignacio que trajera la *victoria*.

—Si recuerdas aún cómo se conduce un carruaje —le dijo en broma—. Voy a San Carlos.

Alicia suplicó a su padre que no fuera. Antonieta pidió acompañarlo.

—Antonio, por Dios, en un coche abierto. Te van a matar —alegó Cristina.

—Soy demasiado grandote y peligroso —dijo sin hacer caso.

—Entonces iré contigo. Espérame.

Cristina regresó al instante con el sombrero puesto y una capa sobre los hombros. Su rostro mostraba aquella expresión decidida que Antonio había aprendido a reconocer: cualquier argumento en contra habría sido inútil.

Cuando entraron por la calle de Moneda, un grupo de estudiantes intentó detener el carruaje. Ignacio siguió adelante. Al llegar a la esquina de la academia, un fuego graneado de tomates y huevos salpicó los costados de la *victoria*.

Antonio se puso furioso. Bajó del coche y se enfrentó a sus asaltantes.

—¡Rebeldes! —les gritó Cristina—. ¡Desgraciados! Canallas sinvergüenzas. ¡No se atrevan a atacar a un viejo indefenso!

Siguió con la mirada a Antonio, quien dominaba a la chusma por una cabeza. Estupefacta, vio que Antonio agarraba a dos de los agitadores más agresivos y, sujetando a uno bajo cada brazo, empezaba a golper una cabeza contra otra, inmovilizando a sus víctimas pataleantes.

—¡Antonio, por Dios! —gritó Cristina, de pie en el coche—. ¡No los mates!

Una brigada de estudiantes de arquitectura salió corriendo del patio con palos en la mano para defender a su director. Poco después llegaron los bomberos y diluyeron el ardor de los huelguistas con un buen duchazo.

Los periódicos relataron detalladamente la huelga y una fotografía espléndida de Antonio con sus dos víctimas, una bajo cada brazo. Antonieta recortó la foto y la pinchó en la puerta de su ropero. A la semana siguiente, Alicia asistió normalmente a sus clases de dibujo.

13

Alicia estaba sentada en su cama, con las piernas cruzadas y la cabeza inclinada hacia delante, cepillando cascadas de cabello castaño ondulado y brillante.

—¿Te conté que esta tarde me escapé delante de mamá y me reuní con Enrique en San Hipólito?

—¿Qué dijiste? —Antonieta se encontraba sumida en sus almohadones, escribiendo en su cuaderno.

—Que me encontré con Enrique en San Hipólito.

—¿Otra vez? Pero si ya lo viste ayer.

Alicia se sentó muy derecha echando hacia atrás sus cabellos.

—¡Ay, Tonieta! Te lo tengo que contar. ¡Es tan maravilloso estar enamorada! No había nadie en esa vieja iglesia mohosa y nos sentamos en una banca lateral. Me besó.

Antonieta dejó el cuaderno y se volvió para quedar frente a su hermana: parecía uno de los cuadros de la galería de San Carlos con su camisón blanco escarolado y sus largos cabellos sueltos; Alicia tenía dieciséis años, toda ella dulce y amable desde que estaba enamorada. Era un secreto entre ambas, y Antonieta hacía de correo y mensajero cuando era necesario. Mamá se había negado a permitir que Enrique la visitara más de una vez por semana y sólo durante media hora. Por una vez, Alicia tuvo el valor de desafiar a mamá.

—Estaba tan contento de que haya ido con mamá a esa recepción en el castillo. Ya sabes cuánto admira al presidente Madero. Mentí un poquito. No le dije que los talles de las damas estaban muy apretados y que llevaban demasiado encaje en los puños. Sólo le dije que el presidente Madero echó un discurso maravilloso sobre la importancia de la educación. —Alicia suspiró hondo—. Ojalá que los Lozano no fueran tan declaradamente maderistas. La gente los llama «liberales».

—Deberías alegrarte de que lo sea. Los liberales quieren ayudar a la gente.

—¿No es maravilloso que le guste la poesía? ¿Sabes lo que me dijo en el té danzante de los Ortega? «Preferiría oírte recitar poesía y no tener que escuchar argumentos políticos insensatos». Todo el mundo quiere hablar con él. Es tan inteligente. ¿Y sabes qué dijo cuando me oyó hablar con la señora Ortega en francés? «Enséñame a hablar francés. Todo lo que dices se oye tan bello». —Alicia se recostó con los brazos debajo de la cabeza—. Volví a dar gracias a la Virgen porque los terribles vaticinios de mamá acerca de la Revolución no se hayan cumplido. Enrique dice que Madero es sincero y digno de confianza. Ojalá no fuera tan chaparro.

* * *

Cristina se volvió de costado y puso el brazo sobre el pecho de Antonio. Él se había quedado dormido apaciblemente, en el sueño que viene después de un deseo satisfecho.

—¿Estás dormido?

—Mmmm.

—Tengo que hablar contigo.

Al despertar Antonio por completo, Cristina puso una manta sobre su sillón predilecto; se sentó en el borde de la cama con un negligé de encaje blanco transparente y sonrió a su esposo. Antonio se instaló en el profundo sillón *bergére*.

—¿Qué te preocupa, mi reina?

—Ese joven que se está viendo con Alicia.

—¿Cuál de todos los enamorados que revolotean por aquí?

—Enrique Lozano. Se están viendo en la iglesia y conciertan pequeñas citas en casas de amigos.

—¿No es lo acostumbrado? Yo creía que a todas las jóvenes les gustaban las citas secretas.

—No comprendes. Cree que está enamorada y... bueno, él no le conviene.

—¿Qué quieres decir? Los Lozano son gente bien, de buena educación, honrados y trabajadores. ¿Qué tiene de malo el muchacho?

—Está metido en todas esas ideas liberales. Nunca llegará a nada. Mira, Antonio, lo que trato de decir es que ese Lozano pedirá la mano de nuestra hija... pronto. Y ella capitulará. Llorará y se enfurruñará hasta que autoricemos el compromiso. Alicia necesita distraerse. Irse lejos por un tiempo.

—¡Por Dios Cristina, no puedes meterla en un convento!

—Estoy pensando en algo mucho más atractivo: Europa —dijo Cristina con una sonrisa cautivadora.

Antonio se quedó callado, pensando. Alicia se había convertido en una beldad extraordinaria; era una niña romántica. Pero ese fervor romántico podría conducirla a un matrimonio prematuro que lamentaría más adelante. ¿Su hija casada? Todavía no, todavía no. Y Cristina no había estado nunca en Europa. Conocía esa sonrisa; su plan cumplía dos propósitos.

—¿Cuándo has pensado marcharte?

—Quizá en octubre.

—¿Tan pronto?

—Es un mes perfecto para viajar. Hay allí muchísimos amigos nuestros que invitarán a Alicia a todas partes. —La mirada de Cristina se iluminó—. Y quizá podrías reunirte con nosotras para Navidad. Así terminaríamos juntos el Grand Tour.

—No tan aprisa.

—¿Pero estás de acuerdo? ¿Está decidido? —Cristina abrazó a su esposo y le besó la nuca—. Por favor, di que sí.

—Supongo que así es. Sí.

* * *

El pequeño restaurante que había escogido Cristina estaba oscuro. Apartó un florero de barro para ver mejor a José. Por primera vez se fijó en lo grises que se le habían puesto las patillas.

—Ayer pagué al abogado. Gracias a Dios, eso se acabó. —Miró a su hermano dura y largamente—. Pero tú tendrás que darle dinero a mamá este mes.

—¿Y qué hay de tu renta?

Cristina bebió un sorbo de agua de tamarindo.

—Tuve que vender la casa.

—¡Vendiste tu casa! —La mirada de José era tan penetrante como la de su hermana—. ¡Por Fernando! ¡Maldita sea! Cristina, esa sanguijuela te está sangrando. Hasta a mí me ha escrito. Anda pidiendo dinero a todo el mundo.

—Le envié un pequeño préstamo. Cuando haya recuperado sus bienes, me lo devolverá todo.

—¡Inocente! —exclamó José con sonrisa despectiva—. En asuntos del corazón, mi querida hermana, eres una condenada tonta. ¿Te has tragado toda esa faramalla acerca de sus «bienes»?

—¡Si soy capaz de creerme tus cuentos…! —estalló Cristina, cerrando así el paso a cualquier comentario—. Te he pedido que vengas para decirte que me marcho a Europa.

—Estás loca, Cristina. Si te encuentras allí con Fernando, será tu ruina.

—Me llevo a Alicia para quitarle de la cabeza un muchacho que no le conviene.

—¿Y Antonio está de acuerdo?

—Naturalmente. —Cristina trenzó los dedos de ambas manos y se inclinó hacia José—. Quería verte a solas por otra razón. Debes estar enterado de algo muy importante. —Aspiró profundamente—. He falsificado la firma de Antonio para hipotecar dos de sus propiedades.

—¿Cómo? ¿Qué estás diciendo…?

—Si no lo hubiera hecho, estarías pudriéndote en la cárcel. —Y se le llenaron los ojos de lágrimas.

Contrito, asimilando la confesión, José tomó las manos de su hermana y se las besó.

—¡Cuánto sufrimiento te he causado!

—Somos una familia orgullosa, José. No quiero que te maltraten.

—Cristina, Cristinita —y José le soltó las manos—, Antonio se enterará, es inevitable.

—No, mientras se hagan los pagos de las hipotecas. Queda un poco de dinero de mi casa.

—Has cometido una felonía contra tu esposo. Nunca te lo perdonará —farfulló José.

—Quiero que hagas tú los pagos durante mi ausencia. Puedo pagar enero, pero tendrás que pagar febrero si me quedo allí hasta entonces.

—¡Dios mío, Cristina, son cuatro meses!

—Me estoy haciendo pedazos, ¿no lo comprendes? Pero cuando regrese, seguiré siendo la señora de Rivas Mercado y viviré el resto de mi vida entre las paredes de la calle Héroes. —Apretó las manos de su hermano en un puño—. Por una vez en mi vida tengo que confiar en ti. El pago es de doscientos pesos. ¿Me lo prometes? ¡Por lo más sagrado, y que Dios te ampare, prométemelo!

—Lo prometo, Cristina. —Y José volvió a besarle la mano—. Lo prometo.

* * *

Había algo falso en el aire; Beto lo sentía claramente. Cristina preparaba algo y Antonio, como siempre, enterraba la cabeza en otra parte. Beto había intuido una maquinación y ahora la veía realizada. Cristina y Alicia partían a Europa. Ella se encontraría con él, por supuesto. Que así fuera. La vida era una ardua tarea. El simple acto de levantarse y vestirse era una tarea. Con frecuencia, Beto se retorcía de dolor en la intimidad de su apartamento. Echaba de menos a Damiana. La próxima vez que Antonio enviara el estipendio mensual, él iría a visitar a la vieja en aquel miserable cuchitril junto al lecho de lava. Sí, la visitaría una vez más mientras pudiera caminar. Malditas piernas. Inclusive su pierna buena estaba hinchada. No se atrevía a ver a un médico: se la cortaría. Sólo el loro era testigo de su padecimiento secreto. Aquella innoble criatura se había arrancado la mayor parte de las plumas de la cola y estaba mudando. Igual que yo, se dijo Beto.

Las noticias políticas habían dejado de fascinarlo. La prensa era tan libre que hasta *El Imparcial* tenía la audacia de publicar una caricatura en la que Madero aparecía de enano, como un bufón. ¡Ja! A su alrededor zumbaba aquella colmena de abejones furiosos. Madero estaba sacando el panal del cual solían chupar sacos enteros de dinero del tesoro… ¡y él los obligaba a rendir cuentas de cada centavo que gastaran! Los propietarios de haciendas y los extranjeros se habían puesto frenéticos por las controvertidas reformas en el agro. Gracias a Dios, Pancho Villa estaba cosechando maíz en el norte y Zapata seguía intentando plantarlo en el sur. Pero Madero debería vigilar de cerca a los generales. El viejo general Reyes estaba encerrado en una celda fría de la cárcel militar por un conato de insurrección que había descubierto Gustavo Madero, el del ojo de vidrio, pero que todo lo veía tan claramente. ¡Ja! Las luminarias militares… traidores, conspiradores. Don Porfirio le habría aplicado la ley fuga a Reyes, abriéndole simplemente la puerta de la cárcel, empujándolo afuera y disparándole a la espalda mientras intentaba «huir». Pero Madero, no. ¡Se apegaba a la letra de la ley constitucional!

* * *

—¡La odio! —gritó Alicia—. Ella desea irse a Europa. Crees que me quiere. Pues no es verdad. Sólo le gusta exhibirme. La única persona a quien quiere es a sí misma.

—Pero te gustó Europa y verás a Tante Blanche —dijo Antonieta para consolar a su hermana deshecha en llanto—. Si te ama de veras, Enrique esperará tres meses. ¡Ay, Licha, te envidio el viaje!

—Entonces vete tú —contestó Alicia, sollozando.

—Mamá no me llevaría. —Antonieta rodeó con sus brazos a su infeliz y perturbada hermana y la palmeó afectuosamente.

* * *

Beto se contuvo para no provocar a Cristina ni hacer alusiones socarronas a Fernando. Estaba cansado. Ya nada estaba claro. México era presa de fuerzas contradictorias como esos temblores, tan pequeños que sólo los sienten los perros. Que se fuera Cristina, por el bien de Alicia, pero él tendría que hablar con su bella e inocente sobrina. Pidió a Sabina que trasmitiera un mensaje a la señorita: su tío quería verla en su apartamento.

* * *

Sentada muy erguida en la silla recta de Beto, con los pies recatadamente cruzados y las manos juntas en el regazo, Alicia escuchaba a su tío. Él buscaba las palabras apropiadas con el fin de prepararla para la Europa que habría de conocer con su madre.

—Escucha, amada sobrina, Europa está llena de cazafortunas que vagabundean por los salones y vestíbulos de los grandes hoteles, usando sus títulos deslucidos para impresionar a mamás y damas de compañía.

—Pues Leticia no encontró ninguno. Y no te preocupes por mí, tío querido, no me interesa conocer hombres.

—Pero ellos se interesarán por ti. Y tu madre es muy sensible a los títulos. Esos cazafortunas son expertos y tienen generaciones de historia que los respaldan. Sus nobles linajes nacieron de brutales aventureros que mataban y dominaban. Estos descendientes debilitados también son aventureros y emplean sus títulos para presentarse con un aura dorada. No permitas que tu madre se deje seducir por sus halagos, ¿me oyes? Asegúrate de las verdaderas credenciales de un hombre antes de permitir que te corteje. Tante Blanche será una aliada juiciosa.

—No me dejaré cortejar por nadie, tío.

—¿Estarás pensando en irte a un convento?

—No, señor.

—Lo que estoy tratando de hacerte comprender es la necesidad de que mantengas los ojos bien abiertos. No quiero que un título deslucido te entusiasme.

Alicia rio nerviosamente.

—Eso le gustaría a tu madre, pero serías tú quien habría de sufrir las consecuencias.

—Gracias, tío, por aconsejarme y por pensar que puedo ser presa de la nobleza, por deslucida que esté.

—Y cuidado con esos jóvenes pretendientes que han sido educados pegados a las faldas de mamá. Te invitarán a la sinfonía y exhalarán largas frases floridas para describir el trino de la flauta y el temblor del violín.

—No me gustan las sinfonías. Nunca sabe una cuándo terminan. Me pongo a aplaudir y todos dicen: chitón.

—No hablaba de sinfonías. Estaba poniéndote en guardia contra los hombres afeminados.

Alicia no estaba muy segura de lo que significaba «afeminado».

—Recuerda que la única nobleza que cuenta es la integridad y el valor de la persona. He conocido hordas de bribones toda mi vida y no proporcionan más que sufrimientos. Quedas advertida, preciosa sobrina mía, y recuerda que tu viejo tío sólo desea que seas feliz.

Beto consideró que la conclusión le había salido débil.

Alicia le dio las gracias y lo besó con afecto en la mejilla. Al despedirse, su rostro mostraba una expresión perpleja.

* * *

Habían amontonado el equipaje en el rellano de la escalinata. Memela lloraba y Mario estaba plantado sobre sus pies con los brazos a la espalda. No pensaba moverse y apartó la mejilla al besarlo Cristina.

—Cuida a los niños —murmuró Cristina dulcemente al oído de Antonieta—. Y cuídate tú también, querida. —Tenía los ojos llenos de lágrimas cuando se inclinó para besarla.

Beto permitió que un beso chasqueara cerca de su mejilla.

—Escríbeme todos los días —dijo Alicia, abrazada a su hermana. Le deslizó un mensaje en el bolsillo de su falda—. San Hipólito a las seis. Cuéntamelo todo.

Ignacio condujo el Daimler por el camino de coches y pronto estuvieron las maletas metidas en la cajuela. Antonio ayudó a su esposa y su hija a acomodarse en el asiento de atrás y se sentó, como de costumbre, al lado del chofer.

Antonieta vio cómo pasaba entre las puertas el largo automóvil negro, giraba hacia la izquierda y desaparecía. De alguna manera, presentía que la casa de Héroes nunca volvería a ser la misma.

* * *

El grito del marchante de fruta atrajo a Antonieta y la cocinera hasta la puerta cochera. Desde un banco al sol, cerca del camino circular, Beto observaba el juego que consistía en regatear y escoger. La posición de señorita había producido un cambio en su sobrina. La naturalidad infantil estaba siendo sustituida por pequeños amaneramientos estudiados, tonos modulados, un gesto altanero de la cabeza cuando algo la disgustaba y una actitud condescendiente hacia su hermanito y su hermanita. Antonio le había entregado las llaves de la despensa, máxima señal de autoridad. En tres meses, Antonieta había cambiado. En verdad, la calle Héroes había cambiado, como lo notaba Beto con recelo. La escasez de dinero había obligado a Obras Públicas a renunciar al proyecto de la rotonda dedicada a los héroes de México en la plaza de San Fernando, de modo que habían abierto a la circulación aquel callejón sin salida.

Con aires de *grande dame*, Antonieta avanzó por el camino circular delante de la cocinera cargada con su canasto. Era la imagen de una gracia altiva.

—¿No hay una manzana para un pobre limosnero? —gritó Beto con la boina en la mano.

De repente, Mario atravesó corriendo la puerta abierta, se metió debajo del canasto y se puso a bailar frente a su hermana.

—Hemos bautizado a cinco —dijo—. ¡Cinco el sábado por la mañana! —Unas semanas antes había visto a dos muchachos rubios a bicicleta por la calle Héroes y descubierto que pertenecían a la iglesita bautista calle abajo. Se habían hecho amigos rápidamente—. Y Bobby me ha invitado a una competencia en la pista del Tívoli ahora mismo. ¿Puedo ir?

—¿También te invitó el reverendo Day?

—Por supuesto. Es el entrenador.

—Yo no sé, Mario.

—Esconderé esto si me dices que no. —El travieso niño de ocho años agitó la llave de la despensa frente a los ojos de su hermana.

—¿De dónde has sacado eso?

Ya había salido disparado hacia la caballeriza, con Antonieta pisándole los talones, recogiendo su larga falda y corriendo como una gacela. Los gran daneses corrían de un lado a otro en las perreras, espectadores excitados por la carrera. Antonieta le dio alcance frente a la puerta del taller de carpintería y arrebató la llave del apretado puño.

Derrotado, Mario plantó los pies con las piernas abiertas y apretó sus manos a la espalda.

—Bueno, ¿puedo ir?

Una tierna compasión se apoderó de Antonieta y dio un abrazo a su insolente hermanito.

—Sí. Se lo diré a papá cuando venga a comer. Sabina puede llevarte a la iglesia y entregarte correctamente. Anda, ve a lavarte.

La iglesia bautista del vecindario había intrigado a los niños desde hacía tiempo, pero durante todos los años que habían pasado por delante, sus nanas nunca les habían permitido echar una ojeada más allá de la puerta. Se oían ruidosas zambullidas y cánticos en el edificio herético. Antonio había reconocido que la nueva amistad beneficiaba a su hijo y fue a visitar al predicador americano y su esposa, personas afables que creían en un Dios estricto y en actividades saludables. Con la aprobación paterna, Mario fue iniciado en el placer de acampar, y se convirtió en un ávido aficionado y participante en el deporte. Le llovieron a Antonio las críticas de sus hermanas. Para calmarlas, tuvo que prometer que enviaría a su «indómito» hijo a la escuela de los jesuitas cuando llegara el otoño. Un poco de disciplina no le haría daño; Cristina había echado a perder al niño.

* * *

Antonio acabó por acostumbrarse a un hogar sin Cristina y una vida sin la academia, a la que había presentado su renuncia al final del trimestre. Parecía como si se le quitaran de encima pesos indefinidos. Cantaba ópera con voz fuerte y trémula en el baño, en el que pasaba un buen rato y del que salía envuelto en una sábana enorme, como un senador romano.

Antonio logró sacar a su hermano hasta un banco del jardín y se quedó mirando a Memela que jugaba con un barquito de vela. El cielo era de un azul cobalto y sin nubes, y el jardín se engalanaba con los aromas y los vivos colores de las flores de invierno.

—Luis nos ha invitado a todos a pasar las navidades en la hacienda. ¿Qué te parece, muchachón, te animas? Le contesté que no aceptaría sin haberlo consultado contigo.

Beto se encogió de hombros:

—Es lo mejor que podemos hacer mientras todavía tenemos gobierno.

—Por el amor de Dios, Beto, tómalo con calma. Huele las flores, estira las piernas, mira qué cielo… —Antonio echó una mirada de soslayo a su hermano, derrumbado junto a él. Lo único que lo mantenía activo era poder discutir de política con Villagrande—. ¿Te ha contado Villagrande algo nuevo?

—Nada que tú no sepas. La prensa libre está poniendo en ridículo a nuestro presidente. Lleva doce meses en el cargo y ha tenido que sofocar tres levantamientos. ¡Si eso no te parece significativo! Fue estúpido poner a Huerta a la cabeza del ejército.

—Huerta es un profesional, no un general de papel. Fue preparado en Europa. ¿Qué tiene de malo Huerta?

—Es un hombre peligroso, un bastardo mañoso y un borracho. Llegará la hora de los generales.

Ignacio se acercaba con la correspondencia de la mañana.

—Mira, voy a telegrafiarle a Luis que aceptamos. —Palmeó la rodilla de Beto—. El aire del campo te sentará bien.

Ignacio entregó a Antonio varias tarjetas postales y una carta. Las tarjetas estaban amontonándose en la bandeja del vestíbulo: de Francia, Italia, Austria y ahora Alemania. Antonio se las pasó a Beto y abrió la carta de Cristina: «Hemos presenciado un desfile militar en Berlín. El ejército del kaiser es magnífico: oleada tras oleada de soldados marchando, todos a un mismo paso, con sus cascos puntiagudos y botas brillantes en un despliegue deslumbrante de precisión perfecta. No puede una menos que admirar la calidad de las mercancías, la limpieza y disciplina de esta nación. Voy a pasar más tiempo en Alemania del que había pensado. Alicia prefiere hacer una excursión a Suiza con sus amigas. Nos reuniremos en París el 15 de diciembre. Estamos tristísimas porque no puedes reunirte con nosotras para Navidad, pero agradecemos que nos hayas dado permiso de quedarnos todo enero…».

Antonio metió la carta en el sobre y siguió sentado en silencio, con las manos en el regazo.

—¿Malas noticias?

—No. Se ha enamorado de Alemania. Y va a pasar allí, sola, dos semanas más.

* * *

Apoyando su cuerpo contra la pesada puerta del vagón, Antonio la mantuvo abierta mientras la familia pasaba junto a él y entraba en el vagón restaurante del tren a Querétaro.

—¡Yo quiero la ventana! —reclamó Mario con su voz aflautada y se metió primero, con Amelia a su lado y Sabina después; Antonio, Beto y Antonieta se sentaron de espaldas al paisaje en movimiento.

Sentado a una mesa del fondo del coche, Albert Blair reconoció al instante al hombrachón y su hermano tullido. Apartó la mirada mientras ellos se sentaban. ¿Podría ser Antonieta aquella alta joven? ¿O sería su hermana mayor? Habían transcurrido dos años y medio desde aquella comida. Levantó la vista: la señora no estaba con ellos. Lentamente, bebió el café que se había quedado frío y amargo. Estaban ordenando; todavía tardarían un rato en servirles; sería el momento oportuno para dirigirse a ellos. ¿Debería volver a presentarse? Albert se decidió de pronto y se acercó a su mesa.

—Señor arquitecto, soy Albert Blair, alumno del profesor Walker de la Universidad de Michigan. Tuve el placer de comer en su casa en mayo de 1910 —dijo, tendiendo la mano.

—Por supuesto, por supuesto. —Y Antonio extendió la suya—. Veo que ha vuelto usted a México… y que simpatiza con Madero —agregó, señalando la cinta tricolor en la solapa de Albert.

—Combatí con él, señor. En la batalla de Juárez —dijo Albert, tratando de mantenerse erguido en el coche bamboleante. Era Antonieta, decidió.

—Lo vi en el carruaje de Madero —dijo Antonieta, tomando la palabra—. Usted saludó con la mano. ¿Nos vio en el techo?

—Me temo que no. Había masas de gente. Veo que todavía luce un lazo azul en el cabello. Muy favorecedor, si me permite decirlo.

—Supongo que regresa usted al norte —dijo Antonio.

—Sólo hasta Zacatecas. Soy administrador de una mina de plata, allá. ¿Conoce usted Zacatecas, señor?

—En efecto. Es una de nuestras joyas coloniales.

La conversación volcó sobre la Revolución y continuó hasta que trajeron la comida.

De regreso en su compartimento, Antonio dijo a Beto en tono de mofa:

—Un ave migratoria que ha venido a defender la libertad de México, ese joven Blair.

—Me ha parecido más bien un pájaro inmigrante —replicó Beto—. Creo que es uno de esos tipos que se enamora de México, luego todo lo quiere cambiar.

* * *

¡Albert Blair recordaba! Antonieta había pasado la mayor parte de su vida en compañía de adultos, pocas veces la interesaron los jóvenes. Este era muy guapo ¡y había combatido en la Revolución! Habría querido saber más. Invocó un pretexto cualquiera y salió varias veces del compartimento, pero él no estaba en su vagón.

—Estate quieta y ponte los pantalones de montar —ordenó Sabina—. Aquí tienes las botas. —Había previsto que también ella tendría que recorrer un sendero primitivo a bordo de una carreta, y llevaba una latita de sebo para poder aliviar por la noche sus nalgas doloridas.

KATHRYN BLAIR

Poco después de comer, el tren silbó tres veces y fue frenando hasta llegar a un tanque de agua, señal que daba el maquinista para anunciar la parada.

—¡Ahí está tío Luis! —anunció Mario, aplastándose la nariz contra el vidrio de la ventanilla. Sabina encaminó a sus niños por el angosto pasillo hasta llegar a la plataforma. Antonieta miró a su alrededor buscando a Albert Blair, pero no lo vio.

Por su ventanilla, un vagón más atrás, Albert vio cómo la familia se reencontraba con esos besos afectuosos y esos abrazos tan mexicanos. Y sin embargo, con los extraños eran reservados y fríos. Verdaderos aristócratas, aquellos. La Revolución no los había afectado... ni a ellos ni a su modo de vida.

Dos de los primos estaban esperando a caballo, y había más caballos, ensillados y listos, sujetos a un poste. Todos se apretujaron en un pequeño tramo de concreto, y el equipaje se amontonó a su alrededor. Un mozo de rancho tendió al maquinista una jarra de pulque, su recompensa por haber detenido el tren que lanzó otro silbatazo y empezó a alejarse.

—¿Cómo estás, Antonio? Ya veo: más gordo —lo embromó Luis—. Teresa va a enderezarte esos hombros, Beto. ¿Qué me dices, Antonio?, ¿te gustaría montar esa yegua o prefieres magullarte en la carreta?

Luis era el más alto de la familia, rasurado excepto por el tupido bigote, muy cómodo en su ceñida ropa de caballista y con sombrero de ala ancha. Manuel, su hijo mayor, llevaba un bigotito delgado, de puntas rizadas y enceradas, imitando a los charros, observó Antonio.

—Cabalgaré si es fuerte y tranquilo el animal —contestó.

Antonieta acarició a un alto castrado.

—¿Puedo llevarme este?

—Oye, florecita de la ciudad, esa bestia puede tener mal genio. Este otro es más tranquilo —aconsejó Paco, el más joven de los primos.

Antonieta comprobó con agrado que aún tenía aquella mirada indómita, traviesa. Aunque Paco tenía tres años más que ella, recordaba que siempre la había embromado y retado.

—Me gusta —declaró Antonieta con altivez. Metió firmemente la bota en el estribo, levantó la pierna y montó a horcajadas, cómoda sobre el enorme animal que su cuerpo esbelto controlaba y al que hizo girar para mirar de frente a los muchachos.

Paco dio un silbido de admiración y volvió a montar:

—¿Podemos adelantarnos, padre? Creo que Antonieta aguantará.

* * *

La hacienda de San Felipe estaba a cinco kilómetros de la estación, a campo traviesa por una vegetación compuesta de cactos y árboles de mezquite. En brusco contraste con el terreno árido se entraba en la propiedad por un bosque plantado por generaciones anteriores. Junto a la puerta de entrada estaban colgados trozos de cecina y cántaros de agua cubiertos para los viajeros que se dirigieran a la aldea. Más adelante estaba el camino, largo y recto, que conducía a los lejanos muros masivos. Se había hecho una presa en el río para formar un lago poco profundo a un lado del camino. Viejos álamos y ahuehuetes parecían proteger graciosos sauces, y algunos cisnes blancos jugaban a «seguir al líder», completando la bucólica escena. Altos árboles bordeaban el camino a ambos lados y delineaban pastizales en los que se apacentaban vacas, ovejas y cabras, protegidas por una larga cerca de madera.

En medio de una campiña árida e indómita, allí estaba la respuesta de la naturaleza a un plan de belleza.

Pusieron a los caballos al trote. Antonieta bebía con todos sus sentidos todo cuanto la rodeaba, estimulada y acalorada por aquel recorrido a galope tendido. Los gigantescos portalones de madera que daban al patio interior estaban abiertos. Cabalgaron hasta dentro y desmontaron, dejando las monturas en manos de los mozos que esperaban.

—¡Qué belleza! —exclamó Antonieta inhalando profundamente y girando sobre sí misma para abarcar las vibrantes flores de nochebuena que embellecían los viejos muros de adobe y las macetas que se agrupaban por todas partes, derramando geranios que habían superado los esfuerzos por limitar su desarrollo.

—¡Tú sí que eres bella! ¿Cómo has podido ponerte así? —preguntó Paco con sincera admiración. Paco tenía dieciséis años y era musculoso y sólido como un toro joven.

Antonieta echó a correr para disimular el rubor que le había cubierto las mejillas.

* * *

En San Felipe, la jornada comenzaba con el rebuznar de los burros y el canto infernal de los gallos. Al salir el sol los perros de la casa empezaban a ladrar y las campanas de la aldea a tañer. Las sirvientas de la casa tenían que asistir a la misa matutina y a las oraciones vespertinas, y se esperaba que los invitados siguieran el ejemplo. Antonio se las arreglaba para desaparecer y Beto alegaba su debilidad física al atardecer, cojeando hacia la biblioteca mientras el cura se apresuraba hacia la capilla. Una vez que la política quedó atrás, Beto disfrutaba la plácida paz agreste, empezaba a tener un poco de color en su rostro arrugado y sustituyó la boina con un sombrero de paja. Mario se pasaba horas colgado del portón del corral, viendo cómo los charros trabajaban domando caballos; Memela descubrió el placer que representa jugar en el lodo y, cuando estaba limpia, se subía con los niños en un carrito rojo brillante del que tiraba un poni pinto. Allí las noticias importantes eran el nacimiento de un torito, la doma de un caballo arisco o un bautizo en la aldea.

Paco se encargó personalmente de Antonieta; su carácter ranchero la embromaba aun cuando sus conocimientos de la naturaleza y el negocio de la hacienda eran tan ilimitados como las preguntas de su prima de la ciudad. Caminaban, escalaban, cabalgaban y veían ejercitarse a los charros. Con los toros jóvenes, Paco se mostraba impulsivo y valiente.

La cría de toros finos era el interés ardiente de los hombres de la familia, y el toreo, su pasión. Antonieta nunca había presenciado una corrida de toros. «Esa exhibición bárbara para las masas», como decía tío Beto, aunque admitía haber sido un verdadero fanático en su juventud.

—Cuando vayamos a la ciudad, te llevaré —prometió Paco—. Te verás muy elegante con peineta y mantilla española.

Antonieta se inclinó a cortar una flor silvestre y disimular así que se ruborizaba. «Me ruborizo cada vez que se acerca», escribió en su diario. «Ojalá pudiera controlarlo, pero basta que me mire y siento que se me incendia la cara».

Una mañana, cuando el sol estaba en el cénit, Paco tiró bruscamente de las riendas al borde de un barranco.

—Hay una pequeña cascada allá abajo —dijo—. Vamos a refrescarnos.

Bajando del caballo, Antonieta lo ató y siguió al gritón de Paco arroyo abajo, brincando ágilmente para evitar las espinas de los cactos. Los matorrales rozaban sus pantalones de montar y se detuvo sobre una enorme roca para admirar la pirámide simétrica de flores que coronaba majestuosamente el alto tallo de un maguey. Escaló la pendiente rocosa hasta quedar a nivel del gigantesco racimo. Alzando los brazos, gritó al cielo:

—¡Oh, noble planta, en este momento de gloria te elevas hasta excelsas alturas, para florecer una sola vez y morir!

El viento le sacudió los cabellos, desprendiendo el lazo que los retenía. Muy lejos, allá abajo, Paco echó a correr dificultosamente para atrapar la huidiza cinta de seda.

—¡Pareces una diosa! —le gritó, mostrando triunfalmente el lazo—. ¿Era eso un poema? ¿Quién lo escribió?

—¡Yo! —respondió Antonieta, bajando hasta donde Paco esperaba—. Acabo de inventarlo.

Se sentaron a la sombra de un pirul gigantesco cuyas hojas lujuriantes se inclinaban como cascadas de suaves plumas. La filigrana de sus sombras caía sobre el rostro de Antonieta componiendo diseños tan cambiantes como su humor.

Descansaron un rato, pensativos, evitando tocarse.

* * *

Aquella tarde, la familia se reunió en el patio aromatizado con el perfume de los jazmines. Por el arco de la entrada, el sol comenzó a bañar el valle escondido con una luz mística, suavizando las montañas. A un lado, una torre ancha y baja proporcionaba un sólido primer plano. Antonieta había subido a la torre hacía mucho tiempo y Paco pidió permiso para invitar a su prima a ver la puesta de sol desde el parapeto.

Subieron por las angostas escaleras de caracol.

—He andado por aquí a escondidas desde que tenía cinco años —dijo Paco—. Ven más acá, Mira esas rendijas. ¿Sabes para qué son?

—Claro que sí. Para disparar —dijo Antonieta, manteniéndose a distancia. Podía sentir que el rubor empezaba a subirle por el cuello.

—Y estos tiznes son viejas quemaduras de pólvora —prosiguió Paco, absorto ahora en la vista desde la torre—. Hemos abatido a muchísimos bandidos desde aquí.

—¿Qué quieres decir con «hemos»? —lo provocó Antonieta.

—La familia, tonta. En tiempos del abuelo, los bandidos atacaban los trenes de mulas cargados de plata de las minas de ahí arriba, en Guanajuato. —Y señaló las lejanas montañas—. Nuestros hombres estaban preparados para defender a la escolta militar y los conductores de las carretas. Les dábamos asilo durante la noche y los alimentábamos.

—¿Has sentido miedo alguna vez? —preguntó la joven de repente.

—¿De qué?

—A veces tengo miedo cuando miro desde nuestra torre. Casi diariamente se eleva humo desde el paso a Cuernavaca y he visto de noche cómo enrojecía el cielo por los campos que manda quemar.

—¿Quién?

—Zapata. Dicen que le corta las plantas de los pies a la gente y que ahorca a todo el que encuentra. A veces me produce pesadillas. —Y Antonieta se estremeció—. Lo veo cabalgando por la ciudad con soldados que se dispersan por todas partes.

—¡Nunca! Madero no se lo permitirá. Tendría que pelear contra todo el ejército federal.

—Dicen que no se detendrá hasta que Madero entregue la tierra a los peones.

—Eso no sucederá nunca. Los desgraciados arruinarían al país. No sabrían qué hacer sin un patrón. Se pasarían la vida borrachos y peleando.

—La mayoría de los amigos de papá creen que el presidente Madero es débil.

—¡Ja! Te interesa la política. —Y Paco soltó la carcajada—. ¡Una muchacha! ¡Será mejor que te limites a la poesía, aun cuando no rime! —Y con una sonrisa condescendiente—: Déjanos la política y la defensa a nosotros, los hombres.

Antonieta se erizó.

—¿Beben mucho tus peones?

—Por supuesto, todos los peones se emborrachan. Arrebatan a nuestra noble planta su leche antes de que se la quite tu flor. ¿Has probado el pulque alguna vez?

—¡Fuchi! ¡Apesta! —Y Antonieta se apretó la nariz.

—Todo el mundo bebe pulque, inclusive los niños.

Antonieta se volvió bruscamente y se apoyó en la pared.

—Papá dice que el pulque es un elíxir de dioses para los peones. Les ayuda a olvidar su miseria.

—Los emborracha.

—Entonces deben de sentirse miserables.

—Los peones nacieron miserables.

—Vamos a bajar —dijo impetuosamente Antonieta. Había querido hablar de poesía, no de pulque.

Paco meneó la cabeza.

—No te entiendo —dijo, bajando detrás de ella, mientras los últimos rayos del sol rayaban el cielo con haces de oro y anaranjados.

* * *

Los tres hermanos discutían y recordaban, trayendo reminiscencias durante las prolongadas meriendas tardías en el comedor donde estaban ocupadas doce de las veinte sillas. Beto proporcionaba colorido a las historias de los galeones españoles que habían colmado de tesoros la casa de los Rivas Mercado. El gusto de su cuñada lo horrorizaba en secreto. Una Victoria de Samotracia de

yeso abría sus alas bajo el rostro severo de un obispo medio des-
cascarado, algún pariente de su familia española desaparecido
hacía mucho.

Los jóvenes que rodeaban la mesa estaban pendientes de cada
palabra, saboreando el folclor familiar, absorbiendo las nuevas
historias y preguntándose cómo se repartirían entre ellos esos tesoros de la herencia.

Los días se convirtieron en dos semanas, casi tres. Aromas ten-
tadores venían flotando desde la cocina y empezaron a llegar
invitados. Y de repente fue la víspera de Navidad. Cuatro generaciones vivían en San Felipe. Todas participaban en el santo misterio; los posaderos se convertían en viandantes cantando, un nacimiento ocupó todo el largo de la pared de la sala, ranas enormes
y elefantitos pequeños compartían el mismo hábitat en el zoológi-
co sagrado. Memela fue la elegida para acostar al niño Jesús en el
pesebre, a la medianoche. El intercambio de regalos y el festín de
Nochebuena con bacalao se prolongó mientras, uno por uno, los
niños fueron llevados a sus camas. Antonieta sentía una satisfacción profunda, una identidad con la naturaleza y con los fuertes
nexos familiares. Y un nuevo sentimiento se había apoderado de
ella: la sensación de un embriagador poder interior.

Sus tiernos senos adolescentes le dolían y palpitaban mientras
Antonieta se preparaba para acostarse la última noche de las vacaciones. Había estado sentada alrededor del fuego con los muchachos. Esta noche, las guitarras habían tenido un sonido triste y melancólico. Habían cantado melodías románticas, baladas de amor,
y sus voces se combinaron en una perfecta armonía. Entonces,
Paco cantó un corrido. Los versos improvisados la habían hecho
ruborizarse de nuevo. «¿Qué oculta mi primita en esos ojos que
cautivan…? ¿Por qué parece triste aunque sus labios sonrían…?».
Cuando se dieron las buenas noches, se sentía algo aturdida.

Mientras se sometía a los infernales rizadores de tela que Sabina seguía enrollándole por la noche, Antonieta le hizo a su querida nana una pregunta que nunca antes le había hecho:

—¿Te has enamorado alguna vez?

—¡Qué pregunta tan ridícula! —Y Sabina seguía atando y jalando.

—Por favor, contéstame.

—Sí. Una vez.

—¿Qué sentiste?

—Era un mentiroso que decía lindas palabras.

—¡Uf! No jales tanto pero sigue, cuéntame, cuéntame, Sabina.

—Vivíamos en un ranchito donde no veía yo a nadie más que a mis hermanos, mis pajarillos y mis pollos. Mi madre temía a todos los extraños y no confiaba en ningún hombre.

—¿Ni siquiera en tu padre?

—A él lo mataron los rurales.

—¿Por qué?

—Sin ninguna razón.

La atención de Sabina se volvió hacia recuerdos remotos y tristes a medida que iba separando cada mechón y enrollándolo en el cuadrito de tela.

—Y a tu amor. ¿Cómo lo conociste?

—Tenía un quepi militar echado hacia atrás para que se le vieran los ojos; eran de color gris claro. Y empezó a hablarme.

—¿Te besó?

—Era uno de esos machos que creen que deben conquistar a todas las chicas que se les antojan. ¡Un canalla!

Sabina retorció el último rizo y se levantó.

Antonieta seguía esperando.

—¿Y qué te hizo? —preguntó finalmente, pero para entonces ya estaba Sabina extendiendo la colcha de ganchillo. La conversación había terminado.

* * *

Las campanas de la iglesia de la aldea anunciaron el amanecer. Los perros ladraron y se pusieron a corretear por el patio como de costumbre, persiguiendo al viejo perro de la casa que se escapó para descansar bajo una lozana planta.

Antonieta se estiró lentamente entre las sábanas. Entonces se subió el camisón y levantó la pierna para ver cómo recortaba el sol su forma sobre las altas paredes blancas. Tenía bonitas piernas. El poder embriagador lanzó estremecimientos por todo su cuerpo.

La última visión que tuvo Antonieta de San Felipe fue de la alta muralla de adobe que protegía el almacén, el molino, la escuela y la iglesita de la aldea. Detrás de ella, un racimo de chozas estaba dividido por callejuelas lodosas, y sus tejados de tejas rojas formaban un dibujo desigual bajo el sol del atardecer.

14

1913, febrero

¿Lo había soñado o había oído efectivamente el ruido de cascos de caballos justo antes del amanecer, como si desfilaran regimientos a proximidad? La luz se filtraba ya por la cortina cuando ráfagas de cohetes despertaron nuevamente a Antonio. ¿Por qué estarían quemando cohetes hoy? El 9 de febrero no era día de fiesta. Demasiado temprano para que un ser humano civilizado tuviera que despertarse un domingo por la mañana. Rodó sobre sí mismo y apretó la cobija sobre sus hombros.

En su dormitorio, Antonieta escuchaba desde la cama el lejano estallido de los cohetes. Curiosa, se acercó a la ventana para ver si procedían de la feria que se había instalado cerca de la estación del ferrocarril. Las luces de la rueda habían parpadeado después de las doce, cuando ella dejó finalmente el libro y se quedó dormida. A las ocho, se levantó con cuidado y comenzó a vestirse en silencio para no despertar a Memela, quien la noche anterior había suplicado que la dejara dormir con ella. Hoy era un día especial. Iwa y ella se reunirían en San Fernando para la misa de las ocho y media, y Antonieta estaba invitada a pasar el día y la noche en la Legación donde se presentaría una famosa bailarina japonesa.

Después de pasarse por la cabeza un vestido de terciopelo, Antonieta se anudó el cinturón abriendo la lazada de tafetán. A toda prisa preparó un maletín con los efectos necesarios para pasar la noche, buscó guantes y sombrero y recordó los espejos: los puso encima de todo.

Sabina estaba esperando en el comedor de los niños.

—No voy a comer nada, Sabina. Le he prometido a mamá Lucita comulgar esta mañana.

—Estoy segura de que Nuestro Señor no se opondrá a un vaso de agua tibia con jugo de limón. —Agua de limón antes del desayuno limpiaba el intestino—. Toma, bébetelo. ¿A qué hora volverás a casa mañana?

—Temprano, supongo. Compré fruta fresca para la charola del desayuno de papá y hay un poco de té inglés en la latita. Y por favor, Sabina, trata de que tío Beto coma algo.

—Mmmmm. —A Sabina no le parecía bien que su señorita pasara la noche fuera de casa.

* * *

Dos damitas muy elegantes se acomodaron en el carruaje que ostentaba el emblema del sol naciente en cada costado. Llevaban puestos sombreros de terciopelo a juego, escogidos de connivencia y en secreto.

—He traído el libro de claves —dijo Antonieta a Iwa—. Y algunos espejos. Podremos practicar sobre tu tejado. S.O.S. es fácil.

Las jóvenes habían hecho el experimento y comprobado que por medio del telescopio se podía ver desde la torre, por encima de las copas de los árboles y los edificios bajos hasta el tejado de la Legación japonesa. Con los potentes prismáticos de su padre, Iwa alcanzaba a ver la torre. Habían practicado haciendo señales con banderitas. Si los temidos zapatistas entraban en la ciudad, podrían avisarse la una a la otra y salvar a sus familias.

El carruaje fue detenido, al atravesar la avenida de la Reforma hacia el sur, por un batallón de cadetes militares montados que galopaban llevando la bandera mexicana. Las descargas de cohetes se habían vuelto más ruidosas y ahora podía verse un humo amarillo que subía desde donde estaba el Zócalo. La circulación se estancó.

—¿Qué están celebrando? —preguntó Iwa.

—No lo sé. Los cohetes me despertaron al amanecer.

—A mí también.

La gente corría por la calle dirigiéndose al centro.

Transcurrió una hora antes de que el coche se detuviera ante la mansión de estilo francés en el parquecito de Río de Janeiro. Con el cabello rubio desordenado, la señora Horiguchi abrió personalmente la puerta. Se abrazó fuertemente a las niñas.

—Queridas mías, ¡gracias a Dios que están sanas y salvas!

—¿Qué ha ocurrido, mamá? —preguntó ansiosamente Iwa.

—Se ha librado una batalla terrible en el Zócalo. Han avisado a tu padre que el general Reyes fue liberado de la prisión, dirigió un ataque contra palacio y lo mataron. Gracias al cielo que la situación ya está bajo control. Han advertido a tu padre de que el presidente Madero ha llegado a palacio.

El candil del vestíbulo tintineó al estallar un fuego graneado cerca de allí. Asustadas, las niñas miraron a la señora Horiguchi en busca de seguridad.

—Creemos que los disparos provienen de la Ciudadela, pero no se ha confirmado. Esto puede empeorar. —La señora Horiguchi consideraba que debía decirles la verdad a sus hijos—. Tu padre está preocupadísimo, Antonieta. Esperábamos que hubieran vuelto hacia Héroes. Hablé con él hace menos de diez minutos. Ve a telefonearle, querida.

—¿No debería tratar de volver a casa? —preguntó Antonieta.

—Querida, mi querida niña: la situación es demasiado insegura. Mi esposo está tratando de enterarse de lo que ha sucedido realmente y así sabremos qué hacer. Ha cancelado la función y no quiere que nadie salga de casa.

Los disparos habían seguido en la Ciudadela, a un kilómetro o menos de distancia, durante más de una hora. El señor Horiguchi había confesado privadamente a su esposa que la situación era de peligro. Circulaba el rumor de que el almacén de municiones que había en la vieja fortaleza podría ser volado, y el cuartel tomado por los rebeldes.

—Yo sé que ahí estás a salvo, preciosa —aseguró Antonio a su afligida hija—. También nosotros estamos a salvo. —Fue una conversación bañada en lágrimas—. Voy a indagar qué informes ha obtenido el señor Boari en la Legación italiana y nos comunicaremos de nuevo esta noche.

Durante la comida, el secretario del ministro se presentó con un mensaje urgente: el embajador norteamericano, Henry Lane Wilson, estaba convocando a una reunión urgente de todos los ministros y representantes de naciones extranjeras en la embajada estadounidense, esa tarde a las cuatro. El señor Wilson era decano del cuerpo diplomático y el único que tenía rango de embajador. La conversación cesó en la mesa al oírse el inconfundible trueno de cañones, que hizo bailotear y tintinear muy fuerte los prismas del candil con cada explosión sucesiva. El señor Horiguchi subió corriendo al tejado.

—Viene de la Ciudadela —informó—. Nadie debe subir al tejado ni salir a la calle. Debes avisar a los sirvientes —dijo a su esposa—. Yo trataré de conseguir una guardia armada.

A las cuatro menos cuarto, con chaqué, pantalón rayado, polainas y alto sombrero de copa, el señor Horiguchi se despidió de su esposa. Un tableteo de ametralladoras resonaba ominosamente cerca cuando el ministro, muy serio, salió al calor del sol de la tarde.

* * *

Esa noche en la intimidad de su dormitorio, el señor Horiguchi iba de un lado a otro hablando con su esposa.

—¿Qué se decidió finalmente en la reunión?

—Según Wilson, el gobierno de Madero está acabado y sólo en palacio le siguen siendo leales. Dice que ha informado a su gobierno al respecto.

—¿Será cierto?

—No. El hombre estaba iracundo. Insultó al presidente en los términos más desconsiderados, dijo que era un maldito idiota que consultaba a los espíritus. «No ha querido hacerme caso», dijo Wilson.

—Ya hemos sido testigos de su arrogancia antes. ¿Qué piensan los demás?

—Márquez-Sterling, el nuevo ministro cubano —todavía no lo conoces—, señaló que todos estamos acreditados ante el gobierno de Madero. Y sugirió que brindáramos toda la ayuda posible al agobiado presidente. Yo estuve de acuerdo. Se trata de un levantamiento cuartelario, no del pueblo contra Madero. Votamos por un comité que hable mañana personalmente con el presidente en palacio.

Más tarde, el señor Horiguchi llamó por teléfono a Antonio.

—Lamento informarle que su hija tendrá que permanecer en la Legación hasta que podamos garantizar su seguridad para atravesar la ciudad. Ya hay barricadas que impiden el movimiento de los ciudadanos y eso debe saberlo usted, caballero.

—Lo sé. ¿Y cómo juzga usted la situación, señor ministro?

—El cuerpo diplomático parece dividirse entre los que creen que ha caído el gobierno y los que creemos que la rebelión ha fracasado. He enviado un mensaje personal al presidente, ofreciéndole todo el apoyo posible.

Ya muy tarde, un ayudante volvió a la Legación. Las jóvenes estaban tensas y asustadas, sentadas en la sala con la familia, y sin embargo una cierta excitación las mantenía atentas.

—Hay soldados apostados en todas partes. El Zócalo hierve de armamento. Han montado ametralladoras en las torres de la catedral y cañones muy visibles en el patio; se ven muchísimos soldados bajo los arcos. Hay barricadas en todas las encrucijadas estratégicas y están llegando soldados rurales de la provincia. Dicen que el presidente Madero se ha negado a negociar con los rebeldes y que el general Huerta habrá dominado la rebelión para mañana.

El lunes por la mañana un silencio espectral reinaba sobre la ciudad. Mirando por la rendija entre las cortinas cerradas, las jóvenes observaron que no había niños jugando en el parque, que las puertas de la iglesia vecina estaban cerradas y las cortinas metálicas de las tiendas bajadas. Ni siquiera se oía el ruido de los tranvías. Sólo algunos bocinazos quebraban el silencio: «ambulancias improvisadas —dijo la señora Horiguchi—, recogiendo muertos y heridos». El oído agudo de Antonieta percibía a lo lejos el retumbar del cañón y de vez en cuando un fuego graneado desde la Ciudadela. Tenía el estómago hecho nudos en los que se refugiaba el miedo, y ese día llamó varias veces a la casa de Héroes.

* * *

Los días 11, 12 y 13 de febrero la batalla continuó, furiosa, originando el pánico en la capital. El hedor de los cadáveres en estado avanzado de putrefacción impregnaba el aire además de otro hedor: el humo negro que subía de las hogueras donde quemaban a los muertos con petróleo para evitar una epidemia. El tableteo constante de las ametralladoras de la Ciudadela hacía estremecer toda la Legación japonesa.

En mitad de la noche, Antonieta se enderezó súbitamente en la cama y sacudió a su compañera dormida.

—Iwa, imagina que cortan los cables telefónicos. Como estamos aquí las dos, no podemos hacer señales.

—¿Eh? —Su amiga abrió y cerró los ojos.

Antonieta permaneció despierta. ¿Cómo podría saber de la familia? ¿Si tío Beto estaba comiendo como debería? La pobre Memelita tenía miedo en la oscuridad y últimamente había sufrido pesadillas. Hasta por teléfono su voz consolaba a la hermanita. Entonces formuló mentalmente un plan.

Después del desayuno, Antonieta llamó por teléfono a su casa. Su padre respondió, optimista como siempre. Mamá Lucita estaba con los niños, orando por la paz, y urgía a su nieta para que lo hiciera también. El tío Beto no se había levantado aún y Mario le contó las historias de los refugiados que llegaban a la iglesia bautista que el reverendo Day había convertido en albergue.

Antonieta dejó que su excitado hermano charlara, y preguntó:

—¿Hay alguien cerca?

—No.

—Entonces escucha con atención. Este es un secreto entre tú y yo. Quiero que saques una funda blanca y la fijes, bien estirada, a un palo. Átala a la orilla de la pared exterior de la torre del lado de los volcanes. Hay algo de cuerda en el taller del jardinero. Si algo malo sucede en casa, si alguien se pone enfermo o está en peligro, cámbiala y pon una bandera roja. Hay algunas franelas rojas en el armario de arriba. Te llamaré mañana y te diré si puedo ver la bandera.

—Quiero que vengas a casa, Antonieta —dijo con fuerza su hermano—. ¿Hay mucho tiroteo por allí? Han puesto un enorme cañón en la estación del tren y hemos oído que disparan esta mañana.

—No te preocupes, amor. El embajador americano le ha pedido al señor Madero que limite los disparos al centro, de modo que todos estamos a salvo. Ahora, recuerda: es nuestra clave secreta. Te quiero. Hasta luego.

* * *

Antonio se sentía prisionero en su propia casa. Muchos de los sirvientes se habían marchado, deslizándose de noche gracias a la complicidad de Demetrio, pues preferían que les dispararan a quedarse sin noticias de los suyos, y pesaban sobre la conciencia de Antonio. ¿Qué sería de sus inquilinos del viejo convento de San Jerónimo, cerca del Zócalo? ¿Estarían ardiendo sus cadáveres en esas espantosas piras humanas? Hacía sólo una semana que su familia había cenado en casa. Recordó la observación que hizo René: «No hay mendigo ni tendero que lo ignore: los generales se están confabulando. Madero es un buen hombre pero, por Dios, no necesitamos un buen hombre. ¡Lo que necesitamos es un líder fuerte!». Elena había propuesto un brindis por Félix Díaz, un general y un caballero. «Ojalá y lo saquen pronto de la cárcel», había dicho. Palabras proféticas. Autor de otra insurrección, Díaz, el guapo sobrino de don Porfirio, gozaba de la simpatía de las damas.

—¡Este bombardeo no tiene sentido! —exclamó Antonio, golpeando violentamente la mesa con el tenedor.

El cañoneo en la estación del ferrocarril había sembrado el pánico entre los residentes de la colonia Guerrero, y disparos a lo loco habían destrozado ventanas en las mansiones aparentemente inpenetrables.

—¿Cómo demonios puede ordenar Huerta un ataque a la Ciudadela desde una posición tan inútil?

Beto se contuvo para no recordarle a su hermano sus vaticinios de diciembre pasado. Le dolía horriblemente la pierna y echaba de menos a Antonieta. Esta mañana rio al oír su voz tranquilizadora. «Estoy aprendiendo a volverme mariposa, tío». «No me digas que estás pensando salir de ahí volando», había replicado en broma. «No, no. Me refiero a un baile, tío. Llevo puesto un precioso quimono de mangas como alas». Y había proseguido describiendo una sopa de algas de mar que había preparado la cocinera para los refugiados japoneses que dormían en catres en las oficinas, y le dijo quiénes eran los diplomáticos que iban y venían diariamente. Por lo menos, la niña se distraía y estaba a salvo.

La mente de Antonio estaba atormentada por otra idea: Cristina y Alicia tenían reservaciones para volver el 20 de febrero. Quizá lo más sensato fuera cancelar el viaje. Los combates se hacían cada día más intensos. Nadie podía saber cuánto más duraría aquello.

Aquella tarde se gritó una «extra» en el vecindario: «Amenaza de intervención norteamericana», y se citaban las palabras del embajador Henry Lane Wilson: «Si no se restablecen la paz y el orden, si cualquier propiedad o ciudadano americano es alcanzado por disparos, mi gobierno está dispuesto a intervenir. Madero debe renunciar para evitar ese tipo de medidas».

¡Veracruz podía ser sitiada! No era el momento de regresar a México. Era imperativo enviar un telegrama, decidió Antonio. ¿Cómo? Tratar de atravesar las barricadas era equivalente a suicidarse. Sólo los diplomáticos estaban autorizados a hacer uso directo de la oficina de telégrafos. ¡Horiguchi! Dictaría un telegrama a Antonieta por teléfono y se podía contar con aquel honorable caballero para que lo enviara. Antonio lo redactó: «Cancela viaje febrero. La capital caótica. Permanece París hasta aviso. Familia sana y salva. Antonio».

El alba del séptimo día fue recibida con un cañoneo ensordecedor que sacó a Antonio de la cama. Poniéndose la bata de lana y las zapatillas corrió al oratorio. ¿Lo había soñado o había oído ruido de vidrios rotos? Abrió la puerta del oratorio con un mal presentimiento. El olor que le llenaba la nariz era a lana quemada: una llamita corría por la alfombra, avivada por el viento que soplaba por la ventana de vidrio emplomado, rota. Rápidamente ahogó el fuego con la bata. Sabina. Por supuesto. Siempre prendía una vela a santa Cecilia. La estatuilla yacía, humeante, en el piso bajo el altar, su nueva campana de vidrio estaba rota y tenía el rostro definitivamente quebrado. Víctima del terremoto de Madero y de la rebelión de Madero, se dijo con ironía.

Antonio echó una mirada al dormitorio vacío de Cristina pensando ver un agujero abierto: todo estaba intacto. Pero la explosión había sido muy cerca y estaba seguro de que había alcanzado la casa. Con el corazón palpitante, Antonio se acercó a la rota ventana y miró hacia fuera: seguían cayendo escombros al patio de la cocina. ¡La torre! ¡Le habían disparado a la torre! Mala puntería de la batería federal o acoso de parte de los rebeldes. Eso era lo de menos: la torre había sido alcanzada.

Cerrando bien la bata con el cinturón, Antonio fue hasta la angosta escalerilla. Gracias a Dios que los daños eran mínimos. Junto a una ventana rota encontró un palo del que colgaba el resto de un trapo blanco. Al descender se encontró con un niño de rostro desencajado.

—Ven a mi recámara, Mario.

Su hijo era bajito para sus nueve años, bajo y membrudo. Antonio agarró al reo bajo el brazo y siguió bajando las escaleras.

—Y ahora, ¿quién colgó esa bandera?

Mario idolatraba a su padre. Aquel bigote y aquella barba, formidables, enmarcaban un rostro generoso, pero los ojos pardos estaban iracundos ahora.

—Fui yo, papá. Era señal de que todos estamos sanos y salvos.

—¿Y a quién enviabas esa señal?

El niño tragó saliva.

—Es un secreto.

—¿Y cómo vas a hacer señales ahora que la torre ha sido medio volada?

La aprensión nubló la mirada firme del niño.

—Se va a preocupar cuando vea que la torre tiene un gran agujero.

—Antonieta. —Antonio había adivinado de quién había sido la iniciativa—. Ahora los cables del teléfono cuelgan en el jardín y también los de la luz.

Un sollozo salió de la boca apretada y las lágrimas inundaron las temblorosas mejillas. El muchacho, arrepentido, relató la historia.

—¿Por qué cañonearon nuestra casa, papá? No estamos contra el presidente Madero.

—¿Has visto que alguno de nuestros vecinos enarbole una bandera blanca? Probablemente piensen los vecinos que estamos dando refugio a maderistas y sin duda los soldados federales creen que estamos dando asilo a rebeldes. Ahora vete a buscar otra funda. Ataremos esta bandera más atrás, donde no puedan verla los soldados. Antonieta entenderá el mensaje.

* * *

El teléfono que estaba más cerca de casa se encontraba del otro lado de la calle, donde los Casasús. Los dueños habían cerrado la casa con llave al marchar a Europa y los sirvientes la habían abandonado en cuanto se inició el cañoneo. Sólo quedaba el viejo cuidador procedente del rancho. Se decía que estaba escondido, borracho.

Ante los golpes insistentes de Antonio, el indio embrutecido entreabrió la puerta de la cocina, y Antonio entró a la fuerza. Regañando y resoplando, empujó al viejo y lo obligó a buscar la llave para entrar en el vestíbulo. La mesa de la cocina estaba cubierta de botellas de vino vacías. Antonio levantó una: un burdeos añejo.

—No hay comida. —Y el viejo indio se encogió de hombros tratando de mantenerse en equilibrio—. Usté disculpe, pero es mejor estar borracho que hambriento.

Después de una larga espera, la voz de Antonieta llegó por el hilo.

—Papá, es todo tan trágico.

—¿Qué? ¡Por todos los cielos! ¿Qué?

—La casa está llena de Maderos. Cuando volvieron a su casa anoche, estaba incendiada y toda su ropa amontonada en la banqueta. En cuanto el señor Horiguchi se enteró, fue corriendo por ellos y los trajo aquí. Iwa y yo hemos dormido en tatamis en el cuarto de costura y…

Su voz iba y venía, mientras Antonieta adornaba los sucesos de la noche. El ministro japonés había dado asilo a la esposa del presidente, su madre, su padre y dos hermanas.

* * *

Todo el día tocaron la campanilla de la Legación japonesa amigos y simpatizantes de los Madero. Se pusieron sillas de lona en la amplia sala de recepción.

—Queridas mías, necesito que me ayuden —dijo la señora Horiguchi a las jóvenes—. Pueden conducir a la sala a los visitantes de los Madero y pasar bocadillos y refrescos. Estas son galletas de algas, Antonieta. Que la fuente esté siempre llena. Aquí hay otra lata, para cuando esta se vacíe. Ahora, vayan a ponerse guapas.

* * *

Ofreciendo las galletitas a las visitas que entraban y salían, Antonieta se encontró de repente frente a Albert Blair. Ella llevaba puestos zapatitos japoneses con plataforma, cubiertos por un largo quimono, y dando pasitos cautelosos estuvo a punto de tropezar. Se inclinó mientras ofrecía la fuente.

—¿No nos conocemos ya, señor? —preguntó con vocecilla cantarina.

—No lo creo —contestó él, mostrándose algo confuso—. Acabo de llegar para ofrecer mi ayuda a la familia Madero y todavía no he tenido el placer de conocer a su magnífica familia. —Los ojos no parecían orientales, observó Albert.

Antonieta volvió a inclinarse y siguió su camino esforzándose por ahogar la risa.

Avanzada la tarde, Márquez-Sterling, el ministro cubano, fue introducido en la oficina de la Legación en un estado de agitación extrema. Solicitó una conferencia privada urgente con su colega. Horiguchi abandonó inmediatamente a sus huéspedes.

—Han hecho prisionero a Madero —le informó el cubano.

—¿Cuándo?

—Hará como una hora. Una bayoneta me cerró la entrada a palacio. El centinela me informó que, por órdenes del comandante de la guardia de palacio, nadie podía entrar. Me temo que esté en peligro la vida del presidente. Tenemos que hacer algo, Horiguchi, emplear toda la influencia que podamos ejercer para asegurarnos de que esté sano y salvo.

El 19 de febrero, los encabezados de los diarios capitalinos llevaban la noticia del golpe de Estado. Los periódicos conservadores aplaudían al general Huerta por haberse puesto del lado de los rebeldes, poniendo fin a las hostilidades. El presidente y el vicepresidente estaban arrestados en una pequeña oficina de la planta baja de palacio. El Congreso convocó a una reunión de emergencia y pidió la renuncia de Madero.

Sin contacto con sus defensores, forzado por su Congreso, el presidente prisionero redactó su renuncia.

* * *

Ignacio zigzagueaba entre los escombros de la ciudad herida por la batalla para acercarse a la Legación japonesa. El sol de mediodía iluminaba brutalmente la destrucción. En tejados invisibles ladraban los perros y buitres humanos revolvían montones de escombros. Se abrió camino por Reforma hasta la nueva avenida Insurgentes, que se había devuelto a la circulación. Profundos surcos mostraban el camino de arrastre de la artillería.

Antonieta rodeó a su padre con los brazos, olvidando reserva y dignidad. Él rodeó la silueta envuelta en un quimono con un abrazo de oso y luego la apartó para verla mejor.

—Antonieta, preciosa, ¡has crecido!

El rostro bañado en lágrimas se iluminó con una sonrisa y la japonesita abrió el quimono para revelar los zapatos con plataforma.

—Puedo caminar perfectamente con ellos, papá. ¡Ay, papá —y volvió a abrazarlo—, es tan trágico! La señora de Madero está llorando en la sala.

—Anda a buscar tus cosas, ángel. Yo iré a darles las gracias a los Horiguchi mientras te espero.

—Papá —y Antonieta retuvo a su padre—, ¿recuerdas a Albert Blair, el ingeniero norteamericano que nos encontramos en el tren? Está en la sala. —Hizo un gesto desdeñoso—. Cree que soy hermana de Iwa. No me descubras.

La amplia sala de recepción estaba atestada. Un contingente de amigos, entre el que se encontraba Blair, se había reunido alrededor de la familia Madero. De pie en un rincón con un grupo de conocidos estaba su amigo y colega, Gonzalo Garita. Antonio se les unió.

—Doña Sara acaba de regresar de una visita al embajador Wilson —le dijo Garita—. El arrogante cabrón fue grosero y no quiso comprometerse a interceder en favor de los prisioneros.

—¿No habría sido mejor que se dirigiera directamente al presidente Taft?

—Ya lo hizo. Hace unos minutos, doña Mercedes envió un telegrama a Washington por intermedio de esta Legación. ¡Es una situación insensata! ¿Qué te parece el circo que armó el Congreso, disolviéndose y recomendando que se instale «legalmente» a Huerta como presidente interino? ¡Por Dios, Antonio, el país ha perdido la razón! Tenemos por fin un presidente electo constitucionalmente y nos lo derrocan en quince meses… Mira, ahí viene Márquez-Sterling, a ver qué nos cuenta.

El rostro del ministro cubano estaba desencajado y un grupo solemne hizo corro a su alrededor.

—Gustavo Madero fue asesinado anoche —anunció el ministro en voz baja.

El grupo se quedó paralizado por el impacto.

—El presidente no lo sabe aún. Y la familia tampoco.

El cubano fue asaltado por preguntas susurradas:

—¿Está comprobado? ¿Cómo lo sabe? ¿Quién se lo ha dicho?

—Acabo de hablar con un médico norteamericano que estaba en la Ciudadela cuando lo llevaron anoche. Fue bestial. —Márquez-Sterling inhaló profundamente antes de proseguir—: Le escupieron, lo golpearon, lo atormentaron y mutilaron hasta dejarlo irreconocible. El ojo sano le fue arrancado de un bayonetazo y dicen que su ojo de vidrio está pasando de mano en mano entre los rebeldes «victoriosos».

Silenciados por la impresión, los interlocutores inclinaron la cabeza. La vergüenza de una nación pesó súbitamente sobre Antonio. Comprendió el grado de locura producido por el ansia de poder. Una pequeña minoría había vuelto a disparar sus armas para llegar a la cima. Somos víctimas que permitimos que nos hagan víctimas, pensó. La ira, la culpa y los reproches lo ahogaban. ¡Debería haber ido al Congreso cuando me lo propusieron! Patriotas que amaban a su país, era evidente que todos los hombres del grupo experimentaban la misma vergüenza.

—Deberían ser llevados ante la justicia. —Se escuchó el reclamo apasionado.

—Comparto su dolor, señores —dijo Márquez-Sterling—. Ahora nuestro deber consiste en ver que liberen inmediatamente al presidente Madero. Huerta nos ha asegurado que su vida no está amenazada.

El rostro del cubano revelaba su indignación y dolor profundos. No podía relatar toda la historia que le había contado el testigo; era demasiado horrenda para describirla. Engañado por Huerta para que asistiera a una comida, Gustavo Madero fue sacado de la mesa a rastras, encerrado en un guardarropa y después de la medianoche llevado a la Ciudadela donde lo entregaron al comandante rebelde. Cuando Gustavo quiso invocar su inmunidad como miembro de la Cámara de Diputados, el hombre lo abofeteó. Soldados borrachos y burlones lo empujaron por un pasillo que conducía a un patio, golpeándole el rostro, pinchándolo con sus bayonetas. Desesperado, suplicó; exasperado, se defendió. Aplastándolo contra la pared, un infame rebelde le sacó el ojo sano con la punta de su bayoneta. Cegado, el hombre aterrado gritó de dolor. «¡Llorón! ¡Cobarde! ¡Ojo de piedra!», le gritaban, escupiendo insultos y brutalizando al hombre indefenso. Después de aquello, Gustavo no pronunció una palabra más. Se volvió hacia la pared, con el rostro bañado en sangre. Con fuertes risotadas lo pincharon, empujaron, le arrancaron la ropa mientras él trataba de avanzar a lo largo de la pared. Entonces, tambaleante, lo sacaron al patio, donde una lluvia de balas le perforó el cuerpo y le arrebató la mandíbula. Los rebeldes, frenéticos, acuchillaron su cuerpo, peleando por conseguir el trofeo final: el ojo de vidrio.

* * *

Albert Blair asistió a la celebración del natalicio de Washington, el 22 de febrero, en la embajada estadounidense, con un solo fin: como el embajador había hecho caso omiso de sus mensajes, aprovechó la oportunidad para tratar de hablar personalmente con Wilson y proponerle unirse al proyecto diplomático de escoltar a Madero fuera de palacio.

La champaña corría en la espléndida recepción, pero lo más que pudo aproximarse Albert al embajador fue para oírle brindar por «el salvador de la nación mexicana, el presidente Victoriano Huerta».

Mientras se entrechocaban las copas, en la embajada brillantemente iluminada, Madero y Pino Suárez, su vicepresidente, fueron sacados del palacio a oscuras en autos separados y conducidos a Lecumberri, la penitenciaría federal, donde los llevaron a un patio sin luz y los sometieron a un tiroteo. Al día siguiente, sus cuerpos acribillados fueron devueltos a las familias para el entierro. La versión oficial fue que los automóviles habían sido atacados en un intento por liberar a los prisioneros y que estos fueron tiroteados accidentalmente durante la subsiguiente pelea.

Albert escribió en su diario: «Estos diez días trágicos han escrito su negra historia. La Revolución ha muerto y estoy avergonzado, sí, avergonzado de las barras y las estrellas que ondean sobre la embajada de Estados Unidos».

15

Para Beto, tras una semana sin salir de su apartamento debido a un mal catarro, la promesa de la primavera fue un atractivo que logró llevarlo hasta su santuario predilecto: el pabellón; allí, el aroma de los naranjos en flor ayudaba a vencer la pestilencia que emanaba de las piras humanas que seguían ardiendo por la noche. Temblando, se enrolló la bufanda al cuello y hundió la boina hasta las orejas. Podía oír a Antonieta hablándole a su abuela en el comedor de los niños, que colindaba con el pabellón. Esperaba que saliera: Antonieta era su única distracción durante aquellas jornadas inútiles, vacías. Su querida sobrina había permanecido silenciosa y retraída después del asesinato de Madero, tocando el piano como si quisiera ahogarse en música y dejando después que las notas se perdieran en el silencio. Ella lo tomaba todo a pecho y sufría los golpes que recibían los demás. Beto tosió muy fuerte para que supiera que estaba allí.

—Vamos, tío, no vuelvas a resfriarte —lo reconvino Antonieta al acercársele. Le cubrió las rodillas con la manta y se sentó a la mesa con la barbilla apoyada en las manos. Observó a su tío con una expresión dulce, contemplativa—. Sigues echando de menos a Damiana, ¿verdad?

—Es cierto. Y tú, ¿a quién echas de menos, princesa? —Beto

260

inclinó la cabeza y sonrió débilmente—. Este es un nuevo poema de Rubén Darío —y recitó:

La princesa está triste… ¿Qué tendrá la princesa?
Los suspiros escapan de su boca de fresa,
Que ha perdido la risa, que ha perdido el color…

—¿Por qué estás triste? Quisiera oírte reír, queridita.

Una tenue sonrisa levantó las comisuras de los labios de Antonieta.

—Me pone triste verte sufrir, tío querido. Ojalá permitieras que papá llame a un médico.

—¿Qué podría decirme un médico? —Beto se encogió de hombros—. Sólo algo que ya sé: que padezco una enfermedad incurable llamada vejez. —Se puso a toser.

Antonieta se levantó y masajeó cariñosamente la espalda de su tío hasta que dejó de toser.

—Voy a traerte un poco de caldo caliente. —Y se fue hacia la cocina.

—A mi avanzada edad —dijo Beto al loro— aprecio en lo que vale ser amado. —Unas lágrimas incontenibles le empañaron los ojos; últimamente brotaban con frecuencia, provocadas por sentimientos que odiaba admitir. Sus pensamientos retornaban más de día en día a su infancia, pequeños incidentes sumidos en el olvido que exigían renacer.

La meditación de Beto fue interrumpida por una insistente llamada a la puerta de visitantes. Miró entre las enredaderas: dos hombres avanzaban por el camino. Los esperó en el rellano de la escalinata y ellos le tendieron sus tarjetas.

—Deseamos ver al señor Antonio Rivas Mercado en privado por un asunto urgente —declaró el portavoz—. Tenemos entendido que se encuentra en casa.

—Sí —dijo Beto, molesto porque la nueva sirvienta les había franqueado la entrada. Estudió las tarjetas y volvió a mirar a los intrusos. ¿Abogados? Más bien parecían cobradores. ¿Que deudas tenía Antonio que pudieran convertirse en asunto «urgente»? Indicó a la sirvienta que llevara las tarjetas a su hermano e invitó a los extraños a esperar en la galería, después de lo cual retornó cojeando al pabellón.

Antonieta había vuelto antes de que su padre bajara del estudio y saludara a los extraños que esperaban en la galería.

—Buenos días, caballeros. ¿Cuál es el asunto urgente?

—Representamos a la Intercapital and Mortgage Company —dijo el portavoz—. Es acerca de sus propiedades. —El hombre vaciló y echó una mirada al pabellón.

—Prosiga —dijo Antonio.

El hombre citó las propiedades.

—Tenemos las hipotecas y como ya hace un mes que nuestra oficina ha vuelto a abrir sus puertas, después del levantamiento —corrigió, descartando la sublevación y el cuartelazo como una interrupción temporal de los negocios—, estamos presentándole el aviso del juicio hipotecario inminente.

—Esas propiedades no están hipotecadas —manifestó Antonio, indignado—. No tengo pendiente ninguna hipoteca. Debe de haber un error.

El segundo hombre abrió un portafolios y sacó un legajo de papeles que tendió a Antonio. Una expresión de incredulidad se reflejó en su mirada; asombrado, se quedó mirando los papeles sin decir palabra y el rostro se le puso encarnado hasta el cuello. Tomó los anteojos que llevaba colgados de un ojal y estudió de cerca la firma. Era de Cristina, no quedaba el menor lugar a dudas.

—Hagan el favor de pasar a mi despacho.

* * *

Beto había terminado de beber el caldo y estaba leyéndole Rubén Darío a Antonieta. Una sensación de incomodidad le hacía mirar una y otra vez hacia la puerta de la antesala. Al cabo de veinte minutos salieron los dos hombres y la sirvienta los acompañó a la puerta de la calle. Pasaron veinte minutos más antes de que Antonio entrara bruscamente en el pabellón. Dos manchas rojas moteaban sus mejillas redondas cuando se volvió para mirar en silencio el jardín, con las piernas abiertas y las manos juntas a la espalda.

—¿Quieres un poco de jugo, papá? —preguntó tímidamente Antonieta.

—Déjanos, Antonieta. ¡Vete! ¡Vete!

La joven, desconcertada, echó una mirada por encima de su hombro al retirarse hacia la cocina y después al comedor de los niños donde mamá Lucita seguía bordando.

Antonio giró en redondo y dio un puñetazo sobre la mesa.

—Falsificó un poder y lo usó para hipotecar mis propiedades —rugió.

Beto no tuvo qué preguntar quién.

—¿Por qué necesitaba llevarse tanto dinero a Europa? —atronó Antonio—. Dímelo, Beto, tú lo sabes.

Beto echó una mirada dolorosa a su hermano.

—Para Fernando. Por supuesto, Fernando. Siempre presente alrededor, siempre necesitado de dinero… —ahogándose al comprenderlo todo, Antonio prosiguió—: para pagar todos esos maravillosos rinconcitos que ha estado descubriendo. ¡Por Dios! —Y respiró hondo—. Soy un cornudo, un condenado y estúpido cornudo. —Y al dar otro puñetazo sobre la mesa, volcó el recipiente de jugo.

Antonio giró sobre sus talones y salió hacia el vestíbulo.

Los dedos de mamá Lucita temblaron: hacía mucho que sospechaba de su hija. Tanta astucia inútil: los hombres siempre lo descubrían. Por eso había vuelto a aplazar su viaje de regreso. El estallido en el pabellón había llenado de un dolor sordo el corazón de mamá Lucita. En lo profundo de su alma católica, no podía perdonar a su hija. La infidelidad condenaba a la mujer al infierno, y las murmuraciones la condenaban a vivir como una proscrita social.

—Hoy volveré a mi casa, querida —dijo a Antonieta, acariciando la mano de su silenciosa nieta para tranquilizarla—. Debería haberme marchado hace semanas. Esta mañana hice mi maleta —mintió—. ¿Se lo dirás a Ignacio? —Nunca más volvería a sentirse a gusto en esta casa.

¿Qué podía significar «cornudo»? Antonieta se quedó mirando fijamente la pared, atónita ante la ira paterna. Era algo acerca de mamá.

Con puñados de papel periódico, Beto trató de secar el jugo derramado. Ya se abrió la caja de Pandora, se dijo. Cristina ha perdido la partida. Con un furor repentino, se volvió hacia el loro, meneando el dedo:

—Es peor que una arpía, peor que una libertina: ¡es una ladrona! —le gritó al espantado pajarraco.

La primavera había estallado como un poderoso volcán.

—Tío, ¿qué he hecho yo? —preguntó Antonieta confundida y con voz pesarosa—. Apenas si me dirige la palabra papá.

—Tampoco a mí me habla —respondió Beto, acariciando a su deprimida sobrina—. Hay momentos en que un hombre no puede compartir lo que corroe el corazón. Debe superarlo él solo. Estamos viviendo tiempos difíciles y tu padre debe tomar muchas decisiones.

—¿Concierne eso a mamá?

Beto se encogió de hombros.

* * *

Cerrados los ojos y sentada en la posición de flor de loto, Antonieta interrumpió la meditación dirigiéndose a Chela:

—Tengo algo que contarte.

—Habla.

—Mi padre es un cornudo.

Chela abrió los ojos y se quedó mirando a su prima.

—¿Y qué es un cornudo?

—Es un hombre cuya esposa es infiel. El tío Fernando es el amante de mamá. ¡La odio! —Antonieta se puso en pie de un brinco y se enfrentó a Chela—. La odio, ¿me oyes? ¡Nunca volverá a vivir en esta casa!

* * *

El sol del atardecer se filtraba hasta el pabellón, y el loro parloteaba alegremente cuando Antonio fue a reunirse con su hermano y decidió romper la barrera que el nombre de Cristina había levantado siempre entre ambos.

—Ayer fui al centro y me enteré de que Cristina había vendido su casa. Era su patrimonio, su orgullo. La hacía sentirse terrateniente, con una especie de nobleza provinciana, no una pobre. Comprendí que tuvo que ser un acto de desesperación y acosé al hermanito José. Dios mío, Beto: me contó la historia más enredada de un fraude con acciones y sobornos para mantenerlo fuera de la cárcel. Me dio el nombre del abogado y se echó la culpa de todo el asunto. —Antonio se detuvo y prosiguió con voz áspera—. Actuó como un idiota gimoteante y después me pidió que perdonara a Cristina. Ha cancelado dos reservaciones, ¿sabes?, algo acerca de Alicia y un pretendiente. Pues bien, estaba a punto de telegrafiarle que no regresara a casa, que enviara a Alicia, que yo iría a Veracruz por ella. Quería prohibir que Cristina volviera a poner los pies en esta casa… —Y Antonio suspiró profundamente—. ¿Crees que estoy equivocado en lo de Fernando?

Antonio obligó a Beto a mirarle a los ojos, pero Beto sólo se encogió de hombros.

—He liberado las hipotecas pagando en oro: no han querido aceptar el papel moneda de Huerta.

—Trata de no quedarte corto de efectivo. Quizá todavía tengamos que echar a correr —comentó Beto secamente—. El Ejército Constitucionalista de Carranza crece día a día. Dicen que tiene mil hombres en armas dispuestos a vengar la muerte de Madero.

La petarada ruidosa de un automóvil atrajo la atención de ambos hermanos mientras veían acercarse un Lancia girando por el camino circular para detenerse al pie de la escalinata. El chofer ayudó a Leonor a bajar del auto. Estaba vestida con un llamativo conjunto primaveral, el sombrero de lino adornado con un listón azul marino haciendo juego con el traje. Levantó, para saludar a sus hermanos, el fino bastón de ébano con que presumía, y subió los escalones.

—Hola, queridos míos —les dijo, besándolos en la mejilla—. Beto, pareces un espantapájaros. Si Antonio no es capaz de servir una buena mesa sin esposa, te llevaré a casa y te engordaré. Y no deberías fumar. Haces más ruido al respirar que una locomotora vieja.

—Ahora que nos has abrumado con tus finezas, siéntate —le dijo Beto.

Leonor se quitó los guantes y sacó de su bolso un sobre antes de sentarse.

—¿Has recibido ya tu correspondencia, Antonio?

—Hace unos minutos que mandé a Ignacio al correo. ¿Por qué?

—Mira lo que venía con la mía. —Leonor agitó afectadamente el sobre antes de entregárselo a Beto.

—Mmmm... de Madrid. —Beto lo olisqueó—. Con un escudo de armas y un aroma regio. No me digas que has sido invitada a comer tapas con el rey.

—Ese sobre que estás oliendo es un aviso de boda. —Leonor rio—. Anda, dámelo. —Sacó una elegante tarjeta grabada y leyó enfáticamente—: «Fernando Rivas Mercado y Figueroa y la condesa María de la Gracia Miranda y Escobar han sido unidos en sagrado matrimonio el 25 de febrero, etc., etc.». Fuimos nosotros quienes presentamos a Fernando y la vieja condesa —anunció Leonor, riendo a carcajadas.

—¿Y por qué merece una visita especial esa noticia en particular? —preguntó Antonio.

—Pensé que chismorrear un poco animaría al pobre Beto. Siempre está sumido en ese montón de periódicos. Bueno, ¿no me van a preguntar nada de la condesa?

—¿Y qué hay con la condesa? —preguntó obedientemente Beto.

—Debe de tener setenta años, se tiñe el pelo de negro, a veces de azul, y encarga en París sus portabustos. Exige una atención total. El pobre Fernando será su esclavo. —Leonor calló y miró de un rostro solemne al otro—. No parece que mis noticias los diviertan. Sin duda estoy de más. —Leonor comenzó a ponerse los guantes—. ¿Cuándo regresa Cristina a casa, Antonio? Me pregunto si la habrán invitado a la boda.

—¿Y por qué no habrían de invitarla? —preguntó Antonio con mirada inquisitiva.

—Bueno, tal vez no apruebe una compañera de cama tan vieja para Fernando.

Antonio rodeó la mesa y se enfrentó a su hermana:

—¿Y por qué no aprobaría ella esa compañera de cama?

Leonor se ajustó bien los guantes, dedo por dedo, mientras comenzaban a coloreársele las mejillas.

—Por todos los cielos, Antonio, Fernando vivía prácticamente en esta casa. ¿No crees que a Cristina tenga que interesarle la esposa que él haya escogido?

—¿Por qué no dices la verdad? —La voz de Antonio se elevó, llena de ira—. ¿Qué dice la gente a mis espaldas? ¿Qué dices tú?

Leonor se puso en pie y agarró su bastón.

—Esta conversación se está saliendo de límites. Mejor me marcho.

—¡No! —la detuvo Antonio—. Quiero una respuesta a mi pregunta. ¡Una respuesta! —insistió con fuerza.

Beto echó una mirada de advertencia a su hermana.

—¿Tú también, Beto? —Los ojos de Antonio echaban fuego—. Ahora contéstame. Leonor. ¿Qué andan diciendo a mis espaldas? ¿Que soy un estúpido cornudo?

—¡Sí! —replicó duramente su hermana—. Sí. Corre en todas las bocas, aquí en México y también en París. —Y Leonor lo picó con el bastón—. Domínate, hermano. Adiós.

Antonio se quedó mirando hasta que desapareció el Lancia, y se dejó caer en un sillón.

—Tú lo sabías, Antonio —afirmó Beto tranquilamente—. Pero no querías enfrentarte a la verdad.

Desplomado, Antonio guardó silencio. Finalmente sacó dos cartas del bolsillo y las arrojó sobre la mesa.

—Alicia quiere casarse. —El pecho se le hinchó con un gran suspiró que exhaló ruidosamente—. Se llama José Gargollo; es mexicano. Cristina había citado su nombre, por lo que mandé investigar al tipo.

—¿Es el Gargollo que posee todas las líneas de diligencias?

—El mismo. El negocio está en manos de administradores desde, por citar sus propias palabras, que le entró la pasión por los viajes. Es devoto católico, conservador y un condenado canalla libertino. —Antonio empujó la carta hacia Beto—. Anda, léelo tú mismo.

La letra era apretada y precisa. Beto recorrió con la mirada la impresionante lista de referencias. Todos los gastos de la boda serían sufragados por el novio, puesto que deseaban casarse en París cuanto antes y pasar la luna de miel en Egipto, donde esperaba adquirir algunas importantes piezas arqueológicas. Planeaban volver a la casa de París y quedarse allí durante el invierno. Después, si la situación lo permitía, querrían residir en la casa que tenía en México la cual, según le habían dicho a Beto, contenía una de las más importantes colecciones de objetos de arte del país.

Gargollo terminaba alabando a Alicia, a quien consideraba la joven más bella y amable que conocía, una auténtica dama. Rogaba al señor Rivas Mercado que aceptara su proposición matrimonial, seguro de que su hija sólo gozaría del afecto y las atenciones más extremadas. La señora Rivas Mercado ya había expresado su aprobación.

—Deberías traerla a rastras de los cabellos. Cuando ese tipo dice que es «amable», significa que es dócil como el barro. La pobre muchacha pasará la vida entera bajo su férula.

—No has leído la carta de Alicia. Llegaron juntas. —Y Antonio lanzó a Beto un sobre de color de rosa.

«Mi querido papá —leyó—. Me siento honrada de que el señor Gargollo pida mi mano. Es un caballero maravilloso y gentil y planea mostrarme el mundo. Con tu bendición, quisiera aceptar. Mamá ha dado ya su consentimiento y está de acuerdo con el señor Gargollo (José) en cuanto a que nos casemos aquí. ¿Es verdaderamente tan aterradora la situación en el país? Los amo a todos y rezo diariamente por que estén a salvo. ¡Cuánto ansio sentir tu beso en mi mejilla, papá! La casa de París es muy bonita. Cambiaré los cortinones porque son demasiado sombríos. Se me llenan los ojos de lágrimas al pensar en nuestro hogar. ¡Cómo quisiera que vinieran todos a mi boda! Dile a Antonieta que *madame* Gautier me hará el vestido, y al tío que no se preocupe. El señor Gargollo es bueno y generoso y seré muy feliz. Tiene dieciséis años más que yo, la misma diferencia que entre mamá y tú. Extiendo los brazos a través del océano para abrazarte y besarte, y espero tu bendición. Te echo de menos y te quiero. Alicia. P.D.

Espero que mamá pueda volver pronto a casa. Me apenaría mucho si no fuera posible».

Beto permaneció silencioso.

Antonio metió las hojas de color de rosa en el sobre. Tenía sólo diecisiete años. ¡Demasiado joven! ¿Cómo podía entregar a su preciosa hija a aquel hombre? Apoyó los codos en la mesa y se tomó la cabeza entre las manos. Ya estaba fuera de su control: ella había tomado su decisión. ¿Sabría Gargollo del amante de Cristina? Evidentemente, Alicia lo sabía. Antonio se sentía como un hombre que se ahoga y cuyo mundo está siendo aspirado junto con él.

* * *

El cepillo de Alicia solía reposar sobre la cómoda. Una muñeca preciosa con el rostro de porcelana solía ocupar la almohada. Antonieta miró el dormitorio y experimentó un vacío. Abrió el ropero y sumió la cara en los vestidos de su hermana. Alicia sería la esposa de alguien cuando volviera a casa. Con el sentimentalismo de una niña de trece años, Antonieta se dejó caer al piso y contempló esta nueva realidad: ahora la familia sería media familia. Apoyó la cabeza en la cama y lloró.

* * *

La luminosidad de una fresca mañana de noviembre se reflejó en la perilla de latón de la pequeña biblioteca, y el tapete persa cobró vida al entrar Antonieta y Chela. La pieza se había convertido en la ínsula de Antonieta; allí podía leer y escribir en su cuaderno, pensar y dar vuelo a su imaginación por laberintos de fantasía, atrapada en el budismo, William Blake, Homero y el espiritualismo. Las jóvenes practicaban la telepatía y a veces se trasmitían pensamientos como por arte de magia.

Antonieta era la única persona a quien no impresionaba la belleza de Chela. Antonio había bautizado a su sobrina Tiziana, pues sus ojos verdes y su cabellera cobriza sugerían un lienzo renacentista. Al crecer el tamaño de sus pupilas cuando estaba entusiasmada, se le acentuaba el color de los ojos. Amigas y competidoras desde la infancia, las dos primas nunca habían sabido lo que eran los celos.

Las niñas se dejaron caer sobre unos cojines marroquíes y cerraron los ojos.

—Tengo algo que decirte —manifestó Chela, rompiendo el silencio.

—Habla.

—A mamá le está entrando pánico por la revolución en el norte. Ayer, papá habló de llevar a la familia a Estados Unidos, a Nueva York. Tiene negocios allí.

—¡No quiero que te marches!

—Ay, Antonieta, yo tampoco. Quiero decir que no deseo marcharme, pero tampoco tengo ganas de que me maten en una revolución. Ese asesino de Pancho Villa ha dado muerte a casi todo Torreón y se dice que no tardará en llegar aquí.

Chela tiró a su prima de la mano:

—Quiero que vengas con nosotros. ¿Vendrás?

—No. Nunca abandonaría a papá y la familia. —Las niñas se abrazaron, quebrantada la paz de la meditación.

* * *

La tensión dominaba el largo bar del Jockey Club y algunos chistes desprovistos de humor lograron extraer risas desganadas de las gargantas secas. La vieja camarilla influyente que sazonaba las discusiones con información secreta se había refugiado en Estados Unidos o Europa. Decían que un flujo incesante de extranjeros atestaba día tras día la estación del ferrocarril, en un intento por hallar sitio en el tren de Veracruz; era gente que se dirigía a La Habana, Europa, Nueva Orleans… Con unas fuerzas bélicas impresionantes, Pancho Villa se había unido al general Carranza, quien se negaba a reconocer a Huerta, y avanzaba hacia el sur atacando plazas fuertes federales. El pánico había comenzado a apoderarse del populacho, que huía del país por centenares.

Alguien hablaba de los bancos.

—Saqué todo mi oro en febrero, pero el que no saque ahora su plata es un tonto.

—Lo hice justamente ayer. La escena en el Banco de Londres parecía un asalto masivo: los clientes se tambaleaban, cargados de bolsas de lona llenas de plata, y cambiaban papel moneda de Huerta antes de que decida cerrar los bancos.

—Dicen que en Coahuila Carranza está imprimiendo millones en papel moneda para pagar a su ejército. Si otros estados hacen lo propio, vamos a ahogarnos en papel.

—Lo cual me recuerda una historia…

* * *

Antonio estaba sentado tras de su escritorio; se levantó, empezó a ir y venir y volvió a sentarse. Sentía en las entrañas que la situación era más crítica de lo que la gente quería admitir. La División del Norte de Villa avanzaba allá sobre el ejército federal, mientras Zapata andaba suelto en Morelos, ya que nunca había depuesto su bandera de «Tierra y Libertad». Pronto se desparramarían por encima de la montaña en busca de alimentos, armas, dinero y demás artículos indispensables. ¿Podría resistírseles Huerta? Maldito Woodrow Wilson por haber impuesto el embargo sobre las armas. Huerta podría poner fin a la rebelión si dispusiera de armamento. Se combatía cerca de Querétaro, a sólo doscientos kilómetros, peligrosamente cerca de la hacienda de Luis, y al pensarlo, Antonio sintió una puñalada de temor. Las historias espeluznantes de las atrocidades cometidas contra las haciendas eran demasiado terribles para ponerse a pensar.

De nuevo, Antonio echó a andar arriba y abajo. Debía pensar clara, sensatamente; tenía que hacer frente a la situación. Si los rebeldes se apoderaban del país, él, personalmente, no podía ser acusado de político ni de simpatizante de los militares. Su única relación con el gobierno había sido por la academia, por Educación. Que Huerta resistiera o que cayera la capital, en ningún caso había razón para perseguirlo personalmente. Esto era una lucha por el poder, ¡no para vengar la muerte de Madero! Con Carranza al timón, el país no estaría peor. Se había declarado primer jefe del Ejército Constitucionalista, lo cual significaba que una vez instalado en el sillón presidencial, tendría que convocar a una asamblea constitucional; así razonaba Antonio: restablecidos la ley y el orden, el país volvería a ponerse en pie. La pregunta importuna era: ¿podría Carranza mantener a raya a Zapata y Villa? ¿Cuánta sangre se iba a derramar?

Un sudor frío bañaba la frente de Antonio mientras iba y venía. Huerta era la mejor opción. La ira contra Estados Unidos crecía dentro de él. El nuevo presidente Woodrow Wilson era un metiche idealista decidido a vengar la muerte de otro idealista, Madero. Wilson se hacía de la vista gorda cuando Villa compraba armas del otro lado de la frontera. Lo que quería era sacar a Huerta a la fuerza, sin importar lo que eso le costara a México. Si Wilson invadiera, toda facción revolucionaria y cada ciudadano mexicano se levantarían contra ellos, provocando un baño de sangre. Pero la dolorosa verdad era que ningún presidente mexicano había podido mantenerse al mando sin el respaldo de Estados Unidos. Había quienes decían que sólo bajo la vigilancia estadounidense podrían lograrse la paz y elecciones libres. La paz ¡a qué precio! La mente de Antonio vacilaba entre la duda, el temor y la culpa. ¿Era una obsesión insensata la que lo hacía quedarse y proteger sus propiedades y su hogar? ¿Era un riesgo demasiado grande para los niños? Rumores. Tantos rumores. Miró a su alrededor, su estudio otrora tan activo. Había un vacío en la pieza, en su vida, un vacío, y él lo admitía, que dejaba incompleto su hogar. Echaba de menos a una esposa, alguien a quien abrazar, un ancla en su hogar. Antonio se sintió súbitamente solo y solitario. En un momento único de sentimiento religioso, rezó pidiendo fuerza y protección.

* * *

En vez de hacer caso de los encabezados, Antonio empezó a frecuentar el Jockey Club, donde en ocasiones se podía confiar en la información que ofrecían los menos chismosos.

—Bien, ¿en cuánto tasas las marcas de esta mañana en el Jockey Club? —preguntó Beto, mojando el bollo en su café.

—Inclusive los maderistas están rezando para que Huerta aguante. Gracias a Dios, está recibiendo armas de los alemanes. Francia y Alemania lo han reconocido. ¿Por qué demonios no puede hacerlo Wilson?

—Porque no tiene una mentalidad europea, práctica. Quiere que Huerta se le ponga de rodillas. —Beto dobló el tabloide americano que había estado leyendo—. Lee este discurso que ha pronunciado ese tal Churchill, el primer lord del almirantazgo británico. ¡Elocuente! Ha convencido al Parlamento de que la armada británica debe cambiar de combustible pasándose del carbón al petróleo. Está enterado de lo importantes que son los campos petrolíferos mexicanos. O sea, que Huerta podría conseguir ayuda de los británicos.

—Boari no cree que Huerta pueda aguantar. Está viendo que tu albañal derrama fango por todo el país.

—Escucha, Antonio, ¿cuántas insurrecciones y sublevaciones hemos vivido ya, tú y yo? No importa quién sea el general que ocupe el sillón presidencial. Levantaremos un arco de triunfo más, gritaremos un viva más y nos dedicaremos a transgredir sus reglas. —Beto hizo una mueca—. No importa quién mande.

—¡Sí, sí importa! —replicó Antonio, súbitamente apasionado—. Tenemos que sacar a México de este marasmo de ignorancia, México debe entrar en el siglo XX, ¡maldita sea!

—Es demasiado tarde para abrazar causas, Antonio. Has desempeñado tu papel. Sobreviviremos a esto, y también los niños.

16

1914

Albert picó espuelas y recorrió la última elevación hasta el pico más alto que domina la ciudad de Zacatecas. Desmontó, soltó las riendas y trepó a una roca desde la que podía ver en todas las direcciones. Sierra tras sierra montañosa se elevaban en lejanas ondulaciones. Alzó los prismáticos que le colgaban del cuello y enfocó las lentes. Abajo, el suave resplandor rosado del atardecer bañaba la antigua ciudad colonial en una atmósfera de extraordinaria belleza. Zacatecas se apiñaba en un angosto cañón orientado de norte a sur. En las inmediaciones del lado sur había vagones reunidos alrededor de una mina abandonada. Más cerca, Albert vio hombres sacando baldes de agua de un manantial y llenando los odres en los cuales se entregaba el precioso líquido a los habitantes de la ciudad.

Ningún movimiento insólito. Recorrió otra vez con la mirada la plácida campiña. Las incursiones de bandoleros se habían convertido en una irritación extrema a medida que grupos rebeldes de «irregulares» brotaban en la región, y la pequeña guarnición federal era insuficiente para impedir los temidos saqueos. Zacatecas, rica ciudad minera a medio camino entre las ciudades norteñas y la capital, se encontraría en el trayecto de la nueva insurrección que Carranza y Villa habían iniciado en el norte.

Después de soltar los prismáticos, Albert se puso en pie, plantó firmemente las botas en una superficie plana de la roca y con las manos en jarras, contempló la majestad del paisaje que lo rodeaba. Se sentía henchido de gozo, el gozo de un trabajo bien hecho; habían sido dos años de disciplina y trabajo esforzado. Sabía que se había ganado el respeto de sus mineros, su vocabulario español asombraba a los norteamericanos y a los pocos británicos de la ciudad, y también a mexicanos, descendientes de mineros españoles y de emigrantes de Cornualles que constituían el núcleo de la gente «bien». Estos se tocaban el sombrero para saludarlo.

La vida era bella. Amaba México. Amaba al pueblo mexicano. Los mexicanos eran tímidos, amables, hospitalarios y le pedían poco a la vida. El cielo era abierto en México, igual que las oportunidades de hacer dinero. Se estiró. Ay, fundaría escuelas y orfanatos y hogares para ancianos, pensó lleno de un entusiasmo altruista. Y entonces, un viejo remordimiento le pinchó la conciencia. En su última carta, su padre decía: «Cuando decidas volver a casa, tu empleo sigue esperándote en Henderson». Pocas veces había cedido Albert al deseo de explorar sus sentimientos y emociones, era una licencia que estuvo sometida al «deber» desde edad temprana. Había pensado mucho antes de redactar su respuesta: «No sé cuándo regresaré a Estados Unidos», había escrito a su padre, «pues estos son tiempos muy difíciles en México, especialmente para la familia Madero, y quiero brindarle mi apoyo y mis conocimientos en todo lo que me sea posible. Ya sabe que este empleo se lo debo a ellos. Y la experiencia no tiene precio».

Levantando en alto los brazos, Albert respiraba el aire montañés, un bálsamo después de haber pasado el día en los túneles mal ventilados de la mina, supervisando cada una de las operaciones que se realizaban interminablemente, desde la excavación hasta el transporte. Volvió a respirar hondo, flexionó los brazos y se acomodó sobre la roca. Prendió un cigarrillo antes de echar mano al bolsillo para sacar la carta de Raúl; desde que la recibió, una idea había estado germinando en su cabeza. Raúl se había unido a las fuerzas de Villa en el norte; ahora era coronel. La División del Norte se había convertido en un poderoso ejército, decía, y pronto se abatiría sobre los federales para aplastar al asesino Huerta.

Albert desplegó la hoja de papel por décima vez y leyó: «Para mí, es mejor sostener un rifle y cabalgar al viento que sudar en un agujero, pero si sigues siendo un civil apasionado, por lo menos apártate del camino de los federales. No quiero tener sobre mi conciencia sangre de gringo. Villa es el brazo derecho de Carranza, y su brazo izquierdo es un general del noroeste que tiene huevos y sabe combatir: Álvaro Obregón. No lo pierdas de vista. Carranza no ha podido conseguir que los zapatistas lo acepten por primer jefe, pero Zapata es un zorro independiente, no confía en ningún político. Villa dice que Carranza es un perfumado, que se peina las patillas y que en vez de sudor huele a jazmín. No importa que pinten a Pancho como un ogro, sigue siendo leal a Madero, dice que sacará a Huerta del sillón presidencial bailando al compás de píldoras de plomo.

»Ahora Emilio es general y yo coronel, pero la mayor parte de la familia está en el destierro, dispersa en San Antonio y Nueva York. Mi padre se encuentra en Nueva York tratando de obtener dinero prestado para salvar nuestras cosechas. Mientras Villa controle el norte, nuestras haciendas seguirán trabajando. Hemos tenido una magnífica cosecha de algodón, y ahí está, amontonado en la bodega, costando dinero sin que nadie de la familia pueda ocuparse de él».

Albert recordó las tremendas extensiones de algodón que había contemplado cerca de Torreón.

«Villa siempre es noticia. Nuestro cuartel general hierve constantemente de reporteros. Un cazanoticias washingtoniano le preguntó si hablaba inglés: Sí —contestó Pancho—, *American smelting and refining y sonofabitch.*

»De modo que no te eternices ahí. Mueve el trasero antes de que se caliente irremediablemente el ambiente por allá a bajo. Gabriel».

* * *

Albert guio a su caballo por el sendero vertiginoso que conducía a la ciudad. Severos balcones de hierro forjado sobresalían por encima de calles empedradas, suavizados ahora por los últimos rayos rosados del sol poniente mientras se dirigía a la carretera de terracería que lo llevaría hasta una casa amurallada, de piedra. Su casa. El silencioso chino tendría ya preparada su cena y MacGlashan estaría esperándolo en la sala para su whisky y su juego de naipes de los miércoles por la noche. Pensar en un trago de whisky le hizo espolear al caballo.

—Bueno, ¿has decidido marcharte o quedarte? —le preguntó MacGlashan.

El escocés se sirvió otra generosa copa de whisky de una licorera de cristal y acomodó su cuerpo larguirucho y enjuto en un cómodo sillón forrado de calicó satinado que había dejado la esposa del gerente anterior. MacGlashan era el químico de la compañía, graduado en la Universidad de Glasgow, y disponía de buenas relaciones; su padre era amigo íntimo de Andrew Bonar Law, primer ministro de Inglaterra. Soltero, MacGlashan tenía su propia casa en la ciudad, pero prefería consumir el whisky de Albert, quien toleraba al escocés porque era un químico competente y un buen jugador de baraja. También era borracho y, si había que creer sus fanfarronadas, un amante de primera.

—Daré un aviso previo de treinta días a la compañía y luego marcharé al norte para tratar de hacer algo por los Madero.

Albert sirvió dos medidas de onza y media de whisky, vaciló y rebajó el suyo con agua.

—Tu Madero se está convirtiendo en un santo para los campesinos. Resulta más convincente muerto que vivo. Pero su nombre no te está beneficiando a ti en nada por aquí. Todos saben que eres maderista. Si los federales ponen a funcionar el cuartel aquí, bien pudieran apresarte. ¿A qué parte del norte piensas ir?

—Probablemente a Torreón —contestó Albert.

—Mal lugar —comentó MacGlashan frotando un cerillo en la suela de la bota para prender un cigarrillo torcido—. ¿Sabes que yo me encontraba en Torreón cuando Pancho Villa tomó la ciudad el año pasado? Se escabechó a los prisioneros como si fueran ganado, y algo más. Se amontonaban los cadáveres de los chinos: los sacaba de sus lavanderías, de sus vergeles y sus cafés. Ellos corrían como ratas acorraladas por las calles con las coletas bailando. No te imaginas el griterío en ese guirigay que hablan. Las ametralladoras los destrozaban en cada esquina. Villa les hizo subir a unos cuantos las escaleras del Banco de China y los arrojó desde las ventanas. Las calles estaban cubiertas de chinos muertos. Oí decir que fueron unos doscientos. —MacGlashan meneó la cabeza—. Me pregunto: ¿qué tendrá Villa contra los chinos?

—Pues precisamente es a Torreón adonde voy —dijo Albert, con el rostro hermético—. Villa es leal a Madero y eso tiene importancia para el negocio del algodón.

—¿Y qué sabes tú de algodón?

—Nada.

—Mejor limítate a la minería —aconsejó MacGlashan—. He oído decir que abren una mina en Naica. Y pagan generosamente.

—¿Dónde está eso?

—¿Naica? Es un pueblito del desierto con un solo árbol. Proporcionan una casa de madera y un velador. ¿Sabes cuál es su mayor atractivo? La hija del velador. El último administrador me dijo que la consiguió a cambio de unos cuantos privilegios. A estas alturas ya habrá engordado... tiene más de dieciséis años. Buena paga, en Naica.

Albert no hizo comentarios. MacGlashan se puso en pie y vació la licorera. El «decoro» había llegado a su fin. Ahora Mac sacaría la botella del aparador y se derramarían chorritos de whisky sobre la bandeja de plata. Albert tragó su copa y cuando iba a servirse otra se detuvo: siempre le detenía la mano el mismo complejo de culpa. MacGlashan sacó una cajetilla nueva de cigarrillos y volvió lentamente a su asiento. Ahora se acomodaría y empezaría a contar chistes indecentes barajando los naipes.

El chiste fue interrumpido abruptamente por el cocinero chino, quien se escurrió hasta la sala blandiendo alocadamente un cuchillo:

—¡Ya vienen! —gritó—. ¡Ya vienen!

—¿Quién? —preguntó Albert.

—¡Federales! —Y volvió a su cocina.

Estallaron fuera relinchos de caballos. Albert tocó su revólver Colt en el bolsillo de la cadera y echó el cerrojo a la puerta. Ya se había visto obligado anteriormente a dar alimentos y dinero a los «irregulares» que saqueaban la campiña. El último gerente había sido muerto a sangre fría por resistirse a una incursión de bandoleros. La esposa del hombre había huido, empavorecida, dejándolo todo atrás. Pero estos eran soldados federales, según dijo el cocinero. ¿Qué querrían?

Albert se quedó esperando, muy tenso. MacGlashan no hizo el menor amago de moverse de su asiento.

—¡Abran! —La orden imperiosa era inconfundible—. Abran o romperemos la cerradura de un tiro.

Rápidamente, Albert quitó el cerrojo. Soldados que aferraban con firmeza sus rifles penetraron hasta la sala a empujones.

—¿Quién manda aquí? —ladró el oficial.

—Yo —respondió Albert.

—Soy el capitán Garza del ejército federal. Hemos venido a «emprestar» dinero. —Y los ojos negros del capitán recorrieron la pieza con la mirada.

—¿Por órdenes de quién, capitán? —preguntó con osadía Albert.

—Del general Juan Andreu Almazán —replicó hoscamente el capitán.

Un destello iluminó los ojos de Albert.

—El general es amigo mío. ¿Dónde está su cuartel general? —La última vez que había visto a Almazán fue en San Antonio cuando se despedía para reunirse con Zapata. ¿Qué demonios estaría haciendo entre la gente de Huerta?

—¿A usted qué le importa?

—Solicito que me lleve usted ante él, capitán. Es un buen amigo mío y me alegro de que haya venido a Zacatecas para establecer el orden y detener esas infernales incursiones rebeldes que nos quitan de trabajar. Sé que el general es hombre de honor y…

—También es impaciente —interrumpió el capitán, estudiando a Albert con ojos de obsidiana—. Su amigo necesita dinero. ¿Dónde está?

El impacto amenazador de los ojos negros inspiró de repente un temor primitivo.

—El dinero está en mi oficina.

El capitán movió la cabeza hacia un sargento que avanzó y registró a Albert. Examinó el Colt .32 pasado de moda y lo arrojó sobre la mesa. Entonces sacó su .45 y haciendo girar a Albert se lo plantó en el espinazo.

—¡Vámonos! —ordenó el capitán.

Era frío y arrogante; Albert conocía el tipo; de nada serviría tratar de ganar tiempo; sólo quedaba vaciar la caja fuerte y pedir al cielo que se marcharan pronto. Con el arma a la espalda, atravesó la pieza viendo cómo un soldado se había acercado al silencioso MacGlashan y estaba oliéndole el vaso. El tipo puso en pie de un empujón al escocés, lo registró y volvió a sentarlo de otro empujón. Dios, no permitas que Mac se ponga agresivo, oró silenciosamente Albert.

Volviéndose, el capitán ordenó a los hombres que registraran la casa. El sargento empujó a Albert por el corredor, abriendo de una patada la puerta de la oficina. Sobre el viejo y voluminoso escritorio estaban los libros de cuentas que había dejado allí la víspera. Los ojos del capitán barrieron el amplio despacho, comprobando cada mueble, y finalmente se fijaron en la nueva Mosler que estaba en un rincón. Se volvió hacia Albert.

—¡Ábrala!

—Pertenece a mi compañía —dijo Albert impulsivamente—. Mi compañía es inglesa. Usted sabe que quieren ayudar al general Huerta a establecer la paz. —Y se plantó firmemente sobre sus pies.

—¡Abra la caja fuerte! —ordenó el capitán, empujándolo.

Dando la espalda al trío mortal, Albert puso una rodilla en tierra y, convertido en un mero espectador de sus acciones, empezó a girar el selector. Sentía que se le ponían de punta los pelillos de la nuca. ALBERT BLAIR MUERTO EN LA REVOLUCIÓN DE MÉXICO…, el encabezado de la *Henderson Gazette* le pasó por la mente. Nervioso, se equivocó.

—¡Vamos, pronto! A su amigo, el general, no le gusta que lo dejen esperando.

Una pistola se encajó dolorosamente entre los omóplatos de Albert. Entumecido, volvió a formar la combinación. Al oír el chasquido de la manija, esperó la explosión que pondría fin a su vida. Pero la pistola se apartó. Metió la mano y sacó una pesada bolsa de lona. Entonces, tambaleándose, Albert se puso en pie, se enfrentó al capitán y le tendió con ambas manos la abultada bolsa.

—Plata —dijo el capitán mostrando dos hileras de dientes blancos.

Volcó el contenido sobre el escritorio y comenzó a ordenar las monedas de plata.

Albert observaba silenciosamente, permitiéndose aceptar el respiro que el Señor acababa de darle.

Ruidos de lucha en el vestíbulo distrajeron la atención del capitán.

Una voz aguda, nerviosa, estaba pronunciando palabras incomprensibles. Un soldado jaló puerta adentro al cocinero chino, forcejeando para quitarle un cuchillo de carnicero que el hombre sostenía en alto.

—Encontré a este cabrón en la antecocina —informó el soldado a su capitán, arrastrando a su víctima hacia dentro por el piso de baldosas.

Un solo disparo y el soldado, doblándose antes de caer al suelo, soltó el cuchillo. MacGlashan estaba en el umbral, saludando con una mano y con el Colt .32 humeante en la otra. El capitán empuñó su propia arma, disparó y le dio al escocés en el muslo. El herido cayó al suelo y se arrastró hacia el escritorio mientras la oficina se llenaba de soldados.

—Déjenlo —ordenó el capitán, apuntando con su pistola a MacGlashan, que con la espalda apoyada en la pata del escritorio respiraba con fuerza mientras una mancha oscura se extendía por sus pantalones.

—Ya nos las veremos con él ahí fuera —dijo el capitán, con los ojos entrecerrados.

—Capitán Garza —intervino Albert, buscando las palabras—, este hombre es un inglés y por desgracia está borracho. Es un ingeniero de minas muy conocido en Zacatecas y goza de la confianza de mi compañía. Ya ve que no puede huir. Es un caso internacional. El general Almazán es quien debe decidir este asunto.

—Su inglés es un asesino. Mató a sangre fría. —El capitán agarró la mano del soldado muerto y la dejo caer con un gesto de asco.

—Pero está borracho, capitán. Ya sabe que cuando un hombre está borracho actúa sin reflexión. ¡Es inglés! Y tiene relaciones muy importantes. Si lo mata, tendrá que responder ante el general Almazán. Lléveme con él.

Una mirada pétrea se fijó en Albert, quien la devolvió sin titubear. Tomando una decisión súbita, el capitán Garza volvió a enfundar su pistola, despachó a sus soldados y ordenó al sargento que vigilara al inglés herido.

El capitán volvió su atención nuevamente a la cuenta del dinero. El pecho de Albert estaba agitado al arrodillarse al lado de MacGlashan y tomarle el pulso.

—¿Estás bien, Mac? —susurró.

—Sólo me arañó la pierna. —Fue la débil respuesta—. ¿Te has fijado? El chino escapó. Sírveme una copa, ¿quieres?

El capitán volvió a meter la plata en la bolsa de lona y agarró del brazo a Albert.

—¡Vámonos! Veamos qué tan buen amigo suyo es el general Almazán.

—¡Volveré por ti! —gritó Albert por encima del hombro.

* * *

Con el rehén en medio, los federales cabalgaron en la noche por un laberinto de calles hacia la mansión de uno de los aristócratas de Zacatecas de quien Albert sabía que era ultraconservador. Al estrecharse la calle, los cascos de los caballos resonaron, avanzando en fila por una escalinata, y se separaron por fin en una ancha explanada frente a una mansión de piedra cuya fachada estaba cubierta de ornamentadas tallas. El capitán desmontó y ordenó a sus hombres que esperaran, indicando al sargento que escoltara a Albert mientras los tres pasaban entre las altas puertas de madera.

Un caballero anciano muy digno, con saco de terciopelo y fular, recibió al grupo en el espacioso vestíbulo.

—Buenas noches, capitán —saludó—. ¿A qué debo el placer de la presencia de este caballero extranjero?

—Buenas noches, caballero —intervino Albert—. He venido a ver al general Almazán. ¿Está aquí? —preguntó cortésmente en un español bien pronunciado.

—Por supuesto. Es mi invitado —dijo el anciano, echando miradas incómodas al extranjero rubio, al soldado armado y a la bolsa de lona que llevaba agarrada el capitán—. El general está en mi despacho. Ya sabe usted el camino, capitán. —Y se despidió de ellos con una fina inclinación de cabeza.

Está asustado, pensó Albert. Atravesaron el vestíbulo de paredes adornadas con tapices y pinturas lúgubres. La puerta del despacho estaba entreabierta. El capitán tocó con los nudillos y entró.

—Tengo aquí a un gringo hijo de puta, mi general, que ha insistido en verlo a usted. Pretende que usted es amigo suyo. —Oyó Albert que decía.

—Ya sabes que no tengo tiempo para ver a nadie. —Al reconocer la voz de Almazán, Albert percibió que estaba enojado.

—Juan Andreu Almazán —gritó Albert desde el vestíbulo—, soy Alberto Blair. Nos alojamos en el hotel Hutchins de San Antonio y fuimos al salón Buckhorn con Raúl —dijo en español—. ¿Recuerda? —no se atrevió a mencionar el apellido Madero delante del capitán—. Tengo que hablarle. Es urgente, señor —rogó—. Habla el capitán Alberto Blair.

El nombre y la voz despertaron la memoria del general.

—Que pase —respondió en tono fuerte.

El soldado empujó a Albert hacia la puerta. Al reconocerlo, sorprendido, Almazán se levantó y saludó al rehén.

—Alberto Blair, ¿qué estás haciendo aquí? —preguntó Almazán en inglés con fuerte acento.

Albert, aliviado, sonrió al joven general.

—Eso quisiera yo preguntarte a ti —contestó en inglés.

—Sí, capitán, lo conozco. Guarden sus armas. —Almazán tendió la mano a Albert a través del escritorio—. Siéntate, por favor. Bueno, ¿en qué puedo servirte?

Se sentaron el uno frente al otro a ambos lados del ornamentado escritorio barroco mientras Albert relataba los sucesos de la noche en español, felicitando al capitán por su decisión, diciendo que era hombre de razón al considerar más sensato plantearle el caso al general.

—Has actuado con sensatez, capitán Garza —dijo el general, en tono laudatorio—. No es el momento de crear un incidente internacional por un infortunado asunto de borrachera. Los ingleses son amigos nuestros. Si se supiera que un inglés estaba defendiendo la vida de un chino, acusarían al ejército federal de los mismos crímenes inhumanos que los villistas. ¿Salió con vida el chino?

—El cabrón huyó —contestó malhumorado Garza.

—Blair, quiero que te ocupes de que el inglés reciba atención médica y salga del país en cuanto pueda viajar. Es una orden —amonestó Almazán con voz autoritaria—. Eso es todo, capitán. Dé órdenes de que entierren al soldado. Y capitán, puede dejar aquí el dinero —concluyó, despidiéndolo con un ademán—. Yo escribiré el recibo de este préstamo —dijo, volviéndose hacia Albert.

El capitán miró a Albert con ojos desprovistos de pasión al depositar la bolsa sobre la mesa escritorio. Él y el sargento saludaron y abandonaron la pieza.

Almazán se levantó para cerrar la puerta. Era un hombre extremadamente guapo, no tendría más de veintiséis años, calculó Albert, pero ya era un soldado aguerrido. Recordó que había dejado la escuela de medicina para unirse a Madero.

—Y ahora, amigo mío, ¿qué tal una copita? —preguntó Almazán. Un bigote negro azabache incrementaba su atractivo haciéndole parecer mayor. Abrió un cajón y sacó una botella de coñac—. ¿Martell?

—¡Por supuesto! —Albert sonrió, sintiendo menguar la tensión al sentarse en el gran sillón de cuero—. ¿Siempre vives tan bien?

—Sólo cuando puedo —ahora Almazán sonrió—. Esta casa fue cedida de buen grado. Ya sabes que los ricos están de nuestra parte. Pero es sólo por esta noche. Nos iremos al amanecer para reunirnos con mi división en el norte. Sospecho que nos encontraremos con Villa antes que Obregón.

Hablaron de minería y de la carrera de Albert. Después de la segunda copa, Albert hizo la pregunta que había estado importunándolo.

—¿Por qué te uniste a Huerta?

—Vi que Madero era un presidente débil.

—¿Sabías que Huerta lo mandó asesinar?

—¡Por supuesto! ¿Qué puede uno hacer después de consumado el hecho? Quedarse con la mejor opción.

—¿Y qué hay de Carranza?

—Está motivado por ambiciones personales.

Los labios de Albert se fruncieron en un gesto torcido.

—Estarás pensando que ese mismo motivo impulsa a Huerta. Sí. Pero entiende esto bien, mi amigo yanqui, Huerta puede verse ridículo vestido con chaqué y sombrero de copa, pero es un profesional rudo. Hace lo que debe hacerse y la pacificación del país es lo único por lo que vale la pena combatir ahora. La División del Norte de Villa no es más que un hatajo de campesinos. Por ahora, Huerta tiene el control político. Disponemos de hombres, armas e influencia. Te voy a contar un secreto. Esto es el comienzo de una gran ofensiva. —Levantó la copa—. ¡A la victoria!

—Que Dios te conserve muchos años —dijo Albert, chocando su copa con la de su amigo.

* * *

Los primeros rayos del alba surcaban el cielo al llegar Albert a la estación del ferrocarril. Había confiado a las monjas del hospital las llaves de la casa y un mensaje para MacGlashan: «Recuerda lo que te dije. Lárgate del país tan pronto como puedas. En cuanto a mí, enviaré mi renuncia por cable a la compañía y pediré que paguen a los hombres. Eres una valiosa persona, Mac. Apártate de la botella».

El telegrafista, medio dormido, trasmitió el largo mensaje destinado a la compañía, y después Albert envió otro telegrama a Gabriel Madero, quien estaba en San Antonio, para avisarle que iba en camino.

—Me alegro, señor, de que vuelva usted a su país —dijo el telegrafista—. Dentro de poco nadie estará seguro aquí.

No agregó que cuando Villa se apoderaba de los ferrocarriles, también asumía el control de las oficinas de telégrafos, y que muy pronto tampoco él estaría a salvo.

Albert levantó las pesadas maletas hasta un banco de madera y descansó en ellas la cabeza. El tren tardaría una hora más en llegar. Ya tengo veintitrés años, pensó, y me toca volver a empezar. Tragándose su frustración se quedó dormido.

* * *

En San Antonio, Evaristo y Gabriel Madero dieron la bienvenida a Albert en una pulcra casa de dos pisos, separada de una calle arbolada por una extensión de pasto. La casa se había convertido en centro para los desterrados dedicados al intento de transportar su algodón y su ganado por territorio federal hasta el mercado de Estados Unidos. El algodón y el ganado dominaban los pensamientos y la conversación de los Madero ya que, al fin y al cabo, proporcionaban el principal medio de vida de su amplio y disperso clan.

—Yo lograré que se venda tu algodón —anunció Albert.

Evaristo soltó un chiflido.

—Eres una verdadera marmota americana, Al. ¿Qué sabes tú de algodón?

—Nada... todavía —respondió Albert, sonriendo muy ufano—. Pero he seguido el asunto Benton con mucha atención.

Había indignación contra Villa en Estados Unidos por haber matado a un escocés a quien le estaba robando el ganado. La prensa lo había acusado de bandido y matón.

—Sé que ni Villa ni Huerta desean verse metidos en intereses extranjeros. Yo embarcaré el algodón a mi nombre. —Sonrió—. Soy un extranjero con doble protección. Villa protegerá el algodón de Madero y para los federales dispongo de una carta salvoconducto firmada por Almazán.

Con los ojos muy abiertos y llenos de admiración, el joven Evaristo observó la fuerza que se notaba en la quijada de su amigo.

—Cuando volvamos a México, me gustaría que fuéramos socios —dijo.

Gabriel se frotó la barbilla.

—Tendrás que hablar con nuestro padre. Julio está con él en Nueva York. ¿Por qué no te tomas unas vacaciones y te vas allí?

Albert pasó la Navidad a bordo del tren de lujo Spirit of Saint Louis. En Nueva York fue recibido cordialmente en el modesto hotel que era el cuartel general de los Madero en el centro de Manhattan. El señor Madero padre escuchó atentamente, impresionado por el interés y la astucia de aquel joven.

—Mi proposición, señor, se basa en un porcentaje de las ventas. Gabriel y yo podemos abrir una cuenta bancaria mancomunada de modo que tengan ustedes siempre dinero en Estados Unidos. —Albert sumió la barbilla—. ¿Qué le parece, señor?

—Me parece que es usted muy valiente, hijo —declaró el viejo patriarca, sonriendo—. Y digo: acepto y que Dios lo bendiga.

Se redactó un contrato según el cual Albert sería el apoderado único de las ocho haciendas productoras de algodón. También quedaba encargado de los ranchos de ganado y de cortar el caucho de guayule en otras haciendas. Su poder notarial incluía asimismo la recaudación de todos los dividendos provenientes de minas. El señor Madero indicó las haciendas en un mapa, señalando las que estaban a un día de distancia de San Pedro de las Colonias, sede de la oficina central de la Casa de Madero. San Pedro estaba a ciento veinte kilómetros de Torreón, el empalme principal del ferrocarril central. Tendría a su disposición una casa con sirvientes de confianza para cuidar de él.

* * *

Había atardecido ya cuando Albert condujo el coche por San Pedro de las Colonias, agotado por el largo trayecto al oeste de Saltillo, un camino arbolado con ahorcados colgando de las ramas. Las calles eran de tierra, planas y con surcos. Como es típico de tantas poblaciones mexicanas, el núcleo era una plaza: en un extremo estaba el palacio municipal con la cárcel; al otro lado de la plaza, la iglesia de alta cúpula, cuyo campanario se elevaba más alto que cualquier otro edificio. Almacenes y casas de habitación de gente acomodada ocupaban los arcos a ambos lados. Un coche cisterna circulaba en la oscuridad, llenando los tanques de las casas con una manguera de caucho agrietado.

Pocas personas andaban por las calles. Un silencio anormal reinaba en la población. Allí se podía sentir la Revolución: cubría a San Pedro como un sudario.

* * *

Albert se puso a trabajar con determinación, sumiéndose en el estudio del algodón: plantarlo, picarlo, embalarlo y transportarlo. Aplicó su mente de ingeniero a la maquinaria complicada de las desmotadoras, trabajó horas interminables para aprender el procesamiento de una vaina de algodón hasta que se pudiera vender a negociantes y corredores. Le agradaban la eficiencia y el lenguaje sin adornos del norte, y no tardó en establecer buenas relaciones con su personal. La preocupación constante era el dinero, el efectivo esencial para pagar las nóminas. Las fuerzas, ya fueran rebeldes o federales, volaban los puentes del ferrocarril y cortaban las líneas telegráficas reduciendo la comunicación con los bancos de Torreón a correos armados. Tenía que disponer de reservas de dinero de Huerta y de dinero de Villa, y cuando esto se terminó, empezó a emitir su propio dinero de cartón: «Mediante poder notarial en nombre de Francisco Madero. (Firmado) Albert E. Blair». El dinero más fácilmente negociable era el dólar, que circulaba clandestinamente por todo México. Necesitaba tener una reserva de dólares.

En marzo, Albert decidió hacer el viaje, largo y peligroso, a El Paso para hacer arreglos bancarios en relación con el algodón que había expedido.

* * *

La temperatura en El Paso había subido a treinta grados, un calor insoportable. Una brisa débil bajaba de los montes Franklin y movía las hojas de los árboles a la orilla del río. Almazán había arrebatado Torreón a Villa, y Villa había vuelto a arrebatarles Ciudad

Juárez a los federales. Esta población era una colmena de actividad comercial. Villa estaba embarcando vagones de ganado y de algodón confiscados para que se vendieran en el mercado americano. Sus vagones de carga regresaban llenos de armas, municiones, cañones y pertrechos. Se rumoreaba que Villa estaba a punto de lanzar una gran embestida desde Chihuahua. El Centauro del Norte se encontraba en la cima de su poderío, y Albert presentía que su División del Norte se preparaba para avanzar hacia el sur. Pero él tenía que aclarar antes un asunto con los de Villa. En la aduana de El Paso estaba registrada la entrada de treinta y dos vagones de algodón a nombre de la Casa Madero, cuando él sólo había embarcado doce. ¡Villa estaba utilizando el respetable nombre de los Madero para pasar como legítimo su algodón! ¡Ladrón! Durante una disputa con el jefe de la aduana de Ciudad Juárez, Albert había amenazado con exponer el fraude si no enmendaba su expediente chueco con una copia del registro estadounidense que llevaba Albert bajo el brazo.

El sol le caldeaba la espalda mientras Albert se dirigía de nuevo al edificio de la aduana en Ciudad Juárez. Al otro lado de la plaza, el imponente cuartel excitó sus recuerdos: pensó en el día que el general Navarro había rendido su espada, hacía tres años, aunque a él le parecían diez. El frágil sueño de Francisco Madero había sido astillado, macheteado hasta que se hizo añicos. La energía de la nación estaba consumiéndose en destrucción y embrutecimiento de hombres, transformando personas sencillas y pacíficas en asesinos. La Revolución se había convertido en un modo de vida.

Furioso contra Jiménez, el jefe de aduanas, porque no renunciaba a su colusión con Villa, Albert subió los escalones de la oficina de la aduana. Todas las sillas de la sala de espera estaban ocupadas. El ventilador colgado del techo sólo incomodaba a las odiosas moscas. Había gente esperando fuera, empujando la delgada puertamosquitero en cuanto golpeaba indicando que se vaciaba una silla. Estaba más fresco fuera, decidió Albert. Pasó las piernas por encima de la barandilla del porche y observó la corriente ajetreada de peatones. Una silueta grande y familiar con un andar balanceado sobre las puntas de los pies atrajo su atención. El hombre iba directamente hacia ellos, comiendo un helado y con el sombrero tejano echado hacia atrás. También los que estaban en el porche se habían fijado en él y empezaban a alejarse. El cuerpo de Albert se atiesó en cuanto reconoció a Villa y rompió en un sudor frío. ¿Le habría contado Jiménez a Villa lo de su enfrentamiento y su amenaza?

Las piernas arqueadas de Pancho Villa comenzaron a subir la escalerilla de madera a cuya barandilla estaba pegado Albert, paralizado. Los casi cien kilogramos de músculos de Villa se inmovilizaron mientras miraba a Albert con los ojos en constante movimiento, examinando cada uno de los rasgos. Sacó un pañuelo de paliacate y se limpió la boca, lo enrolló hábilmente y se lo ató alrededor del cuello.

—Capitán Alberto —dijo Villa con voz átona, sonriendo con los labios, pero mirando fijamente—. ¿Qué estás haciendo aquí?

Albert se bajó de la barandilla para hacerle frente a la silueta de granito.

—Estoy esperando para ver a Jiménez —replicó, tratando de controlar su voz.

—Entonces, ¿por qué no vas a verlo? —Chispas brillantes de topacio iluminaron los ojos de Pancho Villa mientras jalaba de las puntas vueltas de su largo mostacho—. Ven conmigo —dijo, tomando a Albert del brazo y empujando la puerta con el codo.

La charla cesó en la sala de espera. Villa tomó posesión absoluta del lugar con la mirada. Los presentes se levantaron de sus sillas y desaparecieron hasta que sólo el asiento junto a la puerta de la oficina quedó ocupado. Su ocupante era un hombre de edad madura que llevaba corbata.

—¡Levántate! —ordenó Villa.

Una mirada hosca se fijó en la figura amenazadora. Villa se la devolvió y sacó la pistola de un palmetazo. Un solo disparo estalló en la salita silenciosa. Lentamente fue cayendo el cadáver junto a la silla hasta el piso de madera. Allá arriba las aspas del ventilador chirriaban y raspaban. Avanzando, Villa empujó el cadáver a un lado con la bota y le hizo señas a Albert.

—Toma asiento —dijo—. Tú sigues, después que yo.

Con el talón de la bota, Villa abrió la puerta de la oficina de Jiménez desplazando temporalmente a las moscas. Entonces entró y cerró dando un portazo.

¡Afuera! Albert empujó la puerta de cedazo rasgando la malla y dejando que colgara de una sola bisagra el débil marco, mientras se alejaba a todo correr.

En El Paso llegó al hotel, abrió su maleta y empacó, metiendo cintas de máquina de escribir, bombillas, unas cuantas latas de conserva y cartuchos para su pistola. Apretó su cinturón del dinero —bien forrado con dólares— y oprimió de un golpe el cierre de la maleta.

Con un temblor interno, Albert cruzó una vez más el puente de Ciudad Juárez y se quedó esperando el tren del sur.

* * *

El tren oscilaba y se tambaleaba sobre el mutilado asiento de los durmientes, se ponía en movimiento y se detenía ante aisladas torres de agua y estaciones atestadas de viajeros. Dentro, el vagón apestaba a orina y pulque agrio. Durante la interminable noche, Pancho Villa ocupó hasta el último resquicio de su mente. Miedo, repulsión, odio ciego o una capitulación total ante su magnetismo eran lo que mantenía juntos a los hombres de Villa. Su pasión, o por lo menos eso decía la gente, era la guerra, las mujeres y el helado. Tenía su propia moral: toda mujer que codiciara era escoltada al altar, vestida de novia, y el cura celebraba la ceremonia con una pistola en la cabeza. No bebía ni fumaba. Raúl decía que lloraba pensando en las viudas y los huérfanos. El hombre estaba loco, era un vesánico del que había que mantenerse a distancia. Gracias a Dios, pensó Albert, tratando de volver su mente hacia un pensamiento positivo, él llegaría a Torreón mientras aún seguía en poder de Almazán, y todavía conservaba el pellejo.

17

Torreón, 3 de abril de 1914

En su agenda, Albert anotó: «Los cuatro últimos vagones de algodón han llegado de San Pedro. Serán transportados mañana a la Ciudad de México. Acompañaré el embarque y los venderé; el agente de Madero me servirá de intermediario».

Había atardecido. La agria fetidez de la pulpa de caña de azúcar que servía de combustible a las desmotadoras de algodón impregnaba pesadamente el aire, mientras Albert se dirigía a la ciudad para cenar con un americano conocido. Se sentía complacido por el trabajo realizado y la perspectiva de una cuenta bancaria creciente. Aun cuando no respetaba a Huerta, los federales eran unos tipos más civilizados, más decentes, que permitían que uno llevara a cabo sus negocios sin poner una docena de trabas en su camino. El momento no podía ser mejor, con los ferrocarriles en manos federales. Una carta de Gabriel Madero, que lo presentaba a su administrador en la Ciudad de México, estaba guardada en su portafolios, y un tiempo sin tener que pensar en los dorados de Villa y similares sería un cambio saludable.

Saboreando con el pensamiento una cena tranquila, Albert no prestó atención al principio a un retumbo atronador a gran distancia. Al aproximarse al centro de la ciudad, se dio cuenta de que la gente corría y se encerraba.

—Es el cañoneo, señor. Los cañones de Pancho Villa —le informó un tendero, bajando rápidamente la cortina de hierro.

No tardó en confirmarse que hordas de villistas venían por las colinas del norte de la ciudad. ¡La batalla había empezado!

¡Su portafolios! Estaba dentro de la caja fuerte del hotel Francia cerca de la estación del ferrocarril. Mientras el pánico se apoderaba del populacho de Torreón, Albert se escurrió entre la multitud en fuga y llegó al hotel, donde a fuerza de empujones y codazos consiguió acercarse a la recepción.

Una fuerte explosión estrelló la ventana de cristal del café junto al recibidor. Ahora la gente corría escaleras abajo —algunos a medio vestir— agarrando sus maletas. Los empleados de la recepción agitaban los brazos en un vano intento por impedir que los huéspedes huyeran sin pagar y buscaban cambio para devolver a los que estaban pagando. El cañoneo era incesante. Un empleado que ya no sabía a quién atender tendió su portafolios a Albert y se fue corriendo a la calle.

Arriba, en su cuarto, Albert abrió el portafolios, sacó la carta de Gabriel Madero y se la metió en el bolsillo. Podría servirle de identificación. Metió el portafolios bajo la cama y subió a la azotea. Cuatro hombres estaban tendidos boca abajo sobre el piso tratando de ver lo que ocurría. Avanzando como un gato, se unió a ellos. En el crepúsculo que oscurecía rápidamente, podían ver el destello de los disparos a lo lejos. Ahora el combate era feroz y los estampidos se veían con más claridad sobre el cielo oscuro.

—¿Deberíamos quedarnos aquí? —preguntó un joven. Tres de los hombres eran de la Ciudad de México, compradores de algodón y un vendedor de maquinaria, el cuarto era un ranchero de cabellos grises de la región que había ido a comprar provisiones.

—¿Y adónde podríamos ir? —replicó el vendedor.

—Sus objetivos son los cuarteles federales —sugirió Albert—. El hotel debe estar relativamente a salvo.

* * *

Al anochecer, el hotel estaba rodeado de federales que impedían dejarlo, y una vez caída la noche, las tropas federales se batieron en retirada preparándose a abandonar la ciudad. A la vista de todos, los oficiales federales estaban tratando de rechazar a los rebeldes con látigos y armas cortas, perdiendo terreno ante sus enemigos que aullaban como comanches y seguían llegando. El gemido de las balas resonaba como avispones furiosos pululando abajo, en las calles. Los dorados de Villa iban a galope por las vías, enterrando bajo sus cascos, al pasar, los cadáveres que yacían en su camino. Los supervivientes rompían filas y echaban a correr. Con una fascinación horrorizada, los cinco huéspedes solitarios, tendidos boca abajo, observaron cómo abandonaban los federales la parte de la ciudad donde se encontraba el hotel y vieron a los soldados de Villa volcarse por «la cañada de Fernández».

* * *

Compuesta de hombres sudorosos, excitados y atacados, la infantería rebelde empezó a dispersarse por su calle.

—¡Échense a esos hijos de puta del hotel! ¡Han estado disparándonos! —gritó alguien.

El miedo oprimió el pecho de Albert como una tenaza: ya sabía él que cuando se ataca una ciudad, se tiene la impresión de que le están disparando a uno desde los edificios circundantes, aun cuando esos edificios estén vacíos. Los soldados entrarían a registrar en cualquier momento; estaban atrapados. Sus cuatro compañeros empezaron a retroceder hacia la escalera. Agazapado como un mono, Albert los detuvo.

—Reúnanse en mi habitación —susurró roncamente—. La 58. Debemos permanecer juntos.

Los cinco bajaron dando tumbos las escaleras de hierro de la azotea y se dirigieron al cuarto de Albert, en el centro del hotel; daba a un patio interior, de modo que estaban a salvo de los disparos callejeros.

—Entréguenme sus armas —ordenó Albert. Vacilando al principio, el ranchero sacó un largo revólver que llevaba a la cintura y se lo tendió. El alboroto en la planta baja era un clamoreo estridente. Albert se sacó el Colt del cinturón, salió al corredor, apuntó cuidadosamente y lanzó las armas por encima de la barandilla, viéndolas aterrizar en un enorme macetón donde crecía una palmera. De regreso en su cuarto, se enfrentó a rostros cenicientos tensos de miedo.

—Combatí en la Revolución de Madero. Conozco a esos bastardos —explicó Albert rápidamente—. No podemos permitir que nos encuentren armados. Ahora escuchen: cuando lleguen los soldados, mantengan las manos levantadas por encima de la cabeza y digan: «Somos civiles pacíficos». Como no nos encontrarán armas, podemos salir adelante con eso. —Los hombres atrapados asintieron con la cabeza, sintiéndose tan unidos los cinco como prisioneros esperando ser ejecutados.

Un estrépito de vidrios rotos allá abajo anunció que las puertas grabadas del bar se habían roto. A las blasfemias y los gritos se unió el estrépito de más vidrios rotos: el puesto de cigarrillos en el recibidor. Y por encima del alboroto se oyó una voz en el patio:

—Salgan de sus cuartos, chingados, o los acabaremos igual que ratas.

Presas del estupor, esperaron. Una granada de mano estalló en el pasillo. Demostrando valor, Albert echó una mirada por la puerta. Él sabía cuán eficaces eran esas bombas hechas en casa: dinamita apretada en una lata, una mecha que se prendía con el cigarro y… ¡bum! Volaron una pared, desapareció una escalera. El final del corredor se llenó de humo y aparecieron los soldados abriendo las puertas a patadas y abalanzándose hacia ellos. Albert retrocedió al cuarto detrás de la puerta entreabierta.

—Ya vienen —susurró, sacando fuerzas de flaqueza.

Los cañones de tres rifles máuser aparecieron por el vano de la puerta, y los soldados cortaron cartucho al entrar. Con las manos en alto, Albert se quedó mirando un largo cañón.

—Somos gente pacífica —recitó como un robot.

El ranchero logró repetir:

—Somos gente pacífica —y los demás pronunciaron la frase, sin voz, con las manos muy arriba.

Manos sudorosas los catearon, ojos oscuros miraron al extranjero y después intercambiaron miradas. Con un ademán de asentimiento mandaron a sus cautivos escaleras abajo, empujándolos con los rifles por la parte intacta del pasillo.

Los zapatos de Albert parecían hechos de plomo; tropezaba. ¡Que los jodan! El desprecio, la ira y la indignación le ayudaron a recobrar su fuerza. Sentía la carta de Madero en el bolsillo del saco, dirigida a un tal Carlos Vásquez, identificando al portador como un americano encargado de los ranchos de los Madero. Si pudiera llegar a un oficial. Estos eran villistas. Pensó en las armas que estaban en el macetón.

—¡Muévanse! —Y la culata de un rifle lo empujó por la ancha escalera de azulejos. En el vestíbulo, los cinco fueron alineados de espaldas a la pared y con las manos en alto. Llegaban soldados con prisioneros y los rozaban al pasar.

Albert divisó a un oficial que se les acercaba:

—Capitán —logró decir, poniéndose en su camino.

El hombre se detuvo frente a Albert.

—Somos ciudadanos pacíficos, de paso por Torreón. —Las palabras salían muy aprisa, en tono agudo—. Tengo una carta…

Los ojos enrojecidos del hombre carecían de expresión mientras lo miraban. Se acercó, distraído un instante del grupo de prisioneros federales que eran empujados hacia el patio.

Albert metió una mano para buscar la carta, manteniendo la otra en alto. No te vayas, no te vayas, rezaba en silencio. Sacó la carta del bolsillo del pantalón y se la puso en la mano al oficial.

Sin decir nada, el capitán tomó el sobre, le dio vuelta, sacó la hoja y se quedó mirándola. Después metió la hoja en el sobre y se la devolvió a Albert.

¡Dios mío!, no sabía leer.

—¡El pelotón de fusilamiento!, ¡fórmese! —gritó el capitán—. ¡Pelotón!

La descarga de fusilería fue estruendosa. Más prisioneros fueron empujados frente a ellos. Uno de los compradores de algodón se volvió hacia la pared y vomitó. Con una profunda intuición, Albert comprendió que estaban a punto de ser llevados al patio y ejecutados. Por costumbre inconsciente, miró el reloj: eran las nueve y veinte de la noche. ¡Corre por tu vida! No podría hacer otra cosa. Respirando hondo, se preparaba a lanzarse en su loca carrera a través del vestíbulo cuando un jinete a caballo se metió por el portón derribando muebles mientras conducía al enorme animal hacia el mostrador de la recepción y disparaba al techo. Brillaban sus espuelas de plata: el jinete era general.

—¿Qué chingadera está pasando aquí? ¿Quién está a cargo? —rugió.

Una descarga apagó el sonido de las preguntas.

—¿Quién está a cargo? —gritó más fuerte el general.

El capitán y otros dos oficiales salieron del patio y saludaron. Se había abierto un espacio alrededor del nervioso caballo.

Albert se precipitó hacia el general, blandiendo su carta.

—General —gritó—, somos ciudadanos pacíficos y están a punto de fusilarnos. Tengo una carta. —Alzó la mano y la agitó frenéticamente.

El general miró al extranjero, y Albert se encontró mirando los ojos más duros que había visto. Al reconocerlos, la sangre se le heló en las venas: era Rodolfo Fierro, el general más sediento de sangre que había producido la Revolución..., el carnicero de Villa.

El sobre tembló en la mano tendida de Albert.

El general Fierro se apoderó de ella.

—Por favor... ciudadanos... pacíficos —tartamudeó Albert, con la lengua hecha nudos, tratando de producir una gota de saliva.

—¿Es usted Carlos Vásquez? —preguntó secamente el general.

¡Sabía leer!

—No. Yo... yo soy el americano que citan más abajo. Somos cinco paisanos. —La sangre le golpeaba los tímpanos.

El general leyó la carta y la devolvió.

—Capitán, atención —gritó—. Deje en paz a este hombre. Y a los otros civiles.

—¿Podría usted proporcionarnos guardias? —Se oyó decir Albert a sí mismo con la voz de otro.

—No los necesitarán. —El general disparó varios tiros en rápida sucesión. El alboroto cesó—. Capitán, estos hombres no deben ser molestados —ordenó, gozando de la atención total de su oficial—. Lo hago a usted responsable, ¿me oye? Este gimoteante chingado gringo es íntimo de los Madero. Hay más prisioneros junto a la estación del ferrocarril. Mueva usted el culo y ocúpese de ellos.

El caballo giró en redondo derribando el puesto de periódicos. Volaron papeles del escritorio como una parvada de palomas. Se había ido.

Albert se fue hacia la pared y puso una mano sudorosa en el brazo del ranchero que tenía a su lado. «Gracias a Dios, gracias a Dios», murmuraba el hombre una y otra vez, y cayó de rodillas. Lo pusieron de pie, y en fila india el grupo fue conducido por el vestíbulo hasta la oficina de la recepción, fuera del paso de los prisioneros que seguían siendo llevados al patio abierto.

* * *

Toda la noche, los cinco hombres estuvieron agazapados detrás del mostrador de roble del recibidor, sin atreverse a sentarse ni a quedarse dormidos. Les dolían todos los músculos, todos los nervios. Seguían llegando. Soldados irregulares entraron bruscamente con sombreros de paja metidos hasta las orejas, algunos sin sombrero, algunos con los sombreros colgándoles a la espalda del habitual cordel rojo. Un trozo de tela roja iba metido en la cinta del sombrero o cosida a la manga, señalándolos como hombres de Villa.

Llegaban sedientos, pidiendo agua de las jarras de agua del hotel. Para asegurarse de que no estuviera envenenada, mandaban que los prisioneros bebieran primero un trago. Y la misma prueba con los licores: ron, tequila y mezcal tenían atontado el cerebro de Albert y le hinchaban la vejiga. Chorros de orina le corrían por las perneras del pantalón; sentía la cabeza perforada por clavos que se le estuvieron hundiendo toda la noche. Cuando quiso prender un cigarrillo, se le cayó; se dejó caer a gatas para recuperarlo, las manos le resbalaron sobre algo pegajoso. Un par de brazos lo levantaron, oyó una exclamación de asco y alzó las manos para mirárselas: chorreaba sangre entre sus dedos, y al mirar hacia abajo para ver de dónde salía, vio que el charco a sus pies se llenaba con un arroyo que corría desde el patio. Secándose frenéticamente las manos en sus pantalones mojados, Albert vomitó por cuarta o quinta o décima vez, un vómito seco que llegaba en espasmos incontenibles.

A eso de las tres de la madrugada dejaron de llegar soldados, el vestíbulo se vació y, sobre piernas temblorosas, los civiles atrapados se ayudaron mutuamente a subir por la escalera hasta sus respectivas camas. Alguien metió un bolillo en la mano de Albert; lo comió y consiguió no devolverlo.

En alguna parte ladró un perro. Albert abrió un ojo. El cuarto estaba inundado de luz. La boca le sabía a telarañas, le dolía horriblemente la cabeza y alguien le sacudía el hombro. Cuatro hombres entraron en su campo de visión, con la maleta en la mano.

—Deberíamos bajar juntos —dijo el ranchero—. Pueden haber apostado guardias.

El olor a pólvora y carne humana era asfixiante. El hotel estaba en ruinas: destrozado, saqueado, hecho pedazos. Un zumbido emanaba del patio: el zumbido de miles de moscas. Miraron: la grotesca escena sacudió cada una de las células cerebrales, cada uno de los nervios ópticos. La muerte estaba enredada en la muerte, los cadáveres, caídos unos sobre otros, presentaban la máscara de la muerte violenta. El patio hedía a muerte, hedía al excremento del miedo, hedía a cada protesta inmunda del cuerpo. Aturdido, Albert pasó por encima de cadáveres tendidos entre los macetones y recuperó las armas junto al tronco de la palmera.

Allá fuera, la calle era testimonio del triunfo de los villistas: cerraduras voladas, ventanas estrelladas, puertas derribadas a patadas. Saqueando y depredando habían destruido hogares, tiendas y negocios, toda una vida de trabajo, en una orgía turbulenta. El ranchero de cabello gris se echó a llorar sin poder contenerse.

—¡Ay, Dios! —Lloraba, santiguándose una y otra vez—. ¡Ay, Dios! ¡Ay, Dios!

Albert se volvió hacia él:

—Sigue con vida —le dijo—. Vuelva a casa, señor, mientras la tenga. Y rece por tener todavía casa adonde ir.

El grupo se dispersó.

Albert echó a andar por banquetas desiertas, viviente entre los muertos. Un caballo hinchado yacía sobre su camino, con las patas arriba como estacas y una gorra federal colgada de la pezuña. Sin rumbo caminó hacia la ciudad, hacia Dios sabía dónde. Podía oír disparos a lo lejos. Seguían persiguiendo a los federales que quedaran. Un desprecio incontenible hacia la Revolución lo embargó. ¡Sería capaz de disparar contra cualquier cosa o cualquier persona que le cerrara el camino hacia su problemática supervivencia! Prendió un cigarrillo y siguió caminando.

En las afueras de la ciudad, unos cuantos ciudadanos intrépidos entreabrieron sus ventanas, pero parecía que nadie se moviera tras las cortinas. Una casa de huéspedes situada más allá de las vías del tren, cerca de la estación, brindaba asilo. Se bañó. Se tendió, desnudo, en la cama mientras le lavaban la ropa. Y después siguió tendido, con el estómago enfermo, con el alma enferma.

* * *

Villa persiguió a la caballería en retirada hasta San Pedro; decían que fue una carnicería. Entonces se apoderó de los dispersos cuarteles federales del norte. Ahora su tren iba hacia el sur.

El agudo silbato de la locomotora penetró en el cerebro de Albert como un cuchillo afilado. Los gritos de una joven de Zacatecas se repitieron. San Pedro, San Pedro. ¿Habrían violado también a la mecanógrafa solterona?

El alféizar de la ventana se cubrió de hollín mientras Albert estaba de pie frente a la ventana abierta de su cuarto observando el tren de Pancho Villa que pasaba tan cerca. Potentes locomotoras escupiendo humo, vagones de carbón, vagones de carga envueltos en vaho, furgones llenos de soldados hasta los topes. La manga de un vestido de mujer revoloteó desde la ventanilla de un pullman, y del techo colgaban las piernas de más soldados. Una confusión de rostros morenos se alejó. Hombres a caballo levantaban el polvo a lo largo de las vías, los dorados selectos de Villa cabalgaban, montando guardia con sus camisas amarillas y sombreros tejanos, más temidos que el mismísimo Satanás. Plataformas cubiertas de cañones, el chirrido de las ruedas sobre los rieles cuando saltaban y avanzaban lentamente. Vagones de carga con municiones —Howitzer, Louis & Maxim, Winchester: Albert los reconocía todos—. Los vagones hospital dejando escapar olor a yodo, en manos de practicantes inexpertos preparados de día y de noche para atender a los heridos. Una pluma de pollo voló desde la plataforma cerrada con cordones y se quedó en el alféizar. Vagones de ganado, alimento viviente, pasaron, vagones de carga y más vagones de carga llenos de algodón. ¡Cinco mil pacas de botín! Observó el vagón comedor, el vagón salón que pasaba lentamente, ocupado por oficiales membrudos que bebían y jugaban a la baraja. Y por último, el cabús con cortinillas de flores agitadas por el viento, los esfuerzos hogareños de la más reciente «esposa» de Villa.

Él estaba allí, en el cabús, dirigiéndose al sur. La mano de Albert fue hacia la culata de su pistola. La sacó y le tembló la mano mientras dominaba un deseo salvaje de disparar. El cabús se perdió de vista. Y cuando se preguntó lo que encontraría cuando regresara a San Pedro, lo recorrió un estremecimiento.

* * *

Antonio desplegó el periódico sobre la bandeja de su desayuno y se quedó mirando la bandera negra y gruesa que recorría la primera plana: ¡INVASIÓN! INFANTES DE MARINA NORTEAMERICANOS OCUPAN VERACRUZ. La crisis se venía preparando desde hacía más de un año, pero la realidad de la invasión le causó una verdadera conmoción. Siguió la indignación y una ira que su mente racional trataba de dominar. Apartó la charola sin haber tocado siquiera la fruta de la fuente y llamó con el timbre a la recamarera, pues hacía mucho que su criado personal lo había dejado, movilizado por el ejército de Huerta.

—Dile a Ignacio que traiga el auto. Me voy al centro. —La vida no podía detenerse porque Veracruz estuviera ocupada.

Antonieta oyó el Dodge de turismo por el camino de grava y corrió a la galería.

—Papá, ¿adónde vas?

—A comer al centro.

—¿Por qué mataron los marinos norteamericanos a nuestros cadetes navales? —preguntó con voz angustiada.

Había visto el periódico. De nada serviría mentir: haría mil y una preguntas.

—Los americanos han cometido una mala acción. Desembarcaron en Veracruz sin previo aviso y mataron a las personas que intentaron resistir. Quiero que comprendas que es una acción ilegal, injustificada, un despliegue perverso de poder de parte de Estados Unidos, pero no ha habido declaración de guerra. No creo que haya más agresiones —le levantó la barbilla—. Deja que tu padre se preocupe cuando sea necesario preocuparse. ¿De acuerdo?

—¿Qué significa «ley marcial», papá?

—Significa que un almirante de Estados Unidos está al mando en Veracruz. Han bloqueado el puerto para impedir que los buques alemanes entreguen más armas a Huerta.

—¿Invadirán la capital? ¿Vamos a ser una ciudad sitiada como lo fue París cuando llegaste tú? —Y Antonieta abrió teatralmente los brazos.

Antonio sonrió acariciándole la cabeza.

—En una crisis, lo importante es conservar la calma. —Y para tranquilizarla le explicó su itinerario: iría al banco, a la oficina de correos y visitaría a mamá Lucita. Después de lo cual comería en Gambrinus con un ingeniero norteamericano. Antonio calló, percatándose de lo irónico de la situación—. Ve que Mario haga sus tareas, ¿quieres? Y tal vez puedas impedir que Memela se esconda en los árboles en cuanto llegue *miss* Ortiz. —Besó a su espigada hija en la mejilla y empezó a bajar las escaleras. Había cargado de responsabilidades a aquella chiquilla. Tendría que compensarla—. Si por cualquier razón me necesitas, ángel, ya tienes el teléfono del restaurante Gambrinus.

Antonieta le dijo adiós con la mano y volvió a entrar en casa. Le llevaría el periódico al tío Beto. Tal vez la noticia de la invasión infundiera algo de vida a sus huesos doloridos y su voz cansada. Casi no salía de su apartamento.

* * *

El zumbido de las conversaciones era agitado cuando Antonio y Fred Gaston entraron al Gambrinus. Hombres de negocios y burócratas bien vestidos ocupaban las mesas, y unos cuantos sombreros femeninos elegantes se movían entre las palmeras. Con una hábil maniobra, el *maître d'hôtel* los escoltó hasta una mesa.

El amigo e invitado de Antonio era un estadounidense de tipo pecoso, consultor en una prestigiosa empresa de ingeniería. Fred Gaston, incómodo, miró a su alrededor. Siempre había sido recibido y tratado cordialmente por sus asociados mexicanos, pero hoy sólo tropezaba con miradas hostiles al sentarse. Voces excitadas discutían a lo largo y ancho de la amplia sala. A su izquierda, un hombre robusto y vociferante golpeaba la mesa. Detrás de ellos, las denuncias contra Estados Unidos se hicieron vehementes y claramente audibles.

—Mira, Antonio —dijo Fred Gaston en voz baja—. Creo que hemos escogido un mal día para comer. Sabes que no apruebo la política de Wilson, pero no es el momento de ponerme a discutirla. —Terminó su escocés con soda—. Creo que me voy a despedir y regresar al hotel.

—Como quieras —dijo Antonio que también se sentía incómodo. Emociones fuertes agitaban sus propios sentimientos, y aun cuando la razón le decía que no iban dirigidas personalmente a su amigo, el resentimiento amenazaba derramarse con cada palabra. ¿Por qué no podía Wilson dejar en paz a Huerta? Antonio hizo señas al camarero de que trajera la cuenta de las bebidas que habían tomado.

De repente, el hombre robusto de la mesa vecina se puso en pie y se enfrentó a Gaston.

—Huerta no saludará la bandera de ese cabrón de Wilson aun cuando envíe toda su condenada armada y su ejército —le gritó a la cara—. ¡Yo digo que les declaremos la guerra a los bastardos gringos!

—Cálmate —le dijo su compañero de mesa, tratando de jalarlo de la manga. Sus compañeros levantaron las voces, cada uno tratando de hablar más fuerte que los demás.

—¡Huerta está acabado! Que combata a los americanos o a Carranza, ¡está acabado!

—Yo digo que apoyemos a los villistas y a los zapatistas y que lancemos a esos bastardos contra los gringos en Veracruz.

—¡Que mueran los gringos! —volvió a gritar el hombre robusto. Alzó su copa y lanzó el contenido a la cara de Fred Gaston.

Sobresaltado, Gaston se puso en pie y se dirigió a la puerta, encogiéndose para evitar una granizada de bolillos que manos con buena puntería habían lanzado. Las puertas de vidrio biselado se cerraron tras él.

Antonio se sentó, silencioso y aturdido. No había levantado un dedo para defender a su amigo. ¿Amigo? Todos somos unos salvajes bajo este leve barniz de cultura y respetabilidad, pensó. Más adelante, mucho más adelante, llamaría a Fred Gaston.

* * *

Fracasaron todos sus intentos por seguir escribiendo su libro *El arte de enseñar arquitectura*, mientras permanecía ocioso en su estudio, pues toda creatividad y toda inspiración desaparecieron en cuanto decidió permanecer en su casa y tratar de llevar la vida más normal posible, por los niños. Echaba de menos a Adamo Boari, quien había vuelto a Italia llevándose a una esposa mexicana. Por lo menos, él no estará solo, pensó Antonio con envidia, moviendo papeles del escritorio. Esta noche iba a salir, sacudirse la melancolía y encontrar una mujer. Conocía a una viuda atractiva.

La puerta del estudio se abrió de golpe y se cerró de un portazo. Mario se dirigió rápidamente al escritorio y se paró frente a su padre.

—¿Puedo ir a la celebración del 4 de julio mañana, en el Tívoli? —preguntó de un tirón.

—¿Qué?

—El reverendo Day dice que habrá una carrera de costales y competencias en pista y un juego de futbol que es mucho más excitante que el rugby y yo sé que puedo ganar en la pista y conseguir un premio. ¡Por favor! —Mario sabía desde hacía mucho que cuando se interrumpía a papá, lo mejor era exponer brevemente el asunto.

Antonio se quedó mirando a su hijo. El muchacho era un vigoroso manojo de energía. He pasado con él demasiado poco tiempo, pensó, sintiéndose culpable. Es bajito pero tiene cuerpo de atleta con los rasgos de Cristina. Va a ser un hombre esbelto y guapo.

—Bueno, ¿puedo ir?

—No, no puedes ir —respondió resueltamente Antonio.

—Por favor, papá. El 4 de julio sólo es una vez al año.

—No quiero que ningún hijo mío celebre la independencia de Estados Unidos cuando hay marinos norteamericanos ocupando nuestro territorio.

El estallido dejó callado a Mario un momento y después preguntó en voz sumisa.

—¿Puedo jugar con Bobby y George?

Antonio volvió su silla para mirar al joven reprendido.

—Sí, pero aquí, en nuestro terreno. Te llevaré a la celebración del día de la Bastilla, el 14 de julio.

Y no se habló más.

18

Una tormenta de verano desató su violencia mientras Antonio caminaba prudentemente bajo los toldos de los opulentos almacenes de la calle San Francisco, hacia el Jockey Club. Sacudiéndose la lluvia del sombrero de fieltro, se lo tendió a un empleado y cruzó el restaurante hasta un apartado cuyo amplio mural representaba un pavorreal extendiendo su magnífica cola.

El hombre a quien venía a ver estaba sentado, esperándolo. Era un conocido, y su negocio era la compra y venta de armas. Huerta había requisado todas las armas de la ciudad, confiscando los arsenales privados cuya existencia conocía. Una vez derrotado su ejército por los rebeldes, Huerta se había ido, abandonando silenciosamente la ciudad; se fue desilusionado por un embajador norteamericano de apellido Wilson y perseguido por un presidente norteamericano con el mismo apellido. Dándose por vencido, había presentado al Congreso una lacónica dimisión, aunque para amortiguar el golpe se llevó consigo un pesado tributo en oro de la Tesorería en el barco alemán que abordó en un puerto poco frecuentado. Y entonces, los arsenales privados que habían sido confiscados se pusieron en circulación gota a gota.

—Esperaré la entrega el sábado —dijo Antonio, y bebió el resto del café.

—El pago se hará en oro —susurró el hombre.

—Entendido —dijo Antonio, levantándose—. Gracias.

El sábado por la tarde, Antonio escoltó a Ignacio, Demetrio y Cástulo hasta el fondo del huerto y entregó un rifle a cada uno. El Quinto Precinto de Policía colindaba con el muro lateral de su propiedad, pero la policía se hizo la desentendida en cuanto a los disparos. Estaban acostumbrados a oír disparos de pistola en la casa grande de Héroes donde las competencias con los amigos del arquitecto eran un deporte habitual de fin de semana. Salpicado de hoyos, la vieja diana todavía colgaba en el huerto. Ese día apenas si una bala lo alcanzó: sólo las vacas que se apacentaban en la primitiva cremería vecina se enteraron de que los «contendientes» no tenían puntería y que sus balas rebotaban hasta lejanos árboles del pastizal.

* * *

El domingo, Antonio llevó a los niños al bosque de Chapultepec. Remaron en el lago y vieron a los voladores de Papantla alrededor del alto poste, descolgándose de cabeza al sonido del tambor y la concha: ritual antiguo al que se preparaban los voladores desde temprana edad. Sabina abrió la canasta de comida bajo un ahuehuete y Antonio se dedicó a patear con Mario un balón. El domingo siguiente hicieron un viaje en globo. Un intrépido empresario cargaba su barquilla en la estación del tren y se dejaba llevar hacia los montes al sur de la ciudad. Un súbito viento contrario, una ráfaga inesperada podían desviar el globo de su rumbo. Resultaba estimulante. Desde aquella ventajosa posición se veía el humo de las trincheras zapatistas en las montañas. Aun cuando Antonio les decía a los niños que no se extenderían los combates, bien sabía él que Pancho Villa avanzaba hacia el sur. Primero Torreón, después Zacatecas. La sangre de doce mil soldados federales había corrido por las calles de Zacatecas, y los cadáveres habían colmado el barranco de aquella hermosa ciudad colonial; había cadáveres en los pozos de las minas, cadáveres por todas partes. Pensó en el joven Blair y se preguntó si habría sido pillado en el holocausto.

Escuchando las risas de sus hijos, el pánico acuchilló las ingles de Antonio como un puñal.

* * *

Una mañana sin nubes de mediados de agosto, los habitantes de la casa se despertaron al oír el insistente tañido de campanas a las que respondían las campanadas de la vecina iglesia San Fernando y la vieja San Hipólito.

Ignacio interrumpió el desayuno de la familia, anunciando con voz estridente:

—El general Obregón viene por el paso montañoso de Toluca.

—¿Viene Pancho Villa con él? —preguntó una joven sirvienta, con los ojos brillantes de aprensión y excitación.

—No. El general Obregón es carrancista.

La sirvienta levantó rápidamente la mesa y corrió a la cocina.

—Tenían que llegar tarde o temprano —declaró Antonio desapasionadamente—. Todo el que quiera ver a los soldados, puede hacerlo. Ignacio, avisa al personal. Gracias.

Aquellas personas, pensó, habían sido afectadas por la Revolución. Tenían derecho a ver y juzgar por sí mismas al ejército «victorioso».

—Vaya, Boari tenía razón: saltó la tapa del sumidero y el fango chorrea por encima de la montaña —declaró Beto en tono de broma.

—He leído una entrevista con los carrancistas —intervino rápidamente Antonieta—. Personas sencillas que buscan la manera de vivir mejor. —Deseaba desesperadamente creerlo. Tras su compostura tranquila había imágenes horrendas en espera de perturbar su sueño. La noche pasada había despertado ahogándose, tratando de dar un grito. Fue todo tan real, el rudo soldado que pasaba por su puerta pistola en mano. En su sueño llamó a gritos a Chela, que ahora estaba tan lejos. Y había llamado también a Iwa, pero Iwa y su familia habían tenido que regresar al Japón. Inclusive cuando estaba despierta, el temor dominaba su mente. Había visto soldados federales agarrar hombres en las calles, detrás de los puestos del mercado, y atarlos en los vagones de transporte. Inclusive el pobre muchacho que ordeñaba las vacas en el terreno baldío vecino había desaparecido, tal vez para no ver nunca más a sus seres queridos.

—Querida mía, el odio y el desquite son las pasiones que impulsan a esos hombres —comenzó Beto, y se interrumpió bruscamente. Sabía qué temores acechaban a su amada sobrina debajo de aquella ecuanimidad fingida. ¿Tenía sólo catorce años? Esta Revolución la había privado del florecimiento lento de su adolescencia, ese mundo tan frágil. Y de repente la vio muy claramente lanzada a la edad adulta como por una catapulta, por esta Revolución, para verse por siempre bajo la influencia de las armas, las muertes, las esperanzas, la insensatez de… de… No pudo completar el pensamiento—. Como de costumbre, estoy exagerando —observó—. Debemos alegrarnos de que hayan llegado. Tal vez ahora tengamos paz.

—Bueno, ya que han llegado —dijo Antonio—, vamos a escuchar lo que tengan que decir.

* * *

El Ejército Constitucionalista fue recibido con miradas frías y escépticas. No hubo cohetes ni se gritaron «vivas» mientras llegaban las hordas desde las montañas del oeste y desfilaban a lo largo del Paseo de la Reforma y hasta palacio. Chusma, pensaba Antonio, el país está en manos de una chusma analfabeta e ignorante. Agarrando muy fuerte las manos de Antonieta y Mario, se abrió paso hasta la primera fila de la muchedumbre. El volumen de un redoble incansable de tambores fue creciendo, acercándose al cruce en que se encontraban. Columnas de indios yaqui desfilaban: eran las feroces fuerzas de choque de Obregón. Antonieta contemplaba sus rostros pétreos. Un grupo de hombres vestidos de overoles azules corría a la par de los andrajosos soldados, ondeando un estandarte, y las palabras fluían calle abajo.

* * *

Saludos al gran líder, símbolo de justicia y libertad, Venustia-no Carranza. ¡Que viva la Revolución!

Arrastrados por la multitud, llegaron al Zócalo donde un general robusto, manco, apareció en el balcón central y empezó a arengar a la multitud.

—¡Ciudadanos! El asesino ha huido y la Revolución ha triunfado —gritó el general Obregón—. El general Carranza asumirá pronto el mando. Les aseguramos que la sucesión se hará en paz y en orden. Sépase que la venta de licores está prohibida y que los saqueadores serán castigados. También será castigado quienquiera que cause daños a la propiedad privada. Pueden ustedes seguir con sus actividades y asuntos cotidianos como de costumbre.

* * *

El timbre insistente del teléfono hizo salir corriendo a Antonio de la torre donde había tenido el telescopio enfocado en una banda de soldados que se dedicaban a volcar los puestos del mercadito de la calle San Cosme. Tomó el auricular.

—Antonio, cierra tus puertas a canto y lodo y quédate dentro —le advirtió la voz de un vecino, una voz cargada de ansiedad—. Un general se dirige hacia tu casa seguido por una partida de soldados. Anda buscando dónde establecer su cuartel general.

Los insolentes generales —¡Dios, cómo abundaban!— estaban acuartelados por toda la ciudad, requisando todo lo que se les antojaba. Obregón había ocupado la casa de Braniff, una de las mansiones más lujosas de la capital. ¿Quién podría querer la suya?

—¿Sabes que raptaron a los hijos de Nacho de los Monteros cuando quiso resistir? —prosiguió la voz agitada—. ¡La noche pasada un hato de esos changos borrachos dio una paliza a dos policías y los mató después a sangre fría delante de mi casa! ¡La ley y el orden! ¡Ja! Son violadores y asesinos. Escucha, acaban de doblar la esquina de Violeta. Mi reloj dice las doce y diez. No tardarán quince minutos en llegar a Héroes. ¡Enciérrate!

Antonio agarró la campana del salón de clases de los niños y se puso a tocarla con fuerza mientras bajaba corriendo al vestíbulo.

—¡Sabina, Ignacio, María! —gritó, agitando la campanita sin parar.

En un abrir y cerrar de ojos los sirvientes se habían reunido en la galería.

—Sabina, ve a buscar a don Alberto. Arrástralo hasta aquí de ser necesario. Ignacio, trae a los hombres. ¡Quiero a todos aquí en dos minutos! Antonieta, encuentra a Conchita. Y Mario, sujeta a tu hermanita de la mano y quédate aquí; no la sueltes.

Antonio abrió con su llave un armario del vestíbulo y sacó tres rifles mientras el personal, asustado, se juntaba en un grupo tupido. Antonio levantó la mano.

—Los revolucionarios acaban de entrar en nuestra calle. Están tomando las casas grandes para acuartelar a sus soldados y tal vez escojan la nuestra. Quiero que todas las mujeres y los niños bajen al sótano hasta que comprobemos que no hay peligro. Ustedes, los hombres, esperen aquí conmigo.

Conchita, la frágil ayudante de la cocinera, de trece años de edad, se escondía detrás de la mujerona, temblando y enrollando un secador de cocina entre las manos, mientras masticaba una punta. Con el corazón palpitándole, Antonieta rodeó con el brazo a la niña asustada.

—¿Dónde está don Alberto? —ladró Antonio.

—No pude persuadirlo de que salga de la cama, señor. Está enfermo.

—Antonieta, trae la llave de la despensa. ¡Corre!

Conchita agarró el delantal de la cocinera y se cubrió la cara con él, gimiendo ahogadamente.

—¡Cállese! —le regañó María, tirando de su delantal.

Antonieta subió las escaleras de dos en dos. Cuando volvió a bajar, Sabina estaba empujando a las mujeres hacia la puerta de la despensa. De repente todos callaron: fuera de las puertas oyeron el ruido de los cascos de caballos sobre el pavimento, el roce de botas, voces que gritaban obscenidades y risas. Antonio abrió la despensa.

—¡Sálvanos! —gimió Conchita—. ¡Virgen santa, sálvanos!

La cocinera tomó del brazo a la muchachita histérica y la empujó hacia las cajas de vinos que Antonio se esforzaba por desplazar. Chirriaron unas bisagras cuando levantó la trampa: unos escalones angostos de hierro conducían a un vasto sótano. Bajaron en tropel: Sabina y los niños, la ayudanta, la cocinera, la lavandera y dos recamareras. Antonieta fue la última.

Antonio dio un beso a su hija.

—Tenlos callados, ángel —hablaba en susurros—. Volveré para decirte qué pasa en cuanto descubramos lo que quieren esos tipos. —Dejó caer la trampa de golpe y regresó a la galena.

—Demetrio, regresa a la puerta de entrada y vigílalos. Levanta la escoba si intentan forzar la entrada —dijo Antonio—. Por nada del mundo pongas la cabeza a la ventana. Cástulo, monta guardia en el patio de la cocina. Desde ahí ves claramente la reja. Ignacio y yo estaremos en la azotea del estudio. Si piden verme, iré a la puerta; tú me cubrirás con tu rifle mientras Ignacio salta el muro para llamar a la policía. ¿Entendido? Ahora tú, Juanito —el establero era un muchacho delgado y ágil, todo alborotado a la idea de formar parte del equipo—, atranca las puertas del garaje, el taller de carpintería y el establo, y monta guardia en el muro trasero. Si ves algo, puedes hacernos señas desde el huerto.

Antonio entregó los rifles, se puso la pistola al cinto y se colgó del cuello los prismáticos.

Los hombres se separaron mientras fuertes risotadas y relinchos de caballos les indicaban que los soldados ya estaban frente a la casa.

Agazapado detrás de la balaustrada de piedra que delimitaba la terraza del estudio, Antonio vio a un oficial, esbelto y guapo, desmontar frente a la puerta cochera. Un pequeño contingente de jinetes en uniforme tiró de las riendas detrás de él. Soldados sucios y mujeres andrajosas se reunieron en la calle. Con las manos en las caderas, el oficial esbelto retrocedió un poco y estudió el portón de Antonio. Pasó un buen rato mirando la casa a través de la verja, tanto que Antonio creyó que el oficial lo había visto. De repente se volvió y atravesó la calle hasta la mansión de los Casasús. Se detuvo para arrancar una mala hierba; descuidado, el tramo de pasto delante del alto muro de piedra de su vecino había crecido y estaba quemado por el sol. La preciosa cerradura de bronce de la puerta ni siquiera brillaba bajo el sol de mediodía. El oficial saltó ágilmente por encima de la puerta y caminó hasta las imponentes puertas de la entrada. Trató de forzar la cerradura y después probó una contraventana. Antonio se preguntaba dónde estaría escondido el viejo cuidador borracho.

En la calle, soldados inquietos desmontaron y se agruparon.

—¡Oiga, mi general!, yo le abriré la cerradura —gritó un soldado, sacando la pistola.

—No, Placencio —contestó el general, levantando la mano para detenerlo—. Podrías volar la puerta y después nos daría catarro.

Las carcajadas se oyeron por toda la calle.

—Voy a ver si está abierta la puerta de atrás. Ustedes dos, vengan conmigo —dijo el general, señalando a dos de los jinetes.

Rifles y mochilas empezaron a cubrir la banqueta mientras los soldados se deshacían de las mochilas, orinaban y se acuclillaban después a la sombra del muro. Las mujeres dejaron en el suelo pesadas canastas de las que cayeron verduras. Unos pocos pollos atados por una pata intentaron escapar.

—Oye, tuerto, échame un cigarro. De los buenos —gritó un joven soldado— que ahora estamos en la capital. —Se levantó y vació sus bolsillos, desparramando por la banqueta algo que parecía hojas secas de mazorca.

La mujer del soldado saltó y capturó el cigarrillo, ganándose un azote en el trasero.

—Dámelo, chingona —ordenó el soldado. Lo prendió, se lo prestó para que diera una chupada y le echó el brazo alrededor de los hombros.

La puerta del frente se abrió y un general sonriente exhibió ante sus hombres un llavero cargado de llaves.

—Bienvenidos al cuartel general, muchachos —anunció con entusiasmo—. Más tarde asignaré las habitaciones. Hay amplios establos en la parte de atrás.

Recogiendo los bultos, las mujeres empezaron a pasar por la puerta de la casa de Casasús. Un trueno lejano imprimió velocidad a las actividades mientras se desensillaban los caballos; las cobijas parecían postillas en el cuerpo de los quejumbrosos animales. Mantas enrolladas, provisiones y cajas de cartuchos fueron descargadas de las mulas, y pesadas cargas de los agobiados burros. Los animales fueron conducidos por la puerta cochera dispersándose a través de los jardines a su paso hacia los establos en la parte posterior de la propiedad.

Antonio había estado observando de cerca al general. De unos treinta años, cutis claro, un largo bigote negro acentuaba rasgos delicados. ¿Quién demonios sería? ¿Cuál de los quinientos generales que había producido aquella maldita Revolución? El rostro parecía inteligente y sus modales no demasiado agresivos, gracias a Dios.

—¿Lo reconoces? —Y Antonio empujó a Ignacio tendiéndole los prismáticos.

—No, señor. Pero no creo que nos vayan a molestar.

Antonio abandonó su puesto y bajó a la trampa.

—Ahora todo está en calma —dijo, introduciendo su voluminoso cuerpo por la angosta abertura—. Un general y sus soldados han tomado la casa de Casasús. No sabemos qué general sea. —Las asustadas mujeres lo miraban desde el pie de la escalera—. Quiero que esta noche atranquen sus puertas. Ciérrenlas bien desde dentro. Para ir a sus habitaciones, tomen el camino detrás de los establos. Y mañana dedíquense a su trabajo de casa como siempre. ¡Pero que nadie las vea! Ignacio irá al mercado. Ahora, María, a ver qué nos puedes preparar en la cocina. Estamos muertos de hambre.

* * *

Era más de la medianoche cuando Antonio comenzó a prepararse para dormir, tranquilo porque Beto había tomado su medicina. Sabina dormía con los niños, Ignacio se acostó delante de su puerta con el rifle al alcance de la mano. Antonio metió la pistola bajo la almohada y trató de dormirse, oyendo el agua que caía por las cañerías hasta que dejó de caer, avanzada la noche. A las cinco volvió a despertar, atraído a la galería por un instinto misterioso.

Antonio agarró la culata de la pistola y miró hacia el jardín a través de las enredaderas del pabellón. Lo que veía, ¿sería una sombra o una silueta? Trató de respirar más despacio. Recortada bajo la luz de un farol, una figura corrió tras un árbol y después avanzó con la seguridad de un gato hacia el huerto. Otra figura iba detrás. El pecho de Antonio jadeaba como si acabara de correr. Oyó el crujido de la puerta que separaba el huerto de las perreras. Y de repente una explosión de ladridos salvajes rompió el silencio. Cloqueo de pollos, canto del gallo y, después, otra vez el silencio.

Helado hasta los huesos, Antonio esperaba en el pabellón. Finalmente volvió a acostarse. Sin duda habían pasado por el muro lateral desde el pastizal de las vacas. ¿Cuántos serían?, ¿habían querido solamente robar un pollo o tenían la intención de asaltar la casa? Aquellos hombres no sabían lo que era el miedo. Se apoderaban de lo que querían.

Se quedó despierto por la proximidad del peligro que lo rodeaba. La idea de Europa se imponía constantemente a su mente perturbada. La temible guerra era una realidad. Los alemanes se habían abatido sobre Bélgica, y ahora Inglaterra y Francia habían declarado la guerra. Tuvo una visión súbita de un mundo en llamas. El rostro de Alicia brillaba como una linterna en su mente. ¿Estaría en peligro? ¿Y Cristina? Apartó su nombre al sentir que la ira lo embargaba. Antonieta, Mario y la pequeña Amelia: ellos eran su responsabilidad. Antes de que amaneciera, Antonio había tomado una decisión: durante el día, los niños permanecerían en el sótano para que nadie pudiera verlos.

* * *

Desde fuera parecían conductos para el aire, pero en realidad eran las ventanitas del sótano: largas hendiduras en el basamento de piedra, protegidas por barrotes. Confinada al sótano, Antonieta había empujado un viejo baúl de camarote contra la pared, bajo la angosta ventana que daba al camino de coches y hasta la entrada de visitantes. Con ayuda de Mario y Sabina había subido al baúl un barril de vino vacío. Y con los brazos apoyados en el saliente de la ventana pasaba horas atisbando fugazmente la actividad que se desarrollaba del otro lado de la calle.

Soldados curiosos miraban por la verja del 45 de Héroes y pasaban manos mugrosas por las verjas. Horrorizada, vio que un soldado trepaba al portón de visitantes y trataba de arrancar la corona, tirando de las iniciales de bronce, pero acabó por renunciar. Rompían ramas de los árboles, y en un arrebato de borrachera, recortaron un alto fresno del patio de servicio con una granizada de balas. Con los disparos los indignados gorriones levantaron el vuelo entre gorgeos espantados.

El general se había presentado inesperadamente en la puerta, exigiendo que Demetrio llamara al amo de la casa. Parecía tipo decente, informó Antonio: se llamaba Lucio Blanco y era célebre por sus victorias en el noreste. Antonio no contó que tenía fama de no simpatizar con los ricos. Además, el general no se tomaba la molestia de disciplinar a sus soldados, malhablados y sinvergüenzas. Sus oficiales no eran mucho mejores. Los soldados no tardaron en robarse la mayoría de los pollos y despojaban los árboles frutales de noche, pero las palomas los esquivaron y los gran daneses protegían a la cabra. María guardó en la cocina los pollos sobrevivientes.

Cuando Antonieta se cansaba de su vigilancia, Mario trepaba al barril y ocupaba el puesto de vigía. Con ayuda de Conchita, Antonieta limpió unas sillas arrumbadas y pesadas, y encontraron un baulito que usaron como mesita para sus libros. Detrás de unos cuantos cajones de madera, Sabina recuperó una vieja cama con muelles oxidados y ruidosos. Memela descubrió un baúl lleno de juguetes viejos y, hurgando en el tesoro, sacó una criatura sin peluca y coja que acunaba y desvestía… cantándole cariñosa y monótonamente. Cuando los soldados salían en tropel de la casa de enfrente, Antonio permitía que los niños subieran a jugar en el cuartito de arriba. Por la noche, todos dormían juntos en la enfermería, mientras Ignacio se enrollaba en una cobija sobre un catre fuera de la puerta.

Era tarea de Conchita llevarles los alimentos al sótano. A medida que pasaban los días, Antonieta fue alentando con paciencia a la niña tímida y silenciosa a que se quedara escuchando mientras ella le leía algún cuento a Memela, ilustrándolo con entonaciones y gestos teatrales. Encogida junto a uno de los cajones, tratando de volverse invisible, a veces se oía una risita cuando el drama de Antonieta se hacía chistoso. En breves momentos, Conchita se dejaba atraer. Antonieta no tardó en atravesar el muro de silencio y timidez de la niña y empezó a enseñarle las letras. La charola vacía quedaba olvidada al pie de las escalerillas de hierro.

«Hoy me apunté un gran triunfo», escribió Antonieta en su cuaderno. «Conchita puede escribir todo el alfabeto. Llevamos diez días en esta mazmorra. El único rayo de luz es que podríamos permanecer confinados lo suficiente para enseñarle a leer a Conchita».

Sabina observaba aquellas payasadas guardando estoico silencio, sentada muy tiesa sobre su cama y haciendo ganchillo.

—Le estás llenando la cabeza de tonterías —regañó a Antonieta cuando la «ratita de fregadero» desapareció por las escaleras del sótano después de una lección prolongada, con un cuaderno bajo el brazo—. ¿De qué sirve que le enseñes las letras?

—¡Es inteligente! —replicó Antonieta—. Sólo porque sea muchacha no significa que no deba aprender.

—Ha venido aquí para trabajar —rebatió Sabina con un aire de dignidad santurrona. La niña era huérfana, hija sin padre de la hermana de la lavandera, criada bajo un lavadero de concreto y alimentada principalmente con lodo, jugando con latas y guijarros. Su madre falleció dando a luz a unos gemelos sin padre que también murieron. La criatura debió de nacer bajo buenos auspicios para haber llegado a la situación de galopina de cocinera en una buena casa. Pero Sabina sabía que no se puede engañar al destino.

Con mucha pena para Sabina, un día Antonieta regaló a Conchita una falda plisada y una blusa marinera sacada de un hato de ropa para los pobres.

—Pruébatelas, Conchita, son de tu tamaño. Es en premio por ser buena estudiante.

La niña se fue como el rayo detrás de un cajón y volvió a aparecer, muy ruborosa. Estiró el plisado en acordeón y miró cómo caía… una y otra vez. Empujando hacia atrás sus cabellos morenos, enredados y sin brillo, se atrevió a girar una sola vez.

—¿Y bien? —preguntó Antonieta, esperando un comentario.

—Es muy bello, señorita —tartamudeó por fin Conchita.

—Buscaré un espejo cuando te hayas bañado y lavado y cepillado el cabello. Entonces podrás ver lo guapa que eres —dijo la complacida maestra a su alumna.

Conchita se puso el uniforme y su delantal blanco manchado y corrió escaleras arriba, manteniendo cuidadosamente en equilibrio la bandeja con los platos sucios.

* * *

Los días se volvieron semanas. La oscuridad reinaba en el sótano. Sólo las mañanas dejaban pasar unos pocos rayos de luz entre los barrotes de las ventanitas. Sombras que se alargaban proyectando misteriosas siluetas sobre los muros, deformando las líneas de los muebles, baúles viejos, cajones vacíos y los candelabros manchados de cera.

Antonieta exploró los cajones polvorientos. De repente olió a papel alquitranado y algo parecido a tabaco Dunhill que la llevó a tiempos pasados. Era *su* caja, la de Alicia y ella, la caja que había proporcionado tanto gozo llenándolas de expectación cuando mamá iba retirando el papel de China y les mostraba cada prenda que había cruzado el Atlántico desde París. Sopló para quitar el polvo y levantó la tapa. Dentro encontró un diminuto vestido de organdí, la falda bordada con un diseño de notitas musicales. Era *su* vestido, de esa niña de tres años a la que apenas recordaba. Acariciando el vestido, envuelta en gasa, Antonieta se sentó en el frío piso de cemento del sótano y lloró. Mamá lo había guardado. ¡Mamá!

* * *

Los rayos del sol mañanero se doblaban al pasar por las angostas ventanillas del sótano. Trepado en lo alto del barril, Mario ocupaba su puesto. De repente se abrió la trampa y los niños y su cuidadora corrieron al pie de las escaleras de hierro.

—¡Sabina! —Y aparecieron la cabeza y el torso de Ignacio—. Voy a traer a todas las mujeres. Vienen los soldados, todos ellos.

La cocinera, la lavandera y tres recamareras bajaron enseguida las escalerillas.

—¿Dónde está Conchita? —preguntó Antonieta.

—No he podido encontrarla —dijo María—. He mirado en todas partes pero últimamente ha estado yéndose con su cuaderno y su lápiz no sé adónde. —Con un pie pesado plantado en el último escalón, la cocinera miró desde arriba a Antonieta con ojos acusadores.

Mario estaba de regreso en su puesto.

—¡Están entrando! —susurró roncamente—. Muchos soldados con sus rifles están pasando por nuestras puertas.

—¡Virgen santísima! —Sollozos y gemidos se oyeron a coro. Las mujeres cayeron de rodillas y se pusieron a rezar. Todas menos Cleotilde, la lavandera, quien hacía curiosas señales en el aire con las manos.

El crujido de botas pisando fuertemente la grava empezó a acercarse.

«Salve María, llena eres de gracia», empezó a recitar Antonieta, arrodillada en el frío pavimento y juntando las manos. Pensó en todos los rosarios que había dicho con mamá Lucita y rogó a Dios que los aceptara todos juntos ahora mismo. ¿Sería el final? Le subió a la garganta el sabor a bilis.

Se detuvo el pisoteo, creció y volvió a disminuir. Alguien gritó palabras agudas como una orden.

Amelia se echó a llorar. «¡Chitón!», susurró Antonieta, tomando en brazos a su hermanita temblorosa y apretándola contra su cuerpo.

Mario estaba en equilibrio precario sobre el barril, tratando de ver al hombre que gritaba las órdenes. Los soldados estaban ahora formados en redondo al frente de la casa. No los veía.

Se oyó un disparo. Amelia gritó y Antonieta le tapó la boca con la mano.

La visión de su padre muerto o del tío Beto yacente en un charco de sangre le impidió gritar. Antonieta frotó su rostro contra la suave mejilla de Memela, buscando refugio en los brazos de la niña que se aferraba a ella.

El sonido de disparos de rifle volvió a llenar el sótano.

Y cesaron las pisadas.

Risas… voces… cabrones, chingados, palabras obscenas que los niños empezaban a conocer, se oyeron claramente.

El vigía se contorsionaba, torciendo la cabeza lo más posible:

—¡Ya se van! —gritó Mario—. Van marchando al otro lado de la calle, a la casa de Casasús.

Las mujeres se juntaron todas sobre la cama. No había nada que decir. Sabina tomó a Amelia de brazos de Antonieta y caminó con ella arriba y abajo, meciendo a la pesada niña y murmurándole palabras consoladoras. Se quitó el rebozo y se lo puso a Antonieta sobre los hombros temblorosos.

La trampa se abrió de golpe y retumbó la voz de Antonio:

—¡Ya pueden salir! —Su corpachón llenaba la angosta escalera mientras bajaba.

—¡Papá! —Antonieta corrió hacia su padre y le rodeó el cuello con los brazos, besándole las mejillas, la nariz, los ojos—. Hemos oído disparos y… —Ya no pudo contener más el llanto.

Antonio besó las mejillas mojadas.

—Todos estamos ilesos —dijo, mirando por encima de ella a las sirvientas—. Nos han visitado el general Blanco y sus soldados, alineados en fila detrás de él. Envié a Ignacio para que las avisara. ¿Qué creen ustedes que quería el general?

—¡Nuestra cabra! —Se le escapó a Mario.

Antonio rio. Una risa profunda y confortable caldeó el frío sótano.

—No. Permiso para practicar la marcha en nuestro camino circular. Van a desfilar el 16 de septiembre y esos cuates no han practicado nunca la media vuelta. —Antonio les mostró, haciendo girar rápidamente su corpachón, ladrando la orden confusa y provocando sonrisas en los rostros tensos, risitas de las bocas cubiertas con las manos.

—Practicarán ahí media hora diariamente —prosiguió Antonio, dirigiéndose a las mujeres—. Ustedes permanecerán en el sótano mientras ellos estén. No saben todavía cuántos somos en la casa. Quiero que sigan todas invisibles.

* * *

Cuando los soldados penetraron por el frente, Conchita había corrido detrás de los establos, al cuartito que compartía con su tía. Antonio no la vio, pero otros ojos divisaron la figura esbelta que huía. La habían visto en otras ocasiones, escondida bajo un matorral cerca del muro posterior, escribiendo algo en un cuaderno. La habían acechado dos soldados, y esperaron a que los perros estuvieran en el jardín de delante y que ella estuviera sola.

El momento se presentó después de las prácticas para el desfile. Ella salió para volver a su matorral. Los dos soldados saltaron por encima del muro, cayendo sin ruido pocos metros detrás de ella. Una mano ruda le cubrió la boca, apagando los gritos. La muchacha fue amordazada y pasada por encima de la pared donde otras manos, muchas manos, estaban esperando.

Cuando hubieron terminado, arrojaron el cuerpecito infantil flácido por encima del muro cerca de donde la habían agarrado. Una ráfaga de viento agitó las hojas de los árboles y el sol alejó su calor del cuerpo magullado y apaleado.

Fue María quien encontró a su pequeña ayudanta. El severo corazón de la mujer se enterneció al contemplar el rostro hinchado y descolorido de la niña, con el delantal hecho jirones retorcido sobre el cuerpo desnudo, sangrante ahora donde la habían usado. Faltaba un zapato, y el dedo gordo salía por el agujero del calcetín. La niña respiraba pero estaba inconsciente.

—¡Madre de Dios! —gimió la cocinera. La sorpresa dejó paso al impacto de lo sucedido. La habían dejado con vida, pero, ¿estaría embarazada? ¿La despediría el patrón?

La mujerona se agachó y tomó en brazos a Conchita, con lágrimas ardientes bañando el rostro frío. La llevó a la cocina y la acostó junto al brasero ardiendo, poniéndole un costal de harina bajo la cabeza y cubriendo su cuerpo con un delantal. Bañando una toalla en agua caliente, empezó a limpiar el rostro desfigurado, los muslos cubiertos de sangre.

Conchita abrió los ojos y gritó, un grito largo y agudo que trajo a Sabina corriendo. Antonieta bajó a toda prisa de la enfermería y Antonio atravesó la galería desde su despacho.

Se quedaron estupefactos, contemplando la figura que yacía en el piso de la cocina.

—La encontré junto al muro de atrás. Sin duda trató de saltar y se cayó —dijo débilmente la cocinera, evitando la mirada interrogativa de Antonieta.

Los ojos que miraban fijamente hablaban un lenguaje que Antonio comprendió.

—¡Dios mío! —dijo—. Llévala a la enfermería, Sabina, y cuídala. ¡Dios mío! —volvió a exclamar con voz ahogada, y se fue.

Conchita se recuperaba lentamente. Pero no quería hablar, ni siquiera con Antonieta. Las sirvientas no hablaban más que de la «deshonra» de Conchita, murmurando, suponiendo: ¿Cuántos habrían sido? ¿Cómo consiguieron dejarle tantas magulladuras? ¿Esperaría un hijo? Aquella «vergüenza» la arruinaría de por vida. El horror y la curiosidad morbosa matizaban los susurros. Conchita no decía nada.

Antonieta pasaba horas leyéndole a la niña, tomándola de la mano, tratando silenciosamente de imaginar su horror como si fuera el propio. Conchita sólo tenía un año menos que ella, poco más de trece. Sentada junto a su protegida silenciosa, Antonieta esperaba que un milagro le devolviera la vida. Escribió en su cuaderno: «Conchita se ha vuelto de nuevo una criatura que inspira compasión. Ha regresado a la cocina y realiza sus tareas, pero la alegría se acabó».

La realidad de la Revolución sumió a Antonieta en una profunda depresión. El amor hacia su padre y al doliente tío Beto era lo único que aliviaba su pesar.

«Los días septembrinos son traicioneros», escribió. «Las mañanas prometen un sol eterno que se apaga muy pronto mientras las nubes se juntan, llenando de sombras húmedas nuestro sótano. Este es el hogar de recuerdos que se apagan y de personas desvanecidas. A veces las siento, como mi abuela Leonor. Creía que sólo era una señora gorda en un cuadro, pero he leído las páginas amarillentas de su diario y ahora sé lo que sufrió cuando tenía mi edad. Nos parecemos tanto».

19

«¡Qué barata cuesta la vida en esta Revolución!», pensaba Antonio. Decían que restaurantes y bares estaban llenos de generales que comían con los dedos y de guardaespaldas que exhibían pistolas con cachas de plata. Armaban camorra en los cafés, se entremataban por diversión y zigzagueaban a gran velocidad por la capital en automóviles de importantes marcas que habían requisado: Daimler, Itala, Cadillac, Mercedes, Renault, Hudson. Ignacio podía identificarlos todos y se crispaba al ver los guardabarros chocados por conductores irresponsables y sus rudos ocupantes. Cubierto por una lona, el Dodge de turismo estaba guardado en el garaje bajo la custodia de Juanito y los gran daneses.

El alimento era la preocupación más apremiante de Antonio, y se convirtió en una obsesión. Había comprado todas las existencias de conservas que tenía el abarrotero español. Dos veces por semana enviaba a Ignacio, vestido de overol y con una caja de herramientas llena de comida, a casa de mamá Lucita. Ciudadanos furiosos se amotinaban y lanzaban vituperios contra un gobierno incapaz de controlar a sus soldados. ¿Cuánto tardaría Carranza en imponer orden en la ciudad? ¿Cuánto faltaba para que sus soldados fueran debidamente acantonados? ¿Cuánto tiempo más?

Una mañana, el inconfundible sonido de un tiroteo despertó a la gente de la casa. Zumbaban las balas a través del jardín por encima de los muros, en dirección al Quinto Precinto. Los disparos provenían del tejado de la casa de Casasús y del tejado de la estación de policía. Soldados rebeldes y policías federales se insultaban a gritos entre descarga y descarga. Y luego, tan súbitamente como había comenzado, todo terminó.

Antonio estaba sentado aquella noche en la sala oscura con la ansiedad corroyéndole los nervios. Ahora, soldados rebeldes rodeaban la estación de policía vecina. Se habían mostrado bestialmente groseros cuando fue a preguntar por el tiroteo. Antonio se puso en pie y se acercó a los cortinones; los separó apenas y volvió a mirar la casa de enfrente. Una enorme hoguera lanzaba llamas en lo que otrora fue la rosaleda. Estaban asando trozos de carne. Las mujeres que atendían el fuego vestían faldas nuevas que relucían cuando alzaban sus prendas sobre pies descalzos. ¿De dónde habrían sacado las bonitas prendas? Antonio enfocó los prismáticos: por supuesto, damasco y bello terciopelo francés de las cortinas arrancadas de sus aros y enrolladas alrededor de la cintura con una cuerda. ¡Qué bestias! Eso eran, bestias primitivas consumidas por la codicia y la urgencia de destruir todo lo que sugiriera orden, autoridad y riqueza. Indignación y rabia se emponzoñaban en su ánimo ante las bufonadas que observaba alrededor de la hoguera.

«¡Que Dios nos ampare!», murmuró Antonio en la sala oscura, y dejó que los cortinones volvieran a unirse. Ahora la ciudad pertenecía a la chusma. El país entero pertenecía a la chusma. Nadie podía brindar garantías, no había quien invocara la ley constitucional. Antonio se dejó caer en un sillón y se quedó medio dormido.

—Señor —susurró el mozo del establo, sacudiéndole el brazo.

—¿Qué pasa, Juanito? —preguntó Antonio, perfectamente espabilado.

—En el establo hay unos policías que desean hablarle.

—¿Policías?

Antonio atravesó apresuradamente la casa a oscuras y llegó al establo por el jardín. Cuatro siluetas uniformadas salieron de las casillas vacías y quedaron frente a su vecino.

—Hemos intentado impedirles que roben un ternero de la lechería de Anastasio, señor —dijo el portavoz—. Tenemos el deber de proteger este vecindario. Pero, con perdón, esos cabrones empezaron a insultarnos. Entonces, ¿qué puede hacer uno? Lamentamos el alboroto. Nos persiguieron por los tejados y nos escondimos. Ahora buscamos refugio, señor.

—Es un salto muy largo desde el tejado vecino. ¿Alguien salió lastimado?

—No, señor. Pero pronto registrarán las casas. ¿Hay algún lugar donde podamos escondernos? —La mirada del hombre era suplicante.

—Sí, lo hay. Les daré las camisas y los pantalones de los carpinteros. Pueden cambiarse en el sótano, donde estarán a salvo. Juanito, llévalos por la parte de atrás hasta la cocina. Mañana veremos cómo sacarlos de la casa. Sean bienvenidos, señores —dijo Antonio, con amplia sonrisa.

El humo de la hoguera subía muy alto. Estarán tan ocupados comiendo y bebiendo el ternero gordo que por esta noche los policías no correrán peligro, razonó Antonio, sintiéndose súbitamente excitado.

—El general Blanco está esperando para hablarle —anunció Ignacio a la mañana siguiente mientras la familia desayunaba—. Lo he llevado a su antesala.

A Blanco lo idolatraban sus hombres. Y él los defendería aun contra la razón. Antonio se hizo fuerte; nunca había sabido mentir.

—Lo siento, ángel. Tendrás que bajar al sótano. Mario y Memela, vayan con ella. Y ahora, fuera. Espera, se me olvidó decirte que encontrarás abajo a unos visitantes.

—¿Quiénes, papá? —preguntó Antonieta con los ojos llenos de curiosidad.

—Cuatro policías a quienes tratamos de ayudar para que puedan escapar hasta sus casas. Ahora, vayan.

Antonieta recogió la canasta de pan dulce.

—Tal vez tengan hambre. —A veces la Revolución era exaltante.

El general Blanco esperaba, de pie y cruzado de brazos, cuando Antonio entró en la antesala.

—Quiero que esto sea breve, señor —dijo el general—. ¿Está usted alojando policías?

—No.

—Mis soldados tienen órdenes de disparar a los policías federales allá donde los encuentren. Y de apresar a quienes los ayuden. Buenos días, señor.

Al día siguiente, los policías escaparon sin que nadie los viera.

* * *

El sótano recibió poco después a otro visitante: un mendigo harapiento se presentó en la puerta y convenció a Demetrio de que llamara a su patrón. El hombre, según dijo Demetrio, afirmaba ser un cura de la hacienda de San Felipe que pertenecía a don Luis, el hermano de Antonio.

Antonio recibió al mendigo, recordando vagamente a un joven cura indio, asistente del viejo padre Sebastián. Una mirada al rostro del hombre confirmó la pesadilla que había atormentado a Antonio de día y de noche, desde su última comunicación con su hermano dos meses antes. Pero nada podría haberlo preparado para escuchar la historia que el cura narró casi sin respirar.

—Fue durante la misa de la mañana —comenzó—. Aquel día, yo oficiaba. Uno de los charros llegó para avisarnos... y de repente allí estaban, en el patio, unos treinta soldados rebeldes montados, gritando y disparando al aire. Todos salimos corriendo. Don Luis se adelantó y, acercándose al líder, dijo que les daría todo lo que quisieran: comida, municiones, caballos.

»Vi cómo la mano del hombre tiraba de las riendas. Estaba sudoroso y excitado y sólo soltó la carcajada, echando el sombrero para atrás y riéndose de don Luis. Todos ellos, un hato salvaje, estaban enfurecidos. Entonces el líder desmontó y fue contoneándose hasta donde estaba parado don Luis. Sacó la pistola y la hizo dar vueltas en el aire.

»"¿Dices que tienes comida, caballos y municiones?". Su risa era burlona y peligrosa, y se hizo un silencio de muerte. "Tenemos suficientes municiones —dijo— para ti y para tu puta madre". Y se abalanzó y le escupió a la cara a don Luis. Vi los ojos del hombre: eran como pedernales. Todo fue tan rápido. Apuntó con la pistola y el disparo le estalló en la cara a don Luis.

Se le quebró la voz al cura.

—¿Murió instantáneamente? —preguntó Antonio, casi sin voz.

—Gracias a Dios que sí. Doña Teresa gritó al verlo caer, de modo que la amordazaron y la maniataron. También a las otras mujeres. A la vieja le taparon los ojos y la obligaron a recorrer todo el patio trastabillando antes de dispararle.

—¿Y Paco? —Una imagen de su sobrino flotó por la mente de Antonio.

—Maniataron al muchacho y lo amarraron a una de las columnas de los arcos.

—¿Manuel?

—No estaba. Había ido a acompañar al padre Sebastián a Querétaro. Don Manuel, su esposa y el niño están a salvo. —El cura sacó un pañuelo de paliacate y se sonó la nariz—. Agarraron al charro, le ataron una pierna y lo arrastraron por el patio dando vueltas y más vueltas. Y se burlaban gritándole: «¡A ver si eres tan valiente como un toro!».

El hombre se derrumbó, incapaz de proseguir.

Antonio sostuvo la cabeza entre las manos y vio que sobre el escritorio caían lágrimas como esferitas brillantes. Por fin, alzó la vista.

—Continúa. Tengo que saber.

—Encontraron hachas y destruyeron las puertas a hachazos, y también los muebles. Entonces lo amontonaron todo en el patio, montones de muebles rotos, pinturas y tapetes. Separaron la plata y la transportaron en bultos que cargaron en las mulas. Libros, cubrecamas, los jarrones chinos grandes. Todo ello amontonado. Entonces el líder arrastró a doña Teresa y le entregó una antorcha. Una hoguera se prendió y la vi reflejada en los ojos de Paco. De repente se soltó de sus ataduras y se abalanzó contra el líder, arañándole la cara como un animal, tratando de sacarle los ojos. ¡Ay, señor...!

El cura calló. Su pecho se levantaba, sus hombros subían y bajaban.

—Paco… —repitió.

—Dígame —susurró Antonio.

—Paco… a él le… —Y aguantó la respiración para dominar el jadeo—. Al final lo colgaron de un árbol, abajo de la cerca donde se cuelga la cecina para los viajeros. Con los pantalones enrollados sobre las botas, sus partes nobles colgando y el pene acuchillado.

El joven cura apoyó la cabeza en el escritorio y sollozó; Antonio le puso la mano en el hombro.

Al cabo de un rato, Antonio preguntó suavemente:

—¿Doña Teresa? ¿Qué pasó con ella y con las mujeres?

—Las hicieron arrastrarse por el camino, atadas de pies y manos.

El cura calló, y sus ojos confirmaron la parte que faltaba de la historia. Entonces, con voz entrecortada, prosiguió:

—Incendiaron la hacienda y también la aldea. Los peones que protestaron o se negaron a unirse a ellos fueron ahorcados, sus mujeres violadas y los hijos pequeños robados. Juntaron los animales y se los llevaron. Todo en unas pocas horas, señor, unas pocas horas. Afortunadamente no se fijaron en mí, por lo ocupados que estaban en otros asuntos. Encontré a doña Teresa aún con vida, la desaté y también a las demás mujeres. Emprendimos el camino hacia Querétaro, sólo por la gracia de Dios. Las dejé allí, escondidas, con don Manuel y la nuera y el nieto. La ciudad estaba en ruinas. Allí hubo una horrible batalla. —Y arañó el aire frente a él como para borrar una visión.

El cura quedó callado durante un prolongado minuto, y entonces dijo que había venido caminando sin parar, escondiéndose, recibiendo asilo de buenas personas de las aldeas, mendigando comida, y que una vez huyó vestido de mujer. Cerca de San Juan del Río se había encontrado con una banda de monjas que habían huido de las colinas vestidas de campesinas, algunas de ellas embarazadas, amargadas, víctimas inocentes sacadas de su convento y utilizadas como putas. Dijo que las iglesias habían sido saqueadas, cada una peor que la otra. Él quería venir a la capital, la única isla de sensatez que quedaba, o por lo menos así lo creía. Había esperado hallar refugio en esta diócesis de la que don Luis había hablado tantas veces con afecto. Pero sólo había encontrado desorden, los curas de San Fernando y San Hipólito, asustados también, escondidos, sacando tesoros de la iglesia para ocultarlos en viejas criptas y celdas secretas.

—¿Queda alguien que escuche todavía la palabra de Dios? —preguntó angustiado.

Los ojos de Antonio volvieron a llenarse de lágrimas.

—Nosotros sí, padre —dijo con dulzura—. ¿Querrá usted, por favor, oficiar misa para nosotros? Mañana por la mañana abajo, en el sótano. Que sea una misa silenciosa para mi hermano Luis y su hijo Paco. Yo no quiero que mi hija Antonieta se entere de lo sucedido. No debe saberlo.

—Comprendo.

—Ahora, padre, un baño caliente, ropa limpia. Y comida.

* * *

Antes del desayuno, Antonio los reunió a todos en el sótano, incluyendo a Demetrio, su vigía clave.

—Un mendigo cansado encontró su camino hasta nuestra puerta —anunció Antonio—, en realidad es un sacerdote que escapó de una parroquia saqueada y asolada en el norte. Le he pedido que celebre misa, para que podamos dar gracias a Dios por tenernos a salvo. —Y se le quebró la voz.

Antonieta reconoció al cura indio. Vio que corrían las lágrimas por el rostro de su padre… y lo supo.

* * *

Mario estaba en el puesto de vigía del sótano, doblado como un changuito sobre el saliente de la ventana. Era un frío día de noviembre.

—Están sucediendo muchas cosas ahí enfrente —le dijo a Antonieta, quien bajaba con unas cobijas más para la cama y los catres—. Están sacando montón de cosas de la casa y ensillando los caballos. Y también cargan a las mulas. ¡Oye!, creo que van a marcharse.

—¡Déjame mirar, Mario, por favor! —Y Antonieta trepó al lado de su hermano que no quería ceder el puesto. Colgándose de los barrotes, se afianzó con una rodilla en el barril.

Los soldados estaban cargando a sus animales; las mujeres entraban y salían con cobijas enrolladas y cacerolas. Un soldado se pavoneaba delante de un enorme espejo; Antonieta reconoció el espejo florentino del vestíbulo. El soldado sacó la lengua, se acercó y se dio un beso riendo tontamente como un chiquillo. Examinó el ornamentado marco y trató de sacar el espejo. Volvió a pavonearse, y entonces levantó el pie y, guiñándole el ojo a su imagen, dio una fuerte patada con el huarache. Antonieta se quedó boquiabierta y se tapó la boca con la mano. El hombre pateó de nuevo hasta que el venerable cristal se estrelló. Agarrando la corona dorada, finalmente pudo romper una sección de la delicada talla y se la metió en la mochila.

—¡Lo único que saben hacer es destruir! —gritó Antonieta, sacudiendo los barrotes. Entonces vio que unos oficiales montaban y se alejaban por la calle—. ¡Se marchan! —gritó, saltando y agarrando a Sabina y a Memela de las manos—. ¡Se marchan! —Y se puso a bailar girando con ellas.

Cuando el último soldado dobló la esquina de Héroes y Violeta, los vecinos empezaron a reunirse en la calle. A ambos lados, las puertas se abrían y la gente salía de sus casas, se saludaban unos a otros con una alegría y un afecto poco usuales. Se quedaron en la calle charlando, riendo, hasta que el sol pintó los volcanes con colores pastel que se oscurecieron poquito a poco hasta que, finalmente, sólo se revelaba su silueta sobre un cielo pálido.

* * *

Beto, anémico y cansado, llegó cojeando al comedor de los niños por primera vez en todo un mes.

—¡Qué agradable es respirar! —dijo.

Antonio palmeó la mano de su hermano.

—Espero que tengas apetito. Había reservado un poco de bacalao para este desayuno, y también tenemos queso fresco.

—Son alimentos demasiado ricos para mis viejas vísceras —dijo Beto—. Pero Antonieta y Mario tienen cara de hambre. Y aunque parezca mentira, también tú, Memela. —Y sonrió débilmente.

—Me queda un deber desagradable que cumplir —observó Antonio—. Voy a inspeccionar la casa de Casasús.

—Yo iré contigo, papá —declaró Antonieta.

—¡No! —dijo Antonio—. Ya has presenciado suficiente destrucción.

—Deja que vaya —intervino Beto—. Ha vivido con el drama en el exterior de esa casa durante tres meses. Claro que desea ver lo que han hecho en el interior. Llévala contigo.

Después del desayuno cruzaron la calle. Antonio encontró al viejo cuidador indemne y apestando a pulque.

—No me trataron mal, señor. Mucho de comer y mucho de beber. ¿Pero la casa? —Se encogió de hombros y abrió la marcha.

Los pisos de parqué estaban llenos de cacarañas, como picados de viruela, «para evitar que resbalaran las botas», explicó el cuidador. El piso de mármol blanco del comedor estaba agrietado, ennegrecido por el hollín de los braseros de carbón, y la terraza de mosaico colindante apestaba, llena de alimentos podridos. La hediondez era insoportable en la sala de billar donde la última noche habían hecho competencias para ver quién podía orinar en los orificios de los ángulos de la mesa. El empapelado francés estaba desgarrado; los candiles, quebrados y hechos añicos por las prácticas de tiro. Montones de basura cubrían el salón de baile, y habían destrozado a golpes el piano de cola para conciertos. Un querubín del techo había sido delineado con orificios de balas. Restos de cortinones, como harapos, colgaban de cortineros torcidos. Sólo los dormitorios se habían salvado de los vándalos: «Cuartos de oficiales», dijo el viejo indio.

Los garajes estaban vacíos, desaparecidos los autos y carruajes. En los establos encontraron dos enormes tapetes persas cubiertos de estiércol. Un amontonamiento de muebles rotos, mezclados con cristal y porcelana, llenaba una de las casillas. Antonio levantó un fragmento de plato: porcelana de Limoges con las iniciales en oro de los Casasús aún visibles. Todo lo que podía ser transportado o arrancado de las paredes se lo habían llevado. Unas cuantas pinturas, demasiado grandes para ser enrolladas y fijadas a una silla, fueron descartadas en el montón de basura.

Silenciosamente, padre e hija se quedaron en la sala, examinando los destrozos de lo que otrora fue una elegante sala de recepción. El cuidador les echó una mirada oblicua y se encogió de hombros.

—Lo que ahí ves, hija mía, es el saqueo de la victoria —dijo Antonio en francés. Se volvió hacia el viejo—: En cuanto pueda, enviaré carpinteros para que cubran con tablas, puertas y ventanas. —La mansión había padecido indignidades demasiado dolorosas para que el público pudiera verlas—. Mientras tanto, cierre y atranque todo lo que pueda. Yo avisaré a su patrón.

Antonio echó una última mirada a su alrededor.

—Podría haber sido nuestra casa —dijo a Antonieta en voz baja.

Al marchar palmeó el hombro del viejo cuidador diciéndole:

—Usted no tiene la culpa.

* * *

Los carrancistas se fueron cuando los temidos zapatistas bajaron de los montes y entraron silenciosamente en la capital abandonada a eso de la medianoche, destrozando las bombas de agua en Xochimilco al entrar. Los carrancistas habían saqueado tan a fondo la capital, que los zapatistas parecían menos exagerados, llevando el estandarte de la virgen de Guadalupe y amuletos para repeler el mal de ojo. Pero resultaron igualmente destructivos, saqueando, matando, inclusive robándose el mecanismo del reloj de la catedral y consumiendo cualquier bocado de alimentos que encontraran en su camino. Una pandilla aislada empujó las puertas del Jockey Club para después pedir mansamente el desayuno.

El 6 de diciembre, los villistas hicieron desfilar cincuenta mil hombres por el Paseo de la Reforma. Para demostrar su absoluto desprecio por la cultura, Pancho Villa albergó sus caballos en el teatro de mármol blanco que Boari no había terminado. Villa y Zapata no querían aceptar a Carranza como primer jefe de la Revolución y lo sacaron de la capital haciéndolo retroceder hasta Veracruz. Y ellos establecieron su propio gobierno «convencionalista». Nunca, en toda su historia, había presenciado la capital tan formidable despliegue de poder; ni siquiera los timoratos pudieron dominar su curiosidad. Antonio había recortado un periódico en el que aparecían Villa y Zapata sentados en el despacho del presidente, en palacio. Pancho Villa ocupaba el sillón presidencial, sonriendo como un idiota; Zapata estaba medio tumbado en el asiento vecino, con los negros ojos ardientes mirando al frente, y sosteniendo en el regazo su enorme sombrero negro adornado con ribetes de plata, tal vez en señal de respeto por cuanto lo rodeaba; al menos podía esperarse que así fuera. La Revolución había degenerado en una lucha entre personalidades. Antonio llegó a la conclusión de que los generales habían empezado a devorarse entre sí.

* * *

—Ahí vienen —dijo Antonio, enfocando con el telescopio a una banda de mujeres que marchaban por la avenida Juárez hacia el Zócalo.

—¿Quiénes son? —preguntó Antonieta.

Al oír redoble de tambores, había subido corriendo a la torre junto a su padre. El telescopio era su comunicación cotidiana con el mundo exterior a la calle Héroes. Las líneas telefónicas habían sido cortadas; la oficina de telégrafos, cerrada a los civiles; y hacía semanas que no se publicaban diarios.

El sol fue cayendo sobre los edificios, se veían los feos tanques de las azoteas, que en meses no habían tenido una gota de agua.

—Bueno, papá, ¿qué ves? —preguntó Antonieta, tratando de dominar su impaciencia—. ¿Qué dicen esas banderas?

—No podría decirte, una cuerda de ropa me las oculta, pero hay zapatistas en el lote baldío de al lado, alimentando a sus caballos con las pobres hierbas que María ha estado echando al puchero. ¡Déjennos las hierbas! —gritó Antonio, con el ojo pegado al telescopio y el puño alzado—. No volveré a dar de comer a un solo soldado hambriento que pegue la cara a nuestra verja, ¿me oyen? ¡Ni a un solo maldito más!

—Trata de leer las banderas, papá.

—Míralos. Ahora se están metiendo las hierbas en la boca los condenados demonios. Carrancistas, zapatistas, villistas: todos son iguales. ¿Quién diablos está gobernando este país?

—Déjame mirar, papá. ¡Las vas a perder de vista!

—Ahí van, ahora ya se las ve. Hay una muchedumbre detrás.

—¿Quiénes son?

—Mujeres con faldas negras, blusas blancas y sombreros de palma de ala ancha. Ahí tienes, mira.

Antonieta enfocó una divisa que cubría el ancho de la avenida, sostenida por mujeres en marcha. «MUJERES, ÚNANSE A UN GRUPO MILITAR ORGANIZADO PARA MANTENER EL ORDEN EN NUESTRA CIUDAD SAQUEADA. SI NO LO HACE EL GOBIERNO, NOSOTRAS LO HAREMOS. NUESTROS HIJOS TIENEN HAMBRE», leyó en voz alta, y de un manotazo hizo girar el telescopio.

—Quiero unirme a ellas —gritó—. Deja que vaya con ellas, papá, por favor.

Sorprendido ante el arranque, Antonio miró a los ojos jóvenes y suplicantes.

—Ayudas más en casa de lo que harías marchando con un grupo de mujeres militantes —lo dijo con rudeza.

—¡Las admiro!

Antonio tomó entre sus manos el rostro desafiante de su hija y le levantó la barbilla:

—Escucha, queridísima hija, estamos viviendo días negros, como una tormenta, una terrible tormenta. Lo más importante para un barco en una tormenta consiste en mantenerse a flote, no en dejarse tragar por las olas. La tormenta se apaciguará y entonces el barco seguirá navegando.

La miró muy detenidamente. Ella suspiró.

—¿Qué rumbo habrá de seguir el barco, papá? Ya nada volverá a ser igual —dijo, y la frustración dilataba sus pupilas—. ¡Me siento tan impotente! Impotente, ¿me oyes? Siempre encerrada en esta casa. Sería mejor unirme a esas mujeres y hacer *algo*.

—Nunca te dejes enredar en causas, Antonieta —le dijo su padre en tono solemne—. Lo único que harán es destruirte. Piensa en esta casa como en un barco inmóvil. Una vez que esos rebeldes acaben de hacerse mutuamente la guerra, volveremos a tener paz. La ciudad será reconstruida, ya ha sido reconstruida antes de ahora —dijo, con un optimismo que no sentía en realidad.

—Somos prisioneros, papá. No puedo escribir. No puedo tocar el piano. Ni siquiera puedo concentrar mi atención en un libro —exclamó Antonieta—. ¡Sólo quiero que esta revolución termine!

De noche podía oír los pavorosos y agudos silbidos de las máquinas locas, locomotoras que, lanzadas sobre los rieles, corrían a estrellarse contra un tren de la oposición que llegara en sentido contrario. Rostros morenos curtidos por la intemperie pegados a la verja, mirando por debajo de sombreros de palma de alta copa, camisas blancas deshilachadas cruzadas por cananas colgadas de hombros delgados, huaraches lodosos saliendo debajo de pantalones de algodón sujetos por un mecate. Zapatistas hambrientos mendigando humildemente algo de comer, carrancistas que exigían comida. El rifle de Demetrio apuntaba a los villistas, ladrones y asesinos todos ellos. ¿Sería villista aquel soldado vestido con un sucio uniforme caqui que la había visto en el patio de atrás cuando arrancaba unas cebollas escondidas plantadas bajo el seto? Había trepado a la cerca, asustándola. Cuando lo miró, él se sacó el pene entre los barrotes de la cerca y lo movió hacia ella, agitando la cosa arriba y abajo, una cosa hinchada con venas salientes. Ella había logrado ahogar sus gritos y correr, tropezando al llegar a la cocina con las cebollas en la mano. «¿Por qué no estás aquí conmigo, Chela?», había preguntado a la oscura ventana. «¿Y por qué no estás aquí con tus hijos, mamá? Ven a ponerte en fila delante de la panadería o en el molino cuando haya una pizca de maíz para moler. ¡Trata de conseguir unos pedazos de carbón! ¡Llevas tres años fuera!». La ira contra su madre había hecho explosión y se puso a golpear furiosamente la almohada. «No la juzgues con demasiada severidad», había escrito Alicia. «Lo ha perdido todo. José me da dinero para ella pero no quiere recibirla en casa. Nos reunimos en un pequeño café siempre que puedo. ¡Quiero volver a casa! Quiero que mi bebé vea México. ¡Con tal de que esta horrible guerra con Alemania llegue a su fin!». Alicia tiene su guerra y yo tengo mi revolución, había razonado fríamente.

* * *

Cediendo por fin a los ruegos de Antonieta para que saliera de su frío apartamento, Beto llegó cojeando al pabellón y tomó asiento en su gastado pero cómodo sillón de ratán. Se quitó los anteojos y empezó a limpiarlos con un pañuelo de seda bordado con sus iniciales.

—Te he preparado un poco de té caliente, tío querido. Es de hojas de naranjo con canela y clavo. —Antonieta lo observaba, recordando los tiempos en que el orgullo le impedía llevar anteojos. Ahora su rostro se veía desnudo sin ellos. Se le habían quedado los ojos demasiado pequeños, la nariz demasiado larga y su perilla se veía rala. Inclusive, el dobladillo hecho a mano de su pañuelo se había deshilado.

Beto volvió a ponerse los anteojos y sonrió a su sobrina.

—Bueno, dime quién está a cargo hoy de la ciudad.

—Es Carranza, tío. Ha mandado al general Obregón tras Pancho Villa, al norte. Pero no hablemos de la Revolución. Hoy te voy a leer a Browning —dijo Antonieta. Tendió la mano para tomar la de su tío—. Te amo, tío, y me entristece verte tan frágil. Por favor, quiero que te sientas mejor.

—Si pudiera lo haría, sólo por ti —contestó Beto—. Verás, también yo soy poeta.

Un ataque de tos se apoderó de él, una tos áspera, profunda y rasposa. Beto escupió en el pañuelo y Antonieta vio la sangre. Tambaleándose, lo condujo al apartamento y le ayudó a acostarse, cubriendo con un edredón su cuerpo tembloroso.

—¡Papá! —Y Antonieta abrió bruscamente la puerta del estudio de su padre—. Tenemos que conseguir un médico. ¡El tío se está muriendo!

Aquella noche, Antonio trajo a un médico de la zona del mercado donde había visto el rótulo del hombre colgado de una puerta.

—¡Pulmonía! —declaró el médico—. Siento mucho que no haya medicinas en los hospitales ni en las farmacias, señor. Si conociera usted a algún médico militar… —Se encogió de hombros—. Oremos porque ceda la fiebre.

Lo cuidaron día y noche. Sabina lo atendía constantemente, cambiando las cataplasmas de mostaza, llevándole tés de hierbas muy calientes y compresas frías para su frente. Antonieta se sentaba a su lado, leyéndole a Browning, Baudelaire y Rubén Darío. De noche, Antonio dormía en el sillón de cuero de Beto, acosado por sueños inquietos, despierto al menor cambio en la respiración de su hermano.

Los momentos de lucidez se volvieron menos frecuentes cuando Beto empezó a delirar. Caravanas de bohemios vagabundos cruzaron el umbral de su memoria. A veces hablaba con viejos amigos y reía en voz alta. Después, oscuros recuerdos de una antigua ciudad mohosa con palacios de muros descascarados fueron tomando forma. Una vez se apretó la nariz para apartar el olor de canales de desagüe abiertos y apestosos. Una linterna, que oscilaba colgando de un farol, arrojaba una luz pálida sobre un santo de piedra labrada que miraba, enclaustrado en el ángulo de un edificio, a un niño que corría por una calle mojada por la lluvia. El niño entró en un patio pasando por enormes puertas claveteadas y tropezó con el aguador que trotaba a través del patio del hotel, con sus cubetas colgadas, balanceándose en los extremos de un largo palo por encima de su cabeza con gorro de cuero. Una cascada de agua cayó sobre una dama que llevaba un largo vestido rojo… su madre… corriendo tras él y regañando, preocupada y enojada. Podía oler el ajo a través de la celosía del confesionario. Un sacerdote le retorció tan fuertemente la oreja que le dolió días enteros. Se empinó hasta el tocador y robó una moneda de oro de la bolsa de su padre. Su padre le dio de latigazos con el cinturón, dejándole verdugones en el trasero.

—Tío, tienes que beber esto.

—Señor. —Sabina lo sacudía vigorosamente, alzándole la espalda con su fuerte brazo—. Beba esto y después podrá seguir durmiendo.

—¿Ha muerto don Porfirio? —preguntó súbitamente Beto—. Prende una vela por él, princesa. No soy rencoroso. —Oyó llamadas de trompeta que repercutían por el bosque de Chapultepec, y su carruaje se unía al desfile de libreas magníficas. Los guardias del castillo montaban nobles garañones que corveteaban, y el penacho que coronaba sus cascos ondeaba con el viento. Con un sobresalto repentino, trató de trepar desde el fondo del pozo profundo en que se encontraba. Se sentó.

—¿Dónde está Villagrande? —preguntó con voz rasposa.

Antonio tomó la mano de su hermano.

—Nadie lo sabe. Su librería la clausuraron con tablas, ¿recuerdas? Nadie sabe adónde fue.

Una sonrisa astuta separó los labios delgados de Beto.

—Se fue a Baja California con Flores Magón, ¿recuerdas? Para establecer una colonia socialista. Lo van a capturar, pobre condenado bastardo. —Y Beto cayó de nuevo sobre sus almohadones.

Cuando el sol lanzó sus últimos rayos por los cristales biselados de su dormitorio, Beto hizo una débil seña a su hermano.

—Toño —le dijo, volviendo al nombre que le daban de niño—. Prométeme que levantarás esa estatua.

—¿Qué estatua, Beto? ¿Qué estatua quieres que levante?

—Cortés. —Los labios de Beto se abrieron en una sonrisa socarrona—. Colón, Cuauhtémoc y Cortés antes de la Independencia. Te lincharán, por supuesto. —Y tuvo una risa seca—. Odiabas a nuestro padre, ¿verdad? Yo también lo odiaba. Pero su sangre es nuestra sangre. No podemos negarlo.

—No hables, Beto. —La voz de Antonio se quebró al tender la mano hacia la de su hermano. No sintió cuando la vida se fue de la mano inerte, hasta que se quedó fría, tan fría, y escapó de la suya.

Hicieron el féretro en el taller de carpintería y lo forraron con el terciopelo blanco de los cortinones que habían adornado la ventana del *boudoir* de Cristina. Cuatro altos cirios en magníficos candelabros de bronce iluminaban el salón de música donde Beto estaba de cuerpo presente. No avisaron a nadie. No había nadie a quien avisar, ningún íntimo. Los sirvientes celebraron un velorio de veinticuatro horas y oraron por el alma del difunto, y lloraron, y ayudaron a Antonio a honrar a su muerto. Inclusive, Memela fue alzada en brazos para que mirara el rostro demacrado; susurró al oído de Sabina: «Se ve tan pequeño, ¿verdad?». En una carreta alquilada, Antonio transportó el féretro a un cementerio público donde Cástulo cavó una zanja. Cuando lo bajaron, ayudó a echar las paladas de tierra hasta cubrir el sencillo cajón.

Antonieta no podía llorar, la fuente de las lágrimas se había secado para cuando ayudó a su padre a revisar las posesiones de Beto. Un sobre con unas cuantas monedas de oro para Damiana; su juego de cepillos de plata para Mario. El tío Beto le había dejado un mensaje, metido en una de las primeras ediciones de Rubén Darío: «He visto pasar a tanta gente y tan pocas almas. Tú, princesa, eres un alma bella. Has sido la pincelada de felicidad del paisaje yermo de mi vejez. No tengo nada que dejarte, como no sea mi gratitud y mi amor. Con devoción, tu tío Beto».

Ahora las lágrimas se agolparon en los ojos de Antonieta al pasar los dedos por el poema:

¡Ay! la pobre princesa de la boca de rosa
Quiere ser golondrina, quiere ser mariposa,
Tener alas ligeras, bajo el cielo volar;
Ir al sol por la escala luminosa de un rayo,
Saludar a los lirios con los versos de mayo,
O perderse en el viento sobre el trueno del mar.

20

1915

Un fuerte viento, casi un huracán, atravesaba el valle de México arrancando árboles y destruyendo chozas al pasar. Cleotilde, la lavandera, interpretó este presagio como señal de que pronto la asolada capital sería víctima de la hambruna.

Exasperado, Antonio examinó su despensa. Levantó una por una las tapas de los recipientes y los agitó: frijoles, arroz, harina, azúcar y maíz seco. Vacíos. Todos estaban vacíos. Entonces lo acometió el furor, la ira contra los revolucionarios en guerra que habían impedido el paso a la ciudad de vagones y camiones de comestibles, confiscando sus provisiones mientras seguían combatiendo sus malditas batallas justo fuera de la periferia de la capital. Los zapatistas habían regresado y cortado los cables recién reparados de la electricidad, para obligar a Carranza a marcharse a oscuras. Toda la ciudad había quedado sumida en tinieblas, exponiendo a los aterrados capitalinos a robos y ataques sangrientos. Famélico, el pueblo increpaba a los ejércitos revolucionarios —el vaivén de las distintas tropas— que entraban a caballo y tomaban posesión de la capital imponiendo sus reglas y su dinero y anulando la autoridad de la facción que los había precedido. Por toda la ciudad, abarroteros furiosos que se negaban a aceptar el papel moneda habían cerrado brutalmente sus cortinas de hierro. El hambre, como un dogal, apretaba cada día un poco más a ricos y pobres por igual.

Cerrando la hebilla del cinturón un hoyo más allá, Antonio se empeñó, con terca determinación, en encontrar alimentos. El oro tenía la palabra. El oro abriría la puerta de algún abarrotero codicioso. Convocó a Ignacio a su despacho.

—Voy al centro —dijo— para enterarme de lo que tiene que decir la «convención» de los zapatistas. No permitas que Demetrio aparte la vista de las puertas y manda a Juanito a vigilar el huerto. Dispara contra quien intente robar nuestra fruta. Si necesitas más cartuchos, ¡no lo quiera Dios!, están en este cajón. Los zapatistas pululan por la ciudad. Sabina mantendrá a los niños en el cuarto de juegos mientras dure mi ausencia de la casa.

Antonio ajustó el ala de su sombrero de fieltro, abrochó su viejo saco de alpaca para disimular las cachas de su pistola y se fue por la puerta. En la banqueta se detuvo para comprobar si por la alta verja se podría ver desde fuera una zanahoria o una cebolla delatora entre los descuidados amates de flores; habían dejado que creciera la hierba y la vieron ponerse amarilla. La valiosa agua del viejo pozo artesiano había mantenido con vida los naranjos y limoneros durante la temporada seca, y ahora las lluvias de junio habían hecho brotar nuevos capullos y malas hierbas.

Los gran daneses olfateaban tristemente en el portón, pues habían vivido de pellejos y tortas de frijol mientras duraron. Sabina le había contado que las solteronas vecinas estaban mezclando serrín con la harina de maíz para que rindiera un poco más cada grano.

El tranvía se detuvo con un rechinar metálico y Antonio abordó el coche casi vacío que lo llevó hacia el Zócalo. Los alimentos ocupaban su mente, y su malacostumbrado estómago protestaba de vacío. Los puestos del mercado de San Cosme estaban clavados. Las ratas atacaban montones de basura en descomposición, con lo que la hediondez impregnaba calles enteras. Manadas de lobos humanos recorrían los vecindarios peleando por una miaja en algún tambo de basura.

No se fijó en ella hasta que estuvo sentada a su lado. Una mano enguantada comenzó a acariciarle el muslo y un hombro se pegó a él. Se volvió y la miró: era una mujer madura, atractiva, de aspecto decente.

—Lo que usted quiera —le susurró, sosteniendo su mirada con ojos azules llenos de angustia—. Me paga en plata, entienda. Para mis hijos…

Antonio la apartó.

—Lo siento… Lo siento…

Poniéndose en pie, muy digna, la mujer se bajó en la siguiente parada.

En el Zócalo, Antonio atravesó la inmensa plaza hasta donde estaba reunida una multitud frente a la entrada de palacio y muchos estiraban el cuello para leer los boletines pegados al muro del edificio. Se abrió paso a empujones y leyó un manifiesto impreso en letras capitales: «CIUDADANOS, YA NO TIENEN QUE SEGUIR AGUANTANDO LOS CRÍMENES DE VILLA Y ZAPATA. ¡LA REVOLUCIÓN HA TRIUNFADO! EL GOBIERNO CONSTITUCIONALISTA DEL PUEBLO ESTABLECERÁ LA LEY Y EL ORDEN».

—¡Cobardes, se han ido! —atronó alguien que se puso a arrancar el boletín cubierto de inscripciones—. ¿Quién quiere más de esas promesas refritas? —preguntó, mostrando los jirones.

La multitud se fue dispersando a medida que los amargados capitalinos digerían el hecho de que Carranza y Zapata no habían llegado a ningún acuerdo. Antonio se enteró con cierto agradecimiento de que el general Obregón perseguía a Villa cada día más al norte.

En letras capitales manuscritas, un sentimiento extemporáneo declaraba:

«ESTA REVOLUCIÓN NO VALE UN COMINO. VENDEN LA LECHE POR ONZAS Y EL CARBÓN POR GRAMOS».

Un joven brincó delante del grupo y, agitando los brazos como un jefe de coro, empezó a improvisar un versito para *La cucaracha*:

Pobre, triste cucaracha,
ya no puede parrandear,
sin dinero, mariguana
ni piso donde bailar.

Habían arrancado los pisos de los edificios públicos para que sirvieran de combustible, y hasta los árboles del Paseo de la Reforma fueron tronchados, hechos leña.

Bruscamente, Antonio se alejó, con el humorismo transformado en mal humor. Atravesó el parque donde un orador espontáneo estaba subido a un banco, desbarrando frente a un reducido público, sólo Dios sabía acerca de qué. El cabello y la barba del hombre habían adquirido proporciones leoninas y sus ojos vidriosos lanzaban destellos iracundos. Otro orador se subió junto a él, y cuando el león empezó a gruñir y rugir contra el disidente, ambos perdieron a su desilusionado auditorio.

Tiene que haber alguna bodega en el mercado de La Merced que pueda entreabrirse siquiera, razonaba Antonio, doblando automáticamente la esquina de palacio hacia San Carlos, como si aquel venerable edificio pudiera devolver el orden a su vida. Un aviso fijado a una de las pesadas puertas barrocas decía: «CERRADO. LAS CLASES ESTÁN SUSPENDIDAS HASTA NUEVO AVISO».

Como hipnotizado, empezó a vagar entre callejuelas en busca de una abarrotería. El hedor de desagües atascados molestó su nariz; el ruido metálico de un tranvía al detenerse lo sobresaltó: había un muerto tendido a través de las vías. El conductor se bajó y tiró del cuerpo inerte sin lograr desplazarlo. La campanilla del tranvía siguió sonando hasta que dos peatones harapientos arrastraron al muerto, lo subieron a la banqueta, y el tranvía pudo reanudar la marcha.

Ojos hundidos telegrafiaban peligro mientras Antonio se abría camino entre los peatones, y los avizoró en los restos estrellados de un escaparate. Echó a correr. Le metieron zancadilla cuando llegó a media cuadra. En un instante, la pistola, el reloj y el oro pasaron a manos codiciosas. En otro instante ya no había nadie. Antonio se levantó, apoyándose en sus manos lastimadas, friccionó una rodilla sangrante y vaciló sobre sus pies, sacudido por la ira y la humillación. ¿De qué servía una pistola si no se hacía uso de ella? Levantó la pernera del pantalón y vendó con el pañuelo la rodilla que le daba punzadas. Todavía atontado, recuperó el sombrero. Todo había sucedido en un santiamén; la vida puede terminar en un instante, pensó. Cojeando, volvió sobre sus pasos hacia el Zócalo.

KATHRYN BLAIR

Con el rabillo del ojo vio que un hombre bien trajeado avanzaba rápidamente tras él. Al llegar a la esquina de San Carlos, el hombre le cerró el paso.

—Maestro —dijo, jadeando—, siempre fue usted tan bueno. Le venderé mi dinero carrancista a la mitad de su valor nominal. Ya sabe usted que volverán. Necesito oro. Por favor.

—No tengo nada —contestó Antonio, irritado, apartando la mano que trataba de retenerlo y alejándose rápidamente.

—Entonces plata —insistió el hombre, agarrándose de la manga de Antonio—. Tengo que comprar alimentos. Para mi esposa, ¿comprende? Necesitamos plata.

Antonio se detuvo y de una sacudida liberó su brazo. Metió la mano hasta el fondo del bolsillo y sacó unas monedas de cobre.

—No tengo oro ni plata —dijo—. Si esto le sirve, tómelo.

El hombre se quedó mirando la mano abierta de Antonio; de repente dio un palmetazo en la mano tendida, dispersó las monedas y, dando un grito agudo, golpeó furiosamente a Antonio en el vientre. Después de lo cual giró sobre sus talones y corrió hacia la plaza.

Antonio se quedó parado en la banqueta, atónito, viendo huir a su asaltante. Entonces, iracundo, agitó el puño hacia la figura que desaparecía, gritándole al hombre al doblar la esquina:

—No lo he insultado, señor. No tengo plata y tengo quince bocas que alimentar. El cuerpo de mi hermano Luis está pudriéndose, sin sepultura, igual que el cadáver de su hijo. Siento lo que usted siente, señor. Tengo hambre. Mis hijos tienen hambre. ¿Sabe usted algo de *mi* desesperación? —Siguió desvariando al aire.

Miradas curiosas se fijaron un instante en aquel hombre alto que se había vuelto loco y le gritaba a nadie combatiendo contra el espacio vacío que tenía enfrente.

* * *

Los revoltosos cayeron sobre el mercado de San Cosme. Amas de casa vociferantes blandían palos y corrían tras un tendero por la calle Héroes. Con Antonieta a su lado, horrorizado, Antonio observó desde la torre cómo derribaban al hombre y lo golpeaban brutalmente.

—¡Dios mío, si es don Rodrigo!

—¿Qué le han hecho? —preguntó Antonieta, angustiada. Antonio no contestó. Vio al español, dueño de la tienda en Violeta, vacilar sobre sus pies y tropezar al retroceder por la calle Héroes.

—Déjame mirar, papá.

—Todavía no. —La niña ya había visto demasiado.

Antonio hizo girar el telescopio para enfocar el mercado donde la turba estaba rompiendo los cerrojos de las bodegas y destrozando los puestos y, frenética, medio mataba a los pocos comerciantes que intentaban proteger sus mercancías.

—Apúrate, baja a decirles a María y a Ignacio que corran al mercado. Diles que roben lo que puedan. ¡Apúrate!

Los soldados de Carranza lo presenciaban sin hacer el menor intento por detener aquel saqueo enloquecido. Carranza había vuelto en agosto, amenazado por una huelga general y enfrentado a un populacho furioso…, furioso y hambriento. Ahora, como un fuego forestal, corría la voz de que Carranza se había retirado, mudando su cuartel general al santuario de Guadalupe, y dejado la ciudad a merced de la chusma.

* * *

Antonio pasó la noche montando guardia, turnándose con sus sirvientes y Mario que lo seguía como su sombra. Lo abrumaban sentimientos de culpa. Antonieta había presenciado horripilantes escenas de conducta humana. Los sentidos de la niña, todos, habían sido sacudidos por aquella maldita revolución. Se preguntaba si se le borraría alguna vez de la mente. Debería haber abandonado este loco país cuando se fue la gente cuerda. Su estómago gruñía de hambre y no había noche que no temiera enfrentarse al siguiente día.

El alba despuntó sin el canto de un solo gallo. Ni siquiera había subsistido una pluma de aquellas vistosas criaturas. Hacía tiempo que dejó sueltos a los caballos para que se las arreglaran como pudieran. Ahora, con cuidado, Antonio abrió la cámara de su escopeta y la cargó con dos balas. Resueltamente, atravesó habitaciones oscuras y silenciosas hasta llegar a la galería. El tenue resplandor del alba iluminó su camino hasta el huerto. Abrió la puerta y llegó al jardín de atrás, a las perreras.

Los gran daneses se pusieron en dos patas contra la cerca de tela metálica y aullaron su saludo. Antonio podía ver cómo sobresalían sus costillas bajo una piel suelta, flácida. Sus elegantes perros de raza, nobles animales.

—Gengis, Kublai —pronunció dulcemente.

Los perros gimieron y rascaron la tela metálica.

Apuntando con cuidado, Antonio disparó dos veces. Y después se alejó.

Cástulo fue a su encuentro en el camino a la casa.

—He oído disparos. —Miró a su patrón a la cara y agachó la cabeza.

—Llévalos a la cocina —dijo Antonio, apartando la mirada de su flaco jardinero.

* * *

La muerte se cobró su tributo aquel negro verano de 1915. La hambruna cayó sobre la ciudad. Famélica, la gente caía muerta en las calles. Entonces la viruela y el tifus iniciaron su carrera mortal. Mamá Lucita murió tranquilamente mientras dormía y su cuerpo extenuado fue una negación final de sí misma, el rostro aún bello con la serenidad que se logra al aceptar las vicisitudes de la vida. Una dama con un don de silencio poco común, silenciada por siempre. Antonio y José la sepultaron en un féretro basto y encontraron un cura que dijo misa. No se permitió que los niños vieran a su abuela en el ataúd.

* * *

«El loro murió hoy», escribió Antonieta. «Memela lloró y lloró, pero a mí ya no me quedan lágrimas. He vuelto a tener la misma pesadilla: me acerco a un pozo donde hay bestias salvajes. Su rugido se vuelve ensordecedor a medida que me acerco, incapaz de

A LA SOMBRA DEL ÁNGEL

dominar el miedo ni de interrumpir mi camino. Llego al borde, entonces Mario y Memela me agarran de las piernas y me llevan hacia atrás. ¿Qué me impulsa hacia el foso? ¿Será porque tengo el estómago vacío? William James dice que somos los arquitectos de nuestro destino, pero, ¿cómo puedo basarme en esa vacuidad que me aspira hacia abajo?».

* * *

La campana de la puerta de visitantes tintineó fuertemente una tarde de fines de agosto. Demetrio arrastró los pies por el pasto para admitir a Ramón Betanzo, un viejo amigo de cuando había líneas de visitantes y bailes de máscaras. En otros tiempos más felices, Antonio había apodado a su amigo Señor Dramón, ya que era conocido por sus exageraciones teatrales. Antonio sintió una alegría sincera al recibir a su elegante huésped.

—Antonio, traigo una noticia importantísima. Si supieran que lo sé, me fusilarían. ¡Ha sido un secreto tan bien guardado! —Ramón abrazó estrechamente a su amigo, y su exuberancia era un verdadero consuelo en la lobreguez del día.

—¿Qué noticia, Ramón? —preguntó ávidamente Antonio.

—Nadie debe decir una sola palabra, so pena de muerte.

—¿Qué? Por el amor de Dios, hombre, ¡habla!

—¿Sabes dónde se encuentra Pancho Villa? —preguntó Ramón con voz tétrica y misteriosa.

—No he vuelto a oír nada acerca de Villa desde que encerró a una francesa en el dormitorio de su casa requisada y el gobierno francés levantó acusaciones en su contra. Y ahora, ¿qué ha hecho?

—Pancho Villa fue derrotado en Celaya en abril. Entonces Obregón acabó con él en Aguascalientes y sus líderes comenzaron a desertar como ratas que abandonan el navío que se hunde. ¡Está en bancarrota, desangrado y acabado! —Y Ramón hizo un ademán amplio, con los ojos casi desorbitados por la importancia de su mensaje.

—¿Quién te lo ha dicho? —preguntó Antonio.

—Un soldado que estuvo allá. Un desertor. El hermano de mi cocinero.

347

—Bueno, pues brindaremos por eso, Ramón —dijo Antonio con voz animada. Llevando a su amigo hacia la antesala, empezó a preguntarse a cuánta gente habría contado su «secreto». Por el olor que traía, a más de unos cuantos—. En esta casa no hay nada que comer, pero tengo reservado un poco de brandy para este momento. ¿Me acompañas?

—Acepto —dijo Ramón, sonriendo encantado.

Con fruición, Ramón relató pormenores de las batallas.

—Me quito el sombrero ante Obregón; es un auténtico estratega. Y resulta obvio que se ha mantenido al día en cuanto a la guerra en Europa. Fíjate en esta táctica: los caballos de Villa se encontraron envueltos en alambre de púas que les arañaban y arrancaban el pellejo. ¡Pobres bestias! Los soldados de Villa se lanzaron a la carga contra nidos de ametralladoras, y sus selectos dorados fueron barridos. ¡Obregón consiguió comprar un par de aeroplanos americanos para arrojar bombas sobre los bastardos! La sangre de diez mil villistas ha corrido por las calles de Celaya y Aguascalientes —y bajando la voz, Dramón prosiguió—: Fíjate bien en lo que digo, ahora los zapatistas van a escurrirse de vuelta hacia Morelos, y Carranza se quedará atrincherado. Todo ha terminado, amigo. ¡Todo ha terminado!

—Brindemos por la comida —dijo Antonio, contentísimo, y sirvió otra copa de brandy a su amigo.

—Oye, por casualidad, ¿no te quedaría un buen habano por ahí, querido y viejo amigo?

En octubre, las campanas de la catedral resonaron alocadamente y se les unieron todas las demás campanas de la ciudad. Carranza estaba firmemente atrincherado en la capital, asumiendo el cargo de presidente de la república. La legalidad de su alta investidura había sido reconocida por Estados Unidos, que ejercía un severo embargo de armas contra Villa; este seguía combatiendo esporádicamente en el norte.

* * *

—Mira, Cástulo, ha florecido —dijo Antonio. Vestido con una vieja blusa y un sombrero deforme, trabajaba junto a Cástulo y Juanito para reparar el jardín. El cacto parecía muerto, pero después de una breve lluvia, el fenómeno anaranjado había florecido.

Antonio acarició la flor con las yemas de los dedos. Esta planta áspera y espinosa sabe cómo sobrevivir, se dijo, maravillado ante su resistencia. Asintió con la cabeza: también nosotros hemos sobrevivido. Y México sobrevivirá.

—¡Te amo, jardín! Amo tus árboles añosos. Te amo, casa. Te amo a ti, y a ti, y a ti.

Su larga falda blanca revoloteó cuando Antonieta se puso a girar, revelando tacones altos y tobillos bien torneados. Sumió la nariz en los pétalos de una magnífica rosa roja. La primavera había estallado sobre el mundo, y todos sus sentidos se embriagaban con el gozo de vivir.

Amelia abrazó un viejo álamo con un brazo, mientras hacía señas con la mano a su hermano que corría por el camino circular con los libros escolares sujetos a la espalda. Mario no se había quejado una sola vez del castigo impuesto por los jesuitas de la escuela de Mascarones.

Todos la experimentaban. ¡La libertad! Las pestilencias de la basura sin recoger todavía empañaban el aire de la ciudad, y los puestos del mercado no estaban llenos del todo, pero los soldados de Carranza habían sido acuartelados y había brigadas dedicadas a limpiar y componer poco a poco calles y edificios. Gozosa, Antonieta había visto cómo volvía su padre a mostrarse tan animado como antes. Estaba arriba, en el estudio, dedicado a su trabajo, como de costumbre.

Antonieta siguió por la rosaleda hasta el banco predilecto de tío Beto y se dejó caer sentada, mirando al cielo con los brazos detrás de la cabeza: de un azul puro y cristalino, ni un asomo de nube. ¿En qué consistía que algunos días fueran perfectos desde el momento en que una abría los ojos? Inclusive Conchita había sonreído al servir el desayuno. La muchachita había puesto la mesa, impecable en todos los detalles, y servido como si al nacer ya hubiera sabido distinguir su derecha de su izquierda. El año que viene haré de ella mi doncella o mi secretaria particular, pensó generosamente Antonieta. Pero hoy, hoy era un día especial. ¡Chela iba a venir! ¡La brillante, bella y excitante Chela! Papá había contratado a una maestra de filosofía para ellas, había decidido que esta tarde tendrían su primera hora de estudio.

—Puesto que ustedes, niñas, ya han leído todo lo que tenían a su alcance —había dicho papá—, también pueden aprender el arte del debate y verse correctamente expuestas a las obras de Platón y san Agustín.

En privado, Chela había citado a Nietzsche y Freud. Los norteamericanos estaban al día en todo, explicaba. Tres años en Nueva York le habían llenado la cabeza de nuevas ideas, y de paso la habían vuelto ferozmente independiente.

—En Estados Unidos, las muchachas van a las universidades y se les permite salir solas con un hombre. Aquí, estoy prácticamente encerrada a canto y lodo. ¡Por el amor de Dios, ya tengo diecisiete años!

Y había confiado un secreto: Chela estaba enamorada. ¡En el espacio de un mes se había enamorado! Su padre estaba actuando de una manera horrible, había dicho tristemente. No porque Alfonso, el chico en cuestión, les fuera socialmente inferior, no —era riquísimo—. Pero le doblaba la edad y había tenido aventuras escandalosas. Sus padres querían que se casara con uno de esos jóvenes «correctos» que andaban sorbiendo los vientos por ella y la aburrían de muerte. «¡Estúpidos!», eso decía Chela de ellos. No sabía que intimidaba a los jóvenes. Su belleza los abrumaba y los hacía volverse más tontos de lo que eran. «Cuando conozcas a Alfonso, verás lo guapo, maravilloso e inteligente que es», había dicho. Estaba exponiéndose mucho, alardeó, viéndolo a escondidas en restaurantes poco conocidos. La semana pasada la había besado como si la fuera a tragar; le había quemado la garganta con la lengua y le había tocado el muslo por debajo de la falda, incendiándole el cuerpo. Dijo que sabía lo que significaba el éxtasis y que anhelaba estar acostada con él, desnuda, y que la poseyera. Antonieta cerró los ojos y trató de imaginar cómo sería verse poseída por un hombre. No podía insertar a aquel hombre en ningún cuadro. ¿Qué clase de hombre sería? Una nube cruzó su ensueño mientras miraba al cielo. Chela pensaba más en el matrimonio que en la filosofía. Antonieta suspiró. Tenía dieciséis años ¡y ni siquiera había conocido a un hombre!

El Dodge giraba por el camino circular. Antonieta brincó y siguió el auto hasta la entrada.

—Bajaré enseguida, Ignacio —gritó. Señor Grieg, se dijo mientras subía corriendo la escalinata de la galería, hoy sacaré a la luz todos sus matices, todos sus sentimientos y todos sus secretos. El maestro Manuel Ponce había dicho que Grieg cobraba vida en contacto con ella, que sus dedos tocaban notas que pocas veces había tenido el privilegio de oír. Dijo que era la «estudiante más talentosa» que había tenido en el conservatorio. ¡Eran sus propias palabras!

Antonio estaba de pie en la terraza del estudio y saludó con la mano mientras Ignacio sostenía abierta la puerta del auto de turismo, impecable y brillante, y Antonieta se acomodaba en el asiento de atrás. Alzó la mirada y le envió un beso. Estaba tan llena de vida, pensó Antonio. Gracias a Dios, viva y gozando de nuevos intereses, haciendo nuevas amistades, ordenando sus compromisos sociales y asumiendo deliciosamente su papel de anfitriona. Antonieta tenía chispa y el don de las palabras. Atraía a la gente. De su ángel sensible había brotado una señorita completa, con su propia manera de pensar. Leonor, quien recién había regresado de la Europa asolada por la guerra, lo había criticado por permitirle tanta libertad, pero, ¿cómo podía negarle la libertad cuando había pasado tanto tiempo prisionera? Tiene una vida llena y ocupada. La felicidad prospera cuando la vida está llena de actividades, se dijo.

Una sensación de bienestar se apoderó de Antonio y regresó al escritorio. También él tenía un interés nuevo. Se llamaba Maruca, era amiga de su hermana Elena, una joven viuda cuyo único hijo estaba casado. Era inteligente y encantadora, libre de obligaciones, pasada la menopausia... y una amante provocativa. Antonio desplazó la borla de su fez y se inclinó sobre la mesa. Pensaba encontrar tiempo para aquel interés nuevo. Muchísimo tiempo, se prometió a sí mismo.

* * *

—Será mejor que te bajes de ese árbol —gritó Antonieta a su hermana desde el pabellón.

—¿Cómo puedes verme si estoy escondida? —dijo una vocecilla.

—Si no tienes cuidado, te pondrás verde y nadie más volverá a verte —reprendió Antonieta—. Vamos, baja, ¿me oyes? Es una falta de educación dejar esperando a *miss* Ortiz.

De mala gana, la niña bajó del árbol y desapareció dentro de la casa.

Antonieta se volvió hacia su padre.

—¿No crees que es hora de enviarla a la escuela, papá? Memela tiene ocho años, y la pobre señorita Ortiz ya no puede con ella.

—¡Ejem!, supongo que tienes razón —suspiró Antonio—. Voy a buscarle una escuela.

—Ya sé de una —dijo Antonieta, tomando un higo jugoso—. Una buena escuela parroquial dirigida por monjas americanas en San Ángel. No tienes que preocuparte, papá. Puedo inscribirla para el otoño.

—San Ángel está muy lejos —comenzó a decir Antonio.

—Sabina puede llevarla en el tranvía. Tú mismo has dicho que ya la ciudad es perfectamente segura. Y será bueno que Sabina salga un poco, ¿no crees? —Antonieta besó a su padre en la mejilla y tomó una sección del periódico—. ¿Puedo?

El asunto estaba resuelto. Antonio se excusó y se fue hacia el despacho.

Antonieta dejó que el periódico cayera al suelo y empezó a calcular mentalmente las semanas por venir. Había estado preparando un concierto en el conservatorio de música y le habían pedido que bailara para una fiesta de caridad. Bueno, no exactamente de caridad: la colonia francesa estaba patrocinando una función para obtener fondos en pro del esfuerzo de guerra. Ahora que las cosas se estabilizaban, parecía que todo el mundo cosía para la Cruz Roja o proyectaba funciones de beneficiencia. Había decidido bailar un fado y una jota aragonesa. Cuando arqueaba la espalda y zapateaba al compás de un baile español, se apoderaba de ella una pasión que nunca antes había sentido. Las castañuelas murmuraban suavemente o redoblaban un tableteo salvaje en las palmas de sus manos. La señorita Petra López había dicho que sospechaba que hubiera algo de sangre gitana en sus venas. Le gustaba fingirse gitana mientras bailaba. Sus pasos batían suave o vivamente con el rasguear embriagador de una guitarra flamenca y entonces imaginaba que la agarraban súbitamente y la besaban con pasión, y después se mecía con suavidad al gemido de un alto falsete. Era una ilusión preciosa. Durante aquellos días sombríos en el sótano, había encontrado un mantón de Manila que fue de su abuela, Leonor Mercado. Con la práctica, había logrado dominar el arte de que los flecos se movieran al ritmo del intrincado movimiento tacón-punta y de las vueltas vertiginosas de la danza. Antonieta cerraba los ojos y se imaginaba en el escenario.

El tintineo de la campanilla de las visitas rompió el encanto. Se puso en pie para ver quién había llamado. Demetrio hacía pasar a una señora: quitándose el viejo sombrero de palma se inclinó, antes de echar a correr por delante, sin mirar a derecha ni izquierda, y desaparecer en dirección a la cocina.

La señora iba elegantemente vestida, con un sombrero de paja que sujetaba para evitar las ráfagas que barrían el camino. Se detuvo a la orilla de la rosaleda y se inclinó para oler una flor. La postura era algo familiar. Entonces la señora se volvió bruscamente y con paso vacilante comenzó a recorrer el camino circular hacia la casa.

Antonieta se sumió entre las sombras del pabellón, con el cuerpo agitado y los labios temblorosos. Antonio apareció en la puerta de su despacho, se cruzó de brazos y se quedó mirando a la mujer que subía a pocos pasos de él, mientras dos manchas rojas aparecían en sus mejillas redondas.

—¡Antonio! —gritó Cristina. Y subió corriendo los últimos escalones tendiéndole los brazos.

Firmemente, Antonio le tomó los brazos y la obligó a bajarlos.

—No mandé un cable porque… —Y la voz de Cristina se quebró—. No sabes lo difícil que resultó llegar. Hasta que los submarinos alemanes dejaron de ser una amenaza.

Antonio no dijo nada.

—¿No me invitas a pasar, Antonio? —preguntó su esposa con voz trémula.

—Puedes entrar —respondió Antonio con indiferencia. Pasó él primero y mantuvo abierta la puerta de la antesala de su despacho.

La ira ahogó a Antonieta al asimilar la realidad de la presencia de su madre. Cuántas veces había soñado, cuántas veces había esperado, y ahora estaba allí, una extraña, una mujer delgada con sombrero de paja que imaginaba que bastaría con tocar la campanilla para volver a ocupar sus antiguas habitaciones. ¡Cuatro años, mamá! El pecho se le levantó y la ira dejó paso a las lágrimas, y las lágrimas a un corazón entristecido porque su madre, quien no la había querido nunca, quien no la había amado nunca, estaba en casa. Una sensación de su propia falta de méritos la embargó como vinagre. Entonces, un brazo moreno que le era familiar la rodeó y Antonieta apoyó la cabeza en el hombro de Sabina.

—Eso es cosa de ellos, Tonieta —dijo Sabina—. Es cosa entre tu padre y tu madre. Tú no tienes la culpa de nada.

La noticia corrió rápidamente. Los viejos servidores conocían a la señora, y los nuevos miraban por las ventanas para echar una ojeada a la misteriosa señora de la casa. La señorita Ortiz bajaba de la sala de clases y Amelia brincaba detrás de ella. La maestra fue acompañada a la puerta por Sabina, y Amelia se arrojó en brazos de Antonieta apretándole la cintura.

—Dicen que ha vuelto mamá. ¿De veras, Tonieta?

—Sí, es verdad. Está hablando con papá en su despacho. Todavía no puedes verla.

—No quiero verla nunca. ¡No la quiero!

—No digas eso, Memela. —Y Antonieta trató de dominar su voz—. Ella no tiene la culpa de que la guerra la sorprendiera. Ahora dile a Conchita que te sirva de comer. Mamá y papá tienen mucho de que hablar.

Amelia secó los ojos de su hermana con la punta de su coqueto delantal.

—A *mí no* me hace llorar —dijo, y se fue.

Antonieta se sentó en el viejo sillón de ratán de Beto. Voces iracundas se elevaron y volvieron a bajar… y a subir. Se sumió más en el sillón, con la mente llena de preguntas. ¿Cómo sería la vida con mamá de nuevo en casa? ¿La aceptaría otra vez papá? ¡Nunca! Había dejado a papá por un amante. Ahora debería pagarlo. Como si Dios mismo estuviera dictando juicio, un trueno rugió en el cielo.

De repente, la puerta del despacho se abrió de golpe.

—¡Sabina! —gritó Antonio.

Sabina salió del recibidor y fue corriendo por la galería.

—Sí, señor.

—Dile a Antonieta que venga. Dile… —y vaciló— que su madre está aquí.

—Sí, señor. —Obediente, la sirvienta fue rápidamente al pabellón—. Ya has oído —susurró—. Sube a tu cuarto, lávate la cara y cepíllate el cabello antes de ir.

Momentos después, Antonieta tocaba a la puerta de la antesala de su padre, con el corazón palpitándole furiosamente tras la impasible fachada. Antonio la hizo pasar. Bañado en llanto, el rostro de su madre la miraba, suplicando, como diciendo: «Necesito tu apoyo, perdóname, por favor, por favor». Antonieta besó la mejilla de su madre.

—¿Cómo estás, mamá? ¿Cómo pudiste llegar a pesar de la guerra?

—Me embarqué en un barco americano en Le Havre. Fue pura suerte —contestó, tratando de recobrar la compostura—. Eres una damita, Antonieta. Una guapa dama joven —agregó.

—Estoy segura de que no soy tan guapa como Alicia. —Se oyó Antonieta replicar y, avergonzada, preguntó dulcemente—: ¿Cómo está Alicia? ¿Y el bebé?

—Bellísimos, ambos. Él ya no es un bebé.

Un silencio incómodo se estableció en la pequeña habitación. Antonieta miró a su padre, con el estómago oprimido por la incertidumbre.

Antonio se aclaró la garganta.

—Tu madre no volverá a vivir con nosotros —anunció llanamente—. He aceptado proporcionarle un apartamento. Viviremos separados.

—Comprendo, papá —dijo Antonieta, sin atreverse a mirar hacia la esbelta silueta sumida en el sillón de cuero.

—Y quiero decirte, en su presencia, que tu madre no tiene privilegios en cuanto a visitar esta casa. Mario, Amelia y tú vivirán conmigo, como siempre, a menos que... —Antonio estudió los ojos de su alta hija, muy erguida—. A menos que no seas feliz aquí.

—¿Qué quieres decir, papá?

—¿Preferirías vivir con tu madre? —preguntó Antonio, apartando la mirada.

—¡No! —Y sus ojos incrédulos se clavaron en su padre.

—Ella ha sugerido que podrías querer hacerle compañía.

La mirada de Antonieta se congeló: ¿Mamá la quería? Claro que sí, mamá la quería. Serviría de prenda entre ella y papá, y de amortiguador contra la sociedad que iba a menospreciarla.

—Mi lugar es a tu lado, papá. Siempre ha sido así y siempre será. ¿Puedo irme ya?

—Sí —dijo Antonio, sosteniendo la puerta abierta para que pasara.

* * *

Amelia estaba escondida en el pabellón.

—¿Se parece mamá a su retrato? —preguntó, con los ojos pardos muy abiertos.

—Parece más vieja, nada más, pero es muy bella.

—¿Por qué no sale?

—Todavía están hablando. No tienes que esconderte.

¿De qué pueden estar hablando?, se preguntaba Antonieta. ¿Del tío Fernando? ¿De qué pueden hablar dos personas cuando ya no queda amor ni respeto?

La puerta de la antesala se abrió y salió Cristina, seguida de Antonio.

—¡Memela! —llamó, corriendo por la galería.

La confundida niñita corrió hacia su padre y se colgó de su mano.

—Soy tu madre —dijo dulcemente Cristina.

Amelia se echó hacia atrás.

Antonieta se quedó en el arco del pabellón, incapaz de decir nada, viendo cómo la mirada de su madre iba de una hija a otra.

Afianzando su sombrero, Cristina les sonrió:

—Adiós —dijo, muy digna. Entonces dio media vuelta bruscamente hacia las escaleras y bajó, borrándosele la sonrisa, con la espalda tan recta como un bastón.

21

1917

El hotel Geneve, propiedad de Thomas Gore, un norteamericano, era el lugar donde se reunía el set internacional. Cuando Antonieta pasó por allí con mucha prisa, las mesas de mimbre en el largo patio de palmeras estaban ocupadas por extranjeros y mexicanos que tomaban el aperitivo. Jugadores de tenis se dirigían a las canchas del fondo, y había niños que la rozaron al correr unos tras otros entrando y saliendo entre las altas palmas.

Impaciente, Antonieta oprimió el botón para llamar al ascensor y subió al tercer piso donde la suite de la señora Gore estaba ya atestada de juventud: norteamericanos, franceses, británicos y mexicanos esperaban que el comité organizador impartiera sus órdenes. Estados Unidos había entrado en guerra en Europa y un nuevo vínculo unía a las colonias extranjeras de México. La señora Gore, una señora de edad madura, un poco gruesa, había renunciado a su carrera de cantante de ópera al casarse y trasladarse a México. Ahora, la enérgica dama no había perdido el tiempo y estaba proyectando una gran función de aficionados en beneficio de los soldados estadounidenses. El espectáculo constaría de sainetes, recitados, números musicales y bailes con acompañamiento de orquesta. El Gran Final era osado y espectacular: una línea de señoritas vestidas con mallas rojas, blancas y azules formando la bandera de Estados Unidos, desplegada y ondeante cuando giraran y serpentearan las jóvenes que la componían. Lo más importante era que habían alquilado el recién renovado teatro Virginia Fábregas, y así, actuarían delante del auditorio más numeroso que se hubiera reunido para una función de beneficio.

—¡Antonieta! —gritó la señora Gore, plantando una horquilla en el chongo que se le soltaba a cada momento—. Ven aquí, querida. Estamos a punto de escoger a las bailarinas.

La posición de estrella que tenía Antonieta en el programa era aceptada por las bailarinas menos destacadas cuyas exageradas alabanzas, bien lo sabía ella, pretendían influir en su voto a la hora de las audiciones. Hoy se quedó para escuchar las audiciones finales de los alumnos de canto de la señora Gore, que interpretarían una selección de arias de ópera.

—Has estado maravillosa, Susana —dijo Antonieta con entusiasmo, felicitando a su nueva amiga por haber obtenido el papel principal—. Ven a cenar conmigo y ayúdame a venderles un montón de boletos a papá y sus amigos. Son presa fácil.

—Ojalá pudiera, pero no me han dado permiso.

—Puedes llamar por teléfono.

—Mamá no está en casa.

—Entonces, ¿cuál es la prisa? Puedes llamar desde casa y mi chofer te llevará después. Vamos. Los amigos de papá son viejos artistas interesantes que siempre arman unas discusiones maravillosas. Es su noche de dominó y todos comprarán boletos.

—De veras, Antonieta, no puedo —dijo Susana con un suspiro—. Mi familia no es tan espontánea como la tuya.

—Está bien, entonces ven el miércoles por la tarde. Los miércoles suelo tener un pequeño salón. No es que puedas vender boletos ahí. Casi todos los que vienen son pobres, quiero decir que son alumnos de mi maestra de filosofía. Pero creo que te gustará, y tal vez así se les pegue a ellos un poco de educación musical.
—La sonrisa de Antonieta era cautivadora—. Y me gustaría muchísimo que cantaras.

—Gracias. Me gustaría ir —dijo Susana—. Pediré permiso.
—Quizá me permitan ir, pensó Susana, pues su madre sentía curiosidad por saber lo que pasaba en esos «llamados *salones* de la hija de Rivas Mercado». El comportamiento poco ortodoxo de

Antonieta era un tema de chismorreos entre las madres de las jóvenes de su edad.

* * *

En silencio, Antonieta se deslizó por la cortina de cuentas y se quitó los zapatos. Chela estaba sentada en posición de yoga sobre el grueso tapete persa. Como por arte de magia, Antonieta había transformado el antiguo dormitorio de las niñas en un rincón árabe. Había recorrido el mercado de La Lagunilla y el Nacional Monte de Piedad en busca de tesoros. Una mesa china que servía de escritorio estaba dominada por un enorme trono mahometano de bodas, pero la señorita Elena Lámbarri, la maestra de filosofía, prefería sentarse en el montón de cojines marroquíes, con lo que maestra y estudiantes quedaban a un mismo nivel.

—Has perturbado mi meditación —se quejó Chela.

—Lo siento. —Antonieta se sentó y adoptó la posición de flor de loto.

Permanecieron en silencio, intentando ascender a planos de misticismo que sólo podían vislumbrar. Practicaban yoga diariamente, tratando de mantener sus cuerpos en perfectas condiciones mediante «la diversión de los sentidos del mundo externo y concentrándose en el pensamiento interior».

Cuando Antonieta había intentado introducir la práctica del yoga culinario en la cocina, su padre había levantado una protesta vociferante:

—El yoga no es una filosofía seria, y he ayunado lo suficiente durante los últimos años.

—Pero estás volviendo a engordar, papá. Nuestros cuerpos son el resultado de lo que comemos.

—Y de lo que comieron nuestros antepasados —replicó su padre—. Yo provengo de un linaje de aficionados al buen yantar, no de místicos yoguis.

Antonieta perseveró experimentando con diferentes «alimentos para la mente». Antonio la había visto tragarse un solo huevo crudo para desayunar durante una semana, la duración máxima de la mayoría de sus aventuras dietéticas.

Chela puso fin a la meditación.

—Lo he decidido —pronunció solemnemente, levantándose del cojín.

—¿Qué has decidido?

—Casarme con Alfonso.

Antonieta se puso en pie de un brinco y abrazó a su prima.

—¡Ay, Chela, Chelita! ¿Se lo vas a decir?

—Ahora mismo. Se ha estacionado a la vuelta de la esquina, esperando. Me ha dicho que tengo que decidirme hoy. Nos casaremos el día de mis dieciocho años. Lo he visto claramente en mi meditación.

—¡Pero si sólo faltan dos meses!

—Ya lo sé. Mamá tendrá que hacer sus planes a todo vapor. —Y rio con picardía—. Todos van a creer que estoy encinta.

* * *

—¿Qué piensas de Rabelais, papá? —preguntó Antonieta a su padre al entrar en el estudio.

—Me sorprende que te interese un pícaro tan poco conocido. Siglo XVI, creo. Cura o médico. ¿No fue uno de esos escritores del renacimiento acusado de indecente?

—Has dado en el blanco —dijo Antonieta, admirada—. La señorita Lámbarri dice que la mentalidad mexicana es demasiado cerrada para comprenderlo.

—Yo no creo que la mentalidad mexicana se preocupe mucho por Rabelais. ¿Y eso es lo que estoy pagando? —preguntó Antonio, fingiendo severidad—. ¿Para que te pongas a desenterrar a un filósofo menor y mohoso?

—Lo admiro —manifestó Antonieta—. Era librepensador. —Rodeó el cuello de su padre con los brazos y le besó la mejilla—. Ahora, papá, este beso es una seducción desvergonzada, preludio a un ataque contra tu billetera. —Levantó un bloc de boletos—. Son para la matiné del sábado. Memela, Mario, Conchita y Sabina quieren verme bailar, de modo que son cuatro. ¿Alguno más?

—Tres para la función de la noche —dijo Antonio.

—¿A quién vas a llevar?

—A tu tía Elena y una amiga suya.

—¡Ah! —Y Antonieta echó a su padre una mirada curiosa—. Tráelas al camerino. Quisiera conocer a la amiga de tía Elena. Y oye, papá, recuerda que habrá un baile después de la función. Cuando no necesites más a Ignacio, ¿puede venir a esperarme?

—Sería más correcto que fuera yo a recogerte —dijo Antonio.

—Mejor no, papá. Tal vez me aburra y quiera volver temprano a casa.

—¡Ejem! —Carraspeó dubitativamente Antonio.

* * *

Una joven voluntaria mexicana, quien llevaba una banderita estadounidense prendida en la blusa, acompañó a Albert Blair y a Evaristo Madero hasta sus asientos en un teatro lleno hasta los topes. Evaristo era el más joven de los Madero; más alto que casi todos los del clan, su ingenio atraía a las mujeres y a los hombres. Después de comprobar el éxito que había tenido Albert con el negocio del algodón, quiso asociarse con él, alianza que había servido de base a una sólida amistad.

—¿Es usted la estrella de la función? Es lo suficientemente guapa para serlo —bromeó Evaristo con la joven que los conducía por el pasillo. Aturdida, la joven tropezó.

Albert empujó a su socio y ambos tomaron asiento.

—No tiene más de quince años —susurró—. Apiádate de la pobre criatura. Dios sabe por qué he permitido que me arrastres aquí. Los aficionados no me entusiasman. ¿Tienes un programa?

—Ya se le habían terminado. Pero he conseguido estos. —Y Evaristo exhibió dos boletos—. Son para el baile en el hotel después de la función.

—¡Dios mío! —exclamó Albert, tomándose la cabeza entre las manos.

—Bueno, puedo presentarte a las acompañantes. Vamos, Al, relájate. No seas tan condenadamente estirado. Las mujeres no van a morderte. Esta noche debes circular, divertirte un poco.

—¡Si te parece que circulo poco en los ranchos! —dijo tercamente Albert.

—No puedes pasarte la vida vendiendo algodón y no eres lo suficientemente viejo para convertirte en solterón. Vamos, hombre, no seas tan formal.

Albert miró a su alrededor, a la gente tan elegantemente vestida que llenaba el teatro. La pareja a su derecha hablaba francés. Entre el auditorio se veían muchos uniformes de la Cruz Roja. Se daba claramente cuenta de las banderitas estadounidenses prendidas de las solapas. De haber llevado una, lo habrían fusilado allá en el norte los bandoleros villistas. En su furor contra Estados Unidos, Villa había atravesado la frontera y llegado hasta la ciudad de Columbus, en Nuevo México, sin que lograra capturarlo el general Pershing, cuya «expedición punitiva» no consiguió dar con él. Bandas dispersas seguían incursionando en ranchos y poblaciones, pero ahora los ciudadanos habían formado brigadas de defensa y no tenían empacho en disparar. Él mismo había comprado algunos rifles nuevos en este viaje. Y tendría que ver al cónsul norteamericano. La guerra en Europa pesaba mucho sobre su conciencia. Quizá debería presentarse como voluntario. La mente de Albert estaba muy lejos cuando las luces de la sala comenzaron a apagarse y la orquesta cobró vida. Se levantó el telón sobre una escena callejera de París, donde tocaba una banda de trovadores.

Cuando los trovadores se fueron hacia el fondo, Susana Porras salió a escena y empezó a cantar su aria con una voz pura y suave de coloratura, logrando que los fanáticos se pusieran en pie al terminar el aria. Evaristo se levantó y, poniendo las manos como bocina, gritó: «bravo».

—¿No es bellísima? A esa chica la voy a monopolizar yo —confió a Albert—. ¡Ya verás cómo me deshago de la competencia!

El decorado del escenario se convirtió en un bosque encantado donde una hechicera algo robusta brincaba y caía pesadamente siguiendo los acordes de *El lago de los cisnes*. Siguió una estudiantina, con cintas de colores colgando de sus guitarras y mandolinas.

Albert empezó a bostezar; la actuación de los aficionados se prolongaba mucho. Acababa de decidir que volvería a la casa de los Madero, donde estaba alojado, cuando el telón subió de nuevo. Un guitarrista atravesó el escenario vacío y tomó asiento cerca de los bastidores. Sus dedos ágiles comenzaron a tejer una obertura flamenca intrincada y apareció una bailarina española que se fundió lentamente con la música, arqueándose, con manos que revoloteaban, el torso girando y doblándose y con los pies zapateando perfectamente al compás. La más suave vibración de las castañuelas marcó el ritmo gitano y aceleró mientras la voz del guitarrista se elevaba gimiendo en falsete. El cuerpo de la bailarina vibraba con la música, creando movimientos sensuales, exponiendo tobillos, pantorrillas y rodillas y moviendo los flecos del mantón con oscilaciones eróticas. Brazos llenos de gracia fluían con cada giro y serpenteo vivaz, mientras el cuerpo grácil se arqueaba y los pies zapateaban al ritmo cada vez más rápido de las castañuelas.

Albert miraba, hipnotizado. Nunca había visto un baile ejecutado con tanta pasión. Ella era la esencia de la gracia, y sintió que su corazón palpitaba al ritmo sensual. Llegó a un paroxismo eléctrico que terminó abruptamente, y el aplauso fue de locura. Dio a Evaristo con el codo:

—Evaristo, ¿quién es ella?

—Me han prestado un programa. Mira.

Cuando comenzó el bis, Albert pudo leer el nombre: Antonieta Rivas Mercado.

* * *

El patio de las palmeras en el hotel Geneve estaba lleno de parejas que empezaron a circular durante el primer intermedio de la orquesta. Albert había conseguido una mesa, esperando a Evaristo que no tardó en salir de la pista de baile llevando del brazo a la cantante.

—Quiero presentarte a Susana Porras —dijo—. Mi socio y amigo, Albert Blair.

Albert se puso de pie y respondió a la presentación, felicitando a la joven por la belleza de su voz.

—Ahora puedo decirte que baila tan bien como canta —dijo Evaristo—. He amenazado con pasarme los diez próximos días calentando el sofá de su sala si me lo permite el negrero que tengo por socio —dijo, sonriendo con picardía—. A todo esto, Al, Susana es muy amiga de Antonieta. ¿Quieres conocerla?

El ataque directo, muy a la norteña, no le pasó inadvertido a Susana.

—¿Siempre hablan ustedes de las personas por su nombre de pila, aun antes de haber sido presentados? —preguntó, con un leve reproche—. Son muy directos.

—Él es peor que yo —dijo Evaristo, señalando a Albert con un ademán de la cabeza—. Demasiados años en los ranchos, y los caballos no se destacan por su brillante conversación. Pero este cuate es inteligente.

—Quisiera saludar a su amiga —dijo Albert, sintiéndose súbitamente aprensivo. ¿Se acordaría de él? Era mucho más viejo que todos aquellos chamacos que reclamaban su atención.

Con el rabillo del ojo, Antonieta observaba al trío que iba hacia ella cruzando la pista de baile vacía. Estaba rodeada de un grupo de admiradores, jóvenes cuyos cumplidos no tardaron en aburrirla. Al ver que Albert Blair se acercaba, se preguntó si la reconocería.

Esperó a que Susana la llamara antes de dar la espalda al grupo y quedar frente al hombre rubio.

—Son Evaristo Madero y su socio, Albert Blair. Han venido del norte por negocios y nos han visto actuar.

Antonieta tendió la mano.

—Ya nos conocemos —dijo Antonieta—. ¿Ha aprendido ya a comer chiles? —Tenía una sonrisa cautivadora.

—Sí, y han llegado a gustarme —respondió Albert, con la mirada fija en la dama de porte sereno que tenía delante.

La orquesta empezó nuevamente a tocar y Evaristo pasó el brazo alrededor del talle de Susana, haciéndola girar entre las demás parejas que ya habían empezado a bailar. Albert se sentía pesado como el plomo y no se le ocurría nada que decir.

Antonieta esperaba.

—¿Le molesta si fumo? —preguntó finalmente.

—No. Pero creo que deberíamos salirnos de la pista antes de que nos atropellen —sugirió divertida al ver lo incómodo que estaba.

—Por supuesto. —Una vez fuera de la pista, Albert dedicó una atención inusitada, primero a encender el cigarrillo y después a producir aros de humo perfectos.

—¡Qué bonitos aros de humo hace usted! —dijo Antonieta en inglés—. Eso requiere mucha práctica.

—Había olvidado lo bien que habla usted inglés —dijo Albert, recobrando la voz.

—Y su acento ha cambiado. ¿A qué se debe? —preguntó Antonieta.

—Es una larga historia. Creí ser americano, pero al parecer soy súbdito inglés, y un acento sureño no sentaría bien, ¿no lo cree usted? Mire, no sé en qué estaba pensando. Espero que el humo no la incomode. No bailo muy bien, pero si está dispuesta a que le destroce los pies, lo intentaré. —Albert dejó el cigarrillo y le tendió la mano.

Era un vals. El brazo de Albert rodeaba el talle de Antonieta: no estaba hecha del polvillo efímero de los cuentos de hadas, estaba hecha de labios, senos y un cuerpo perfectamente formado, y ojos que encerraban profundos misterios. Se acercó a él, y Albert esperaba que sus pasos torpes lograran ocultar el deseo que subía por su pantalón. No había poseído a muchas mujeres, y siempre habían sido mujeres fáciles que dejaban poco recuerdo una vez pasado el apremio sexual. Ahora quería tomar a esta joven entre sus brazos. De repente se apartó de ella y la condujo a la orilla de la pista.

—¿Quiere que tomemos un refresco? —preguntó.

—Sí —contestó enseguida. Había sentido el órgano viril duro contra su muslo y sabía que se estaba poniendo colorada. Era la sensación más excitante que jamás hubiera experimentado.

Se sentaron a la mesita en el patio de palmeras y se sonrieron. Y pronto fluyó la conversación.

—Me acordaba de que estaba usted en Zacatecas cuando se libró aquella terrible batalla. ¿Estuvo allí? ¿Qué lo decidió a combatir en la Revolución? ¿Conoció realmente a Pancho Villa?, ¿qué clase de hombre es él?

—No hablemos de la Revolución.

—Bueno. ¿Qué hace usted en su rancho? ¿No es todo terriblemente provinciano allá en el norte?

—Sí. Las señoritas todavía se esconden detrás de sus abanicos en los bailes.

Antonieta rio.

—Las damas del norte, ¿siguen siempre tan estrictamente guardadas?

—En la provincia, sí. Y allá arriba, todo es provincia.

—Me alegra ser de la capital —declaró.

No lo había dicho con altanería, lo que proyectaba era seguridad en sí misma. Mientras charlaban, Albert estudiaba detenidamente a la cautivadora joven que tenía delante. Los rasgos delicados llamaban más la atención por su expresión que por su belleza; ojos notables retaban, suavizaban, interrogaban, dominaban su compostura. La nariz aguileña un poco demasiado larga, quizá, los labios un poco delgados, el cutis un poco oscuro. No importaba, todo en aquella joven sugería buena crianza: sus manos, sus pies, su manera de andar, el timbre de su voz. La gente se volvía a mirarla. Él nunca había mirado a una mujer de esta manera. Y sí, ya era una mujer. Ahora comprendía por qué el lazo azul había ocupado siempre un lugar en su memoria.

La estaba mirando fijamente otra vez.

—¿Conoce usted a Rabelais? —preguntó Antonieta, rompiendo el corto silencio.

—No. ¿Debería?

—Bueno, ¿sí o no?

—¿Quién es?

—No importa. No lo conoce.

—Dígame, ¿quién es? Insisto —dijo Albert, echando bocanadas de humo del cigarrillo—. Si es importante para usted, quiero saber quién es.

—Fue un librepensador, un filósofo de tiempos del renacimiento —contestó Antonieta, encogiéndose de hombros—. ¿Le interesa la filosofía?

—Me temo que no. Cuando silban las balas por encima de la cabeza, no tiene uno tiempo de pensar en filosofía.

—¿Y la poesía?

—Nunca me ha gustado la poesía. Tuve que estudiar a Chaucer en la escuela, y eso me desanimó. Me gustan la historia y las biografías de hombres como Nelson, Lutero y Tomás Edison. Ellos me inspiran. Y a usted, ¿qué le gusta leer?

—Todo. Ahora estoy estudiando filosofía.

—¿Qué filósofos lee? A mí me gustan Aristóteles y santo Tomás de Aquino.

—Estoy estudiando a Nietzsche —dijo Antonieta.

—¿En qué cree?

—No se lo diré. Es demasiado deprimente.

—Entonces, ¿por qué lo estudia?

—Porque la vida puede ser deprimente y es importante que nos comprendamos a nosotros mismos —respondió Antonieta tranquilamente, con los ojos enfocados en un valor interior que Albert no comprendía. Una reflexión melancólica le empañaba los ojos.

—Pues bien, yo creo que Dios nos creó a su imagen y semejanza, y que disfrutamos de la libertad de orientar nuestros pensamientos y nuestras acciones. El mundo está compuesto del bien y del mal, y tenemos la opción de escoger. —Cubriendo la mano de Antonieta con la suya en un gesto comprensivo, sonrió—. No insista en pensamientos deprimentes. ¿Quiere que demos un paseo?

El brazo de ella se unió al músculo duro de aquel atractivo extranjero, más maduro, cuyos ojos azules trasmitían abiertamente su interés. Otros ojos, femeninos estos, le lanzaron miradas envidiosas mientras caminaban por el patio de las palmeras, inclusive cuando la abrazaban fanáticas admiradoras.

Cuando volvieron a su mesa, ya padres y madres habían empezado a buscar a sus hijas. Susana y Evaristo llegaron por la pista de baile.

—He obtenido permiso para acompañar a este ruiseñor hasta las manos de sus padres —dijo el joven enamorado—. Será mejor que me echen una ojeada. Después volveré a casa. Te veré allí, Albert. —Se inclinó hacia Antonieta y fingiendo un susurro, dijo—: Es muy terco, pero tiene buen corazón. Confío en que volvamos a vernos.

Susana tendió una mano enguantada.

—Buenas noches, señor Blair. —Consultó su relojito, una joya colgada de un prendedor, y echando una mirada vacilante a Antonieta, dijo—: Es la una. Entonces, buenas noches, Antonieta.

A las dos de la madrugada, las notas estridentes del himno *Star Spangled Banner* terminaron bruscamente. La señora Gore se acercó a la última pareja que quedaba en el patio de palmeras.

—Terminó el baile, querida mía. ¿Viene a buscarte tu padre?

—No —respondió Antonieta—. ¡Cielos!, no creí que fuera tan tarde.

—¿Quién va a llevarte a casa? —preguntó la señora Gore, escandalizada.

—Permítame —intervino Albert—. ¿Puedo?

—No, gracias. —Antonieta se puso en pie y se envolvió en el mantón de Manila—. Me está esperando mi chofer. Buenas noches, señora Gore. Ha sido un baile maravilloso. —Tendió la mano a Albert—. Buenas noches, señor Blair.

La mirada de Albert, poco dispuesto a romper el encanto, se clavó en la suya.

—¿Puedo visitarla? ¿Mañana? —preguntó impetuosamente.

—Vea, caballero —interrumpió la señora Gore—. Sugiero que llame usted por teléfono para que la señorita Rivas Mercado pueda obtener permiso de que la visite.

—Sí, telefonee, por favor —dijo Antonieta—. Tenemos el número veintidós.

* * *

—¡Chela, se va a ir! ¡Se va a unir al ejército estadounidense! —La pena de Antonieta era grande—. Sólo hemos tenido diez días, diez días en toda una vida.

—El amor es doloroso, ahora ya lo sabes. —Chela estaba sentada en la cama y acariciaba cariñosamente la mejilla de su prima—. ¿Por qué tiene que alistarse en el ejército?

—Dice que no podría vivir con su conciencia si no lo hiciera. Su hermano partió de voluntario.

—¿Te ha pedido que lo esperes?

—No. Pero sé que me ama. No aparta de mí sus ojos.

—¿Ha… digo, ha intentado algo?

—No. Creo que tiene miedo de tocarme. Hemos caminado por toda la ciudad y hablado, hablado. Cada día tengo pensado algo que enseñarle. Es como si tuviera miedo de estar a solas conmigo —Antonieta lloriqueó, sonriendo—. Insistió en subir la escalera de caracol del Ángel. Cuando llegamos arriba y salimos a la plataforma, por poco se cae por encima de la barandilla tratando de recuperar mi sombrero: había volado y caído en la cabeza de Hidalgo.

Las jóvenes rieron.

—¿Lo has recuperado?

—Sí. Los bomberos lo rescataron. —Antonieta se secó los ojos—. Ni siquiera me ha besado. Tal vez sea porque sigue considerándome como una niña. Le confesé mi charada en la Legación japonesa. No podía creer que me las haya arreglado para engañarlo por completo. ¿Cómo puedo lograr que me bese? ¡Ay, Chela, se marcha mañana!

* * *

El último día apenas si hablaron. Antonieta recorrió con Albert la Academia de San Carlos, rompiendo el silencio con una disertación sobre el arte clásico. Albert no encontraba nada que decir. Caminando por la calle de Moneda llegaron al Museo Nacional, pasando el tiempo, hablando de cosas insignificantes, tratando de no pensar en qué día era. Dentro del palacio colonial, temibles demonios lujuriosos arrancados de selvas lluviosas los miraban, mientras habitantes de Tenochtitlan, gigantes de piedra agazapados, les mostraban los dientes.

—¿Le gustan estas cosas? —preguntó Albert.

—Parecen malvados, ¿verdad? Pero son parte de la historia de México —respondió Antonieta, a la defensiva. Entonces se le acercó y lo miró a la cara—. Deje que le muestre el patio —¡ay, Dios!, tiene que besarme, pensaba. Salió delante de él a la luz brillante del bello patio y se sentó a la orilla de la fuente.

—Vámonos —dijo Albert.

* * *

Se despidieron en el jardín, de pie en las sombras largas de la montaña de los niños. Huitzilopochtli miraba desde su cueva. Cuidadosamente, Antonieta lo sacó y se lo enseñó a Albert.

—No es siniestro —le dijo—. Es un viejo amigo.

Pensamientos confusos nublaban la mente, habitualmente clara, de Albert: catedrales imponentes y rituales paganos, monumentos poéticos y demonios lujuriosos. Tan pronto como creía haber comprendido a México, se volvía la otra cara de la moneda. Antonieta causaba la misma confusión, tan próxima y tan remota a la vez, impredecible en sus cambios de humor. ¿Le gustaría el rancho? El brillo de su cultura, su intelecto y sus modales le hacían tomar conciencia de su propia falta de refinamiento, defecto al que pondría remedio, estaba decidido. Tenedores para camarones y cucharillas para fresas ocuparían de las primeras líneas en su lista de prioridades, si sobrevivía a la guerra. Al inhalar, se sentía inundado por las fragancias que lo rodeaban y jadeaba al respirar. Sólo sabía una cosa. Quería a esta mujer por esposa. ¡Quería poseerla! Albert se alejó y, de repente, volvió.

—La voy a echar terriblemente de menos, Antonieta. —Por fin, las palabras salieron a chorro. Se detuvo junto a Antonieta y ella apoyó la cabeza en su hombro.

—Y yo lo echaré de menos —le dijo ella con voz temblorosa.

Albert la estrechó entre sus brazos y oprimió su boca con la suya, besándola frenéticamente hasta dejarla sin aliento. Entonces se enderezó rápidamente y la soltó. Su voz resonó muy oficial, desprovista de naturalidad:

—Lo siento. Por favor, perdóneme. Será mejor que vaya a despedirme de su padre.

* * *

«Los días amanecen claros y brillantes, pero pronto se sumen en la monotonía —escribía Antonieta— y la noche cae de repente, como el velo de una viuda, y me pregunto dónde está Albert, lo que está pensando, si se acuerda de mí. En este silencio solitario le pregunto a mi alma qué llenará este vacío. ¿Me será negado el amor?».

Conchita tocó animadamente a la puerta de Antonieta. Hacía tres semanas que se había ido el caballero, y acababa de llegar un mensaje.

—¿Qué pasa, Conchita? —preguntó Antonieta con impaciencia.

La niña tendió el telegrama:

—Es de él —dijo, dándole un sobre café.

«No aceptado por ejército *stop* consideran cultivar caucho guayule más importante que ser soldado *stop* espero llegar capital octubre *stop* Albert».

Obedeciendo a un impulso, Antonieta decidió ir a San Fernando. Los franciscanos descalzos estaban de regreso y habían vuelto a ponerse sus hábitos pardos. Sentía la necesidad de sentarse en silencio y dar gracias.

Al volver a casa, Antonieta caminó junto al antiguo manicomio. Se detuvo y contempló las paredes ruinosas. El sol envolvía las partes desnudas en sombras suaves y quebraba un rayo dorado sobre un caño de desagüe roñoso. Una sensación de encantamiento la llevó de regreso a su infancia. La niña que había en ella acechaba entre las sombras y la mujer trataba de verla, a sabiendas de que pronto viviría otra época de su vida, la de adulta, que la conduciría por un rumbo incógnito.

* * *

El aire era fresco con el aroma de las flores silvestres, de la hierba nueva y los cactos en flor cuando el tren de Albert llegó al altiplano. Después de un verano húmedo y caluroso en Washington, Chicago y los ranchos del norte, la Ciudad de México parecía un paraíso. Albert acarició el anillo de compromiso que llevaba en el bolsillo del chaleco, como si el gran diamante hubiera logrado ya el milagro de asegurarle que Antonieta sería su esposa. No había pensado en otra cosa desde que el ejército lo rechazó, ni desde que la había dejado, ni cuando se desvestía de noche y despertaba en la mañana y se dedicaba a sus ocupaciones durante el día. Ella sería su esposa. Tenía que serlo. Sí. Sí.

Antonieta vio llegar a Albert por el camino circular con el paso rápido que había llegado a reconocer como característico de su naturaleza impaciente. Llevaba un ramo de flores, tal vez no característico, pensó en broma, pero representaba bien el personaje del pretendiente. Corrió a su encuentro.

Antonieta encontró a su padre en el pabellón. Se arrodilló junto a él y lo miró a la cara.

—Quisiéramos casarnos ya, papá. Por favor, di que lo permitirás. Los padres de Albert acaban de irse a vivir a Chicago y les ha hablado de mí y quieren conocerme. Él me ama, papá, y yo lo amo tanto. ¿Por qué tenemos que esperar?

Antonio miró los ojos suplicantes y se sobresaltó. Había sometido a Albert a un interrogatorio abrumador cuando este pidió oficialmente la mano de su hija. Antonio no tenía nada en contra de Albert como pretendiente; parecía un contraste práctico y razonable para su fantasiosa hija. Un extranjero que entraba y salía de palacio a voluntad, cuyo destino parecía ligado a México y que no se llevaría a Antonieta al extranjero. Tenía diez años más que ella, hombre maduro que la protegería. Era evidente que aquel estadounidense o británico o lo que fuera había adoptado la ética de «trabajar duro, cumplir su palabra y no contraer deudas». Indudablemente, «ser fiel» formaba también parte de su ética básica. Entonces, ¿por qué mantenía esa reserva? Había algo rígido en Blair, algo inflexible. Sentía que las dos culturas habrían de chocar, y también los temperamentos. Pero, ¿había alguna garantía en el matrimonio? Bastaba ver lo que había ocurrido con el suyo. Suspiró. Preparándose para aquel momento, Antonio había decidido que sólo consentiría en el compromiso. Deberían esperar un año más para casarse.

—Tengo diecisiete años, papá —alegaba Antonieta—. Alicia estaba casada a los diecisiete. Por favor, ¡no nos hagas esperar un año!

—No dejaré que me presionen, Antonieta —replicó Antonio con firmeza—. Si están realmente enamorados, su amor será más fuerte dentro de un año.

—Seis meses, papá. Deja que nos casemos el día de mis dieciocho años. Chela se casó al cumplir los dieciocho. Hasta me ha ofrecido su vestido de boda. —Antonieta puso la mejilla contra la mano de su padre—. Seis meses es un compromiso justo. Por favor.

Antonio levantó la barbilla de su hija y la miró a los ojos, ojos llenos de ensueños y una añoranza que él reconocía. ¿Sería capaz aquel hombre de llenar el vacío que había dentro de ella?

—Eres tan joven —dijo con pesar—. Si no fuera por la guerra, te enviaría a Europa a madurar, a una buena universidad. Serías un nuevo tipo de mujer mexicana.

—Soy una mujer —dijo Antonieta con emoción—. ¿No querrías verte con una solterona entre manos, verdad? Seis meses, papá.

Antonio le acarició la mano.

—Está bien. Ya puedes levantarte —dijo con ligereza, reprochándose su debilidad. Su hija había sido forjada para otras cosas—. No sé qué haré sin ti.

—No tienes de qué preocuparte —le aseguró rápidamente Antonieta—. He estado pensando en convertir la suite de mamá en un departamento para nosotros. Podemos repartir nuestro tiempo entre la capital y el rancho.

—Tu futuro esposo es orgulloso y terco, hijita mía. ¿Lo has convencido de ese plan? ¿Y dónde van a casarse? ¿Se hará católico?

—No he insistido sobre el tema. Albert siente profundamente su religión y, al fin y al cabo, ambos somos cristianos.

—Yo creía que tú eras yogui.

* * *

Los ramos blancos y las altas velas flanqueaban un altar cubierto de encajes en la ventana de la sala de la casa de Héroes. Un cuarteto de cuerdas tocaba suavemente allá atrás. Un sacerdote pronunció los votos del matrimonio mixto, justificando la dispensa por el hecho de que no se consagrara en la iglesia.

«Fue todo demasiado sombrío», pensaba Elena, de pie con la familia presenciando la boda. Sentía la ausencia de Cristina. Antonio no se había dejado convencer: Cristina no volvería nunca a poner los pies en esta casa. No estaba presente ningún miembro de la familia del novio, ni siquiera sus grandes amigos, los Madero. Antonio dijo que este hombre era realmente anticatólico. ¿Lo avergonzaba haberse sometido a una boda católica y por eso no los había invitado? Por lo menos, este angloamericano era un buen partido. Antonio había mandado investigar a la familia. Los padres estaban bien situados, al parecer, en un suburbio de Chicago, y la hermana se había casado con un médico. Elena apretó la mano de René mientras escuchaba los votos matrimoniales. Mala suerte que Antonieta no hubiera encontrado un europeo. Miró los rostros solemnes a su alrededor y arrugó la nariz. Antonieta debería haber abierto los cortinones para que entrara luz.

La crítica más severa de la sencilla ceremonia salió de labios de Amelia, quien confesó a sus compañeras de clases que nunca había asistido a una boda tan aburrida.

* * *

Un enorme ramo adornaba la consola de la suite en el hotel Geneve, obsequio de la señora Gore. Un telegrama de Susana y Evaristo, recién casados, estaba encima del montón de tarjetas y mensajes de felicitación. Los recién casados, cohibidos, leyeron sus mensajes bebiendo champaña, sin atreverse a expresar los pensamientos que les llenaban la mente.

Antonieta tendió su copa de champaña:

—Vuelve a llenármela, por favor.

—¿Te gusta la champaña, verdad?

—Cuando es buena, sí. —Derramó un poco al beber. ¿Le vería realmente el pene antes de que la penetrara? Chela le había contado que una mujer llegaba a la cumbre sexual, algo llamado clímax, que era la sensación más eufórica, indefinible y compleja que pudiera tener la mujer. Se sentía los pechos duros y respiraba demasiado aprisa.

Albert aplastó el cigarrillo. De repente se puso en pie y levantó a Antonieta. La besó una y otra vez, apretando el cuerpo esbelto contra el suyo y susurró:

—Eres mi esposa, mi esposa y mi amante.

Antonieta sintió su órgano viril duro y cerró los ojos tratando de imaginárselo dentro de ella. ¿Lastimaría como sus besos?

—¿Dejarás que te vea desnuda? —susurró, y la condujo hacia el dormitorio.

Colgando cuidadosamente cada prenda en el armario, Antonieta se desvistió, incómoda con su desnudez, sin atreverse a verse desnuda en el espejo que reflejaba un cuerpo exquisito: piernas largas y bien torneadas, manos delgadas con dedos finos, un torso perfectamente proporcionado con senos pequeños y firmes que mostraban pezones rosados sobre una tez de bronce. Se soltó el moño y sacudió la cabeza, soltando sus cabellos largos y negros, ondeados por las vueltas con que se peinaba para parecer mayor. El cuerpo desnudo temblaba. Chela decía que el amor sexual era algo que crecía y crecía hasta que una flotaba en la cresta de una ola enorme y se desplomaba. Antonieta se metió bajo las mantas y subió la sábana cuidadosamente hasta el cuello.

Albert salió del cuarto de baño vestido con una bata de seda que se quitó al levantar las cobijas. Antonieta ahogó un resuello.

Entonces el cuerpo pesado y musculoso de Albert oprimió el suyo mientras buscaba sus labios.

—No te lastimaré —susurró—. Eres mi amante, mi esposa.

Cuando todo terminó, un chorrito caliente corrió por su muslo hasta hacer un charquito bajo sus nalgas. Albert la atrajo hacia sí y ella amoldó su cuerpo al círculo cálido de sus brazos.

—¿Te gustó? —susurró.

—Sí —mintió ella.

—Eres tan bella, querida mía. —La besó en la mejilla—. Te amo con toda mi alma.

Antonieta se quedó silenciosamente entre sus brazos, escuchando la respiración regular de Albert dormido. Todos sus pensamientos estaban bloqueados ante el hecho ineludible de que el hombre que yacía a su lado era su esposo. En una sola noche, toda su vida había cambiado.

22

Mirando por la ventanilla del compartimento que ocupaban en el tren, Antonieta observaba cómo cambiaba el paisaje de cactos y yucas a un terreno yermo sembrado de vagones rotos, fragmentos de rieles, ruedas y máquinas oxidadas; escombros de la Revolución.

—Espero que en cualquier momento aparezca Villa con sus dorados de entre los matorrales. —Y se estremeció.

Albert rio y le tomó la mano.

—Tres vagones con soldados federales viajan con nosotros, y Pancho Villa está muy ocupado con su hacienda de Durango.

Antonieta no se apartaba de la ventana. La Revolución parecía estar muy cerca. Poco a poco comenzaba a comprender que las experiencias que Albert relataba efectivamente las había vivido. Eran reales.

Cruzaron la frontera en Laredo, Texas. Sórdidas casuchas con geranios tenaces plantados en latas, perros sarnosos que corrían sueltos, burros cargados con costales de yute, y niños medio desnudos en puertas ruinosas fueron desapareciendo cuando el tren pasó por el puente. Casitas limpias con vallas pintadas de blanco se alineaban a lo largo de las calles que conducían a la estación. Siempre recordaría Antonieta cómo la impacto la primera vez que cruzó la frontera. Una hendidura en la tierra por la que corría un río lodoso y poco profundo parecía separar dos mundos: caos y orden, pobreza y prosperidad. Se preguntó cómo sería México de haber sido ingleses los conquistadores.

En la estación de San Antonio, eficientes «gorras coloradas» empujaron sus diablos hasta la escalerilla del pullman. Allá cerca esperaba una hilera de taxis. Albert y ella permanecieron en su compartimento mientras su pullman era enganchado a un tren de lujo que los llevaría a San Luis y Nueva York.

A medida que el tren avanzaba hacia el norte, el color verde fue sustituyendo a la tierra morena y quemada de México, y campos de trigo, cebada, alfalfa y papas pasaron rápidamente ante sus ojos. Una nueva idea le cruzó la mente a Antonieta: ahora era la señora Blair y formaba parte de este vasto país, Estados Unidos, que se desplegaba ante sus ojos. Su nuevo apellido encerraba la promesa de una vida nueva y excitante. Por la noche, seguía despierta en la angosta litera que habían decidido compartir, sintiendo el peso del cuerpo musculoso de su marido y preguntándose cuándo experimentaría las sensaciones que Chela le había descrito. El éxtasis la eludía siempre después de que, una vez saciado el deseo de él, se quedaba profundamente dormido. Antonieta hizo a un lado ese pensamiento mientras sopesaba las muchas facetas que comprendía ser una esposa. La familia de él, ¿la querría? Pasarían primero una semana en Nueva York para estar solos, visitar, charlar y hacer el amor en una suite espaciosa.

A Antonieta la cautivó Nueva York, una colmena moderna y dinámica de lenguajes y culturas étnicas con las que uno se tropezaba en cada esquina. Nueva York parecía seguir el ritmo de la naturaleza inquieta de ella, y el mismo Albert se dejó arrastrar incansablemente por museos y exposiciones y conciertos y teatros. El último día la llevó al planetario donde el universo entero pareció cantarle a su corazón.

El tren de Chicago era rápido y elegante. Mucho después de que Albert se quedara dormido, Antonieta siguió despierta, poseída nuevamente por el antiguo temor a la idea de conocer a la familia de él. Eran conservadores, le había dicho Albert, tan conservadores que él nunca había tomado una copa ni bailado ni fumado un cigarrillo hasta que se fue a la escuela preparatoria. Esa noche, en el vagón restaurante, Antonieta había pedido un Chá-teau-Lafite 1903 para celebrar su última noche en el tren, y Albert le había cubierto la mano con la suya mirándola con expresión seria.

—Esta será nuestra última bebida por un tiempo. Mis padres no sirven en su casa nada que contenga alcohol, de modo que no hables de vinos, querida.

—¿Nunca beben absolutamente nada? ¿Ni siquiera por Navidad ni en las bodas?

—Nunca.

—¿Y qué me dices de la comunión? Porque haces la comunión en tu iglesia…

—Con jugo de uva —contestó a la defensiva.

En Chicago abordaron un tren local hasta el suburbio de la ribera norte del lago Michigan donde vivían los Blair.

El corazón de Antonieta palpitaba fuertemente cuando Albert saludó a una pareja de edad madura, bien vestida, que respondió al saludo. Madre Blair tenía un aspecto menos austero de lo que ella había pensado: una dama menudita parada junto a un ca-ballero imponente de barba bien cortada. Antonieta besó a sus nuevos parientes en la mejilla después de que Albert la presentó.

—Bienvenida, querida —dijo Madre Blair, cuya buena educa-ción superó cualesquiera recelos que pudiera tener—. Conocerás al resto de la familia durante la cena. —Sus ojos azules parecían bondadosos detrás de los quevedos.

En Highland Park, las casas se levantaban lejos de la calle, se-paradas de esta por extensiones de pasto sin altas vallas ni muros que proporcionaran protección y privacía. Había algo abierto en el vecindario, una sinceridad confiada con la que Antonieta sim-patizaba.

La casa de los Blair era una espaciosa estructura de ladrillo entre rododendros y lilas en flor. La cuidaba una pareja de ne-gros que hacían el «trabajo del patio» y el «trabajo pesado», según lo expresó Madre Blair. Los sirvientes se marchaban después de la cena. La casa estaba amueblada confortable aunque conserva-doramente, y desprovista de cualquier adorno superfluo. Un es-pléndido servicio de plata para el té reposaba en una antigua e impecable consola inglesa en el comedor, y unos cuantos tapetes persas estaban dispersos sobre pisos de tablas de madera bien encerados. La biblioteca, la pieza más atractiva de la casa, tenía un gran ventanal y una chimenea. Los esposos Blair se habían trasladado a Chicago para estar más cerca de su hija casada, Grace, y los dos nietos. Una hija más joven, Dorothy, de la misma edad que Antonieta, vivía en casa, y Alexander, el hermano de Albert, quien acababa de unirse a las fuerzas armadas de Estados Unidos, se había embarcado para la guerra en Europa.

Arriba, los muebles del antiguo dormitorio de Albert estaban en el «cuarto para invitados»; un papel modesto, rayado, cubría las paredes, y cortinas de organdí agregaban un toque femenino a un dormitorio que, por lo demás, era muy sencillo. Compartirían el cuarto de baño adyacente con Dorothy.

Antonieta se vistió muy cuidadosamente para la cena, escogiendo un conjunto de seda azul, adornado sólo con la larga hilera de perlas de su madre. Estiró hacia atrás el cabello negro para formar un moño favorecedor y echó una última mirada al alto espejo por encima de la cómoda de Albert.

—¿Me veo bien? —preguntó, nerviosa.

—Absolutamente bella —respondió Albert, interiormente aprensivo acerca de las preguntas que sus padres pudieran hacerle a su esposa mexicana.

* * *

—Albert dice que tu padre ha estado en Chicago —comentó Grace, con una bella sonrisa que corregía su fealdad.

—¡Claro que sí! —respondió Antonieta—. Ha venido muchas veces. —Estaba sentada muy derecha, cómodamente apoyada en un cojín y con las piernas graciosamente cruzadas; la seda del vestido caía en pliegues suaves.

—Y dice que habla muy bien inglés —agregó Grace.

—De niño fue a la escuela en Inglaterra —explicó Antonieta— y después realizó sus estudios profesionales en Francia.

—¿Y qué nos dices de tu madre, querida? —preguntó la madre de Albert—. No hemos oído hablar mucho de ella.

—Mis padres están separados —respondió Antonieta.

—¡Oh, cuánto lo siento! —expresó Madre Blair, ruborizándose.

—Nuestra religión no permite el divorcio —explicó Antonieta—. Todos vivimos con nuestro padre.

Grace rompió el silencio incómodo que se había producido.

—Y ahora Albert y tú tendrán su propio rancho, no muy lejos de tu padre, espero.

—Es bastante lejos, Grace —intervino Albert—. Más de quinientas millas. Dos veces la distancia entre Henderson y Chicago.

—¿Tanto? —exclamó Madre Blair—. ¿Y vas a llevarte allí a esta niña, Albert? ¿No hay peligro?

—Ya no, madre. Ya terminó la Revolución.

—¿No estarás diciendo eso para tranquilizarnos? —La voz de Padre Blair era profunda y retumbante—. Ese bandido, Pancho Villa, sigue con vida, ¿no es cierto?

Todos en Estados Unidos parecían haber oído hablar de Pancho Villa, pensó Antonieta. Era como si México y Pancho Villa fueran sinónimos.

La conversación fue interrumpida por la llegada del esposo de Grace, un médico con numerosa clientela que tenía su consultorio en Chicago. Entró en la pieza con un montón de periódicos bajo el brazo y los dejó en la larga mesita delante de los recién casados.

—Así que tú eres Antonieta. —Y la miró como evaluándola—. Eres todo lo guapa que dijo Albert. Bienvenida al clan Blair. Lee Gatewood. —Y tendió la mano.

—Gracias —dijo Antonieta, levantándose y dándole un beso en la mejilla para corresponder a la cálida bienvenida.

—He traído los periódicos de la tarde —dijo—, con noticias de verdadero interés para esta familia. La división de Alex ha desembarcado en Francia.

—¡Ah! —Y la fuerte aspiración de Madre Blair se oyó claramente.

—¿No dice dónde los enviarán? —preguntó Padre Blair con la profunda voz de barítono matizada por la ansiedad. El león británico había sido malamente aporreado y su hijo americano había corrido al rescate.

—No, señor. Sólo que una docena de divisiones americanas desembarcaron ayer en Francia y que el general Pershing las ha puesto a la disposición del mariscal Foch.

La guerra dominó la conversación. Y nuevamente Pancho Villa.

—¿No persiguió el general Pershing a Pancho Villa por todo México? —preguntó Dorothy.

—Y nunca le dio alcance —agregó Albert con una sonrisa triunfante.

—Correr tras bandidos por entre el chaparral no es lo mismo que mandar a soldados disciplinados —opuso seriamente su padre—. Dime, Albert, ¿crees que ese presidente Carranza es de fiar? ¿No estuvo conspirando con los alemanes para complicarnos en una guerra contra México?

—A pesar de todas las conjeturas, padre, sigue en pie el hecho de que no sucedió. Creo que los alemanes quisieron crear esa situación como una táctica para entrampar a los americanos, y Carranza la aprovechó para fastidiar a Wilson.

—Dios quiere que vivamos en paz los unos con los otros —dijo Madre Blair—. Debemos orar todos para que tales conflictos lleguen pronto a su fin. —El reloj del vestíbulo dio las seis. La solemne dama se puso en pie—. ¿Podemos pasar al comedor?

—¿Por qué no defendiste a México? —regañó Antonieta a su marido—. Cuando tu padre preguntó acerca de los pobres y si tenemos hogares para los mendigos y los ancianos, ¿por qué no le dijiste que a nuestros mendigos no les gusta que los encierren en instituciones? Se escapan y vuelven a la misma esquina al cabo de un par de días. Y no necesitamos una sociedad de ayuda mutua. No la necesitamos porque los ancianos, las viudas y las solteronas se van a vivir con sus familias. ¿Por qué no les explicaste?

Albert se levantó sobre un codo y miró a su enojada esposa.

—No habrían comprendido —dijo débilmente—. Para ellos, México es como China.

—¿Crees que les agrado?

—¡Claro que sí, tesoro! Lo que pasa es que todavía no te comprenden.

Durante la comida, Antonieta oyó un nuevo rosario que Madre Blair recitó a los niños acerca de los modales:

—¿Se han lavado, queridos? Muéstrenme la cara y las manos. Ahora dejen limpios sus platos.

Al pequeño Lee, le dijo:

—Recuerda que el mundo está lleno de niños hambrientos. Gracy, ayuda a Henrietta a levantar la mesa, que sólo tiene dos manos.

Otro rosario era el horario: la hora de levantarse, el tiempo suficiente para ocupar el cuarto de baño, la hora de tomar el tren. No perder tiempo. Y mucho cuidado si no llegas a tiempo. Al parecer, los americanos estaban dirigidos por el reloj. Eso le ponía a Antonieta los nervios de punta.

El domingo, el servicio religioso en la pequeña iglesia de madera blanca fue una experiencia que superaba todo lo imaginado. Le tendieron un programa cuando la familia se introdujo en su banco. No había tabla para arrodillarse y la cruz de bronce del altar era la única señal de que se trataba de una iglesia cristiana. El ministro se colocó frente a la congregación y predicó un sermón sencillo, pero edificante acerca de los valores cristianos, hablando en inglés, no en latín, predicando desde un atril bajo y no desde un alto púlpito. A coro recitaron el padrenuestro. Ella compartió un libro de himnos con Dorothy y después en voz alta leyeron fragmentos de la Biblia que sólo había oído pronunciar por sacerdotes. Madre Blair estaba sentada en un extremo del banco y su esposo en el otro, firmes guardianes de su familia. Eran buenas personas, buenas personas que se esforzaban por introducirla en sus extrañas costumbres. Una parte de ella protestaba a gritos, pero una parte más fuerte aún deseaba desesperadamente que la aceptaran.

Durante su última noche en Highland Park, Albert y sus hermanas acompañaron a sus padres a una reunión en la iglesia. Antonieta se quedó en casa, pues padecía una diarrea aguda, causada probablemente —había dicho Lee— por el agua que contenía minerales y cloro a los que ella no estaba acostumbrada. Se alegró de estar sola. Recorrer con cautela un hogar ajeno, hablar inglés a diario, tragarse la ira cuando observaciones sin segunda intención revelaban ignorancia respecto de México, todo ello resultaba agotador. Un deseo repentino de experimentar el alivio de la música la llevó al piso de abajo, al piano.

Antonieta ajustó su bata de raso y se sentó en el taburete. Un trino le mostró la fidelidad del tono, y sus dedos comenzaron a explorar senderos conocidos. Gozo, grandeza y patetismo llenaron su ser mientras tocaba su amada música clásica. No oyó que abrían la puerta de entrada.

Lee dejó su maletín de médico y se quedó de pie en el umbral, sin hacer ruido, cautivo de la admiración que le inspiró el inesperado concierto. Cuando se apagaron los últimos compases del concierto de Chopin, aplaudió vigorosamente.

—¡Bravo! —exclamó—. ¿Por qué no nos dijiste que tocabas el piano? Quiero decir que ¡eres pianista! Y pensar que has aguantado los recitales de Dorothy, tan elementales.

Antonieta se dio vuelta y sonrió.

—Casi siempre toco sólo para mí. Ya no practico lo suficiente para tocar para los demás. —Se levantó.

—Me alegro de que te hayas quedado en casa —dijo Lee—. No hemos tenido muchas oportunidades de hablar. Si ha terminado el concierto, por favor, pasemos a la biblioteca. He visto que Robert ha dejado el fuego listo.

Lee se quitó el saco, aflojó la corbata y se dejó caer en un profundo sillón. Antonieta se encogió en el asiento del ventanal y golpeó los cojines para hincharlos a su alrededor. Se sentía a gusto con Lee: sus modales eran cálidos, comprensivos, y se interesaba por la gente. Además era guapo; el cabello castaño ponía en valor sus dulces ojos azules. Debe de ser un buen médico, pensó.

—¿Cuál es tu especialidad, Lee? Quiero decir, ¿qué clase de médico eres?

—Un buen médico —contestó Lee, sonriendo—. Tengo pacientes de todos los tamaños, edades y colores. ¿Cómo te sientes?

—Creo que ya estoy bien, gracias.

—¡Oh, casi se me olvidaba! He traído una receta especial para ti. Espérame. —Salió al vestíbulo y al regresar traía su maletín. Lo abrió y sacó un termo. Entonces sirvió el líquido en dos vasitos—. Ahí tienes —dijo sonriendo—. Martell. Espero que sea tu marca.

—¡Coñac Martell! —exclamó Antonieta, horrorizada—. Albert lo olerá en mi aliento y, ¿qué va a pensar Grace?

—A ella no le importa —dijo Lee—. No debes juzgarnos a todos según los viejos. Mi esposa es cristiana hasta la médula, pero en su propio hábitat es muy indulgente. Y creo que Albert se convirtió en un buen bebedor en cuanto escogió las revoluciones. Lástima que no podamos tenerlos en nuestra casa, a solas, una noche.

—Yo también lo siento —dijo Antonieta, bebiendo con delicadeza.

—Ya sé que ha sido duro para ti —dijo Lee, sentándose cómodamente—. La Reforma Puritana odia a la España Católica. Siguen combatiendo contra la Invencible Armada bajo el mando de la buena reina Isabel I. Parece, por su cambio de acento, que Albert ha vuelto a sus raíces inglesas. Solían llamarlo *Kentuck* en la escuela. ¿Qué pasó?

—Su acento se volvió más comprensible, gracias a Dios. —Y Antonieta rio—. Al parecer, la nacionalidad depende de dónde naciste y dónde radicabas al cumplir veintiún años. Ya sabes las respuestas a eso. Londres y Vancouver. Cuando regresó de Nueva York a México en 1914, un conocido del barco le aconsejó que obtuviera un pasaporte como identificación. Pararían un día en Cuba.

—Creí que no exigían pasaportes.

—Correcto. Pero Albert decidió que serviría como salvaguarda durante la Revolución. Se escandalizó cuando le dijeron en el consulado estadounidense de La Habana que era británico. Ahora también yo soy súbdita británica.

—¡Que viva el rey, querida! Otro traguito.

Antonieta tendió su vaso.

—¡A tu salud!

Hablaron de México, de lo que le gustaba y lo que no, y de las impresiones de ella acerca de Estados Unidos. Y hablaron del matrimonio.

—Los Blair nacieron en Escocia, ¿sabes?, y la sangre escocesa es muy espesa —dijo Lee—. Albert es como el acero. Será difícil de doblar, pero no veo cómo puede uno no doblarse… en tu dirección. Eres una joven extraordinaria, Antonieta. De no estar casado, yo mismo te cortejaría. ¿Otra copita?

—Mejor no. Podría emborracharme. —Antonieta rio, enroscada entre los cojines, relajada y cálida. Y entonces, Lee aconsejó:

—No dejes que Albert acabe con tu resistencia. La sangre escocesa tiende a salvar el alma y destruir el carácter. —Lee consultó su reloj—. Creo que iré a la cocina a ver si queda algo de cena. ¿Vienes conmigo?

—No, gracias.

—Entonces descansa un poco. —Lee recogió el saco y lo colgó en el vestíbulo. Se volvió y miró a su joven concuñada mexicana—. Te prometo que siempre podrás contar con Grace y conmigo.

* * *

Antes de su regreso a México, Antonieta caminó sola hasta el final de la tranquila calle suburbana y pasó un rato en el farallón que dominaba al lago Michigan. La interminable superficie líquida reflejaba su propia inquietud mientras meditaba largamente sobre el nuevo rumbo que había emprendido su vida:

—¡Oh, Dios!, haz de mí una buena esposa —rezó.

Antes de la boda, Antonieta había transformado la suite de Cristina en un departamento encantador. El oratorio era ahora un pequeño despacho para Albert, y las cortinas de cuentas y los adornos marroquíes habían cedido el lugar a un cómodo salón.

Las primeras semanas de su regreso a México, Antonieta se sorprendió haciendo comparaciones con Estados Unidos. Siempre que tenía la oportunidad, trataba de sacudir a las jóvenes casadas mexicanas cuya conversación parecía limitarse a la moda nueva, los bebés y las sirvientas. La mayoría de las muchachas que conocía habían sido educadas para ser comedidas, perfectas en asuntos del hogar y libros de cuentas pero, sometidas a los hermanos desde pequeñas, no tenían inconveniente en someterse a un futuro esposo. En las fiestas, las mujeres se sentaban todas juntas, como urracas en una rama, chismorreando en susurros y excluidas de la conversación masculina. Su educación era limitada y el único libro que les interesaba era el de citas sociales.

Sentada en un taburete de dibujante junto al escritorio de su padre, Antonieta compartía con él sus impresiones acerca de la vida norteamericana.

—Todo está tan ordenado —dijo— y los americanos son tan disciplinados... y dedicados. Todos en la comunidad parecen entregarse a alguna causa o algún proyecto. La gente es abierta y poco ceremoniosa, inclusive el hombre del garaje llama a Lee por su nombre de pila, y eso que es médico. Me escandalicé cuando el padre de Albert ayudó a limpiar la cocina. Por supuesto, hacíamos nuestras camas. Y las mujeres gozan de tanta libertad, papá. Trabajan, quiero decir que tienen empleos respetables en oficinas. Y las amas de casa salen, asisten a reuniones, toman clases, van a conferencias. —Antonieta se detuvo—. Me he comprado una máquina de escribir.

Antonio la dejaba hablar.

—¿Por qué son las mujeres mexicanas tan sumisas? —preguntó finalmente.

—¿Quién las ha alentado o las alienta a pensar con independencia?

—¡Tú me alentaste a mí!

—Yo soy la excepción —pronunció Antonio, fingiendo solemnidad—. Esos contrastes entre culturas tienen una base, Antonieta. Permite que te dé una breve lección de historia: los españoles vinieron en busca de oro, y los ingleses para colonizar tierras nuevas. En trescientos años no tuvimos voz ni voto en cuanto a gobernarnos y aun así, ¿cuánto cuenta el voto? Desde el principio —prosiguió—, los colonos ingleses manejaron sus propias colonias. Hombres y mujeres trabajaron juntos la tierra. ¿Qué explica eso? Ahora —y Antonio apuntó a su hija con el dedo— sigue mi consejo: aprende de los extranjeros, pero no rebajes tu propia cultura. —Y concluyó la conferencia con una sonrisa bondadosa.

—Me alegro de que seas mi padre —dijo Antonieta, dándole un beso.

Las tareas de la casa le quitaban mucho tiempo y ahora había muchísimos más detalles que atender. A Albert le gustaba invitar en la impresionante mansión, invitaciones que les eran correspondidas por su creciente círculo de amigos ingleses y norteamericanos. Las recepciones en la embajada y las comidas en los clubes Inglés y Americano llenaban su agenda. Se hicieron miembros del Country Club, pero Antonieta prefería los caballos al golf. Echaba mucho de menos sus lecciones de filosofía con Chela y casi nunca tenía tiempo para el piano.

Un día, callejeando con Chela por los bazares de la zona llamada mercado de ladrones, Antonieta compró un exquisito jarrón chino que llenó con flores secas como plumas y colocó en un rincón vacío de su saloncito. Llenaba el rincón justo como ella sabía que lo haría. Cuando Albert volvió a casa, se lo enseñó orgullosamente.

—Esto probablemente vino de Acapulco a lomos de un corredor indio, hará tal vez doscientos años —presumió Antonieta—. Es un hallazgo.

—Deberías haberme consultado —dijo Albert, sumiendo la barbilla, gesto característico que Antonieta había llegado a reconocer como señal de disgusto—. No puedes abandonarte a cada uno de tus caprichos, querida. Tenemos un presupuesto, ¿sabes?

Desde que Albert se había unido a la familia, se produjo un cambio en papá. Se pasaba horas discutiendo con Albert de política, ingeniería y progreso técnico, el estado del mundo, la guerra y el tema interminable de la Revolución. Duelos verbales que se prolongaban como si ella no estuviera presente. Una especie de fraternidad masculina existía entre ambos, excluyéndola a ella. Antonieta reconoció que eran celos y los descartó, pero fue algo que sólo se sumaba a las pequeñas frustraciones que comenzaba a experimentar.

—¿Cómo puede el pueblo defender sus derechos si ni siquiera puede leerlos? —alegaba Antonio durante la comida, refutando el argumento de Albert—. Esta constitución de Carranza que defiendes con tanta elocuencia, ¿crees que sirve para gobernar a quince millones de mexicanos que hablan ciento sesenta y cinco lenguas distintas y tienen un millar de idiosincrasias? Aprecio tu asociación con Carranza, pero está permitiendo que caciques corruptos manejen al país. La constitución no lo reglamenta.

—Pero garantiza derechos —repetía estoicamente Albert—. Derechos que pueden defenderse en un tribunal.

—La ignorancia es la tragedia de México —declaró Antonio, dando puñetazos en la mesa—. Quítate de la cabeza las ideas de democracia, Albert. Hemos tenido constituciones antes de ahora. Pueden ser enmendadas, dobladas. Carranza puede hablar de derechos, pero, ¿qué derechos defiende?

—Dejen en paz a Carranza. ¡Los dos! Agradezcamos que haya paz. —Y Antonieta se levantó—. El café está servido en la sala.

* * *

La guerra en Europa había creado un auge económico en México. La cosecha que obtuvo Albert de semillas de ricino, lubricante vital para los aviones, obtuvo un precio preferente en Estados Unidos. Evaristo había plantado mil hectáreas más de guayule, la planta del desierto que producía caucho y que se había convertido en producto de primera necesidad. El petróleo mexicano estaba sirviendo de combustible a las armadas inglesa y estadounidense. Ahora, Albert salía diariamente para visitar a sus relaciones de negocios, y no tardó en alquilar un despacho en el centro.

—Albert no es divertido —se quejó Memela, y evitó encontrarse en su camino.

La noticia de que Alex Blair había sido herido llegó dos días antes que el armisticio. Albert soportó su dolor en silencio, rechazando los intentos de Antonieta por consolarlo. Ella ansiaba penetrar en su reserva, atravesar esa barricada que la dejaba fuera de su yo interno. Por la noche abrazaba a su esposo y trataba de compartir su dolor. Desairada, se arrebujaba en su lado de la cama y lloraba en silencio. Para él, el dolor debía reprimirse, uno sufría a solas. ¿Estaría llorando por Albert o por sí misma? No podía expresar su propia sed espiritual ni sus anhelos porque él cambiaba de tema. La rica imaginación de Antonieta creaba diálogos que nunca existieron.

Al terminar la guerra en Europa, los barcos de pasajeros comenzaron a cruzar nuevamente el océano, trayendo de regreso una oleada de expatriados que habían sido atrapados por la guerra, y una marejada de europeos que buscaban en América una vida nueva. Los mexicanos que habían huido de la Revolución, poniéndose a salvo en los suburbios selectos de Nueva York, París y Madrid, atestaban ahora el puerto de Veracruz. Días tras día, la estación del ferrocarril de la Ciudad de México era el escenario de gozosos reencuentros.

En enero, a la estación próxima a la casa de Héroes llegaron Alicia, su esposo, dos niños pequeños, una gobernanta francesa y un equipaje que constaba de treinta y cinco baúles y maletas. No avisaron a Cristina. Fue una reunión emocionante. Antonieta contempló a la dama alta y elegante que era su amada hermana y su corazón rebosó de gozo.

A principios de febrero, Chela dio a luz un niño muerto en un parto difícil. El dolor de Chela afectó profundamente a Antonieta. Su reserva emocional estaba casi exhausta cuando Albert anunció que deberían empacar y marchar al norte sin tardanza. Había problemas en el rancho, problemas que exigían su atención personal.

—Tenemos que sufrir el rompimiento —dijo—. Escucha, mi cielo, no te estoy raptando para llevarte a un país extranjero. Mi esposa deja la casa de su padre, no su país. Además, Susana está en San Pedro.

23

1919

Antonieta se arrebujaba en su abrigo de pieles mientras veía por la ventanilla del tren un paisaje desolado, barrido por el viento invernal del norte.

Al bajar en la estación de San Pedro, tropezó con escombros por doquier. Un vagón vacío servía para almacenar carga y refacciones de mantenimiento, y en un edificio viejo de piedra se asomaba una cara por la ventanilla de boletos. Unos cuantos pasajeros esperaban para abordar el tren y una hilera de pollos flacuchos, perseguidos por una mujer, corrieron por el andén y estuvieron a punto de tumbarla.

—Sólo pasaremos una noche aquí —dijo Albert—. Ramón te llevará a la casa mientras yo veo qué hay en la oficina. —La besó para tranquilizarla—. Creo que la casa te parecerá muy confortable.

Antonieta colgó su abrigo de pieles en el armario y exploró la casa donde vivía Albert. Estaba llena de accesorios adquiridos por catálogo: servilletas con monograma, cristal francés, platos de postre de Limoges, edredones y sábanas de lino. Ordenadamente colocados en el angosto entrepaño de la mesita de noche estaban los catálogos del Bon Marché de París, rebosantes de artículos cuya entrega en América estaba garantizada en tres meses. Artículos prácticos estaban señalados en los catálogos de

Sears Roebuck, de Chicago. Fascinada, estudió los catálogos y se preguntó qué iría a encontrar en el rancho. Esa noche, arrebujada bajo un cobertor acolchado junto a Albert, Antonieta escuchó un viejo sonido familiar de su infancia: el grito del sereno, el vigilante nocturno que recorría las calles con su linterna.

Por la mañana cargaron la calesa y dejaron atrás el polvoriento San Pedro para atravesar campos llanos y verdes orlados por las lejanas montañas. Antonieta se envolvía en su abrigo de pieles mientras escuchaba los comentarios de Albert acerca de las idiosincrasias del norte.

—Te gustará la gente de aquí. Son abiertos y sinceros y las fiestas en el rancho son muy agradables. —Miró a su esposa con los ojos llenos de esperanza—. Ya sabes que no poseo nada de estas tierras, sólo el rancho y veinte hectáreas, pero Evaristo y yo somos dueños de un lote de tierras de labranza que se extienden hasta Torreón —prosiguió, charlando sin parar—. Será mejor que te lo diga, querida. Tengo una sorpresa para ti. Es un pura sangre, una preciosa yegua. Cabalgaremos por los ranchos y vas a ver lo que es la hospitalidad norteña.

—¿No habrá peligro? —preguntó Antonieta. «Las heces de la Revolución», como les decía Albert, seguían haciendo incursiones en poblaciones y ranchos.

—Siempre cabalgaremos con uno o dos mozos armados, no te preocupes.

Antonieta puso un beso en la mejilla de Albert con la punta de los dedos. Escuchando a medias sus comentarios, se preguntaba si la carretera primitiva que seguían podría mejorarse para permitir el paso de un automóvil.

El rancho estaba a casi dos horas de camino de la población. La primera visión que tuvo de Santa Cruz fue de murallas altas, sin aberturas, una fortaleza sombría en un espacio abierto y llano. La graciosa entrada de la hacienda de su tío Luis bordeada con dos hileras de árboles le pasó por la mente, y se sublevó ante la austeridad que emanaba de su hogar.

—Algo ominoso —admitió Albert acariciándole la mano—. Las murallas exteriores se levantaron para protegerse contra incursiones de los indios. Esta gente ha estado combatiendo contra apaches y comanches por generaciones, pero ¡sabe defenderse! La zona fue colonizada por los españoles, ¿sabes? No había aztecas por aquí.

—Quieres decir que mi Huitzilopochtli no tendría lugar en esta casa —dijo Antonieta, bromeando.

La calesa se detuvo delante de altas puertas de madera y entró en un patio pequeño con establos. La residencia que anidaba entre los altos muros de adobe estaba edificada alrededor de un patio cuadrado y lleno de sol, con sus plantas marchitas por el frío invierno. Antonieta trató de disimular su desilusión al ver el escaso mobiliario y la espartana cocina. Haría falta tiempo, y un presupuesto generoso, para amueblar debidamente el lugar, pensó. Se consoló con la idea de que Albert tenía sirvientes eficientes… y que había instalado un escusado inglés, una maravilla ruidosa que siseaba y gorgoteaba cada vez que jalaban la bomba.

* * *

A medida que transcurrían las semanas, la principal distracción de Antonieta consistía en visitar a Susana Madero, quien vivía en un rancho próximo a unos diez kilómetros de distancia. Cuando se marchaba Albert por la mañana para su recorrido diario, ella ensillaba a su yegua pura sangre y cabalgaba con los guardias hasta el cómodo retiro de Susana.

—¿No te parece que tu vida se consume aquí? ¿Cómo puedes mostrarte tan conforme? —preguntó finalmente Antonieta a su amiga.

—Lo que pasa es que considero necesario echar raíces propias allá donde estés —respondió Susana—. Amo muchísimo a Evaristo y quiero compartir la vida que él ha escogido.

Antonieta meditó las palabras de Susana; planteaban una pregunta que no se apartaba de su mente: ¿Qué tengo contra este lugar? ¿Por qué experimento esta resistencia contra Albert?

—¡Cuánto quisiera ser como tú, Susana! —exclamó Antonieta—. Aquí me siento tan separada de Albert. Es como si él formara parte de esto y yo fuera una intrusa. Creí que estaríamos más cerca el uno del otro en el rancho, pero Albert apenas para aquí. —Volvió sus ojos llenos de preocupación hacia su amiga—. Me siento tan sola. —Y se abrazó—. Cuando venía cabalgando, vi un esqueleto colgado de un árbol y además hay tantos bichitos y cosas.

—Ya te acostumbrarás —le dijo Susana, riendo.

—Ni siquiera tengo mis libros para poder estudiar. Albert no me dejó traerlos.

—Encuentra otras cosas que hacer —aconsejó su amiga—. Estoy dando clases de canto en San Pedro.

—Y podando tu voz antes de que haya llegado a florecer. —Susana ha renunciado inclusive a su talento, pensó Antonieta.

—Echas de menos el escenario, Antonieta, y tus salones —dijo Susana, con una sonrisa comprensiva—. Hay una o dos personas estimulantes en la población. Te las presentaré.

* * *

Las cartas de Chela estaban llenas de noticias deprimentes: su bebé muerto pesaba mucho sobre su corazón, y aun cuando lo negaba, Alfonso andaba con otras mujeres. «Ya no permito que me toque —escribía Chela—. Lo que me hacía gozar me repugna ahora porque he perdido el respeto». Antonieta quemaba las cartas de Chela, por miedo a que Albert quisiera leerlas. Las cartas de las familias de México y de Chicago se leían en voz alta. Inclusive Mario escribía. La próxima semana se iría a Massachusetts, a la Worcester Academy, y agradecía a Albert que hubiera convencido a papá de que debería ir a una escuela de fuera. La casa se había vuelto aburrida, escribió Mario.

Más adelante, la primera carta que envió desde la escuela provocó bienvenidas carcajadas. «Queridos Antonieta y Albert: De veras me gusta Worcester, todo cubierto de hiedra verde y con buenos maestros. Los muchachos no podían creer que soy mexicano: ni sombrerón ni guitarra. Tampoco querían creer que tenemos doce sirvientes, de modo que no les dije que quince. ¿No se enredan entre sí?, preguntó uno de los chicos. ¿Y cómo los llaman? Dije que papá llevaba un gran sombrero, se sentaba en el patio y disparaba una pistola contra un gong… un disparo para su valet, dos para el chofer y tres para el ama de llaves que dirige a todos los demás. Y eso sí se lo creyeron…».

* * *

Con el embarazo llegó un gozo profundo y satisfactorio. La criatura que llevaba en las entrañas parecía devolverle su amor, y Albert se volvió más atento y dejó pasar leves reproches. La idea de ser padre lo satisfacía. En cuanto a Antonieta, la perspectiva del bebé le infundió nuevas esperanzas para su matrimonio. Albert y ella hablaban del porvenir, de comprar una casa propia en la capital y de pasar allí los veranos para huir del calor norteño. Hablaron de escuelas para el bebé, si fuera niño.

El calor comenzó en abril, una opresión insidiosa, bochornosa, que aumentaba de un día para otro. Noches frías. A mediodía, vientos calurosos que soplaban sobre la tierra espinosa. Junio fue insoportable. «Se juntan y arremolinan nubes negras —escribía Antonieta— empujadas por un fuerte viento que exprime una docena de gotas de lluvia sobre la tierra seca. Vi que un niño torturaba a una lagartija, y de mis propios ojos llovieron gotas que bañaron mis mejillas secas. ¿Por qué será que las lágrimas están siempre cerca de la superficie estos días? El calor me ha vuelto letárgica. Inclusive, el bebé se queja, moviéndose y brincando cuando menos lo espero. Este lugar descolorido me agota. Aquí la naturaleza es avara y no mancillan su paleta las preciosas tonalidades del altiplano, esos colores brillantes que perduran en mis ojos. Monótonos, aburridos y calurosos, los días se arrastran. Lo único que me distrae es la enseñanza en la escuelita que hemos construido. Hoy había una serpiente enroscada a la entrada de nuestro dormitorio. Me quedé sin aliento hasta que se deslizó hacia fuera. Debo convencer a Albert de que tendré que volver a casa para que allí nazca mi bebé… mi consuelo… mi amado revoltoso».

—No tienes problemas con tu embarazo, querida —declaraba obstinadamente Albert—. Las mujeres tienen hijos aquí mismo, en San Pedro. Te necesitan en la escuela del rancho, eres una buena maestra y el bebé no llegará antes de septiembre. —Antonieta podía oír reproches en sus palabras.

—Necesito apartarme de este calor —replicó Antonieta con algo de desesperación—. Me quita la energía. Por favor, compréndeme.

Albert la llevó a San Pedro en la calesa y la metió en el tren. En el compartimento sofocante, Antonieta se aferró a su marido, ese hombre que se retiraba en su silencio y apartaba la mejilla cuando ella lo quería besar.

—¡Ay, Albert, cuánto voy a echarte de menos! —le dijo—. Regresaré tan pronto como pueda viajar el bebé.

—Yo llegaré antes a la ciudad —dijo Albert, ablandándose. La abrazó—. No puedes tener nuestro hijo tú sola.

* * *

El escándalo con que se encontró Antonieta en la Ciudad de México se centraba en Chela y era el tema de los chismorreos de las capas sociales más altas. Chela había abandonado a su esposo para convertirse en amante de un muy encumbrado médico casado. Antonio no trató siquiera de disimular su reprobación. Con una renuencia considerable, admitió a su sobrina en la casa de Héroes. Las dos primas se abrazaron y cerraron la puerta del dormitorio de Antonieta.

—¡Tonieta! Casi ni pareces encinta y ya son seis meses. Yo parecía un barril —dijo Chela.

—Bueno, pues ahora te ves radiante. —Antonieta tomó a Chela de la mano y la hizo girar—. Creo que vas a ser una bella anciana. —Pero había una nueva mirada en los ojos de su prima, una mirada madura matizada de sufrimiento—. Si eres feliz, mi queridísima Chela, me siento feliz por ti.

La historia no tardó en revelarse:

—Fue después de que el bebé naciera muerto. Yo sabía que algo andaba mal, algo en mí. Comenzó con una sensación de ardor al hacer pipí. Unos pocos meses después de perder al bebé, empecé a tener calenturas súbitas y terribles dolores abdominales.

La mirada de Antonieta reflejó indignación y después ira cuando comenzó a comprender la causa. Ella y Chela habían leído la temible palabra a los catorce años.

—¿Qué dijo tu médico?

—Fui de uno a otro durante semanas y todos decían que era una infección urinaria. Ninguna medicina sirvió. Finalmente fui con Carlos. Él me dijo la verdad.

—¡Ay, mi pobre Chelita! —dijo Antonieta, abrazando a su prima.

—Cuando supe la verdad, odié a Alfonso. Habría querido sacarle los ojos. Me había infectado y había infectado a mi bebé. Me alegro de que naciera muerto y no ciego.

Los detalles íntimos fueron saliendo. El prolongado y doloroso tratamiento de la gonorrea, la operación complicada.

—Ahora soy estéril —dijo amargamente Chela—. Se acabaron los bebés.

El silencio envolvió su herida.

—Carlos fue tan bueno, tan comprensivo y tan buen médico. Las visitas a su consultorio se convirtieron en mis únicos momentos de consuelo. No estabas aquí y no quería afligirte, ya tenías bastantes problemas en aquel lugar desolado. Empezamos a hablar, a tomar café juntos.

—¿Y qué dijo Alfonso? —preguntó suavemente Antonieta.

—Me negué a hablarle, menos aún a compartir su cama. Era como vivir con un extraño. Él suplicó, imploró, pero yo estaba muerta por dentro. —Chela se volvió hacia la ventana e inclinó la cabeza.

Antonieta acariciaba los reflejos de oro rojo de la hermosa cabellera. Un hombre podía destruir la vida de una mujer, pensaba, pero iba a confesarse, se le perdonaban sus pecados y después volvía a pecar. Pero la Iglesia no reconocería el divorcio para darle a la mujer otra oportunidad. ¡La mujer estaba condenada al infierno!

—Y ahora compartes un verdadero hogar con Carlos —dijo Antonieta, para consolarla.

—Sabes que me siento culpable. Mamá y papá no pueden levantar la cabeza y debo admitir que he actuado con descaro.

El sol hacía brillar peinetas de carey en el cabello tizianesco. Con la cabeza inclinada, Chela prosiguió:

—Carlos se ha separado de su esposa. Ahora sólo visita a los niños. Me ama —dijo sencillamente—. Ha comprado una hermosa casa para mí y vive conmigo. —Levantó la cabeza y echó una mirada a su alrededor—. ¿Se te ocurrió alguna vez que yo sería la amante de alguien en una casa chica? —preguntó Chela con una risita.

—No —contestó Antonieta, riendo también—. Estoy segura de que eres la amante más bella de todo México. Y la que más da de qué hablar.

El rostro de Chela volvió a ponerse serio.

—Este es amor de verdad, Tonieta. Lo juro. Que se agiten todas las lenguas del mundo. Nos amamos.

—Voy a contarle la verdad a papá —dijo Antonieta—. ¿No te importa?

—Quiero que lo sepa. Quiero que me acepte —dijo Chela, con voz trémula.

* * *

«Donald Antonio Blair Rivas Mercado. Nacido el 9 de septiembre de 1919», decía la tarjetita. Sentada en su cama del Hospital Americano, Antonieta anudó una pequeña rosetada azul en el ángulo de cada una de las tarjetitas primorosas, a la vez que redactaba los sobres. Albert había encargado la impresión al mejor grabador de la capital, y él mismo había convertido el saloncito en cuarto de niños. Antonieta sacó una hoja de papel con monograma y escribió a su cuñada Grace y a su esposo Lee:

«Queridos míos: Muchísimas gracias por su amable y afectuosa carta y el telegrama. Estamos sencillamente locos con nuestro tesoro. Mi querido Albert está feliz con su hijo y yo no tengo palabras para expresar mi dicha. Mis dos primeras semanas aquí, en el hospital, las enfermeras se ocuparon de él, pero ahora que vamos a irnos me dejan atenderlo. Tiene buen carácter y sólo hace ruidos chistositos de noche antes de volver a dormirse para que mamá también pueda dormir. Gracias por sus oraciones, gracias a toda la familia.

»Dios fue clemente y el parto no tan complicado como preveía el médico. Nos ha aconsejado que no tengamos otro hijo, pero eso también lo dejo en manos de Dios. Gracias por tus buenos consejos, Lee, así supe lo que debía esperar, y mi hermana Alicia estuvo a mi lado. Desde el momento en que nació el bebé, las preocupaciones y penas quedaron olvidadas, como si hubiera bajado directamente del cielo sin intervención mía. Ni siquiera en mis sueños más extravagantes esperé que la vida fuera tan maravillosa. Me pellizco para convencerme de que es mío. Mi copa rebosa. Mi amor para los dos, de su hermana, Antonieta».

* * *

El pequeño Donald fue recibido en la casa de Héroes como si fuera un príncipe de la corona. Sabina revoloteaba alrededor de la criatura, Conchita sonreía y gorjeaba, y las tías, primas y primas segundas acudieron para darle su aprobación. Pero José prohibió a Alicia que asistiera al bautizo protestante, sostenido en brazos de su proscrita madrina, Chela.

Una profunda metamorfosis se estaba verificando en Antonieta al ver cómo cambiaba su hijo de un día a otro. «Yo, Antonieta», era como una piel que se desprendía mientras que «Antonieta Madre» era una piel nueva. La paternidad había melificado a Albert, quien ahora mostraba públicamente su afecto con ruidosos besos y trompetillas sobre el suave estomaguito del bebé. El único problema era el nombre del niño: Albert insistía en llamar Donald a su hijo, y Antonieta lo llamaba Toñito. Y Sabina le puso un tercer nombre:

—Dano… ¿qué nombre es ese? Dano Blair. ¡Bah! Yo lo llamaré Chacho. Es un bello muchacho mexicano que sabe cómo lanzar un chorro de pipí justo al ojo de su vieja Sabina.

La felicidad llenaba los días de Antonieta. Tomó fotografías por docenas: el oso grandote que Chacho tenía por abuelo sosteniendo a su diminuto nieto, con el fez torcido cuando el bebé agarró de repente la larga borla. Chacho en el baño. Chacho asoleándose. Con mucho esmero registraba su milagroso progreso en un «libro de bebé».

En un momento de intimidad, mientras veía cómo amamantaba Antonieta al bebé, Albert estudió el rostro delicado de su esposa inclinado sobre el niño. Su Madona. Se levantó y fue a besarle tiernamente la mejilla.

—¡Qué hermosa eres! Sigues siendo mi novia —dijo— y ya es hora de que te lleve a casa. Somos una familia.

Mucho después de que Albert hubiera salido del dormitorio, Antonieta pensó en la palabra *novia*. Una mujer no debía dejar de ser novia al subir al altar. Una novia era capaz de orientar el amor a través de la tormenta del matrimonio. Ella estaba dispuesta a todos los esfuerzos, todos los sacrificios, a orientarse hacia donde fuera necesario para estabilizar el rumbo de su matrimonio. Soportaría el norte. Claro que esta vez se llevaría a Conchita… y sus libros.

24

1920

En agosto, la temperatura había subido en el rancho hasta cuarenta y tres grados. A Chacho le brotó un salpullido y la pobre criaturita se quejaba amargamente de día y de noche. Tenía once meses, estaba muy espabilado y se ponía de pie en la cuna mostrando sus dientecitos a quien se pusiera a jugar con él. Conchita cambiaba constantemente toallas mojadas alrededor de la cuna. No tenían electricidad en el rancho, de modo que el cuarto del niño se convertía en un horno sin siquiera un ventilador para aliviar un poco el bochorno. Antonieta se sentaba con el bebé horas enteras, leyendo a sus amados autores franceses, Rémy de Gourmont, Baudelaire, France, Verlaine. Cuando meditaciones morbosas parecían apoderarse de ella, escogía a Marcel Proust, la última sensación parisiense, y leía sus historias provocativas de los salones de París, adornadas con detalles minuciosos. Con gran placer del bebé, le leía en francés y le cantaba canciones de cuna francesas como si gracias a ese lenguaje pudiera escapar hacia un mundo privado. Un mundo ajeno a Albert.

«Durante nuestra luna de miel hubo unas cuantas veces en que mi cuerpo se fundió con el suyo, cuando mi pasión se elevó a ese reino sublime en que nos perdíamos el uno en el otro. Estaba tan deseoso de complacerme. Entonces yo despertaba serena, reposada, saliendo de un sueño profundo con él a mi lado», escribió

Antonieta en un diario nuevo y cerrado con llave. «Ahora soy un objeto de coito. Nunca se preocupa ni es capaz de notar una diferencia en mí. Me ha pedido que no le hable francés a Chachito, porque él no habla francés, cree que quiero apartar de él a su hijo.

»"Son esos condenados libros franceses los que te meten ideas extrañas en la cabeza, anhelos románticos que nada tienen que ver con la vida real y que no te dejan más que melancolía". *Sus* maneras, *sus* intereses y *su* ética son lo único razonable y correcto. "Estás echada a perder —me acusó un día, a gritos—. Crees que la vida debe vivirse de una manera: tu manera". Hay una pesadez en Albert que fastidia y golpea hasta que agota a la gente. Y se ha revelado otro rasgo ¡los celos! Cuando hablo de actividades que me aparten del rancho, se enfurece. ¡Tiene celos hasta de mis libros! He escondido a mis filósofos: villanos, dice, que me están envenenando la mente. Hablamos de *sus* libros, las hazañas de Wellington y el éxito de Henry Ford y Andrew Carnegie, pero nunca hablamos de nuestros sentimientos, ese ácido que me está quemando por dentro, atormentándome cuando estoy tendida a su lado. Si yo me atormento, ¿qué sentirá él? Hay noches en que deseo acercarme a él… pobre Albert, tan correcto, tan honrado, tan trabajador… y tan rígido».

* * *

El río Nazas no había traído agua para irrigar las tierras algodoneras, de modo que no se plantó algodón en primavera. Albert regresó a casa después de un viaje a Torreón para ver a sus banqueros, entró en casa con el humor pensativo y sombrío, y evitó a su esposa, encerrándose en el despacho por la mañana y cabalgando para inspeccionar el rancho por la tarde. A la hora de comer se mostraba distante y malhumorado. Antonieta se dio cuenta de que no fumaba y al cabo de varios días lo comentó. Estaban sentados en la sala, una pieza pequeña, desnuda y rígida que ella no había modelado aún.

—Llevas días sin fumar, Albert. ¿Has hecho otra apuesta con Evaristo?

—No. Lo he dejado.

—Si fueras católico, pensaría que has hecho un pacto con los santos para que nos traigan lluvia —comentó Antonieta con ligereza.

—Evaristo y yo podemos aguantar la pérdida. Nuestra plantación de guayule no necesita mucha agua.

—Entonces, ¿estás enfermo?

—No. Me siento perfectamente bien. —Antonieta jugueteaba con su tacita de café.

—¿Por qué has renunciado al cigarro? —preguntó para satisfacer su curiosidad. Albert había sido un fumador empedernido.

Albert alzó la mirada con expresión interrogante, como preguntándose si merecería saber la verdad.

—Me encontré con un viejo ingeniero de minas en Torreón, un tipo al que conocí hace años y que bebía mucho. Apenas lo reconocí, borracho a las diez de la mañana. Me dio un sablazo, de modo que le entregué un poco de dinero y lo vi tambalearse por la calle. Una idea que no había querido tomar en cuenta se me impuso con fuerza: si podemos escoger, un cuerpo sano es la mejor protección para un alma sana, y el tabaco no es bueno para uno ni para la otra. Y el alcohol tampoco.

—¿Significa eso que también has renunciado a tu whisky? ¿Volviendo a los hábitos de la infancia para complacer a tus padres? —preguntó Antonieta con un leve dejo de sarcasmo.

Albert estiró el brazo por encima de la mesita y agarró la mano de su mujer.

—Escucha, he batallado con mi fuerza de voluntad durante dos días en Torreón. En el tren de regreso metí la mano en el bolsillo para sacar un cigarrillo y encontré la cajetilla vacía, una pequeña ayuda de Dios, queridísima. Ahí mismo lo juré, y al llegar a casa tiré todos los cigarros. —Su mirada retuvo la de ella un buen momento—. Mi ropa no olerá más a tabaco. Por lo menos mi ropa te parecerá —y le apretó fuertemente la mano, cada vez más fuerte— menos ofensiva.

Antonieta miró a los ojos intensos de su esposo y sintió que algo le oprimía los nervios de la nuca. No es el tabaco el que me ofende, gritó en silencio, y retiró su mano.

Aquella noche, Albert trató de leer mientras Antonieta dormía, o fingía dormir, en su lado de la cama. Con todas las fibras de su ser intentaba dominar el deseo físico por esa mujer que lo rechazaba, esa esposa a la que no comprendía. Sutiles refinamientos en Antonieta se rebelaban contra aquel entorno, contra la vida del rancho que él amaba y aceptaba. Pero también él tenía derecho a rebelarse contra su negativa a adaptarse. El origen de aquella melancolía suya radicaba en la influencia de aquellos libros. Aquellos libros estaban amenazando a su matrimonio, Albert miró la silueta dormida. Bueno, para bien o para mal, estaban unidos el uno al otro. ¡Era su esposa!

* * *

Antonieta se sumió más aún en sus libros y cedió al letargo que el calor le provocaba. No se esforzaba mucho por conversar.

Rompiendo un lapso de silencio durante la comida, Albert introdujo un nuevo tema.

—Anoche leí un nuevo concepto, una clave metafísica para la armonía de la vida.

—¿De veras? —respondió Antonieta, interesada—. ¿Cómo se llama?

—La ciencia cristiana. Su principio consiste en que todo lo que Dios ha creado es bueno, y por lo tanto el mal no puede existir. Es sólo un modo de pensar equivocado. Si reconocemos y tememos al mal, le damos poder. Si lo negamos, no tiene poder, ¿lo ves?

—¿Quieres decir que podemos impedir que exista el mal sólo con dejar de pensar en él? —preguntó Antonieta, incrédula—. La terrible injusticia que presenciamos todos los días, un niño maltratado, un soldado inválido, un perro hambriento, la matanza, la enfermedad, los enfermos y los deformes. ¡Podemos pensarlos inexistentes! ¿Cómo puedes aceptar la idea de que el mal no existe? Existe en *nosotros*.

—Una manifestación de error de nuestro pensamiento. Podemos superar el error —replicó Albert enfáticamente.

—Si te interesa la metafísica, te sugiero que leas antes a un iniciador, *El discurso del método* por un francés, René Descartes.

—¿Acaso pretendes educarme, Antonieta? Eso lo leí en la escuela preparatoria. —Y la voz de Albert se elevó—. Sólo estoy tratando de explicarte un concepto sencillo. Uno que me interesa a *mí*.

—Discrepo en lo de «sencillo». Somos la más compleja de todas las creaciones de Dios, cuerpo, mente y alma en conflicto constante.

—Podemos controlar el cuerpo y la mente. La única vida verdadera es la vida del espíritu, nutrida por la fe en Dios, y esa es la verdad, queridísima mía. ¡La verdad absoluta!

Sacudida por su fervor, Antonieta pensó largo rato antes de hablar:

—Yo no creo en absolutos, Albert. Sólo creo en las búsquedas.

—¡Búsquedas erróneas! —gritó enfurecido—. Tu condenado Nietzsche te ha inspirado una búsqueda errónea. Es el anticristo y está errado, yo te lo digo, errado. ¿Por qué te llenas la cabeza de semejante basura?

—¡No es basura! Estoy tratando de comprenderme a mí misma. Quisiera comprenderte a ti. Quiero saber por qué estoy aquí, por qué me ha puesto Dios en este planeta.

—¿Y qué hay de nosotros? —preguntó Albert, pasando al lado de ella de la mesa y levantándola sobre sus pies. Le aplastó la boca con la suya y le sujetó de la cintura con fuerza irresistible.

—Me estás lastimando —resopló Antonieta—. ¡Suéltame!

Albert la soltó y entró en la sala donde una sirvienta llegaba con la charola del café. Momentos después, Antonieta lo siguió y ocupó su lugar detrás del servicio de plata. Albert la vio sumirse en el sillón con aquel movimiento gracioso tan singular y tender la mano temblorosa hacia la cafetera.

* * *

Antonieta abrió de golpe la puerta del despacho de Albert.

—¿Dónde está mi Nietzsche? —inquirió—. ¿Y Verlaine, Baudelaire, Proust?

Una mirada intensa, intimidante, se encontró con la suya, resuelta.

—Los he quemado.

El golpe la dejó silenciosa, y Antonieta se quedó mirando a su inquisidor.

—¡Bestia! ¡Eres una bestia!

—Destruiré todos tus libros antes de permitir que te destruyan ellos a ti.

Temblando toda, pudo controlar su voz:

—Has perdido la cabeza, Albert —le dijo, sin compasión.

Avergonzado por su arrebato, avergonzado por haber perdido el control, Albert pidió perdón. Y cuando Antonieta se lo concedió, el fuego del inquisidor ofreció una tregua. Se restableció la paz en Santa Cruz, y Antonieta volvió a dar sus clases. Pero algo había sucedido. En Antonieta se había arraigado un auténtico pavor ante aquel hombre que era su marido.

El llanto de un niño despertó a Antonieta. ¡Toñito! Había decidido que Chacho no era un nombre adecuado, se llamaba Antonio y ella lo llamaría Toñito. El bebé había gritado anoche cuando le tocó el estómago. Sin perder tiempo en comprobar que sus zapatillas no abrigaran escorpiones, Antonieta se las calzó y cruzó rápidamente el estrecho corredor hasta el cuarto del niño. Conchita lo mecía, sosteniendo el flácido cuerpecito en sus brazos, calmándolo, consolándolo en vano. Toñito gritó más fuerte cuando Antonieta lo tomó en brazos.

—Ha vomitado —dijo Conchita—. Iba a despertarlos a usted y el señor. Creo que tiene calentura.

—¿Eso crees? Dios mío, Conchita, si está ardiendo. —Antonieta apoyó al niño contra su hombro—. Trae la aspirina. —Los gemidos constantes se ahogaban contra su cuello.

Albert apareció en el umbral.

—¿Qué pasa?

—Toñito está muy enfermo y estamos a mil leguas de la civilización —gimió Antonieta—. Ve a San Pedro, Albert, y trae al doctor García, por favor.

—¿A la una de la madrugada? Sé razonable, Antonieta. La temperatura de un bebé sube y baja en un instante. Anda, yo le daré la aspirina.

—¿Y si fuera influenza? —Los ojos de Antonieta estaban desorbitados de espanto. La terrible enfermedad había llegado en los barcos de Europa azotando a todo México, matando a jóvenes y viejos sin distinción.

—No se ha informado de ningún caso en San Pedro —dijo Albert—. Veamos qué tal está por la mañana.

Conchita vertió agua en la tacita de plata, disolvió la aspirina y trató de que bebiera el inquieto bebé, pero se negó. Por fin, administrándoselo por cucharaditas, lo lograron. Albert volvió al dormitorio y Antonieta se quedó dormitando en la mecedora. Al cabo de una hora, la fiebre no había bajado.

—Albert —dijo Antonieta, sacudiendo a su esposo—. Anda a buscar al doctor García, te lo imploro, la fiebre de Toñito ha subido y ya no sé qué hacer.

—Mi madre solía meternos en agua fría para bajar la fiebre.

—¡Qué cruel! ¡Sádico! —exclamó Antonieta—. Quiero al doctor García.

Albert miró a su perturbada esposa y se levantó. Se vistió y enganchó el caballo a la calesa.

La pálida luz del alba penetraba en el cuarto del niño y el sol surgió tras la bochornosa niebla, una bola roja enmarcada en el arco del fondo del patio, cuando Albert regresó con el médico.

El lento médico provinciano tomó la temperatura del bebé, le puso el estetoscopio sobre el pecho, recitó solemnemente una lista de causas posibles, dejó algunas medicinas y se fue.

Al día siguiente, Toñito no había mejorado y mandaron nuevamente por el médico. Aplicó compresas calientes, dejó más medicinas y pronunció durante largo rato consejos para que conservaran la calma.

—¡Sería mejor un curandero brujo que ese imbécil de García! —desvarió Antonieta—. Te digo que Toñito se está muriendo, Albert, muriéndose en este lugar olvidado de Dios.

—¡Cálmate! —ordenó Albert—. ¿No crees que el doctor García ha visto bebés enfermos antes de ahora? —La abrazó y ella se deshizo en llanto—. Ten fe, Antonieta. La medicina no ha tenido tiempo de surtir efecto y el bebé ya no llora.

—No llora porque ya no le quedan fuerzas. —Las lágrimas corrían por el rostro de Antonieta—. Tengo fe en el amor y la gracia de Dios, pero no en la medicina del doctor García. Quiero un médico que sea competente.

—¡Ahora cállate! —dijo Albert, sujetándole los brazos—. Te digo que Donald estará bien. Dios no tiene la intención de dejar que se muera ni de hacerlo sufrir.

—¿Qué sabes tú de las intenciones de Dios? —atacó Antonieta, acusadora. Estaba poniéndose histérica. El apretón de Albert se hizo más fuerte—. ¡Suéltame!

Albert aflojó un poco pero la mantuvo contra su pecho.

—Cálmate, querida, por favor. Hemos vivido bajo una fuerte tensión. Te prometo que si Donald no ha mejorado para mañana, te subiré al tren de Torreón. —La besó con suavidad—. Ahora ven a la cama y descansa un poco. Conchita lo atenderá.

—No —dijo Antonieta—. Yo me quedo aquí. Tú, vete a la cama. La palabra *tren* zumbaba en la mente de Antonieta cuando se sentó junto a la cuna sosteniendo la mano de su hijito. Oía sus débiles gemidos y cantaba dulcemente.

—No está peor —dijo Conchita para consolarla—. Pero no está mejor.

—¡Oh, padre, Dios de los cielos, por favor, cúralo! —Antonieta se inclinó sobre la cuna—. Estoy atrapada, padre. Atrapada e impotente.

Pero… el tren… el tren. Con frecuencia había oído el silbato de un tren que cruzaba la carretera del rancho, a menos de dos kilómetros. A eso de las cinco de la mañana, probablemente un tren de carga. Antonieta miró su reloj: las cuatro.

—Conchita —susurró, tocando a su leal compañera que dormitaba, sentada muy derecha en una silla. La agotada muchacha despertó al instante—. Nos vamos. Empaca una bolsa para Toñito: las botellas con té de manzanilla, una cobija caliente y muchos pañales. Toma la lámpara de petróleo que está colgada junto a la puerta de la cocina. Apúrate.

Antonieta fue de puntillas al dormitorio donde Albert dormía, se puso una blusa y falda, tomó su dinero, sus botas y un rebozo.

Con Toñito bien envuelto en su rebozo a la moda india, Antonieta y Conchita echaron a andar por la carretera oscura, alejándose del rancho. La linterna arrojaba un pequeño círculo de luz sobre las rocas que sobresalían de las rodadas. En el cruce del ferrocarril se apoyaron en un huizache y esperaron.

El faro de la locomotora iluminó la niebla oscura al rodear la torre del agua. El corazón de Antonieta le palpitaba con fuerza en el pecho. Conchita se adelantó hasta los rieles y agitó frenéticamente la linterna, arriba y abajo, adelante y atrás, a medida que la potente luz se acercaba.

El tren chirrió al detenerse, el maquinista sacó la cabeza por la ventana y miró a las dos mujeres a través del vapor.

—Tengo que ir a la Ciudad de México —gritó Antonieta—. Mi hijito se está muriendo. ¡Por el amor de Dios, llévenos! ¡Le pagaré!

No era la primera vez que el maquinista se detenía por una emergencia.

—Suban a bordo —les gritó. Un hombre con el overol cubierto de hollín saltó a tierra y las ayudó a trepar a la locomotora.

* * *

Antonio y Amelia acababan de cerrar los postigos de la sala y se preparaban a irse a la cama. Desde que Mario había marchado a Estados Unidos, eran los únicos miembros de la familia que quedaban en la casa de Héroes. La noche estaba clara como el cristal, y una luna llena iluminaba la galería cuando salieron y pasaron a la antesala, como todas las noches, para comprobar que las puertas estuvieran cerradas. Las sirvientas seguían hablando del infame asaltante llamado el Tigre de Santa Julia, quien podía robarte los calcetines sin quitarte los zapatos. Además, todos comentaban la nueva ola de raptos y asesinatos por toda la ciudad. El asesinato del presidente Carranza en mayo había traído de nuevo al líder de una insurrección hasta la presidencia, y una paz vacilante mantenía a la gente en un estado de tensión nerviosa.

—Está cerrada —dijo Antonio a su compañerita de diez años de edad, después de probar la puerta de la antesala.

El perrito faldero que los seguía se puso a ladrar y no hubo medio de callarlo.

—Vamos adentro, reina —dijo Antonio, a la vez que intentaba callar al perro.

Amelia levantó al perrito en brazos mientras volvían al vestíbulo; gruñendo y ladrando se escapó de sus brazos. De repente, la puerta de la entrada se abrió y una aparición ocupó el vano, provocando un grito de Amelia.

—¡Dios mío! —resolló Antonio, al reconocer el rostro cubierto de hollín y la criatura en sus brazos.

—¡Papá! —gritó Antonieta—. Toñito se está muriendo y he vuelto a casa.

El melodrama del momento, su entrada, su grito aturdieron a Antonio que sólo pudo decir:

—Entra. Entra.

Dos días después se presentó Albert en la puerta de visitas. Antonio lo saludó cuando subía la escalinata de la galería. Con una cortesía distante, Antonio le tendió la mano.

—He venido a buscar a mi esposa y mi hijo, señor —declaró Albert, muy tieso, parado en el rellano.

Antonio echó a su yerno una mirada firme.

—Usted habla de mi hija y mi nieto —dijo— que han venido a refugiarse en mi casa. —Su voz era calmada, serena—. Es usted bienvenido, Albert, mientras se comporte razonablemente y Antonieta desee verlo. El bebé ha tenido un ataque de envenenamiento estomacal. El doctor Garnett lo ha atendido.

—Lamento haber causado tanto trastorno —dijo Albert, dejando caer súbitamente los hombros—. ¿Puedo ver a Toñito? —preguntó humildemente.

—Supongo que no hay inconveniente. Es su hijo —respondió Antonio—. Adelante.

Mientras seguía a su suegro hasta el departamento privado de los Blair, Albert sabía que había perdido la batalla.

Nunca más volvería Antonieta a vivir en el rancho.

Tercera parte

LA CAMPAÑA

25

1921, febrero

El asesinato de Carranza había escandalizado al mundo. Ahora que Obregón ocupaba el sillón presidencial, había en el gobierno una mentalidad nueva, progresista, y la paz vacilante comenzaba a estabilizarse.

En la casa de Héroes, el viejo Demetrio arrastraba los pies de un lado para otro acompañando a la gente que entraba y salía. Una vez más, había obreros trabajando, reparando las paredes e instalando un cuarto de baño en las habitaciones de la servidumbre. De nueva cuenta, el estudio de arriba estaba ocupado por diseñadores, pues Obras Públicas había empezado a reparar los daños causados por la Revolución.

Antonio se llevó un plano a la terraza para ponerlo a secar y respiró la fragancia de su amado jardín. Abajo se oían carcajadas. El calor de la familia había vuelto a templar su casa.

—Vamos Toñito, vamos. Tú puedes hacerlo. —Antonieta estaba en el pabellón, pendiente de los esfuerzos de su hijito por alcanzar un pelotón. Brindaba una mano firme al niño de cabellos rubios y rizados, quien andaba hacia delante tendiendo los brazos a su abnegada lanzadora: Amelia, una robusta niña de once años. Sabina aplaudía alabando al principito de la casa cada vez que atrapaba el balón. Barboteando gozosamente, el incansable niño corría tras el balón una y otra vez.

Un sonido metálico en la puerta cochera interrumpió el juego. Antonieta separó las ramas de la hiedra y miró.

—Sabina, ve a la puerta. Parece otra muchacha sin hogar. Si tiene un bebé hambriento, llévala a la cocina.

—La ciudad está inundada de niños sin padre. No puedes mantener una casa cuna. Y no necesitamos más bocas que alimentar.

—Sólo es un refugio temporal. Haz lo que digo —replicó serenamente Antonieta.

Refunfuñando, Sabina bajó la escalinata hasta el camino de coches.

—Ven aquí, preciosidad mía. —Antonieta tomó en brazos a su pequeño atleta y lo besó bajo la suave barbilla—. Ya está bien repuesto, ¿verdad? —le preguntó a Amelia, la amada compañera de juegos de Toñito—. Sabes, Memelita, solía soñar con este jardín. Sabía que aquí se restablecería.

—¿De veras, de veras se metió una serpiente en tu recámara en el rancho? —preguntó la hermanita, todavía admirada ante la audaz fuga de Antonieta.

—Sí, es verdad. Toma, amor, llévate a Toñito para que haga la siesta. Tengo que ocuparme de la comida. —Albert llegaba siempre puntualmente a comer a las dos.

* * *

En el año que llevaban residiendo en la casa de Héroes, Albert vendió sus intereses en los ranchos del norte y disolvió la empresa Blair & Madero. Conmovida por su buena disposición para deshacerse del rancho y regresar a la capital, Antonieta hizo un esfuerzo por que salieran del atolladero en que se encontraba su matrimonio; una situación de tolerancia comenzó a sustituir a la hostilidad, y Toñito proporcionaba una preocupación intensa y un interés común que podían compartir. Ella descubrió que estaba embarazada, pero abortó muy temprano, experiencia que la dejó débil y deprimida. Albert respetó la sugerencia del médico: que ocuparan dormitorios separados.

* * *

Un rayo azul turquesa del pavorreal que había en el vitral jugueteó en el plato de Albert. Esperó hasta que sirvieran la sopa antes de dar la noticia.

—Bueno, lo conseguí —dijo con una amplia sonrisa.

—¡Viste a Obregón! —adivinó Antonieta.

—Y obtuve la licencia. Envié mi tarjeta de visita comercial junto con mi salvoconducto firmado por Madero y evité pasarme dos o tres horas calentando algún sillón de su antesala. Fue pan comido. El presidente sabía quién soy —agregó sonriendo, muy ufano.

—¿Qué impresión te causó? —preguntó Antonio.

—Un tipo directo, cordial. Extendí los planos y expliqué nuestra proposición. Costearemos la construcción de la carretera principal que salga de la ciudad, una prolongación del Paseo de la Reforma, pendiente de la aprobación del Consejo de la ciudad, por supuesto. Le dije que mis socios y yo perforaremos los manantiales y pagaremos la instalación de todos los servicios del fraccionamiento.

—¿Le gustaron los planos? —preguntó Antonio.

—Obregón es un juez astuto. Pude ver que estaba muy interesado, pero se mostró cauteloso. Miró el estudio topográfico muy detenidamente y me preguntó si creía que la gente compraría en la colina. «El Bosque de Chapultepec», dijo, «es un gran obstáculo para tenerlo enfrente». «Lo estamos convirtiendo en una ventaja, señor presidente», le dije. «Nuestro lema es *Compren en Chapultepec Heights y el bosque será su jardín*». Eso le gustó. Está en favor de que se construyan más casas habitación y sólo insistió en que se proteja el parque.

—Veo que has cambiado de opinión en cuanto a Obregón —observó Antonio. Las tenaces convicciones de su yerno pocas veces le permitían cambiar de opinión.

—No puedo perdonar el asesinato de Carranza, eso es obvio, pero es un pragmático hombre de negocios —dijo Albert, a la defensiva—. Y creo que México ya está listo para los negocios.

415

* * *

Al cabo de dos años en el puesto, los esfuerzos de Obregón para reconstruir a la nación empezaban a dar frutos. La confianza crecía poco a poco. Su presupuesto se destinaba tanto a las escuelas como a los cuarteles. Las comidas a la mesa de los Rivas Mercado eran ocasión para nuevas controversias: *rojos* en las escuelas preparatorias, el matrimonio de Isadora Duncan con un ruso, el Mahatma Gandhi, un nuevo compositor de apellido Stravinsky. Pero de quien más se hablaba en México, en 1922, era del extravagante Diego Rivera.

Los desnudos gigantescos y voluptuosos de Diego abrumaban ya el auditorio de la Escuela Nacional Preparatoria: cerca de cien metros cuadrados de pared y techo pintados con figuras alegóricas de cuatro metros de estatura. Los «feos changos» de Diego estaban levantando un clamor. La obra, aún inconclusa, causaba que fluyeran las críticas sobre la cabeza de José Vasconcelos, el nuevo secretario de Educación, a la vez que atraía a pintores extranjeros, quienes se reunían alrededor de Rivera, fascinados por la nueva y dinámica pintura al fresco. En pro o en contra, su impacto se había vuelto demasiado fuerte para ser ignorado. La prensa había encontrado una nueva víctima para las caricaturas, la gente decente, una nueva causa célebre, y los habituados al café, un nuevo tema para discusiones acaloradas. Antonio Caso, presidente de la Universidad de México, decía que los murales eran «estupendos». Un crítico francés se refirió a la obra de Diego como «un nuevo arte mexicano revolucionario». La mayoría coincidía en que deberían bajarlo a rastras de su andamio.

Antonio había permanecido ajeno a las discusiones y eso le evitó tener que opinar.

—Papá, no has visto a Diego Rivera desde que regresó de Europa —le reprochó Antonieta—. ¿No crees que por lo menos deberías hacer acto de presencia?

Estaban sentados en un banco del jardín observando a Toñito, quien intentaba atropellar a Amelia con su cochecito de pedales. Antonio se puso en pie y comenzó a corretear alrededor de un árbol.

—Ven, hijo, atropéllame. —Había reconocido el ruego en la voz de Antonieta. Ocuparse de la casa empezaba a aburrirla: necesitaba algo más que invitados y fiestas de niños. Resoplando, volvió a instalar su corpachón en el banco.

—Estaba hablando de Rivera, papá. ¿No te interesan las visiones que tiene de México después de pasar catorce años en Europa? No has metido la nariz en su estudio ni en la escuela.

—Tienes razón, debería ir. —Antonio palmeó la rodilla de su hija—. Tú me acompañarás, por supuesto. Iremos mañana por la mañana.

* * *

Ignacio estacionó el Packard detrás de la catedral en una zona en la que abundaban tendejones, librerías, cafés y alojamientos ruinosos. La Secretaría de Educación Pública, recién creada, ocupaba un palacio virreinal rehabilitado. La escuela de medicina, la de leyes y otras facultades de la Universidad de México estaban dispersas alrededor del centro virreinal. Estudiantes con libros bajo el brazo rebasaban a los transeúntes a toda prisa en las angostas banquetas. Cuando se aproximaban a la escuela preparatoria, Antonieta se fijó en un café lleno de turbulentos estudiantes. ¡Aquí la ciudad estaba llena de vida!

«Mirones» curiosos circulaban alrededor del patio de la vieja «prepa», que otrora había sido convento y más adelante escuela de jesuítas.

Dominando por una cabeza al grupo reunido en el auditorio, Antonio se abrió paso hasta donde una voluminosa figura estaba plantada en un andamio acombado. De vez en cuando, Diego Rivera bajaba la mirada hacia los espectadores, respondiendo jovialmente a insultos y lisonjas:

—De modo que no querrías casarte con esta mujer grotesca y desnuda, ¿eh? Bueno, tampoco te casarías con una pirámide, y una pirámide también es arte. —Tendió su largo pincel hacia su crítico y divisó a Antonio—. ¡Maestro! —gritó—. Cinco minutos más y estoy con usted. Hay un croquis en esa silla aquí abajo que lo explica todo.

Antonio se alejó del andamio y trató de captar la totalidad de la composición, una obra gigantesca titulada *Creación*. El Hombre, feo y distorsionado, surgía del Árbol de la Vida, y el Conocimiento de carne verde lo instruía. Más arriba, la atormentada Tradición de gruesos labios tenía la vista fija en nada; por encima del arco, su pálida amiga rubia, la Poesía Erótica de ojos verdes, levantaba la cabeza.

¡Quién pudo haber posado para esta! Antonio torció el cuello, se apartó y entrecerró los ojos mirando a la Caridad vestida únicamente con sus cabellos, y a la Mujer, una neandertalense gargantuesca que ocupaba el rincón de la izquierda. Alzó la mirada hasta donde Diego estaba trabajando en la Sabiduría, y se estremeció.

—Si *eso* simboliza la sabiduría —dijo a Antonieta—, que los ignorantes hereden la tierra. Diego ha perdido la cabeza. Vámonos. No me creo capaz de mostrarme siquiera cortés.

—Es mejor que se lo diga yo, papá —dijo Antonieta.

—Espera a que vea a Antonio Caso —murmuró Antonio, alejándose—. ¡Estupendo! ¡Bah!

—No puedes marcharte así —protestó Antonieta—. Ahora mismo vuelvo.

Regresó al andamio y esperó a que el artista terminara de pintar un trozo de pared.

—¡Señor Rivera! —captó su atención—. Desgraciadamente, mi padre tiene una cita y vemos que está usted ocupado. Regresará otro día.

Diego hizo un ademán de despedida con el pincel y siguió trabajando.

Antonieta miró una vez más el mural que la rodeaba. Líneas elegantes y severas trazaban una composición vigorosa y pura, los fuertes colores parecían resplandecer, irradiando desde un centro dorado... *Energía original*. Ella podía sentirla.

Un reportero reconoció a Antonio y lo detuvo en la puerta de la escuela.

—Diego Rivera estudiaba en San Carlos cuando usted era el director, ¿no es cierto? Si la memoria no me falla, usted le consiguió su primera beca para estudiar en Europa.

—Sólo ayudé —contestó Antonio, tratando de apartar al hombre.

—¿Qué opinión tiene usted del trabajo tan controvertible que está realizando?

Para no condenar a un artista cuya obra antaño admiraba, Antonio cuidó mucho su respuesta:

—Evidentemente, la fascinación de Italia sigue influyendo en Diego. Pero los pintores al fresco del renacimiento crearon belleza, y Diego sólo ha creado ondas de choque. Confío en que esta etapa experimental pasará y que el verdadero talento de este gran artista reaparecerá.

Y se fue.

Como si formara parte de algo interior en ella, la obra dinámica que había visto atrajo nuevamente a Antonieta hacia la preparatoria. Se volvió a parar en el auditorio al día siguiente. Sólo unos cuantos espectadores circulaban. Una vez más sintió el impacto del vigoroso mural al acercarse al andamio y estudiar los personajes escorzados que adornaban la bóveda. Diego, al parecer, no se había movido de allí: llevaba el mismo overol manchado de pintura y los mismos zapatos salpicados de yeso, el mismo sombrero Stetson deformado y sostenía la misma charola de granito: su paleta. Sólo el mural había cambiado. La Sabiduría, vitalizada por el color, estaba a su derecha.

Sonó un campanillazo y los estudiantes comenzaron a salir de las aulas. Unos cuantos se detuvieron para observar cómo el ayudante de Diego molía colores y extendía yeso húmedo mientras el gran hombre manejaba el pincel. Lo observan ociosamente como observarían una pala mecánica, pensó Antonieta.

Una muchachita dobló la esquina a todo correr y tropezó con Antonieta.

—¿Sabe usted por qué pinta tan feo? Porque él es tan feo. —Se plantó bajo el andamio y gritó—: Oye tú, ranota, ¿quieres un pan dulce? Le he dicho a esta señora que pintas tan feo porque tú eres tan feo. ¿No es cierto? Te he traído algo. ¿Por qué no bajas?

—Márchate —le gritó Diego, mirando hacia abajo. Vio a Antonieta—. Hola, ¿qué tal? ¿Vino su padre con usted?

—No. He venido sola.

Con las manos en las caderas, la ruda muchacha permaneció firme al pie del andamio. Dos cejas negras parecieron juntarse por encima de sus ojos provocativos.

Diego bajó, limpiándose las manos sobre el overol.

—Márchate, niña. Vamos, vete a tu clase o al baño o adonde tengas que ir.

—He dicho que te traía algo, gordinflón. —Y le tendió un pan dulce. Diego se lo arrancó de la mano y le dio una palmada en el trasero.

—Desaparece.

La joven estudiante hizo una mueca a la dama elegante que obviamente había capturado la atención de Diego y se marchó a regañadientes.

—Es Frida —dijo Diego con una risa ahogada—. Una chiquilla pesada que me insulta para que le haga caso. Quiere ser artista. —Miró a Antonieta con ojos aprobatorios—. ¿No la vi en París cuando tenía más o menos la edad de Frida?

—Esa era Alicia. Yo soy Antonieta, la hija menor. —Se quitó un guante de cabritilla y le tendió la mano.

—Una dama nunca debería estrecharle la mano a un pintor —dijo Diego—. ¿Por qué ha regresado? ¿Qué pensó su padre? ¡Oye, Máximo —le gritó a su joven ayudante—, deja de extender yeso. Voy a descansar un poco. ¿Qué dijo realmente su padre?

Antonieta sonrió al hombre despeinado y cordial que tenía delante.

—Si me convida un café, señor Rivera, se lo diré. He visto que hay uno a la vuelta de la esquina.

—Llámame Diego.

El café Esperanza estaba lleno de estudiantes. Una pareja desocupó su mesa con un saludo de la cabeza hacia Diego y fue a sentarse a una mesa rodeada de amigos. Un camarero pasó una jerga por el linóleo cubierto de moscas y tomó su orden. Sentada frente a Diego, Antonieta puso los codos sobre la mesa y apoyó la barbilla en sus manos juntas. Diego observó los dedos largos y finos y los ojos expresivos.

—Bueno, ¿qué comentarios hizo?

—Mi padre dijo que si tuviera suficiente autoridad, mandaría blanquear las paredes —respondió Antonieta, fingiendo seriedad.

Diego no pudo reprimir una risa.

—Dijo que ha perdido usted la cabeza y que se alegra de que no sea contagioso.

—Eso pensé —dijo Diego, soltando la carcajada—. Ese viejo clásico, su padre, es impermeable. No puedo yo quebrar esa corteza grecorromana.

Antonieta se echó hacia atrás en su silla.

—Dijo que había aprendido usted la teoría de la regla de oro y que la aplicó con simetría dinámica. Bueno, eso es un cumplido, ¿no lo cree así? —Y sonrió.

—Y usted, ¿qué cree?

—Yo creo que es pasmoso. ¡Dinámico! Su mural es una obra muy importante. ¡Y ha enfocado la atención sobre México, no cabe duda! —Rio—. Para decir verdad, a mi padre lo sorprendió que dejara usted Europa.

—Regresé porque la Revolución prometía algo —dijo Diego—, aunque sólo sea paredes. Por el momento, eso basta. Pero mis paredes hablarán y conseguiré más paredes para todos nosotros, para Clemente Orozco, Xavier Guerrero, David Siqueiros, Fermín Revueltas, Jean Charlot y un titipuchal más del que no sabe usted nada. Hemos constituido un sindicato. Dígale a su padre que no pedimos más que un salario de trabajador, porque trabajamos con nuestras manos. Ocho pesos el metro incluyendo el yeso. —Diego plantó los codos sobre la mesa imitando a Antonieta—. ¿Es usted revolucionaria? —Sus ojos estaban más saltones que nunca mientras la miraba directamente.

Sin bajar la vista, Antonieta dejó pasar un instante.

—Tengo algunas ideas revolucionarias.

—¿Incluirían posar desnuda? —preguntó Diego.

Antonieta comprendió que lo que quería era escandalizarla.

—Por lo que su mural revela, dispone usted de muchas modelos —respondió evasivamente.

Diego se echó hacia atrás en la silla y dijo:

—Me gustaría pintarla.

—¿Por qué? —preguntó Antonieta, tomada de improviso.

—Por el dinero —dijo Diego—. Usted es una muchacha rica y a nosotros, los trabajadores, tienen que mantenernos los ricos. —Sonrió con picardía—. Por qué no viene a mi casa el domingo y haré un bosquejo. Los domingos por la tarde no trabajo. Venga, allí conocerá a muchísimos pintores.

—¿Lo dice en serio —preguntó Antonieta— o sólo quiere ser cortés?

—Nunca soy cortés —dijo Diego. Echó unas monedas sobre la mesa para pagar el café—. La próxima vez podrá pagar usted. —Se puso en pie y, con galantería, la ayudó a levantarse de la silla.

* * *

Antonieta se pasó la semana preguntándose si aceptaría la invitación de Diego. ¿Habría que telefonear?, ¿o presentarse sin más ni más? Él había garabateado unas señas en un pedazo de papel, pero no había indicado la hora. Había algo seductor en él, un elemento primitivo que resultaba temible, vulgar. No, no vulgar, algo así como desnudo, como si hubiera sido despojado de las apariencias. Eso era, la desnudez, al fin y al cabo, era natural para un artista. Y sin embargo, un intelecto penetrante brillaba en aquellos ojos de rana.

¿Tenía realmente la intención de pintarla… o tendría otras intenciones? ¿Qué excusa podría darle a Albert? ¿Qué diría papá? Bueno, pues ella ya tenía veintidós años y tomaría sus propias decisiones.

* * *

El domingo por la mañana, Antonieta se vistió con una falda sencilla y un suéter. Estaba sentada frente a su tocador retorciendo sus largos cabellos en un chongo cuando Albert entró en el dormitorio. La besó en la mejilla, se fue hacia el armario y empezó a anudar la corbata que llevaba suelta alrededor del cuello.

—¿No vas a ir a la iglesia? —preguntó con indiferencia.

—Hoy no —respondió Antonieta.

—Eso me desilusiona. —Asistía a una iglesia protestante de lengua inglesa y Antonieta lo había acompañado voluntariamente los últimos meses. La vio arreglarse el cabello y dominó el doloroso deseo de ponerla en pie y aplastarle los labios con los suyos. Albert siguió con su corbata, esperando que su esposa diera una excusa.

—No tiene nada que ver con tu iglesia, Albert. Es que tengo una cita esta tarde y me quedan algunas cosas que hacer.

—¿Puedo preguntar qué clase de cita?

—Diego Rivera va a pintar mi retrato —dijo indolentemente.

Albert jaló con fuerza de su corbata.

—¿Has perdido la cabeza? Los «changos» de Rivera son el hazmerreír de México. ¿Eso quieres ser? ¿Se lo has dicho a tu padre?

—Sí, se lo dije —replicó secamente Antonieta. Su padre había recomendado que se apartara de Diego porque frecuentaba bolcheviques y esa no era compañía conveniente para una dama.

—Entonces no me vas a hacer caso a mí —dijo Albert. Giró sobre sus talones y salió airadamente del dormitorio.

* * *

Ignacio detuvo el auto al lado de una puerta de madera pandeada en un edificio destartalado, no muy lejos de la preparatoria. Antonieta miró el número: era ahí. No había ningún otro automóvil en la calle de Guatemala.

—Tardaré por lo menos una hora —dijo a su chofer—. Puedes dar un paseo si quieres, pero no por mucho tiempo.

—Esperaré en el coche —respondió Ignacio, sin disimular la mala opinión que le merecía el vecindario.

Antonieta jaló de una cuerda que pasaba por la puerta y oyó una campana en el interior. Esperó un minuto y volvió a jalar. Una voluptuosa morena de cabello negro rizado abrió la puerta con brusquedad. Se quedó parada en actitud insolente en el umbral, con los ojos verdemar mirándola de arriba abajo, desafiando su mera presencia.

—¿Quién es usted? —preguntó la mujer.

—Antonieta Rivas Mercado. ¿Vive aquí Diego Rivera?

La mujer estiró el cuello y vio el Packard.

—¿La invitó Diego?

—Sí —respondió Antonieta, preguntándose si no debería irse.

—Dígame otra vez su nombre.

—Antonieta.

Como una gata a punto de lanzarse y arañar, la mujer le tocó el brazo.

—Entre.

Una vez dentro, el tacón de Antonieta se enganchó en un tapete de petate haciéndola vacilar. Un gigantesco demonio rojo-verde-púrpura de cartón pintado miraba de soslayo en un rincón del pequeño vestíbulo, poste en el que se apoyaban unos cuantos lienzos. Declaraciones impresas del sindicato decoraban las paredes, y un pequeño cartel indicaba: «Sólo pintamos paredes y papel del baño». Más allá se sostenía una acalorada discusión en una habitación pequeña llena de humo y humanidad.

—Oye, Diego —dijo la gata—, tienes una invitada.

Diego se extrajo de un montón de almohadones que había sobre un banco bajo de madera y fue a saludarla.

—Viniste —dijo, tendiendo la mano—. No intentaré presentarte. Encuentra un asiento. Aquí, Lupe, toma el saco de la señorita.

Lupe arrojó el saco con un gesto desafiante sobre una silla de madera pintada.

—Vamos, Lupe, compórtate. La señorita ha venido para que pinte su retrato. —Diego rodeó con el brazo a la mujer sensual cuyos labios parecían estar continuamente separados en espera de un beso—. Tiene celos de todas las mujeres —explicó Diego—, pero puesto que ella *es* todas las mujeres, no tiene por qué.

—¿Usted posó para Mujer! —preguntó Antonieta con una admiración exagerada.

—Sí. —Una sonrisa altanera reveló bellos dientes que resaltaban sobre la tez olivácea. Era una mujer realmente llamativa—. Anda, gordinflón, vuelve a tu cháchara. Ya encontraré una silla para esta muchacha.

Las garras se retrajeron y la gata comenzó a ronronear.

—Nunca paran de hablar —dijo Lupe—. Los pintores son peores que los poetas. Ese es Jean Charlot, en la silla, de París, y ese otro es Carlos Mérida de Guatemala. Ese gringo más allá es Paul O'Higgins de California. Y Noguchi, de quién sabe dónde —se encogió de hombros—. A ese lo llaman el Loro porque no habla nunca. —Y señaló a un robusto indio de altos pómulos y cabello negro, grueso y lacio.

Una mujer que llevaba puesto un vestido blanco espumoso, adornada con muchísimos collares y muy pintada, flotó desde algún lugar y se sentó en el suelo.

—Esa es Nahui Ollin, un poco llena de mezcal. Su verdadero nombre es Carmen Mondragón. Se cree muy lista. Es una de las que siguen a Diego de campamento en campamento.

Antonieta reconoció a Poesía Erótica y recordó rumores: era hija del general Mondragón, uno de los que conspiraron para derrocar a Madero; era una mujer bien educada de la «clase decente», pero decían que estaba un poco trastornada.

—Nahui está loca —confió Lupe en un susurro—. Estuvo casada con un pintor joto. Una hermosa bestia. Asfixió a su propio hijo. Ahora, con permiso. —Y Lupe se fue.

El grupo en el suelo se movió para dejar pasar a la extraña, Antonieta se adelantó y encontró asiento en un rincón sobre un sofá improvisado. Estaban hablando de la Revolución, de la Revolución rusa. Es decir, Diego estaba hablando de ella; los demás parecían querer hablar del porvenir de la pintura mural en México.

—Está bien —dijo Diego—, queremos paredes. Bueno, creo haber convencido a Vasconcelos de que nos deje pintar la Secretaría de Educación. Mi argumento fue que de todos modos la vieja reliquia necesitaba una buena capa de yeso. ¿Alguno de ustedes ha mirado realmente ese edificio? Mide dos cuadras de largo y tres pisos de alto, muros suficientes para sacudir a México cuando hayamos terminado.

Se oyó un murmullo de aprobación. Algunos se levantaron y circularon. El hombre llamado Jean Charlot se metió junto a Antonieta.

—Obviamente, tienes un tema en la cabeza, Diego. ¿Cuál es? —preguntó Charlot.

—Estuve trabajando anoche en algunos esbozos. Son símbolos, símbolos audaces para una nueva era, algo que penetre en la mente popular. Oye, Lupe, tráeme mi bloc. —Lupe se lo arrojó—. Miren, símbolos, ritmos. Quiero pintar el ritmo brutal de los trabajadores que cortan caña de azúcar y el trabajo agotador de los mineros. Como las metáforas en poesía —agregó. Rivera estaba excitado, dijo que pensaba pintar fuertes analogías plásticas y armoniosas que señalaran las disonancias entre hombre y hombre, el trabajador contra el industrial, el agrarista contra el hacendado, el azteca contra el conquistador, todas las injusticias y desigualdades que padecía México, cada línea, cada gesto y cada panel calculado para fundirse en un todo, la tierra, el pueblo, las fiestas, la historia y los sueños y las promesas incumplidas en México—. La nueva lucha de clases —declaró con vehemencia.

—Tómalo con calma, Diego —dijo alguien que se llamaba Fermín—. Podrían derribar nuestros muros con objeciones reaccionarias.

—Nuestro objetivo es provocar la controversia. Nuestros muros educarán a los analfabetos. Serán nuestra escuela. ¿No pueden verlo? El patio cobrará vida con el color. Será nuestro monasterio y en él se proclamará nuestra nueva religión.

—Yo utilizaría símbolos más abstractos —intervino Carlos Mérida—. La era del arte pictórico ha pasado.

—Los mexicanos no comprenden la abstracción —dijo Diego, haciendo a un lado el comentario—. Y tengo la intención de exaltar el sacrificio humano, mostrarlo como lo que es, el mayor bien al que puede alcanzar un mortal, al liberarlo de la lenta descomposición miserable de la vida.

A Antonieta le estaba lastimando los muslos el ángulo duro del primitivo sofá, pero no hizo nada por apartarse. Diego hablaba como pintaba, lanzando manchas de imaginería llena de colorido, un rico flujo de palabras pulverizadas para mantenerlas a tono con sus pensamientos.

—Quiero mostrar las artes populares tal como son, las formas y colores bárbaros y salvajes.

—¡Concuerdo en eso! —interrumpió O'Higgins—. El color parece ser innato en los mexicanos. Miren nada más los colores que vibran en los mercados. ¡Y su ropa! Mujeres descalzas vestidas de rosa, azul, naranja y amarillo. ¡Esto es lo que yo quiero captar!

—La base de la iconografía… —Diego se había lanzado hacia otro tema.

Al cabo de hora y media, su posición incómoda estaba pidiendo atención. La gente empezó a moverse de un lado a otro y Antonieta se puso en pie. Se escurriría hacia fuera como se había escurrido hacia dentro. Diego la vio, se levantó y la llamó.

—¡Antonieta! Siéntate en esa silla pintada, ahí donde tu saco. Dije que quería dibujarte. —Levantó su bloc y sacó un lápiz del bolsillo de su camisa.

—Realmente, no tiene que hacerlo —le dijo Antonieta, ruborizándose, confusa.

—He dicho que te sientes. —Se fue hasta la silla pintada.

—¿Cómo debo posar? —Algunos se volvieron para ver quién era la modelo.

—Tal como estás —contestó Diego, empezando a dibujar y comenzando otra discusión.

Una muchachita descalza pasó una fuente de buñuelos calientes, y el azúcar que los cubría iba cayéndose a medida que los presentes los tomaban y empezaban a comérselos.

Así que tiene sirvienta, pensó Antonieta. Lo voy a provocar en cuanto a derechos iguales para todos los trabajadores del mundo.

Al cabo de media hora, Diego se levantó, arrancó la hoja del bloc y se acercó a su modelo.

—La clase media no tiene gusto —dijo—. Su idea de la elegancia consiste en copiar un objeto europeo y su idea de un retrato es algo bonito y soso, algo que el artista debe producir si quiere que le paguen. Me alegro de que no pertenezcas a la clase media. —Le tendió el dibujo.

Líneas negras y osadas trazaban un rostro familiar, ojos enormes dominaban un semblante melancólico. No era un rostro bonito, pensó, pero era *su* rostro.

—Tardaré algún tiempo en verme así —dijo Antonieta—, pero conservaré este dibujo, Diego. Gracias.

—Es un obsequio —dijo Diego, y volvió a su lugar entre los almohadones.

Como si hubiera estado esperando, apareció Lupe con el saco de Antonieta. Los labios llenos estaban separados y los ojos verdemar volvieron a evaluar a la invitada. Le quitó el dibujo a Antonieta, lo miró y se lo devolvió.

—Serán quince pesos —dijo Lupe.

* * *

José Vasconcelos estaba abriendo senderos entre los trigales, edificando escuelas rurales, declarando la guerra al analfabetismo. Ochenta y cinco por ciento de los mexicanos no sabían leer. A pesar de sus críticos, destinaba cientos de metros de paredes a los pintores. Diego Rivera se convirtió en uno de los «espectáculos» de la ciudad, sentado en su viga pandeada, pintando de doce a quince horas diarias. Los muros del patio interior del edificio de Educación resplandecían con sus escenas de una naturaleza exuberante poblado por grupos rítmicos de figuras que atraían la mirada allá donde el maestro lo deseaba. Clemente Orozco, Jean Charlot, David Siqueiros y otros pintores cabalgaban sus andamios para crear osados murales a lo largo de corredores, por encima de escaleras, en rincones oscuros. Maestros, albañiles, aprendices, yeseros y espectadores boquiabiertos daban el aspecto de un grabado renacentista al palacio español del siglo XVII.

Antonieta esperaba a que el sol estuviera a punto de ponerse y que la luz menguante obligara a Diego a bajarse del andamio. No se había atrevido a volver por semanas, pues no deseaba provocar más escenas furiosas de Albert. Pero se sentía atraída por el lugar y había vuelto a pesar de las acusaciones de Albert y las cejas enarcadas de la familia. Sólo Chela comprendía el atractivo. Esto era el verdadero México, matizado de salvajismo pero lleno de fuego. Un México en cuya periferia se quedaba ella, observando la acción, pero sintiéndose mucho más viva por el mero contacto. Permaneció entre las sombras y esperó, para no distraer al maestro.

Diego bajó de su viga, entrecerró los ojos para contemplar su trabajo, moviendo de un lado para otro su voluminoso cuerpo, evaluando, observando cada detalle con su ojo crítico. Entonces volvió a trepar para corregir algo; mañana sería demasiado tarde, con el yeso seco ya. Cuando los últimos rayos cubrieron el muro de sombras, volvió a bajar.

Antonieta dio un paso adelante y saludó a Diego besándolo en la mejilla.

—Estaba empezando a pensar que te había convencido la opinión de tu padre —dijo Diego jovialmente—. ¿Ves el progreso? —Su brazo trazó un semicírculo hacia la pared—. ¿Qué tal se ve?

—Es demasiado para abarcarlo. —Y Antonieta giró en redondo—. Es magnífico. El arte invalida el contenido —agregó sonriendo.

—Te equivocas —declaró Diego, limpiando manchas húmedas con un enorme pañuelo rojo—. Lo que importa es el contenido. Esto es propaganda deliberada.

—No estoy de acuerdo con todos sus «símbolos», pero me agradaría discutirlos —dijo Antonieta—. ¿Y si nos tomáramos un café? Me toca pagar a mí.

—No puedo —dijo Diego—. Tengo una reunión.

—¡Qué desilusión!

Sus amigos se acercaron. Antonieta saludó a Nahui Ollin que hoy llegaba con un vestido negro de campesina y un rebozo gris. Entonces se dirigió a Diego una atractiva mujer de cabello negro a quien no conocía, una italiana, al menos, eso sugería su acento.

—Diego se ha unido al Partido Comunista —anunció Nahui a Antonieta—. Y ella también. —Señaló a la extranjera que nadie se había tomado la molestia de presentarle.

Antonieta echó a andar junto a Diego mientras atravesaban el patio.

—Debe echar de menos a Frida. ¿Quién le trae ahora su pan dulce? —preguntó con ánimo bromista.

—¿Sabes lo que le pasó a esa chiquilla? La expulsaron de la prepa justo antes de que yo terminara allí. Entonces, ahí la tienes que se viste de azul celeste con lacitos en el pelo y va a quejarse personalmente a Vasconcelos. Vasconcelos ha obligado a Lombardo Toledano a aceptarla, ha dicho que si no es capaz de manejar a una niña como ella, cómo puede Toledano ser director de la preparatoria. ¡Ja! —Y retumbó la carcajada de Diego mientras ambos caminaban delante de los demás.

—¿Cómo está Lupe? —preguntó Antonieta.

—Se casó.

—¡Oh, Diego! Lo siento.

—Conmigo —agregó Diego—, y yo también lo siento. Como regalo de bodas acuchilló uno de mis lienzos.

—¿Por qué?

—Por celos.

—¿Y de quién está celosa? —preguntó Antonieta con intención.

—De esa muchacha. Es bella, ¿verdad? Es fotógrafa y es comunista. ¿Quieres venir a la reunión? Creo que ya tienes edad.

—No. Ya le dije que considero que las sociedades colectivas son deshumanizantes. Tome, le devuelvo su Karl Marx y le presto mi Prometeo. Volveré la próxima semana.

—Bueno, pues hasta la vista —dijo Diego. Se dio media vuelta y volvió a girar hacia ella—. Oye, Antonieta, acabo de descubrir que estás casada.

* * *

Perturbada por los celos crecientes de Albert y sus continuas escenas, Antonieta se volvió de nuevo hacia Chela, con quien podía discutir las ideas nuevas que le revoloteaban en la cabeza. Condenada al ostracismo por su propia clase social, Chela andaba con un grupo de seudointelectuales cuyos temas predilectos eran el comunismo, los radicales y la disección de Diego Rivera. Carlos pasaba mucho tiempo fuera de casa en esos días, pues daba clases en la escuela de medicina y la universidad, donde prevalecía una nueva actitud de libertad. Después de diez años de aislamiento intelectual, los jóvenes mexicanos cultivados ansiaban formar parte de la sociedad mundial. Ni el rector de la universidad, Antonio Caso, ni José Vasconcelos, secretario de Educación, como tales, favorecían el comunismo, pero defendían el derecho a discutir, debatir y pensar por sí mismos. Las obras modernas francesas eran sustituidas por rudos escritores humanistas como Tolstoi, Dostoievski, Chéjov y Andreiev, quienes encontraban un suelo fértil en las jóvenes mentes mexicanas. Había surgido una pasión por todo lo que fuera ruso: Stravinsky, el vodka, los iconos y los sombreros de astracán.

—Carlos dice que la Internacional comunista ha pasado ya por la cima y que su estrella roja está en bajada —dijo Chela.

—Con Diego no —le dijo Antonieta—. Su estrella roja va para arriba. Tengo discusiones furiosas con él. A veces, su visión del futuro me espanta. Dime, Chela, ¿qué piensa Carlos de los comunistas en México?

—Dice que Obregón está jugando su partida, ¿no lo ves? Después del infierno que México ha vivido, ha establecido finalmente un gobierno central fuerte. Dictatorial, claro está —se encogió de hombros—. Carlos dice que cualquier otra forma de gobierno está descartada por antipatriótica y antinacional. De todos modos, el gobierno de Obregón controla los sindicatos de modo que, ¿quién iba a aliarse a los comunistas?

—Diego acaba de inscribirse en el Partido. Lo admiro por ser fiel a sus ideales —confesó Antonieta.

—¡Bah! Diego se ha convertido en un icono rojo —manifestó Chela con desprecio—. ¿Acaso crees que él desea ver a los peones irrumpiendo en su casa, rompiendo la fontanería y obligándolo a retroceder a un retrete primitivo? —Rio y prendió un cigarrillo del que inhaló larga y profundamente—. Ay, Tonieta, Tonieta… Cómo me gustaría discutir a Marx con Diego. Mis «intelectuales» no comprenden la mitad de las cosas que digo y la otra mitad los escandaliza. —Chela suspiró hondamente—. Es un infierno tener que pasármela esperando a Carlos. Se está metiendo cada día más en política y no me queda nada que hacer, como no sea leer. —Volvió a tomar una fumada y aplastó el cigarrillo en el cenicero—. ¿Estás un poco enamorada de Diego?

—No, nada de eso —respondió rápidamente Antonieta—. La verdad es que me halaga que pierda el tiempo conmigo. Diego y Toñito son los únicos puntos brillantes de mi vida. Y tú, Chelita —agregó dulcemente—. Odio verte tan desdichada. —Y aplastó el cigarrillo mal apagado.

—Creí que el proyecto de urbanización tendría ocupados el tiempo y la mente de Albert.

—Así es. Está fuera todo el día. Pero cuando vuelve a casa, tengo que darle cuenta de cada minuto. Lo que hice, adónde fui, a quién vi, quién vino de visita. Tengo que recordarlo todo de acuerdo con el reloj. Es enloquecedor. Y si me quedo en casa leyendo, es lo mismo. Inclusive ha amenazado con quitarme mis libros. Ya los quemó una vez, ¿recuerdas? Albert sigue pensando que *ellos* nos separan. Ay, Chela, ¿cómo es posible que un hombre que fue tan encantador se haya convertido en un torturador? Le digo la verdad y no me cree. Me estoy convirtiendo en una arpía sarcástica. —Antonieta bajó la mirada—. ¿Qué puedo hacer?

Chela palmeó la mano de su prima.

—Menuda pareja hacemos las dos. Yo dejé a mi esposo por amor y estoy atrapada. Tú te casaste por lo que creías que era amor y estás atrapada. Por lo menos tienes a Toñito.

Pensativas las primas callaron.

—Para él, el sexo es un acto mecánico —dijo Antonieta abruptamente—. Trato de acostarme antes que él y fingir estar dormida. Anoche me despertó en mitad de la noche para acusarme de tener un amante.

Chela estalló:

—¡Por supuesto, como yo!

* * *

El fraccionamiento Chapultepec Heights había adquirido terrenos que ya representaban más de once millones de metros cuadrados. Las ventas se habían incrementado a siete pesos el metro cuadrado con un descuento de diez por ciento y sesenta meses sin intereses para pagar. Albert había aumentado sus acciones en forma de arados, escarbadores, mulas y carretas descartados de su rancho. Trabajaba desde el alba hasta el atardecer con los topógrafos, señalando calles, plantando cientos de árboles en las colinas calvas. Antonio estaba de acuerdo en que la ciudad crecería hacia el oeste, por las colinas, y debería crecer; ahora la capital tenía más de cuatrocientos mil habitantes.

Antonieta se había interesado mucho en la subdivisión creciente y a ella había correspondido la tarea de ponerles nombre a las calles, con lo que se dedicaba a un proyecto que agradaba a Albert. Ahora el proyecto estaba casi terminado. Con algo de dolor recordó el día en que la invitó a escoger el lote para la casa que pensaba edificar. Con la imaginación, había cubierto las colinas yermas con bulevares y jardines umbrosos. Todo el valle de México yacía a sus pies, con los dos volcanes cincelados en el aire fresco y transparente. Desde la cima de su colina, podía ver el Ángel que abría sus alas hacia el cielo en lo alto de su monumento. Albert la había rodeado con el brazo, diciendo: «Quiero que tú supervises cada detalle. Esta va a ser nuestra casa en la que recibiremos a las personas más importantes de México».

Trató de no pensar en el futuro, sentada en el escritorio del viejo oratorio de Cristina convertido en su cuarto de trabajo. Tenía un atlas grande abierto ante ella, y una colección de libros de geografía, cuadernos de apuntes y libros de referencia se amontonaban a su lado. Ya llevaba una semana investigando los nombres de montañas y cordilleras, nombres que había escogido para las altas colinas de la subdivisión Chapultepec. La sección desde la cual se veía el castillo la había nombrado por los virreyes. Volvía las páginas del atlas, luchando con su infierno privado. Su matrimonio se había convertido en un tormento.

* * *

Cuando lo invitaba a su cama, lo que le daba no era amor sino castigo. ¡Si sólo *hablara*! Había ignorado todos los intentos por hablar de su matrimonio, inclusive de sus diferentes planes para educar a Toñito. Nunca podría cuestionar sus creencias ni enfrentarlo en un nivel personal, profundo. Habían vuelto a discutir de religión. «No necesito ir a la iglesia para sentir la presencia de Dios», le había dicho Antonieta una y otra vez. Había intentado hablar de su propia creencia en la salvación merced a un amor que transforma, un amor que apacigua y reconcilia, no una salvación como recompensa por buenas acciones. Él había ignorado las palabras y soltado un discurso contra la Iglesia católica por robarles a los pobres, por aceptar limosnas para esos «ídolos sangrientos e imágenes de Jesús que llenan todas las iglesias». «Esos ídolos nos enseñan lo que es el sufrimiento», había replicado ella ferozmente. «Mi Cristo no es un salvador que juzga y que te lleva por una senda en blanco y negro donde dice debes y no debes. Cristo perdona. Sufrió, y su amor implica servir a todos los que sufren. Aceptamos el sufrimiento, el dolor y la muerte, y los compartimos con nuestros seres queridos porque lo sentimos, no porque *debamos* sentirlo». Albert la había mirado fija y estoicamente. *Su* verdad era la única verdad. Los intentos de Antonieta por hacerle comprender sólo tropezaban con silencio.

Antonieta estaba sumida en un libro de geografía cuando oyó que su marido entraba en su dormitorio. Y se puso tensa, con los nervios de punta. Había regresado temprano.

—¡Hola! —exclamó Albert, jubiloso. Entró en el pequeño despachó y besó a su esposa en la mejilla—. ¿Todavía estás sumergida en el atlas? Hoy hemos tenido buena suerte con ese manantial que estamos perforando: dimos con un río subterráneo a setenta metros y en nada de tiempo el nivel del agua subió a sólo pocos metros del nivel de la calle. Quizá sea la única perforación que nos toque hacer.

—Cuánto me alegro, Albert —dijo Antonieta sin levantar la mirada.

—Y tu padre tenía razón. Ese profundo estrato de tepetate corre justo por debajo de la subdivisión entera, con lo que se absorberán efectivamente los temblores —se interrumpió y miró a Antonieta con expresión expectante—. ¿Qué te parecería si fuéramos a cenar al club?

—Estoy justo en medio de todo esto —contestó, siguiendo con el dedo la página de referencias.

—Ya veo. —Y Albert se puso tieso. Se volvió hacia el dormitorio, tomó su sombrero, vaciló y regresó al despacho—. ¿Por qué no me dijiste que habías ido el miércoles a ver a tu condenado Diego?

—No me lo preguntaste —respondió Antonieta con calma.

Albert la levantó.

—Te lo estoy preguntando ahora. ¿A quién estás viendo? ¿Dónde? ¿Alguno de los rojos de Diego o uno de los amigos de Chela? ¡Contéstame!

—¡No tengo amante! —espetó Antonieta, liberando su brazo.

—Mientes. Pasas más tiempo fuera que dentro de esta casa. ¿A dónde vas? ¿A quién ves? ¿A Diego Rivera? ¿Es él?

—Estás diciendo idioteces, Albert. El único amor de Diego es su arte. —Echó hacia atrás la cabeza y rio—. Pregúntaselo a su esposa. Te sacaría los ojos si sugirieras que tiene una amante.

—Te han visto con él en ese café. ¿Dónde está tu sentido de la decencia, del decoro?, por el amor de Dios. Hablan de ti. Te estás poniendo en ridículo y poniéndome en ridículo a mí. —De repente, Albert bajó la voz—. Antonieta, eres mi esposa. No permitiré que te portes como una cualquiera.

—No eres mi dueño.

—¿Eres una cualquiera? Detrás de ese barniz intelectual y dentro de ese cuerpo puro e intocable ¿eres una cualquiera? —Albert la quemó con su sarcasmo.

Se volvió y le hizo frente:

—¿Por qué te casaste conmigo? —preguntó, con los ojos echando chispas—. Pareces pensar que las mujeres son como esas muñecas de papel que se recortan todas a la vez con las tijeras. ¿Acaso creías que te casabas con una muchacha mexicana comedida y servil que diría «sí» a todo lo que piensas y quieres, alguien que se quedaría en casa el día entero, bordando? Tú necesitas una esposa distinta, Albert.

—*Tú* eres mi esposa —dijo Albert, derrotado—. Para bien o para mal. —Echó a andar de un lado a otro y finalmente quedó frente a ella.

—¿Qué hice mal? —Y la pregunta encerraba desesperación.

Se veía tan lamentable, tan orgulloso e infeliz, allí parado, lanzando palabras al aire como si fueran dardos.

—No se trata de bien ni de mal. Somos muy distintos, eso es todo —dijo Antonieta en voz baja.

—Son esos libros. Piensas demasiado, tanto que ya no sabes realmente en qué crees.

—Sí, lo sé. Creo que también las mujeres tienen derechos.

—¿Acaso yo te limito? ¿Eso es lo que sientes? ¡Quieres libertad para acostarte con quien te dé la gana! —Albert tomó su sombrero y salió del *boudoir* dando un portazo.

* * *

Los camareros empezaron a hablar entre sí en el comedor del club Americano, esperando que los pocos rezagados terminaran su prolongada cena. El traqueteo de los dados había cesado en el bar anexo, y unas cuantas luces comenzaron a apagarse en la elegante mansión porfiriana donde Albert y su socio, Samuel Rider, estaban terminando de cenar. Albert se rezagaba a propósito, aplazando el momento de regresar a la casa de Héroes.

—Qué pena que Obregón haya tenido tan mala prensa en los periódicos mexicanos. Esa comida en el castillo impresionó realmente a la delegación comercial americana —dijo Samuel.

—Obregón no es ningún tonto. Tiene que cortejar a Estados Unidos y lograr que reconozcan su gobierno —dijo Albert concisamente—, digan lo que digan. Aunque los mexicanos resientan nuestra presencia, nos necesitan.

Un camarero se acercó con el postre, y Samuel clavó su tenedor en el rico pastel.

—Hoy he señalado el lugar para la escuela pública —dijo Albert—; justo en la calle principal en medio de la colina. Y voy a vender dos de mis terrenos para iniciar ese orfanato del que estuve hablando.

—Eso sí que es generoso —dijo Samuel—. Te ayudaremos un poco.

—No estoy echándome flores, Samuel. Le debo mucho a México y estoy harto de ver niños pobres tiritando y durmiendo en los quicios de las puertas. ¡Tanta maldita pobreza, suciedad y corrupción en este país!

A Samuel pareció sorprenderlo el estallido.

—Oye, tú no sueles ser cínico. ¿Cuál es el problema, amigo?

Albert se encogió de hombros.

—Es curioso. Lo que en otros tiempos parecía encantador, ahora es irritante. Quise dar el beneficio de mi adiestramiento americano a México. No sólo técnica sino también moralmente. Pagar sueldos decentes, pagar a tiempo, poner un ejemplo de disciplina y responsabilidad. Ya sabes, dar un impulso a un pobre tipo que encuentras en tu camino.

—Eso no tiene nada de malo —dijo Samuel.

—Lo malo es que no les importa. Y eso es lo irritante. A los mexicanos no les importa un comino la salubridad ni los métodos más eficientes. Lo hacen a su manera todo el tiempo. —Albert jugueteó con el postre—. Cuando terminemos este proyecto, creo que regresaré a Estados Unidos.

Samuel Rider miró a su amigo.

—Oye, eres el principal accionista de la compañía. No podemos dejar que te vayas. Cualquier desilusión que estés experimentando, pasará. ¿Cuántos extranjeros pueden entrar y ver al presidente?

—Estoy harto de ser extranjero. Te lo digo, el extranjero nunca será comprendido. —Albert calló y rompió un trocito de pastel—. La corrupción me fastidia. Olvida la corrupción civil, me duele más la corrupción moral. Peca y mánchate, confiésate y quedas limpio. No creen en el divorcio, pero tantas casas chicas han convertido la ilegitimidad en parte de esta sociedad. Está podrida, te digo. —Albert pinchó agujeritos en el pastel con el tenedor—. Mi esposa dice que soy el típico yanqui filántropo, es decir, un yanqui conformista inflexible.

—Albert, ¿no quieres tomar una copa? —preguntó de repente Samuel.

La pregunta sobresaltó a Albert.

—Pero tú no bebes, Sam.

—No lo decía por mí —respondió Sam solemnemente.

—Digo, hombre, te admiro por tu abstinencia. Había pensado decírtelo. —Albert se enderezó en su silla—. Yo renuncié a fumar. Debería dejar de beber también. Es un combate que puedo librar contra mí mismo. —Miró a Samuel—. ¿Has bebido alguna vez?

—Muchísimo.

—¿Te importaría decirme por qué lo dejaste?

—Mi esposa y yo nos unimos a la iglesia de la ciencia cristiana.

—He estado pensando en estudiar ciencia cristiana —dijo Albert, pensativo.

—Oye ¿no te gustaría acompañarnos a la iglesia el próximo domingo? —preguntó Samuel—. Somos un grupo pequeño, pero que crece.

—Me gustaría mucho —dijo Albert—. Sí, me gustaría.

* * *

Antonieta se refugió en el silencio. Tenía el corazón lleno de dolor y la mente hecha un torbellino. Escribió en su diario: «He pasado una semana sin horizonte. Quiere atraparme en un engaño que no existe, obligarme a confesar que tengo un amante sólo para expiar sus propias fallas, para arrojar el pecado sobre mí. Si fuera pecadora, podría mostrar cuán generoso es, perdonándome. A veces estoy tan harta que siento la tentación de inventarme un amante, de darle el primer nombre que se me ocurra. Cualquier cosa con tal de poner fin a este acoso. No cabe duda, esto es el infierno. El contacto físico tan vacuo que ha quedado es repugnante, inclusive un beso en la mejilla, que me obligo a darle en presencia de papá y Toñito. Diariamente compruebo cómo se derrumba la frágil estructura de nuestro matrimonio. Miro a Toñito y lloro».

26

1923

Elena fue quien trajo la noticia: el esposo de Juana, el viejo inválido Ignacio Torres había fallecido. Habían transcurrido dieciséis años desde aquel fatídico día en que Juana cayó por la clara-
boya, dieciséis antes de que el cuerpo retorcido de aquel demonio
entregara por fin el alma. De pie bajo el sol ardiente, sometido a
los interminables panegíricos, Antonio susurró a su hermana:

—¿Por qué se confunde tantas veces la vanidad con la caridad? Este fue un globo inflado. ¡El pulque lo enriqueció! Alimentó a mendigos y huérfanos para la sección de rotograbado del
periódico y extrajo hasta el último penique de sus inquilinas, las
cantinas.

—¡Qué sacrilegio, Antonio! —dijo su hermana, dándole un
codazo en las costillas.

—No soy sacrílego y tampoco finjo aspirar a la virtud y la piedad —prosiguió Antonio, cuchicheando—. He venido a buscar
mi herencia. ¿Ves a todos esos sobrinos ahí? Son buitres.

—¡Chitón!

—El viejo avaro era irascible y violento. El menor gasto adicional de la pobre Juana lo irritaba y lo sacaba de quicio. Voy a
exigir mi herencia en oro.

El sol implacable agobiaba a los dolientes que empezaron a
desfilar, arrojando puñaditos de tierra sobre el féretro.

KATHRYN BLAIR

Los sobrinos pretendieron ignorar cualquier derecho de Antonio a la herencia. Pero en su caja fuerte, Antonio guardaba una copia del testamento de Juana. Los sobrinos presentaron abogados que afirmaban que el testamento de Ignacio Torres anulaba el de su difunta esposa. El abogado de Antonio alegó que el marido fue meramente custodio de la herencia de su esposa mientras vivió, disfrutando del interés que producía. La batalla se encarnizó.

—Bueno —exclamó Antonio, un mes después, arrojando el sombrero sobre la mesa del pabellón donde Antonieta pintaba colores con Toñito—. ¡Lo tengo! —Y sus ojos chispeaban, traviesos.

—¿Qué les hiciste, papá? —preguntó Antonieta, dando un salto y besando a su padre.

—Ya sabes cuánto puede prolongarse un proceso civil. Pues bien, amenacé con poner el embargo sobre el rancho hasta que se resolviera el testamento. Esos jóvenes faranduleros quieren su dinero, ahora. De modo que transamos. ¡Ja! ¡En oro!

—¡Bravo!

—Bravo —repitió Toñito como un eco. Estaba dibujando y haciendo muecas.

Antonieta se volvió para contemplar la hazaña de su vástago.

—¿Y qué va a hacer el rey Midas con su oro? —preguntó.

—Voy a gastármelo —dijo Antonio.

—Espero que tus planes incluyan un viaje. Ya es hora de que cambies de aires, de que renueves tu juventud, papá —se preguntaba si debería pronunciar el nombre de Maruca—. Un viaje con alguien que te haga feliz, un buen amigo, de preferencia una amiga. —No levantó los ojos del libro de dibujos—. ¿Tienes una amiga así, verdad?

De repente, Toñito dio un brinco y presentó sus animales, anatómicamente imposibles, a su abuelo.

—Dibújame un elefante, *grand père,* por favor.

Antonio aceptó el crayón de color púrpura y sentó al niño sobre su rodilla.

—Mi amiga se va a casar —dijo, contestando a la pregunta de Antonieta—. Lo cual es lo normal en una persona como ella. —Levantó la cabeza con una mirada llena de picardía—. Pero en lo que yo estaba pensando, sí, era en un viaje. Tengo pensado invitar a toda la familia a venir conmigo a Europa.

—¿También a mí? —preguntó Toñito.

—También a ti, hijito. Y a tu madre y tu padre y tu tío y tu tía.

Antonieta giró en redondo. De repente vislumbró el amplio horizonte de Europa, de su amado París.

—¿Cuándo puedo comenzar a empacar?

—Después de que yo haya encargado que me hagan un automóvil a la orden. No voy a viajar todo apretujado por mis nietos en este viaje. —Y retorció, en broma, la oreja de Toñito.

El niño corrió hasta su mochila y sacó un bloc y más crayones.

—Por favor, dibújame una ballena. ¿Veré una ballena, *grand père*?

—¿Cuándo vas a hablarle a Albert? —preguntó Antonieta, súbitamente seria.

* * *

Antonio invitó a Albert a pasar a su antesala y sirvió un vaso de soda y un aperitivo.

—¿Sigues sin beber, Albert?

—Sí, señor. La soda está bien.

Antonio abrió el tema de un proyecto de viaje.

—He estado queriendo volver a Europa desde hace años, antes de ponerme demasiado viejo para disfrutar París y demasiado débil para viajar. Cumpliré los setenta este año y quisiera marcar este hito en compañía de mi familia. Antonieta no ha vuelto a Europa desde que tenía diez años y Mario y Amelia nunca han estado allí. Alicia y su familia proyectan acompañarnos en el barco. Estoy seguro de que puedes apreciar este deseo, este sueño mío, Albert. No has estado en Europa desde que te fuiste de Londres cuando eras niño, ¿verdad? Pues bien, te invito como amigo y como hijo. —Antonio se detuvo para beber su vermut a sorbitos—. Creo que el viaje será un cambio afortunado, hijo.

Antonio seguía siendo una figura imponente aun cuando el ojal de su saco estaba estirado hasta el límite y sus abundantes cabellos y barbas se habían vuelto totalmente blancos. Albert admiraba a su suegro.

—Lo aprecio, señor. Aprecio muchísimo la invitación.

—Recuerda que se trata de una invitación con todos los gastos pagados.

—Es usted muy generoso, señor. ¿Cuánto tiempo planea usted pasar en el extranjero?

—Posiblemente un año.

—¡Un año! —exclamó Albert—. Es un mal momento para que yo me ausente. Tengo socios y responsabilidades.

—Creí que sería un buen momento para que tomaras un poco de tiempo libre —dijo Antonio—. El proyecto Chapultepec Heights marchaba bien. ¿Estás preocupado?

—No, pero yo soy el único que puede vérselas con ciertas personas —y se lanzó en un prolongado monólogo acerca de las dificultades de trazar la carretera, de continuar el Paseo de la Reforma hasta las colinas de su subdivisión. La semana pasada había descubierto que los militares iban a poner un campo de polo y un casino justo a través de la carretera que estaba proyectada y se había pasado la noche con arados y escarbadores para señalar la extensión, de modo que consintieran en trasladar el campo de polo a un lado de la carretera—. ¿Cómo podría ausentarme?

—Comprendo tu punto de vista —dijo Antonio.

—Y estamos luchando a brazo partido tratando de vender acciones en el club de golf, incluso a cien pesos por acción. La gente cree que allá arriba, en la cima de la colina, es el fin del mundo. A todos complace su diseño, señor. Su casa club capta exactamente el sentimiento de la campiña americana —y Albert seguía hablando sin parar.

—Relájate, Albert —interrumpió Antonio—. No espero que permanezcas en Europa todo ese tiempo. Tengo una sugestión alterna: Mario vendrá en junio, cuando se reciba de la Universidad en Princeton. ¿Por qué no te vienes con él, viajas con nosotros en verano y te traes contigo de regreso a Antonieta y el niño? Es decir, si les das el permiso de viajar. Sabes cuán importante es para mí su compañía. Piénsalo, por favor.

Albert permaneció en silencio un buen rato, moviendo un hielito en su vaso.

—No es necesario —respondió finalmente—. Por supuesto que pueden acompañarlo. Me sentiré solitario, pero esto me brinda una oportunidad perfecta para construir una casa para que mi familia pueda ocuparla a su regreso. —Se le nubló la mirada—. El cambio será bueno para Antonieta.

* * *

Diego escribió un puñado de cartas de presentación, apuntes garabateados con huellas dactilares de diversos colores, que tendió a Antonieta por encima de una cerveza de despedida en un café de chinos cerca de la catedral.

—¿Echas de menos París, Diego? —preguntó Antonieta—. Viviste allí tanto tiempo.

—Odio París —dijo Diego, jugueteando con su tarro—. El agua helada en las cañerías, mis dedos tan fríos que apenas podía sostener un pincel. Guillaume Apollinaire perforado por la metralla, dejando un trozo de poesía en un cañón. Modigliani muriéndose de hambre, congelándose y tambaleándose borracho por el Quartier, muerto a los treinta y seis años —hablaba con amargura—. No, no echo de menos París.

Antonieta rodeó el grueso tarro de vidrio con las manos.

—París murió con la guerra —prosiguió Diego—. Quinientos treinta y seis artistas barridos por la tormenta. Locura. Una sociedad que produce y tolera semejante locura tiene que caer. —La señaló con el dedo—. Compréndelo. —Diego bebió su café a sorbitos—. De todos modos yo era ciudadano de Montparnasse. Me dicen que eso está en París. —Y sonrió maliciosamente—. Pero París será bueno para ti. Abre ese intelecto agudo y deja que todo penetre. Quedan unos pocos viejos amigos. —Entonces se le arrugó el entrecejo como si pasara una nube—. Escucha, si te encuentras con Angelina, dile que estoy bien.

Antonieta miró los ojos saltones del pintor y recordó a Angelina, la diminuta esposa rusa de Diego. La triste historia de su hijito que murió de hambre y de frío en 1917 los había conmovido a todos.

—Gracias, Diego —le dijo, levantándose—. La primerísima tarjeta que escriba será para ti, desde Montparnasse.

Ignacio adelantó el Packard y empezó a cargar el equipaje. Impaciente, Amelia besó a todo el mundo y se instaló en el asiento delantero.

Albert estaba parado con los sirvientes al pie de la escalinata.

* * *

Corría el mes de marzo y el perfume de la tierra húmeda y las flores invadió a Antonieta mientras abrazaba primero a Sabina y después a Conchita. Por fin se volvió hacia Albert. Él la abrazó rígidamente antes de que se besaran.

Toñito, de calzón corto, calcetines hasta la rodilla y boina, tendió virilmente la mano a su padre.

Albert alzó al niño en brazos y lo estrechó contra su pecho.

—Hasta la vista, hijo —dijo—. Hasta la vista.

Durante un instante fugaz, Antonieta deseó abrazar a su esposo. Se veía tan desamparado de pie junto a los sirvientes. Se volvió y dijo adiós con la mano, pero para cuando el auto dobló la esquina de Violeta, su sentimiento de culpa fue superado por un embriagador sentimiento de libertad. Un pensamiento extraño le cruzó la mente. ¿Habría experimentado su madre la misma libertad cuando se fue? Adiós, gritó en silencio. Adiós, adiós.

27

1926

Sujetándose las peinetas en su larga cabellera, Chela estaba sentada delante del escritorio en la pequeña biblioteca de su casa, y trató nuevamente de ponerse a escribir. Tenía enfrente la máquina de escribir de Antonieta en espera de que la tocara, para romper la espantosa indecisión que bloqueaba sus emociones. Insertó una hoja de papel y mecanografió: «Querida Tonieta». Miró entonces las palabras y arrancó el papel de la máquina. Había estado combatiendo el viejo dilema desde que le llegó la última carta de Antonieta. El verano había llegado a su fin y el curso de Antonieta en la Universidad de Madrid había terminado. En cada una de sus cartas, Antonieta le había suplicado que se reuniera con ellos en Europa, y a medida que el «viaje» se alargaba —dos, tres años y medio—, había aplazado la decisión fatal.

«¿Qué hay para ti en México ahora que Carlos ha regresado con su esposa?», preguntaba Antonieta. Las palabras quemaban la mente de Chela. Levantó la carta que estaba encima de todas y volvió a leer: «Las relaciones terminan, a veces debido a las circunstancias, como ha pasado con la de ustedes. ¿Por qué rezagarte cuando no hay futuro? No existe vínculo legal. El destino ha sido bueno conmigo. Albert ha dado una excusa tras otra para no reunirse con nosotros aquí. Yo habría vuelto si él hubiera insistido —sólo por Toñito—, tal vez para vivir físicamente con él, un amor muerto ocupante de mi corazón y mi casa. Cualquier vida juntos que tratáramos de llevar sería una farsa. Ahora estoy segura de que él está tan aliviado como yo, y sabe que el matrimonio se acabó. Cuando vuelva a casa, será para mí un nuevo principio. Quiero ser flexible y estar abierta a ideas nuevas. Soy una persona distinta, ya verás. Todo lo que he absorbido en estos tres años, estoy dispuesta a desparramarlo por México y no tendré miedo a exponer mi corazón. Yo necesitaba a Europa, y tú también la necesitas. Debes rehacer tu vida, mi querida Chela. Has conocido el amor, pues recuérdalo con cariño y sigue adelante. No puedo soportar la idea de que estés vegetando en esa casa, tú solita. No debes desperdiciar tu vida esperando a Carlos. Ven aquí conmigo a España, a la universidad, y sigue el camino adonde te quiera llevar».

Chela se mordió el labio. Durante una semana no había podido llegar más allá que la primera línea. Un instante estaba lista para marchar a Europa, y al siguiente era incapaz de dar un paso. Antonieta no podía comprender que también el amor puede atar; tejía una red invisible y tiraba fuerte del cordel. No había escapatoria. Tenía que convencer a Antonieta de que Carlos había tomado una decisión *involuntaria.* No había regresado a su esposa, se había mudado a su *casa.* Su nueva posición política lo exigía. «No ves, me ama de veras», tecleó por fin. «Su vida privada dejó de existir cuando el presidente Calles lo nombró secretario de Educación. Se sintió honrado y retado por el nombramiento. ¿Qué menos podía hacer yo que alentarlo a que lo aceptara? ¡Mi Carlos! ¡Mi Carlos!». —La garganta se le cerró a Chela—. «México lo necesita y yo tuve que aceptar el segundo lugar». No dijo que se sentía prisionera en esta casa, esperando que Carlos metiera la llave en la cerradura. También sabía que era su propio orgullo el que había apretado el cordel de la red.

Chela terminó la breve carta a Antonieta explicando su dolor, sus vacilaciones y la razón por la que no había escrito. Brutalmente expuso su decisión inequívoca. No podía extenderse, cada palabra le clavaba un punzón más en la cabeza.

Finalmente, terminó. Chela dobló la hoja de papel y la metió en el sobre. Lamió la tapa y selló la carta. ¡Cómo deseaba marchar en una peregrinación hasta un altar distante, dejar allí su carga como lo hacían los indios, o prender una vela y dejarlo todo en manos de Dios y los santos! Pero sus oraciones se bloqueaban con un indistinto resentimiento contra la vida.

La depresión se apoderó de ella. Chela llamó para que le trajeran una taza de café fuerte. El sol matutino seguía muy alto. Recogió todas las cartas de Antonieta y se fue a un banco del jardín, recostó la espalda y dejó que el cálido sol acariciara sus mejillas. Antonieta estaba muy cerca de ella hoy. Con el dominio que tenía de las palabras, había pintado un vívido lienzo de su vida en Europa. Las cartas habían sostenido a Chela, le habían permitido viajar con la imaginación como un *voyeur*, llenando a veces esa vacuidad que de día en día se hacía más profunda. Se daba cuenta de los cambios en Antonieta y envidiaba las experiencias que vivía. Desde el momento en que zarparon, Antonieta había abandonado el apellido Blair. Como si pudiera regresar en el tiempo y ser soltera otra vez. Soltera.

Chela tomó una reciente foto instantánea enviada por su querida Tonieta: el cabello corto le sentaba bien y su cutis bronceado brillaba, sin los polvos blancos que estaban de moda. Su vestido llegaba a media pantorilla mostrando bellas piernas. «Un modelo de Coco Chanel», había escrito al reverso Antonieta. «Chanel pasa por alto la arquitectura del cuerpo. Senos, talle y caderas desaparecen en sus líneas simples. Alicia y mamá no salen de los salones de *couturière*. Sí, está aquí. Papá aceptó pagarle el viaje con tal de que no apareciera ante sus ojos. Aun cuando la evita, papá es generoso con la asignación que le da a mamá. Debo comentar también que Pepe tolera mi presencia, pero resulta obvio que el esposo de Alicia no me aprueba. Gracias a Dios vivimos en la Ribera Izquierda y ellos, del otro lado del río. Desde que nacieron las mellizas, la postura de Alicia se ha vuelto absolutamente terrible. El otro día le metí un palo de escoba en el corsé y caminamos kilómetros hasta que pidió clemencia. La pobre Memela también ha sufrido a manos mías. Este invierno la inscribí en el estudio de "danza estética" de Raymond Duncan, el hermano de Isadora. Todas sus alumnas iban dando brincos en túnicas griegas transparentes y sandalias, mientras Memela se acurrucaba junto a un

miserable calefactor y me rogaba que la salvara de la pulmonía…
El chonguito de Tante Blanche apenas me llega ahora al hombro.
La tan amada se ha encogido y es sólo una pizca de señora, pero
su espíritu está intacto. ¿Te dije que he encargado a Angelina Beloff que haga mi retrato con Toñito? La pobre mujer apenas si saca para vivir. No ha sabido nada de Diego desde que se fue (¡hace
cuatro años!) y trató de ser discreta al hacerme preguntas».

Metódicamente, Chela volvió a clasificar las cartas por número. El viaje había comenzado bien. En el barco había conocido a un
matrimonio que tenía una galería-librería cerca de Notre-Dame.
Antonieta había descrito las pinturas y los artistas que se reunían
allí, nombres que al principio nada significaban para ella: Picasso,
Gris, María Blanchard, Leopold Gottlieb, Adam Fischer, Lipchitz
y un par de «griegos» japoneses que llevaban sandalias atadas a
los pies y túnicas tejidas por ellos mismos. Chela sonrió. Carlos
se había escandalizado un poco por algunas de las relaciones de
Antonieta y más aún con sus descripciones de sensuales bailarinas negras, la extravagante cantante Josephine Baker cubierta de
plumas… sin nada más, las reuniones en clubes nocturnos donde bebía Pernod con los cubistas. Diego estaba reñido con los cubistas, pero ellos experimentaban una curiosidad tremenda por
sus murales en México, que eran noticia en París. Tengo que ver a
Diego, pensó Chela. Él animaría estos días sombríos, aliviaría las
frustraciones.

«Lo mediocre resulta tan evidente cuando has visto a los
maestros», había escrito Antonieta. Indirectamente, como si fuera
pasajera en el coche de turismo para siete personas, Chela había
recorrido los grandes museos y galerías de Europa. «En Florencia —decía una carta— vimos un retrato por el Tiziano que me
dejó sin aliento. Eres la reencarnación de su modelo. Sus especiales tonos de ocre dan un resplandor suave al rostro, como el cutis
tuyo. Perteneces a Europa, Chela». Las palabras le revoloteaban
por la cabeza.

Había compartido la atracción de Antonieta por las nuevas y
modernas sinfonías y el teatro de vanguardia que la había fascinado. «Decorados sencillos, un diálogo que fluye, que suena
verídico, que sacude. Vi L'École des Femmes de Gide que dice la

verdad acerca del sexo». Pero más que nada, Chela envidiaba la asistencia de Antonieta a los nuevos salones literarios de París. El doctor Elie Faure, buen amigo de Diego, la había tomado bajo su ala y la había presentado a las cabezas que cuentan. «La semana pasada Jean Cocteau leyó una obra de Marcel Proust con reflexiones sobre el "tiempo perdido". Cuando yo leía sus narraciones en el rancho, sólo podía sospechar el carácter de este novelista tan sensible. Murió hace tres años. Proust era neurótico y homosexual y, como tantos aquí, adicto a la cocaína. La vida externa y el fuego interno se alimentan mutuamente aun cuando no queramos admitirlo. Ay, Chela, quiero dedicar mi vida a las cosas que cuentan.

»Nunca esperé pasar tanto tiempo en Europa, y doy gracias a Dios que Albert no haya intervenido. Sus cartas se han convertido en breves indagaciones acerca del bienestar de Toñito y la salud de papá. Quizá comprenda que papá cuenta conmigo para hacer todos los arreglos. Aun cuando sé que ha terminado, mi matrimonio me constriñe como las esposas de un preso. En cierto modo, tendrá que resolverse. Cuando vuelva a casa, será mi prioridad primera». La carta terminaba diciendo: «Es importante salir, Chela. Por favor, no te encierres en esa casa».

Ahora Antonieta estudiaba literatura española en la Universidad de Madrid. Una estudiante con un hijo de siete años. «Bautizaron (otra vez) a Toñito ayer. Mamá y Memela volvieron de su viaje a Tierra Santa y trajeron consigo un cantarito de agua del río Jordán. Mi hijo "pagano" pesaba por lo visto sobre la conciencia de mamá (sin duda se le aparece el fantasma de mamá Lucita). Accedí al bautizo con el fin de evitar otra disputa. Toñito dice que tú sigues siendo su madrina, pero se divirtió de lo lindo con el pomposo ritual, que al menos sirvió para algo: no puse el nombre de Donald en su certificado de bautizo».

Además del deleite con la vida universitaria, la universidad le proporcionó una diversión más. Chela sonrió recordando la descripción que Antonieta le hizo de su primera aventura. Era un profesor, un don Juan erudito y arrogante. «Me cortejó con sus preguntas y miradas que desnudan. Le permití llevarme a la cama y descubrí el verdadero placer del sexo, no el sexo obligatorio que soporta la mayoría de las mujeres. ¿Por qué sólo los hombres pueden disfrutar del sexo sin compromiso? Por medio de la universidad publiqué un artículo acerca de las mujeres de México, exponiendo a nuestras pobres y dolientes mártires. Ahora estoy preparando otro artículo acerca de la mujer».

Una línea de la última carta de Antonieta quedó grabada en la mente de Chela: «Sigue el camino adonde te quiera llevar». Apretó los labios. Habían pasado tres años, incontables oportunidades, y ella seguía sentada en su jardín. Se puso en pie y echó a andar, inquieta, examinando plantas, arrancando hojas secas, rompiendo ramitas ocultas y sumiéndolas en el suelo húmedo. Miró sus manos embarradas y echó a andar hacia la casa. Su chofer iba a su encuentro.

—He traído la correspondencia, señora —dijo.

Era otra carta de Antonieta. Chela rompió el sobre con afán y se sentó a una mesa de herrería en la terraza.

1 de noviembre de 1926

Queridísima Chela: He empacado y he vuelto a París inmediatamente, al recibir una carta de Memela diciendo que papá no está bien. Durante su última visita a España en septiembre se veía pálido pero se mostraba muy animoso. Me impresioné al verlo. Como si un resorte se hubiera quebrado en mi amado oso, estaba vacilante y demacrado. Tuve una conferencia en privado con su médico y ¡ay, Chela!, me confesó que la enfermedad de papá es incurable. Apenas puedo asimilar el peso de esa confesión. Sé que papá se está muriendo. Y creo que también él lo sabe. Quiere volver a casa cuanto antes y cerrar el piso… para morir en México, estoy segura.

Sólo nos enteramos de informes alarmantes. ¿Es cierto que el presidente Calles ha cerrado las iglesias y que ha estallado la guerra entre los católicos y el gobierno? ¡Ay, Dios mío! ¿Iremos a tener otro periodo de revueltas en México?

Aquí, la vida es un tapiz tan rico que hace parecer a México raído, incivilizado. Pero, ¿es cierto que ahora en México se permite el divorcio? Me dicen que una separación de tres años basta para poner legalmente fin a un matrimonio.

No puedo esperar a verte. Estaremos de vuelta en la casa de Héroes para Navidad.

Con todo mi cariño,

Tonieta.

* * *

La tarde transcurrió tranquilamente mientras Chela intentaba concentrarse en *La guerra y la paz*. De repente se puso en pie y arrojó el libro al piso de la terraza. Quisiera estar en Montparnasse, pensó, donde la vida transcurre de fiesta en fiesta. Un pensamiento loco se formó y se clavó en su mente. Llamaría a Raúl, uno de sus «intelectuales bohemios», y saldría de casa esta noche. ¡Tenía que salir!

En el espejo de su mesa tocador estaba metida una instantánea de Antonieta. Una mujer elegante con un abrigo de pelo de camello y un cuello de zorro rojo le sonreía. «Ay, Tonieta, ¿te pareceré una prima provinciana y atrasada?», preguntó Chela en voz alta. Se quedó mirándose en el espejo y tratando de imaginar cómo la pintaría Tiziano. Con precaución, se pintó ligeramente los labios. Un poco de rímel negro destacaría los ojos y un leve toque de crema rosa sobre las mejillas. Estaba pálida. Se obligó a sonreír a su imagen, un rostro sombrío no quedaría bien. Y tampoco un vestido modesto. Chela pasó los dedos entre los vestidos de su armario y escogió uno de seda verde con banda floreada. Era corto y atrevido. Retorció sus cabellos en un moño flojo y se puso aretes largos de oro. Raúl era pedestre y larguirucho, pero por lo menos era un acompañante. Quizá fueran a los barrios bajos a divertirse. Carlos comprendería cuando le explicara lo encerrada que se sentía. Ya habían transcurrido tres semanas. ¡Y ahora andaba de gira con el presidente!

* * *

El humo era muy denso en El Imperio. Bailarines hastiados se aferraban el uno al otro, brazos rodeando cuellos, mientras los violines rascaban otro *fox trot* y atronaban los cobres. La trompeta gemía desentonando y finalmente logró sincronizarse con el ritmo, repitiendo el mismo compás monótono: uno-dos-tres, uno-dos-tres. Chela fumaba un cigarrillo y observaba.

—Toma, es mota —insistió Raúl con la voz rasposa, los ojos turbios, al ofrecer a su aburrida compañera una colilla de mariguana.

Chela aspiró fuertemente, dispersando las últimas cenizas. La música cambió a un corrido, y el vocalista cantó las palabras con una tonillada popular:

Yo no estoy casado.
Hacer l'amor es mi deber.
Si alguien está casado,
esa será mi mujer.

—¿Bailamos? —preguntó Raúl, esforzándose por ponerse en pie.

—Ahora no —dijo Chela. Se sentía atontada. Deberían irse. Quizá ahora pudiera dormir. Una disputa en la mesa vecina empezaba a agriarse. Dos hombres vacilaban sobre sus pies, farfullando acusaciones, animados por el apoyo ruidoso de sus amigos. Alguien retrocedió golpeando la silla de Chela y se lanzó hacia delante con el puño. Los hombres empezaron a sacar un arsenal y azotaban sus armas sobre la mesa.

—Vámonos —dijo Chela. Se puso en pie y se volvió para tomar su chaqueta. El disparo ruidoso de una pistola le rompió los oídos cuando el hombre que estaba enfrente de Chela disparó desde la cadera. Ella cayó al piso y su cabeza golpeó la rústica pata de madera de la mesa.

Supo que su vida salía con la sustancia pegajosa que brotaba de su pecho. Lo supo… y no le importó.

28

La orilla de las playas de Veracruz se destacaba en el resplandor crepuscular, separando tierra y mar. A medida que el buque se aproximaba al puerto, una faja verde rieló bajo la superficie, una sombra oscura se movió por debajo convirtiéndose en una siniestra espina dorsal que atacó a alguna basura flotante cuando ellos se acercaban al puerto.

Antonieta y Toñito estaban junto a la barandilla esperando que Antonio y Amelia se reunieran con ellos.

—Allí están. —Antonieta llevó a Toñito hacia la pasarela, uniéndose a la multitud de pasajeros que atestaban la angosta pendiente. Antonieta tomó del brazo a su padre, quien avanzaba cautelosamente. La barba, ya de un blanco de nieve, enmarcaba un rostro pálido.

—Ya estamos aquí —dijo Antonio—. Ya estamos aquí.

La escena en el muelle era la misma: como si el tiempo se hubiera quedado detenido, estibadores parecidos a los murales de Diego se movían a lo largo del desembarcadero; sus cuerpos se esforzaban bajo cargas afianzadas por tiras de cuero sobre la frente. Zigzagueando entre los turistas, vendedores y perros sarnosos formaban parte del espectáculo y los olores de este México al que todos amaban.

* * *

—He reservado asientos pullman en el tren de mañana. Ya no quedaban compartimentos —dijo Antonieta, regresando del depósito en un taxi asmático.

—¿Telegrafiaste a tu hermana para que vaya a esperarnos? —preguntó Antonio.

—No, telegrafié a Ignacio —respondió Antonieta.

Estaba enfadada con Alicia. Mario había escrito que Albert visitaba con frecuencia la mansión de los Gargollo. Persiguiendo a una bella y joven heredera mexicana que había conocido en Europa, Mario había regresado con Alicia y José a fines del verano, y permaneció en la casa de ellos hasta que se pudiera abrir la de Héroes. Había dicho que Alicia estaba en contra del divorcio y que José expresaba abiertamente su reprobación en cuanto a la posición de Antonieta. ¿Con qué derecho juzgaban? El calor exacerbaba su irritación al llegar a los arcos del corazón colonial español de Veracruz.

El viejo hotel Diligencias estaba horriblemente infestado por las moscas. Las sábanas húmedas se le pegaban al cuerpo sudoroso mientras Antonieta yacía despierta, con el gozo de regresar a casa mezclado con una angustia que la agitaba. El ventilador permanecía inmóvil, torcido porque la lámina metálica que lo sujetaba al techo estaba desplazada. Miró a Toñito tendido, casi desnudo, en la cama vecina, con chorritos de sudor corriéndole por los cortos cabellos castaños. Había perdido sus rizos rubios y se había estirado, convirtiéndose en un niño espigado. Lo miró tiernamente y recordó su temor en una función del *Michel Strogoff* de Julio Verne, el primer año que pasaron en París. Cuando disparó el cañón entre bastidores, Toñito se metió bajo el asiento. Ella lo encontró tres filas más atrás. Su bebé… ¿recordaría a su padre?

Se levantó y agitó la llave del ventilador arriba y abajo. No funcionaba. México no ha cambiado, pensó Antonieta entre divertida y fastidiada, y volvió a acostarse.

* * *

El tren serpenteaba alejándose del trópico. El Pico de Orizaba se elevaba, muy alto y cubierto de nieve, dominando todo el panorama mientras ellos avanzaban cuesta arriba hacia la altiplanicie central. La transparencia del cielo mañanero hacía resaltar las montañas en alto relieve.

—No hay clima en Europa que se parezca a este, ni paisaje más bello —dijo Antonio, embelesado por el paisaje. Miró el reloj—. Deberíamos estar en México a las seis.

* * *

Antonieta vio a Alicia y José parados en el andén antes de que el tren se detuviera.

—¡Papá! ¡Papá! —gritó Alicia, corriendo hacia ellos mientras se apeaba la familia. Abrazó a su padre y después se agachó para besar a Toñito. Amelia se adelantó para recibir su beso, pero Antonieta retrocedió. Mario llegó dando zancadas hasta el grupo y dio a su padre un afectuoso abrazo, antes de besar en la mejilla a sus hermanas. Tanto Alicia como Mario se quedaron mirando a su padre con expresión de sobresalto.

—¿Cómo te sientes, papá? —preguntó ansiosamente Alicia.

—Bien, bien, reina —respondió Antonio—. Fue una buena travesía. Deja que ayude a Pepe a reconocer el equipaje.

Antonio tomó a Mario del brazo y siguieron a su yerno hasta el montón de baúles y maletas al final de la rampa. Toñito caminó detrás de los hombres.

—¿Por qué no telegrafiaste? —preguntó Alicia a su hermana como acusándola—. No habríamos sabido que llegaban de no haber sido por Carmen Fonseca, quien nos llamó para decirnos que su madre llegaría en el mismo tren.

—No quise molestarlos —respondió fríamente Antonieta—. Ignacio debe de estar por ahí.

—Le dije que no viniera —dijo Alicia—. Hemos preparado la cena en casa. Todos pueden quedarse con nosotros una o dos noches hasta que esté lista la casa de Héroes. No avisaste a las sirvientas con mucho tiempo por delante.

—Iremos directamente a casa —dijo Antonieta—. Papá está cansado. Estoy segura de que la luz funciona y de que están hechas las camas. Iremos en taxi.

El rostro de Alicia mostró su desilusión.

—No —dijo—. Lo he arreglado todo. Además, quiero hablar con papá. Quiero saber exactamente lo que dijo el médico.

—Papá no te dirá nada. Puedes verlo mañana. Quiere ir a casa y tengo que acostarlo. Amelia, dile a Mario que nos consiga un taxi. Dos taxis.

—Antonieta —dijo Alicia, y su voz revelaba que estaba lastimada y desorientada—. ¿Por qué te muestras tan odiosa?

—¿Odiosa yo? —replicó Antonieta, echando de repente chispas por los ojos—. Ustedes son quienes han mostrado lo que llevan dentro, alentando a Albert a que bloquee nuestro divorcio. Todo el tiempo sabían que quería divorciarme.

—Es el padre de Toñito —comenzó a decir Alicia.

—Y *yo* soy tu hermana.

—La Iglesia no reconocerá el divorcio. Está mal, ¿no lo ves?

—No me importa la Iglesia.

—¡Eso es una blasfemia!

—¿A juicio de quién está mal el divorcio? ¿De Dios o de José? —se negaba a llamar a su cuñado por el nombre familiar de *Pepe*—. Mi vida privada no es asunto de tu marido, y si Albert es amigo de ustedes, entonces yo no lo seré. —Antonieta se dio media vuelta y echó a andar hacia el andén donde los hombres estaban contando los bultos.

Dos taxis llegaron y Amelia rompió el tenso silencio.

—Vamos a casa —dijo—. ¡Vengan!

* * *

Antonieta abrió los ojos. Por un instante creyó estar en el piso de París, hasta que vio los objetos familiares de su viejo dormitorio bañado por el brillante sol mexicano. Se vistió apresuradamente. Era importante establecer lo antes posible la rutina de la casa. Cuanto antes se rehabilitara la casa, antes mejoraría papá.

El palmeteo familiar de las tortillas creció en volumen a medida que ella cruzaba la galería para ir a la cocina. La voz regañona de Sabina se oía por encima del barullo, las risas y las carcajadas que se apagaron en cuanto oyeron acercarse a la patrona.

—Buenos días —saludó efusivamente Antonieta—. Es maravilloso estar de vuelta en casa.

Dio instrucciones a María, a Conchita y a una de sus «eventuales» a quien recordaba vagamente. Un reducido personal había quedado en la propiedad durante su ausencia, bajo la mirada de águila de Sabina. La propia Sabina tenía una escoba en la mano.

—Conchita, pon un cubierto más. La señora Graciela podría venir a comer.

El teléfono de Chela debía de estar descompuesto: no contestaba, pero sin duda el telegrama que había enviado desde Veracruz la traería a todo correr, razonaba Antonieta. Se dirigió a la galería justo cuando su padre se acercaba a la escalinata del jardín.

—Ya veo que hemos tenido la misma idea, papá. Quiero examinar cada planta.

Bajaron juntos la ancha escalinata. La caricia del aire era fresca pero el descuido imperaba en el jardín. Hojas secas cubrían los arriates, y parásitos indeseables habían enroscado las hojas jóvenes de los mandarinos que luchaban por más espacio reventando sus macetas de barro.

Antonieta tomó a su padre del brazo.

—Cástulo se retiró a su aldea el año pasado, y ese joven bueno para nada es un pariente de Demetrio.

—Creo que las únicas plantas que ese ha cultivado son altas y tienen dientes —se pitorreó Antonio—. Bueno, vamos a sentarnos. No estoy acostumbrado a la altitud —respiraba dificultosamente—. Mira la fuente. Si sólo tuviera yo la fuerza de una hoja de hierba —dijo, señalando en la base de piedra una grieta de la que brotaba un manojito verde.

—Las cosas se deterioran a falta de amor y cuidados —dijo dulcemente Antonieta—. Y por eso hemos vuelto a casa, papá. Para que te pongas bueno como antes.

Antonio asintió.

—¿Te fijaste cómo se ha encogido Demetrio? Como una ciruela pasa. ¿Me veo yo así?

Antonieta rio.

—La verdad es que no, pero pareces un pariente pobre vestido con un saco regalado. Tendremos que rellenarte con tortillas y frijoles y devolverte algo de peso. Huele tan bien la cocina. No me había dado cuenta de cuánto echaba de menos la cocina mexicana.

Antonio tendió la mano y cubrió la de su hija.

—Esta mañana llamé a Rafael Lara. Vendrá mañana para hablarte del divorcio y ambos hablaremos de mi testamento. Quiero tenerlo todo en orden.

—¡Ay, papá!, te vas a poner bien. Haré un pacto con todos los santos —dijo Antonieta.

—«Si muere, será culpa del médico y si vive, será gracias a la virgen» —replicó Antonio, citando el viejo dicho mexicano—. Ahórrate tus pactos celestiales, ángel. No tengo miedo de morir. Lo que me espanta es vivir demasiado.

El tema de la muerte dominaba la mente de Antonio. Había sabido lo de Chela antes de salir de París. El gobierno había amordazado a la prensa, pero la historia escandalosa todavía se ventilaba en los círculos altos y en los bajos. Alicia le había advertido que no podría aplazar el contárselo a Antonieta.

Finalmente, apretando con fuerza la mano de su hija, Antonio carraspeó y relató la trágica y estúpida muerte de Chela.

* * *

Amurallada en su dolor, Antonieta apenas hablaba ni salía de casa. Se negó a contestar al teléfono cuando llamó Albert, delegando ese temido enfrentamiento a su abogado. La muerte de Chela la hacía rebelarse contra Dios, para después caer de rodillas junto a la cama y orar por el alma de su queridísima prima. Por primera vez en años, experimentó la necesidad de buscar consuelo ante el viejo altar barroco de San Fernando, tan lleno de los recuerdos infantiles de una fe inocente. Imploraría a la virgen María y a Jesucristo para que conservaran su amor a Graciela, Chela, Chelita.

Entonces recordó: las puertas de San Fernando habían sido cerradas; sus campanas, silenciadas. El gobierno se encontraba en conflicto abierto con la Iglesia. El presidente Calles había expulsado a miles de curas y monjas. Las iglesias de toda la nación estaban clausuradas y también los conventos y las escuelas parroquiales, así como los asilos e instituciones religiosas. Otra bárbara guerra civil se estaba librando en las provincias: los cristeros católicos, gritando «¡Viva Cristo Rey!», estaban en guerra contra los soldados del gobierno. Los sencillos campesinos privados de sus iglesias, sus sacramentos y su libertad religiosa habían vuelto a tomar las armas. Antonieta rezaba por ellos, por Chela y por sí misma; y su necesidad de ser consolada en una congregación de los fieles, le era denegada por un presidente dictatorial empeñado en controlar al país con mano de hierro. Desvariaba contra México, súbitamente enfurecida contra todos... Chela, México y la muerte misma. Y lloraba.

En el cuarto de Sabina siempre estaba prendida una vela votiva debajo de la imagen de la virgen de Guadalupe. Sentada en silencio sobre el borde de la cama de Sabina, ambas oraban. Antonieta vio parpadear la llamita dentro del cristal y finalmente chisporrotear cuando se consumió la cera y se apagó. Se acabó. Ya todo terminó. Polvo al polvo, mi querida Chela.

* * *

Rafael Lara volvió a informarles al cabo de una semana.

—El divorcio será fácil de obtener, señora, si su esposo acepta el consentimiento mutuo. Tendrán que presentarse juntos ante el tribunal.

—¿No hay otros motivos? —preguntó Antonieta, recordando la vez que le quemó sus libros, cuando su rabia insensata se hizo evidente—. Llevamos separados tres años y medio. ¿No es eso válido?

—Sólo si puede demostrar que no la mantuvo, lo cual constituye una ruptura del contrato matrimonial.

—Él no nos mantuvo a mi hijo ni a mí —aseguró con una nota de victoria en la voz.

No deseaba un enfrentamiento con Albert en la corte. Le había permitido llevarse a Toñito un día, y el niño había vuelto a casa malhumorado y taciturno. Su absoluta custodia del niño tendría que estar asegurada para que ella pudiera establecer derechos de visita. Antes que cualquier otra cosa, debería tener ese divorcio resuelto.

Al cabo de quince días, la oficina del abogado avisó a Antonieta que el tribunal había aprobado el divorcio. La influencia de Lara había servido para obtener una decisión rápida. En la oficina del abogado, un escribano le leyó línea por línea el decreto, para asegurarse de que las declaraciones eran correctas, y entonces le tendió el copioso documento atado con una cinta. Albert recibiría el duplicado del documento. ¡Era libre!

Sintiéndose de ánimo contemplativo, Antonieta despidió a Ignacio y subió por el camino circular. Se quitó el sombrero y se sentó en un banco, experimentando un vacío súbito así como la sensación de fracaso que acompañaba al divorcio. Como reliquias de otra era encubiertas en la memoria, escenas de su niñez le cruzaron la mente. Ya había tenido ese sentimiento antes de ahora y en este mismo lugar. ¿Por qué se había sentido solitaria entonces? ¿Y por qué ahora? Tenía a papá y Toñito a quienes cuidar, y una carrera por definir. Debería trabajar. Pero, ¿en qué? Después de Europa, México le parecía muerto. Mañana iría a Chapingo a ver a Diego. Decían que había cubierto el techo de la capilla con sus figuras indias monolíticas, la capilla que papá había restaurado con amoroso detalle. La hacienda del viejo presidente González había sido requisada por el gobierno para su nueva escuela de agricultura.

Varios goterones de lluvia le cayeron sobre el rostro, y se percató súbitamente de que la tarde se había puesto oscura y amenazadora. Un relámpago desgarró el cielo y un fuerte trueno anunció la tormenta, inusual para la temporada. Los cielos comenzaron a arrojar gruesos cristales mientras Antonieta corría escaleras arriba hacia la galería, huyendo de granizos que se estrellaban sobre el piso de mosaicos. Antonieta abrió bruscamente la puerta y entró. Papá estaría en el estudio.

Allá arriba era ensordecedor el ruido del granizo bombardeando el techo de lámina acanalada. El estudio estaba oscuro y frío. Podía ver a su padre dormitando en el sillón, pero no oyó que la saludara. Antonieta se quitó el abrigo mojado, lo sacudió y lo colgó del perchero. De repente cesó el matraqueo del granizo y empezó a caer la lluvia con ruido uniforme.

—¡Dios mío, papá, cómo puedes dormir! De todos modos estás trabajando muy tarde y la luz es espantosa. ¡Conseguí el divorcio!

Antonieta prendió la luz y vio que Antonio no se había movido. Tenía la boca abierta y los ojos cerrados.

* * *

Antonieta estaba como atontada por el agotamiento, sentada junto al lecho de su padre, quien sólo había tenido algunos momentos de lucidez en dos días. Se podía oír la música de la victrola desde el cuartito donde Mario enseñaba a Amelia a bailar el charlestón. Habían intercambiado bromas con papá durante sus momentos lúcidos, y parecían convencidos de que mejoraba. Se pasaron el día entrando en casa y saliendo en sus direcciones respectivas; después llenaron la habitación con amigos que practicaban el *turkey trot*, el *two step* y el tango, con la actitud concentrada de los jóvenes, para quienes la muerte ni siquiera era un espectro. La culpabilidad la acosaba constantemente, pensando que debería avisar a Alicia. Pero papá saldría adelante. El médico decía que se recuperaría del ataque.

Antonieta estaba leyendo junto a la cama de su padre cuando levantó la mirada y vio a Alicia parada en el quicio de la puerta. Las dos hermanas se enfrentaron por encima de la cama.

—Mario me dijo que papá había caído enfermo. ¿Por qué no me llamaste?

—Ya está mejor. El médico dice que necesita descanso —contestó Antonieta.

—Entonces, ¿por qué no echaste al grupo de escandalosos?

—No hay por qué vivir en una morgue. Mario y Amelia sólo se sentarían aquí llenos de melancolía. Además, ya te dije que papá está mejor.

Alicia se inclinó y sacudió el hombro de su padre.

461

—Papá, soy Alicia. —Los ojos de Antonio estaban cerrados y no se movió.

—Está durmiendo —dijo Antonieta sin convicción.

—Me voy a casa a empacar una maleta. Viviré aquí hasta que papá se restablezca —dijo resueltamente Alicia.

—No, Alicia —le suplicó Antonieta—. Por favor, no lo hagas. Sólo nos la pasaremos peleando y eso no ayudará a papá. Prometo mantenerte informada de su estado.

—No confío en ti —declaró Alicia—. Me instalaré aquí.

* * *

Durante los siguientes días, vividos en tensión, Antonieta dividió su tiempo entre su padre y Toñito. Rutinariamente comía sola con su hijo cuando este volvía de la escuela, tiempo que pasaba revisando sus «papeles importantes». Los proyectos de segundo grado empezaban a llenar un grueso cuaderno.

—Casi se me olvida traerlo hoy, mamita —dijo Toñito—, porque papá estaba allí cuando sonó la campana y dijo que había venido a buscarme. Pero llegó Ignacio y dijo que no le habías dado instrucciones, de modo que papá se fue enfurecido y yo volví a casa.

—¡Ay, Dios mío! —dijo Antonieta. Comió un bocado para calmarse—. Está bien, mi amor. Se supone que sólo vas con tu padre cuando tienes permiso por escrito. —Comió otro bocado—. Vamos a ver esos papeles tuyos.

Sabina interrumpió y entregó una carta a Antonieta.

—La trajo un mensajero. Dice que es importante.

La carta iba dirigida a la «Señora Antonieta Rivas Mercado de Blair». La dirección del expedidor era una firma de abogados. Con la garganta seca, Antonieta abrió el sobre.

«Mi cliente, el señor Albert Blair, cuestiona la legalidad del decreto de divorcio recientemente emitido por el tribunal. Se ha presentado un recurso de apelación y la presencia de usted es requerida en la corte el 5 de febrero de 1927. Si desea aclaraciones preliminares, estamos a sus órdenes». Antonieta reconoció la firma, el abogado de su cuñado.

Justo cuando parecía mejorar, otro ataque paralizó a Antonio, quien oraba por una muerte rápida mientras levantaban, bañaban y mudaban su pesado cuerpo. Sentía la orina caliente correr entre sus piernas y no podía detener el flujo. Entre momentos de lucidez, sus pensamientos regresaban a otros tiempos en que la orina había chorreado por la pernera del pantalón de un niño grueso de once años. Había cruzado las piernas, en vano, pues había hecho un charco en el piso del hotel Diligencias, con su padre allí parado observando. Era el temor lo que le había hecho soltar la orina. Sin previo aviso, su padre entró en la sala en que su madre recibía visitas y dijo que había venido por su hijo. Todavía recordaba la expresión escandalizada de su madre. Acababa de pasarles unas tartitas a doña Catalina Escanden y doña Margarita O'Gorman, sus amigas de habla inglesa que exaltaban las virtudes de Inglaterra e Irlanda, respectivamente. Él había estado escuchando atentamente. «Si no puedes aprender idiomas, te destinaré a la iglesia», le había dicho su madre tantísimas veces. «No quiero que te conviertas en uno de esos rancheros cuya carrera consiste en correr tras las mujeres y los toros. Mejor ser cura que burro». Él había estado sentado en un taburete junto a su madre, escuchando la conversación, tratando de evitar el sacerdocio, cuando su padre —su padre que pocas veces dejaba a su amante en Guadalajara, su padre, que había convertido a su madre en una mujer gorda y amargada, entró en la sala y se lo llevó—. En el hotel Diligencias, su padre había dicho finalmente: «Has pasado demasiado tiempo rodeado de faldas. Por la mañana zarparás a Inglaterra para que te eduquen. Este boleto es para la diligencia y este para el barco. Mi socio, míster William Forbes, te recibirá en Southampton». Su padre había visto el charco en el piso pero se mostró impávido. «Algún día me lo agradecerás», había dicho. ¿Cuántos años hacía? ¿Cuántos años? Trató de darse vuelta pero no le parecía que se moviera. Farfullando, indicó que no deseaba más visitas. El esfuerzo lo dejó sin fuerzas y recayó de espaldas, inmóvil. Podía ver a Antonieta sentada allí y trató de pronunciar su nombre. Pero no salió ningún sonido. Desearía poder dejarla en manos de alguien que la amara. Sí, agradecía a su padre, pensó con ironía. Dinero. Había hecho fortuna. La suma iría a Antonieta.

Gracias a Dios había revisado todos los artículos del testamento antes de sumirse en esta imbecilidad. ¿Cuánto tiempo llevaba tendido ahí? Su mente estaba llena de telarañas. Sí, Alicia tendría la casa. Pelearían, pero eso obligaría a Antonieta a comenzar de nuevo. Y Alicia no necesitaba nada más. Pepe sería de aquellos que analizan minuciosamente todos los matices de un chiste para tratar de descubrir qué provoca la carcajada, pero era un proveedor excelente. Amelia estaba bien provista, con su herencia atendida por Antonieta hasta que tuviera veintiún años. Mario era un hombre. Debería trabajar como un hombre, parecía estar loco por esa muchacha, Lucha Rule. Si eso conducía al matrimonio, nunca tendría que preocuparse por hacer dinero. Decían que cuando el viejo Pancho Rule compraba o vendía en el mercado de la plata, se estremecía la economía de México. Había propiedades para Mario. Pero el grueso, la fortuna que había amasado, mucho mayor de lo que cualquiera sospechara, era para Antonieta. Gran parte estaba a salvo, invertida por un corredor de bolsa en Nueva York. Una sonrisa pasó vagamente por sus labios deformados y Antonio trató de tocar los largos y finos dedos posados en su cama. De repente, Antonieta le tomó la mano mirándolo con aquellos ojos que… —¿cómo lo había expresado Beto?— «guardaban esa oculta memoria sufrida que brilla en los ojos mexicanos». La había visto en tantos ojos, esa mirada que trascendía la realidad creando su propio paisaje interno. En su imaginación, ¿qué veía ella? En la imaginación de él, esta mujer que él había procreado, que era la más mexicana de todos sus hijos, ayudaría a plantar el desierto cultural de esta tierra que ambos amaban. De repente, la visión de un Ángel dorado llenó su mente. Su Victoria, ese símbolo que había erigido para alentar el corazón del mexicano. Cuántas veces había caído México para levantarse de nuevo… Cuántas veces… Cerró los ojos. La vida se le iba acabando como esa victrola cuando no le daban cuerda.

Se cerró una puerta. Sintió que Antonieta salía de la habitación. La habían llamado. ¿Era Alicia la que estaba inclinada, besándole la cara?

¿Y quién más estaba allí? ¿Un cura? Otras presencias se juntaron mientras figuras borrosas se reunían en su mente.

Siempre elegante, sin un sólo cabello fuera de lugar, Cristina esperaba en la sala. Se puso de pie al oír los rápidos pasos familiares que atravesaban el vestíbulo.

—Hola, mamá. —Y Antonieta le dio un beso rápido en la mejilla. No había vuelto a verla desde su última visita a la *couturière* predilecto de su madre en París—. Supongo que Alicia te llamó.

—Sí. Tengo que verlo, Antonieta.

—Él no quiere verte.

—Trata de comprenderme. —La voz de Cristina era aguda—. Por ley y por la Iglesia es mi esposo. Tengo derecho de verlo.

—Renunciaste a ese derecho hace mucho tiempo, mamá. Como renunciaste al derecho a tus hijos. Papá no te necesitó para educarnos. No te necesita para morir.

—Quiero mis joyas.

—Tendrás que esperar hasta que lean el testamento. Después de que muera —dijo Antonieta con frialdad.

—No he venido por esa razón. —Se le soltaron las lágrimas—. Te lo suplico, Antonieta, déjame verlo. Tengo que verlo antes de que muera. —Corrían las lágrimas por las mejillas de Cristina—. Necesito su perdón.

Antonieta tocó a su madre en el hombro, una caricia fugaz de compasión.

—Es demasiado tarde —le dijo con dulzura—. Está en coma.

La nueva doncella acompañó a Cristina hasta la puerta de las visitas.

* * *

Llegaron de cerca y de lejos. Un flujo constante de personas desfilaron junto al ataúd en el salón de recepción de la casa de Héroes, deteniéndose a orar, a hablar con la familia: estudiantes, albañiles, carpinteros, funcionarios del gobierno, artistas, gente que llegaba en limosinas y gente que había cruzado la ciudad a pie. Antonieta observaba sus rostros y comenzó a apreciar la plenitud de la vida de aquel hombre que había sido su padre.

Cristina estaba junto al féretro, con un largo velo de viuda cubriéndole el rostro, un elegante vestido negro destacando su figura esbelta. Solemne y sombrío, Albert se unió a los dolientes. Antonieta lo vio entrar y lo enfrentó con temor, pero el encuentro cortés se efectuó con indiferencia. Era sólo uno más de los admiradores de papá que había venido a dar el pésame, ni ogro ni amigo.

—Dime cómo murió y te diré cómo vivió —susurró Sabina. Antonieta le apretó la mano. El viejo dicho mexicano lo decía todo.

Entre los recuerdos que encontró Antonieta había un papelito metido en su billetera. Con letra infantil en papel rayado, declaraba:

El pa-ja-ri-to can-tó
y el ga-ti-to brin-có
a mi pa-pá
yo lo a-mo.
ANTONIETA, 1903

El aroma de las gardenias de las coronas funerarias permanecía aún en la casa cuando las tías llegaron a visitar al ama de la casa, ama con permiso de su hermana.

—Tu padre fue muy generoso. Supongo que porque no tienes marido. Una mujer con esposo es respetada, él constituye un escudo sin importar lo que pase entre bastidores. Yo que tú no querría ese divorcio —advirtió Leonor. A los ochenta años, todavía se mantenía tan erguida como una reina.

—Querida mía —comenzó a decir Elena con amabilidad, viendo el vestido azul de Antonieta—. Creo en verdad que sería más propio que vistieras de negro.

—A papá nunca le gustó verme de negro. El luto está en el corazón, no en lo que envuelva el cuerpo, tía querida.

—¿No estás actuando con mucha altanería? —sugirió Leonor.

—Pasamos demasiado tiempo viviendo la vida que los demás consideran que debemos vivir. Yo tengo pensado vivir mi propia vida, tía.

—Entonces tendrás que atenerte a las consecuencias —pronunció acaloradamente Leonor.

* * *

El segundo enfrentamiento fue con Alicia.

—Has influido en él, Antonieta. Ese testamento fue redactado después de que regresaron de Europa. Papá sabía que yo anhelaba el convento de San Jerónimo. Es histórico, es donde sor Juana Inés de la Cruz escribió su poesía inmortal.

El venerado convento en cuestión había sido donado a Antonio como pago parcial de la terminal del ferrocarril que construyó antes del nacimiento de sus hijas. «¿Cómo puedes dejar que inquilinos vivan ahí? Es la casa de Dios», lo había reprendido Cristina una vez. La respuesta de Antonio formaba parte del folclor familiar: «Puede ser la casa de Dios, pero soy yo quien tiene las escrituras». La propiedad abarcaba una manzana.

—Está tan ruinoso —prosiguió Alicia—. Tiene espantosas tienduchas en la planta baja y ropa tendida en el patio del convento, y hay intrusos que viven en todas partes. Pepe tiene el dinero para restaurarlo como debería ser restaurado. Tú sabías que yo deseaba esa propiedad.

—¿Por qué te quejas? Papá te dejó la iglesia y para que lo sepas, no discutió conmigo su testamento. Sólo su abogado y el notario conocían todos los términos. ¿Por qué no le hablaste a papá del convento a su regreso?

—No era propio. Y no sabía lo que decía el testamento. ¡Pero tú sí!

—Deja de acusarme, Alicia.

—Siempre podías influir en papá, sonsacarle para que las cosas salieran como tú querías. Yo lo vi tan poco después de que mamá me llevó a Europa. No es justo.

—Podías haber vuelto a casa, Alicia —dijo Antonieta.

—Pareces olvidar que me casé —replicó Alicia.

—Fuiste vendida en matrimonio, Alicia. Dejaste que mamá te vendiera y te metiera en una condenada jaula de oro.

—¡Eres odiosa! —gritó Alicia—. ¡Odiosa! —Enderezó la espalda y se enfrentó a su hermana—. Para que lo sepas tú: Pepe y yo nos queremos y nos respetamos. Prefiero vivir en mi jaula de oro que estar en tus zapatos sin un esposo que me respalde.

—Tú dejaste que mamá te escogiera marido, y yo escogí imprudentemente. Pero tengo el valor de reconocer mi equivocación. Obtendré el divorcio.

—Escúchame, Antonieta —dijo Alicia, tocándole el brazo a su hermana—. ¿No ves el escándalo que vas a provocar? Arrastrarás contigo a Mario y Amelia. Albert no es mala persona.

—No lo amo, Alicia. Es la pura verdad. Para dar amor, el amor debe ser libre, y el amor ha sido encerrado en un rincón ignoto de mi alma. ¿No lo comprendes?

Alicia miró a su hermana y asintió. Sí, lo comprendía.

* * *

Antonieta se enfrentó en la corte a Albert que tenía una expresión dura e imperiosa congelada en el rostro. Los abogados alegaron. El abogado de Albert presentó cartas en las que se demostraba que la esposa de su cliente y su hijo habían sido invitados a Europa por el padre de ella, y que habían salido con el permiso de Blair. Una carta de triunfo contenía pruebas de que un cheque, enviado de buena fe para el mantenimiento de su esposa y su hijo, había sido devuelto por su suegro, quien insistía en que él deseaba pagar todos los gastos del viaje. Aparecieron más cartas en las cuales los ofrecimientos de dinero habían sido rechazados por su esposa. El abogado de Antonieta le aconsejó que llegara a un acuerdo con su marido fuera de la corte.

Ojos de acero azul cruzaron la mirada con los de Antonieta en la elegante oficina del abogado de esta. Enlazando las manos sobre rodillas cruzadas, inclinándose hacia él a través de la mesa baja, Antonieta se negó a capitular ante su humillante mirada, sosteniéndola firmemente bajo el borde de su sombrero.

—Te ruego que seas razonable, Albert. Si no quieres aceptar los motivos por los cuales obtuve el divorcio, ¿aceptarás el mutuo consentimiento? Creo que también hablo por ti cuando digo que nuestro matrimonio ha terminado. —Se inclinó hacia delante buscando su mirada.

—Podemos divorciarnos —dijo Albert con voz de hielo—, pero Donald no puede cambiar de padres. Estoy de acuerdo en divorciarme, pero quiero la custodia de mi hijo.

El golpe le dio de pleno. Con sus ilusiones truncadas, Antonieta supo que el hombre sentado enfrente de ella la combatiría por siempre, de ser necesario.

29

1927

Con gran regocijo de Ignacio, un Cadillac azul de turismo para siete pasajeros vino a sustituir al vetusto Packard; más potente que cualquier otro automóvil que hubiera manejado, su elegancia se complementaba con un nuevo uniforme de chofer. Allá donde estuviera estacionado, el automóvil provocaba admiración. En cuanto Antonieta tuvo localizada a su vieja maestra de filosofía, la casa de Héroes se convirtió en un centro de salones organizados sin rigidez, unas cuantas semillas culturales plantadas en suelo poco profundo. El viejo taller de carpintería fue transformado en una escuelita para niños, hijos de las «eventuales» y también de las vendedoras del mercado.

—Los pobres diablillos viven como animalejos. Deben aprender, por lo menos, a leer y escribir —dijo Antonieta a Amelia y a Mario.

—¿Y quién les sacará los piojos de la cabeza? —preguntó Sabina, con la reprobación comprimida entre los labios.

—Tú lo harás —replicó Antonieta, sonriendo—. Conchita y tú pueden bañarlos diariamente.

* * *

El Cadillac doblaba las esquinas de calles angostas en barrios que otrora fueron de la clase media decente, en busca de las direcciones de algunas de las propiedades menos importantes de Antonieta. El deterioro de los vecindarios era lamentable. Viejos edificios, cargados con pesados balcones, habían hundido banquetas con baches lo suficientemente hondos para quebrar una pierna. Ropa tendida se secaba azotándose y obstruía el paso por patios apestosos por el olor a orines. Durante cuatro años, ni un sólo inquilino se había preocupado lo más mínimo por mantener su alojamiento y algunos debían cuatro años de renta. ¿Qué hacer: vender o reparar? Un administrador tendría que realizar un avalúo de aquellas propiedades.

—Sabina —anunció un día—, quiero encontrar a Ofelia, la nieta de Damiana. Soñé con Damiana anoche. —Recordaba cómo había despedido su madre a Damiana y cuánto la echaba de menos el tío Beto.

* * *

En la última visita que hizo Antonieta con su padre en busca de la familia de Damiana, allá al sur, por el viejo lecho de lava, habían encontrado sola a Ofelia, viviendo con un «tío» en el chamizo medio destruido. Su abuela había fallecido hacía tiempo, su madre y sus hermanos murieron en la Revolución. Para sobrevivir, una muchacha debía tener hombre o familia con quien vivir. Papá le había ofrecido trabajo en la casa, pero Ofelia nunca se presentó.

—Dijiste que había venido mientras estábamos fuera. Puede tener hijos que necesitan educación. Anda, busca dónde escribiste su dirección, Sabina. Iremos hoy.

Llena de intenciones altruistas, Antonieta llamó a Ignacio.

Hubo que estacionar el Cadillac en una calle lateral, pues no podía seguir por el callejón. Antonieta y Sabina fueron rodeando los baches de la banqueta para penetrar más y más adentro del vecindario desconocido. El hedor acre de drenajes tapados y olores repugnantes de mugre y basura humanas impregnaban el aire. Mujeres solemnes y silenciosas, cargadas con pesadas cubetas y niños, reunidas alrededor de un chorro de agua que en algún

471

tiempo fue una fuente, las miraron pasar. Niños medio desnudos jugaban en el sucio arroyo, chillando de gusto.

—Aquí es —dijo Sabina, agarrando del brazo a Antonieta. Empujó una alta puerta de madera que raspaba el concreto, dejando justo el espacio suficiente para entrar. Conducía a una inmunda y desolada vecindad peor que todo lo que Antonieta hubiera visto hasta entonces. Apartaron ropa tendida húmeda y encontraron el número 4 cerca de la entrada de la planta baja. Antonieta retrocedió, asqueada. ¿Qué estaba haciendo allí? Debería haber enviado a Sabina con una sirvienta. Tocaron a la puerta de hierro y un niño la entreabrió cautelosamente. Dos pares más de ojos curiosos miraban, detrás de él. Un hombre, desnudo hasta la cintura, llegó dando tumbos y abrochándose los pantalones. Detrás de él había una mujer tendida en la cama. Antonieta desapareció.

—¿A quién busca? —preguntó imperiosamente el hombre, mandando hacia atrás de un empujón a los niños que lo rodeaban. Un bebé empezó a llorar.

—Ofelia López —dijo valerosamente Sabina.

—No vive aquí —dijo el hombre y cerró la puerta.

Sabina se llevó los dedos a la boca y cruzó su mirada con la de Antonieta. Trasmitieron el mensaje: si era Ofelia, estaba más allá de la redención, otra de las desdichadas de este mundo, sin padre ni familia, arrastrada por el drenaje en la secuela de la Revolución.

La búsqueda de Ofelia agobió a Antonieta durante semanas. Las realidades de México la estremecían, la escandalizaban. ¿Tendría aguante para tanta pobreza? ¿O debería renunciar a la idea de una escuela para los pobres y concentrar sus energías en jóvenes egresados de la universidad? ¿Celebrar salones verdaderos, como los de París, con discusiones que hacían vibrar la mente permitiendo que sobresalieran los talentos? Tenía que consultar a Diego. Él tenía amigos en círculos literarios. Iría nuevamente a Chapingo.

El Cadillac giró por el camino de terracería y siguió hasta la vieja hacienda antes de estacionarse. El vestíbulo y la escalera, imponentes, decorados por la mano firme de Diego, servían ahora a los estudiantes. Sobre la escalera, Diego había pintado: «Aquí se enseña a explotar la tierra, no al hombre». La bella capilla del barroco español que su padre había restaurado con tanto afán se había convertido en auditorio para la nueva escuela de agricultura. El techo, una estructura complicada de arcos y albanegas, había sido un reto para el ingenio de Diego. Desprovista de altares y todo lo que fuera religioso, la capilla expresaba ahora su propio catecismo ardiente de la naturaleza y el hombre. La tierra fecunda, una gigantesca figura con la boca provocativa e inconfundible de Lupe, sostenía entre sus manos el germen de la vida, rodeada por las fogosas figuras del Agua, el Viento y el Fuego. Un crítico francés había calificado los murales de Diego en Chapingo como «la Sainte Chapelle de la Revolución, la Capilla Sixtina de la nueva era».

Antonieta se quedó parada en el vano de la puerta y miró a su alrededor. Como siempre, lo abrumador de la obra seducía irresistiblemente al espectador. Su mirada siguió la línea de un arco hasta una mujer desnuda volando y entre cuyas piernas corría una serpiente, avanzando hacia plantas en forma de falo que brotaban cerca. «¿Cómo puedes negar el papel del sexo en la vida?», le había declarado Diego la primera vez que Antonieta vio el mural. Había tratado de convencerla de que posara para uno de los rostros. De eso hacía semanas. Ahora estaba añadiendo toques finales; faltaba poco para que inauguraran la obra.

Diego estaba sentado a la mesa de trabajo de madera frente a una joven con sombrero *cloche*. Cerca de ellos, Tina Modotti enfocaba su Graflex, preparándose obviamente a tomarles una foto. Tina había llegado de Hollywood a México en compañía de un fotógrafo llamado Edward Weston: era su modelo, su amante y su discípula. Antonieta reconoció el cuerpo bien formado de la mujer desnuda voladora. Tina había abandonado a Weston hacía rato y se había convertido en la modelo predilecta de Diego provocando ataques violentos de parte de Lupe. Antonieta la había conocido en la Secretaría de Educación. Cierto misterio envolvía a la atractiva fotógrafa italiana, un aire de inocencia, de refinamiento y algo de introversión a pesar de su fama de *femme fatale*. Había cierta reserva entre ambas y, sin embargo, también respeto. Tina era una comunista convencida.

Antonieta esperó a que hubieran tomado la foto y entonces avanzó hacia el grupo. Depositó una canasta sobre la mesa.

—¿Alguien tiene hambre?

—¡Por supuesto! —exclamó Diego mientras una amplia sonrisa le cruzaba el rostro—. ¿Hay lo suficiente para alimentar a la multitud? —preguntó, señalando la canasta. Sacó una manzana y se puso a morderla—. Antonieta Rivas Mercado, *miss* Mary Carty. Ya conoces a Tina. Me muero de hambre.

—Mildred *McCarthy* —corrigió la joven rubia.

—*Miss Carty* me ha estado entrevistando para una revista publicada por la Art Student's League de Nueva York. ¿No es así?

—*Miss McCarthy*. Sí —la joven sonreía, encantada—. ¿Dónde estábamos…? «Desde los bizantinos hasta Miguel Ángel, los frescos relataron una historia que conmovió a las masas y les reformó el gusto. Tal es mi propósito aquí». ¿No le importa que ahora le haga algunas preguntas personales? ¿De veras es usted vegetariano, señor Rivera?

Diego soltó una carcajada.

—¿Quién le ha dado esa idea? Soy un *carnófago* voraz. —Se cruzó de brazos, abriendo muy grandes los ojos saltones, y examinó el rostro ingenuo que tenía enfrente—. *Miss* McCarthy, voy a divulgar algo que nunca anteriormente se ha divulgado. Tal vez la escandalice.

Su entrevistadora se inclinó hacia delante, lápiz en ristre. Fascinadas, Antonieta y Tina escuchaban.

—Nada menos que la semana pasada visité una islita cerca de la costa de Yucatán —comenzó Diego—. No le diré dónde es porque pertenece a una asociación exclusiva que se ha comprometido a guardar silencio.

—Y usted pertenece a esa asociación —dedujo *miss* McCarthy.

—Sí. Soy uno de los miembros fundadores. Nos hemos comprometido a proteger a los nativos para que puedan celebrar sus antiguos rituales mayas, incluyendo el sacrificio. —Diego calló.

—¿Qué sacrifican…, quiero decir, aves raras? —preguntó la ávida reportera.

—No. Practican los sacrificios humanos —contestó Diego.

—¿Cómo… como quién? —preguntó la damita, sobresaltada.

—Gente sin recelo que ellos capturan en la selva, como mariposas, y que ponen a engordar en jaulas.

Miss McCarthy empezó a respirar con dificultad.

—¿Quiere darme a entender que usted come carne humana?

—No humana, divina. Un trozo de carne comido en compañía de sacerdotes místicos es un verdadero éxtasis.

La joven palideció.

—*Miss* McCarthy —dijo Diego, mordiendo su manzana—, no hay éxtasis semejante al éxtasis en comunión con lo divino. Uno está comiendo carne que el sacrificio ha divinizado. —Y completó la idea con descripciones llenas de vida.

Antonieta notó que la joven reportera estaba tragando y que el pecho se le subía y se le bajaba, y la condujo al cuarto de baño. Cuando estuvo de regreso, Diego acompañó a *miss* McCarthy hasta el taxi que la esperaba y saludó con la mano al verla alejarse. Regresó a la capilla.

—Diego, no sé qué es lo más fantástico, si tu imaginación o tus pinturas —dijo Antonieta, doblándose de risa—. Pobre muchacha.

—¿Qué te hace pensar que no sea cierto? —la retó Diego, con los párpados a media asta—. Vamos a comer hoy bajo los árboles. Quizá Tina nos retrate.

Los ojos de Diego se encontraron con la mirada molesta de la joven con quien se decía que estaba involucrado.

—No me quedo a comer —dijo Tina—. Me está esperando trabajo en el estudio.

Antonieta y Diego encontraron un banco desocupado. Era inútil molestarse en extender un mantel bajo los árboles y tratar de servir a Diego: no permanecería quieto mucho rato.

Charlaron de esto y de aquello: Nahui estaba viviendo con el Doctor Atl y el asunto parecía durar más de lo que él acostumbraba. Atl había preparado hongos en salsa verde, la otra noche. Seguía siendo un cocinero maravilloso. Diego se metió en la boca un puñado de aceitunas deshuesadas. Sin dejar de masticar, dijo:

—Me voy a Rusia.

—No me lo habías dicho —se sorprendió Antonieta.

—Dentro de un par de meses. Acaban de invitarme a celebrar el décimo aniversario de la Revolución de Octubre. ¿Sabes lo único que lamento? No encontrarme con Trotsky. —Se inclinó hacia Antonieta y en voz baja y solemne, confesó—: Es mi héroe secreto.

—¿Sigue en el exilio, verdad? Mira, Diego, he venido a pedirte consejo. ¿Estás dispuesto a aguantarme un rato más?

* * *

Durante el trayecto de regreso, Antonieta repasaba los nombres que Diego le había indicado, algunos poetas, algunos escritores de los que nunca había oído hablar. Y luego estaba el grupo de los Contemporáneos. ¿Debería parar a los carpinteros que estaban ampliando la escuelita para dedicarse a los salones?

Alicia resolvió su dilema: sin anunciarse, como de costumbre, interrumpió la comida de Antonieta con Toñito.

—¿Has decidido administrar una casa de huéspedes? —preguntó sin preámbulos—. Anoche Mario durmió en mi casa porque había alguien en su cama cuando regresó a casa.

—Era Eulalia. Se me olvidó dejarle a Mario una nota avisándole que ocupara el cuarto de papá. La conferencia terminó muy tarde y estaba lloviendo.

—¿Qué derecho tiene esa mujer al cuarto de Mario?

—¡Eulalia Guzmán es una de las arqueólogas más reconocidas en México! —replicó Antonieta con altivez—. Es una persona distinguida.

—Me tiene sin cuidado quién sea, Mario tiene derecho a su habitación. Si quieres brindar alojamiento, hospeda a sacerdotes perseguidos. He venido a decirte, Antonieta, que estoy vendiendo esta casa a un colegio privado. Tendrás que mudarte.

Conmocionada, Antonieta tartamudeó.

—¿Mudarme de mi casa?

—Mi casa —enmendó Alicia.

—Te pagaré la renta que pidas.

—Lo siento, ya he firmado el contrato.

Antonieta tenía los ojos muy abiertos, fijos en su hermana. Pasó un momento antes de que recuperara el habla.

—Está bien. Comenzaré a empacarlo todo, hasta el menor objeto. La casa puede ser tuya, pero todo lo que hay dentro es mío. Nada queda con la casa, óyeme. ¡Ni una bombilla!

La palabra «desahucio» sólo se pronunció en susurros. La solución provino de la fuente más inesperada: Manuela Boari estaba en México visitando a sus parientes. Antonieta y ella se habían hecho buenas amigas en Roma. Los Boari poseían una casa espaciosa en un suburbio nuevo, tranquilo. Su compasiva amiga visitó a Antonieta y le ofreció rentarle la casa si se ajustaba a sus necesidades.

—Es preciosa —declaró Antonieta a Manuela, admirando los detalles que le agradaban mientras visitaban la propiedad. La casa Boari ocupaba una amplia manzana triangular rodeada de altos muros con una bella verja de hierro forjado. Árboles ornamentales sombreaban un jardín lleno de sol. Tenía cuatro dormitorios y alojamiento para cuatro sirvientes.

—¿No te parece muy pequeña? —quiso saber Manuela.

—Quiero reducir mi tren de vida para volverlo manejable —contestó Antonieta—. Es perfecta —besó a su amiga en la mejilla—. ¿Y los muebles? Tienes algunas antigüedades preciosas, y con lo mío, se podría llenar un almacén.

—¿Por qué no almacenas tus muebles, Antonieta? Me ahorraría la molestia de almacenar los míos. No necesitaremos esta casa antes de uno o dos años. Adamo tiene muchísimo trabajo en Roma. Considera esta casa como tu transición a una nueva vida.

No se firmó contrato, pero el administrador de Boari insistió en establecer un inventario que Antonieta firmó.

En abril, la casa de Héroes estaba vacía. Antonieta escogió el refectorio de las monjas del convento de San Jerónimo, por ser la bodega más segura, y supervisó el empaque cuidadoso de la acumulación de tesoros de los Rivas Mercado, acumulados durante un siglo. Sólo las pinturas ocuparon un muro entero. Gobelinos y tapetes orientales, franceses y chinos fueron regados con bolitas de naftalina antes de amontonarse unos encima de otros. Barriles llenos de objetos y adornos orientales invaluables, llegados en la Nao de China, también se embodegaron. Más barriles llenos de cristal, porcelana y plata se estibaron, muebles antiguos y el piano de cola fueron protegidos con sábanas, y los candelabros de Baccarat se colgaron del techo. Cuando todo quedó bien acomodado, Antonieta pudo salir a duras penas por un angosto corredor. Contrató un velador adicional y avisó a Mario y Amelia de que el lugar de almacenamiento debería mantenerse en secreto.

La pequeña familia se mudó a su hogar de la calle Monterrey, en la colonia Roma, donde Toñito marcó inmediatamente su territorio privado. Ignacio ocupó el cuarto del chofer, Sabina y Conchita compartieron una recámara, y una nueva cocinera y un nuevo mozo completaron el personal que habría de vivir en la nueva casa.

* * *

Diariamente, Antonieta despertaba con una sensación expectante, el sentimiento gozoso que viene junto con una vida plena, activa. Su calendario estaba lleno. En seis meses, sus salones de la calle Monterrey habían sido ampliamente elogiados. Estaba atrayendo mentes jóvenes y fértiles; las encontraba en la universidad, entre los amigos de Diego, entre la aristocracia, inclusive unos pocos entre políticos a quienes había conocido por Carlos. Su posición de secretario de Educación en el gabinete abría puertas importantes y se había comprometido a ayudarla siempre que pudiera.

Los círculos diplomático e internacional habían proporcionado una serie de invitaciones, plazas en las que Antonieta exploraba quiénes tenían conocimientos qué impartir en forma de conferencias. Entre una copa y otra, un bocadillo y otro, alababa sus proyectos especiales. Patrocinaba conciertos, foros literarios, lecturas de poesía y funciones de caridad para obtener el dinero necesario para proyectos ajenos. Su talento más singular, al parecer, era servir de catalizador: sucedían cosas alrededor de Antonieta Rivas Mercado.

A solas, una noche, Antonieta cavilaba acerca del nuevo giro que había tomado su vida. Cerca de la superficie consciente estaba la familia: el mal humor creciente de Mario era un reflejo de su amor ardiente por Lucha y su frustración con los chaperones. Necesitaban tiempo a solas para hablar, para explorarse mutuamente el alma y el corazón, para saborear el uno los labios del otro. Como hija única de una familia estrictamente católica, Lucha estaría severamente guardada hasta el matrimonio. Amelia, ocupada con deportes y coqueteos, pasaba la mayor parte del tiempo en el Country Club, lejos de peligros. Era Toñito el que pesaba sobre su corazón. Estaba atormentada por la amenaza que hizo Albert de raptarlo y había trasmitido su temor al niño. Una mañana encontró dos botellas mágnum de champaña, vacías, a ambos lados de su cama. Como no sabía si reír o regañar, interrogó al muchachito.

—En caso de que entre un ladrón, mamá, puedo romperle la cabeza con las botellas —había respondido solemnemente Toñito. Estaba demasiado solo, demasiado confinado en la casa.

Por debajo del nivel consciente, Antonieta batallaba con su propia naturaleza contradictoria. Anhelaba relaciones próximas y al mismo tiempo alejaba a la gente. No ignoraba que había hombres atraídos por ella, pero guardaban sus distancias. Diego la había acusado una vez de fanatismo social, la vergüenza atormentaba su conciencia. Con la imaginación, Antonieta evaluaba a los hombres aceptables que había conocido, unos cuantos solteros del cuerpo diplomático, un profesor, un médico. ¿Por qué se mantenían alejados de ella, retraídos? No comprendía que su propia inteligencia obstaculizaba el camino. A los hombres no les gusta sentirse pequeños en presencia de una mujer.

* * *

Sin tocar, Amelia entró en la biblioteca y se sentó frente al escritorio de su hermana. Antonieta levantó la cabeza.

—Bájate las faldas, Amelia. Parece que cada día son más cortas.

—¡Vaya! —comentó Amelia. Se sentó derecha—. Tengo que hablarte.

—¿De lo del auto?

—¿Cómo lo sabes?

Antonieta había dado dinero a Mario para que se comprara un largo La Salle verde, que era el foco de admiración de su círculo de jóvenes.

—Mario necesita un auto —prosiguió Antonieta—. Está buscando trabajo y no puede circular en tranvías.

—¿Trabajo? —Amelia se revolvió en su silla—. Mario tiene dos obsesiones: Lucha y los aeroplanos, y están en los dos extremos de la ciudad, podría añadir. Ya no quiere ir nunca adonde yo quiero ir. Necesito auto propio.

—Bajo ninguna circunstancia —dijo Antonieta—. Una cosa es que circules en auto con tu hermano, pero otra totalmente distinta que conduzcas un auto tú sola. No.

—Por todos los cielos, Antonieta —dijo Amelia—. ¡Tengo dieciocho años! A mi edad tú estabas casada.

—No quiera Dios que sigas mis pasos. Si la edad es un factor, yo tengo veintisiete y sigo al mando. ¿Por qué no sigues esas clases de la Secretaría de Educación de las que te hablé? Podrías ser una buena pintora de no ser tan perezosa. ¿No sería eso mejor que ser una mala tenista?

—Una buena tenista —enmendó Amalia—. Y una golfista aceptable, y me estoy convirtiendo en un as del bridge.

Antonieta puso sus manos juntas sobre el escritorio y se inclinó hacia delante.

—Te pasas las mañanas en el club o hurgando en las mismas tiendas de siempre, una y otra vez, con tus amigas. Las tardes te las pasas en el cine o en esas sesiones de chismes que las muchachas llaman «tés». ¿No te aburres?

—Para nada. Me encanta mi vida —respondió Amelia sin inmutarse—. No comparto tu entusiasmo por locos medio muertos de hambre. La cocinera dice que están robándose la plata.

—No seas insolente —reprendió Antonieta—. Escucha, mi amor, sólo pasé un momento por casa para archivar estos papeles y tomar algunos apuntes para la conferencia de esta noche. Consideremos el auto como capítulo cerrado.

El sombrero y los guantes de Antonieta estaban sobre el escritorio junto a un portafolios de cuero. Amelia echó a su hermana una mirada compasiva.

—¿Has vuelto a perder, verdad?

—Sí —contestó Antonieta.

—Maldito Albert. ¡Mierda!

—¡Memela!

—Deberías aprender a decir malas palabras. Albert tiene mayor influencia política que tú. ¿Por qué no le pides ayuda a Carlos?

—Creí tenerlo ganado —dijo Antonieta, suspirando hondamente—. Hemos presentado apelación. Pero están trasladando el caso a la jurisdicción de Albert ahora, fuera de nuestro distrito. Puede prolongarse meses y meses. Rafael Lara dice que no podemos hacer nada al respecto.

—Podríamos pegarle un tiro —sugirió Amelia.

—Gracias, mi amor. —Una sonrisa iluminó la expresión cansada del rostro—. Mientras no me garanticen la custodia, no puede haber divorcio. Y aún no dispongo de orden de la corte para impedirle que se lleve a Toñito. Podría entrar en la casa y raptarlo.

—¡Nunca! —Amelia rodeó el escritorio y abrazó los hombros de su hermana—. Lo cuidaremos. Nadie va a arrebatarnos a Toñito.

* * *

El brillante sol decembrino iluminaba el estudio de Antonieta mientras revisaba sus apuntes sobre Máximo Gorki. Esta noche sería la última conferencia en su serie de los escritores contemporáneos. Gorki atraería a sus jóvenes alumnos. «Sus muchachos» se habían vuelto más articulados, había mejorado su manera de expresarse en seis semanas, al sentir que su intelecto se espabilaba, y superaban una reticencia innata a hablar. Pocas librerías de la capital vendían las obras nuevas. Antonieta encargaba en Nueva York la mayor parte de su material. Había conseguido con dificultad diez ejemplares de la última obra de Gorki, *Fragmentos de mi diario,* que compartían quince estudiantes. Nadie tenía dinero para comprar libros. Antonieta apuntó algo en su bloc: servir una cena-bufé y vino esta noche, en vez de tamales y café.

Conchita tocó a la puerta, interrumpiendo sus pensamientos. Antonieta apartó los papeles de su escritorio para dejar lugar a la bandeja, y derribó una jarra con agua; trató de impedir que cayera al suelo y se quebró una uña.

—¡Maldición! Primero seca el agua y después trae mi estuche de manicure, Conchita —ordenó Antonieta—. Quiero que me arregles esta uña y limes las demás mientras como con una mano. Ya sabes dónde está mi estuche de manicure.

La confusa muchacha miró a su patrona con incredulidad. Una siempre podía esperar lo inesperado con la señora.

—¿Me tendrá usted confianza con las tijeritas? —preguntó.

—Si me cortas, te despido. Y si no, se confirmará mi sospecha de que has estado practicando con mis accesorios de manicure. —Antonieta sonrió a la muchacha, quien había enrojecido.

Dedo por dedo, Conchita aseó las uñas de su patrona, mientras Antonieta leía sus apuntes y picaba del queso y las uvas en su charola de desayuno. Cuando ambas manos estuvieron listas, Conchita se echó hacia atrás en su silla y esperó el veredicto. Antonieta metió en su boca el último grano de uva y examinó sus manos cuyas uñas ovaladas habían sido pulidas hasta brillar, con una ligera crema rosa que delineaba la cutícula tan eficazmente como lo pudiera haber hecho su manicurista habitual.

—Tienes el toque profesional, Conchita —dijo Antonieta, admirando sus uñas—. Se me ocurre que estás perdiendo el tiempo en este trabajo de doncella. Hay un nuevo salón de belleza francés en la avenida Juárez. Voy a enterarme de quién es la dueña y pedirle que te acepte de aprendiza.

Conchita se quedó boquiabierta.

—No te preocupes. Puedes seguir viviendo aquí. Pero ¡tendrás una carrera!

* * *

A la hora de comer, Amelia anunció, como si nada:

—He invitado al profesor Manuel Rodríguez Lozano a tu conferencia de esta noche.

—Es un grupo cerrado, Memela. ¿Quién es ese profesor? —La irritación puso sequedad en la pregunta.

—Mi maestro de dibujo.

—Pero si sólo has ido a dos clases. ¿Qué sabes de él? —protestó Antonieta.

—¿Y qué sabes tú de tus famélicos literarios? El profesor Rodríguez Lozano es el hombre más guapo que he visto en mi vida, y con los ojos más azules.

—¿Es buen maestro?

—Por supuesto. Es el director del Departamento de Artes Manuales en la prepa y un importante pintor moderno. Dice que tengo talento y se ha ofrecido a darme clases particulares.

Lo que cobraba un director era insuficiente, eso lo sabía Antonieta. Este maestro necesitaba dinero. No te enfades, se dijo. Si era capaz de conservar el interés de Amelia, ella pagaría las clases particulares.

—Quiere conocerte —dijo Amelia.

—Está bien, agregaré una silla más para el profesor —dijo Antonieta—, pero no vuelvas a invitar a nadie más sin consultarme primero.

Tres filas de sillas plegadizas habían sido colocadas en la sala. Las conversaciones cesaron al llegar Antonieta. Esta noche llevaba un vestido blanco de seda con un mantón de talle drapeado en el hombro, un toque espectacular acentuado por largos aretes de oro que se agitaban libremente bajo su cabello corto y oscuro.

Antonieta saludó a sus alumnos, colocó sus papeles sobre la espejada tapa del piano y ocupó su lugar en el banquito acojinado. Inmediatamente tuvo conciencia de unos ojos azules que la vigilaban desde la última fila, junto a Amelia. Unos cuantos estudiantes habían saludado al maestro antes de ocupar sus lugares. Evidentemente, era conocido. No era alguien fácil de olvidar, evaluó rápidamente. En verdad, guapo como un actor, no, como un torero español, con la mirada insolente de quien piensa muy altamente de sí mismo. Un pequeño ademán con la cabeza, y Antonieta comenzó la conferencia.

Sin acudir a sus apuntes, Antonieta relató la biografía de Gorki; sus palabras y su entonación tenían capturada la atención del auditorio. «Fue vagabundo y novelista. Sus obras han sido traducidas a nueve idiomas, y sin embargo, a los quince años apenas si deletreaba. No un erudito ni un creador de frases, Gorki escribe de lo que sabe, de lo que ha visto y experimentado». Antonieta cruzó las piernas y dejó que los flecos del mantón recayeran sobre su regazo. «Sus personajes son ladrones», prosiguió, «prostitutas, estafadores, gente que duerme en las calles…».

Cautivos de su carisma y profundo conocimiento nadie se movía.

Después de la conferencia, los estudiantes desfilaron torpemente hasta el comedor. Amelia sirvió un plato para su profesor de dibujo y se lo llevó a la sala donde lo había dejado cómodamente sentado. Antonieta se sintió súbitamente enojada con el invitado de su hermanita. Él debería haber tenido la cortesía de hacer un comentario menos lacónico que «muy interesante». Ese hombre era un arrogante seudointelectual.

Todos se sirvieron dos veces, y la mesa del bufé y las botellas se vaciaron por completo. Entonces Antonieta invitó a sus estudiantes a pasar a la sala para escuchar una sinfonía moderna. Permanecieron sentados, rígidos como estatuas, durante todas las audacias de Honegger. Al terminar la música, se pusieron en pie y empezaron a despedirse de Antonieta. Amelia y el profesor siguieron sentados en el sofá.

—Andrés —dijo Antonieta, reteniendo a un joven que hablaba con fuerte acento zapoteca—, y tú, Moreno Sánchez —señalando a su compañero—, quiero que regresen. Me agradaría recibirlos en cualquier momento. —Ambos merecían ser cultivados, dos muchachos inteligentes.

El profesor se puso en pie y extendió la mano cuando ella volvió a la sala. Medía una cabeza más que ella.

—También yo debo marcharme. Ha sido un privilegio, señora. Es usted digna de su fama. Es usted una musa. —Ahora los ojos azules estaban llenos de admiración.

—Creo que he petrificado a mi auditorio con Honegger. —Antonieta no pudo reprimir una sonrisa.

El profesor rio.

—Se habrían sentido más cómodos si les hubiera servido tequila y tocado un corrido —dijo—. Hasta yo tengo dificultades con Honegger. Lo oí en persona cuando estuve en París.

—¡Ah! —dijo Antonieta, intrigada—. ¿No se quedará un poco más, profesor? Amelia dice que usted pinta. Quizá pueda convencerlo de que dicte algunas conferencias al grupo.

—Sólo si retira usted la invitación al «profesor». Soy Manuel Rodríguez Lozano y presumo de ser un muy buen pintor. Sólo doy clases por necesidad.

Amelia abandonó la sala silenciosamente.

* * *

Transcurrió una semana antes de que telefoneara. La voz calmada de Antonieta no respondía a su confusión interior, Manuel había estado en el primer plano de sus pensamientos desde la noche de la conferencia sobre Gorki. Se habían quedado hablando hasta las tres de la mañana. El teatro lo apasionaba, conocía las obras de Gide, de Cocteau y de André Salmón. Compartía su admiración por Marcel Proust... Había pasado ocho años en el extranjero. No estaba casado. Pero lo rodeaba cierto misterio; era casi demasiado elegante y cosmopolita para ser el bohemio que pretendía. Si pudiera ver sus pinturas le sería más fácil juzgar al hombre.

—¿Comer mañana, Manuel? Déjeme ver. Sí, me encantaría.

Antonieta colgó el aparato y miró su calendario. Cancelaría la comida prevista. Esa noche habría una recepción en honor de Charles Lindbergh en la residencia de la embajada americana. Ella se tuteaba con la esposa del nuevo embajador, Dwight Morrow, quien había sido enviado para aplacar a Calles. En vista de sus relaciones con el embajador, había conseguido una invitación para Mario y Lucha. ¿Se atrevería a llevar a Manuel por pareja? El vuelo ininterrumpido de «buena voluntad» de Lindbergh desde Washington hasta la capital de México, lo había convertido en héroe nacional. Todos en México ansiaban estrechar la mano del aviador. Era una especie de soborno, lo admitía Antonieta, pero podría pavimentar el camino para invitar a Manuel a acompañarla a otras fiestas. Navidad estaba a la vuelta de la esquina.

* * *

La vieja mansión porfiriana que alojaba el restaurante del Centro Asturiano estaba atestada. Manuel se levantó en cuanto vio entrar a su invitada y la condujo a una mesa junto a la ventana. El rostro de Antonieta por poco se descompone: había otro hombre a la mesa.

—Es Lorenzo —dijo Manuel, sin agregar apellido—, mi modelo. He estado pintando toda la mañana; inclusive él puede llegar a tener hambre. —Sacó una silla para Antonieta junto a la suya.

Charlaron animadamente durante la comida, y Lorenzo desaparecía en último término como si no estuviera allí. Después de hablar largo y tendido sobre los temas del arte y Europa, Manuel preguntó súbitamente:

—¿Le gustan las corridas de toros?

—La única vez que he estado en la plaza de toros fue cuando la Pavlova bailó allí en 1919. La plaza entera se volvió loca cuando bailó «El jarabe» sobre las puntas y se dobló para recoger el sombrero. ¿Puede un matador ofrecer algo más espectacular que esa acción?

—Hay que aprender a apreciar la corrida —dijo Manuel—. ¿Le queda a usted algo por aprender? —Y sus ojos parecían burlarse.

—He sido estudiante toda mi vida —replicó Antonieta, a la defensiva. Después sonrió—. Consideraría un privilegio que usted me permitiera visitar su estudio.

Manuel estudió los ojos intensos.

—Estoy orgulloso de mi obra. Y me enorgullecerá enseñársela a usted.

—¿Cuándo? —preguntó Antonieta.

—Mañana por la tarde —contestó Manuel—. ¿Le parece bien a las cuatro?

—Allí estaré. —No mencionó la recepción en honor de Lindbergh.

* * *

La casa estaba en el centro, metida en un vecindario que lindaba con la zona de la clase trabajadora, no muy lejos de la Academia de San Carlos. Era una casa angosta; el muro del frente había sido pintado recientemente color terracota, y ella supuso que su estudio estaría en la azotea, donde unos cuantos geranios en macetas colgaban rozando las ventanitas del segundo piso. Exactamente a la hora indicada, Antonieta tocó la campana. Una sirvienta calzada con sandalias contestó. La sorprendió que Andrés llegara a saludarla; era uno de los jóvenes estudiantes a quienes había invitado a regresar, después de su última conferencia sobre los escritores contemporáneos.

—Señora, bienvenida —dijo Andrés, extendiendo la mano; sus palabras estaban aún fuertemente impregnadas del acento zapoteca.

—¿Qué estás haciendo aquí? —preguntó Antonieta, complacida de ver a su joven estudiante, que deseaba ser escritor y que batallaba constantemente para dominar el idioma español.

—Usted me trajo suerte —informó el joven—. Al día siguiente, en la escuela, el maestro dijo: «Tú y tus libros caben en la habitación de servicio. Te la prestaré» —agregó—. El maestro Manuel la está esperando en el estudio.

Desde el segundo piso subieron por una escalera de caracol, de hierro. Una construcción amplia, blanqueada, ocupaba la mayor parte del espacio. Andrés tocó a la puerta y desapareció.

Manuel abrió la puerta.

—Ha venido —dijo.

—Por supuesto. —Antonieta le tendió un ramo de violetas recién cortadas—. Quise compartir con usted el aroma de mi jardín.

—Gracias. —Manuel retiró algunos pinceles de un jarrón chino rajado y colocó allí las violetas. Los caballetes estaban cubiertos con telas, y las pinturas que colgaban de la pared estaban vueltas del revés.

Ya sabía Antonieta que, para un pintor, mostrar su obra equivalía a mostrar su alma. Se sentó en un taburete y juntó las manos.

—¿Y bien?

—Quiero mostrárselos uno por uno —explicó Manuel—, de manera que cada pintura se destaque por sus propios méritos.

Lentamente, comenzó a revelar su obra.

La colección era una crónica llamativa de la vida mexicana. El estilo era riguroso, desprovisto de objetos o adornos inútiles: un hombre humilde sentado en un banco del parque, silencioso, mujeres vestidas de blanco retorciéndose las manos en señal de lamentación, una prostituta en un desierto, niños de la calle volviendo rostros tristes hacia el espectador. Sus composiciones eran meticulosas, sus figuras, sombrías, estilizadas, inclusive feas; no la raza indígena idealizada que Diego representaba. Antonieta podía ver huellas de convenciones académicas, pero su estilo era todo suyo, los colores estaban dominados por tonalidades grises, pardas, negras, procedentes del alma de un hombre acosado por la miseria humana pero incapaz, realmente, de captar su esencia. Ciertas afectaciones y su elegancia restaban autenticidad a su realismo.

Con la mirada aguda de una observadora adiestrada, Antonieta lo captó todo, preguntándose qué lo atormentaba.

—Es un impacto demasiado fuerte para que mi pobre cerebro lo abarque todo —comentó—. No puedo compararlo con nadie. Es el estilo de Manuel Rodríguez Lozano. —Se volvió hacia él, quien, recostado en la pared y cruzado de brazos, la observaba—. Siento su lucha, Manuel, y admiro su obra. No es fácil ser uno mismo. ¿Cuándo pintó el autorretrato? No se hace justicia.

—En 1924 —contestó Manuel con voz monótona.

—¿Y de quién es este retrato? —preguntó, señalando un rostro masculino intenso que reconoció como el mismo modelo de varios desnudos.

—Se llamaba Abraham.

—¿Era un amigo? —preguntó con dulzura.

—Murió en este estudio —respondió Manuel en el mismo tono monótono—. ¿Quiere que le hable de su muerte? —la pregunta conllevaba un acento beligerante.

Antonieta juntó las manos sobre el regazo y levantó la mirada hacia el artista.

—Si quiere usted confiarme sus sentimientos, Manuel, me gustaría ser su amiga.

Manuel tomó una cajetilla de cigarros, prendió uno y se dirigió a la victrola. La música de Mahler comenzó a llenar el sobrio estudio; matizada con una extraña nostalgia, lo calmó. Acercó un taburete frente a Antonieta y sopló humo hacia el tragaluz. Finalmente comenzó a hablar.

—La cocaína es un paliativo para la miseria del mundo, un alivio transitorio, una manera de apartar las cosas que asfixian. Abraham estaba obsesionado por la muerte, pero pensaba que la juventud era indestructible. —El humo de su cigarro se elevaba en forma de cintas hacia el techo—. Yo soy más como Dorian Grey. En mis alucinaciones, la belleza y la juventud siempre están presentes. La muerte es la pizca de sal en el dulce: hace que la vida sea más intensa. Si supiéramos cuándo vamos a morir, no habría urgencia por vivir. Abraham nunca comprendió. No tenía la intención de tomar una sobredosis.

En un profundo movimiento lírico, Mahler tocó la cuerda humana.

—Usted lo quería mucho —dijo Antonieta en voz baja.

—Sí.

Manuel aplastó el cigarrillo en un cenicero manchado de pintura y comenzó a volver los cuadros hacia la pared.

—Ya sé que es usted amiga de Diego Rivera, de modo que me siento obligado a decirle que considero su obra comercial, bonita, insustancial. Tampoco admiro el sensacionalismo de David Alfaro Siqueiros ni las figuras bastas de Orozco. Soy un crítico severo. ¡Y soy mejor pintor que cualesquiera de ellos! No me paso la vida viviendo una concepción de cómo creo que debería vivir, ni cómo los demás piensen que debería vivir. Vivo mi vida tal como la siento. Totalmente. Antonieta, ¿tiene usted suficiente entereza para ser amiga mía?

Los ojos azules tenían presos a los de ella. Antonieta, que se sentía vulnerable, demasiado vulnerable puesto que se sentía atraída hacia aquel hombre, dijo finalmente, algo divertida:

—Me gustaría conocerlo mejor. —Era una declaración sin compromiso.

La recepción para Charles Lindbergh centelleaba con la airosa y brillante cháchara del set internacional. Antonieta saludaba a amigas, circulando por la elegante mansión, pero el rostro tenso de Manuel permanecía en su mente. Lo había dejado solo en el estudio, antes de lo que él hubiera querido, solicitando silenciosamente ser más importante él que la recepción. Había tenido que despedirse en forma abrupta.

Charlaba de esto y aquello, fingía escuchar. Vio cómo Mario se dirigía al alto y delgado aviador en un momento en que Lindbergh se encontró milagrosamente solo. Carlos le hizo señas, y a través del salón vio que Albert se daba vuelta y se dirigía al comedor. Evitando por escaso margen a un camarero cargado con una bandeja de canapés, se fue hacia la veranda sonriendo, empalmando briznas de conversación. Ya había representado esta escena tantas veces; de repente, todo era un escenario. El sobrio estudio de Manuel era la realidad.

—¡Antonieta!

El embajador de Colombia reclamaba su atención, y la condujo a un círculo de colegas latinoamericanos que discutían la crítica mordaz que había hecho José Vasconcelos de Calles en su último artículo publicado en *El Universal*.

—¿Por cuánto tiempo más cree usted que seguirá publicando *El Universal* a Vasconcelos? —preguntó un sudamericano.

—Vasconcelos disfruta de muchos seguidores en México. Tal vez no sea juicioso amordazarlo —observó el colombiano.

Antonieta se alejó.

Un grupo se había formado alrededor de Anne Morrow, la atractiva y joven hija del embajador, quien estaba de vacaciones. Hablaban de las tradiciones navideñas de México.

—¡Aquí estás!

La señora Dean, una conocida estadounidense, se acercó a Antonieta.

—El presidente Calles ha pedido a *Mrs*. Morrow que ayude con un programa de títeres que están preparando para las escuelas. Es una manera de enseñarles a los niños algunas de las reglas básicas de higiene y buena alimentación de manera divertida —la señora Dean susurró—: francamente, creo que fue idea de Betty Morrow. Calles la escucha, sabes. ¿Has sabido algo de eso? —La señora Dean tocó el brazo de Antonieta para obtener su atención—. Betty está formando un comité de voluntarias. Necesitamos tu ayuda, Antonieta. Ayudarás, ¿verdad que sí?

—Por supuesto —respondió automáticamente Antonieta. Le bailaba en la cabeza una pregunta: ¿Tiene suficiente entereza para ser mi amiga?

30

1928

La vida adquirió un nuevo matiz, un nuevo ritmo acelerado. Antonieta pasó de sus atestados salones de la calle Monterrey a cafés populares, al estudio de Manuel y los pisos cubiertos de serrín de los salones de baile, vida que se vivía al compás sensual de rumbas y tangos, danzones y pasodobles. Se convirtió en fanática de los toros y circulaba entre intelectuales raídos y mujeres de vocabulario al rojo vivo; y es que Manuel vivía en otro plano de la vida capitalina.

«México se compuso en contrapunto», escribió Antonieta en su diario. «Es una composición con dos extremos altamente cargados: el estancamiento y el movimiento hacia delante. Como artista que es, Manuel lo ve todo en contraste agudo. Se ha convertido en mi mentor al enseñarme a ver este México que yo no conocía. Seguimos tratándonos de usted. Creo que su *tú* está escondido tras el temor a la intimidad. Ansío arrancar el velo ceremonioso que pende entre ambos, pero espero con paciencia una señal suya».

Una mañana, Mario entró en el desayunador como un torbellino, con una camisa en la mano.

—He encontrado esto en mi armario —dijo—. ¿De quién es?

—Lo siento, cariño —dijo Antonieta—. Un error de la nueva recamarera.

—Es de Manuel, ¿verdad? Ahora también le estás lavando la ropa al cabrón.

—¡No seas vulgar! Su sirvienta está de vacaciones, de modo que yo me ofrecí. ¿Es acaso un crimen?

—Escucha, quiero aclarar mi posición. ¡No puedo soportarlo! Es un bastardo arrogante, se cree el rey de la creación y no es en realidad más que un pobre burócrata mugroso. Y peor artista. ¡Pensar que le pagaste por el retrato que te hizo!

Mario colgó la camisa ofensiva en el respaldo de una silla y se sentó.

—¿Qué ves en él?

—Una mente brillante y un ser humano sensible que tiene más talento en su dedo meñique que toda tu pandilla de amigos *dilettantes* juntos —replicó ásperamente Antonieta.

—Antonieta, es un infeliz y condenado maricón —ya estaba dicho—. Y también lo son esos Contemporáneos con los que andas —agregó Mario.

Antonieta miró a su hermano.

—¿Dónde puedo estar más segura que entre homosexuales? Permite que te explique algo. Son las personas más inteligentes y estimulantes de México, y están creando algo nuevo, exponiendo el alma de México en poesía, ensayo, libros y pintura. —Antonieta se interrumpió de pronto—. No lo entiendes, ¿verdad?

—No. Mírate, estás agotada. Te pasas la mitad de la noche traduciendo sus obras, y además pagas para que se publiquen sus libros, ¿no es cierto?

—Has estado husmeando en mi escritorio —acusó Antonieta, enojada, a su hermano.

Él se levantó de un salto.

—Las facturas estaban a la vista sobre la mesa. —Estrujando la camisa, se la arrojó—. Se están aprovechando de ti, Antonieta. ¿Por qué no te buscas un hombre? —Mario dio un portazo al salir.

La andanada que le lanzó su hermano había destrozado las apariencias de su exterior tranquilo. Se inclinó sobre la mesa tomándose la cabeza entre las manos. Sabía que Manuel estaba fuera de su alcance y, sin embargo, por corto tiempo, había abrigado esperanzas. Estuvo casado una vez con Carmen Mondragón, aquella amante medio loca que tenía el Doctor Atl. Decían que era la joven y bella hija del general Mondragón, aquel que había conspirado con Huerta para asesinar a Madero. Era un buen partido para un cadete militar de modesta cuna. Antonieta no podía imaginar a Manuel vestido de uniforme militar, pero sabía que era cierto. El general se llevó a su hija y su yerno a Europa adonde iba a ocupar un puesto diplomático. Fue en Europa donde Manuel comenzó a pintar. Cuando regresaron a México, seis o siete años más tarde, al encontrar cerradas las puertas artísticas oficiales fue cuando Manuel se unió a los artistas marginados. Carmen se divorció de él y se convirtió en la excéntrica descastada llamada Nahui Ollin. Antonieta dudaba de la veracidad de aquella historia de que había asfixiado a su hijo en Europa. Sólo una mente trastornada podría cometer semejante acción. ¿O se habría trastornado debido a que su marido era homosexual? De todos modos, Carmen se había destruido a sí misma. Manuel no tenía la culpa, ese Manuel que le había abierto un mundo de nuevos valores, ese Manuel irracional que vivía en la periferia del nuevo gran movimiento artístico mexicano y desahogaba su malevolencia en invectivas contra los muralistas. No me importa lo que seas, pensó: eres mi maestro, mi álter ego. Me comprendes y soy tu amiga.

En teatro, el vodevil barato, las comedias y las operetas mediocres parecían satisfacer a la sociedad a la que servían. Mario no comprendía que no satisficieran a sus nuevos amigos, los Contemporáneos. Recordando las ropas estrafalarias y el habla chocante de Montparnasse, a Antonieta la divertían esos novicios literarios que le habían conferido el título de «mecenas».

* * *

Antonieta se estiró y dejó que una brisa soplara por la ventana sobre su cuerpo casi desnudo. Entonces se puso la bata y llamó a la doncella.

—Seremos once a cenar esta noche, posiblemente doce. Si tienes alguna pregunta, que Sabina te diga cómo poner la mesa. Llegaré tarde a casa.

Tenía cita con su abogado esa mañana. Albert andaba viajando por Estados Unidos, y el abogado quería aprovechar su ausencia para hacer avanzar el caso, de ser posible. Estaba intentando que pasara a la Suprema Corte. Ahora, por lo menos, Antonieta podía respirar libremente.

Esa noche había invitado a las personalidades más destacadas de los Contemporáneos para estudiar un nuevo proyecto. Abrirían la reunión con una lectura de *El gran dios Brown* de O'Neill; este autor flagelaba el sentimentalismo romántico; lo suyo era el drama del realismo. O'Neill prepararía el ambiente para su nuevo proyecto.

A las ocho en punto, la campanilla de la puerta comenzó a sonar. El primero en llegar fue Xavier Villaurrutia con un montón de legajos bajo el brazo. Xavier era guapo, aristocrático y malicioso. El sombrío Gilberto Owen llevaba su traducción de *Prosa inédita* de Paul Valéry. Bernardo Ortiz de Montellano había terminado dos traducciones de T.S. Eliot y Joyce. Seguían llegando: la buena presencia de Jorge Cuesta estaba afeada por un párpado caído. Jorge era químico; no sólo podía alterar el vino de tal manera que uno no se emborrachara, sino que también destoxificaba cigarrillos. Elías Nandino, un joven médico, mostraba una sensibilidad poco común en sus intentos poéticos. Carlos Pellicer superaba de lejos a los demás poetas; llamado el Melenudo por su aversión por las peluquerías; la poesía de Carlos se había publicado y en ocasiones lo habían comparado con Pablo Neruda, el joven chileno que se había impuesto en los círculos literarios internacionales a los veinticuatro años de edad. Salvador Novo llegó tarde y, excusándose ante Antonieta, dijo:

—Míster Ford está formando una casta nueva. Mi taxi se quedó atrapado en el más horrible embotellamiento de tránsito. Lo siento, Antonieta.

Los últimos en llegar fueron Manuel y Malú Cabrera, hija esta del abogado que había encabezado la Constitución de 1917. La madre de Malú era nieta de una dama belga del séquito de la emperatriz Carlota; joven de vanguardia, Malú había pasado la mayor parte de su vida en Europa y Nueva York. Era de las pocas amistades femeninas a quienes Antonieta había cultivado y, como ella, tenía sed de estímulos intelectuales.

A las dos de la madrugada todavía estaban de sobremesa haciendo cálculos tentativos. ¿Podría financiar este grupo un teatro experimental?

—Para avanzar rápidamente y antes de que cualesquiera de ustedes se eche para atrás, yo financiaré el teatro hasta que las producciones mismas me puedan reintegrar la inversión —propuso Antonieta—. Y tengo una propiedad que podría servir. Si los Washington Square Players comenzaron en una bodega de los muelles de Nueva York, nuestro Teatro Ulises también puede comenzar en una bodega transformada.

Salvador llamó la atención golpeando su copa:

—Propongo un brindis por el Teatro Ulises y su patrocinadora, Antonieta Rivas Mercado.

Hubo más brindis. Corrió el vino. Corrió más vino.

* * *

La fiebre del teatro los atacó a todos, creando un ánimo de cooperación tal que ninguno se sentía disminuido por la tarea más humilde. Durante las lecturas de la obra pronto se reveló el talento teatral. La actriz más prometedora entre los neófitos fue la propia Antonieta. Se escogió el *Orfeo* de Jean Cocteau para inaugurar el teatro. La entrada era por invitación y los programas estaban escritos a máquina.

Un reportero citó el desempeño en su columna: «Los miembros de este escenario experimental afirman que el teatro mexicano está atrasado, es mediocre y de mala calidad. ¿Qué virtudes aportan esos aficionados al teatro? La obra en sí no entretiene, lo cual es, como todos saben, el propósito fundamental del teatro».

Llevándole la contraria al crítico, al día siguiente un «experto» teatral francés escribió que la obra de Cocteau era bien comprendida por el director, y que los jóvenes actores mexicanos revelaban cualidades prometedoras. Los profesionales se rieron, diciendo que la barca de Ulises no tardaría en estrellarse contra las rocas.

Pero un núcleo de aficionados siguió ocupando los asientos. Sólo un selecto auditorio comprendía la cuña que aquellos jóvenes empeñosos estaban metiendo en el campo del arte dramático.

Antonieta apuntó en su diario: «Me espanta la idea de lo que podría pensar Cocteau de nuestra producción, pero es un comienzo».

Muy pronto el teatro la absorbió por completo. Antonieta tradujo obras de Gide, Shaw y lord Dunsany.

Un ensayo de *La escuela para mujeres* estaba en pleno desarrollo cuando Manuel entró en el teatro. Bajo su talentosa dirección, el sencillo decorado había transformado mágicamente el escenario. A una señal, Antonieta avanzó hacia el centro del proscenio.

—Está bien, descansen —dijo Julio, el director—. Me alegro de que hayas llegado, Manuel. Quiero algunos cambios en el decorado. Esa ventana está demasiado alta y la pared negra distrae la atención. ¿Podrías bajarla de tono?

—Si te sentaras en el fondo, verías que la ventana tiene la altura correcta; en cuanto a la pared negra, la creé para que produjera un fuerte contraste —respondió Manuel acaloradamente.

—Mira, soy el director y me creo con derecho a realizar algunas modificaciones.

Antonieta callaba: los temperamentos se excitaban cada vez que Manuel no se salía con la suya. Es la periferia en la que vive, pensó. Si sólo dejara que lo acepten; era realmente utilísimo para el teatro. Una vez más, tuvo que asumir el papel de árbitro.

Después de la representación final, el largo Cadillac de Antonieta se detuvo delante de El Pirata, el salón de baile que había inaugurado recientemente en el ex convento de San Jerónimo. Los camareros se activaron para limpiar una mesa, pues la presencia de la elegante propietaria y su séquito siempre causaba sensación en este barrio popular.

—¿Por qué no nos dijiste que eras dueña de El Pirata? —Quiso saber Mario, acercándose a Antonieta a la hora del desayuno—. La madre de Lucha acaba de enterarse y ya sabes lo que eso significa.

—Heredé un edificio en ruinas y decidí remodelarlo para abrir un salón de baile. Me gusta bailar, y un salón de baile es buen negocio.

—¿Quieres decir que te gusta bailar con Manuel?

—Pues, sí. Baila estupendamente. —Con calma, Antonieta prosiguió—: Puedes decirle a la señora Rule que para entrar en mi establecimiento hay que llevar corbata. —Y se encogió de hombros.

—¿Corbata? ¡Y serrín en el piso! Estás chiflada, Antonieta. Además, un salón de baile en el terreno de un convento es sacrílego.

—Hablas igual que la madre de Lucha. —Antonieta abrazó a su hermano—. Escápate y ve con Lucha; pueden bailar toda la noche. Te daré una tarjeta, *carte blanche*.

El pobre Mario ardía en un infierno privado. La señora Rule no permitiría que su hija se casara mientras las iglesias de México no reabrieran sus puertas. Mario y Lucha necesitaban pasar tiempo juntos, tiempo para explorar sus labios y sus cuerpos. Antonieta recordó al profesor en España, la pasión física era sólo un recuerdo, un reino muerto de su vida. No había nadie.

* * *

Totalmente por accidente, Antonieta reconoció a Tina Modotti a través del humo de tabaco. Ella, Manuel y sus acompañantes habituales habían seguido a los fanáticos rabiosos de los toros hasta un café del centro donde se reunían los aficionados. Ella se deslizó alrededor de la mesa apretada hasta el asiento exterior. El bar estaba atestado de gente tumultuosa que se desplazaba de un sitio a otro. Tina la vio y Antonieta le hizo señas de que se acercara. Se levantó para saludar a la sensual modelo de Diego.

—¡Tina! ¡Qué gusto de verte!

Presentó a su amigo, Julio Mella.

—He visto la obra teatral. Me gustaría ir a tomar unas cuantas fotos. Te ves maravillosa en escena.

—Acepto. Necesitamos algo de ayuda publicitaria. —Antonieta se volvió hacia el amigo de Tina—. Tiene un talento poco común con la cámara.

—Tiene un talento poco común en todo —replicó Mella. Se besaron.

—¿Qué noticias hay de Diego? —preguntó Antonieta—. No lo he visto desde que regresó de Moscú.

—Lupe lo ha abandonado. Obtuvo el divorcio y se casó con otro.

—¡Ah! Y ahora, ¿dónde vive Diego?

—Te daré su dirección. —Tina garabateó en una servilleta de papel.

* * *

Antonieta entró en el deslustrado edificio y subió al primer piso. El propio Diego respondió al campanillazo.

—¡Vaya!, hola —exclamó con un placer evidente—. Pasa.

El departamento era mucho más amplio que la casita que había compartido con Lupe. En el vasto estudio, diablos de cartón pintado colgaban del techo, figuras aztecas atestaban los estantes y había gran profusión de lienzos recostados en las paredes. Diego la condujo a una mesita presidida por una cafetera de estaño.

Antonieta se agachó para pasar debajo de un diablo y se quitó el sombrero.

—Me preguntaba cuándo aparecerías —dijo Diego—. He oído decir que andas retozando con ese rasputín llamado Manuel Rodríguez Lozano. Es un verdadero demonio, ¿sabes?, atrae a las personas a su infierno paranoico y las quema en el altar de su ego.

—¡Ojalá digas eso porque estás celoso!

—¿De Rodríguez Lozano? Ni siquiera sabe pintar. Anda, ven, siéntate. Estás guapísima. —Y sacó una silla de madera pintada.

—Me gusta este lugar. Tiene el toque especial del solterón. —Antonieta sonrió, mirando el desorden que la rodeaba. Vació un cenicero maloliente en una papelera junto a la mesa.

Diego se sentó junto a ella, recorriendo con la mirada su rostro y el escote en V.

—Me gusta el olor a tabaco rancio. Es un olor humano como el sudor en una camisa de lana y los olores almizcleños del amor apasionado. ¿Puedo suponer que es mi magnetismo masculino lo que te ha traído hasta aquí?

—Sí y no. Lo que pasa es que me gusta hablar contigo, Diego.

—Aquí arriba la conversación puede volverse bastante estéril.

—Echas de menos a Lupe, ¿verdad?

—¿Cuál Lupe?

—La dama que acuchillaba tus telas. Aquella con quien estabas casado.

—¿Te dije yo que estábamos casados? Ya sabes que siempre exagero. —Con la mano, Diego volvió el rostro de Antonieta para verla de perfil—. Debería hacerte un buen retrato. ¿Qué me dices de un tequila? Estoy harto de tomar café.

—Háblame de Rusia. He sabido que hiciste un retrato de Stalin. —Antonieta miró al despeinado pintor con una sonrisa cautivadora—. Te eché de menos, Diego. ¿Qué posición ocupa la pintura en el paraíso comunista?

—Está paralizada —dijo Diego—. Hablaremos de eso en otra ocasión.

* * *

Con su mejor ropa ancha y deformada, Diego empezó a ser visto con gran diversidad de damas, de las cuales la más comentada era Antonieta. Ver a Diego y Antonieta por el Paseo de la Reforma en el largo Cadillac, con la capota descubierta, una manta negra de piel cubriéndoles las rodillas, Diego noblemente apoyado en su bastón de madera pintado de Apizaco, se convirtió en noticia habitual en las columnas de chismes: «¿Qué tienen en común el presidente de la Liga Rusa Antiimperialista de México y la musa de los Contemporáneos? ¿Será un romance?», escribió un columnista.

—¿Qué ves tú en él? —preguntó Amelia durante la cena.

—Diego es divertido. Con él me río. El otro día dijo que me quería mostrar los mejores murales de México. ¿Adónde crees que me llevó? A una cantina en esa maraña del mercado de La Merced. Las caricaturas eran execrables, ¡y fantásticas! Diego asegura que pintará murales en todas las paredes de palacio. ¿Puedes imaginártelo? —concluyó Antonieta, riendo.

—Albert está de regreso —dijo calmadamente Amelia.

—¿Cómo lo sabes?

—Llamó Rafael Lara. Ha estado tratando de comunicarse contigo, pero como nunca estás en casa, me encargué del recado. ¿Y sabes que Toñito tuvo calentura ayer? —agregó con mirada acusatoria.

Pero fue Alicia quien trajo las malas noticias que habrían de acabar con la paz mental de Antonieta. Mientras Toñito y sus primos brincaban para quebrar una piñata en una fiesta de cumpleaños, en el jardín de la mansión de Reforma 150, llevó aparte a su hermana.

—Sube conmigo, tengo que hablarte —dijo Alicia.

Antonieta siguió a su hermana por la amplia escalera hasta una salita privada donde las esperaba una bandeja con aguas frescas. Sin que ella comprendiera por qué, el corazón le latía fuertemente. Alicia bebió a sorbitos un vaso de agua de tamarindo y tragó varias veces.

—Para empezar, quiero que sepas que aun cuando no apruebo las compañías que frecuentas, lo que te voy a decir no es un reproche. —Se mordió el labio—. Por favor, trata de entender. No importa lo que pienses de Pepe y de mí, eres mi hermana y siempre me preocupará tu bienestar.

Antonieta sintió un nudo en la garganta mientras observaba a la dama bella y serena que tenía delante. Esperó.

—Josefina Godoy vino a comer el lunes. Es la esposa de Rubén Godoy, uno de los abogados de Pepe —oriundos de alguna parte del norte—, algo tosca pero buena católica. De todos modos, ella es prima hermana del secretario privado de Calles y presume de tener información de primera mano. Calles no sabe que es miembro de la Liga.

—¿Te refieres a la Liga Católica de Defensores de la Libertad Religiosa?

—Claro. Todas las que estábamos en la mesa somos miembros. —Había orgullo en la voz de Alicia—. Y estábamos ansiosos por saber qué nuevos rumores corren acerca de represalias contra la Liga. Han registrado tantas casas últimamente, y todos estamos dando asilo a curas y monjas. —Tomó otro sorbito—. Dejé la mesa para ocuparme de uno de los niños… —Hizo una pausa deliberadamente, buscando las palabras—. Al volver oí parte de un chisme, acerca de ti, por supuesto. Josefina me daba la espalda y le oí decir: «El marido de Antonieta se prepara a declarar que está incapacitada como madre. Quizá eso la haga entrar en razón».

El rostro de Antonieta se le había puesto de color ceniza.

—Rubén es el abogado de Albert. —Con lágrimas a punto de desbordar, Alicia puso su mano sobre la de su hermana—. Ten cuidado, va a mandarte seguir.

—Brindas refugio a sacerdotes, dices que los ocultas en esta casa. —Y Antonieta oprimió la mano de su hermana—. ¡Por favor, esconde a Toñito!

—El plan de Albert no es raptarlo —dijo Alicia con voz tranquilizadora—. Quiere la custodia legal para enviarlo a estudiar a Estados Unidos, lejos de ti.

—Escóndelo, Alicia, por favor. No puedo asumir ese riesgo.

—Debes asumirlo, para demostrarle a Albert que nada tienes que ocultar.

Antonieta se quedó mirando a su hermana, con la mente enturbiada por la revelación que acababa de oír.

—Yo me arriesgo diariamente —dijo Alicia—. Una se acostumbra. Muere gente, hay niños que bautizar, hay parejas que quieren casarse y hay que celebrar misas. Aun cuando Calles ha declarado la guerra a la Iglesia, las leyes de Dios no han cesado de existir. —La voz de Alicia era calmada mientras hablaba—. Agradezco tanto que Pepe haya incluido una capilla privada en esta casa. Los curas realizan sus deberes pastorales aquí, ¿sabes?, todos los días.

—¡Dios mío, Alicia! ¿No temes que sean reconocidos?

La mirada de Alicia tenía un destello travieso.

—Se turnan, y cuando salen a la calle van vestidos de obreros, de choferes, inclusive disfrazados de mujer. —Rio—. Deberías ver al padre Agustín: parece estar embarazado. Claro está, si atraparan a un cura lo fusilarían, como al padre Pro, y Pepe y yo iríamos a la cárcel. Pero, ¿quién nos delataría si todas las familias de la calle pertenecen a la Liga? Trabajamos por células para recaudar fondos para los cristeros. Tú no estás viviendo esta guerra, Antonieta, no sabes lo fácil que resulta arriesgarse.

Antonieta se sintió insignificante al escuchar a su hermana.

—No sabía que estuvieras tan profundamente implicada —dijo—. Y tienes razón: no tengo nada que ocultar.

Las hermanas se besaron, con un nuevo respeto entre ellas. Cuando Antonieta volvía a casa, la ironía de la Guerra Cristera la golpeó fuertemente: la constitución que separaba a la Iglesia del Estado había cerrado las iglesias católicas, pero la Iglesia de la ciencia cristiana, tan amada por Albert, seguía abierta al igual que todas las iglesias protestantes. Y la Orden Masónica estaba abiertamente desplegada en palacio. Esa misma Constitución sagrada que el gobierno de Calles defendía tan enfáticamente acababa de ser cambiada para permitir que Obregón volviera a presentar su candidatura a la presidencia. Habían pegado por toda la capital fotografías del presidente electo, inclusive en las paredes de su salón de baile. ¡La sagrada Constitución! Hipócritas, se dijo llena de indignación.

Adonde fuera que se encontrara, Antonieta sentía que habían ojos vigilándola. Dejó por completo de visitar a Diego y a Manuel. En el teatro, informó que iba a tomarse unas vacaciones y suplicó a sus abogados que utilizaran los medios más viles para conseguirle el divorcio. De noche, combatía contra sombras negras, y de día gastaba sus energías traduciendo poesía, ensayos y obras de teatro. Meditó largo y tendido sobre William Blake y James Joyce. Buscó a Carlos en el edificio de la Secretaría de Educación para ayudar a establecer un nuevo Departamento de Cultura Indígena, y experimentó punzadas de nostalgia al pasar junto a los magníficos murales de Diego. Le parecía que inclusive allí había miradas que la seguían. Su abogado le aconsejó que no diera a Albert el menor motivo para acusarla. Luchó por no ceder a su ira y su deseo de desquite por la calumnia, por la afrenta a su autoestima. Peor que el fracaso de un matrimonio que ya no le importaba, era tener que enfrentarse ahora a su enorme *equivocación* en cuanto al manejo de su divorcio. Nunca debería haberlo acusado de no mantenerla cuando estuvo en Europa. El orgullo de Albert no le permitía tolerar la más ínfima acusación de incorrección. Ella habría preferido lanzar una bomba, provocar un escándalo o causar una tormenta que purificara el aire, y no tener que vivir con el temor siempre presente de quedarse sin su hijo. Al cabo de un mes, los nervios de Antonieta estaban tensos hasta el punto de ruptura.

—¡Mamá! ¡Mamá! —gritó Toñito, corriendo hacia el auto haciendo señas a su madre con la mano al salir de la escuela—. ¿Puedo invitar a Jaime y a Lalo a venir a casa esta tarde?

El Cadillac se llenó de compañeros de Toñito. Antonieta inventó juegos y los llevó al Salón Rojo a ver películas de Charlie Chaplin y de «la Pandilla». Memela y Mario organizaron una excursión a Xochimilco, donde los muchachitos «ayudaron» a impulsar la trajinera por los canales y metieron los dedos en el agua para recoger lirios de agua que estallaban alegre y ferozmente como pequeños proyectiles. Antonieta inscribió a su hijo en una escuela de equitación para poder cabalgar con él los domingos. Organizó meriendas campestres para la familia. Al cabo de unas cuantas semanas las botellas desaparecieron de la cabecera de la cama de Toñito. El corazón del muchachito estaba lleno de gozo, pero presentía la tensión que se encerraba en su madre.

—¿Por qué no has vuelto a trabajar en el teatro, mamá? —preguntó Toñito—. Ya hace más de un mes.

—Estoy de vacaciones —respondió Antonieta, agachándose para darle un beso. Se sentía culpable al pensar en cuánto había descuidado a su hijito—. ¿No te gusta tenerme de vacaciones?

—Claro que sí. Pero eres más feliz cuando trabajas.

Sin previo aviso, Amelia estalló en una tormenta de lágrimas y coraje:

—¿Cómo es posible? Ha estado coqueteando conmigo durante un año, besándome, abrazándome ¡y ahora anuncia su compromiso con Margarita! ¡Gusano, víbora, condenado! —desvarió, y se negó a salir de su cuarto.

—Estoy pensando en iniciar una pequeña línea aérea con algunos amigos —le dijo Mario a Antonieta—. En Acapulco. Hay algunos puntos económicos que resolver…

A principios de julio, Antonieta recibió una carta de Salvador Novo: «La noche pasada soñé que me habías invitado a comer. Los ravioli estaban maravillosos. ¿Habrá sido un sueño profético?».

Ignacio entregó en mano la respuesta: «Si Xavier y tú se presentan el jueves a las dos de la tarde, interpretaré tu sueño».

Durante la comida, Salvador volvió sus ojos como platos hacia la anfitriona y dijo:

—Ahora, queridísima amiga, cuenta por qué nos has abandonado. Ulises está naufragando sin ti.

—La verdad es que Ulises ha llegado a la playa —dijo Antonieta—. Todos ustedes están preparados para ir a un teatro más grande, con producciones más grandes. Ha llegado la hora de cerrar Ulises.

Una vez que Toñito estuvo acostado, Antonieta se sentó en su despacho. Trató de revisar una traducción de T.S. Eliot, pero la depresión le impedía concentrarse. Enterraré a Ulises, se dijo, en un féretro de pino y sin dolientes. Pero entonces, ¿cómo llenaría sus horas? Tendió la mano hacia el estante de libros y tomó uno, de Xavier, titulado *Reflejos*. De entre las páginas cayó un papel, y lo leyó de nuevo: «Antonieta: Viajo en redondo dentro de mi dormitorio en un océano de tedio, tratando de escribir. Esta obra ha sido publicada y me importa mucho tu opinión. Xavier». Abrió el libro al azar y leyó: «Soy más mi propio reflejo, mi eco, mi sombra, que ese yo que he inventado». Muy dentro de ella, brotó una pregunta: «¿Habré inventado este propio yo que vive en una cáscara vacía? Este yo que nunca está satisfecho?». Contempló el retrato de su padre sobre el escritorio, y el del tío Beto. En el turbulento océano que la zarandeaba, ellos representaban la orilla que siempre se alejaba. Pareció que una nostalgia surgía de aquella misma fuente profunda y se filtraba por su piel.

El pastor alemán ladró fuera de su ventana. Antonieta cerró su diario, lo metió en un cajón y cerró con llave. Tendría que tomar decisiones: enviaría a Memela a Europa con mamá. El viaje la distraería de la traición del presunto pretendiente; además, se llevaba bien con mamá. Mario tenía que echar raíces en algo, tal vez la aerolínea. Definitivamente, los viajes aéreos eran el camino del futuro.

Manuel llamó, insistiendo en que se reunieran.

Todas las miradas se volvieron hacia Antonieta cuando entró en El Monotes. Era un café popular frecuentado por artistas y gente joven de vida bohemia. El dueño, hermano del pintor Clemente Orozco, tenía clavados en las paredes con tachuelas docenas de dibujos del pintor: dibujos brutalmente satíricos y caricaturas del mundo de los borrachos y las prostitutas. Clemente describía gráficamente la Revolución como lo que en realidad era, pensó Antonieta, no con la imaginación con que la veía Diego. Por un bocado de pan, cualquiera podía desclavar los dibujos y llevárselos.

El propietario la saludó con efusión.

—¿Qué tal está Clemente? —preguntó, tendiéndole la mano.

—Sigue gozando de los aplausos que le va consiguiendo Alma Reed en Nueva York.

—Haga el favor de decirle que me llame cuando vuelva a la capital; lo echo de menos —dijo Antonieta.

Complacido, el propietario la acompañó hasta la mesa de Manuel.

—Manuel —lo saludó Antonieta afectuosamente—. ¡Cuánto lo he echado de menos!

Manuel le besó la mano.

—Pensé que ya era hora de que saliera de su clausura —dijo Manuel con su amabilidad acostumbrada.

—Ya sabe, es por mi divorcio.

Manuel prendió un cigarrillo y lanzó el humo al aire como descartando el tema. Siempre rehuía las cuestiones personales. Pronto comenzó a fluir la conversación: hablaron de la nueva aventura teatral de Novo, del concierto de Heifetz, del recién formado Departamento de Cultura Indígena que Antonieta dirigía en la Secretaría de Educación.

—Quiero introducir la danza, el arte y el teatro creativo en la escuela primaria, pero ya comienzo a ver que la burocracia avanza con una lentitud desesperante. Tal vez si tuviera una oficina con escritorio. ¿Qué cree usted?

—Pida uno mientras su amigo Carlos es todavía secretario. Y prepárese para ver sus bellos planes cubrirse de polvo en cuanto cambie la administración. —La voz de Manuel era fría y severa—. Con eso de que vuelve Obregón, Dios sabe si todavía tendré empleo.

Había una carpeta sobre una silla; Antonieta sabía que siempre le habían importado a Manuel sus opiniones respecto de su obra.

—¿Son esos los dibujos para su mural, Manuel? ¿Puedo verlos?

Con esa reserva peculiar que mostraba siempre que se trataba de sus «creaciones», Manuel abrió el portafolios. Antonieta miró los dibujos uno por uno. Líneas rigurosas y duras retrataban un México más cruel que la galería obscena de Clemente. Ahí, las emociones eran estudiadas.

—Quiero la verdad —dijo Manuel.

Tuvo que decírsela.

—Me parecen demasiado severos. —Tendió la mano y la puso sobre la de Manuel—. Habla más plenamente con sus colores.

Manuel volvió a refugiarse tras su muralla de reserva.

—Tenía otra razón para invitarla a venir. Carlos Chávez quiere conocerla. Quiere formar una orquesta sinfónica. No sé si debería encontrarse con él.

—Salvador me habló de él. De hecho, estamos citados la semana que viene. ¿Por qué se opone?

—Es un bastardo egocentrista que quiere aprovecharse de usted. ¿Por qué no me consultó antes?

La reacción de Manuel la dejó atónita.

—Chávez parece ser un músico capaz —respondió Antonieta.

—Me pidió que se lo presentara y me negué. Lo que quiere es su dinero. —La voz de Manuel se elevó, estridente, cáustica—. Así que ahora Novo es su consejero —prosiguió. Todas las miradas estaban fijas en su mesa.

—¡Oh, Manuel, por todos los cielos! Si quiere ser el consejero de mi vida, por lo menos tengo que formarme una opinión antes de dejarme aconsejar —replicó Antonieta con una cólera fría—. Parece que ese hombre está versado en las obras modernas, y México necesita enfrentarse a algunas realidades.

—¡Esta es la realidad de México! —interrumpió Manuel, señalando con el dedo a un niño sucio que estaba pidiendo limosna mesa por mesa—. Diríase que usted sólo lanza sus monedas de oro a quienes puedan satisfacer sus caprichos.

Escandalizada ante la diatriba pública, Antonieta se puso bruscamente en pie, fue hacia el pequeño mendigo y lo tomó de la mano; se dirigió con él a la puerta y salió. Clientes curiosos se levantaron y llegaron a la puerta, la vieron cruzar la calle hasta una pequeña panadería y salir cargada con dos enormes bolsas de papel. Las tendió a la madre del pequeño limosnero, quien estaba arrebujada en su mugre junto a la esquina. Después regresó al café y se dirigió al propietario:

—Señor Orozco, por favor desprenda todos los dibujos de las paredes. Quiero comprarlos todos.

Prostitutas, obreros agotados, revolucionarios de mirada salvaje y teporochos asesinos se fueron amontonando a medida que se retiraban las tachuelas.

—Gracias. Dígale a Clemente que conservaré como un tesoro estos dibujos. Son ejemplos vibrantes del verdadero México.

Antonieta recogió los dibujos y salió rápidamente en medio del aplauso general.

Al volver a casa empezó a sentirse pesarosa. Entonces pensó que su relación con Manuel —tan guapo, brillante y espiritual— era otra ilusión, un reflejo que ella había inventado. Vio la verdad y le dio risa: Manuel era tan arrogante e inflexible como Albert. Era su necesidad de ocupar el centro del escenario lo que había provocado la escena.

* * *

El 17 de julio de 1928, en una comida para celebrar la victoria de Obregón, presidente electo, un artista se abrió paso hasta la mesa de honor y sacó un bloc de dibujo. Bosquejó hábilmente un excelente retrato de Obregón y rodeó la larga mesa, recibiendo la aprobación de altos funcionarios mientras se acercaba al invitado de honor. En ese instante, el artista sacó una pistola y le disparó a Obregón en la nuca.

La edición extra del periódico estalló en las calles mientras Antonieta acudía a su cita con Carlos Chávez. El asesino —según rezaban los encabezados— era miembro de la Liga Católica.

—Ignacio —dijo Antonieta—, da la vuelta y vuelve a Reforma 150. Tengo que ver a mi hermana.

Un frío helado la embargó. Iban a promulgar medidas drásticas. Empezarían registrando casa por casa, rodearían a cada uno de los miembros de la Liga y los arrestarían. Se rumoraba que el sótano del cuartel general de la policía era peor que la Inquisición. ¡Alicia, Pepe y los niños debían salir de México!

La mansión del Paseo de la Reforma se veía tan serena como de costumbre. Una doncella almidonada abrió la puerta y condujo a Antonieta escaleras arriba hasta la salita de su hermana. Pronto apareció Alicia, muy serena.

—¿Irnos? —se burló Alicia—. ¡No pueden probar nada! Pero te diré que la doncella que abrió la puerta es la hermana Dolores, y la doncella del piso es la hermana Cecilia, de Puebla. Están camino de Guanajuato para servir de enfermeras. Allí los combates han sido feroces.

—Yo no sabía que hubiera tanta fuerza en ti, Alicia. Es peligroso. ¿Cómo conseguirás que lleguen a Guanajuato?

—Ya está todo arreglado —dijo Alicia—. Lo hemos hecho muchas veces. Gracias al cielo sólo tenemos un sacerdote en casa por el momento, el padre Agustín Álvarez.

—¡Pero es demasiado conocido para poder ocultarse! —exclamó Antonieta, con la voz preñada de preocupación.

Le pasó por la mente la boda de Chela. El padre Agustín había oficiado en las bodas de sociedad desde que ella tenía memoria. Su rostro rubicundo y su cabeza calva impresas en el rotograbado dominical estaban pinchadas en todas las casas de ricos y pobres. Sabina lo reverenciaba justo por debajo de la Virgen y Jesús.

—Creí que había sido expulsado del país hacía mucho. ¿Ha regresado?

—Sí —afirmó Alicia con sencillez—. México lo necesita. La pluma del padre Agustín es tan potente como su oratoria. Escribe constantemente cartas a los cristeros, proporcionando el apoyo espiritual que les es tan necesario. Cuando no está escribiendo, pasa el tiempo yendo de casa en casa, orando por los enfermos, consolando a los afligidos, aconsejando a los necesitados. —Una sonrisa taimada cruzó por su bello rostro—. Por supuesto, ya sa-

ben las autoridades que está de regreso, pero no pueden dar con
él. Ven y te mostraré por qué. Tiene una habitación especial en
nuestra casa —dijo Alicia.

Pasó por delante para bajar la escalera hasta la biblioteca forrada de paneles ingleses, en la planta baja, donde solían reunirse
los hombres después de la cena. Los pesados morillos de bronce brillaban en la amplia chimenea, preparada ya con leños para
una lluviosa tarde de julio. Alicia pasó la mano por un terso panel
de madera y presionó el dedo sobre un cuadrito a la derecha de
la chimenea. Apareció una grieta y metiendo la mano abrió una
puerta que reveló una habitación lo suficientemente amplia para
una cama, una silla recta y una mesilla de noche. Antonieta acercó la cabeza, fascinada, y vio que una ventanilla a nivel del jardín,
oculta por un seto, aseguraba la ventilación. Recordó escenas del
sótano de Héroes. Alicia apagó una bombilla pequeña y cerró la
puerta. No aparecía el menor vestigio de luz ni de la puerta secreta entre los paneles simétricos.

—Hay una trampa debajo de la mesa, que conduce a la bodega de vinos y afuera por la parte de atrás. Pepe agregó este último
detalle el año pasado. —La voz de Alicia revelaba el orgullo que
sentía—. Pepe hizo ese cuarto para almacenar sus tesoros más valiosos cuando estaba de viaje —explicó—. Cuatro sacerdotes se
han escondido ahí.

—Y ahora, ¿dónde está el padre Agustín?

Alicia consultó su reloj.

—Debería estar pronto de regreso con una peluca gris y uniforme de cocinero —dijo—. Hoy llegó una pobre mujer desde Jalisco para que oficiaran una misa por su difunto marido. Sólo el
padre Agustín podía consolarla.

* * *

Revolviéndose en la cama, luchando contra el insomnio, el miedo
comenzó su invasión insidiosa de la mente de Antonieta. Además
del temor a que la siguieran, el temor por la seguridad de su hermana le torturaba la conciencia. Recordaba a una niñita soñolien-
ta con rizadores de tela, siguiendo a un ángel sonámbulo de largo

pelo ondulado que iba hacia la escalera de la torre con una vela en la mano. Después de aquello, mamá había retirado todas las velas y lámparas de su dormitorio y habían dormido en la oscuridad… ¿Duraría por siempre la turbulencia en México? Viejos temores le corroían el estómago. Con los ojos de la mente, veía al padre Pro ante el pelotón de ejecución en el patio del cuartel general de la policía varios días antes. Se invitó a los reporteros a presenciar la ejecución. Calles había puesto un ejemplo al eliminar al popular sacerdote. No había el menor destello de compasión en Calles. Resultaba irónico que, siendo Obregón presidente, se hubiera hecho de la vista gorda ante las rígidas reformas religiosas que estipulaba la Constitución. Antonieta se había sentido siempre orgullosa de su liberalismo religioso. Dios no tenía por qué estar encerrado en cajas. Contra el dogma católico, leía la Biblia. Pero acababa de suceder algo alarmante en México; adonde uno mirara, sólo reinaba el descontento.

De noche, la depresión la acometía; despierta, sentía que no tenía brújula, que estaba a la deriva en un mundo que súbitamente se había vuelto siniestro.

31

Sabina tocó enérgicamente a la puerta de Antonieta.

—¿Puedes recibir a Conchita? —preguntó, dejando en la mesa una taza humeante de manzanilla adicionada con otras pociones que indudablemente curarían a la señora de sus dolores y sus resuellos. La pobre muchacha se había mojado y estaba acatarrada. La verdad era que estaba agotada de tanto ir y venir con personas poco apropiadas para una dama como ella. Durante meses, desde que aquel pintor arrogante había entrado en la vida de su señora, Sabina había mantenido una vela encendida al pie de un cuadro de san Antonio de Padua, quien arreglaba los asuntos del corazón.

—¿No fue Conchita a trabajar? Espero que no le hayas dicho que estoy enferma. Me levantaré enseguida.

—Te levantarás cuando dejes de toser —dijo firmemente Sabina—. Bueno, ¿qué le digo? Está esperando en el vestíbulo.

—Claro que voy a recibirla —dijo Antonieta—. Esponjó las almohadas y se sentó en la cama.

Al entrar Conchita, Antonieta se fijó en el vestido de moda y los nuevos tacones altos. Era una joven guapa. Con una sonrisa nerviosa, su antigua sirvienta se acercó a la cama.

—Lamento que no se sienta bien. Le he traído pasitas con chocolate —dijo Conchita—. Tal vez no sean lo mejor para el catarro pero sí para el ánimo.

—¡Qué atenta! —Antonieta abrió la bolsa de celofán, observó la etiqueta de una dulcería cara y se metió una pasita en la boca—. ¡Hummm! ¡Qué rico! Bueno, y ahora, ¿de qué se trata?

Conchita se humedeció los labios con la lengua.

—Anda, díselo —la apremió Sabina.

—He conocido a un hombre. Y quiere casarse conmigo, y quiere saber qué día puede venir a visitarla —balbuceó Conchita.

—Le he dicho que el único hombre que no la desilusionará es su ángel guardián —pronunció doctamente Sabina.

—¿Ya lo conoces? —preguntó Antonieta a la vieja.

—No necesito conocerlo —la respuesta de Sabina era inflexible.

—Entonces reservémonos ambas el derecho a juzgar. Ven aquí, Conchita —dijo Antonieta. Abrazó a la joven—. ¡Me alegro mucho por ti! Quiero que me lo cuentes todo.

El rubor en las mejillas de Conchita iba y venía mientras hablaba. Se llamaba Celestino Garza y era dueño de una peluquería donde ella había ido a hacer manicuras en sus días libres, recomendada por una clienta del salón de belleza. Tenía veinte años más que ella, era viudo y un caballero, con tres hijos mayores. Ella sólo lo conocía desde hacía poco tiempo, pero era tan amable y ¡quería casarse con ella! Como ella no tenía familia, insistió en ir a pedirle su mano a la señora. ¿Cuándo podría recibirlo la señora? El rostro de Conchita estaba radiante en espera de la respuesta de su patrona.

Se fijó la fecha del siguiente sábado por la tarde.

* * *

Antonieta recibió a don Celestino y a Conchita en el vestíbulo. Una vez hechas las presentaciones, los condujo amablemente a la sala. Conchita se sentó, muy tiesa, sin reclinarse hacia el respaldo de la silla labrada a mano. Don Celestino escogió una silla recta junto a ella y se quedó con el sombrero sobre las rodillas.

—Señora —dijo a Antonieta—, sé en cuánta estima tiene usted a Conchita, y he oído de sus propios labios la bondad, la generosidad y el afecto con que siempre la ha tratado. Usted es su familia —dijo el correctísimo caballero. De seguro un porfirista, pensó Antonieta—. También yo estimo a Conchita y tengo el más profundo respeto por su inteligencia y su comportamiento. Honraría mi apellido y mi hogar si pudiera llamarla mi esposa. Soy dueño de mi negocio y también poseo una casa pequeña, la casa de usted, señora. —Don Celestino se enderezó, más derecho que un huso—. Señora, he venido a pedirle la mano de Conchita. ¿Me concederá usted el privilegio de desposar a su protegida?

Conmovida por el discurso, Antonieta miró a Conchita y vio en sus ojos amor y respeto por aquel hombre. Sería padre, esposo y amante a la vez. Casi envidiaba a la pobrecita desamparada que solía escapar al sótano para escucharla leer.

—Conchita ha hablado muy bien de usted, don Celestino. Y no pongo en duda que usted cuidará bien de ella. Si le permite trabajar en su peluquería, sus negocios mejorarán. Veo un brillante porvenir para los dos, mientras haya respeto y amor. Otorgo a mi protegida el permiso de casarse con usted, si tal es su deseo.

Conchita estaba dominada por la emoción y no se creyó con fuerzas para hablar: asintió con la cabeza.

—Lo único que lamento es que no estén abiertas las iglesias —dijo don Celestino, meneando la cabeza—. Me habría gustado comprar el traje de novia más bello de todo México para Conchita. —Se encogió de hombros—. Pero no se vería bien en una boda civil.

El rostro vivaz del padre Agustín Álvarez pasó rápidamente por la visión interior de Antonieta: él lo haría por Alicia.

—Usted comprará el vestido de novia y Conchita se lo pondrá —dijo majestuosamente—. Conozco a un sacerdote que arriesgará lo que sea por casarlos.

Antonieta invitó a la pareja de novios al desayunador donde los esperaban chocolate caliente y tamales.

* * *

Conchita y don Celestino se casaron en la capillita de la mansión de Reforma, donde se impartieron los sacramentos y se ofició la misa. Una comida suntuosa en el jardín de la casa de la calle Monterrey siguió a la ceremonia; asistieron elegantes invitados, empleados y clientes del salón de belleza y la peluquería, los hijos de don Celestino y la familia Rivas Mercado. Sabina se puso un vestido floreado y largos aretes de filigrana de oro. A los invitados se unió pronto un fornido hombre de negocios, de rostro colorado y corbata llameante, con la cabeza calva cubierta por un bombín. Gracias a la influencia de Antonieta, una pequeña fotografía de los novios apareció junto a un anuncio de medicina contra la tos en el *Rotograbado Dominical*.

Antonieta comenzó a pasar las mañanas en la Secretaría de Educación escribiendo anteproyectos para el Departamento de Cultura Indígena recién creado, su «departamento folclórico», como lo llamaba Amelia. Para Antonieta, ese trabajo era importante, pero al parecer los burócratas aplazaban continuamente la toma de decisiones. Papá tenía razón: la burocracia siempre se caracterizaría por la indiferencia cultural.

El terreno político era movedizo: los políticos que habían respaldado a Obregón estaban barajando sus alianzas, tratando de encontrar lugares seguros en una situación inestable. Calles no podía lograrlo por sí mismo. José de León Toral, el asesino de Obregón, fue ejecutado. El 1 de septiembre, sorpresivamente, Calles anunció en su discurso a la nación, que un presidente interino sería nombrado por el Congreso hasta que pudieran celebrarse nuevamente elecciones libres.

* * *

Antonieta seguía con interés la retórica mordaz de José Vasconcelos en *El Universal*. Si alguien era capaz de obligar a Calles a cumplir su promesa de elecciones libres, ese alguien era José Vasconcelos. Aquel hombre no sabía lo que era el miedo.

* * *

El presidente interino, Portes Gil, tomó debidamente posesión de su cargo un viernes. Al lunes siguiente llegó Antonieta a la Secretaría, cargada con ejemplares de una obra para escuelas primarias que había escrito, incluyendo bailes nativos. Había visto los rostros anhelantes de los niños al realizar algunas pruebas en una escuela pública vecina: todos querían ser actores y danzantes.

Con su mano libre abrió la puerta de su oficina; había un hombre sentado a su escritorio.

—¿Quién es usted? —preguntó Antonieta imperiosamente.

—Gerardo Moreno, señora. —Sin una excusa, sin ponerse en pie, fijando la mirada en algunos papeles que había en el escritorio, dijo—: Soy el nuevo director de este departamento.

Atónita, Antonieta giró sobre sus talones y echó a andar por el vestíbulo, encolerizándose. Se metió en la oficina del director y pidió hablar con el secretario de Educación. Pero fue Moisés Sáenz, el subsecretario, quien la recibió.

—Todo sucedió tan rápido —respondió Moisés a sus preguntas; se veía a las claras lo incómodo que se sentía—. Lamento mucho todo esto, Antonieta.

—He fundado este departamento y lo he servido con devoción y entusiasmo —dijo apasionadamente Antonieta—. Pero veo que la política se cuela en todos los niveles de la educación. Así que, ¿debo empacar y marcharme o puedo esperar cierto tiempo para adiestrar al nuevo titular? Hay proyectos que aún están a medio realizar.

—No puedo contestar a tu pregunta —dijo Moisés débilmente—. Sin contar a las secretarias, creo que, en Educación, todo el personal es nuevo.

—Abajo los de arriba y arriba los de abajo, solía decir mi tío Beto. Sé que tú no tienes la culpa, Moisés, y me alegro de que estés aquí. ¡Por lo menos hay alguien que reconoce el vacío cultural del país! —Señaló la colección de artefactos precolombinos de su oficina—. Nadie está mejor calificado que tú para despertar el orgullo de nuestro pasado indígena en la mente de los jóvenes mexicanos. —Antonieta le tendió la mano—. ¿Me mantendrás informada?

Se separaron cordialmente.

Sin Memela, la casa parecía vacía, y la vida vacía sin un empleo.

* * *

Antonieta sintió súbitamente el deseo de huir de la ciudad. Sí, un cambio de paisaje le proporcionaría nuevas perspectivas. Se llevaría a la familia a Michoacán. A Toñito le encantaría un viaje, y Mario y Lucha podrían pasar un poco de tiempo juntos y a solas. Le diría a Mario que invitara a un amigo y ella invitaría a su amiga Malú, quien proporcionaría la vigilancia debida. La señora Rule no podría objetar.

* * *

Su primera visión del lago Zirahuén, claro como el cristal, los dejó sin aliento. Estaban a fines de septiembre, el mejor momento para las flores silvestres, el frescor y la renovación, la verdadera primavera del altiplano después de las lluvias del verano.

El pino húmedo aromatizaba el aire mientras Antonieta caminaba hasta la orilla del lago cuya agua luminosa reflejaba un cielo de purísimo azul. Un coro de bendiciones era el himno suave de aves, insectos y susurrantes hojas del bosque. Dejó que el dolor flotara hasta arriba y huyera a través de sus ojos. «¿Por qué siempre fracasan mis esfuerzos: mi divorcio, el teatro, el Departamento de Cultura Indígena?». Y ahora Manuel. Su amistad difícilmente lograda, la confianza que se habían tenido el uno al otro, ya nada volvería a ser igual. Él estaba comprometido en sus juegos sexuales y ella tenía que liberarse de aquel compromiso místico de amor que siempre buscaba y nunca había logrado encontrar. «Sigue tu camino adonde te quiera llevar», había escrito una vez a Chela. ¿Qué camino habría ella de seguir?

El valle estaba salpicado de colores rosa y amarillo, y el cosmos silvestre desplegaba su delicada belleza cuando se inclinaban al beso de la brisa. Antonieta arrojó un guijarro al agua y vio cómo se ampliaban más y más los círculos hasta borrarse.

Aquella noche, en la cabaña, tomó la Biblia que Madre Blair le había dado y leyó algo de los Salmos; la Biblia siempre le brindaba paz. En su diario, apuntó: «Arranco estos pétalos de David, Salmo 91:

Tú que vives al abrigo del Altísimo
y habitas a la sombra del Omnipotente,
di a Yavé: mi refugio y mi fortaleza,
mi Dios, en quien confío.

El tumulto que había en su mente se apaciguó. Antonieta tomó una hoja de papel y escribió: «Memela, mi queridísima hermanita: Te sigo con los ojos de la mente mientras ríes y charlas y coqueteas en los rincones interesantes de este mundo que estás explorando. No te comprometas con nadie ni con nada. Sólo diviértete. Yo nunca he sabido hacerlo. Cuánto envidio tu corazón ligero, el mío siempre parece cargado con algún peso indescifrable. Sabes ser feliz. Sé feliz, querida mía. Disfruta de las cosas buenas que brinda la vida. Parece que mi lema es "busca pero no encontrarás"».

Antonieta dejó la pluma y leyó sus palabras. Enérgicamente rasgó la carta en mil pedazos. ¿Por qué cargar a Memela con sus falsas angustias? Toñito se movió. Se acercó a su catre y miró los cabellos revueltos de su hijo dormido. ¿Cómo podía acusarla Albert de ser una madre incapaz si su corazón desbordaba de amor por este niño que ambos habían engendrado? Apartó de su mejilla una guedeja de cabello castaño. ¡Qué saludable y tostado por el sol se veía! Habían cabalgado por los bosques y galopado por valles incitando a los caballos por senderos lodosos que conducían a aldeas llenas de colorido y de bellas artesanías. En la pequeña mesa de pino junto a su cama, Toñito había colocado una figurita de barro que se le había antojado y que ella permitió que le comprara a un indio tarasco. Era el intrépido Tláloc, dios de la lluvia. Antonieta lo tomó y pasó el dedo por la áspera piedra, recordando a su amado Huitzilopochtli. De niña, apenas si tuvo alguna idea del pasado indígena de México. Sólo sabía que los españoles habían traído a Cristo a tierras paganas. Quería que Toñito comprendiera que la religión no estaba encerrada en una iglesia construida por los españoles. La religión siempre había guiado a México: el Sol, la Luna, el viento y el cielo eran movidos, todos ellos, por los dioses. La lluvia y las cosechas dependían de ellos, inclusive la vida misma. Para los españoles, Tláloc era sólo un trozo de piedra labrada. Para los aztecas era un símbolo de supervivencia al que tenían que apaciguar.

En el fondo, soy una maestra, reflexionó Antonieta, lo mismo que papá. Dios mío, cuánto he descuidado la educación de mi hijo.

La última noche prendieron una hoguera a la orilla del lago. El juego místico de la luz sobre las formas y los rostros, la luz especial en los ojos de Lucha, el cielo abierto y tachonado de estrellas que se divisaba entre los pinos que el suave viento agitaba. Antonieta lo absorbía todo, y la paz la bañaba como el dulce chapaleteo de las olas.

Toñito se dejó caer junto a su madre.

—¿Es cierto que los bosques están llenos de brujas? —preguntó.

—Tal vez. Pero las brujas de los bosques no molestan a los niños. No corres ningún peligro. —El niño volvió corriendo junto al fuego.

México estaba lleno de brujos y brujas, pero no de cazadores de brujas, así vagaban sus pensamientos mientras meditaba. La actitud mexicana era: «Déjalo ser brujo o, si quiere, homosexual. Cuando muera, Satanás se llevará su alma al infierno o Jesús recibirá su alma en el cielo. Mientras tanto, no es asunto mío».

Malú fue caminando hasta donde Antonieta se recostaba en un árbol. Chispas del fuego ascendían en la noche como luciérnagas.

—¿Me atreveré a pronunciar el nombre de Manuel? —preguntó Malú.

—Por supuesto, siempre se puede pronunciar —contestó Antonieta. Malú era una buena amiga, una a quien solía hacer confidencias.

Apartaron unas cuantas piñas y se sentaron en una lomita cubierta de hierba.

—Sólo quiero decirte esto: creo que tu asociación con Manuel te está hundiendo. Sé que eres una amiga leal, pero nunca ganarás tu divorcio si persistes en dejar que Manuel forme parte de tu vida. En el tribunal aparecería como una influencia indeseable para Toñito.

—¡Pero si Toñito casi no lo ve! —exclamó Antonieta—. ¿Te molesta la homosexualidad?

—Bien sabes tú que no. Estábamos rodeadas de homosexuales en el teatro. —Antonieta volvió la cara hacia el lago.

—Yo sabía desde el principio que era un amor sin salida, pero no me importaba. Una corriente sensual nos comunica a Manuel y a mí. Me veo a mí misma más clara en sus ansiedades y sueños. Él es mi espejo, ¿entiendes?

—Yo entiendo. Pero Albert proviene de una ética puritana. Estoy segura de que califica a todos los homosexuales de «mala gente». —Malú masticaba una brizna de hierba—. Escucha, vete a hablar con mi padre, tiene amigos en la Suprema Corte.

Alguien lanzó una piedra al lago. Oyeron el ruido que hizo al caer al agua.

—¡Gracias, Malú! —Antonieta le tocó la mano—. Eres una buena, muy buena amiga.

* * *

Los volcanes se destacaban en toda su majestad sobre un cielo sin nubes cuando el grupo regresó a casa. Antonieta cerró la puerta del estudio y consultó su calendario. Entonces tomó el teléfono y llamó a Novo.

—¿Salvador? —Su voz vibraba de vitalidad. Dile a Carlos Chávez que me encantará verlo el jueves de esta semana en el restaurante Broadway. ¿Estará bien a las dos en punto?

Carlos Chávez era más joven de lo que Antonieta había previsto, treinta años exactos, y musculoso, para ser músico, de facciones fuertes. Desde el momento en que fueron presentados, ella reconoció en él un impulso dinámico; pertenecía a la clase rebelde que siempre había despertado su interés. Según había dicho Salvador, había dejado México, harto de que le pagaran un sueldo de hambre por tocar el órgano en los entreactos de las películas, ya que nunca consiguió desempeñarse como el músico profesional que deseaba ser.

Una vez expresados brevemente los cumplidos y sin dejar que el parloteo de la clientela de mediodía lo perturbara, la voz de Chávez se proyectó en tono claro y sonoro.

—No hay dinero para una orquesta sinfónica en la Secretaría de Educación, señora. De todos modos, mi sueño consiste en fundar una orquesta sinfónica mexicana sin subsidios del gobierno. Quiero que mis músicos estén bien pagados por patrocinadores y un público que aprecie a los profesionales. Quiero formar un grupo filarmónico moderno y disciplinado.

Chávez comió un bocado y prosiguió.

—¿Y qué hay con la sinfónica existente? —preguntó Antonieta.

—¿Quiere usted decir ese grupo sindicalizado de hombres que saben leer música? Los pagan por hora. ¿Sabía usted que los cantantes que pagan a los músicos para ensayar no tienen la garantía de que sean los mismos que aparezcan el día de la función? —Rio cínicamente—. Yo no quiero sindicatos, nada que sea oficial. Descubriré a los mejores músicos gracias al conservatorio de música.

—¿Incluiría usted a Stravinsky, De Falla y quizá Copland en su repertorio? —preguntó Antonieta.

—¡Por supuesto! Y quisiera interpretar *El rey David* de Honegger si podemos conseguir la partitura con la orquestación completa. Ha sido aclamado en toda Europa. Yo lo oí en Europa en 1922.

—Bueno, pues prepárese a recibir tomatazos —dijo Antonieta a Chávez con una sonrisa condescendiente.

La comida se prolongó porque Chávez seguía charlando y relatando sus experiencias musicales, su amistad con músicos, pasando lista a los compositores modernos, comentando la decadencia de Europa y el dinamismo de Nueva York, sus planes, sus preferencias.

Salvador comía mientras ellos hablaban.

—Tengo entendido que compone usted, señor Chávez —interrumpió nuevamente Antonieta—. Me gustaría oír alguna de sus composiciones.

—Ojalá supiera yo tocar el piano tan bien como usted, señora.

Intrigada, Antonieta enarcó las cejas.

—No me recuerda, pero fuimos condiscípulos en el conservatorio. Yo envidiaba su manera de tocar las teclas. Creo que todos estábamos de acuerdo con el maestro Ponce: que era usted una pianista sobresaliente. ¿Sigue tocando?

—Muy poco.

Chávez estudió a aquella dama tan poco común, antes de proseguir:

—No estoy seguro de que le agraden mis composiciones. Entretejen raíces indígenas en construcciones geométricas. Pero si usted insiste, le ofreceré un concierto privado.

—Entonces ya tengo algo en qué pensar —dijo Antonieta, tendiendo la mano hacia su bolsa y sus guantes.

Salvador se puso en pie, pero Chávez tiró de él para que volviera a sentarse.

—Señora Rivas Mercado —insistió Chávez—, antes de que se vaya necesito saber si me ayudará.

—¿Qué propone usted? —preguntó Antonieta, dejando los guantes.

—La formación de una orquesta sinfónica a imagen de las que hay en Estados Unidos y otros países —dijo rápidamente Chávez—. Sus fondos procederán de las ventas de boletos, donativos particulares y suscripciones adquiridas por personas interesadas en volverse patrocinadores. Mire, esta será una orquesta profesional que tenga continuidad. Comprendo que está interesada en elevar el nivel cultural de México. Eso quiero yo también. —Chávez miró a Antonieta con expresión dura—. Me han dicho que es usted, señora, la persona capaz de formar ese patrocinio en esta capital. Le estoy preguntando directamente si será usted la patrocinadora de la nueva Orquesta Sinfónica Mexicana.

Antonieta se puso en pie y deliberada, enloquecedoramente, ajustó sus guantes dedo por dedo. Un camarero empezó a levantar la mesa, recogiendo de manera ruidosa los platos. Salvador se apoderó del postre de Chávez.

—Señor Chávez —dijo al final Antonieta—, tiene usted patrocinadora.

Antes de los ensayos de Carlos Chávez, lo único que comenzaba puntualmente en México era la corrida de toros. Ahora, una vez que comenzaba el ensayo, ni siquiera el presidente de México podía entrar.

Antonieta esperó hasta que los últimos acordes de los violines se apagaron; entonces se levantó de su asiento en el fondo del teatro y avanzó hacia el escenario.

—Maestro —llamó—, ¿podemos hablar un momento?

Carlos Chávez bajó de un salto y se reunió con ella en la primera fila.

—He organizado una comida de patrocinadores para el domingo de la semana que viene y quiero que asista usted. ¿Se cree capaz de impresionar al presidente de México? —preguntó con sonrisa modesta.

—¿Ha conseguido a Portes Gil? —exclamó Chávez—. ¿Cómo?

—Fui a visitarlo. Me recibió cordialmente. Le sugerí que sería una muestra pública de su apoyo a los esfuerzos artísticos modernos. Le recordé que los mexicanos habían depuesto las armas y que ahora deberían dedicarse a una revolución cultural.

—Increíble —dijo Chávez, sonriendo con deleite.

—Creo que coincidirá usted conmigo en que vivimos en un país nacionalista y, podría agregar, xenofóbico. Me pareció que un comité internacional de patrocinadores daría el tono correcto a una orquesta sinfónica moderna. De modo que he acudido al embajador de Estados Unidos, Dwight Morrow, dos destacados hombres de negocios, el secretario de Hacienda, el subsecretario de Educación, un intelectual francés y unas cuantas luminarias sociales para formar el núcleo.

Chávez soltó un chiflido.

—Cuento con unas cuarenta personas para mi comida en el jardín —concluyó Antonieta, muy contenta de sí misma.

Chávez miró a su patrocinadora con una admiración evidente.

—William Blake dijo: «Grandes hechos se producirán cuando se encuentren los hombres y las montañas». Yo soy un hombre y usted es, obviamente, una montaña, señora.

El primer concierto de la Orquesta Sinfónica Mexicana estaba programado para las ocho y media de la noche del 28 de diciembre. A las ocho y cuarto algunos miembros de la orquesta cruzaron el escenario para dirigirse a sus asientos y empezaron a afinar sus instrumentos.

Con la mirada fija en el escenario, Antonieta tragó aire de repente.

—¿Qué pasa? —preguntaron Lucha y Amelia a coro.

—Míralos. —Y se cubrió la boca con la mano.

Los miembros de la Orquesta Sinfónica Mexicana estaban vestidos de cualquier manera: camisas blancas, camisas azules, corbatas anchas, corbatas de pajarita, pantalones café, azul marino. ¿Por qué no se lo habría dicho Chávez?, se lamentaba Antonieta. Decidió mandar a todos los músicos, uno por uno, adonde Emilio Pérez, el mejor sastre de la capital, para que les hiciera un esmoquin conveniente, a la medida, y un frac para Chávez.

A las ocho y media en punto, Carlos Chávez llegó al escenario. Hizo frente al ruidoso auditorio y levantó la batuta. Las luces de la sala no se apagaron, nadie prestó atención. Antonieta vio la expresión decidida de Chávez y se encogió. Sabía que faltaba una media hora para que llegara el presidente y se callara la gente.

A las ocho y treinta y cinco se oyó una voz: *Tercera llamada... tercera llamada*. Chávez subió al podio. Las luces de la sala fueron oscureciéndose y comenzó el *Pájaro de fuego* de Stravinsky.

El público siguió llegando en medio de silbidos y rechiflas, pero el *Pájaro de fuego* siguió adelante bajo la batuta amenazadora de Chávez hasta su explosiva conclusión. La mitad del público aplaudió frenéticamente mientras la otra mitad pateaba, chiflaba y gritaba insultos como si aquello fuera un encuentro de boxeo. Antonieta notó que el presidente y su familia ya se habían sentado.

Chávez se volvió hacia el público y alzó los brazos. ¡Ay, Dios!, va a desatar su coraje y marcharse, pensó Antonieta a punto de desfallecer. Sin ira ni reprobación, el director gritó:

—¡Si están ustedes dispuestos a sentarse, quisiéramos proseguir con el concierto!

Finalmente se estableció el silencio y el concierto llegó a su fin en una calma relativa.

La mayoría de los críticos se mostraron virulentos. En su columna, Salvador Novo se dirigía a los mascadores de chicle: «Para que los puedan considerar a ustedes como gente civilizada, habrá que discutir a Greta Garbo, Rodolfo Valentino, Gandhi y Chávez».

La Orquesta Sinfónica Mexicana acababa de nacer.

Sabina tocó ruidosamente a la puerta del estudio y metió la cabeza por la abertura:

—Tienes una llamada urgente en el Ericsson y un visitante en el vestíbulo.

Fastidiada, Antonieta se levantó de la mesa escritorio donde estaba revisando un montón de facturas con su administrador. La Ciudad de México tenía dos sistemas telefónicos: uno sueco y el otro americano. El Ericsson estaba del otro lado del vestíbulo, a la entrada. Ella vio que el visitante era Andrés, su joven estudiante zapoteca, y le hizo señas de que pasara a esperarla en el estudio. Al cabo de unos minutos estaba de regreso, con la euforia reflejada en su actitud y su voz. La llamada telefónica provenía del licenciado Luis Cabrera, el padre de Malú, para decirle que su caso de divorcio había sido aceptado por la Suprema Corte.

—Perdóneme, don Esteban, pero hoy no estoy de humor para sumar números —dijo Antonieta—. ¿Quiere regresar mañana?

Andrés se había sentado desmañadamente en la silla que había del otro lado del escritorio.

—Señora Antonieta —dijo—. He venido a pedir un favor. ¿Podría dejar mis libros en su casa mientras encuentro otro lugar donde vivir? —Todavía se discernía el acento zapoteca en aquel joven serio y trabajador.

—¿Por qué te vas de donde Manuel? —preguntó Antonieta, sorprendida.

—Ahora necesita una sirvienta de tiempo completo. No hay lugar.

—Ya veo. ¿Y adónde has pensado ir?

—Esta noche, quizá a un banco del parque —contestó Andrés, encogiéndose de hombros.

Antonieta miró los ojos serios y le hizo una sonrisa deslumbrante a su alumno.

—Esta casa se encuentra casi vacía, Andrés. Mi hermana está en Europa y mi hermano se pasa la mayor parte del tiempo en Acapulco. Puedes mudarte aquí, ocupar el dormitorio con mi hijito y comer con nosotros. —Andrés iba a protestar y Antonieta alzó la mano—. Mi pobre hijo vive con miedo a los ladrones y te dará una cálida bienvenida. Por favor, acepta.

Con los ojos muy abiertos, Andrés asintió con la cabeza.

Aquella noche, Antonieta durmió profundamente. Al día siguiente se sentía más llena de vida y serena que en muchas semanas. Era Andrés quien se sentía incómodo. A la hora de comer se quedó mirando, lleno de aprensión, el surtido de cuchillos, tenedores y cucharas.

—No sé cómo emplear todas estas herramientas —dijo con sencillez—. ¿No podría comer unos cuantos tacos en la cocina?

—Voy a enseñarte a usar estas herramientas —respondió Antonieta con firmeza—. Entonces te sentirás cómodo cuando tengas que asistir a grandes banquetes literarios y cenar con senadores y ministros. Vas a ser un gran escritor, Andrés.

Por la noche, Antonieta le leía en voz alta a Andrés los autores clásicos, traduciendo del inglés y francés a medida que leía. Pero por muy aprisa que leyera, nunca era lo suficientemente rápida para seguirle el paso a la mente vivaz de su alumno.

Empleando la paleta de pescado, Andrés intentaba «filetear» un huachinanguito cuando Mario llegó tarde a comer y se unió a ellos en el comedor; arrojando una edición extra del periódico sobre la mesa, dijo:

—Tu amiga Tina está en la cárcel. Su amante fue muerto de un tiro anoche, mientras daban un paseo. Se llamaba Julio Mella y era cubano. Por lo visto era un comunista manifiesto.

Los hombres de Calles actuaron con dureza: Tina fue arrestada sin derecho a fianza, sin juicio, sin justicia. En su defensa se elevaron muchas voces, hombres como Diego acusaron a Calles de colaborar con Machado, el dictador cubano, y acusaron a Machado del asesinato del joven comunista. Entre bambalinas, Calles estaba manejando al país con sus sicarios, todo el mundo sabía que el presidente interino, Portes Gil, era pura fachada. Se estaban formando partidos políticos incipientes, y el Partido Comunista propuso un candidato. Ante las vociferantes protestas de Rivera, liberaron a Tina.

El entusiasmo de Andrés crecía de día en día, cuando resultó evidente que José Vasconcelos regresaría de Estados Unidos y presentaría su candidatura a la presidencia.

Un toque a la puerta hizo que Antonieta soltara el lápiz. Cerró el pesado libro de cuentas y gritó:

—Adelante.

Era Andrés.

—He venido a despedirme, señora Antonieta. Acabamos de decidirlo esta mañana, y no hubo tiempo para avisarle antes. —Las palabras salían de sus labios a trompicones.

Antonieta no pudo disimular su sorpresa.

—¿Adónde van a ir?

—A Guadalajara, a brindarle nuestro apoyo a José Vasconcelos. Ahora está haciendo campaña por allá. Somos diez y tomaremos el tren de la noche.

—Yo no sabía que te interesara tanto la política —dijo Antonieta.

—Me interesa José Vasconcelos. Él fue quien inspiró mi venida a la capital para estudiar. Nadie anteriormente se había preocupado por proporcionar conocimientos a los provincianos. Ahora que es candidato a la presidencia, dedicaré todas mis energías para contribuir a que salga electo.

—Admiro tu actitud, Andrés, y admiro al señor Vasconcelos. Si las mujeres pudieran votar, yo votaría por él. ¿Quieres decírselo?

—¡Claro que sí!

Antonieta se levantó y palmeó el hombro de su protegido.

—Recuerda que si me necesitas, aquí estoy.

32

El nombre de Vasconcelos era como un viento que agitaba a todos sus alumnos, se decía Antonieta. No habían olvidado al secretario de Educación que había cruzado los trigales para edificar escuelas rurales. Salió del baño después de una conferencia tardía y pensó en la declaración leída en el diario de la víspera: «Los gobiernos deben servir a los intereses del pueblo, no el pueblo a los intereses de los gobernantes». Buscó en su tocador el periódico de la mañana. Sin duda, Mario lo habría escamoteado.

El periódico estaba abierto delante de Mario cuando Antonieta se reunió con él para desayunar. El joven vació algo de salsa sobre sus huevos revueltos y levantó la mirada.

—¿Te dejarías tentar? ¿O sigues adelante con esa horrible dieta? ¿Cómo puedes sostenerte con leche y un huevo crudo?

—Yogur —enmendó plácidamente Antonieta.

—Vamos, Antonieta —la provocó Mario—. También Memela, Toñito y yo vivimos aquí. Ahora que ha vuelto a casa, pon a Memela al frente de la cocina. No tiene otra cosa qué hacer. —Le hizo una mueca—. Sesos, hígado y ostiones crudos. No hemos vuelto a comer decentemente desde que se fue Andrés. Oye, me pregunto si no lo habrán agarrado en el motín.

—¿Qué motín?

—En Guadalajara. Al parecer intentaron asesinar a Vasconcelos en la estación, pero los estudiantes lo acordonaron y frustraron el intento.

—Déjame ver el periódico.

Mario se lo entregó, quedándose con la sección deportiva.

Antonieta recorrió rápidamente la noticia.

—Gracias a Dios que no pasó nada. Mira nomás la marejada de gente que fue a escucharlo.

Su hermano estaba absorto en el deporte.

—De Guadalajara —leyó Antonieta en voz alta— el candidato siguió a Michoacán donde se dirigió a los cristeros, declarando que Iglesia y gobierno pueden vivir en armonía sin desacatar la Constitución. Prometió reformas en la tenencia de la tierra y declaró que las primeras tierras que se repartirán son las haciendas de Obregón y Calles. «No hemos hecho la Revolución para que la tierra caiga en manos de los generales», así citan sus palabras.

Antonieta golpeó el diario.

—Estas palabras, si me lo preguntan, son palabras ardientes. ¿Qué tienen que decir tus amigos?

—¿Qué? —Mario levantó la vista—. Oh, antes de que se me olvide, voy mañana a Guadalajara a jugar en un torneo de golf. Iremos en avión.

—¡Mario! ¿No será peligroso?

—Por el amor de Dios, Antonieta, ¿qué crees que estoy haciendo en Acapulco? —Mario había organizado una pequeña línea costera con un piloto estadounidense y un socio mexicano—. No vivimos en la edad media —prosiguió—. Guadalajara tiene un aeropuerto civil, hangares y mecánicos, y se está construyendo un hotel allí mismo. Deberías interesarte un poco más por lo que está ocurriendo en México.

—¿Cuántos días estarás fuera?

—Tres o cuatro. —Mario prendió un cigarrillo y terminó su café—. ¿Cuándo regresa Andrés?

—Cuando Vasconcelos llegue a la Ciudad de México, supongo —respondió Antonieta.

Día tras día, Antonieta seguía la campaña de Vasconcelos en los periódicos, y en ocasiones también en los noticiarios vacilantes del cine silente. El candidato tenía prestancia. Después de Sandino, el rebelde nicaragüense que se había refugiado en México, Vasconcelos era el más aplaudido. Las mujeres que asistían a los teatros eran siempre las que aplaudían más fuerte. Él había declarado que si ganaba, daría el voto a la mujer. Inclusive los Contemporáneos estaban hablando de él. Se veía a las claras que José Vasconcelos era un distinguido hombre de letras. Sus libros de filosofía, metafísica, análisis político e historia le habían ganado el respeto internacional. En América del Sur le habían conferido el título de Maestro de las Américas, y había ocupado cátedras en las más prestigiosas universidades de Estados Unidos. ¿Sería posible un presidente de orientación cultural?

Al leer el periódico sobre su bandeja del desayuno, en la cama, Antonieta se enteró de que el candidato había llegado a Toluca y entraría el domingo en la capital. El cuartel general de la campaña de Vasconcelos había vaticinado que habría miles formando valla sobre su camino. Recordó la entrada triunfal de Madero en la capital y decidió llevar a Toñito para que viera al candidato popular.

Se levantó perezosamente, hizo un poco de ejercicio y se dio una ducha. Habían llegado tantos la noche pasada, que las lecturas literarias se habían prolongado hasta muy tarde. Mientras corría el agua, oyó la voz de Sabina a través de la puerta del cuarto de baño.

—Andrés y unos amigos suyos están esperándote en la sala, y dice que es muy importante. Algo respecto de un licenciado. ¿Qué le digo?

—Que ahora mismo bajo —respondió Antonieta con voz fuerte.

¡Había vuelto Andrés! ¿De qué abogado estaría hablando? De Vasconcelos, por supuesto. Generalmente así le decían en la prensa, sencillamente: el licenciado. ¿Qué podía haber ocurrido?

Se secó a toda prisa, escogió un conjunto sencillo, se vistió y se miró en el espejo. Agregó un poco de color a sus labios y mejillas, luchó con el cierre de su collar de perlas y logró atarlo mientras bajaba por la escalera taconeando rápidamente.

—¡Andrés!, ¿estás bien? —preguntó Antonieta, preocupada, y saludó con un movimiento de cabeza a los tres jóvenes que lo acompañaban.

—Estoy bien. ¿Recuerda usted a Chano, Mauricio y Alfonso? —dijo Andrés—. Hemos venido en comité, señora Antonieta.

—¿A qué?

Andrés tosió para aclararse la garganta.

—A pedirle permiso para hacer uso de su automóvil.

Aliviada, Antonieta soltó la carcajada.

—¿Mi automóvil? ¿Y para qué lo quieren?

—Para traer a la capital al nuevo presidente de México —anunció Andrés.

—Hagan el favor de sentarse —dijo Antonieta—. Y ahora explíquenme de qué se trata.

Mauricio tomó la palabra:

—El licenciado Vasconcelos ha viajado en tren y en autos prestados. Esta campaña ha dispuesto de muy poco dinero pero de una numerosa comitiva, y ahora está programado que entre en la capital mañana con sólo un viejo Ford para transportarlo.

—Sugirió que podía llegar en un carruaje, como Madero —dijo con sonrisa maliciosa Alfonso—, o montado en burro, como Cristo. Ya sabe usted que es Domingo de Ramos.

—Yo le ofrecí el Cadillac de usted —concluyó Andrés, algo avergonzado.

Antonieta se dirigió al joven con voz falsamente teatral:

—Mi automóvil se sentirá muy honrado al transportar a personaje tan augusto a la capital —dijo—. ¿Lo manejará Ignacio?

—Con usted dentro —agregó apresuradamente Andrés—. El licenciado quiere conocerla. Le di su mensaje y de todas maneras ya la conoce de oídas. —Otra vez se le atropellaban las palabras.

—¿Estás seguro? —De repente lo absurdo de la situación se le reveló a Antonieta. ¡Un candidato presidencial en su auto!

—Eso fue exactamente lo que dijo, que quisiera conocerla —confirmó Mauricio.

—¿Y alguno de ustedes me traerá de regreso en el Ford?

—Mañana, si así lo quiere.

Antonieta los fue mirando uno por uno. Estaban muy serios.

—Está bien. ¿Cuándo salimos?

—Ahora.

* * *

La carretera montañosa serpenteaba hasta tres mil metros por cuestas que un coche menos potente no habría podido superar. Los jóvenes hablaban sin parar de sus aventuras por el sendero de la campaña, del incipiente cuartel general en México que desbordaba, de las diminutas oficinas alquiladas, de los hombres importantes reunidos alrededor de Vasconcelos, de la próxima convención en la que sería nombrado oficialmente candidato del viejo partido de Madero, el Partido Antirreeleccionista, y de la muchedumbre que se esperaba reunir para darle la bienvenida a su llegada a la capital, mañana.

El aire estaba electrizado de excitación a medida que se acercaban a Toluca. ¡Un presidente civil, un letrado y un hombre tan erudito con ideales tan elevados cambiaría a México!

Cuando el Cadillac se detuvo delante del hotel que servía temporalmente de cuartel general de la campaña, Antonieta se sintió súbitamente incómoda. Era presuntuoso ofrecer su automóvil a un candidato presidencial, presuntuoso estar allí. ¿Cómo se había dejado arrastrar a una situación tan descabellada? Con cautelosa reserva entró finalmente en el vestíbulo del hotel.

Estaba parada frente a la recepción hablando con Chano y Mauricio cuando vio que al abrirse la puerta del ascensor salía Andrés junto al candidato. Vasconcelos no era tan alto como parecía en los noticiarios cinematográficos, pero desde luego era más guapo. Abarcó rápidamente a la persona total: frente alta, cabello oscuro, tez clara, paso rápido, despreocupación por la ropa y una sonrisa amistosa.

—Señora Rivas Mercado —Vasconcelos se dirigió a ella sin esperar que los presentaran—. ¡Cuánto gusto en conocerla! Y cuánto aprecio que haya venido hasta aquí. Sea usted bienvenida. —Tendió la mano y sostuvo la de ella un momento, observando las líneas de su cuerpo, aquel aire de buena crianza desprovisto de afectación—. Por los muchachos entiendo que me ha ofrecido el uso de su automóvil.

Unos ojos morenos cruzaron la mirada con los de Antonieta, a la misma altura que los de ella.

—En lo que pueda servirlo, licenciado, será un placer. He seguido de cerca su campaña y me uno a mis amigos en su admiración por las metas que ha fijado usted para México.

La voz era cadenciosa, bien modulada.

—Gracias —respondió el licenciado.

Se estimaron mutuamente con la mirada. Era una mujer atractiva, no que pudiera llamársela bonita, pero tenía una cualidad magnética que cautivaba.

—El auto de la señora está afuera, licenciado —interrumpió Andrés—. ¿Quiere verlo?

—Lo vi desde la ventana. Debo comentar esta situación con usted, señora. —Consultó su reloj—. ¿Ha comido ya?

—Eso no importa —dijo rápidamente Antonieta—. Ya sé que tiene usted muchas cosas de qué ocuparse.

—Pocas veces me resulta algo más importante que la comida. —Vasconcelos tenía una sonrisa cautivadora. Se volvió hacia el joven sin dejar de sonreír—. Tendremos una reunión del comité en mi cuarto a las cuatro. Los veré entonces. —Dio una palmada en el hombro de Andrés y lo volvió hacia el ascensor.

Aquel hombre estaba casado pero tenía fama de mujeriego, o por lo menos eso comentaban las hojas amarillistas. Antonieta se quedó esperando.

—¿Vamos, señora? Hay un pequeño restaurante bastante aceptable bajo los arcos si le gustan los chiles rellenos. —Tocó el codo de Antonieta y la condujo a la puerta.

El popular restaurante estaba lleno de gente cuando entraron el licenciado y la dama. Lo reconocieron y la gente se acercó al instante para estrecharle la mano. Se mostró cordial y animoso y los alentó a que fueran esa noche a las siete a la reunión política que se celebraría en la plaza. Antonieta estaba sentada pacientemente a la mesa, observando lo natural que era con la gente, la sinceridad que proyectaba y la facilidad con que respondía a las preguntas. Era un pequeño negocio de familia y pronto aparecieron junto a la mesa dos de las hijas con cintas rojas en las gruesas trenzas negras, para que ordenaran su comida. Las habían enviado al rescate, y apartaron a la gente que los rodeaba.

José Vasconcelos se sentó en su silla frente a la dama. Hacía muchos años que no se sentía tan atraído por una mujer. En ella se manifestaban esas poco comunes cualidades de inteligencia, gracia y humorismo, así como un misterio imponderable en sus ojos, bellos ojos morenos que lo observaban detenidamente a él.

—Tiene que perdonarme. Toda esta campaña ha sido una experiencia rabelesiana —dijo— y me he deleitado con México, sus alimentos, sus provincias, su gente y su exuberancia. Llevaba cuatro años fuera —se detuvo. Ella lo miraba con expresión extraña.

—¿Dijo usted rabelesiana? ¿O sea que conoce a Rabelais?

—Cuanto más lo estudio más me intriga y me deja perplejo ese viejo filósofo. ¿Y a usted? ¿La intriga Rabelais?

—Totalmente. Desde que era muy joven —contestó Antonieta con cálida sonrisa—. He leído los libros de filosofía que ha escrito usted, licenciado. Espero que algún día podamos discutirlos.

—Encontraré el tiempo, señora. —Su mirada delataba un interés intenso—. Antes de que hablemos del asunto de su automóvil, permita que le ofrezca algunos antecedentes.

La sopa de tortillas ardía de tan picante, pero el chile relleno resultó soberbio. Antonieta comió con buen apetito mientras escuchaba a Vasconcelos, haciendo de vez en cuando una pregunta y sintiendo que la arrastraba con sus ideas y sus ideales.

—¿Por qué se fue usted de México en la cumbre de su carrera? —preguntó Antonieta.

—Un altercado con Calles, acerca de la educación, claro está. Su sindicato de trabajadores, vendido, predicaba el dogma del proletariado y denunciaba como un monopolio de la «clase enemiga» el programa que yo había establecido en el sistema escolar. Ya había entregado a Diego sus paredes. Podía ver que Calles intentaba aprovechar la educación para atizar una guerra de clases. —Vasconcelos iba derecho al grano—. Tenía que salir del gobierno o quedarme en él como un burócrata más, desprovisto de personalidad y de poder. De modo que me marché y viajé por Europa y Estados Unidos.

—Yo me mantenía al tanto gracias a sus artículos en *El Universal*.

Vasconcelos tuvo una sonrisa irónica.

—Ahí fue precisamente donde yo leí acerca de usted cuando inició el teatro: la dama ilustre de México no permitió que unas cuantas críticas, digamos víboras, la apartaran de un proyecto en el que tenía fe. —Se cruzó de brazos—. ¿Debo aceptar su ofrecimiento de entrar en la capital en su imponente Cadillac o no? —Buscó la mirada de ella—. Si fuera alquilado o perteneciera a uno de los miembros del comité, no vacilaría. Pero es el automóvil de usted, señora, y por lo que me dice Andrés, lo reconocerán como suyo, más o menos todos en la capital. —Cubrió la mano de ella con la suya—. Sería comprometedor… para ambos.

Antonieta asintió, sintiendo el calor de su mano.

—Seré sincero. Esta campaña ha sido llevada adelante sin fingimientos. Nuestros fondos son limitadísimos. Para sacar dinero, he cobrado mis pláticas en teatros, auditorios, plazas de toros, en cualquier lugar donde pudiera reunirse una multitud. Cada uno de mis hombres ha tenido que pagar sus propios gastos. Ha sido una campaña de honradez y trabajo duro. Mi único capital está constituido por palabras, palabras que deben ser pronunciadas, palabras que no van respaldadas por armas ni amenazas, una campaña no violenta que nos llevará hasta la victoria porque necesitamos un cambio de gobierno, y porque la gente tiene fe en nosotros. No puedo hacer nada que sea falso. —Calló.

—Lo comprendo.

—Una de mis promesas consiste en introducir el voto para la mujer, sufragio igual.

—Lo sé. —Y los ojos de Antonieta se abrieron súbitamente, muy grandes y luminosos.

Él la estudiaba bebiendo un café dulce y aromático en su tarrito de barro.

—¿Estaría usted dispuesta a respaldar el movimiento femenino? Su endoso personal sería de gran valor.

Antonieta sintió que se le aceleraba el corazón.

—¿Lo he interpretado correctamente, licenciado? ¿Me está pidiendo que colabore en su campaña?

—Sí. Le estoy pidiendo que se ponga al frente de la demanda del sufragio femenino.

—Acaba usted de tocar un tema de interés verdadero para mí. De hecho, un artículo mío sobre la mujer mexicana se publicó en Madrid el verano pasado.

—De modo que escribe. Me gustaría escuchar sus puntos de vista. ¿Querría decírmelos? —Vasconcelos se inclinó hacia delante, muy atento.

—Bueno, creo que se acepta generalmente en México que las mujeres son «buenas» y los hombres, «villanos». Creo que la «bondad» no es más que pasividad. La mujer mexicana permite que la lujuria mexicana la pisotee, básicamente porque teme a los hombres. Mírelo usted desde la perspectiva de ella: ha sido adiestrada en la sumisión desde el nacimiento. Sometida al padre, a los hermanos y a todos los varones que la rodean. Como esposas, las mujeres mexicanas toleran y sufren. Estoy convencida de que sólo con educación será exorcizada la mujer mexicana de esa pasividad que la ha tenido encadenada por generaciones y generaciones. —Antonieta sonrió—. Amén.

Vasconcelos enarcó las cejas; había sido todo un discurso.

—Entonces, ¿usted cree que la respuesta es la educación?

—Absolutamente. En México, los hombres pasan más tiempo educando a sus perros y a sus caballos que a sus hijas.

Era una belleza clásica iluminada por una antorcha moderna, dictaminó Vasconcelos. Se inclinó hacia delante y dijo seriamente:

—Con semejante tesis, le suplico que defienda la cuestión femenina. —Y volvió a cubrirle la mano con la suya—. ¿Lo hará?

Antonieta vaciló sólo un instante.

—Dispone usted de mi apoyo, de todo corazón —replicó.

—¡Bien!

* * *

La política era para los hombres, para comentarse a la hora del brandy, para discutirse a voces con otros hombres, pero no era un tema para las mujeres. Sólo papá había quebrantado las reglas, pensaba Antonieta; aun así, no estaba preparada para la emoción que produjo el mitin aquella noche en Toluca.

Una hilera de luces iluminaba el quiosco, tendida de un árbol a otro, adornada con banderolas de papel rojo, blanco y verde. Habían levantado un tosco estrado de madera frente a la iglesia. La banda tocaba marchas de Souza, y los acordes marciales de Zacatecas resonaron al acercarse el candidato. Aquello se parecía mucho a una noche de fiesta en cualquier población, salvo que los muchachos y las jóvenes no circulaban en redondo por la plaza. Se había reunido una multitud. Antonieta lo observaba todo desde el lugar donde se encontraba con el grupo de Andrés, al pie del estrado. Las mujeres indias envolvían en sus rebozos a los bebés para protegerlos contra el frío nocturno, y los hombres, con sombreros de palma, estaban parados silenciosamente junto a ellas. Unos cuantos hombres de traje y amas de casa con diamantes relucientes colgados de las orejas pasaron entre soldados armados con rifles y hombres empistolados con chamarras de cuero. Pregonando sus artículos, los marchantes ambulantes circulaban con canastas de pastelillos, caramelos, frutas cristalizadas, semillas de girasol y juguetes. Alguna joven de vestido corto se inclinaba sobre el brazo del novio, pero entre la muchedumbre dominaban los sombreros de palma y los overoles.

Vasconcelos subió a la plataforma. Ella vio que muchos hombres levantaban a sus hijos sobre los hombros al apretujarse más la multitud, entre la que se oían, mezcladas, las lenguas vernáculas y el español. Aquellos eran los mexicanos, el pueblo, pensó Antonieta, una muestra del resto de los dieciséis millones.

Un joven orador alzó la mano.

—Ha llegado el momento que todos esperábamos —dijo—. Este momento, esta noche, cuando habrán ustedes de saber que puede realizarse su sueño de un gobierno desprovisto de corrupción e intereses egoístas, un gobierno dedicado a servir al pueblo. Les presento al candidato de esta república, el que cambiará a México: José Vasconcelos.

Vítores, chiflidos y vivas agitaron las hojas de los árboles. Y se hizo el silencio.

Vasconcelos alzó los brazos.

—La última vez que estuve en Toluca, la nación estaba celebrando los cuatrocientos años de la aparición de la virgen de Guadalupe. Ustedes, ciudadanos de esta población, habían contribuido generosamente para la nueva corona de diamantes y rubíes de nuestra señora, y la celebraban en las calles, con fe y orgullo en las miradas. Hoy sus bellas iglesias y escuelas parroquiales están cerradas debido a reglamentos absurdos impuestos por el presidente Calles sobre la base de una ley arbitraria. ¿Votaron ustedes por ese hombre? ¿Es él un reflejo de la voluntad de todos ustedes? ¿Están satisfechos con Portes Gil, un títere inepto al servicio de Calles, un seguidor de Huerta? Sirvió al infame general que asesinó al líder de la verdadera Revolución: ¡Francisco Madero!

Había capturado toda su atención. En la plaza, sólo las hojas se movían.

—Han vivido durante la confusión de 1928 como mulas ciegas que giran dando vueltas y más vueltas a la rueda del molino, en un círculo vicioso. ¿Están dispuestos a aceptar ese mismo yugo en 1929? ¿O se habrá decidido por fin esta nación turbulenta y empobrecida a romper el yugo en defensa de sus derechos y su libertad?

Los rostros, jóvenes y viejos, estaban tensos mientras proseguía el candidato.

—Nuestro Congreso está abarrotado de diputados que no son más que basura barrida por el viento y lanzada hacia el cielo… ¡Los hombres de buena voluntad han sido engañados!

La gente se apretujaba cada vez más para oír a aquel hombre, una clase de hombre distinta, un hombre que no se limitaba a repetir frases demagógicas trilladas. Estaban oyendo algo cargado de sinceridad.

—Para que el voto sea efectivo, cada uno de ustedes debe salir de la apatía y expresar su voluntad, respaldando sus convicciones.

Una visión, un sueño estaba empañando todos los ojos.

Antonieta escuchaba.

—¡Deben tomar el destino de su país en sus propias manos! ¡El destino de México depende de ustedes!

En cuanto dejó de hablar, el aplauso atronó. Antonieta se preguntaba cuál sería la fuerza que impulsaba a José Vasconcelos. Sin dinero ni respaldo militar, estaba llegando a las puertas de palacio.

Aquella noche en el hotel, los vítores enloquecidos resonaban todavía en sus oídos cuando acabó por quedarse dormida.

* * *

El Domingo de Ramos amaneció claro y brillante. Había nieve sobre el Nevado de Toluca. Acurrucada en un valle, la ciudad fue desapareciendo en cuanto el Cadillac emprendió el camino de la Ciudad de México. Dos miembros del comité viajaban al lado de Ignacio, y Andrés y los tres muchachos flanqueaban a Antonieta en el asiento de atrás. Se había tomado la decisión de que el Cadillac de siete pasajeros fuera en medio del séquito de cinco coches. Más adelante, en el Ford convertible, no tan viejo, podían ver al candidato de pie, saludando con las manos a la gente, mientras empezaban a subir a través del denso bosque de pinos. El trayecto de dos horas fue prolongándose porque había que atravesar alguna que otra pequeña aldea montañosa con pobladores endomingados. Entonces, curvas en horquilla les permitieron bajar poco a poco hacia el paso que se abría sobre el valle de Anáhuac y las afueras de la Ciudad de México. Antonieta hablaba poco, con la mente absorta en imágenes poéticas. La Ciudad de México, una capital indiferente, había tolerado durante más de cien años las idas y venidas de rebeliones, triunfadores y perdedores. ¿Cómo recibiría a este hombre? Llegaron a la carretera que bordeaba Chapultepec Heights; nuevas construcciones y verdor punteando las colinas hasta donde se perdía la vista. Por un momento, Antonieta recordó las colinas pelonas, pero los viejos y dolorosos recuerdos de Albert eran ya sólo vestigios que el viento arrastró como cardos secos en cuanto comenzó a sentirse parte de esta cabalgata trascendental encabezada por José Vasconcelos.

La modesta corriente de personas que ondeaban banderitas y gritaban palabras de bienvenida se fue convirtiendo en río al entrar por el Paseo de la Reforma. Con la cabeza descubierta, el candidato se puso de pie en el Ford, saludando, sonriendo, irradiando entusiasmo. La comitiva tuvo que detenerse al llegar al Ángel de la Independencia, para escuchar un discurso de bienvenida aclamado por vivas y más vivas. Las mujeres se aplastaban contra su coche blandiendo palmas y tratando de tocarle la mano. Tardaron una hora en recorrer los cuatro kilómetros hasta la pequeña plaza de Santo Domingo. Aparecían ramas de palmeras por doquier. Una locura divina se apoderó de la multitud, y las mujeres alzaban a sus hijos pequeños para que pudieran ver al Mesías de la Esperanza.

Vasconcelos apareció de pie en un balcón sobre los arcos desde donde dominaba la bella placita colonial, y tomó la palabra. La masa humana escuchaba, ignorando la fatiga, el sol y el hambre. Recordó el antiguo mito de la Serpiente Emplumada: Quetzalcóatl, protector de las artes, la paz, fundador de la civilización y adversario de Huitzilopochtli, el dios sediento de sangre de los aztecas al que sólo se podía apaciguar con sacrificios humanos.

—El humano Quetzalcóatl, el sacerdote blanco que apareció misteriosamente entre los toltecas, no era castigado ahora por los dioses sino destruido por sus propios amigos mortales, ¡esos traidores que todavía hoy siguen disputándose esta tierra del águila y la serpiente!

El silencio de la multitud atestiguaba que comprendía el mensaje que Vasconcelos le trasmitía al repetir la leyenda.

El candidato insistió sobre sus temas: trabajo duro, gobierno honrado, derechos constitucionales y educación.

—¡La educación está inspirada en Quetzalcóatl! ¡Para que él triunfe, deberemos destruir a Huitzilopochtli!

Apeló a una nueva generación para que hiciera suyos los ideales de la generación mayor, los ideales de Madero. Cuando su ardiente llamado al voto alcanzó el *crescendo*, la muchedumbre estalló en vivas y aplausos.

«¡Vasconcelos presidente!».

José Vasconcelos estaba radiante al atravesar la plaza hasta donde lo esperaba su comité. Antonieta fue invitada a asistir al banquete que había preparado el comité organizador. Era cerca de la medianoche cuando por fin concluyeron los festejos. Todos estaban de pie desde las cinco de la mañana y ya no podían con su cuerpo.

—¿Qué te pareció, Toñito? Quiero saber tu opinión. ¿Me viste? —Demasiado excitada para seguir durmiendo, Antonieta se había levantado temprano para desayunar con su hijo.

—Fue como el 16 de septiembre, mamá —dijo Toñito—. Yo agitaba una bandera, ¿me viste? ¿Podré ir al castillo si llega a presidente? Ninguno de mis amigos ha estado dentro del castillo. Mamita, ¿puedo contarles a todos que eres amiga suya?

—Yo creo que por lo menos cien mil personas lo saben ya —dijo Antonieta, dándole un beso—. Puedes decirles que voy a trabajar en su campaña. Y por el derecho al voto para las mujeres.

* * *

Con un traje gris, blusa azul y un sombrero gris de ala ancha, Antonieta salió de la casa de la calle Monterrey. Vasconcelos y ella habían convenido que se presentaría en el cuartel general del comité organizador a eso de las diez.

Le costó bastante a Ignacio dar con el edificio, cerca del viejo Teatro Ulises. El vecindario se había deteriorado drásticamente, observó Antonieta a medida que se acercaba a la desastrosa entrada del cuartel general. Subió por una escalera desvencijada hasta la oficina del comité organizador.

La amplia pieza zumbaba de actividad. Las jóvenes estaban sentadas delante de máquinas de escribir colocadas en simples mesas de madera. Bombillas desnudas, colgadas de un cable eléctrico, iluminaban deficientemente el espacio. Tras un escritorio un poco más grande, un hombre mayor apretaba contra su hombro un teléfono y hacía señas a un joven que pegaba letras sobre un cartelón. Nadie dijo hola; no conocía a nadie. Antonieta sintió la indiferencia que la rodeaba, ¿o sería antagonismo? De seguro la habrían visto ayer; y sabían quién era. Fue hasta donde estaba una de las mecanógrafas tratando de disimular su sorpresa y su desilusión ante aquella lamentable oficina.

—¿Es el encargado? —preguntó, señalando al hombre mayor—. Quisiera hablar con la persona que está a cargo.

—Sí, es él —contestó la muchacha sin levantar la vista, y siguió trabajando.

Antonieta fue hasta el escritorio y esperó a que terminara la conversación telefónica.

—Soy Antonieta Rivas Mercado —dijo, sonriendo y tendiéndole la mano.

—Sí, ya lo sé. —El hombre se puso de pie y le estrechó la mano.

—He venido a ofrecer mis servicios al licenciado. Debo decir que me sorprende un poco encontrar el cuartel general de su campaña en condiciones tan precarias.

—El dinero, señora. Podremos mudarnos a una dirección adecuada de la avenida Juárez en cuanto empiecen a llegar donativos. Después de lo de ayer, estamos esperando un fuerte apoyo financiero.

—Ya veo. —Antonieta se preguntó cuánto tardaría aquello. Examinó detenidamente la oficina y se volvió hacia el hombre—. Lo siento, no sé quién es usted, señor. —No había tenido la cortesía de presentarse.

—López.

—Señor López, ¿se agilizaría algo el procedimiento si estuviera garantizada la renta del nuevo local?

—Sí. —La poco amistosa mirada de López delató un súbito interés.

—Entonces, yo garantizaré la renta hasta noviembre. Por favor, dígame cuánto es y le traeré un cheque mañana. Ah, señor López, dígale también al licenciado que proviene de donativos, lo cual es cierto. Pero no le diga de quién. —Sonrió y le tendió la mano—. Quiero contribuir a esta campaña porque creo en ella.

López reconoció la sinceridad que revelaban sus ojos.

Cuando salía, Vasconcelos pasó por la puerta con un séquito de jóvenes partidarios. Se detuvo y ofreció disculpas a Antonieta por su retraso.

—Me detuvieron en el hotel. Todos estos jóvenes quieren trabajar en el comité de mi campaña. ¿Qué voy a hacer? —Alzó las manos y mostró el reducido espacio lleno de gente.

—Licenciado —dijo López, levantándose—, mañana firmaré el contrato de las nuevas oficinas en la avenida Juárez. Bienvenidos, muchachos, si cada uno trae su propio escritorio.

Todos se reunieron alrededor del candidato. Antonieta percibió claramente que estaba de más.

—Me presentaré cuando se hayan mudado y estén instalados —dijo, dirigiéndose a la puerta. Entonces se volvió y lo miró—. Licenciado, nunca olvidaré el Domingo de Ramos, 10 de marzo de 1929.

—Tampoco yo —replicó Vasconcelos, mirándola con una calidez que parecía eliminar a todos los presentes.

* * *

Antonieta dedicó el día siguiente a estructurar comités, trazarles sus tareas, anotar el número de voluntarias que necesitaría para los miles de empleos que proyectaba. Para encabezar los comités, escogería a las mujeres que la habían servido más eficientemente en otros comités.

* * *

Trabajarían en células, como la Liga Católica, recaudando fondos y convirtiendo a los votantes.

Al día siguiente inició su propia campaña telefónica. Al terminar la semana, Antonieta estaba sentada en su escritorio algo abatida por la experiencia. Ninguna persona había aceptado. Las respuestas parecían ensayadas, como toritos a los que se ha enseñado una misma canción: «Yo no sé nada de política. No son asuntos de mujeres. Habla con mi marido. ¿Una campaña política, queridísima? ¿Quién se presenta?». Las mujeres más implicadas declararon: «Es una causa perdida. No podrá derrotar a Calles». Aquellas mismas mujeres se habían esforzado mucho por promover exposiciones de arte, organizar festivales para los niños pobres y vender boletos para la sinfónica. ¿Pero la política? Era una enfermedad. Fue Conchita quien la puso en la vía correcta.

—Naturalmente que yo ayudaré, señora. Y también las muchachas del salón de belleza y sus hermanas y sus madres. ¡Queremos que gane Vasconcelos!

Esas eran las mujeres que lo habían rodeado: las tenderas, empleadas, maestras y obreras fabriles, personas que estaban elevándose a la bendita clase media. Recordó cómo había comenzado Conchita.

* * *

Pasó una semana antes de que Antonieta apareciera en el nuevo cuartel general. Ahora tenía algo qué informar. Se habían establecido dos clubes de mujeres. Subió por la amplia escalinata de mármol hasta el segundo piso del edificio de la avenida Juárez. Unas puertas antes, en la misma calle, había observado el cuartel general del Partido Nacional Revolucionario, el PNR, el partido del gobierno de Calles. «Bueno, pues ahora están sobre el mismo pie», se dijo Antonieta con satisfacción al llegar al rellano.

Vio a Vasconcelos en cuanto abrió la puerta de las oficinas, trabajando tras un viejo escritorio con los anteojos muy bajos sobre el puente de la nariz. Se oía el teclear de las máquinas de escribir, el timbre de un teléfono y el ruido de la gente que circulaba, pero el espacio no estaba abarrotado.

—Buenos días —dijo Antonieta, deteniéndose frente al escritorio del candidato.

Vasconcelos levantó la cabeza, y una sonrisa complacida mostró una dentadura blanca y pareja.

—Vengo para trabajar.

Estuvo de pie en un santiamén y le ofreció una silla que tenía un hoyo en el asiento de bejuco.

—No la llamé porque deseaba darle tiempo para organizarse.

—Traigo buenas noticias —dijo Antonieta.

Se sentó y abrió un portafolios. Le habló de la reacción de sus amigas y después describió con entusiasmo a las mujeres que se habían brindado a prestar sus servicios. Él examinó sus planes con interés y le hizo sugerencias inteligentes, pero su mirada reflejaba algo más. Y ella quería conocer a aquel hombre, ayudarlo.

—Mire, llevo desde las ocho de la mañana trabajando en este discurso. Estoy atascado. Creo que necesito levantarme, estirar un poco el cuerpo y la mente. ¿Qué le parece si vamos a tomarnos un café?

—Acepto. ¿Por qué no trae el discurso?

La tomó del brazo y fue con ella hasta la puerta. Aun cuando nadie había levantado la cabeza, Antonieta sintió que había reprobación en el aire.

Se sentaron en uno de los apartados del viejo Jockey Club y analizaron el discurso. Iba dirigido a los campesinos de una pequeña población del Estado de México. Un excelente orador joven del estado, Adolfo López Mateos, presentaría al candidato. Antonieta lo recordaba, un estudiante algo más joven que Andrés y los de su grupo.

—Los jóvenes bien preparados logran causar impacto en los mexicanos —dijo Vasconcelos—, pero tengo que conservar el bastón de mando.

A solicitud de él, Antonieta hizo algunos apuntes al margen del discurso, destacó sus temas dominantes y los ordenó de otra manera. Vasconcelos quedó impresionado y mostró abiertamente su aprecio.

—Ha mejorado muchísimo. Usted sí que conoce el manejo de las palabras. Mejor que yo —reconoció—. Creo que debería llevármela a Cuernavaca la semana entrante, y a Cuautla y a Puebla en mayo. Podríamos practicar en el camino —hablaba medio en broma, medio en serio.

—No creo que su gente lo aprobaría. De todos modos, no puedo dejar a mi hijo.

Vasconcelos se quedó mirando los serios ojos pardos.

—Tráigalo. Por lo menos a Cuernavaca. Me gustaría que imprimiera usted más agudeza a mi discurso, que lo oyera y me expresara sus críticas. Nadie más puede hacerlo.

—Licenciado, ¿habla usted en serio?

—Tan serio como es posible, señora. ¿Qué edad tiene su hijo?

—Nueve años. Realmente me gustaría llevarlo. Quiero que recuerde esta campaña como un suceso importante de la historia de México.

Los ojos de Vasconcelos habían adquirido un matiz de dulzura. Antonieta habría querido preguntarle en qué estaba pensando, pero una pared de seriedad los separaba.

* * *

La popularidad de Vasconcelos quedó clara en Cuernavaca, y en Cuautla se reveló indispensable que se llevara a cabo una convención de los antirreeleccionistas para que lo proclamaran su candidato. Diferencias persistentes separaban a los veteranos de la joven vanguardia. La plataforma de Vasconcelos, que era nacionalista y favorecía cierta reforma cercana al socialismo, irritaba a los hombres que habían combatido al lado de Madero, pero cuyo partido se había estancado. Antonieta tomó la decisión de cabildear en el cuartel general de la campaña para lograr un acuerdo. Su intervención fue tan bien recibida como una epidemia de peste bubónica. Arrinconó a Andrés en su estudio un día, y a duras penas le sonsacó la verdad.

—Es usted la única mujer que toma la palabra en el cuartel general, señora. Y eso, los hombres lo resienten —admitió Andrés—. Sé que es usted sincera y que está aportando dinero a esta campaña, pero no puedo convencer a esos cabezotas de que es usted algo más que una millonaria que pretende ser su «musa» y que lo abandonará en cuanto esté aburrida. Creen que toma la política como una diversión.

—Gracias, Andrés. —Tomó la mano de él por encima del escritorio—. Trabajaré en la oficina de la avenida Juárez únicamente cuando se haya retirado el comité.

Andrés tomó un legajo de papeles y se fue. Súbitamente, Antonieta se sintió sola. Oía a Toñito riéndose con Ignacio y Sabina en la cocina, y los perros que ladraban en la puerta de la calle. Pero estaba sola. Y se sentía solitaria.

* * *

El mitin de Puebla estaba fijado para el 28 de abril. Antonieta y Toñito fueron en el Cadillac detrás del candidato y su estado mayor. A Toñito le agradó el licenciado, porque no se esforzaba por impresionarlo ni divertirlo como tantos de los amigos de su madre, sino que simplemente lo aceptaba como a cualquier otro.

—¿Tiene usted hijos? —había preguntado Toñito a su nuevo amigo.

—Sí, dos.

—¿Por qué no han venido?

—Porque estudian en Estados Unidos —había respondido Vasconcelos, revolviéndole los cabellos a Toñito—. Son mucho mayores que tú.

—Si yo fuera su hijo, querría oír todos sus discursos. La gente grita tan fuerte. Es palpitante.

—¿Verdad que sí? Ahora tenemos que conseguir que toda esa gente que grita tanto, también vote.

El Cadillac avanzaba girando alrededor de la base del Ixtac-cíhuatl: la Mujer Dormida tenía tiras nevadas en su ladera oriental. No tardaron en llegar a Puebla, gema colonial, ciudad de iglesias y claustros, baluarte católico.

Como de costumbre, un joven orador cautivó al auditorio y lo preparó para recibir al candidato, pronunciando palabras de optimismo, revelando el orgullo que le inspiraba su generación —y su candidato— en palabras que fluían en frases claras y bien construidas.

Vasconcelos, obviamente, se vio conmovido por la introducción y tomó el hilo en una nota elevada.

—En esta bella ciudad aristocrática de Puebla, donde cayó el primer mártir de la revolución maderista, me siento conmovido y privilegiado al encontrarme entre ustedes. Hablemos de aquella revolución.

Los viejos maderistas que había entre el público interrumpieron con vítores.

Al final, volvió a referirse a la Iglesia.

—Me he encontrado con cristeros y aun cuando me brindaron ayuda armada, les aseguré que no son las armas sino la voluntad del pueblo lo que debe ganar esta elección. Sólo tomaron las armas porque Calles había declarado la guerra a la Iglesia.

De repente, se oyó la voz fuerte de un provocador:

—No fue Calles quien cerró las iglesias. Fue el episcopado católico.

La multitud se cerró alrededor del hombre y empezó a empujarlo. Vasconcelos gritó a voz en cuello.

—¡No quiero que haya la menor forma de violencia! Dejen que se vaya.

—Es un agitador a sueldo de Calles —le dijo alguien.

—Ha dicho la verdad —replicó Vasconcelos—. Todos sabemos que el episcopado cerró las iglesias para protestar contra el decreto de Calles, que sería puesto en vigor aquel mismo día. ¿De quién es la culpa, de Calles o de la Iglesia?

El discurso continuó sin más interrupciones.

Durante el banquete, el candidato fue asediado por sus partidarios. El humeante pollo en mole abrasó el paladar de Antonieta, poco acostumbrado a tanto chile combinado con todo tipo de nueces molidas, especias y chocolate amargo, especialidad poblana. Los discursos extemporáneos —y espontáneos— competían con los mariachis. Toñito estaba agitadísimo, y se alegró cuando Andrés fue a buscarlo para darle un paseo por los arcos. A su regreso, el muchachito corrió hasta la mesa con una caja de camotes para su madre, anunciando que era su cumpleaños. Inmediatamente mandó Vasconcelos por un pastel y pidió a los mariachis que tocaran *Las mañanitas.*

—De haber sabido que era su cumpleaños, Antonieta, habría practicado un poco el canto. O quizá mejor no, de seguro la habría hecho huir del susto. —Rio—. Tengo una voz espantosa.

—Entonces podemos desentonar juntos —dijo Antonieta, riendo también.

33

Mientras la campaña de 1929 iba cobrando ímpetu, el teléfono sonaba sin interrupción en la casa de la calle Monterrey. Las jefas de los comités diariamente informaban del trabajo de sus equipos. Las amas de casa hablaban con las marchantas en los mercados públicos, las maestras hacían circular el nombre de su candidato en las escuelas públicas, las empleadas hablaban con las clientas en los almacenes de departamentos, las mecanógrafas hablaban en pequeñas oficinas, y se repartían volantes en los teatros. A las mujeres las inspiraba la idea de que podrían votar en una elección futura, y al mismo tiempo se sentían atraídas por un hombre que se tomaba el tiempo necesario para hablar con ellas. Antonieta aseó el garaje para colocar largas mesas que ocuparon mujeres dedicadas a escribir carteles, lamer estampillas y charlar con entusiasmo.

* * *

Una bandeja de comida fría reposaba sobre la mesa de Antonieta, intacta. El sol se había puesto y ella aún no se interrumpía. El teléfono volvió a sonar.

—Bueno. —El tono de su voz era breve, seco.

—¿Antonieta?

—¡Manuel! —Y su voz se suavizó.

—Traté de comunicarme con usted el día de su cumpleaños, pero estuvo fuera todo el día.

—La campaña nos llevó a Puebla. Lo siento.

—¿Nos? —El sarcasmo se trasmitió perfectamente—. ¿Todavía somos amigos?

—Toda la vida, Manuel.

—Entonces, déjeme aliviar mi conciencia. La política no es para usted, Antonieta. Es demasiado sensible, demasiado artista. Su papel en la vida consiste en fomentar la cultura. Necesitamos que vuelva con nosotros.

—Lo siento, Manuel, si parece que le he abandonado.

—Déjeme terminar —interrumpió—. La conozco. También es demasiado generosa. Vasconcelos no tiene la menor oportunidad. ¡Es un soñador, se cree Madero, Quetzalcóatl y Jesucristo! ¡Está despilfarrando su dinero!

—¿Qué quieres decir? —preguntó.

—Andrés me ha dicho que está pagando los viajes que hacen los muchachos por la campaña y Dios sabe cuánto más. Esta campaña política sólo le causará desilusión. Por favor, escúcheme. Le hablo como amigo.

—Estoy comprometida, Manuel, y él va a ganar. ¡México necesita a José Vasconcelos!

—México seguirá siendo México —replicó Manuel—. Llámeme cuando tenga tiempo. Adiós.

El Ericsson estaba sonando en el recibidor. Era su agente de bienes raíces.

—Las propiedades más vendibles son las de Chapultepec Heights. Las mejores parcelas están logrando buenos precios. En efectivo. ¿Quiere que las venda?

—Sí —dijo Antonieta—. Véndalas. —En su mundo había hecho acto de presencia una nueva palabra: *liquidez*.

Revolvió un montón de cartas. Tenía que enviar un cable a su corredor de bolsa de Nueva York, para que le diera dinero a Amelia. Mamá y ella parecían quedarse sin dinero a cada paso que daban en Estados Unidos. Y llamar al padre de Malú. ¿A qué demonios se debería ahora el aplazamiento? Antonieta consultó su reloj. Su cita con José en el cuartel general era a las siete y media. Bajó corriendo las escaleras y descolgó el abrigo y un sombrero tejido. Habían dejado libre aquel lunes por la noche para trabajar juntos en sus discursos.

El cuartel general estaba casi desierto. De pie, junto a su escritorio, José daba instrucciones a sus ayudantes estudiantiles, su «batallón de avanzada», que se dispersaba por las calles todas las noches pegando volantes y entregando octavillas.

Antonieta hizo un saludo con la mano y se fue hasta el pequeño escritorio que llamaba suyo por la noche, y sacó la máquina de escribir del estuche. Ya había allí un montón de papeles para corregir. Pocos minutos después los muchachos se fueron.

José llevó la silla medio desfondada junto a ella.

—Gracias por venir. —Respiró profundamente—. Menudo día he tenido. Pero siento que la campaña está cobrando un nuevo impulso. Eso me da ánimos. —Inclinó la cabeza y la miró—. Me gusta cómo le sienta el blanco, destaca su mexicanidad. ¿Está segura de querer trabajar en los discursos?

—Tenemos que hacerlo. Su agenda inmediata comprende Xochimilco, Jalapa y Veracruz. —Antonieta empujó hacia atrás su silla y cruzó las piernas, haciéndole frente—. ¿Qué opina de esta idea, licenciado? Usted hable y yo tomaré apuntes. Quiero decir, sólo hable, que los pensamientos fluyan hacia fuera. Describa sus aspiraciones, sus sentimientos, sus sueños para México, los peligros que ve, los males que desearía corregir. Entonces yo organizaré esos pensamientos siguiendo lineamientos que pueda seguir para sus discursos, destacando puntos especiales según el auditorio al que se dirija —le sonrió—. ¿De acuerdo?

José sonrió, un poco perplejo:

—¿Cómo es que usted puede organizar mis pensamientos y yo no puedo? Otra cosa…

—¿Sí?

—¿Por qué me hace sentir usted siempre como si fuera el único hombre en la pieza?

Antonieta rio.

—Porque lo es.

—Quiero decir, cuando usted le habla a una persona, esta siente como si gozara exclusivamente de su atención.

—Yo sólo hablo con una persona a la vez.

—Es usted notable, Antonieta. Una dama especial. —José se levantó y estiró mucho los brazos hacia arriba—. Me gusta su idea, pero vamos a abreviar esta confesión porque me muero de hambre y tengo pensado llevármela a cenar. ¿De acuerdo?

—De acuerdo.

—Bueno, pues, ¿por dónde empiezo?

—¿Por qué no me dice sencillamente dónde considera que se encuentra México y dónde querría que estuviera?

—¡Nada menos!

—Sólo hable. —Antonieta se volvió hacia la mesa y tomó un lápiz.

—Muy bien. —Vasconcelos se levantó y sumió las manos en los bolsillos—. Escriba esto. Creo que México es un país dinámico, que siempre se impulsa hacia delante, que progresa a pesar de sí mismo. Lo que ahora necesitamos es una conciencia social dinámica.

—Explique.

—Tenemos aquí tantísimos extremos. Los ricos no tienen la conciencia social de un tal Carnegie o Rockefeller, y los pobres se conforman con sobrevivir. Los mexicanos aceptan la desigualdad pero hacen muy poco para ayudarse mutuamente porque, en el fondo, las castas sociales no confían las unas en las otras. La gran división entre los que están del lado de Cuauhtémoc y los que están del lado de Cortés nos jala. El mestizo es uno que empuja. Y para que México se convierta realmente en una nación independiente, todos deben jalar juntos. Estoy dando una conferencia, ¿no es cierto? Suena ampuloso.

—No importa. Desarrolle la idea.

—Déjeme explicar lo que entiendo por conciencia social dinámica. Tenemos que cambiar nuestras actitudes acerca de nosotros mismos y acerca de nuestro país. Los ricos deben preocuparse más por el bien general, y hay que sacar a los pobres de su apatía. Tenemos que aprender a creer en nosotros mismos, pues de lo contrario jamás derrotaremos al estancamiento y la corrupción. —Hizo una pausa—. ¿Resulta claro?

—Perfectamente. Prosiga.

—Somos una nación rica a pesar de lo cual nuestro pueblo es pobre. —Se acercó y se sentó en el ángulo del escritorio—. Le cuento una historia. No hace mucho pasé un fin de semana en Taxco con un amigo egipcio. Llovía a cántaros. ¿Sabe usted lo que dijo? «Mira toda esa riqueza derramándose por la calle». Somos ricos pero no sabemos cómo aprovechar nuestra riqueza. —Levantó las manos—. Tenemos dos larguísimas costas con peces abundantes, y nuestro pueblo se alimenta con frijoles. ¡Dios mío!, oro, plata, minerales y enormes pozas de petróleo se esconden en nuestro suelo y las venas de nuestras sierras, y nuestros compatriotas viven sumidos en la pobreza. Hay que adiestrarlos, educarlos, proporcionarles incentivos. Evidentemente, para todo eso hace falta dinero. Por lo tanto, debemos detener la sangría que representa la corrupción ¡y que paguen los extranjeros! Están llevándose nuestros recursos naturales a cambio de un bocado de pan. Avanzamos a trompicones y permitimos que nuestra subsistencia dependa de Estados Unidos. Como alguien dijo: cuando ellos estornudan, a nosotros nos da pulmonía.

Entusiasmándose con su tema, Vasconcelos echó a andar de un lado a otro.

—Subraye esto: nuestra tarea más importante consiste en atacar la estructura política. Hace mucho tiempo, cuando los guerreros chinos conquistaron el poder, se percataron de que no podrían funcionar sin los burócratas letrados: los mandarines. Era necesario transferir el poder de las armas al gobierno. Obregón lo había entendido, pero se volvió codicioso. Si nuestros generales hubieran regresado a sus cuarteles, la historia sería muy distinta. El propósito de esta campaña —mi campaña— es hacerle ver al pueblo que nuestra estructura política no es buena, que el problema político es la base de nuestro problema económico. Tenemos que golpear a los ladrones y asesinos de Calles por debajo del cinturón, porque mientras no podamos cambiar la estructura política, no podremos detener la sangría de riqueza en el podrido sistema burocrático. —Se detuvo—. ¿Voy demasiado aprisa?

—No.

—En mi gobierno, el presidente sería responsable ante un tribunal de leyes y yo pondría fin a la inmunidad parlamentaria.

—Se quedaría sin Congreso —comentó su escribana, girando con su silla.

José volvió a levantar las manos.

—Me pidió que describiera mi utopía mexicana. —La miró—. ¿Sabe que tiene unas piernas muy bonitas?

—Se aparta del tema, licenciado —dijo Antonieta con un amago de rubor, y metió las piernas bajo la silla—. Habla de los cambios que introduciría.

—Lo primero que haría sería organizar una campaña para que la corrupción fuera declarada antipatriótica. Empezando abajo con la educación y arriba con funcionarios honrados. —José giró en redondo—. Lo único que podemos hacer es sembrar. Pero debemos sembrar mucho más de lo que ellos pudieran arrancar.

Ahora su mirada estaba fija en un horizonte lejano.

—La apatía y la inferioridad son nuestros peores enemigos. Los estadounidenses miran el sur de la frontera, ven una masa de morenos y creen que tienen el deber de orientar su destino. —Echó a andar nuevamente—. ¿Sabía usted que la más alta cultura de Egipto pertenece a una mezcla de blanco y negro que tardó ocho siglos en madurar? ¿Cree usted que en otros cuatrocientos años México estará ahí: una raza de alta cultura? —hablaba con algo de cinismo.

—Ha vuelto a salirse del tema. Hable de la educación.

La educación era su caballito de batalla, y José inició un largo discurso acerca de sus planes para la educación.

—Cualquier pueblucho de Estados Unidos tiene una biblioteca pero ¡nosotros no tenemos una sola biblioteca decente en toda la república! Ni hablar de ochenta y cinco por ciento de analfabetos. No hay escolar estadounidense que ignore quién es Shakespeare, pero los escolares mexicanos nunca han oído hablar de Cervantes. Dijeron que era mi fantasía aristocrática la que me hizo traducir los clásicos, ¡pero así le di a la gente algo que leer! Más vale no leer nada que leer estupideces.

Habló de programas culturales en el nivel de primaria: grupos corales, bailes nativos, concursos de pintura y competencias de ortografía a nivel de aldea.

Mi programa, pensaba Antonieta, mientras tomaba apuntes. Él se salía del tema. Ella lo traía de nuevo al problema laboral y las reformas agrarias, siempre emponzoñadas. Las ideas de él todavía estaban borrosas, pero de algo servía intentar ponerlas en palabras.

Se lanzó por la tangente de la ética.

—Para mí, la mejor ética es la cristiana. Según Cristo, el hombre vale más que lo que tiene. Este valor de los bienes materiales depende de la imagen cultural del hombre. Pienso en Gandhi. Vea el poder de su santa austeridad. Y la India ha conservado su esencia cultural.

De repente José calló y se sentó al lado de Antonieta.

—¿Sabe usted cómo veo yo a México? Como una bola de masa que se horneó muy de repente de modo que se formó una dura corteza de corrupción, envidia, inferioridad, sospecha, pereza y apatía; todos esos males que nos mantienen atrasados. Tenemos que romper esa corteza y volver a los ingredientes básicos, nuestras capacidades y talentos infinitos. Subirán si se los permitimos. El mexicano se destruye a sí mismo porque no quiere creer que podría tener buen éxito. Quiero abrirles nuevos horizontes a las mentes jóvenes, hacer que la gente piense, no que acepte y siga aceptando. En eso quiero gastar mis energías. Quiero enseñar por el ejemplo, ayudar a moldear, a elevar el espíritu de México. Yo creo en el pueblo, Antonieta.

José acercó la silla agujereada y tomó la mano de Antonieta. Sus ojos morenos seguían reflejando algo místico, un destino nebuloso todavía en formación.

—Dicen que soy un idealista, un soñador, y probablemente lo sea. Pero dígame que cree que el hombre moriría si no tuviera algún sueño. Dígame que cree en mí.

Los ojos de Antonieta se llenaron de lágrimas. Tomó la mano de José y se la llevó a la mejilla mojada. Entonces él le besó las yemas de los dedos, besó la suave tez de su muñeca y le dijo cariñosamente:

—Vámonos a cenar.

Eran más de las diez. El público de Gambrinus estaba ya bien instalado para continuar las largas discusiones y conversaciones de sobremesa, saboreando el coñac y acabando con los pocos rábanos que quedaban. Estrechando manos por el camino, José condujo a Antonieta hacia una mesa desocupada cerca del bar donde se sentó frente al enorme monstruo de caoba tallada, ocultando su rostro al público. El temor a que la siguieran todavía la obsesionaba.

José tomó un bolillo y empezó a romperlo en pedacitos que untaba en la salsa.

—Quiero un buen filete de res y una botella de Chianti con mucho cuerpo. —Tomó la mano de Antonieta—. Perdón. ¿Qué capricho orienta su apetito? No mire el menú.

Sin darse cuenta, la mirada de Antonieta se había fijado en el espejo que había más arriba del bar. De repente palideció: dos fríos ojos azules cruzaron la mirada con los suyos desde una mesa que había detrás de ellos y a la que se acababan de sentar varios hombres. Albert tomó un sorbito de agua, sin control sobre el temblor de su mano.

—¿Qué sucede? —preguntó José, alarmado—. ¿Se siente mal?

—Por favor, sáqueme de aquí. Ahora mismo.

Cuando empezaron a caminar por la calle, Antonieta se calmó un poco. José respetó su silencio.

—¿Hay algún sitio donde podamos hablar? —preguntó Antonieta—. Tengo algo importante que decirle.

—Mi hotel está a sólo unas cuadras. Eso es privado. ¿Quiere que vayamos?

—Sí —contestó Antonieta, apretando el paso.

José ocupaba una pequeña suite en un hotel modesto. Sobre la mesita del centro de la sala había unas pilas de legajos bien ordenados. Antonieta se sentó en un sillón y estudió el diseño floral del gastado tapete antes de hablar.

—Llegó mi esposo y se sentó detrás de nosotros en Gambrinus. Lo vi en el espejo. Llevo casi tres años tratando de divorciarme y ha hecho de mi vida un infierno. Estoy cansada de combatirlo por eso me ha trastornado tanto. —Aceptó el vaso de vino de oporto que José le ofrecía.

José se sentó en el sofá y la dejó hablar. Recordaba a Albert Blair, un íntimo de los Madero. Podía comprender el atractivo que tuvo para Antonieta, y el choque de los temperamentos. Él escuchaba mientras ella relataba toda la historia de la batalla con

Albert por la custodia de Toñito. Sentía la simpatía de aquel hombre, su empatía.

—Tengo esposa —dijo José—. Seguimos cada uno nuestro camino desde hace años. Yo la sostengo financieramente, claro está, pero no es un matrimonio. Últimamente he reconocido la hipocresía de la Iglesia. —Suspiró hondamente—. A pesar de nuestros problemas domésticos, he mantenido una relación estrecha con mis hijos. Puedo entender su dolor por la idea de que podría perder a su hijo.

—Albert es un adversario fuerte. Hay veces, José, que creo que me voy a hacer pedazos, como si me fuera a tragar algún pozo negro que tengo dentro. —Ahora las lágrimas corrían libremente por las mejillas de Antonieta.

José la hizo ponerse en pie y la abrazó, acunándola entre sus brazos, sin hacer nada más que abrazarla. Después le besó los ojos, las mejillas y los labios.

Ella sintió su calor y su fuerza fluyendo por todo su ser, levantándola, alimentándola. La pasión que comenzaba a poseerla se apoderó suavemente de ella, aumentando hasta que le hizo desear penetrar dentro de él, poseer a aquel hombre, y ser poseída por él, aquel hombre que ahora la reclamaba.

Él la condujo al dormitorio. Lentamente la desnudó, primero una media, luego la otra, besándole los tobillos, las rodillas, los muslos. Una expresión extasiada apareció en el rostro de la mujer y él comprendió que su deseo era tan potente como el suyo propio.

Pasaron las horas. Una, dos, tres...

José la tenía abrazada y Antonieta se estrechó más contra él. Una satisfacción suprema la embargaba allí tendida, en aquel lecho de hotel, protegida por su abrazo. Era como si su vida entera hubiera transcurrido sólo para vivir aquel momento.

El sol penetró entre las cortinas bañando su rostro de calor. Antonieta despertó; se pasó la mano por los ojos, miró su reloj y trató de desprenderse suavemente. Sabina estaría frenética. José volvió a abrazarla y la besó. La pasión volvió a arrebatarlos.

—No te dejaré —le susurró—. No creo que dejaré nunca que te vayas. ¿De acuerdo?

—De acuerdo. —Antonieta apoyó la cabeza en el arco de su brazo.

—Durmamos una hora más antes de que mi famélico estómago exija toda mi atención.

* * *

Ahora, cada uno de sus pensamientos estaba dirigido hacia José, José su amante y José Vasconcelos el candidato presidencial. Este era el amor del que hablaba Chela. Sin embargo, amor era una palabra con la que ella no lo agobiaría. De ninguna manera debería comprometer a José. Su bondad y sus atenciones en medio de un calendario de actividades bestial, su afecto y su respuesta hacia ella eran prueba suficiente de sus sentimientos.

De hecho, su deseo se convirtió en una espada que pendía por encima de ambos. Inventaban subterfugios increíbles para disimular sus sentimientos en público. Él la llamaba Antonieta, pero ella seguía llamándolo «licenciado» y tratándolo de usted. Como sabía que siempre había ojos vigilándolos en el cuartel general de la campaña, ella aprendió la manera de mantenerse alejada. Pero los discursos que le ayudaba a escribir eran inspirados, y el don que ella tenía con las palabras aparecía en lemas, volantes semanales, publicidad radial y artículos políticos. Hasta los suspicaces y escépticos tuvieron que reconocer la importancia de Antonieta.

Robaban momentos para tomar café, a veces una comida o una noche juntos cuando se podía arreglar un encuentro en secreto; entonces la pasión y el agotamiento aceleraban la llegada del amanecer, el temor de ser descubiertos siempre presente en la mente de ambos.

Las semanas ajetreadas y tensas de la primavera pasaron y comenzó la temporada de lluvias. Los hombres de Calles empezaron a acosar más abiertamente a los jóvenes oradores, y el candidato oficial del PNR, Ortiz Rubio, se puso a insistir en que la nación lo había llamado y que el pueblo estaba con él.

Las mujeres tendían volantes mientras la multitud llenaba el teatro en el que Vasconcelos iba a tomar la palabra.

—Aarón Sáenz era el que Obregón había escogido, el que fue anunciado a los cuatro vientos como candidato del PNR, y en un segundo cayó como una muñeca de barro —resonó claramente la voz de Vasconcelos con su impecable dicción—. Entonces Calles trajo de Brasil a un hombre que llevaba siete años fuera del país, otro «sí, jefe» llamado Ortiz Rubio. En una ficción poética, el Partido Nacional Revolucionario dio el espaldarazo a Ortiz Rubio diciéndole: «Esta nación libre y soberana te ha llamado». Su candidato repitió: «El pueblo me ha llamado», y el pueblo preguntó: «¿Y ése?, ¿quién es?».

La carcajada colectiva que llenó con su estruendo el teatro abarrotado repercutió en los mercados, las cantinas, los restaurantes caros y los hogares donde se repitió el chiste. Desde la apagada toma de posesión de Portes Gil, los choferes de taxi habían estado señalando el castillo a los turistas y recitando un epigrama satírico: «Ahí es donde vive el presidente. Pero su patrón —el jefe máximo— vive al otro lado de la calle».

—La única arma que podemos esgrimir contra Calles es la palabra —dijo Vasconcelos a sus nuevos seguidores—. Difúndanla y hablen. Hablen.

Como flechas lanzadas al viento, sus palabras resonaban:

—Debemos romper la continuidad de la familia revolucionaria que trasmite el mandato de uno a otro.

—El gobierno provisional es una cortina de humo para apaciguar a Estados Unidos. Calles no tiene la menor intención de soltar el poder.

—¡Ciudadanos! ¡A votar!

En el sur de la ciudad, lanchas cubiertas de flores atestaban las orillas de los viejos canales aztecas, y la gente portando banderas y banderolas abarrotaba el restaurante del embarcadero principal donde Vasconcelos se dirigía a los indios de Xochimilco vestidos de blanco. Perdida entre la muchedumbre, Antonieta escuchaba.

—¿Están ustedes con los falsos revolucionarios? —retumbó la voz del candidato.

—No. ¡Ojalá se mueran!

—¿Cuánto dinero les ha prestado a ustedes el Banco Agrícola para mejorar sus parcelas?

—¡Ninguno!

—Sus hermanos yaquis en el norte y sus hermanos mayas en el sur tampoco han visto un solo centavo. Porque todo se va a las grandes haciendas de Obregón y de Calles. ¿Les pagan un precio justo por sus cosechas?

—¡No!

—¿Por qué? Porque los intermediarios están metiéndose en los bolsillos el beneficio de ustedes. Si resulto electo, les doy mi solemne palabra de honor que ustedes disfrutarán el beneficio del trabajo de sus manos. He oído decir que nuestros indios no están preparados para la democracia. Y pregunto: ¿Están dispuestos a determinar su propio destino?

—¡Sí!

Los «vivas» retumbaban por los canales mientras el populacho vestido de blanco lo aclamaba.

Alejándose de la multitud en movimiento, Antonieta siguió un sendero a través de un área arbolada, hasta el lugar fijado para la cita, donde la recogería José en un auto de alquiler. Hasta donde ella se encontraba llegaban los aromas a barbacoa y alimentos fuertemente sazonados que se servían en el abundante banquete; comió unos chabacanos que había llevado para calmar su apetito. Finalmente vio que el Dodge entraba en el sendero entre los sauces llorones. El auto se detuvo y Antonieta subió.

—¿Te creyeron los del comité? —preguntó.

—Claro que sí. Inclusive un candidato presidencial tiene que descansar de vez en cuando. Les dije que me iba a Cuernavaca a pasar el fin de semana, y que los vería en el cuartel general el lunes por la mañana. Tu maleta está en la cajuela.

Rieron como chicos que hacen novillos. Curvas agudas empezaron a llevarlos por encima de la capital. José la rodeó con el brazo y ella lo ayudó con el volante.

—Estuviste maravilloso —le dijo—. Te has convertido en un orador de primera.

—Bajo la dirección de Antonieta. Me gustan esas preguntas y respuestas breves. Llevan el mensaje derecho al blanco.

—¿Te fijaste en sus miradas? Escépticas al principio, los indios no creen en las promesas. ¿Por qué iban a creer? Pero te los has ganado, José. ¡Creen en ti! —Antonieta le besó el cuello—. ¿Adónde vamos?

—A la casa de un amigo. ¿Has traído traje de baño?

—Sí.

* * *

La casa rosada se extendía entre la llamarada de colores de un jardín donde el púrpura se mezclaba con el verde, el rosado y el naranja a la sombra de enormes laureles entre la hierba abundante. Las sirvientas esperaban; una bandeja con hielo, limones, una botella de ron, quesos y fruta fresca aparecieron muy pronto y su portadora desapareció discretamente alejándose hacia la parte trasera de la casa.

Pusieron dos sillones muy juntos en la terraza descubierta y se tomaron las manos, viendo el esplendor del sol poniente bañar el jardín; no necesitaban hablar, pues cada uno sentía la proximidad del otro, el contento de compartir su mutua compañía.

José mezcló bebidas en altos vasos, ron y soda, exprimió un poco de jugo de limón y partió trozos de piña que dejó caer en los vasos. Respiraban un aire cálido, semitropical, que los embargaba con su fragancia sensual. Hablaban en susurros.

El resplandor crepuscular se fue apagando y rayos de luna se filtraron entre las ramas de los árboles del jardín. Las constelaciones se reunieron formando las figuras que vaticinan sucesos y destinos. El momento tejía su magia.

—Quiero besarte, besarte toda —dijo José, apretándole la mano—. Ven. —Puso de pie a Antonieta y la rodeó con el brazo.

El mundo se detuvo cuando ella tendió la mano y lo tocó; una sensación fluyó desde su coronilla hasta la punta de los dedos de sus pies, a través de ella y a su alrededor. Volvió a tocarlo. Amor.

José la condujo al dormitorio espacioso y de alto techo lleno del aroma del jazmín huele de noche, y cerró la puerta.

Por la mañana nadaron en la alberca de azulejos, jugando y salpicándose. José la sumió bajo el agua fría y le besó el cuello, la boca y el cabello mojado, mientras salían a la superficie. Nadaron, hicieron carreras y finalmente, agotados, se tendieron sobre las toallas en el suave cojín de la hierba. Perezosamente, Antonieta extendió sus largas piernas escuchando un pasodoble que salía de la victrola. Entonces se puso de pie con un movimiento fácil y ondeante y empezó a bailar.

José la miraba: cuerpo provocativo, tez bronceada y reluciente, cada movimiento era un vuelo de gracia infinita.

—Si tuviera un velo sería Isadora Duncan —dijo, inclinándose junto a él.

—Creo que te pareces más bien a Pavlova —dijo José, atrapando a su ninfa y acostándola a su lado—. Hay expresión hasta en tu dedo meñique.

—Soy una bailarina. Suéltame.

—No creo que te soltaré nunca. ¿De acuerdo?

—De acuerdo.

Sus labios se unieron largo rato, y se separaron con renuencia.

—Ahora, háblame —dijo José—. ¿Dónde aprendiste a bailar? Cuéntame tu infancia.

Antonieta sonrió.

—Cuando era niña, mi México estaba contenido en un marco dorado.

—Labrado en Europa.

—Naturalmente. A veces pienso en mi infancia como escenas en los libros de Proust. Mi madre era bella, elegante y distinguida. Todavía tiene el cutis de un blanco lechoso, como mi hermana Alicia. De chica sentía que me odiaba, creo que porque soy morena. Mi madre tenía una abuela zapoteca y un abuelo alemán. Él se fue una mañana a su finca de café de Oaxaca y nunca volvió. Mi bella abuela, mamá Lucita, siempre guardó luto por él —hizo una pausa—. A mi padre le encantaba exhibir a mi madre; la adoraba y era incapaz de negarle nada. Ella lo tiró todo por la borda. —Antonieta se encogió de hombros—. Los visitantes del sábado preferían ignorar cualquier cosa que trastornara su modo de vida. Don Porfirio era el *statu quo*, por siempre amén y gracias a Dios. Teníamos una maravillosa casa llena de sirvientas que se ocupaban de nosotras, pero mamá era la que regañaba y castigaba. Mi tío Beto me enseñó a hacer trampas en el juego de naipes. —Rio—. Te habría caído bien. —Cruzando los brazos bajo su cabeza, prosiguió—: Es cierto que yo tomé clases de todo: danza, piano, arte, inglés, francés. Ojalá hubieras conocido a papá. La risa de papá curaba todas las heridas. Era todo bondad, y mucho, muchísimo más. Así era.

—Cuando don Porfirio era el alfa y el omega —dijo José—. Debo admitir que a él le debo la buena educación que recibí. Tuvo el buen juicio de mantener en su gabinete a hombres calificados. Cuando llegué a la capital, Justo Sierra era su secretario de Educación; era un hombre brillante. Ahora hemos sacrificado la calidad. Maestros mediocres están produciendo algo peor que graduados mediocres. Cuando yo iba a la universidad, nos obligaban a trabajar y a pensar. Justo Sierra decía: «Lean a Platón, Homero, Virgilio y Dante. Y cuando hayan terminado de leerlos, lean a Dante, Virgilio, Homero y Platón».

Antonieta rodó sobre su estómago y posó la barbilla en las manos.

—Háblame del pueblecito de la frontera donde vivías.

—Ahora lo llaman Piedras Negras y está enfrente de Eagle Pass, Texas. Sigue siendo una de esas poblaciones pequeñas y áridas; todo el verdor se centra en la plaza, las fiestas se centran en la iglesia. Estábamos muy orgullosos de nuestra bella iglesia y de nuestro elegante quiosco de música donado por don Porfirio. Había un gran centro de reparación de locomotoras en el pueblo y le daba un aspecto de importancia. Supongo que dirías que es un pueblo insignificante, sin relieve, pero yo nunca lo vi así. Teníamos una bonita casa con dos mecedoras en el porche, y en la sala un canapé francés y sillas de bejuco alrededor de un centro de mesa labrado.

—¿Y no tendría un jarrón de cristal con flores de seda francesas?

—Sí. ¿Cómo lo sabes?

—Así era la casa de mi abuelita. Cuéntame más.

—Veamos. La casa tenía pisos de loseta reluciente. Éramos siete y además dos sirvientas. Éramos pobres. —José se sentó—. Tienes un cuerpo exquisito, ¿lo sabes?

—Estábamos hablando de tu infancia. ¿Cómo era tu madre?

—Era guapa y de aspecto juvenil, sólo creía en la Iglesia católica, apostólica y romana, y desconfiaba de aquellos protestantes que había del otro lado del río. Yo iba a la escuela de allá.

—¿Qué te enseñaban?

—Todo. Las maestras eran excelentes mujeres, muy justas. No importaba en qué lado del río vivieras. Por supuesto, sangré muchas veces de la nariz demostrando que un *greaser* podía pelear. Entonces descubrí la biblioteca que había allí.

Antonieta le dio un golpe directo al estómago.

—Sigue hablando.

—¿De veras te interesa?

—Profundamente.

—Veamos. Había dos mapas de América del Norte en nuestro salón de clases. La maestra señalaba un mapa con una larga vara y decía: «Esto fue México cuando era la nación más grande del continente». Entonces señalaba el otro mapa: «El México actual». Verás, nunca he olvidado esos dos mapas.

Estaban plácidamente tendidos en la hierba, sumido cada uno en sus propios pensamientos, por el momento.

Súbitamente José dio un salto, se puso en pie, la tomó en brazos y se dirigió hacia la casa.

Cada una de las fibras de su ser respondían a aquel hombre. Él le besó los senos, la espalda, la garganta. Antonieta sentía como si hubiera abandonado su cuerpo para elevarse hacia un reino etéreo. Y después, quedó tendida en la cama, relajada. Lo que brotaba de dentro de ella era la paz, una paz y un contento que nunca antes había experimentado. Se acercó para besar a José una vez más.

Después de comer se sentaron en la plaza del pueblo, bajo un enorme laurel frente al palacio de Cortés, y lamieron una paleta de limón.

—He pasado aquí unas cuantas semanas con los Morrow —confesó Antonieta. El embajador americano era frecuentemente el verdadero blanco de los ataques de José contra Calles. Lamió un poco más de su paleta antes de preguntar—: ¿Por qué odias a los estadounidenses?

—Pero ¡si no los odio! Lo que odio es su actitud hacia los mexicanos. Trabajé para una firma jurídica norteamericana antes de unirme a Madero. Me pagaban un sueldo decente pero me trataban más bien como a un mensajero. Ellos nunca podrán considerar a un mexicano como un igual.

* * *

De regreso a casa, en el auto, estaban muy juntos, sumidos en un humor contemplativo.

—Ojalá pudiéramos oír esta noche a Carlos Chávez. Va a tocar el *Salón México* de Copland —comentó Antonieta con añoranza—. No importa, tenemos trabajo que hacer.

El pico del Popo se alzaba entre los pinos cada vez que una curva en horquilla los alejaba del valle de Cuernavaca hacia la cresta de la montaña, y entonces comenzaron a bajar de nuevo. Muy pronto se extendió la capital a sus pies. Sería de noche para cuando llegaran a casa, y quedaban aún discursos que afinar. José tenía que salir para Veracruz el lunes por la noche.

Una nerviosa mujer del comité esperaba a Antonieta cuando esta llegó a la casa de la calle Monterrey. Un joven estaba sentado junto a ella en el banquito del vestíbulo, con la cara manchada de sangre seca.

—Señora —gimió la mujer—, es un sobrino de fuera, un acérrimo vasconcelista. Les gritó unos cuantos insultos a los policías que estaban intentando evitar una reunión callejera esta tarde, y mírelo. ¡Lo golpearon sin compasión! Escapó y lo persiguieron hasta mi casa. Salimos por la puerta de atrás y vinimos aquí. Señora, ¿lo esconderá usted?

—¿Tú provocaste la pelea? —preguntó Antonieta al joven militante.

El joven asintió con un ademán.

—¡Son unos cerdos! —El odio centelleaba en la mirada juvenil.

—Claro que lo esconderé. Puede trabajar con tu grupo hasta que el incidente se olvide.

Antonieta cuidó las heridas del joven, lo alimentó y lo instaló en el cuarto de Ignacio.

Agotada, no estaba de humor para aguantar la arenga medianochesca de Mario cuando, a su regreso del cuartel general donde había estado trabajando en los discursos de José, su hermano la estaba esperando abajo.

—¿Has perdido la cabeza dando asilo a un criminal?

—No es un criminal, Mario. La policía está acosando a los muchachos de Vasconcelos, eso es todo.

—Si la policía anda tras él, la situación es peligrosa.

—Volar es peligroso, pero tú lo haces.

—Antonieta, querría verte renunciar a esa campaña. Es más de lo que puedes abarcar. Será mejor que vuelvas a tener tus salones. Por favor.

—No puedo. —Antonieta dio un beso a su hermano—. Buenas noches, mi amor.

34

Era una clara mañana de junio, y el sonido que despertó a Sabina la hizo saltar de la cama: ¡repiqueteaban las campanas! Las calles estaban llenas de gritos mientras retumbaba el sonido del bronce y los vecinos pasaban rápidamente delante de las puertas de herrería, en su camino hacia la iglesia que estaba a pocas calles de distancia.

Abriendo de par en par la puerta del dormitorio de Antonieta, Sabina sacudió a su patrona por el hombro:

—¡Nos vamos a la iglesia! —anunció—. Escucha las campanas. —Dejó el diario sobre la cama y se fue como una exhalación.

Media atontada al cabo de tantos días y noches de trabajo ininterrumpido, Antonieta se incorporó y escuchó el ángelus matutino en el tañido de las campanas. Tomó el periódico y leyó el encabezado que anunciaba el final de la Guerra Cristera.

«El embajador americano, señor Morrow, ha contribuido en gran medida al establecimiento de un acuerdo entre el gobierno y los obispos», leyó. «Los funcionarios de la jerarquía católica en Estados Unidos han servido de intermediarios para lograr que ambas partes depongan las armas».

Ya totalmente espabilada, Antonieta tomó el teléfono. Eran las siete de la mañana; el tren de José había llegado a la medianoche, y él ya estaría levantado. Tenía que hablarle antes de que se sumiera en sus reuniones. Desde Cuernavaca, tenía en mente una idea que ya estaba tomando cuerpo.

—José, espérame para desayunar —le rogó—. Estaré allí para cuando termines de vestirte.

—¿Quién dijo que voy a vestirme?

—Yo. Tenemos que hablar. ¿Oyes las campanas de las iglesias? ¿No es maravilloso?

—No estoy en favor del acuerdo —le manifestó José—. Los pobres condenados cristeros han sido traicionados. Pero hay buenas noticias. Esperaré. ¡Apúrate!

* * *

Un mesero empujó un carrito con un platón de fruta fresca y otro de humeantes huevos revueltos. Antonieta escuchaba mientras José, entre bocado y bocado, relataba la excitación de la exitosa gira de la campaña.

—Veracruz está conmigo, incluyendo al gobernador del estado, un hombre de Calles. Ojalá hubieras estado allí. ¡Nuestras reuniones políticas en Jalapa, Córdoba y Orizaba fueron algo tremendo! Por supuesto, hicieron acto de presencia los militantes comunistas, bien organizados y dispersos por todos lados, pero ayudaron a dominar a los agentes provocadores. Waldo Frank me acusó de ser candidato de la burguesía. —Rio de buena gana—. Estaba demasiado excitado para dormir anoche. Seguía pensando en las barreras que me falta escalar y derribar. Sólo cinco meses más y será noviembre.

Empujó el plato hacia un lado y se puso en pie, alzando los brazos en ese ademán tan característico que Antonieta había llegado a asociar con una expresión de lucha interior.

—No importa cuántos votos ganemos en provincia, será aquí, en la capital, donde se decida el resultado de la elección. Tenemos que intensificar nuestra batalla de palabras —se interrumpió y sus ojos cobraron vivacidad—. La gente está harta de violencia. Pero comenzamos a sentir la agresión de Calles en las provincias, señal de que está preocupado. Las autoridades locales apagan las luces de las plazas por la noche, cortan el agua en nuestros hoteles, empujan, acosan y maltratan mientras hago uso de la palabra, y hay soldados armados en todos los mítines.

Antonieta escuchaba.

—Calles dispone de los militares, tiene a Estados Unidos y a Wall Street de su parte y ha sofocado a la prensa. —José volvió a alzar los brazos—. ¿Qué podemos hacer? ¿Se te ocurre alguna nueva estrategia?

—Siéntate, José, por favor —dijo Antonieta—. También yo he estado pensando. Y quisiera hacerte una proposición. —Sirvió una cucharada de salsa picante sobre los huevos revueltos, fríos ya—. Ya sé cómo te sientes, pero escúchame antes de decir nada. —Tomó un bocado y capturó su mirada al otro lado de la mesa baja—. Creo que una reunión personal entre Morrow y tú, en la que pudieras explicarle tus programas, el político y el social, ayudaría muchísimo.

—¡Pero si Morrow es el instructor de Calles! ¡Es hombre de Wall Street! ¿Qué le importan a él los ideales políticos? Olvídate de esa idea.

—Pero José, yo conozco a Morrow. Es un ser humano razonable y de carácter humanitario. ¿No consiguió que Calles pusiera fin a este horrible fratricidio cristero?

—Ya te he dicho que no estoy en favor del acuerdo. ¡Malditos sean los obispos y los banqueros! Los cristeros habrían ganado con sólo seguir luchando.

—¿Habrían ganado qué? ¿Un mayor número de cadáveres amontonados?

—No comprendes. Con ayuda de los aeroplanos y las armas de Morrow, Calles acabó con la rebelión de Escobar, y ahora ha obligado a los cristeros a deponer las armas. Ha consolidado su poder. Ya soy el único que le queda por combatir.

—José, escucha un momento. Morrow desea sinceramente ayudar a México. Está enamorado de México, y también su esposa lo está. El único problema es que no comprende a México. Tú podrías hacer que lo comprendiera.

—Morrow está enamorado del petróleo de México. Acaba de firmar un acuerdo con Portes Gil acerca de derechos sobre el sub-suelo a cambio de lo cual las compañías de Estados Unidos nos pagarán quince por ciento por barril. ¡Una limosna para un pobre! Vamos, Antonieta, un poco de realismo: es socio de J.P. Morgan.

Antonieta no insistió; fue comiendo bocaditos mientras José amontonaba huevos revueltos y salchicha en una tortilla y bebía café, antes de ponerse finalmente de pie y pasarse los dedos por los cabellos.

—Los norteamericanos no tienen ni la más leve idea de lo que nos traemos entre manos: para ellos no significamos nada. Creen que la Ciudad de México se encuentra en medio de alguna selva remota. —Rio—. Después de una conferencia que pronuncié en Washington, un hombre se me acercó y me dijo: «Fue interesantísimo. El Departamento de Estado me envía a Sudamérica». «¿A qué lugar de Sudamérica?», pregunté cortésmente. «A Costa Rica», contestó el individuo.

Antonieta rio con él. Cuando el mesero se llevó el carrito, volvió a intentarlo:

—José, creo que subestimas a Morrow. Él lo sabe todo acerca de ti y te admira.

—Antonieta, en cuanto llegué fui a verlo.

—Pero desde entonces las cosas han cambiado. Puedes ganar esta elección si lo convences de que él está apoyando al hombre equivocado.

José miró por la ventana. Permaneció largo rato en silencio; finalmente se volvió hacia ella y preguntó:

—Háblame de ese plan tuyo. ¿Qué has pensado?

—Una reunión privada.

—¿Dónde?

—En mi casa. Telefonearé a Betty, su esposa, y los invitaré a comer. Les diré que también tú estás invitado. Vendrán —agregó sencillamente.

José volvió a pasarse los dedos por el cabello, y de repente se dejó caer en el sofá junto a ella.

—Confío en tu instinto, querida —dijo seria y dulcemente—. Está bien, nos encontraremos, pero debe quedar entendido que no estoy cediendo ante el imperialismo yanqui. Esto tendrá que ser un asunto estrictamente privado, los Morrow, tú y yo.

Antonieta se besó el dedo y lo posó sobre los labios de José.

* * *

La comida se organizó en pocos días. Una reunión social, nada oficial, nada en la prensa.

Con cierta renuencia, José llegó a la casa de la calle Monterrey unos minutos antes de la hora.

—Te ves muy guapo e impresionante —le dijo Antonieta, saludándolo en la puerta—. Veo que has mandado lustrar tus zapatos.

—No estoy tratando de impresionarlo a él —dijo José con sonrisa pícara—. Estoy tratando de impresionarte a ti.

Habían puesto una mesa pequeña en una terraza junto al jardín. El ambiente era informal y cordial cuando los cuatro comensales tomaron asiento.

—Habla usted extraordinariamente bien el inglés, señor Vasconcelos —dijo Morrow—. Y entiendo que algunos libros suyos han sido traducidos al inglés. Admiro a las personas cultivadas.

—Gracias —dijo José—. No todo el mundo está de acuerdo con mi filosofía. Si resulta difícil que los individuos se entiendan entre sí, cuánto más difícil tiene que ser para las naciones.

—¿Acaso no es esa la tarea de la diplomacia: tratar de crear el entendimiento y conciliar diferencias entre las naciones? Esta bisque está deliciosa, Antonieta —dijo Morrow, interrumpiéndose—. He seguido de cerca su campaña, señor Vasconcelos. Es usted un hombre muy popular.

—Eso espero —dijo José, mirándolo a los ojos—. Verá usted, señor embajador, tengo la intención de ganar esta elección. Yo sé que está usted de parte del general Calles y su candidato. Es natural que los estadounidenses admiren los proyectos de presas y la construcción de carreteras y un sistema bancario nacional. Eso significa progreso. Pero, ¿de quién serán las propiedades beneficiadas por las presas? ¿Y cuántos de esos depósitos bancarios estarán disponibles para quienes necesiten realmente dinero? ¿Cuánto se gastará en educación?

—Quiero pensar que muchísimo. Me dicen que el gobierno tiene un programa de escuelas rurales muy activo.

—¿Ha leído usted los libros de texto, señor embajador? Están señalando a la juventud de este país el camino derecho hacia el socialismo. ¿Acaso Estados Unidos vería con buenos ojos una generación de jóvenes socialistas?

Morrow guardó silencio.

—¿Se puede admirar a un presidente que haya sido electo sin oposición? —José dio un puñetazo sobre la mesa—. ¿Puede uno admirar a un presidente apoyado por un sindicato de trabajadores comprado, al que ahora halaga hipócritamente mientras amasa una fortuna?

—Vamos, vamos, señor Vasconcelos —reprendió Morrow—. Aun cuando esas acusaciones fueran ciertas, nuestro gobierno debe tratar con el gobierno en el poder, sin importar por qué medios haya llegado a él. El principal *de facto*, señor. Mi gobierno tiene perfecto conocimiento de que México está agobiado por los problemas.

—Entonces, ¿me permite sugerirle que permita a México encontrar su propia solución a esos problemas?

—¿Y cuáles sugiere usted que sean esas soluciones? —preguntó ásperamente Morrow.

—Primeramente, que nos liberemos de tiranos militares que tienen el destino del pueblo bajo su férula. Somos una nación de extremos y, por lo tanto, para funcionar como país integrado necesitamos una verdadera representación en el Congreso. Nuestra estructura debería ser: educación en la base y honradez en la cima.

—Una plataforma meritoria, señor.

José se inclinó hacia Morrow.

—Señor embajador, ¿respeta Estados Unidos la soberanía de México?

—¡Claro que sí!

—¿Y ejercerá su influencia en ese sentido?

—No somos responsables del resultado de la elección mexicana —manifestó el embajador, encolerizado.

—Entonces le pido un favor, señor. ¿Quiere decirle al general Calles que lo único que deseo es que se garantice una elección libre? Ganaré si él mantiene las armas en sus fundas.

Morrow hizo frente a Vasconcelos mientras se limpiaba los anteojos.

—La política puede ser un juego peligroso, señor Vasconcelos, y me pregunto si un erudito como usted capta plenamente todas sus implicaciones. ¿No sería mejor colaborar en el área de la educación para la cual está usted tan capacitado?

El rostro de José enrojeció, pero consiguió dominar su genio. Antonieta dejó su servilleta en la mesa y se levantó.

—¿Y si nos vamos a la sala a tomar el café?

Las despedidas fueron tan cordiales como lo habían sido las presentaciones. Se comentó la manera como Aaron Copland había aprobado *Fuego nuevo*, la composición de Chávez recientemente estrenada en un concierto magnífico.

—Hay que felicitarla una vez más por su excelente trabajo en favor de la sinfónica, Antonieta —dijo con entusiasmo la señora Morrow—. Espero que el maestro Chávez acepte dar una función de caridad. ¿Podré llamarla por teléfono, querida?

—¡Por supuesto!

José acompañó a Antonieta y a sus invitados hasta la puerta y se estrecharon nuevamente las manos.

Al volver hacia la casa, José le apretó la mano.

—Lo intentaste. Lo único que he sacado en limpio es que el eminente señor Morrow es más bajo que yo. Bajo y miope.

Aquella noche, Amelia la recibió con una noticia desconcertante: Albert había llamado.

—¿Qué quería? —preguntó Antonieta.

—Hablar contigo, naturalmente. Quiere que lo llames.

Por la mañana Antonieta llamó a su abogado.

—¿Debería hablar con él? —preguntó.

—Sí su esposo ha pedido que lo llame, le aconsejo que lo haga. —Fue la respuesta del abogado—. Sería un error ignorarlo.

La voz familiar de Albert la llevó seis años atrás. Mientras escuchaba, el corazón le latía con fuerza.

—Seré breve, Antonieta. Quiero ver a mi hijo. Te lo estoy pidiendo de la manera más civilizada que conozco.

—¡No! No es conveniente. Está en la escuela y tiene clases por las tardes. Yo… él…

—Entonces tendré que pedir una orden del tribunal.

—¡Pero no se ha decidido la custodia!

Albert había colgado.

—¿Puede obtener una orden del tribunal? —preguntó al abogado.

—No la necesita —contestó el consejero—. Mientras no se decida la custodia, no hay restricción para los derechos de visita. Es padre del muchacho. Comprendo su ansiedad, señora. Estamos haciendo todo lo posible por apresurar el caso.

* * *

Parecía que se hubieran infundido nuevas energías al estado mayor en el cuartel general de la campaña. Reuniones de estrategia, reuniones presupuestarias y reuniones para decidir el trayecto de la importante campaña en el norte ocupaban el tiempo y los pensamientos de cada uno de los miembros del comité del Partido Antirreeleccionista. Habían llegado donativos generosos enviados por partidarios acomodados, pero nunca eran suficientes, nunca alcanzaría para enviar a Andrés y a un grupo de jóvenes seguidores empeñosos por la senda de la campaña. Las noticias llegaron rápidamente a Antonieta, quien hizo un ofrecimiento privado para sufragar los gastos del grupo. Aquellos jóvenes organizadores y oradores eran su mayor ventaja. ¡Tenían que ir!

Dinero. Siempre dinero.

Batallando apenas brevemente con su conciencia, Antonieta vendió una propiedad de Mario en Chapultepec Heights. Además indicó a su agente de bienes raíces que aceptara un ofrecimiento muy bajo para uno de sus grandes edificios, y que vendiera El Pirata. Recordó la última vez que había estado allí con Manuel y su camarilla. Bailaron y bailaron. Después se sentaron, inclinados alrededor de una mesita, viendo cómo las cañas de mezcal entraban en acción, ese mezcal que paralizaba el cerebro, dominaba el juicio y provocaba ruidosas discusiones. Un hombre de la mesa vecina trastabilló al ponerse en pie y exigió bailar con ella. Manuel se levantó protestando, el hombre azotó una pistola sobre la mesa y ella vio cómo giraba alocadamente hasta que Xavier la detuvo. El hombre volvió a metérsela en la pretina y se alejó, tambaleándose y riendo. Lo único que le pasó por la mente fue Chela, y salió corriendo del salón de baile… Antonieta apartó los cabellos hacia atrás. Sí, había que vender El Pirata.

* * *

Por fin, las oficinas habían quedado silenciosas; todos se habían ido y Antonieta estaba sola, estudiando las tarjetas de su archivo y trazando lineamientos para los discursos. La campaña en el norte duraría cuatro semanas y abarcaría dieciocho poblaciones y ciudades por tren y automóvil. Era cerca de la medianoche cuando oyó girar una llave en la cerradura.

—José, ¡me has dado un susto!

—Ya sabía yo que vería luz bajo la puerta.

—Deberías haber ido al hotel después de cenar. Necesitas descanso —lo reprendió Antonieta con suavidad.

—¿Y tú? —La besó y se sentó pesadamente en la silla del agujero—. Debería revisar esos detalles contigo.

Antonieta le acarició la mejilla.

—Estás trabajando tan duro, José. Déjame aliviarte un poco de tu carga. Llévame contigo. Puedo ser útil en esta campaña. Escúchame. —Volvió la cabeza y lo miró a los ojos—. Seré tu secretaria, tu cronista y tu mensajera. Ahora Amelia está en casa y cuidará a Toñito con uñas y dientes. Quiero ir contigo.

José le apretó la mano.

—Si quieres venir, ¿cómo podría yo detenerte, querida? —dijo, suspirando—. Te has convertido en mi fundamento y mi fuerza.

* * *

Lluvias veraniegas torrenciales convertían en ríos las calles provincianas: San Juan del Río, Querétaro, Celaya, San Miguel de Allende, Dolores Hidalgo, Guanajuato. En el corazón del México colonial donde los conspiradores de la guerra de Independencia contra España se confabularon y combatieron, Vasconcelos logró convencer de que era necesario cambiar de gobierno, forjar un nuevo México.

—¡Los intelectuales reunidos aquí —resonaba la voz del candidato en las plazas históricas— fueron patriotas que forjaron a esta nación! ¡Pero su sacrificio fue traicionado porque este país está nuevamente dominado por la tiranía! Los únicos recompensados son los serviles. ¿Van ustedes a quedarse quietos y permitir que sigan así las cosas?

El sol caía a plomo sobre las multitudes por la mañana, y por la tarde Vasconcelos se veía frente a un mar de paraguas; nadie hacía caso del tiempo mientras la gente seguía llenando las bellas plazas coloniales.

El tren seguía adelante. Antonieta aprendió a lavarse con una esponja y una jarra de agua en los mesones: aprendió a esperar con paciencia en primitivas estaciones del ferrocarril a que llegara el siguiente tren.

Un caluroso día de julio, la locomotora se descompuso y se encontraron inmovilizados en un pueblecito. Les dijeron que tardarían quizá el día entero en componerlo. Era domingo. Antonieta abrió el paraguas para mitigar la fuerza del sol mientras el grupo cruzaba las vías y se dirigía hacia los árboles que daban sombra a la pequeña y polvorienta plaza.

—Espera aquí —dijo José—. Vamos a explorar los alrededores para enterarnos de lo que ocurre en este pueblo.

Antonieta se sentó en un banco oxidado. Niños chiquitos y medio desnudos miraban fijamente a la señora del paraguas, y un perro callejero se frotó contra su pierna. Pronto regresaron José y los demás, seguidos por un grupo de campesinos. Ella vio, algo divertida, que Ibarra, el portavoz, se subía a un banco.

—¡Señores! —gritó con voz fuerte—. Quisiera presentarles al licenciado José Vasconcelos, su candidato a la presidencia de México.

Un campesino dio un paso adelante.

—Hemos oído hablar de ti. Eres bienvenido en Santa María de Palo Solo, señor. Sería un honor escuchar lo que tienes que decir.

José se subió al banco y empezó a hablar, y su voz llenaba toda la plaza atrayendo a tenderos, artesanos y mujeres con la barriga hinchada y cargadas con niños y canastas. Su auditorio creció. Entonces una banda tumultuosa de hombres empistolados que seguían a su jefe a través de la plaza, estuvo a punto de derribar a un viejo montado en un lamentable burrito. Se oyó un disparo.

—¿Quién quiere escuchar peroratas cuando hay una buena pelea de gallos? Dispérsenlos.

Nadie se movió.

—He dicho que se dispersen.

Una sólida muralla de vasconcelistas se enfrentó a los hombres armados.

—Ta bueno, pendejos, ¡pierdan su tiempo! —Zigzagueando ligeramente, siguieron a su jefe.

Antonieta tomó su bloc: «Mientras Vasconcelos hablaba a los campesinos, hombres con pistolas siguieron a su cacique a través de la plaza como cabras. Los campesinos no se movieron de donde estaban, tal vez muchos de ellos fueran cristeros a quienes obligaron a deponer las armas. Más allá del candidato, a la orilla del pueblo, un campesino solitario ara su parcela con bueyes. Esta tierra dura y sedienta es su tierra, un vínculo que lo arraiga de por vida». Antonieta retrocedió un poco para captar la escena completa. «Una mujer joven ofreció flores al candidato», escribió. «Su rostro delataba sufrimiento y su vientre, su papel de mujer. Me dijo que era su séptimo hijo. Le pregunté: "¿eres feliz?". Evidentemente, nunca se había hecho esa pregunta; después de cavilar un poco, me contestó: "creo que sí. Mi marido no me pega"».

Largas tablas y caballetes de madera aparecieron súbitamente en la plaza, seguidos por mujeres cargadas con pesadas ollas de barro llenas de nopales, chiles rellenos, frijoles y humeantes montones de tortillas: habían preparado un banquete para el candidato y su gente.

Una línea anaranjada a lo largo del horizonte era lo único que quedaba del sol poniente cuando el tren lanzó su silbido alto e insistente.

* * *

Los cactos de un verde grisáceo se convirtieron en una ancha franja confusa. Kilómetros de muros de piedra serpenteaban arriba y abajo, una barrera contra los animales, evidencia del tráfago de aquellos rudos campesinos. Antonieta estaba sentada junto a Andrés.

—Son como los muros de Oaxaca —dijo el joven, lenta y claramente, controlando su habla—. Pero aquí arriba los mejores trabajadores se van al norte, al otro lado de la frontera, entre la siembra y la cosecha. Dicen que medio millón se fueron después de la Revolución. —Andrés sacudió la cabeza—. Creo que la gente está peor aquí, en el norte.

Antonieta tomaba notas, revisaba los discursos de José, le recordaba que mandara lustrar sus zapatos, que comiera. Aprendieron mucho, cada uno, de la historia del otro en momentos privados, momentos robados a la devoradora campaña, siempre en movimiento.

—¿Hay alguna población en la que no hayas sido bien recibido? —preguntó Antonieta, maravillándose ante las multitudes que hacían valla en las estaciones del tren.

—Sí. Morelia, cuando llegué de la frontera. Fue la peor.

—¿En el México colonial? Yo creía que era una ciudad donde la gente tenía buenos modales.

—Gobernada por pistoleros. Pude sentir allí el miedo y la represión. Superficialmente, palabras corteses y tolerantes de bienvenida. Palabras hipócritas. El general Lázaro Cárdenas cree que Calles es Dios. Por supuesto, Calles lo puso ahí de gobernador, y Cárdenas gobierna a Michoacán con poder absoluto. Sólo un corto número de valientes se presentó para escucharnos. Puede suceder de nuevo. Espera a que lleguemos a la fortaleza de Calles.

José era incansable. Infundía vida en la gente, abría corazones a la fe en el destino de la nación. En su joven estado mayor, Antonieta vislumbraba patriotas en ascenso, líderes en ascenso. Pero lo que sustentaba a todos eran los sueños y los ideales de José.

* * *

Siguieron hacia el norte, fundando clubes creados por voluntarios comprometidos a cambiar el voto. Las comidas eran esporádicas. Cediendo a los olores incitantes que emanaban de los anafres humeantes en los pueblecitos, comieron maíz tostado, devoraron cabrito asado, arrancando suculentos trozos y envolviéndolos en una tortilla, inclinándose mucho para comer sin ensuciarse con la salsa que chorreaban. Los muchachos exploraban las tiendas locales y regresaban al tren con frascos de manitas de cerdo marinado en aceite y vinagre con hierbas aromáticas.

León, Zacatecas, Durango. El tren gruñía al escalar los montes, y después se deslizaba cuesta abajo hasta una tierra calurosa y plana.

Y por fin, Torreón.

Al reconocer el paisaje familiar, Antonieta se sintió bañada en sudor frío. El entronque del ferrocarril del noreste, la inmensa casa de máquinas, la intrincada red de líneas cruzadas, el andén de la estación, todo ello revivía escenas que ella prefería olvidar. Había comprado quesadillas aquí aquella noche que hizo señas a la locomotora con Toñito inerte entre sus brazos. Los pensamientos dolorosos fueron barridos por el caos que se manifestaba en el andén.

* * *

¡Viva Vasconcelos! Abrazos, apretones de manos, breves discursos y, finalmente, la delegada de la Organización de Mujeres la condujo al hotel Francia. Arriba, en su habitación, Antonieta recordó la descripción que le había hecho Albert de la batalla de Torreón, y se estremeció. ¡Ahora estaban haciendo campaña en pos de una nueva era! La Revolución había muerto. Y también sus líderes: Madero, Zapata, Carranza, Pancho Villa, Obregón, asesinados todos ellos.

Descartó la idea perturbadora y se lavó rápidamente, preparándose para el mitin de la noche en un teatro de la ciudad.

—Ciudadanos, esta es la hora decisiva. ¿Quién llevó al poder a los funcionarios que reglamentan sus vidas, que les hacen humillarse pidiendo favores y pagar sobornos cuando sólo exigen lo que es su derecho? Han oído repetir a Ortiz Rubio como un loro, con frases huecas, los ideales revolucionarios. ¿Van a permitir que Calles les dicte su futuro?

La voz del candidato era potente, positiva, allí parado frente a un auditorio numeroso.

Un hombre fornido se puso en pie y gritó:

—¿Quién es Calles? Es sólo un ciudadano, un ciudadano privado sin función pública alguna.

—¿Sabe alguien quién es Calles? —preguntó Vasconcelos.

Una carcajada enorme surgida de una sola garganta colectiva fue la respuesta.

«¡La victoria con Vasconcelos!».

El inconfundible disparo de un arma cortó el aire. Rodeado por un estrecho cerco de su joven guardia y una multitud de seguidores, el candidato fue sacado del teatro.

Era más de la medianoche cuando Antonieta pudo cruzar unas palabras con José. Ahora el temor le deformaba la voz.

—¿Crees que intentaban asesinarte?

—No. Lo que creo es que intentaban asustarme. Anda, duerme un poco, querida, mañana será otro día.

San Pedro de las Colonias no había cambiado. Polvo y calor asfixiante; el camión cisterna con su vieja manguera remendada, lleno de agua, daba vuelta a la plaza cuando ellos llegaron. Antonieta caminaba delante con el joven estado mayor, charlando, planeando, disipando recuerdos infelices.

Seis mil habitantes se habían convertido en diez mil: los rancheros y granjeros habían acudido de todos lados para ver y oír al candidato, y habían esperado dos horas bajo el sol. La caravana del candidato había tenido que interrumpir su progreso pues grandes tachuelas esparcidas por la carretera la obligaron a detenerse para remendar las llantas.

Cayó la oscuridad antes de que los nuevos líderes del club abandonaran la plaza, nombrando a jefes de comités, escribiendo a la luz de lámparas de petróleo colocadas en los bancos de la plaza cuando los funcionarios municipales cortaron el suministro eléctrico.

Antonieta echó una mirada hacia atrás, a la casa donde solían quedarse Albert y ella, mientras el Dodge rentado de Vasconcelos volvía a levantar el polvo de San Pedro.

* * *

Monclova. Unos cuantos jovencitos intrépidos treparon a los estribos y dieron bocinazos, abriendo el camino hacia la plaza. El candidato y su comitiva salieron de los polvorientos automóviles y se encontraron en medio de la multitud. Calor opresivo, alguien trajo refrescos y se ofrecieron alimentos en una larga mesa junto al estrado del orador.

Escribiendo en su taquigrafía personal, Antonieta tomaba notas: «En la confusión, Ibarra, quien debía presentar al candidato, fue detenido por la policía y llevado al puesto donde lo acusaron de borrachera. Lo azotaron bestialmente y lo soltaron, con la camisa empapada en sangre bajo el saco. Ibarra volvió a tiempo para pronunciar, impasible, la presentación del candidato».

Cuando se callaron los vítores, un hombre saltó al estrado y se dirigió al candidato:

—Todos hemos visto lo que es el circo electoral. Trajeron la semana pasada camionadas de campesinos, impusieron un desfile de tenderos, maestros y trabajadores, amenazaron a la gente. Queremos que sepa usted que aquí estamos por nuestra propia voluntad y que votaremos con armas en las manos.

«¡La victoria con Vasconcelos!».

* * *

Ahora había soldados armados en el andén de la estación. El batallón de avanzada de Vasconcelos fue abriéndose paso entre la muchedumbre que vitoreaba, que repetía su nombre y agitaba banderolas, protegiendo al candidato con una muralla humana.

Como un calidoscopio con su infinita diversidad de formas y colores, la pluma de Antonieta captaba imágenes, traducía el estado de ánimo del pueblo, se hacía inmediatamente cargo de sus problemas y sus esperanzas. Cuando la voz de José comenzó a quebrarse, ella le dio masaje a la garganta con aceite de eucalipto.

Las peores críticas contra el gobierno se dieron en el norte industrial. En Monterrey, Vasconcelos atacó duramente al poderoso sindicato de trabajadores encabezado por un líder corrupto, Morones, el consentido de Calles.

—Convertiré los palacios de Morones, edificados con los fondos del sindicato que encabeza, en escuelas para sus hijos. Los líderes laborales ricos y los funcionarios ricos están desangrando al país, llevando su dinero a Estados Unidos, escondiéndolo allí.

La inquietud social latente perturbaba a los hombres de Monterrey. Individuos y grupos se presentaron para ver al candidato, brindando ayuda económica e inclusive armas.

—El poder emana de la boca de los cañones, no de las palabras —dijo un portavoz—. Sus hombres deben ir armados, licenciado, y usted debería estar preparado para levantarse en armas si la elección es fraudulenta.

—Gandhi no va armado. El secreto de las palabras consiste en convertirlas en acción, caballeros. —Los hombres estudiaban a aquel candidato presidencial que se negaba a portar un arma—. Muy pocos son los que levantan sus voces en México —prosiguió Vasconcelos—, pero el silencio del mexicano no es señal de conformismo, sino de temor al poder. Deben ustedes votar. La abstención es la voz del cobarde. La mejor manera de ayudarme, caballeros, será cuidar las urnas electorales el día de la elección. ¡Consigan que la gente vote!

Durante un momento que estuvieron a solas, José le susurró a Antonieta:

—En Victoria les pediré que vayan a Tampico para preparar el camino. Les diré que necesito una noche de descanso. En Victoria, querida.

Pero la ciudad de Victoria estaba revuelta porque había una elección local en marcha. Las armas bloquearon a quienes se oponían a la pizarra oficial cuando intentaron votar. El pueblo fue empujado y pateado. Vaciaron las boletas sobre una mesa de madera, las doblaron y metieron en una caja de cartón. ¿Sería lo mismo el 17 de noviembre? Su joven guardia lo rodeaba estrechamente mientras la gente se abría paso entre los soldados para escucharlo en la plaza. Más tarde, en el hotel, sus partidarios apostaron guardias en la recepción y fuera de su puerta.

Por la mañana, un corresponsal de *El Universal* detuvo al candidato en el vestíbulo.

—Hemos publicado durante años su columna, licenciado, pero ahora no me dejan decir la verdad. El periódico corre el peligro de que lo cierren, acusado de reaccionario por el gobierno. Me han ordenado que limite mis informes a breves telegramas. Quise que usted lo supiera.

—Revolucionario, reaccionario, ¿cuál es la diferencia? —preguntó José, airado—. Son palabras que han perdido su significado.

Antonieta rasgó de su bloc una hoja de papel y se la tendió al corresponsal, diciéndole:

—Creo que esto cabe en un telegrama.

El hombre leyó:

—Miles y miles han escuchado al licenciado decir: «Sólo el miedo o la indiferencia puede impedir que vayan a las urnas. Si quieren un cambio en el gobierno, ¡voten!».

José estrechó la mano del periodista.

—Espero verlo en Tampico.

* * *

Antonieta cayó en su cama, exhausta. Mañana seguirían a Tampico, el centro petrolero de México. Sería la prueba decisiva. Daba vueltas y vueltas sin poder dormir, mientras las imágenes le pasaban por la mente como en una película. Había abierto los ojos a un México que nunca antes existió para ella. Había visto una pobreza agobiante, la amabilidad cariñosa de la gente de provincia, el temor al poder político. Las armas hablaban más fuerte que la voluntad de votar. José llevaba un arma en la maleta; su comité había insistido en ello, pero él había jurado no usarla nunca. ¿Llegaría el momento? Intrépido y confiado, en cada mitin José representaba un blanco. ¿Lo matarían igual que a los otros? Ella trataba de apartar el temor que le devoraba el corazón.

Antonieta estaba tan tensa como la cuerda de un arco cuando el tren se acercó a una estación de las afueras de Tampico. El feo olor a petróleo llenaba el aire sofocante. Miró por la ventanilla mientras Mauricio trazaba el camino a seguir dentro de la ciudad. Recorrerían en automóvil los ocho kilómetros hasta la plaza. Los líderes de clubes locales habían proyectado planes detallados.

José se deslizó junto a ella y puso la mano sobre el bloc.

—Tienes ojeras. ¿Te sientes bien?

—Sí. —Se cruzaron sus miradas comunicándose en un lenguaje privado—. Es sólo la excitación.

—No sabes cuán desesperadamente te deseaba anoche. Estuve a punto de levantarme para ir a tu cuarto, pero los muchachos tienen el sueño ligero.

—Te guardan la noche entera, ¿verdad? ¿Saben que tienes oculta una pistola entre los libros y papeles en esa maleta tuya?

—No. Olvídate de esa pistola. Ya te dije que sólo la usaría en circunstancias que implicaran vida o muerte. Calles no es tan descarado como para dispararme a la vista de todos. Escucha —susurró—, les he dicho a Ahumada y a Pacheco que después del mitin en Tampico me iría a pasar dos días en una finca, invitado por un viejo amigo.

—¿Y adónde les dijiste que iría yo?

—A casa en aeroplano, después del mitin.

—¿Y supones que te habrán creído?

—No me importa. Pero para protegerte he arreglado que un aeroplano privado te lleve de regreso a la ciudad.

Los ojos de ella interrogaban.

—Tengo un amigo con una finca, un hermoso lugar con playa privada y pista para su aeroplano. Empaca esta noche. —El tren iba perdiendo velocidad—. Parece que estamos llegando —dijo José, levantándose. Se inclinó y le susurró al oído—: Mañana.

—José —dijo Antonieta, deteniéndolo—. Dame tu maleta y yo me adelantaré en un taxi hasta el hotel. Hay que planchar tu traje.

—No, querida, tú eres mi escaparate para las mujeres de aquí. Hoy viajarás conmigo en la cabalgata.

* * *

Era mediodía. Negros nubarrones amenazaban el Golfo de México, pero sólo cayó una ligera lluvia tropical que refrescó el aire asfixiante. Vasconcelos y los suyos fueron conducidos a través de la muchedumbre hasta los autos que les habían sido destinados por voluntarios locales bien organizados. Miles de partidarios hacían valla a lo largo de la carretera a Tampico, y las calles estaban inundadas de cartelones, banderolas y banderas mexicanas. Madres entusiastas alzaban a sus hijos para que vieran al candidato. Ondas de lluvia tropical iban y venían refrescando a la marejada humana. La gente arrancaba los restos de carteles mojados con la foto de Ortiz Rubio que habían sido pegados a los muros sólo días antes.

Un río de taxis se unió a ellos dando bocinazos a medida que se acercaban a la plaza central. Surgían cabezas de los árboles, y los balcones estaban abarrotados de espectadores. El olor a petróleo llegaba desde los buques petroleros que atestaban el puerto, pero ya parecía más soportable. Había rótulos en inglés por todas partes. Antonieta señaló una abarrotería, Piggly Wiggly, bajo los arcos.

Los miembros de clubes locales rodearon su automóvil en cuanto se detuvo, anhelando estrechar la mano del candidato y ponerlo al día en cuanto a las actividades en Tampico. La noticia más importante era que habían llegado pandilleros del PNR, asesinos conocidos. Los líderes del club convocaron masas de vasconcelistas para proteger al candidato mientras estuviera allí. Seis hombres estarían parados detrás de él en el estrado, con las armas listas. La señora estaría a un lado con las líderes del Comité de Mujeres.

Estallaron los aplausos y vítores en cuanto el candidato subió al estrado y lo presentaron.

José alzó la mano pidiendo silencio. Se encontraba frente a cinco mil personas.

—Ciudadanos, he venido aquí para celebrar un contrato con ustedes. Una democracia elige a su gobierno, y ese gobierno tiene un contrato con el pueblo, un contrato que estipula justicia social, educación e igualdad ante la ley. Promete proteger el bienestar del pueblo y compartir la riqueza de la nación. Cuando se quebranta ese contrato, el pueblo tiene la obligación de pedir cuentas, de exigir sus derechos. La democracia es la libre expresión del pueblo.

El aire estaba electrizado. Los ojos de Antonieta relucían mientras aclamaciones entusiastas acogían aquellas declaraciones. Las palabras de José inyectaban confianza y seguridad, infundiendo ánimos a la multitud que lo vitoreaba.

—¡Somos libres! —gritaban a voz en cuello—. Queremos que sepa que estamos aquí por nuestra propia y libre voluntad. Nadie nos ha acarreado ni pagado unos cuantos pesos ni embriagado con licor. ¡Votaremos como queramos!

«¡Vasconcelos presidente! ¡Viva un candidato honrado!».

Un hombre vestido de overol azul se abrió paso hasta el frente y se subió a un banco. Agitando sus manos callosas, tomó la palabra:

—No sé hablar, no he hablado nunca antes de ahora, pero en un libro de tapas verdes que este hombre escribió, he leído que un orador es alguien que tiene algo que decir. Y algo viene ahora a mi boca, y por eso me he parado. Para decir que este es nuestro hombre porque no es un ladrón y porque con él nuestros hijos tendrán libros y escuelas.

Vítores aclamaron al orador espontáneo mientras volvía a integrarse con la multitud.

Alguien más tomó la palabra.

—Y ese contrato, ¿protegerá nuestros derechos, los derechos de los trabajadores? ¿Hará usted que las compañías petroleras gringas nos paguen salarios iguales?

—Eso es cierto —gritó otra voz—. Trabajamos más duro que los gringos pero no obtenemos el mismo salario ni las mismas casas que ellos.

—¡Un trato justo! ¡Un trato justo!

—¡Un voto para Vasconcelos es un voto contra los yanquis!

«¡La victoria es con Vasconcelos!».

Nerviosa, la mirada de Antonieta recorría la muchedumbre. No había soldados. Quizá debido a los estadounidenses. Le resultó irónico: no había soldados, sólo pandilleros de Calles.

* * *

José bajó del estrado en medio de un estruendoso aplauso y silbidos entusiastas. Tomó del brazo a Antonieta y la guio a través del gentío hasta el automóvil que esperaba y que se puso en marcha al paso de la escolta que iba a pie a ambos lados del auto: atravesaron la población hasta llegar a un pequeño hotel.

—Los grandes hoteles afirman estar llenos —explicó José—. Pertenecen a americanos —agregó amargamente— y han sido aleccionados para que nos cierren sus puertas.

—¡Ay, José!, ¿y eso qué importa? Toda la ciudad es tuya. Este es el desfile de tu victoria.

* * *

En el hotel tocaba una banda, y se había preparado un banquete en el jardín adornado con papel cortado y banderolas. Se alzaron las copas, se pronunciaron discursos. Cuando se puso el sol se prendieron las luces. Los mariachis soplaron en sus trompetas y se prolongó la fiesta.

El líder del club local, un trabajador y organizador dinámico, se inclinó hacia José, diciendo:

—La semana pasada, cuando estuvo aquí Ortiz Rubio, además de las camionadas de trabajadores trajeron vagones del tren llenos de soldados vestidos de civil y de funcionarios de todas las poblaciones de la región. Ese circo desfiló por calles vacías, y cuando Ortiz Rubio habló en la plaza, le lanzaron tantos insultos que los soldados tuvieron que sacar las pistolas y disparar contra los escasos asistentes.

—¿Hubo heridos? —preguntó José.

—Varios muertos. Pero nunca se sabrá nada al respecto. Inclusive las familias ricas están indignadas: boicotearon el baile en el casino. —El hombre alzó su copa y brindó con el candidato—. Que Dios lo proteja. La represión armada ha comenzado y todavía faltan diez semanas para la elección. De ahora en adelante, tiene usted que esperarse lo peor.

José dio una palmada en el hombro de su partidario.

—Son hombres como usted los que me infunden valor.

Antonieta se quedó con José y su estado mayor en el vestíbulo, despidiéndose de los últimos festejantes cuya conversación se veía perturbada por los ruidos infernales de la radio del recepcionista de servicio. A las tres de la madrugada se despidió y estrechó la mano de José.

—Buenas noches, licenciado. Tendré que salir temprano, antes del desayuno. —Se volvió hacia los líderes del club—: Señores, pueden estar seguros de que trabajaremos en la Ciudad de México hasta la victoria. Buenas noches.

Cerró la puerta de su habitación y se puso a bailar como loca, riendo a carcajadas. ¡Iba a ganar! Hizo su maleta, lista para escapar en un taxi hasta la finca, ¡dentro de sólo tres horas!

* * *

Las olas bañaban suavemente a José y Antonieta, tendidos sobre la arena mojada, repasando los sucesos de Tampico, hablando de las semanas que tenían por delante y soñando el futuro. El gozo del deseo satisfecho y la dicha del éxito los llenaba a ambos de un éxtasis que nunca antes habían conocido.

—Deberás crear una nueva función en tu gabinete, señor presidente: secretario del Departamento de Cultura. Y yo seré la secretaria. ¿De acuerdo? La primera mujer en el gobierno —dijo Antonieta, cubriéndolo de arena mojada mientras él permanecía quieto, sin resistir.

De repente se incorporó, sacudiéndose la arena.

—Tengo para ti planes mucho más importantes. Serás muchísimo más que eso. Mucho, mucho más. —Y la puso en pie—. Vamos a ver quién llega primero al agua.

Nadaron, hicieron el amor, charlaron y caminaron y se dejaron caer en la playa y rodaron por la arena, envueltos el uno en el otro. No había ni ayer ni mañana, sólo aquel momento.

—Mi Antonieta, mi única —dijo José una y otra vez—. Ya sabía yo que habría de encontrarte algún día. ¿Sabías tú que existe un poder muy profundo ahí donde mora el alma y que guía al destino? Yo lo siento y sé que tú también lo sientes.

Los días robados. Los días dorados de 1929.

—Ahora sé que has ganado, José —dijo Antonieta. La niebla que empañaba sus ojos borraba las estrellas allá arriba, en la noche más luminosa de toda su vida—. Tienes a México en la palma de la mano.

Yacían el uno junto al otro sobre la arena tibia, y José la atrajo dentro del arco de su brazo.

—Cuando era chico solía contemplar las estrellas y dejar que mi mente vagara por el universo que me abrumaba; y yo me sentía como un diminuto grano de arena. Esta noche —dijo— siento que soy un gigante.

35

Al ver las maletas en el vestíbulo, Toñito dejó caer sus libros escolares y abrió bruscamente la puerta del estudio. Antonieta estaba parada junto a la mesa, seleccionando la correspondencia que había llegado durante su ausencia, y lo tomó en sus brazos.

—¡Has vuelto a casa! —gritó el niño, abrazando y besando a su madre.

Una oleada de culpa se apoderó de Antonieta al soltar a su hijo, y tuvo que reconocer que su «niño» ya tenía diez años.

—¿Cómo has podido crecer tanto en un mes? —preguntó—. Si apenas puedo levantarte.

—En un mes pasan muchas cosas —dijo Toñito en tono de reproche—. Has estado mucho tiempo fuera.

—¿Y qué cosas pasaron mientras yo estaba fuera? Cuéntame —le dijo, besándolo otra vez.

—Vino la policía a buscar a Ranulfo. ¿Recuerdas?, el que llegó cubierto de sangre y se quedó. Memela les dijo que no conocíamos a esa persona.

¿La policía en su casa? Nunca antes habían hecho averiguaciones.

—¿Han vuelto? —preguntó, sintiéndose acometida por el pánico.

—No, pero los veo cuando miran por las puertas. Les tienen miedo a los perros. Estás quemada por el sol. ¿Va a ser presidente el señor Vaconcelos?

—Eso creo, Toñito. —Se sentó y lo atrajo hacia sí—. Había enormes multitudes por dondequiera que fuéramos. Te voy a susurrar un secreto: ¿qué te parecería ser hijo del presidente de México?

—¿Lo dices en serio, mamá?

—¡Chitón! —Y se puso el dedo sobre los labios—. Esconde esa idea muy dentro del coco —dijo, tocándole la cabeza—. Te he traído muchísimos regalos. ¿Quieres ver algunos?

—Más tarde, mamá. Tengo que lavarme. ¡Memela va a llevarnos a Luis, a Guillermo y a mí a ver una película que habla! —Salió corriendo pero volvió a meter la cabeza por la puerta—: Tengo que ir por ella adonde Malú. Dile a Ignacio que ahora mismo bajo.

—Por supuesto —contestó Antonieta—. ¿No te importa que regrese a buscarme?

Oyó que la puerta de la calle se cerraba de golpe. Ya se había ido.

Ni un beso ni un adiós. Ha crecido tanto, se ha vuelto tan independiente, pensó, sintiéndose algo ofendida. Antonieta se sentó al escritorio y empezó a recorrer el montón de cartas. El Comité de Mujeres había estado muy activo; les hablaría mañana. Nada del abogado y la Suprema Corte. ¡Nada! Diego había llamado, y había varios mensajes de Manuel. Estaba agitada, anhelaba compartir el éxito de la campaña y tener noticias de los Contemporáneos y de sus propios alumnos. Llamó a Manuel.

—Manuel, ya estoy de regreso. ¿Puedo ir a visitarlo al estudio?

—¡Claro que sí! La he echado mucho de menos. —Había calidez en su voz—. Estaré aquí toda la tarde.

Diego la invitó a reunirse con él en el bar de la Ópera a las siete; la esperaría en la puerta para damas.

Aun cuando había sido ardua y agotadora la campaña, la euforia que la había impulsado hacia delante aún embargaba a Antonieta, eso y algo más, mucho más. Cerró los ojos y sintió el agua tibia del mar bañarla cuando yacía en la playa junto a José.

Se dio un baño, se cambió de ropa y, para cuando Ignacio regresó, ya estaba lista.

Mientras subía la escalera familiar del estudio de Manuel, sintió que cambiaba de humor. Manuel estaba de pie junto al caballete. Aun con la camisa azul llena de manchas y arremangada, seguía siendo guapo y elegante. La besó en la mejilla, se apoyó en la mesa de dibujo mientras ella arreglaba las flores de su jardín en el florero chino rajado y miraba a su alrededor, con ojos conocedores, los grandes bosquejos fijados con chinches a la pared antes de sentarse en el alto taburete junto al caballete, rodeada por los fuertes y severos personajes mexicanos de Manuel. Apartó la campaña de su mente, apagando la sensación de las olas.

—De veras ha progresado, Manuel. El mural va a ser un éxito gigantesco.

—Quiero que hablemos de usted. —Ojos sensibles buscaron los de ella—. ¿Qué le parece la política? ¿Cómo fue todo? Cuénteme. —Volvió a tomar el pincel.

Ella resumió experiencias y momentos especiales, describió la campaña pero no pudo hablar de José.

Manuel la dejó hablar.

—Tampico fue nuestro éxito culminante. Era como si fuéramos cabalgando en su desfile triunfal. Miles de personas se apiñaban y empujaban para verlo.

—¿Está enamorada de él? —preguntó rudamente Manuel.

—No lo sé —mintió ella.

En silencio, Manuel agregó color a un rostro torturado.

—Nunca creí que la echaría tanto de menos, y reconozco lo buena amiga que ha sido, Antonieta. Estoy preocupado por usted.

Antonieta fue incapaz de devolverle su mirada.

—Sabe, cuando estuve en la academia militar, Vasconcelos daba clases en la universidad. Una vez fui allá para escucharle hablar. Su brillantez iluminó a toda una generación, nos ayudó a imaginar una nación viviente que fuera estimulada por mentes inteligentes y capaces. El nombre de Vasconcelos pasó sobre el campus como un torbellino, arrastrando a los jóvenes estudiantes a su alrededor. Fue su sueño el que les hizo desenmascarar a Calles y proponer a Vasconcelos para presidente. Y es ese mismo sueño que ha hecho que estos nuevos estudiantes constituyan su vanguardia, como tú la llamas.

Manuel retrocedió y estudió su pintura.

—México ha cambiado en diez años. Calles y la familia revolucionaria están atrincherados exactamente como esos contrabandistas de licor que hay en Nueva York y que llaman gángsters. No está dispuesto a retirarse de todo eso aun cuando tenga que matar a Vasconcelos como mató a los demás.

Manuel dejó el pincel y obligó a Antonieta a mirarlo a los ojos.

—La van a lastimar. Conozco a los militares y sé lo que la política puede hacerle: es un juego despiadado. Él la está utilizando. Salga de eso, Antonieta. No puede ganar.

—¡Ganaremos! —replicó, desafiante—. El pueblo está con él. Si la elección es limpia, su victoria será aplastante en todo el país.

—Mi querida dama de letras idealista, si estuviera en mi poder, la persuadiría de renunciar antes de que la aten para sacrificarla en la hoguera. —Manuel se encogió de hombros y reanudó su trabajo, pincel en mano.

* * *

Antonieta caminaba con paso ligero al pasar por la puerta de damas en el bar de la Ópera. Diego tenía el pie sobre la barra de bronce y charlaba con una atractiva mujer. Llevaba traje nuevo y una corbata de diseño conservador. La vio, le hizo señas y se alejó de la mujer del bar.

—¡Antonieta!

Diego la acompañó hasta un apartado y se metió tras ella.

—Sales del mar, querida mía, como Venus. Quiero que me lo cuentes todo. Dicen que es tu amante y que le escribes todos sus discursos. ¿Es cierto eso? ¿Qué quieres tomar?

—Un vermut. No escribo sus discursos: las palabras son suyas. —Sonrió con gracia—. ¿Y tú, ¿qué has estado haciendo?

—He estado trabajando con el Partido.

—¿Querrás decir el Partido Comunista? —dijo Antonieta, bromeando.

Diego se metió un puñado de cacahuates en la boca.

—Tu amigo podría mostrarse más abierto a la colaboración. Le hemos ofrecido una alianza, la fuerza está en el número, ya lo sabes. —Llegó un mesero—. Un vermut y un tequila —dijo Diego—. Quizá pudieras convencerlo de que unamos nuestras fuerzas. Él saldría ganando.

—El licenciado ha descartado el comunismo desde que estaba todavía en Europa —comentó Antonieta.

—Así que es «el licenciado», ¿eh? —Diego ladeó la cabeza con los párpados a media asta.

—Está bien, le digo José. Mira, voy a leerte lo que opina del comunismo. —Sacó un folleto del portafolios—. Estas son sus palabras: «Lenin ha demostrado en Rusia que el comunismo no funciona. El capitalismo de Estado no es tan productivo como el capitalismo privado. Respetaré los ejidos existentes, pero daré al campesino todos los recursos para que compre su parcela, y capital para que la trabaje con métodos modernos». —Satisfecha, Antonieta sonrió.

—¿Estás segura de que no le escribes sus discursos? —Diego empujó el plato hacia ella—. ¿Cacahuates?

—¿Por qué no le hablas? Tal vez dispongas de alguna fórmula mágica que logre mezclar democracia y comunismo. Eres tan buen mago, Diego. En serio, puedo organizar un encuentro si quieres hablarle.

Diego rio, y se le sacudía todo su corpachón mientras casi se le desorbitaban los ojos saltones.

—¿Has visto el retrato que hice de él en el segundo piso del edificio de Educación?

—No.

—Vasconcelos cabalga un elefante blanco y ofrece sus clásicos. No creo que quiera hablar conmigo.

—¡Diego! —Un elefante blanco era la manera vulgar de representar un inodoro—. ¿Por qué lo insultaste?

—Porque Vasconcelos complace a la gente decente y no entiende ni una palabra de arte.

—Te dio tus paredes para que las pintaras. ¿Por qué lo has puesto públicamente en ridículo? Te acuso de mal gusto. Y no te creo un comunista legítimo. Ya no hueles más a sudor.

—Sabes, tengo necesidad de comer. De hecho, estoy a punto de recoger una abundante cosecha. Tu amigo Morrow me ha encargado que pinte un mural en el palacio de Cortés en Cuernavaca. Obsequio suyo para la ciudad. —Diego lanzó al aire un cacahuate y lo recibió en la boca.

—¡Ejem! ¿Qué vas a pintar?

—La Conquista según los aztecas y la Revolución según Zapata.

Antonieta rio.

—Mi padre solía decir que te encanta hacer olas. Estoy segura de que resultará apabullante. —Dio unas palmaditas en la mano de Diego—. Te ves muy bien. La soltería te sienta.

—Tal vez no dure mucho —susurró Diego—. Ese hombre que ha estado mirándonos, de pie junto al bar, es un columnista de chismes. Tal vez nos case en la prensa. ¿Otra copa?

—No puedo —dijo Antonieta—. Ahora tengo que ponerme a trabajar.

Diego la acompañó hasta el Cadillac, visiblemente estacionado en una zona prohibida frente al popular establecimiento. Antonieta besó la mejilla de Diego.

—Sigues siendo la dama más elegante de México, y la de mente más brillante —le dijo Diego con afecto—. Eres un verdadero clásico, como tu padre.

En el cuartel general, un cuerpo de ávidos trabajadores rodeó a Antonieta, ansiosos por oír una descripción de la campaña de labios de un testigo presencial. La bienvenida que le dieron indicaba a las claras que habían aceptado plenamente a la rica aristócrata convertida en líder del movimiento femenino.

* * *

Combatiendo el deseo de quedarse en la cama, Antonieta fue muy temprano a su estudio y se dedicó a la tarea primordial de organizar su calendario. Estaban a 22 de agosto. Mario tomaba parte en un torneo de golf, Toñito se había ido a la escuela, y oía a Memela charlando con Sabina en el desayunador. De repente le entró hambre.

—Hola, tu amigo ocupa todos los periódicos —fue el saludo de Amelia—. Al parecer causó disturbios en Tampico. No se parece en nada a la gran escena triunfante que nos contaste.

—¿En qué periódico está eso?

—En *Excélsior*.

—Controlado por Calles. No queda un solo periódico independiente.

Amelia puso los codos sobre la mesa.

—Antonieta, ¿no crees que ya has hecho lo suficiente para esta campaña? La casa está llena de mujeres y de refugiados. No me gusta.

—Escucha, cariño, si tuvieras un deseo ardiente de hacer algo, algo importante, algo en lo que crees, ¿te conformarías con decir «con esto basta» y lo abandonarías todo? Sólo quedan nueve semanas para la elección, tengo que redoblar esfuerzos.

—Mario cree que es peligroso.

Antonieta fingió un puñetazo a la barbilla de su hermana.

—Colón no habría descubierto América sin fe en sí mismo ni la disposición para correr riesgos. Dame, quiero ver ese artículo.

Amelia le tendió el periódico y siguió sentada, mirando a su hermana.

—Tienes ojeras y estás flaca.

—Diego dijo que me parecía a Venus.

—¿Estás enamorada de él?

—¿De quién? ¿De Diego?

—No te hagas. Ya sabes de quién hablo.

Antonieta levantó la vista del periódico. Memela siempre leía en ella como en un libro.

—Sí, así es.

—¿Te has ido a la cama con él?

—¡Memela, eso no es asunto tuyo!

—Ya lo hiciste. Antonieta, es casado.

—También yo —dijo Antonieta.

Amelia se levantó y rodeó a su hermana con los brazos.

—No quiero que te lastimen. El amor es el dolor más grande que hay —dijo—. Come decentemente, vas a necesitar todas tus fuerzas. —Le besó la mejilla—. Me voy al club. Cenaré en casa.

Una columna de sociales atrajo la mirada de Antonieta y leyó toda la página: «Vista con Diego Rivera en el bar de la Ópera, anoche: una extraordinaria patrocinadora de las artes y exponente del movimiento feminista. ¿Acaso estará desviando su interés de la política hacia los murales?», la nota la fastidió. Tomó *El Universal*. Sólo se citaba brevemente a José, pero en una página interior, una foto de Diego con Frida le llamó la atención: «Diego y Frida Kahlo se casarán esta tarde en una ceremonia privada». ¡Se estaba casando! Y no le había dicho ni palabra. Lo que habían celebrado fue una despedida de soltero. Bueno, la traviesa tunantuela de la prepa había pescado finalmente su pez gordo.

A mediodía Antonieta fue al cuartel general en coche. José disfrutó de una recepción de héroe. Llegó descansado y lleno de entusiasmo para las agotadoras semanas que lo esperaban; reconociendo apenas la presencia de Antonieta, se sumió en el trabajo con su estado mayor. Cuando la mayoría de los trabajadores se fueron a comer, ella se acercó a él.

—¿Cuándo podremos revisar esas pruebas, licenciado?

—Ahora, si todavía te queda energía —contestó fríamente.

Ya estaba vacía la oficina.

—Dime qué te pasa.

—Vamos. No dispongo de mucho tiempo.

Desconcertada, Antonieta lo siguió por la escalera de mármol y por la calle hasta su hotel.

Con el legajo de pruebas bajo el brazo, fueron hasta su suite. Otros miembros del equipo ocupaban habitaciones en aquel mismo piso. Casi siempre José dejaba entornada la puerta cuando estaban trabajando. Hoy la cerró. Al acercarse a él Antonieta para besarlo, la rechazó airadamente.

—¿Pero qué está pasando? —Y en su voz se notaba que estaba herida.

—Has pasado un día sola en la ciudad y ya eres tema de las columnas de chismes —dijo acremente José—. ¿Viste anoche a Rivera?

—Sí. Ya sabes que es un viejo amigo.

—No tiene integridad ni es agradecido —dijo José, con voz rasposa—. De haber sabido los emplastos que iba a pegar en esas paredes, jamás le habría dado la oportunidad de pintar. Es un tipo vano y afrentoso. ¡Maldito sea!

—Mírame, José. Admito la vanidad de Diego, su conducta afrentosa y el altísimo concepto que tiene de sí mismo, pero como persona lo aprecio. Es un artista en todas las fibras de su ser. Si logra hacer algo duradero, será porque se entrega totalmente a su trabajo. Para Diego, nada más importa.

José miró por la ventana.

—Me he entregado toda entera a esta campaña —le dijo—, a tu causa, José, porque creo en ella y creo en ti. ¿Te importa eso algo?

No contestó.

—Hay lugar para muchos hombres en la vida de una mujer, pero ella sólo puede amar a uno. ¿Puedes aceptarlo?

De repente José la tomó de la cintura y le besó la boca, el cuello.

—Sí —murmuró—. Lo puedo aceptar en ti. Pero no puedo compartirte. ¿Puedes aceptarlo?

Antonieta despertó antes del amanecer. Miró al hombre que dormía a su lado y delicadamente cubrió el pecho desnudo con la sábana. Con movimientos gráciles, salió de la cama y se vistió. José necesitaba descansar.

Bajó de puntillas por la angosta escalera interior y pasó rápidamente delante del recepcionista dormido y, echando a correr por la Alameda, sacudió el letargo del sueño pesado. En el cuartel general entró con su llave: había comenzado un nuevo día.

Antonieta sacó la máquina de escribir de su funda y recogió el horario de los mítines y discursos de José. Trabajó con una concentración total, revisando sus apuntes y extrayendo frases clave para sus discursos.

* * *

El sol entraba a raudales por las altas puertas francesas que daban al balcón frente al parque cuando empezaron a llegar los primeros trabajadores de la campaña. Antonieta apartó la máquina de escribir y cedió su escritorio a una joven secretaria. Dejó sobre la mesa de José las hojas que contenían sus líneas generales y se marchó a casa para bañarse y desayunar.

No eran las nueve cuando alguien tocó a la puerta de su estudio. Era Lucha, la novia de Mario.

—¡Ay, Antonieta!, no quise esperar para contártelo. ¡Mi madre nos ha dado permiso para casarnos!

La impecable, impaciente y muy correcta Lucha Rule besó la mejilla de Antonieta, quien se levantó para abrazar afectuosamente a la joven.

—Serás una novia preciosa. —Un viejo minero de Cornualles y una joven mestiza mexicana habían producido aquella belleza perfecta. Y gracias a Dios, también una belleza fogosa que sabría cómo manejar a Mario.

—Quiero que Toñito sea el portador del anillo y Amelia, damita de honor. ¿Les das permiso?

—Por supuesto, querida, por supuesto. ¿Han fijado la fecha?

—El 10 de octubre —dijo Lucha, sonriendo—. Diez, diez. Quiero que se le facilite a Mario recordarla.

A mediodía Mario irrumpió en el estudio como un huracán e increpó a su hermana mayor.

—¿Cómo se te ha ocurrido vender mi propiedad? ¿Con qué derecho te has atrevido a vender mi parcela?

El agotamiento le había producido dolor de cabeza y ahora la culpa le puso en la boca sabor a bilis. No se levantó.

—Tuve que hacerlo. Por la campaña. Te compraré otra parcela, una más grande. ¡Ay, Mario, perdóname!

—No quiero otra parcela. Lucha y yo tenemos los planos de la casa para esa parcela, la que vendiste. ¡Recupérala! Esta maldita campaña te está sacando de tus cabales. No me quedo a comer.

Y salió hecho una furia.

* * *

Los vasconcelistas se volvieron expertos en peleas callejeras. Los jóvenes oradores se veían constantemente acosados y golpeados, sus mítines disueltos, y pandillas pagadas lanzaban piedras y basura a las casas de los partidarios. Los cartelitos que decían «La victoria con Vasconcelos» eran arrancados de tranvías, paredes, escaparates y puertas de domicilios privados; los restos desgarrados se cubrían con grandes carteles de Ortiz Rubio. Casi resultaba automático, para los de la vanguardia, pasarse una noche presos o refugiarse en la casa de la calle Monterrey.

A mediados de septiembre, telegramas alarmantes empezaron a llegar de los clubes de provincia. Calles se había quitado el disfraz. Desafiando las armas de la policía, los líderes de Oaxaca y Veracruz habían devuelto los golpes sólo para desaparecer misteriosamente pocos días después. La celebración de la Independencia, el 16 de septiembre, fue un pretexto para inundar la capital con policías y pandillas privadas a sueldo que dejaron una estela de vasconcelistas muertos.

—He dicho a los muchachos que no vayan corriendo a refugiarse a tu casa, y quiero que los comités de mujeres se reúnan aquí, en las oficinas —dijo José—. Escúchame, Antonieta, no debes exponerte de ninguna manera al menor peligro.

Antonieta no hizo promesas. José nunca pasaba en la capital más de unos cuantos días, alternando su tiempo con poblaciones vecinas. Guardado por una valla cerrada a su alrededor, el candidato caminaba por los vecindarios de la clase trabajadora estrechando las manos de carpinteros, mecánicos, tenderos y amas de casa. Los cartelillos que decían «La victoria con Vasconcelos» volvieron a aparecer pegados en todas partes, y hubo partidarios entusiastas que los pegaron en el lomo de los perros. «Hasta los perros están con él», manifestó un osado reportero.

La policía empezó a vigilar la casa de la calle Monterrey. Con una astucia satisfactoria, Antonieta sacaba a sus refugiados de noche en el Cadillac, acostados en el suelo, tapándolos con sus piernas y la manta de piel negra. Todavía no habían detenido su coche.

El 20 de septiembre, Antonieta marcó su calendario con un círculo negro alrededor de la fecha.

—Un hombre grandote al que nunca había visto estaba esperando a la puerta de la escuela cuando salieron los niños —informó Ignacio—. Vestía traje y pensé que sería el padre de algún muchacho. Yo estaba estacionado justo frente a la puerta, de pie junto al coche como siempre, cuando Toñito salió. Me hizo señas y eché a andar hacia él para tomar sus libros cuando el hombre lo agarró de la muñeca y echó a correr.

Antonieta jadeó.

—Toñito me llamó gritando y otros dos choferes me ayudaron a correr tras él. El hombre se volvió y disparó pero la bala dio en un árbol. Eso le hizo perder tiempo y lo derribamos a la vuelta de la esquina donde esperaba un auto con el motor en marcha y la portezuela abierta. Toñito logró soltarse y casi agarramos al canalla, pero saltó al auto y se alejaron quemando llantas.

Toñito estaba temblando.

—¿Adónde querían llevarme, mamá? ¿Era un ladrón?

Antonieta tenía abrazado a su hijo mientras Sabina corría a la cocina para hacer un té de hierbas que le sirviera de calmante. Mientras consolaba y besaba al muchacho tembloroso, la mente de Antonieta estaba hecha un revoltijo. ¿Calles o Albert? Tendría que mantener a Toñito dentro de la casa. ¡Maldito Calles! ¡Maldito Albert! ¡Maldita Suprema Corte! Lágrimas de ira y de remordimiento le bañaban las mejillas.

* * *

—Se han quitado las caretas y mostrado sus rostros de violadores y secuestradores —declaró José a su estado mayor—. Somos testigos de la violación de todos los valores morales lanzada contra personas inocentes. Para ganar, sólo podemos contar con la voluntad del pueblo. ¡Ahora salgan ahí fuera y díganles que voten!

»"Si profesan ustedes la democracia, deben votar a toda costa. Exijan que sean protegidos los puestos de votación. Si permiten un fraude tras otro, estarán garantizando que también sus hijos sean víctimas. La única arma de que disponen ustedes es el voto".

—Mecanografió Antonieta. Impreso en volantes, este mensaje sería difundido por la capital y el país.

* * *

El timbre del Ericsson sonó en el vestíbulo.

—¿Antonieta?

—Malú. Hola.

—Amelia me contó lo de Toñito. Si puedo ayudar en algo.

—Pídele a tu padre que incendie la Suprema Corte. Necesito mi divorcio.

—Ya lo sé. Dice que tu caso pasará pronto a revisión.

Se hizo una pausa incómoda; Antonieta esperó.

—¿Qué te parece el asunto de Diego? —preguntó animadamente Malú, cambiando de tema.

—¿Qué quieres decir con «asunto»? Se ha casado con Frida.

—Eso no. Tu amigo Diego ha sido expulsado del Partido Comunista —informó Malú.

—¡No lo creo! —exclamó Antonieta—. El diario no decía nada.

—Ya sabes que en esta ciudad no existen los secretos. Dicen que fue acusado de «herejía» por haberse asociado a personas adineradas y ciertos funcionarios gubernamentales. Mientras estaba pintando en las paredes la hoz y el martillo, Portes Gil rompió relaciones con los rusos.

—¿Y eso qué importa? —renegó Antonieta—. Calles hace zalemas a Estados Unidos y al mismo tiempo proporciona asilo a Augusto Sandino para protestar contra la presencia de infantes de Marina estadounidenses en Nicaragua.

—Te llamaba para invitarte a la nueva obra teatral de Salvador.

—Lo siento, Malú, pero no puedo ir.

* * *

Sabina le puso una toalla helada empapada en árnica sobre la frente.

—Debes descansar, Tonieta. Te estás llevando tú misma a la tumba.

—No puedo. —Antonieta tomó la mano de su vieja nana y la apretó contra su rostro—. Gracias.

Estaba obsesionada, presa de dudas y temores. La comida había perdido su encanto y el sueño se negaba a venir. Al volver la página de su calendario hacia octubre, un nuevo temor se abrió paso insidiosamente, un temor al que no quería hacer frente.

Ahora el gobierno había empezado a apretar el cerco. Llegaban ominosos telegramas de las provincias: en Tampico, el líder había sido muerto, a otro le dispararon en Sonora, otros más fueron golpeados y sus familias amenazadas, se ponía fin a los mítines con ametralladoras. Un nuevo volante declaraba: «La tiranía ha envilecido a América Latina, convirtiéndola en una clase de bestias. El hábito de la obediencia ciega le ha atontado el espíritu, SIMÓN BOLÍVAR, 1914. ¿Vamos a seguir siendo una nación de borregos?, JOSÉ VASCONCELOS, 1929».

Se habían creado centenares de clubes para que firmaran votantes en favor del Partido Antirreeleccionista. Ahora, agitadores a sueldo iniciaban peleas callejeras. La ira estaba encendida en la capital. El cuartel general del PNR fue atacado por una muchedumbre que lanzó ladrillos y destrozó las ventanas.

—No pudimos pasar más allá de la embajada de Estados Unidos —dijo Amelia, al llegar tarde a comer—. Había una multitud de protestatarios que gritaban: «Muera Calles». Fue aterrador. ¡Ojalá hubiera ya pasado esta condenada elección!

—Todo terminará cuando el licenciado sea presidente —declaró Toñito con su voz aflautada.

Antonieta no dijo nada.

—He conseguido entradas para el concierto de Chávez esta noche. Tocarán Beethoven y Stravinsky en un mismo programa. Malú irá con nosotras. Ahora, Antonieta, se acabaron los pretextos. ¿De acuerdo?

—De acuerdo.

* * *

Iban en coche al concierto por la Alameda cuando Antonieta vio un largo cordón de personas que cruzaban el parque por los senderos llevando cartelones y cantando una nueva canción popular: «Me importa madres que a Calles no le guste…».

—¡Ignacio, detén el auto! —ordenó Antonieta—. Veo a Andrés y a Mauricio. Nuestra vanguardia encabeza a esa gente. Miren, muchachas, Ignacio las llevará a casa. Lo siento pero no estoy de humor para Chávez. Quiero unirme a los muchachos y acudir a este gran mitin.

Antes de que Amelia pudiera decir nada, Antonieta había salido del auto y el Cadillac se veía obligado a avanzar en medio del tránsito.

Quizá José estuviera allí, pensó Antonieta, corriendo para dar alcance a sus amigos. La euforia la impulsaba hacia delante, arrebatada por el entusiasmo y el ímpetu de aquella gigantesca serpiente. En una placita cerca a la vieja casa de la calle Héroes, el orador programado acababa de terminar y Gerardo de Campo, el más ardiente y elocuente orador de Vasconcelos, saltó sobre la fuente y se enfrentó a la enorme concurrencia. Las luces intermitentes de un cine, al otro lado de la calle, bañaron sus cabellos con luces como confetis y sus ojos brillaron de intensa pasión.

La voz clara del joven orador pronunció:

—Ciudadanos, voy a citar a un presidente de México. Dijo: «Creo firmemente que México está preparado para iniciar una era institucional. Por lo tanto, me retiraré para que los mexicanos, con libertad absoluta, puedan elegir al ciudadano que consideren más apto para gobernar a México». Eso lo dijo Plutarco Elías Calles en su discurso al Congreso el 1 de septiembre de 1928. Ahora pregunto: ¿Ha cumplido su promesa?

«¡No! ¡Muera Calles! ¡Mueran los traidores a la democracia!».

Nadie se había fijado en los largos automóviles con placas oficiales estacionados delante del cine.

De Campo siguió hablando, y el brillo de sus ojos rivalizaba con las luces de la marquesina. La multitud calló cuando pronunció agravios contra el gobierno y prendió llamas patrióticas.

De repente, el silencio fue roto por el rápido tableteo de una ametralladora. Las puertas de los vehículos estacionados se abrieron súbitamente y otras armas unieron sus disparos a las primeras, provocando el pánico. De Campo cayó frente a Antonieta y Andrés, las lucecitas giraron por encima de los chorros de sangre que le corrían por el rostro y salpicaban sobre las piedras que rodeaban la fuente. Antonieta cayó de rodillas para ayudarlo y fue levantada a la fuerza por Andrés.

—Está muerto. Vámonos.

Tropezaron sobre el cuerpo de un trabajador mientras la muchedumbre se apretujaba, y Andrés la empujó hacia un sendero oscuro donde el moho florecía como hongos sobre el ladrillo húmedo. Andrés le sujetaba el brazo y otros la flanquearon mientras corrían a lo largo de una pared. Alguien les disparó, pulverizando el yeso que llovió sobre ellos. Un rayo de luz oblicuo caía desde una bombilla prendida sobre la entrada de una casa. Corrieron hacia la puerta y se agacharon dentro. Ahora corrían menos pies por el sendero. Se unieron a un grupo y siguieron corriendo. Al salir del caminito, un extraño se volvió y disparó contra dos policías que habían comenzado a seguirlos; uno de los policías cayó. Corrieron a lo largo de la calle ancha y bien alumbrada hasta un sitio de taxis. Casi sin hablar, atravesaron la ciudad hasta la casa de la calle Monterrey.

Antonieta tenía los nervios de punta. Emocionalmente estaba vacía y ni siquiera podía levantar la cabeza de la almohada. Un pensamiento la asediaba una y otra vez como las luces de la marquesina del cine. El policía que abandonó a su compañero muerto para correr tras ellos la había visto claramente a ella. Una perspectiva aterradora iluminaba su visión. ¡La cárcel!

La acosaban recuerdos de la cara demacrada y ojerosa de Tina Modotti mirándola desde detrás de los barrotes. ¿Cuánto tardaría la policía en llegar? No habría medio de evitar el arresto.

Y algo más le encogía el corazón: el nuevo temor. Tenía que saber. La ansiedad le corroía la boca del estómago, la cabeza le palpitaba. Antonieta se dominó lo suficiente para levantarse y vestirse, con la mente empeñada en una sola idea que exigía reflexión: tenía que dejar México. Huir. Hoy. Esta noche. Mario y Lucha regresarían mañana de su luna de miel; Memela no estaría sola. Pero, ¿y Toñito? Tenía que ocultarlo. Donde Alicia, por supuesto. Pepe podía odiarla a ella, pero no podría negarse a recibir a su hijo. Albert podría verlo allí, pero Alicia lo protegería, lo guardaría hasta que ella pudiera regresar. ¿Y José? Se sentiría lastimado, dolido de que no lo llamara ni fuera a verlo. Pero ahora se había convertido en un lastre para él.

—¡Señor, levántalo, cúbrelo con tus alas! —oró—. No permitas que flaquee.

Amelia no se había levantado aún. En silencio, Antonieta bajó al estudio y cerró la puerta. Tenía que marcharse sin escuchar argumentos ni atender a razones de abogados. El bueno y comprensivo doctor Lee, su cuñado de Chicago, la ayudaría. No. Iría a Nueva York. Sí, Nueva York era el lugar: allí tenía amigos. A las nueve salía un tren para Monterrey. Empacaría, llevaría a Toñito adonde Alicia. No, lo llevaría Ignacio, descartando cualquier pretexto que Alicia pudiera oponer para no aceptarlo.

Febrilmente, Antonieta escribió un mensaje para Alicia. La pesadilla persistía cuando escribió a José: «No conozco la profundidad de mi propio temor. Andrés y Mauricio te contarán lo de anoche. Ametralladoras. Lloro por Germán, con su cuerpo tendido en un charco de sangre. ¡Tu victoria lo vengará! Alguien mató a un policía, no fue uno de nuestros muchachos. Ni siquiera en presencia del asesinato mancillarían tu nombre. Ninguno va armado. Pero Calles nos acusará: nos vieron correr. No puedo hacerme a la idea de la cárcel. Soy cobarde, José, pero hay algo más: si me metieran en la cárcel, tú estarías comprometido. Te conozco. En todo momento habrá una plegaria en mi corazón para que Dios te proteja estas últimas semanas. Cuando seas presidente electo, regresaré a México para celebrar tu triunfo. Te telegrafiaré mi dirección tan pronto como me instale en Nueva York. Si sólo pudiera expresar todas las palabras que tengo en el corazón, A.».

Oyó que Toñito llamaba a Sabina desde el comedor. Sus mejores amigos: Ignacio y Sabina. Haciendo acopio de fuerzas, entró y se sentó junto a su hijo.

—Me voy de viaje, Toñito.

—¡Ah! —Acostumbrado a las ausencias repentinas de su madre, echó azúcar a la avena que tenía en el plato—. ¿Cuándo, mamá?

—Hoy. —Su voz tembló—. No me siento bien, cariño mío, y tengo que ir a un hospital, en Estados Unidos.

El muchacho sólo tuvo que mirar a su madre para comprender que algo andaba tremendamente mal.

—¡Pero te perderás la elección!

—Regresaré en cuanto gane el señor Vasconcelos. Mientras tanto te quedarás en casa de tía Alicia.

—¿Puedo llevarme el tren eléctrico? Luis nunca me deja jugar con el suyo.

Toñito comprendió perfectamente que era una medida para impedir que lo raptaran, y que su madre regresaría en cuanto se sintiera bien.

Se despidió de su madre con un beso sin dejar que las lágrimas empañaran sus ojos.

36

El viento helado de diciembre barría las calles neoyorquinas, como desfiladeros, y penetraban a través del abrigo de pelo de camello con el cuello alto de zorro rojo. Antonieta subió todavía más el zorro alrededor del cuello y caminó aprisa hacia el hotel residencial para damas cerca de Times Square. Había tratado de comer una tarta de durazno en el restaurante pero después de dos bocados, lo había dejado. Ese día sólo había ingerido tres tazas de té. Estaría silencioso el hotel durante la hora de la cena. Podría escribir sin oír portazos ni el chirrido del ascensor. Era urgente que se publicara la verdad. Caminando rápidamente, trató de apartar de su mente el nuevo temor. Pronto, muy pronto, tendría que ver a un médico.

En su habitación, Antonieta se quitó el sombrero, arrojó el abrigo sobre la cama y se obligó a sentarse frente a la máquina de escribir. El telegrama arrugado de José seguía sobre la mesa. «Todo terminó. Escribiré desde California». Se oyó un portazo y Antonieta dio un brinco. Habían transcurrido dos semanas desde la elección. Ni una palabra de Andrés ni de nadie del cuartel general de la campaña. Sólo lo que informaba *The New York Times*. «Resultado de la elección en México: Ortiz Rubio, candidato del PNR: millones de votos; Triana, del Partido Comunista: 40 mil votos; Vasconcelos, del Partido Antirreeleccionista: 12 mil votos».

Ya no quedaban lágrimas; lo único que bloqueaba ahora todos los demás sentimientos era la indignación contra México. Arrugó el telegrama en una pelota apretada y lo arrojó a la canasta. ¡Tenía que trabajar!

Antonieta tomó los ejemplares de los dos artículos que había escrito para *Latin America Speaks*, una revista poco conocida pero la primera en comprarle sus artículos. Habían publicado «*Street Performers of Mexico*» («Artistas callejeros en México») y «*The Submissive Latin Woman*» («La sumisa mujer latinoamericana»). Ahora le habían encargado que escribiera un ensayo político, específicamente acerca de la reciente elección.

Hizo a un lado sus artículos y metió una hoja nueva de papel en la máquina. Sujetándose la cabeza, trató de aclarar sus ideas, pero el encabezado de «Vasconcelos, 12 mil votos» la hería violentamente.

Pensamientos brumosos se perseguían mientras trataba de encontrar una frase inicial: «Washington debe reconocer la verdad. La elección mexicana ha sido la más fraudulenta de su historia. ¡Fraude!». Miles de rostros levantados hacia José en las plazas flotaron ante sus ojos. Miró la hoja blanca y se puso a escribir febrilmente: «En esta gran democracia en que Estados Unidos puede ser acusado por sus ciudadanos, en este país gobernado por leyes constitucionales y en el que la oposición habla abiertamente al Congreso y a la prensa, ¿cómo es posible comprender una elección fraudulenta e inmoral? Si el voto popular hubiera sido contado honradamente, José Vasconcelos sería el presidente electo de México hoy en día, y esa nación estaría emprendiendo el camino hacia una justicia y un progreso reales».

Le fallaron los dedos. Escribió y tachó palabras, frases. Las palabras no podían ganar batallas, pero ella debería encontrarlas: «Por haber apoyado a Calles, el hombre fuerte, por haber interferido gracias a su poderosa influencia, por haber protegido sus intereses comerciales y no los ideales que esta nación postula, por no haber comprendido las necesidades reales de México, por todo ello culpo a Estados Unidos…».

Las lágrimas la cegaron y no pudo terminar la acusación. Era demasiado doloroso escribirla.

Los vasconcelistas habían arrancado sus cartelitos de «La victoria con Vasconcelos» de sus tiendas y casas en cuanto la policía comenzó a amenazar. Los que alzaron su voz protestando fueron golpeados y pateados, algunos de ellos abatidos a tiros. El periódico *The San Antonio Light* había publicado fotografías incriminatorias. Se apretó las sienes con las yemas de los dedos. ¿La verdad? La verdad verdadera era que los mexicanos habían vuelto a doblegarse.

Lentamente, Antonieta sacó el papel de la máquina y lo arrugó. Sentía la cabeza llena de dardos y el dolor de estómago la estaba crucificando. El mundo se derrumbaba y nada podía hacer ella. Nadie a quién oír. Nadie.

Se obligó a pensar en Toñito a pesar de que todos sus nervios la estaban matando. Toñito, escondido en casa de la madre de Lucha, la señora Rule. Pepe se había negado a aceptarlo en su casa. «A la señora Rule nadie la domina», había telegrafiado Amelia. «Está oculto y a salvo». También la batalla legal había concluido: después de tanta ansiedad y tanta agonía, Albert ganó.

Antonieta se impuso caminar hasta el tocador. Ahí estaba el telegrama de su abogado.

—¡No he perdido! —dijo en voz alta. Tendría que entrar en México como un ladrón y llevarse a su hijo. A alguna parte. Alguna parte…

Toda la energía abandonó su cuerpo. Se sentía las piernas pesadas. Tiritando, Antonieta fue hasta la angosta cama y se dejó caer, abandonándose al vacío familiar que la arrastraba hacia abajo, sumiéndola en un agujero negro.

A la mañana siguiente, una afanadora, al entrar para asear el cuarto, encontró a la señora mexicana tendida en la cama, calenturienta, vestida y con la piel húmeda y fría.

Una enfermera de uniforme se inclinó sobre Antonieta al enfocar esta la mirada, por fin, en la blanca habitación. El olor le indicó que era un cuarto de hospital. El hospital Saint Luke's en la ciudad de Nueva York, le dijo la enfermera, sonriendo mientras le tomaba la presión arterial.

—Estuvo usted muy enferma.

—¿Acaso…? —comenzó a decir Antonieta, pero tenía la boca seca y no pudo formular la pregunta. Se pasó la lengua sobre los labios y lo intentó de nuevo—. ¿He sufrido un aborto? —preguntó.

—No, querida, nada de eso —respondió la fuerte enfermera—. No está embarazada. El doctor diagnosticó una crisis nerviosa. —Escribió en su tabla y alzó la mirada—. Ahora se recuperará rápidamente. —Sonriente, dio una palmadita a su pálida paciente y salió del cuarto.

Una semana después, Antonieta estaba sentada en un sofá del piso de sus amigos, Clemente y Margarita Orozco. Había pasado cuatro semanas en el hospital, un colapso nervioso, dijeron. Los amigos habían descubierto dónde estaba y habían hecho lo imposible para hacerle comprender que estaba en el país de los vivientes. Inclusive Alma Reed y el estrecho núcleo de fanáticos mexicanos a quienes había acusado con altivez de promover el «folclor» mexicano en Nueva York habían ido a verla. La fama de Clemente, como pintor, estaba creciendo en Nueva York, gracias a Alma. Y, gracias a Federico García Lorca, Antonieta tenía un proyecto de trabajo: su nuevo amigo, el brillante dramaturgo español con cara de niño había sugerido que llevaran juntos al escenario una obra en español que ella traduciría, con lo cual le dio una meta, una razón para restablecerse. Había recibido el toque curativo de la bondad, y aprendido a apoyarse en amigos. José había escrito cartas llenas de amargura. Había ido al norte para intentar alentar una rebelión. Capturado por los hombres de Calles, había aceptado el destierro en vez de la cárcel, y volvió a California a reunirse con su familia. Manuel y Mario habían escrito sus versiones de la elección. «Deja de representar a María Magdalena y la virgen María para tu Cristo crucificado —había escrito Mario— y vuelve a casa». ¿A casa? Era un callejón sin salida. Escribió en su diario: «Veo a México girando en círculos, y yo doy vueltas y vueltas en el centro, cautiva de su tormento infernal. Un puñado de rebeldes que se alzaron en armas para apoyar a Vasconcelos fueron ejecutados en Nogales y ahora el juego terminó. Durante un año el gobierno toleró la farsa de la democracia. Ya es hora de volver a la *normalidad*».

A principios de febrero regresó al hotel residencial. Su cuerpo estaba fortaleciéndose, pero seguía habiendo un vacío donde otrora morara su espíritu. Era una espectadora que se contemplaba mientras hacía como que vivía. Escribió a Manuel: «Gracias por su carta. Fue un ancla en esa tumba blanca donde existí por semanas... perdida y desmemoriada. Ahora lo único que quiero es tener paz y trabajo, ser... convertirme en una ciudadana del universo. No sé si algún día volveré a México. Mientras tanto, vivo en un claustro del que soy abadesa».

Para disimular su vacío, Antonieta llenaba de diversiones sus noches. Un círculo de escritores, actores y poetas españoles, encabezados por Federico García Lorca, representaba un oasis lejos del grupo mexicano. Se sentía a salvo entre aquellos hombres como entre sus Contemporáneos. Podía ser ella misma, sentir el pulso de los cabarés, Harlem y las magníficas revistas negras lejos del centro, cabarés obscenos de Greenwich Village, cines, teatro, cenas que duraban hasta las tres de la madrugada o noches en casa de Federico cuando él tocaba el piano y se ponía a imitar los diferentes acentos de las provincias de España. Y después, a casa en el *subway*, agotada, y por fin, el sueño.

Antonieta cubrió la máquina de escribir y tomó el ascensor hasta la recepción. Había llegado el correo de la tarde. Ansiosamente rompió el sobre: una carta de Mario. Después de cariñosos saludos y preguntas sobre su salud, unas frases subrayadas en rojo se destacaban:

«Siéntate porque esta noticia te va a sacudir. Primeramente, debo decirte que he cerrado la casa de la calle Monterrey y he repasado el inventario con el administrador de Boari. Faltaban antigüedades incontables, piezas pequeñas. ¿Las llevaste a empeñar en tu frenesí o las robaron? Por supuesto, tuve que pagarlas, así como los dos últimos meses de renta. Lucha y yo nos hemos mudado a una casita que nos compró la señora Rule en la colonia Del Valle. Como tenemos pocos muebles, pensé en las cosas que teníamos en aquella bodega de San Jerónimo. Amelia encontró la llave de la cerradura en el joyero que le habías confiado. Fuimos juntos, Amelia, Lucha y yo. La bodega estaba vacía. Limpiada. Ni una sola pieza grande o chica. Ni siquiera uno de los diseños de papá. Había un boquete más grande que un piano en ese grueso muro que da al refectorio de las monjas y que no se ve desde las piezas de delante. Claro está, nadie sabe nada, el velador no oyó nada y tu querido administrador, el padre de Manuel, niega haber conocido siquiera la existencia de la bodega. ¿Se lo habías dicho? ¿Dónde está el inventario? Al diablo con todo, ahora. Nos lo han robado todo».

Atónita, Antonieta se llevó la carta a su cuarto y volvió a leerla. Sus tesoros, los tesoros de todos ellos, de Mario y Amelia y Toñito. Estarían dispersos por el mercado de ladrones y aparecerían en los hogares de los nuevos ricos que nunca sabrían que las letras R y M, entrelazadas en oro, significaban Rivas Mercado. Poco a poco la conmoción dejó paso a la realidad. Las joyas estaban a salvo y quedaban unos cuantos edificios hipotecados.

La carta concluía pidiendo dinero, efectivo que Mario necesitaba con urgencia. La aerolínea de Acapulco prosperaría pronto. «Estamos transportando nóminas y carga a lo largo de la costa. Te envío algunas fotos de los nativos cuando nos ven aterrizar. No te hará daño reír un poco».

La risa de Antonieta fue ácida: «Me duele decirte que no tengo dinero que darte, mi amor. Pareces creer que tengo montones de dólares en los bancos de aquí. Seguramente habrás visto fotos de cadáveres de banqueros estrellados en Wall Street en octubre pasado». Su corredor de bolsa le había deletreado la verdad: setecientos mil dólares perdidos. Se salvó lo suficiente para pagar sus gastos de hospital y sus abogados de México. Si viviera sobriamente, podría pagar sus gastos en Nueva York hasta que sus escritos lograran mantenerla.

Antonieta se recostó en las almohadas y dejó que la carta de Mario se deslizara entre sus dedos. Un muro de contención acababa de derrumbarse dentro de ella y sabía que estaba corriendo el riesgo de otro colapso. Mensajes breves y dolorosos de José la habían obligado a mostrarse fuerte para poder infundirle fuerzas a él. Por las cartas que recibió durante las semanas solitarias y confusas en el hospital, había podido trazar los pasos de José después de la elección: «El peso de una nación que he abandonado recae sobre mis hombros —había escrito—. ¿Por qué no me mataron?».

El asesinato de De Campo había mancillado la pureza de su bello ardor nacional. La gente había mostrado los dientes y comenzado a responder con fuego al fuego. Había doce mil soldados acuartelados en la Ciudad de México. El día de la elección había sido una pesadilla: rifles bloqueando las casillas electorales, casillas cambiadas de lugar para evadir a los inspectores del Partido Antirreeleccionista, o cerrando antes de tiempo mientras los votantes se quedaban de pie, esperando. Miles de detenidos por todo el país. Diez mil protestaron ante el procurador general porque no se les había permitido votar. Oídos sordos. Sólo un levantamiento armado podría haber logrado algo. Una carta de Andrés le había desgarrado el corazón: «Esperamos una semana en el cuartel general, pero no hubo llamado a las armas y la policía andaba tras de nosotros. Mataron a veinte vasconcelistas en las afueras de la ciudad. Un perro olfateó sus cadáveres allí donde los habían amontonado en una tumba común».

Recordó el día en que había sido nominado José en la convención del Partido. Habían inundado las oficinas telegramas de intelectuales de toda América Latina, Europa y Estados Unidos, personas que lo conocían y sabían que estaba luchando por una causa justa, aspirando a un puesto honorable. Nuevamente las palabras de Andrés le incendiaron la mente: «Habíamos heredado a Tolstoi y teníamos la cabeza en las nubes. Hoy todo eso se ha desvanecido. Fue sólo una llamarada que, de un soplido, se apagó. ¿Cómo puede uno seguir viviendo con un sueño que ha sido destruido?».

Andrés, Mauricio, Alfonso, Germán.

A medida que recobraba sus fuerzas, el desaliento fue cediendo el paso a la ira contra México. Regresaría por Toñito y después ¡borraría a México de su vida para siempre!

Un telegrama de José obligó a Antonieta a evaluar la situación en que se encontraba. «Estoy desolado. Sólo tu lealtad me ha sostenido. Ven a California. Debemos estudiar la publicación de una revista que conserve con vida una débil llamita de verdad. Detalles siguen por carta. José».

Aquella noche, sola en su hotel, Antonieta batalló con su conciencia. No podía negar que la campaña había dado nacimiento a la ambición y a una hermosa fantasía: iba a ser la primera dama del país, la esposa del presidente de México. No simplemente su esposa, sino una mujer que dejaría su huella en la historia, una mujer que defendía los derechos humanos y los derechos que le habían sido denegados por siglos a la mujer. Había querido ser la esposa del presidente incorruptible que diera un ejemplo de justicia para los pobres, los ancianos, los sin techo, para todas esas víctimas de la corrupción a quienes se les negaban sus derechos. Para los indios embrutecidos por el alcohol porque la vida era demasiado dolorosa para poderla aguantar. Los mexicanos sabían morir. Ella quería colaborar con José, quien les enseñaría a vivir.

Estaba quieta, dejando que los pensamientos conscientes cobraran forma. Era como si toda su niñez y su juventud hubieran transcurrido preparándola para esa misión. No el papel de esposa del presidente sino una mujer cuya vida tuviera significado. ¡La vida tenía que significar algo!

El resplandor del sueño parecía iluminar la habitación oscura. Entonces alzó su sueño hasta el duro metal de la realidad. Como un molde de cera, lo vio derretirse y deshacerse rápidamente igual que el muro dentro de ella. Todo había terminado; Vasconcelos estaba derrotado; el dolor era demasiado agudo para llorar.

Antonieta se quedó mirando una mancha del techo.

¿Y él, qué? ¿Cuánto amaba a José? ¿José desposeído de la presidencia, desposeído de sus partidarios, de la adulación y la expectativa? ¿Qué podía ofrecer ella a un José derrotado? ¿Qué podía ofrecerle él a ella? ¿Era el amor de un hombre compartir el dolor, la dicha y las depresiones o era solamente compartir una cama? Ella quería una posesión total y un compromiso total. Lo desvistió de todo hasta dejarlo desnudo y miró.

—Te amo, José —susurró, y una nueva emoción comenzó a llenar el vacío.

Él la necesitaba. Entonces dejó que corrieran las lágrimas. Pobre José, orgulloso y derrotado. Él necesitaba su amor.

El viaje a California en avión fue largo y tedioso: la espera en aeropuertos helados, los cambios de aeroplanos. Pero llegó en dos días. Él estaba de pie en la rampa, un José envejecido que la besó y la condujo hasta su viejo Ford.

Se quedaron en un *bungalow* de Hollywood durante una semana, hablando, hablando, hablando. La amargura y la desilusión le habían cambiado el rostro. Había odio en sus ojos cuando habló de aquellas últimas semanas, bajo la custodia de los hombres de Calles, del fútil intento de reunir una fuerza militar. Y entonces, su decisión desgarradora de salir de México. Palabras amargas los envolvían como un manto asfixiante. Sólo en brazos uno del otro encontraban respiro y refugio. Un refugio temporal. Y entonces el manto opresivo volvía a envolverlos.

Chorreaba veneno al condenar «la orgía canibalesca que llamaban Revolución». Era como Nietzsche, el trágico superhombre al que sólo le quedaban sarcasmo y odio al final. Pero el odio puro tenía la virtud de purificar. Finalmente, la bolsa de veneno quedó vacía y José pudo hablar de la revista que deseaba publicar en París. Se dirigiría a toda América Latina, a todos los países atormentados por los mismos males que desesperaban a México.

—Tengo amigos en Colombia que contribuirán, y amigos en Venezuela y Argentina. No hará falta mucho capital. Nuestra revista circulará en todo el mundo hispanohablante, y tu pluma cultivada, mágica, querida mía, le infundirá vida.

París, la Ciudad Luz. ¡Sí, Luz! Se reunirían en París, vivirían como todos los demás desterrados de América Latina. La revista revelaría verdades. En París se podía decir la verdad.

Los ojos de José estaban vidriosos por una visión interior.

—Mi madre dijo una vez que cada uno de nosotros nace con unas cuantas gotas de la gracia de Dios para conservarnos humildes. Tal vez por la gracia de Dios pueda yo reconstruir mi vida en algo que sea útil.

¿Y yo? ¿Dónde encajo yo en tu vida? Antonieta no planteó la pregunta. La esposa y los hijos de José vivían en Los Ángeles; él tenía que mantenerlos, ya se lo había dicho. Pero no había dicho más que eso.

—Deja que ponga mis asuntos en orden y me reuniré contigo en París. Es mejor que vayas allí directamente y empieces ya.

—La tomó en sus brazos—. No puedo publicar la revista sin ti.
—Había intensidad en su tono pero la luz había desaparecido de
sus ojos.

—Temo regresar a México —dijo Antonieta—. Pero tengo que
ir. Debo ingresar sin que nadie lo sepa y llevarme a Toñito. Amelia dice que Albert ha contratado al mejor detective para descubrir dónde se encuentra.

—Escribiré a Jorge. Toñito y tú pueden ocultarse en su finca
de Tampico antes de embarcarse en un buque hacia Europa.

Antonieta y Toñito estaban parados del otro lado de la calle
de Héroes, frente a la casa número 45, y miraban la vieja casa,
medio oculta entre sombras. Nubarrones oscuros corrían a través
del claro cielo como monstruos acechantes, y el viento impetuoso
azotaba las ramas de los viejos árboles, desprendiendo las hojas
secas y dispersándolas por la calle. Al cabo de unos minutos,
las gotas de lluvia empezaron a caer y pequeños jirones de nubes oscuras, como soldaditos vencidos, pasaron rápidamente y se
ocultaron en las montañas.

—¿Por qué quieres despedirte de la vieja casa? —preguntó
Toñito.

—Porque es aquí donde empecé —respondió Antonieta con
dulzura.

Ahora la luz del sol destacaba las buganvillas que se despa-
rramaban por encima del muro en un brillante estallido púrpura.
Sus colores despertaron una respuesta consoladora en Antonieta.
No importaba quién viviera ahí, era su casa, el lugar de donde
ella procedía. Dejó que sus miradas recorrieran el lugar entero,
consciente de las voces lejanas de niños que jugaban por ahí. Se
preguntó si Huitzilopochtli los vigilaría desde su caverna.

Como paseantes que se detienen para admirar un jardín, tomó a Toñito de la mano y cruzó la calle. Miraron a través de las
altas puertas de herrería. Sombras movedizas revelaron manchas
en la galería, y unos niños comenzaron a salir del recibidor y a
bajar ruidosamente la doble escalinata. Antonieta retrocedió contra la muralla, donde no la vieran, ocultándose de ese otro yo que
necesitaba tan desesperadamente tocar.

—¿No es ya hora de irnos, mamá? —preguntó Toñito, y tiró de su mano con impaciencia.

—Sí, es hora de irnos. Te gustará viajar en aeroplano hasta Tampico. Tu tío Mario dijo que podrías sentarte junto al piloto.

Dio la espalda a la casa y se alejó caminando.

37

Burdeos, 9 de febrero de 1931

No amanecía aún. La casa de huéspedes estaba silenciosa. No se oía ningún ruido. Antonieta abrió los ojos y despertó de repente. Levantó la cabeza de la almohada y miró a Toñito que, del otro lado del miserable cuarto, seguía dormido hecho un ovillo en el sofá que le servía de cama. Había dormido por intervalos, atormentada por un dolor sordo en codos, rodillas, pies y manos. La temperatura había estado por debajo de cero desde Navidad. Subió la cobija alrededor de su cuello y se volvió para ver el reloj. Las seis de la mañana. Dentro de una hora descorrería los cortinones y despertaría a Toñito para que fuera a la escuela. Y dentro de otras tres ella misma tomaría el tren de París.

José había llegado. Después de aplazamientos continuos y dejarla esperando —mientras luchaba por sobrevivir— ya estaba en París. Su conversación había sido incómoda. Reconoció haber sentido una punzada de envidia al oírle mencionar su prolongada gira de conferencias por América Central y del Sur. ¡Indudablemente, banquetes y champaña habrían mitigado un poco el dolor de la derrota!

Encogiendo las piernas para pegarlas al cuerpo, Antonieta consiguió cubrirse los pies con el camisón de franela y agazaparse debajo del edredón. Pensar en José le provocó una oleada de nostalgia, un deseo de sentir nuevamente los olores y los sonidos de México, el calor del sol y la gloria de sus cielos azules.

Apretó fuertemente los párpados para que no se le saltaran las lágrimas.

—Toñito —susurró al niño dormido—, aquí todo está vacío. Te he traído a un lugar vacío. —Permaneció inmóvil sintiendo que las lágrimas calientes le rodaban por las mejillas. ¡Aquellos días, las lágrimas estaban tan a flor de piel!

Antonieta hizo un esfuerzo para levantarse y deslizó los pies en zapatillas de raso, sin hacer caso del ataque súbito del frío. Ciñó una bata de lana alrededor de su cuerpo dando dos vueltas al cinturón alrededor de su estrecha cintura. De puntillas fue hacia el escritorio cargado de libros y expedientes, y encendió la lámpara; las páginas sueltas de una carta escrita a máquina cayeron al suelo y ella las levantó y las puso en orden, aferrándose a la sombría realidad del lugar.

Su suite en la casa de huéspedes consistía en un amplio dormitorio, armario, lavamanos y una alcoba a modo de salita. El cuarto de baño, del otro lado del vestíbulo, lo compartía con *madame* Lavigne, su hija Irene y dos huéspedes más.

Antonieta sacó una hoja de papel de la máquina de escribir, la última página de una carta para Manuel. Le había propuesto organizarle una exposición, un ardid para traerlo a París. Manuel aliviaría la desesperación que le estaba amargando la vida. Manuel, quien soñaba con ser reconocido como gran pintor, quien la había abandonado porque no le quedaba a ella nada que darle, ni a él nada que darle a ella.

Antonieta acercó la silla a la mesita de noche y orientó la luz para que alumbrara las hojas que tenía en la mano.

Manuel, extraordinario amigo y pintor: Por fin llegó su carta. No se deje envolver en el torbellino que todavía arrasa con México. Yo fui atrapada en el centro y lanzada afuera. Debe terminar su trabajo para la exposición. ¡Venga a París! Sus creaciones regresarán triunfantes a México.

Manuel, usted puede medir su anhelo en el mío, su tormento de perfección en mi propio tormento, y cuando su mirada caiga

sobre un horizonte desierto piense que mis ojos barren una desolación externa que constituye mi fuerza, mi cilicio, mi oculta razón
de ser.

Fue preciso que me fuera y así quemara mis naves. Ya no podía seguir viviendo en el engaño. Tuve que hundirme, solitaria, en
lo desconocido, como ladrón que ha robado una joya cuyo precio
ignora y corre el riesgo de abrir los dedos y hallar un vil guijarro
en vez de una esmeralda inalterable.

Súbitamente Antonieta empezó a tiritar. La idea de reencon-
trarse con José la había sacado de su concentración. Tuvo que es-
forzarse para seguir leyendo.

Noticias palpitantes: estoy escribiendo una novela, estudiando y
trabajando diez horas diarias, que incluyen dos horas de latín, para poder comprender el más insignificante apunte. La novela es
un ataque constante y la meta tan alta que la estrella más lejana
parece baja. Tengo un constante arrebato interior, una necesidad
de medirme con los que «en el mundo han sido». Mi trabajo me
obsesiona. La pasión dura mientras quedan párrafos por pulir y
páginas por dominar. Y entonces, al repasar los logros de la víspera, siento náuseas.

Aguánteme mientras añado unos apuntes: la heroína se rebela
contra la realidad pero consigue silenciar cada una de sus ilusiones pasadas. Ve con ojos nuevos la civilización de su país, ya sin
el velo de la benevolencia, sin los vapores de la democracia, sin
justicia, sin merced y sin amor… sólo con la belleza que proviene
de siglos de lucha y misterio pagano, una belleza antigua, dura
pero con alma, sumisa pero tan fuerte como una montaña que se
elevara. No es la historia de una derrota sino el intento de lograr
una evaluación vital.

Mis protagonistas no son héroes en el sentido ordinario. Espero desarrollar *tipos*, nuestros tipos. Por supuesto, se trata de
México, recién nacido y, sin embargo, antiguo. Quiero vincular
ese cráter del volcán, que es nuestra tierra, con el resto del mundo. Quiero sumergirme de cabeza en algo puramente mexicano
sin que pueda ocurrírsele al lector pensar en «color local». Espe-

ro crear algo humano, humilde y penetrante. Siento a México tan profunda ¡tan profundísimamente!

Mañana iré a París. Finalmente José ha llegado. Resulta irónico —no, más bien amargo— que llegue desterrado. Está decidido a publicar aquí su revista. La ha llamado *La Antorcha,* una luz que revele la verdad no sólo acerca de México, sino de toda América Latina. Mañana hablaremos del formato y de la fecha inicial. Ya tengo resmas de artículos escritos. Se lo diré sólo a usted, Manuel: pienso en el reencuentro con aprensión.

Usted vendrá a Europa. ¡Le hace falta París!

Toñito florece como planta noble en terreno sano. Y yo sobrevivo. Suya siempre. A.

La carta disipó su desaliento anterior. Escribió el sobre y lo cerró, acción que en sí inyectaba cierto grado de optimismo.

Sonó el despertador. Toñito empezó a moverse. Antonieta apartó la máquina de escribir y liberó la mesa, para cubrirla con fotografías de la familia. Cuando se ausentaba, le gustaba dejar a Toñito en compañía de rostros familiares. Los miró: su padre, tío Beto, su madre, Lucha y Mario, Alicia y los primos, Amelia y Sabina. Abrió el cajón de abajo y sacó otro retrato: Albert. La dedicatoria decía: «A mi hijo Donald», como si «Toñito» pudiera deslucir su ascendencia británica. Y finalmente sacó el álbum familiar.

—Mamá —le dijo Toñito—, hace frío. ¿No puedes ajustar la calefacción?

Antonieta abrió los cortinones que había detrás de su camita y se inclinó para besar a su hijo.

—*Bonjour, mon amour.* Tendrás más calor en cuanto te levantes y empiece a circular la sangre por tu cuerpo. Prepárate —aconsejó—. Ya es hora de salir del capullo. —Echó las cobijas hacia atrás—. Voy a ver si está libre el baño.

—¿Has vuelto a trabajar en la oscuridad?

—No, mi aprensivo muchachito, acabo de levantarme. Anda, ponte la bata.

—¿Tendré hoy clase de boxeo?

—¡Por supuesto! Si no, ¿cómo ibas a desarrollar la musculatura necesaria para defenderte contra esos brutos de tu escuela?

—Odio la escuela.

—No la odiarás tan pronto como mejore tu francés. No te estoy ayudando mucho. Siempre digo que no te hablaré más en español, pero sigo haciéndolo.

Mientras Toñito metía sus libros en la mochila, Antonieta dijo, sin darle importancia, que se iba a París.

—¿Otra vez, mamá? ¿Por qué tienes que ir?

—El licenciado me llamó ayer. Ya ha llegado.

—¡Ah!

—Me hace tanta falta trabajar, quiero decir, profesionalmente. Volveremos a ser ricos, Toñito, ya verás.

—¿Y entonces podremos regresar a México? ¿Aunque el señor Vasconcelos no sea presidente?

—¿Tienes muchas ganas de volver, no es cierto?

Los ojos de Antonieta se llenaron de lágrimas y el muchachito echó los brazos al cuello de su madre, quien hizo una seña hacia la mesa escritorio:

—He puesto ahí a toda la familia para que te haga compañía.

—¿Y por qué pusiste ahí a mi padre?

—Porque es tu padre y algún día tendrás que agregar a tu colección parientes británicos y americanos.

—¡No los quiero! ¡Soy mexicano!

—Tu padre no es mala persona, Toñito.

—Entonces, ¿por qué me escondes de él? ¿Por qué te pone tan furiosa?

—Mira, también traje el álbum de la familia. Tal vez quieras enseñárselo al nieto de *madame* Lavigne. Vendrá esta noche, y si mañana hace buen tiempo, Irene ha dicho que los llevará a los dos a patinar sobre hielo.

Cuidadosamente, Toñito tomó del tocador el grueso libro forrado de terciopelo y lo abrió. En la primera página había una foto del Ángel, el monumento, con un retrato del arquitecto sobreimpuesto.

—¿Recuerdas a tu abuelo? —preguntó Antonieta, abrazando a su hijo.

—¡Mamá!, yo tenía siete años cuando él murió. Cuando uno tiene siete años, lo recuerda todo.

—¿Lo recordarás todo ahora que tienes once? Escoge un vestido para mí, así recordarás cómo iba vestida hoy.

Toñito tomó muy en serio la petición y fue al armario donde escogió entre los vestidos y puso uno de lana beige sobre la cama.

—Me gustas más con este que con el negro o el de color lila. *Madame* Lavigne dice que eres muy elegante para ser tan pobre. Cuando volvamos a ser ricos, ¿podré cambiar de escuela? —preguntó, muy solemne.

—Claro que sí, mi amor —dijo Antonieta, riendo—. Todo lo que quieras.

—¿Cuántos días estarás fuera?

—Tres o cuatro, cuando mucho. Mañana llamaré por teléfono cuando hayas regresado de la escuela. Ahora, deja que te examine. —Antonieta puso las manos en jarras—. Las medias subidas hasta las rodillas, los calzones cortos de rigor, la corbata y el saco azul. Vamos, ponte el abrigo y te ayudaré con la mochila. Ya está. Eres el clásico francesito que va a la escuela —dijo, queriendo embromarlo.

—Excepto esto. —Y alzó la manga para que la viera—. Falta un botón. ¿Le pido a Irene que me cosa uno?

—¡Claro que no! Compraré otro botón igualito en París y te lo coseré a mi regreso. —Tomó las tijeras—. Me llevo el de la otra manga de muestra. Así no se nota. Ahora apúrate. Te queda el tiempo justo para un poco de leche y un *croissant*.

Antonieta secó un poco de vaho del cristal de la ventana para decir adiós con la mano a su hijo que pasaba por la calle, agachando la cabeza contra el viento. Había algo triste en Toñito. Tendría que dominar sus emociones en presencia de él: era tan sensible; sentía toda la inseguridad de ella.

Una carta más antes de vestirse. Antonieta sacó otra vez la máquina de escribir y empezó:

Memela, mi preciosa hermanita: El correo va tan despacio y estoy deseperada por la falta de dinero. Te enviaré un telegrama desde la estación al llegar a París. Ha llegado José y estoy a punto de salir de Burdeos. No hubo respuesta a mi última carta. Sólo anoche recordé que debe haber un remanente en mi cuenta del Banco de Londres. Por favor, busca el estado de cuenta y envíame hasta el último centavo que puedas.

Dile a mamá que fui a confesarme, si todavía está preocupada. No me imagino por qué se preocupa tanto de repente, pero si eso le tranquiliza la conciencia, puedes trasmitirle el mensaje.

¿Soy una pobre? Indudablemente tiene que quedar alguna propiedad por ahí. Mario no me dará cuentas claras, de modo que te pido perdón, cariño, si te echo este peso sobre los hombros. Ahora ambos tienen su propio dinero. Del mío casi no queda nada. Tuve que pedir un poco prestado para comprarle a Toñito un tren eléctrico por Navidad, y apenas me sobró para una cena en un restaurante decente.

¡Ay, Memelita!, realmente no me importa tener o no tener dinero. No me importa vivir frugalmente. Estamos cómodos y puedo ganar dinero, pero cada día me siento más débil. Mi vitalidad disminuye, se me acaba la cuerda. ¡Cuánto anhelo verte! ¿Vendrás a Europa? Te pagaré el pasaje si queda algún edificio que se pueda rescatar de la compañía hipotecaria.

Anhelo beber sol, agua, cielo, silencio… envolverme de paz como un indio en su sarape. Y dejar pasar, dejar pasar.

He vuelto a cortarme el cabello; me veo de última moda y darías tu aprobación si me vieras. Querría ser como esas *flappers* descocadas que van a los clubes nocturnos de Nueva York; estoy lo suficientemente delgada para eso, pero las faldas cortas no son mi estilo. Los dos huéspedes de la casa están enamorados de mí. Uno es un pajarraco jadeante que se considera todavía un *bon vivant* y trata de conquistarme a fuerza de vinos baratos y horribles patés. ¿Tendré que decirle que el paté me da náuseas y que papá envolvió el último que quedaba en una tortilla mohosa para celebrar mis quince años? ¿Te acuerdas? Tú tenías siete. ¿Y recuerdas a Jeanne Bucher? Su galería es de las más selectas de París: tiene cuadros de Picasso, Lipchitz, Lurcat, Jean Hugo, Miró, viejos amigos todos ellos que Manuel me enseñó a apreciar. ¿No se moriría de nuevo papá si se enterara de mis gustos y de que los «feos changos» de Diego han conquistado por completo a los críticos de Europa? ¿Ha terminado Diego los murales de palacio?

Perdona que mis pensamientos salten de una cosa a otra. Hay días que me pregunto quién soy. ¿Sabías que la materia nunca se destruye? Sólo se transforma, como el agua: ya sea líquida, hielo o vapor, sigue siendo agua. Yo soy la suma de docenas y docenas de antepasados, ninguno de los cuales puede ser destruido. Cuánto me gustaría meterme en su pellejo como hacían los caballeros águila aztecas, y sentir en mí a todos esos antepasados. Cuando tocaba el piano para ellos, sentía su presencia.

Enviaré esta carta desde París. ¡Ven con nosotros, Memela! Si tuvieras alas y pudieras volar... Tu alegría y tu mera presencia serían ese sol y ese cielo y esa agua que ansío beber.

Apúrate, mi preciosísima hermanita. Cada mañana necesito hacer acopio de energía, gota a gota, sólo para mantenerme viva.

Por siempre mi amor,

Antonieta.

El compartimento del tren era asfixiante. La mirada de Antonieta se fijó en una raja del cristal de la ventanilla y dejó de prestar atención al paisaje. Había estado preparándose durante tanto tiempo para ese encuentro, y ahora sentía que aún no estaba lista. Mecida por el traqueteo monótono acabó por quedarse adormilada.

—La siguiente parada: ¡París! —gritó el jefe de tren. Abrió la puerta del compartimento y volvió a gritar—: París... París...

Antonieta recorrió los rostros del andén mientras el tren llegaba a la estación de Austerlitz: no estaba él. Ella misma le había dicho que sería mejor reunirse en el hotel, inclusive había fijado la hora: las siete. Bajó su maleta y se mezcló con el gentío. Sólo eran las cinco y media. Iría a pie hasta el hotel; el aire le vendría bien.

La llovizna parisina tendía una cortina helada de desolación. Antonieta echó a andar por el bulevar de l'Hôpital para internarse en el Barrio Latino, recordando al Oso grandote que había llevado de la mano a la niña, una niña cuyos ojos muy abiertos absorbían cada imagen y cuya visión del futuro no tenía límites. «He de moldear mi futuro como yo quiera», se dijo, «libre, dura y solitaria. La verdad es que él me necesita más a mí que yo a él».

Caminando por calles conocidas dio con el pequeño hotel. Un empleado indiferente le tendió la llave del cuarto que José había reservado para ella en el mismo piso pero del otro lado del vestíbulo. La alfombra estaba raída y la habitación olía a tabaco rancio, pero tenía armario y lavamanos. El inodoro y la ducha estaban en el mismo piso. Un anuncio luminoso parpadeaba fuera de su ventana y Antonieta bajó la persiana. Se lavó, se peinó y se puso el vestido beige que caía en suaves pliegues desde las caderas. Finalmente tomó el portafolios y salió, cerrando la puerta tras de sí. Eran las siete y veinte. Dejó caer la llave en su bolsito negro y se acercó al cuarto de José; el corazón le latía con fuerza.

Ahí estaba: abriendo la puerta de par en par, José la abrazó. La fuerza de él fluyó por el cuerpo de Antonieta, quien alzó la cara para recibir su beso. Había alguien más en la habitación; por supuesto: Carlos Deambrosis.

—He esperado tanto que llegara este día, Antonieta, y por vez primera llegas tarde —la reprendió José.

—He esperado seis meses sin quejarme —le contestó con sonrisa desvaída—. Hola, Carlos. ¿Cómo está la familia? Toñito pregunta por tu hijo. —Carlos era periodista, partidario de Vasconcelos y el nexo de ella entre Francia y América—. ¿He interrumpido algo?

—¡Claro que no! —exclamó José—. Carlos y yo nos encontramos viajando en el mismo tren. Acabo de convencerlo de que sea nuestro editor, sin salario, por supuesto. Y para celebrar esta reunión histórica los invito a cenar a ambos. Hay un pequeño bistrot junto a la torre Eiffel que sirve un vino de mesa soberbio.

—¿No quieres echarles una mirada? —preguntó Antonieta, tendiéndole el portafolios.

José dejó el portafolios sobre el tocador:

—Trabajaremos mañana. Vámonos, estoy muerto de hambre.

José trató de mantener una conversación animada durante la cena, pero la luz había desaparecido de sus ojos. Tenía deshilados los puños de la camisa. Y la cuestión del dinero comenzó a imponerse. La falta de respeto que mostraba Carlos por la gente cuya fortuna no proviniera del sudor de su frente le había resultado obvia a Antonieta desde que se conocieron. Escuchó las preguntas pragmáticas con cierta incomodidad.

—¿Qué tal fue la gira por Sudamérica? —preguntó Carlos.

—He descubierto que los sudamericanos son tacaños. He llegado con sólo ocho mil dólares.

No habló de los banquetes ni de la champaña. Había en José un aspecto parsimonioso que nunca antes había observado.

—Debo ser sincero. No soporto un año de pérdidas. Sin el apoyo de Hispanoamérica, nuestra *Antorcha* sufrirá una muerte prematura.

* * *

Carlos salió del ascensor en su piso y José acompañó a Antonieta hasta su puerta. La abrazó y escondió el rostro en su cuello, aspirando el aroma de su piel y besándole ardorosamente el cuello y los labios.

—¿Pasaremos aquí la noche o en mi cuarto? —susurró.

Ella lo empujó hacia atrás.

—Esta noche, no. No, no me he sentido bien y tenemos tanto que hacer mañana…

—Está bien. —En sus ojos vio que lo había lastimado. Le besó la mejilla—. ¿Nos veremos a la hora del desayuno?

—Después de comer. Carlos y tú buscarán una oficina por la mañana y yo tengo cosas que hacer. Dejaré un mensaje en tu casillero si regreso antes que ustedes. Buenas noches, licenciado. —Se besó el dedo y lo puso sobre los labios de José.

* * *

Por la mañana una niebla gris cubría París. Antonieta paseó sin rumbo a lo largo del Sena, manoseando ociosamente algunos libros de los *bouquinistes*. José se estaba agarrando a un clavo ardiendo con su traje gastado y puños deshilados; se había encerrado en sí mismo, incapaz de ver hacia fuera. No la había visto realmente y ni siquiera se había tomado la molestia de abrir el portafolios. Estaban representando un papel. Él estaba deshecho, ella estaba deshecha.

Antonieta se quedó mirando el agua del Sena. El reflejo de aquellos edificios había permanecido allí siglos y siglos, como si entre París y el Sena existiera una armonía que duraría toda la eternidad. La pesada silueta de Notre-Dame apareció, prestando estabilidad al agua repentinamente clara. Entonces, imágenes nebulosas de gárgolas temblaron en la superficie. Un espejismo que se fue tan pronto como un barco violó su forma. Las formas reaparecieron y allí estuvieron de nuevo las torres de Notre-Dame, en el agua viva.

Una ráfaga de viento penetrante le arrojó un grano de polvo al ojo, y la realidad fue un borrón rasposo que ofendía. Antonieta se detuvo en un pequeño café casi vacío y tomó una sopa caliente. Arturo Pani, el cónsul mexicano, debería haber llegado ya a su oficina. Volvería a prestarle dinero y ella quería hablarle de un pasaporte para Toñito. Por si acaso. Se puso en pie y respiró hondo. Se sentía mareada.

Arturo Pani se levantó y saludó a Antonieta con un fuerte apretón de manos.

—¡Antonieta, qué sorpresa y qué placer! Si me hubieras llamado desde Burdeos, te habría invitado a cenar. Desgraciadamente tenemos que ir a un tonto concierto. Pero por favor, siéntate. ¿Cómo está tu hijo? ¿Y qué tal sigues escribiendo? —La miró con expresión paternal—. Estás delgada, demasiado delgada.

El cónsul la condujo a un cómodo sofá en su oficina.

—¡Háblame de ti!

—Vasconcelos está aquí. Voy a verlo más tarde.

—De modo que por fin ha llegado. ¿Qué lo retuvo?

—Una gira por Sudamérica —respondió Antonieta— y un intento por conseguir dinero en España para la revista. He venido a ayudarle a componer el primer número.

—Entonces piensas seguir colaborando con él —dijo el cónsul, apretando los labios.

—Sí.

—¿Te parece prudente?

—¿Por qué me lo preguntas?

—Bueno, he estado pensando en tu situación. Con Ortiz Rubio en el poder, ha habido cambios en la Suprema Corte. Creo que podrías lograr que invirtieran su decisión.

—Quieres que regrese a México. ¿Es lo que me aconsejas?

—Sí.

—Porque no crees que debería trabajar con José. Es eso, ¿verdad? Sabes, Arturo, para ser la persona tan decente que sé que eres, no comprendo que aguantes trabajar con Calles y sus asesinos.

Arturo dejó pasar la observación.

—Vasconcelos es un hombre amargado —dijo—. No creo que ustedes sean buenos el uno para el otro. —Le tomó la mano—. Podrías rehacer tu vida en México.

Antonieta rio.

—¿Rehacer mi vida en la cárcel?

—Eso es una aberración. Nadie va a meterte en la cárcel.

—Han vuelto a encarcelar a Tina. Está encerrada por un intento de asesinato contra Ortiz Rubio, aun cuando sé de buena fuente que ni siquiera estaba cerca de él. —Antonieta se quitó el sombrero y se pasó los dedos por el corto cabello—. De todos modos, si Ortiz Rubio no me apresara, Albert lo haría. Y se llevaría a Toñito. —Se detuvo, pensativa—. ¡Qué importa! Nunca volveré a México.

—Bueno, pero de todos modos debes tener un pasaporte mexicano —dijo suavemente el cónsul, al notar que la voz le había temblado—. Conserva tu pasaporte británico, pero debes tener también un pasaporte mexicano. Podrá incluir a tu hijo, si quieres.

Antonieta recostó la cabeza en el respaldo del sofá.

—Nadie puede volver sobre sus pasos, ¿verdad?

—Antonieta, ¿te sientes bien? —preguntó el cónsul al percatarse de lo extrañamente distante que parecía.

—Me siento algo mareada, eso es todo. Gracias por preocuparte. —Sacudió su cabello corto y volvió a ponerse el sombrero—. Arturo, si llegara a sucederme algo, quiero que te encargues de Toñito.

—¿Qué podría suceder?

Se puso en pie.

—¡Bah! Podrían atropellarme. Podría caer muerta de cansancio. O suicidarme. —Respiró hondo y sonrió.

—No digas esas cosas ni en broma. Anda, prométeme que te ocuparás mañana de tu pasaporte. No, ¿qué te parece hoy? Cancelaré el maldito concierto. Puedes ir a que te saquen la foto a la vuelta de la esquina, y nos iremos en auto a casa. Un fuego en la chimenea y una buena cena con la familia te levantará los ánimos.

—No puedo. —Antonieta se estremeció ligeramente—. Estoy tan cansada, Arturo, tan cansada. —Cambiando súbitamente, miró su reloj—. Dios mío, si son las cuatro. José estará frenético.

—¿Dónde vas a reunirte con él?

—En el hotel Lombardie.

* * *

Eran las cuatro y media cuando Antonieta llegó al hotel. Su casillero estaba lleno de mensajes de José: la había estado esperando desde las dos. En su cuarto, se quitó rápidamente el vestido negro y volvió a enfundarse en los suaves pliegues de lana beige. Pensándolo mejor, tomó su mantón de talle y se envolvió en él.

José abrió la puerta de golpe.

—¿Dónde has estado? ¡Dijiste después de comer!

—Sabía que tenías mucho de que hablar con Deambrosis, de modo que no me apresuré. Perdona.

Antonieta se quitó el mantón y lo dejó sobre la alta cama de latón, con los flecos colgando del borde y ocultando el polvo que había debajo.

José la observaba cuando se sentó en una de las sillitas junto a la ventana cruzando las piernas, con su zapato de cuero hecho a mano apuntando graciosamente al suelo.

—Antonieta penetra en el astroso cuarto y lo convierte de repente en una habitación elegante —dijo José—. Eres bella, pero estás delgada. ¿Te sientes bien, Antonieta?

—Sí, claro que sí. —Sonrió.

—¿Puedo besarte ahora? Me he deshecho de Carlos por hoy.

—Creo que deberíamos empezar por hablar de negocios —contestó Antonieta—. ¿Cómo estás tú, José?

—Supongo que bien. La cosa estuvo gruesa. Son tantos los que me critican; no, los que me acusan por haber dejado México.

Prefieren un mártir muerto. —Rio sin alegría—. Quiero hablar de tus artículos. ¡Son brillantes! Cautivadores, apremiantes, justo lo que necesitamos para empezar.

Antonieta tendió la mano hacia el portafolios que estaba sobre la mesa baja entre ambos.

—Creo que debería publicarse la crónica de la campaña en el primer número. Luego este otro, en el que trazo la trayectoria del militarismo en América Latina. ¿Te gustó el extenso trabajo sobre Gandhi? ¿Y el análisis de la caída de Primo de Rivera en España? Este debería esperar. Podríamos sacarlo al mismo tiempo que la biografía de Trotsky en la que estoy trabajando.

—¡Caramba! ¡Mira cuántas páginas! Has trabajado duro, querida. —José se quedó parado de espaldas a la ventana—. Estuve tratando de calcular cuánto te debo.

—José, no estuve trabajando por dinero.

—Necesitas dinero para vivir. Entiendo que has pedido dinero prestado.

—Te lo ha contado Deambrosis.

—Dijo que te había prestado dinero de sus ahorros, y que le compraste un tren eléctrico a Toñito. Le dije que se lo pagaré en cuanto la revista empiece a producir.

—José, esa deuda no es tuya.

José alzó los brazos al aire.

—Ni siquiera puedo pagarte todo este trabajo que has hecho.

—Entonces compartamos nuestra pobreza —dijo Antonieta con sonrisa pesarosa.

José se sentó y acercó su silla a la de ella.

—Escucha, Antonieta. Los mexicanos somos conocidos por tomar decisiones apasionadas, decisiones fundadas en la emoción. Pues bien, ahora me toca tomar decisiones inteligentes, para ambos. No puedo pedirte que trabajes de balde. Para que tenga éxito una revista tiene que ser un negocio y cada quien debe percibir un salario.

—Permíteme traducir, entonces: por mi comida. Podemos compartirla en una buhardilla. No me importa.

—La vida de bohemia no existe ya. ¿No lo entiendes? No hay más que pobreza, y tú no tienes la menor idea de lo que es la pobreza. —José le tomó la mano y se la acarició—. Te he tenido presente sin cesar. ¿No sabes que se me ha hecho pedazos el corazón al pensar en todo el daño y la angustia que te he causado?

Antonieta vio ojos húmedos, ojos que llevaban el luto de un sueño destruido. Ojos cansados. Todo alrededor de él parecía cansado.

—Debes poner tus asuntos en orden, querida. Debes regresar a México un mes o dos. Vende tus joyas y paga tus hipotecas. Dices que aún te quedan algunas propiedades. Y lucha para conseguir la custodia de tu hijo. Hay algunos jueces nuevos en la Suprema Corte. Obtendrás la custodia. Para cuando regreses a París, ya tendré la revista en marcha. Antonieta…

Ella guardaba silencio, encerrada en sí misma, y sus aretes de oro temblaban ligeramente contra el delicado cuello. No parecía estar escuchando, pero al oír su nombre, respondió.

—Quizá tengas razón. Sí, tienes razón, José. Debería marcharme. —Cada palabra pesaba sobre sus labios. Entonces levantó la mirada hacia él y sonrió vivamente—. Puedo obtener el pasaje de regreso gratis. El capitán de aquel carguero era un guapo macho, muy atildado con sus charreteras doradas. —Rio—. Me acosté con él. Podríamos volver a casa en su navío. No costaría ni un centavo.

José la miró, con la mirada que se reserva a un chiquillo rebelde, sin el brillo iracundo del hombre celoso.

—No esperarás que me lo crea.

—Es cierto.

—Cierto o no, eso no cambia en nada la situación.

—¿No la cambia?

—No.

José la levantó y la llevó hasta la cama, apartando el mantón al acostarla. Dobló con cuidado el precioso mantón y lo dejó sobre la mesilla de noche. Entonces la desnudó, colocando cada prenda sobre el mantón como si en otro lugar pudiera mancillarse. En el angosto lecho sus cuerpos se entrelazaron, y la pasión de él bebía en los labios de ella grandes bocanadas de oxígeno como si hubiera estado a punto de asfixiarse. Le mordió el cuello y la acometió rudamente como impulsado por un ansia sombría. Finalmente,

Antonieta fue transportada al espacio hasta que el corazón se le desintegró en una miríada de átomos.

Consumida la pasión, durmieron.

Al acercarse la medianoche, Antonieta se extrajo cuidadosamente de los brazos de José y empezó a vestirse. Estaba abrochando el último botón cuando él habló.

—Me estás abandonando, ¿por qué?

—Estarás más cómodo —susurró—. Vuelve a dormirte.

—Pero no te llevé a cenar.

—Te veré en el desayuno —siguió susurrando—. No hables. Vuelve a dormir.

—No. No hemos brindado por *La Antorcha.* Tengo la bata colgada ahí, junto al lavamanos. Arrójamela.

—José, has trabajado demasiado. Necesitas el descanso.

—Quiero tomar una copa contigo, brindar por tu trabajo, y no hemos terminado de hablar. Hay un poco de Hennessy en la maleta, dentro del armario. Por favor.

Antonieta encontró la conocida maleta dentro del armario y la abrió. Entre libros y papeles, en el fondo, sintió algo metálico: la pistola, escondida donde siempre. Sacó la botella de coñac y le tendió la bata de lana.

Sentados frente a frente, las rodillas juntas, brindaron el uno por el otro y bromearon, recordando intimidades que habían compartido. Entonces José volvió a la cruda realidad de la situación y habló nuevamente de México y su regreso. Antonieta pensó que esa era la conversación inconclusa. Él fue hacia la ventana.

—Voy a traer a José y Serafina de España en cuanto me haya instalado. José quiere terminar aquí sus estudios universitarios. —Alzó los brazos al aire y se paró frente a ella—. ¿Qué remedio me queda?

—Por supuesto, es tu hijo —dijo lisa y llanamente Antonieta—. Y Serafina es tu esposa.

—Ya sabes cuál es mi situación. No tenemos por qué seguir comentándola. Tú eres la que me preocupa. Debes poner tus asuntos en orden. —José se acercó y se arrodilló junto a ella—. ¿Qué argumento podría emplear para persuadirte, querida? Ve a México, pon tus cosas en orden y vuelve a París, renovada. No tienes buen aspecto. El sol te vendrá bien.

De modo que por ahora no la quería allí, se dijo. Estorbaba.

—Muy bien —dijo—. Tal vez tengas razón.

—Después de desayunar iremos a que te saquen fotos para el pasaporte, de modo que puedas acudir a tu cita con Pani a las once. Mientras esperas tu pasaporte, yo veré a Carlos. Los tres comeremos juntos y te llevaré a la oficina de la compañía trasatlántica. ¿De acuerdo? —José le alzó la barbilla con la mano—. Sin discusión, por favor. Tengo suficiente dinero para pagar la travesía de los dos en un barco de pasajeros, no en un carguero. Ya está decidido. ¿De acuerdo?

—De acuerdo —contestó ella dulcemente.

—Quizá no puedas conseguir pasaje durante una o dos semanas. El tiempo necesario para arreglar las cosas en Burdeos —volvió a sentarse—. Antonieta, ¿comprendes lo difícil que me resulta dejar que te vayas? La revista tendrá que vivir de tu genio literario en estos artículos hasta que estés de regreso. Entre las muchas cosas que admiro en ti está tu genio literario. ¿Sabías que eres un genio?

—Genio —repitió, encogiéndose de hombros—. He logrado tan poco. Me tracé un plan de tres años al llegar. Quiero dominar el latín, el griego y el alemán. Volver a tocar el piano. Inclusive he comenzado a traducir Rabelais al español, deberías ver mis apuntes de obras de teatro inconclusas. —Su risa era quebradiza—. Una vez dijo Xavier Villaurrutia que vivo en el reino superior de la trascendencia, que soy incapaz de mantener mis pies en tierra. —Señaló su cabeza—. Todo está ahí dentro, en los archivos de mi mente. ¿Crees que la mortalidad lo confina todo o irán a la deriva mis obras incompletas hasta la vida del espíritu?

—Sólo Dios lo sabe —contestó José, más tranquilo. Llenó de nuevo los vasitos de plata—. Ojalá no haya pasaje para el primer navío que salga. Necesito que me ayudes. Quiero que seas tú quien afine el formato. A tu lado, Carlos es un peatón.

Antonieta se levantó y fue a la ventana, observando las luces borrosas de la calle. La niebla estaba de nuevo ahí.

—Y necesito que establezcas el calendario de todos esos artículos, que los coloques donde deben estar —prosiguió.

—José —interrumpió ella bruscamente.

—¿Qué hay?

Antonieta se volvió a mirarlo.

—¿Me necesitas realmente? Quiero decir, con honestidad: ¿me necesitas de veras?

José bebió un poco de coñac, dándole vueltas a la pregunta. Frotó con el dedo el vasito de plata.

—En realidad nadie necesita a nadie —contestó al fin—. Al único que necesitamos es a Dios. El destino final de cada uno de nosotros está vinculado a Dios. Sólo lo necesitamos a Él. —Calló y se quedó mirándola—. ¿Por qué preguntaste?

Dejó pasar un instante sin moverse.

—Afirmas mi fe. —Se acercó a él y sonrió—. Tu fe es tan fuerte. —Se besó el dedo y lo puso tiernamente sobre los labios de él—. Buenas noches, licenciado. ¿El desayuno a las ocho?

—Que sea a las siete y media —repuso.

* * *

Después de dejarlo, regresó a su habitación, se sentó a oscuras en la sillita junto a la ventana y se dejó sumergir por la nostalgia, la nostalgia de algo que se fue, de algo que nunca había tenido. ¿Puedes echar de menos algo que nunca tuviste? Pensó en su madre y se preguntó qué estaría haciendo Cristina en ese mismo momento, su madre que seguía siendo tan bella. Mamá. Tan bella. ¿Por qué era importante ser bella? La mayoría de las personas en la Tierra eran criaturas ordinarias. Inclusive feas. Pensó en Sabina, cuya belleza estaba toda por dentro. Suspiró, pensando ahora en papá y tío Beto. Ellos la habían amado, sí, la habían amado. De repente quiso sentir su amor, quiso sentirse mecida en sus brazos. Papá, tío Beto, Chela. «Chela», pronunció dulcemente su nombre en voz alta. «Más amada por mí que mis hermanas. Hicimos un pacto de sangre, ¿te acuerdas? Estoy harta, Chela. ¡Harta de esta realidad! Harta del fraude, del fracaso, las promesas incumplidas. ¡Harta de mí misma!». Tomó la cabeza en las manos y se meció. Ese agudo palpitar en los sienes la estaba volviendo loca.

«Chela», susurró, «todos quieren que vuelva a México, pero ¿cómo? Ya no tengo patria. ¿Entiendes?».

Se levantó y trató de apartar el dolor y los viejos temores agitando los brazos como para dispersarlos, pero manos invisibles se cerraban alrededor de su garganta empañando con lágrimas su visión. ¿Qué sentía, odio o dolor? Quería sentir amor. Quería que la mecieran los brazos del amor.

El arma estaba en la maleta de él, dentro del armario. Esperaría que hubiera bajado a desayunar. Si llamaba a la puerta, le diría que pidiera el desayuno para ella, diría que no había dormido bien. José no estaría solo, estaría con Deambrosis cuando Arturo se lo dijera. Arturo tuvo que haber hablado con él porque, ¿de dónde habría sacado lo del pasaporte, si no?

De repente gritó:

—¡El botón de Toñito! ¿Dios mío, en qué estoy pensando? —Prendió la luz y se puso a ir y venir, abriendo cajones, vaciando el contenido de su bolsa, buscando el botoncito muestra, como si fuera una ancla. ¿Dónde estaría? ¿Dónde? Combatió pensamientos tortuosos. Alicia había rechazado a su hijo. Albert se lo llevaría. No había salida.

—Toñito, mi amor, sabes que te adoro, y si hay cielo, desde allí te cuidaré.

Le dirían a Toñito que estaba enferma, en un sanatorio, demasiado enferma para recibir visitas. Pronto olvidaría. Amaba los barcos. Sería una figurita viril atravesando solo el océano. Tal vez Albert lo llevaría a visitar a sus primos en Chicago. Lee lo llevaría a velear, querido Lee, y Grace. Albert… Recordó cuánto lo amó en el pasado, cuánto lo echó de menos. Cuando era poco más que una niña. Hacía toda una vida de aquello. ¿Cómo es posible que el amor se convierta en tanto odio? No, no pensaría en odio. Albert… y tendió los brazos para abrazarlo.

Ahora la libertad la embargaba, la libertad y la paz bendita. Hasta el dolor de cabeza la golpeaba menos. Había tomado su decisión. Antonieta levantó el vestido negro de la cama donde lo había echado y lo estiró sobre su cuerpo, mirándose en el espejo. Sí, este… Compraría un velo en esa tienda próxima a la catedral por si acaso había alguien que pudiera reconocerla. Regalaría su abrigo a una de aquellas pobres mujeres que se pasaban horas enteras dentro de Notre-Dame sólo por pasar menos frío. Dentro de aquellas altas bóvedas el espíritu vivía. Aquella cáscara en que estaba encerrada se encogería y se reduciría a cenizas. Sabía exactamente en qué banco se sentaría. Delante de Jesús, el Cristo crucificado.

Tenía que escribir a Mario. Sí, escribiría a Mario para toda la familia. ¿Y Manuel? No, Manuel se deprimiría. Era José. José quien iba a sufrir.

Los ojos de Antonieta se nublaron. En la profundidad de su ser, José sentiría alivio, un peso menos para su gigantesca carga.

«Más adelante, mucho más adelante, comprenderá que era mejor para mi hijo, y mejor para él. Se conmoverá y nunca podrá olvidarme —pensó—. Estaré metida en su corazón hasta el día que muera».

Iluminaba el alba el cielo gris cuando Antonieta dejó la pluma. Ahora ya habría agua caliente.

Se bañó con toda calma y se vistió con mucho esmero. Su corta cabellera negra brillaba, nada manchaba su cutis moreno. Siempre había sido la fea pero ahora se sentía bella. Bella a pesar de que unos ojos melancólicos la miraban desde el espejo.

Oyó que tocaban a la puerta. José tocaba a la puerta.

—Antonieta —dijo en un ronco susurro—. ¡Antonieta! —Y esta vez con autoridad.

Habló sin abrir la puerta:

—Perdóname, José, Todavía no estoy lista pero tengo hambre. Pide para mí naranja en rebanadas, un *omelette* y unos *croissants*. ¡Ah, sí! Y café con leche ahora mismo. Enseguida bajo.

Ella oyó el ascensor que bajaba y salió al pasillo. La muchacha estaba empujando ya el carrito hacia la puerta de José.

La afanadora se encogió de hombros.

Antonieta fue directamente al armario. La maleta nunca estaba cerrada con llave. Ahí estaba; agarró la pistola, comprobó que estuviera cargada, como él le había enseñado a hacerlo. Sí, estaba cargada. Dejó caer el pequeño objeto negro en su bolso.

Antonieta corrió hacia el ascensor y oprimió el botón. Podía oír la crujiente jaula en el piso de abajo. Volvió a llamar con impaciencia, estaban cargando algo.

—¿Dónde está la escalera? —preguntó a una recamarera.

—¿Tanta prisa tiene, *madame*? El ascensor llegará en un minuto.

Antonieta sonrió a la mujer.

—Bajaré por la escalera. Verá, tengo una cita a la que no puedo llegar tarde.

EPÍLOGO

Cuando doy pláticas y conferencias acerca de mi libro, hay dos preguntas que casi siempre me plantean: «¿Que pasó con el niño?» y «¿Por qué escribió usted este libro?». Voy a comenzar por esta última pregunta (no sé si lo que de verdad desean saber es qué me inspiró para crear la novela o si únicamente les extraña que hubiera hecho algo que muy pocas mujeres harían: escribir la vida de sus suegras…).

* * *

Desde chica quise escribir un libro. En mi época, leer un buen libro era un pasatiempo favorito. No había televisión e ir al cine era una excursión con tus papás o amigos. Intercambiar cuentos y novelas permitía tener charlas en común y era casi un juego, pues había que apuntarse y tomar turno para que cierto libro llegara a nuestras manos. Había discusiones apasionadas y algunos libros secretos se discutían entre amigos. Yo era una lectora ávida; me gustaban especialmente el buen misterio y las novelas basadas en hechos históricos.

Nací en La Habana, Cuba. A los tres años llegué a México con mis padres estadounidenses. Mi padre era el gerente de una empresa cuyo lema era «Todo para las Artes Gráficas» y trabajaba en la calle de Bolívar, enfrente de los «Ricos tacos de Beatriz». Por ello crecí con dos aromas inconfundibles: la tinta y los tacos.

Mi madre murió cuando yo tenía seis años y mi padre había convertido el cuarto piso de su edificio en el primer *penthouse* de México. Desde el balcón de la recámara que compartía con mi hermanita se veían los volcanes y también el Zócalo con sus árboles frondosos y su jardín con bancas. Para llegar a cualquier sitio íbamos a pie o tomábamos el tranvía.

México ha sido mi casa y lo sigue siendo. Crecer en un ambiente bilingüe y convivir con gente de muchas nacionalidades me ha abierto puertas en donde quiera que me encuentre. Asistí al Colegio Americano, que en aquel entonces estaba en la avenida Insurgentes. Muchos de mis compañeros de clase eran hijos de embajadores. A mi casa llegaban invitados de Sudamérica, Europa, el Caribe y los Estados Unidos.

A los quince años, mi padre me mandó a California para terminar el *high school* (equivalente a la preparatoria). ¡Eso fue un verdadero choque cultural! Mis compañeras me veían como un ave rara: de mis orejas colgaban aretes, llevaba zapatillas con tacón en lugar de los zapatos tipo *sport* de dos tonos que usaban ellas. No podían imaginar el país que yo les describía. Para ellas, México era la imagen que tenían de la frontera: pueblos sucios, calles con baches, niños semidesnudos, perros callejeros. *Mi* México era una ciudad de pirámides y volcanes, un castillo, tiendas surtidas con las mejores joyas y modas internacionales, hermosos jardines y casas, así como un magnífico teatro de Bellas Artes donde yo había escuchado a Heifitz tocar el violín, había visto al Ballet Ruso y la ópera italiana.

Les explicaba que México tenía una historia que rebasaba los cinco mil años y que, antes de que los puritanos ingleses llegaran para establecer la primera colonia de lo que sería los Estados Unidos, aquí ya había una universidad. Todas querían visitar *mi* México. Fue entonces que me prometí escribir, algún día, un libro sobre este país, y así ayudar a educar a mis ignorantes conciudadanos.

Ya saben lo que ocurre con esos sueños guardados en un archivo del corazón que se llama «Algún día». Son sueños que se quedan arrumbados. La vida nos lleva por caminos sin mapa, muchos con barreras que te obligan a buscar hasta encontrar la salida, así que debemos encontrar la salida. Los años pueden conducirnos a la cima para después dejarnos caer: así es la magnífica aventura de vivir. En mi caso, terminé la universidad, trabajé en la radio en Hollywood durante la guerra, me casé, tuve un hijo. Ocho años después me divorcié. Toda mi familia vivía en México pero, tras mi separación, no quise regresar al hogar paterno.

Vivía cerca de Nueva York y me fui formando una carrera exitosa en la decoración. Siempre encontré quién me ayudara en el camino. Una decoradora internacional, que se había convertido en mi mentora, vivía en Cuba. Su esposo era el director del Gran Hotel Nacional. Cuatro meses después de que Fidel Castro asumiera el poder, ella me habló por teléfono para decirme que se había definido el rumbo que Cuba estaba tomando. Ella y su esposo iban a partir para México lo más pronto posible. «¿Por qué no vas tú también y ponemos juntas una empresa de decoración?». Canté, bailé, le di gracias a Dios, a todos los ángeles y a Fidel Castro. Ya tenía el boleto para regresar a México. Llevé a mi hijo, mi perro y mi juego de plata. Vendí todo lo demás.

Regresé a México a fines de 1959. Fui recibida con ese calor latino, el cariño de parientes y buenos y viejos amigos. Puse mi propio departamento, a mi hijo le encantaba la escuela, la empresa de decoración andaba viento en popa, y tenía galanes que bailaban rumba y pasodoble. Me prometí no volverme a casar. ¡Nunca!

Al final de 1960, una amiga me invitó a una fiesta sorpresa que daba para su esposo. «Hay un divorciado en la empresa, joven, guapo, te va a gustar. ¿Le pido que te recoja?». Acepté y fue así como conocí a Donald Antonio Blair Rivas Mercado. Resultó que nuestros padres tenían veinticinco años de conocerse, su tía Amelia jugaba bridge con mi madrastra, su tío Mario jugaba golf con mi hermano en el Club Churubusco, aunque él y yo jamás nos habíamos visto. Cuando le pregunté dónde había vivido de chico, me contestó que en la calle Monterrey, en una casa que abarcaba un triángulo. «¿Tenía una reja verde?», le pregunté. «Sí», fue su respuesta. «¿Y tenías un perro grandote que siempre me ladraba cuando pasaba por tu reja?». Me miró perplejo. «Yo vivía enfrente», le dije, «cruzando el camellón de Jalisco, la calle que ahora es Álvaro Obregón». «¿Tenían un Cadillac azul?», volví a preguntar. «Era de mi mamá», me dijo. «Mi hermano y sus amigos decían que era el coche más elegante que habían visto».

Nos casamos seis meses después. Sus tres hijos vivían con él, Monte, Marian y Vivian, que tenía la misma edad que mi hijo Reid. Todos asistieron a la boda: nuestros cuatro hijos, nuestros padres, mi hermana y su esposo e hijos, mi hermano y su esposa e hijos, primos, tíos, amigos, los arrimados, los agregados, los que se hablaban y los que no se hablaban. Desde el momento en que salimos de la iglesia sentí una felicidad que me envolvía totalmente, la cual no ha desaparecido durante nuestro matrimonio. Cuando cortamos el pastel tuve un momento de reflexión. Faltaban dos mujeres: mi madre y la madre de Don. Lo único que sabía de la madre de mi esposo era que se llamaba Antonieta y había muerto en un sanatorio de París cuando él tenía once años.

Si les preguntaba a las tías algo sobre Antonieta, siempre me contestaban lo mismo: «Murió en París, fue una pena… ¿Qué decir?», y la conversación tomaba otro rumbo. No había fotos de Antonieta en la casa de Don, donde vivíamos. También encontré a mi esposo renuente a hablar de su mamá. Lo comprendía y no quise insistir. Pero un gusanito me picaba. ¿Cómo había muerto? Algo misterioso se ocultaba.

Teníamos aproximadamente dos años de casados cuando recibí una carta de una amiga mexicana de la Universidad de California: «Me acabo de enterar de que te casaste con el hijo de Antonieta Rivas Mercado. Qué mujer tan inteligente, generosa y elegante. Mi familia la adoraba. Qué pena lo de su suicidio en la catedral de Notre-Dame de París, a los treinta años».

¡Se había suicidado!

Ese era el misterio. Lo primero que vino a mi mente fue enojo. ¿Cómo podía una mujer matarse y dejar solo a su hijo en una casa de huéspedes en Burdeos? ¿Qué tipo de madre haría algo así? Enseguida la pregunta clave llenó mi cabeza: ¿Qué había hecho para que su nombre fuera un tabú en la familia? Tenía que saberlo todo. Así comenzaron los veinte años que estuve tratando de trazar las huellas de Antonieta.

Me llevaba muy bien con tía Alicia y tía Amelia. Tía Alicia era una dama que siempre se sentaba muy recta en el sillón con los dedos entrelazados en el regazo. Tía Amelia tenía un contagioso sentido del humor. Cuando les dije que ya sabía cómo había muerto Antonieta brotaron fuentes de lágrimas, culpabilidad y tristeza. Después, anécdotas, cuentos de su niñez. La madre estricta, su querido padre con ideas liberales que construyó una escuelita en la casa donde llegaban las maestras. (Quería hijas educadas en una época donde no se brindaba formalmente instrucción a las mujeres). Todo era risas cuando contaban episodios con los primos jugando en su jardín encantado... el carrito jalado por un borrego.

En todos los relatos resaltaba el nombre de Antonieta, la niña inquieta que escribió su primer poema a los tres años, la que bailaba con gracia innata, la que tocaba el piano como concertista, la que hablaba inglés y francés desde los seis años. Antonieta que siempre andaba con un libro bajo el brazo, a quien no le importaba que su mamá la castigara por cualquier cosa. Le gustaba estar encerrada en su cuarto donde nadie interrumpiera su lectura. Tuvimos conversaciones largas donde siempre surgían nuevos cuentos y anécdotas de la familia. En mi casa, haciendo memoria, anoté todo lo que me habían dicho.

Una persona me comunicaba con otra y así fui formando un mosaico de una mujer extraordinaria. Lupe Marín Rivera la llamó soberbia y altanera. «Creía que todo el mundo tenía que responder a lo que ella quería», me comentó. «Era rica, ¿sabes? Siempre andaba en su Cadillac con su chofer uniformado. Yo la presenté con los Contemporáneos. Se reunían en *mi* casa». Una de las entrevistas que resultó especialmente curiosa fue con Juan O'Gorman. Como joven pintor en la periferia del muralismo él había conocido a Antonieta y a mí me interesaba saber algo sobre la relación de ella con Diego Rivera. Nos sentamos en su jardín por casi una hora. Sin cambiar de tema, me dio un discurso sobre los motivos de Antonieta para suicidarse. Tres días después se colgó de un árbol en su jardín... Andrés Henestrosa abrió su estupenda memoria, su corazón y su biblioteca. Él vivió en la casa de la calle Monterrey durante un año y compartía la recámara con mi marido, entonces de siete años. Para Andrés, Antonieta era generosa, brillante, la Mecenas de una generación. Malú Cabrera, quien participó en el Teatro Ulises que fundó Antonieta, la describió como inquieta y dispersa. «Todo lo quería hacer a la vez», me dijo. «Ser inactiva la aterraba, como si no quisiera gastar un minuto de la vida. Decía y hacía lo que quería para adelantar sus proyectos, sin importarle lo que pensaba la gente. Estaba tratando de conseguir su divorcio y fue muy criticada en la familia y la sociedad. Fue la escandalosa de México». Yo había encontrado a mi heroína. Sabía que iba a realizar ese sueño de escribir un libro.

«¿Ya has averiguado por qué se mató?», me preguntó de repente su hermana Amelia. «Yo te lo diré: fue por meterse en la política. ¡Por el dichoso Vasconcelos!».

Sin duda, esa relación fue la culminante de su vida. Me intrigó. Busqué noticias en los periódicos de 1928-1929. Entrevisté a Mauricio Magdaleno y otros jóvenes vasconcelistas. Andrés Henestrosa me dijo que José Vasconcelos no era desconocido por Antonieta; lo conocía a través de sus libros, sus artículos en el periódico *El Universal*, por su apoyo a los muralistas y el gran desempeño que tuvo cuando fue secretario de Educación durante el gobierno de Álvaro Obregón. Antonieta lo admiraba y él también sabía quién era ella: una mujer independiente, rica, de la alta sociedad, conocida como promotora cultural y por su apoyo a los nuevos escritores. Vasconcelos quería conocerla personalmente. Andrés y el comité de jóvenes vasconcelistas los presentaron en Toluca, en vísperas de entrar a la capital durante la campaña presidencial del escritor.

En mi imaginación tengo presente ese primer encuentro. Vasconcelos vio a una mujer de gran atractivo. Era alta, elegante, una mujer de mundo que hablaba cinco idiomas y podía conversar sobre cualquier tema. Cayó bajo su magnetismo. Antonieta sabía que él era mujeriego pero le importaban las promesas que había hecho en su campaña, entre ellas la del voto femenino. La educación había sido el interés primordial del padre de Antonieta y para ella este era un tema básico, un punto clave para fomentar un México nuevo, con nuevas ideas, un país progresista. Vasconcelos era fervoroso creyente en la educación, incluida la educación para la mujer mexicana, y se proponía sacar a México del atraso de veinte años que presentaba frente a Europa y Estados Unidos. ¡Y eso también apasionaba a Antonieta!

Como era de esperarse, ella tomó su compromiso como promotora del voto femenino con toda su energía. Recuerda mi marido que en la casa de la calle Monterrey grupos de mujeres siempre estaban entrando y saliendo. El sótano se convirtió en un taller de trabajo. Curiosamente, esas mujeres no eran las de la clase alta que habían trabajado como voluntarias con Antonieta en la sinfónica, mujeres que nunca se hubieran metido en la política. Las voluntarias que hacían los carteles y la propaganda para promover el voto de la mujer eran oficinistas, trabajadoras en los almacenes, vendedoras en los mercados, amas de casa de la clase media-baja; mujeres que creían en Vasconcelos, que anhelaban un futuro mejor para sus hombres y sus hijos. Antonieta conocía la historia de las sufragistas inglesas y americanas y sabía que la agresividad no iba con el carácter de la mujer latina. No fue feminista en el sentido militante. No pretendía que el hombre y la mujer fueran iguales, sino que tuvieran los mismos derechos y oportunidades. En un artículo que publicó en España termina diciendo: «Es preciso, para todas las mujeres mexicanas, ampliar su horizonte, que se les eduque e instruya, que cultiven la mente y aprendan a pensar».

Pequeñas pausas en miserables pueblos polvorientos de la provincia durante la campaña le abrieron los ojos a la realidad de México: la pobreza, la miseria, la falta de justicia y oportunidades... Mujeres vilmente golpeadas por hombres envejecidos por el duro e interminable trabajo en el campo, hombres que sólo encontraban alivio en el alcohol. Fue durante la campaña que la tensión del arco disparó la flecha. Antonieta entregó su apoyo total, su talento, su dinero y su amor a Vasconcelos. Fueron amantes, juntos iban a cambiar a México. El resultado oficial del voto, sin embargo, fue el siguiente: 1 948 848 votos para Pascual Ortiz Rubio y sólo 119 979 para José Vasconcelos, únicamente cinco por ciento de la votación.

¿Por qué se mató Antonieta? Fui a Notre-Dame tres veces tratando de entender esto. La única respuesta que me venía era que

Antonieta estaba vacía después de haberlo entregado todo. En ese estado depresivo, sin nadie que la abrazara, nadie que la alentara, la muerte le parecía la única solución. Hasta su adorado hijo estaría mejor en manos de su padre. En sus últimas cartas a su madre, se oye ese grito de desesperación. Andrés Henestrosa dijo que su país la derrotó. La veía como una Juana de Arco que se mató por todos los que no se levantaron en armas contra Calles. Nos dijo que en una carta Antonieta le escribió: «Ya no tengo patria». Yo no culpo a Vasconcelos, pero, en mi opinión, la última noche que estuvieron juntos sí derramó el vaso.

Durante toda esta investigación no sólo encontré a mi heroína, también me sumergí en el tiempo que le tocó vivir. La pude recrear en relación con un trasfondo histórico que es apasionante por sí mismo: el México de los años veinte. Antonieta nació en 1900 y murió a principios de 1931. Vivió tres décadas importantísimas en la historia de México: la última década del Porfiriato, diez años de la Revolución y los diez años en que los cimientos del México moderno se edificaron.

Así, yo tenía todos los elementos para escribir un libro interesante. Lo que quería lograr no era una biografía, sino una novela que abarcara un panorama de los años veinte en México tejidos con la vida de Antoniera. Y no puedo dejar de advertir que me fui obsesionando con ella. Quise capturarla antes de que se escapara en un mito, como Frida Kahlo.

* * *

Ahora contestaré la primera pregunta: «¿Qué pasó con el niño?». Durante los años que estaba yo escribiendo este libro, mi marido siempre fue muy reticente a hablar sobre su mamá. Le di unos capítulos para leer y su comentario fue: «Estás inventando a mi mamá. Ella no hizo nada importante. Todos sus proyectos se quedaron en eso: proyectos. Si la quieres seguir inventando para hacer un libro interesante, adelante. Pero no digas que es la vida de mi mamá». Comprendí lo profundo que era su enojo con ella por haberlo abandonado. Después de que salió mi libro, una reportera le preguntó: «¿Qué recuerdas de tu mamá?». Su respuesta fue escueta: «Siempre fue cariñosa conmigo pero era una madre ausente. No conocí a esa mujer que mi esposa describe en su libro».

Fueron muchos años, con una gran dosis de paciencia, para lograr que mi marido me hablara de su madre. De vez en cuando desenterraba recuerdos que no me había contado. Poco a poco fui reconstruyendo su vida, especialmente los años que vivió con su mamá. Pero dejaré que él mismo lo cuente.

¿Qué pasó con el niño?

Kathryn Blair: ¿Qué recuerdas de la estancia en Burdeos? Tenías once años de edad.

Donald Antonio Blair Rivas Mercado: Vivimos en una pequeña casa de una señora llamada Lavigne, en un barrio de trabajadores. Creo que mi abuelo había vivido de joven en esa misma casa, recién llegado a Francia, y al parecer empacaba cajas de vino para ganarse la vida. Mi mamá ha de haber contactado a la familia Lavigne antes porque ya nos esperaban. La señora y su hija rentaban dos cuartos con comida. Abajo estaba un hombre de mayor edad, y mi mamá y yo arriba.

K: ¿Cómo era el cuarto? ¿Espacioso o chico?

D: Pequeño. Tenía muy pocos muebles y un baño al final del corredor.

K: ¿Dónde escribía tu mamá?

D: En la mesita que quedaba al lado de la cama. Tenía una lámpara. Escribía hasta muy noche. Pocas veces sentí cuando se acostaba… Extraños detalles que recuerda uno. Mi mamá usaba papel amarillo en su máquina de escribir. El cuarto tenía una ventana que daba a la calle. Casi enfrente estaba una bodega grande de vinos y en la esquina la escuela primaria del barrio, a la que yo asistía.

K: ¿Ya hablabas bien el francés?

D: ¡Claro! Recuerda que de chico viví tres años en Francia con mi mamá y mi abuelo.

K: *¿Te gustó la escuela?*

D: No. Yo era mayor que mis compañeros de clase y el más grande de estatura porque me atrasaron dos años. Los chicos se burlaban de mí, especialmente por mi forma de vestir. Cuando me quejé con mi mamá, en lugar de ponerme overoles, me mandó a un gimnasio que quedaba cerca para tomar clases de boxeo. «Tienes que aprender a defenderte», me dijo. Pero después de unas semanas los chicos de mi clase me pusieron un apodo, me decían «Campeón». En el recreo se jugaba un torneo tosco entre dos muchachos grandes que llevaban cada uno un chico en las espaldas. Eran dos «caballos» y el chiste era tumbar al jinete del otro a duros golpes. Yo era el caballo y a mi jinete no lo podían tumbar.

K: *Quisiera saber cómo y cuándo llegaron a Burdeos, pero tenemos que retroceder en el tiempo, a la casa en la calle Monterrey, en México, a la noche en que tu mamá se despidió de ti y tuvo que huir a Nueva York tras el asesinato de un orador vasconcelista. ¿Lo recuerdas?*

D: Mi mamá me despertó. Estaba muy agitada. Me contó lo que había pasado y me dijo que era mejor que se fuera un tiempo, que me iba a quedar con mi tía Alicia.

K: *Pero no resultó así.*

D: No creo que fuera culpa de mi tía. Mi tío Pepe no quería nada que ver con mi mamá. Mi papá sí fue un buen amigo suyo. En fin, fui a vivir con mi tío Mario y su esposa, Lucha, en una casita que habían comprado en la colonia Del Valle. Mario nunca perdonó a mi mamá por vender su lote en las Lomas.

K: *Esa es otra historia.*

D: Amelia también vivió con ellos. Yo no duré más que un par de semanas porque mi papá había contratado a un detective para secuestrarme. Él había ganado mi custodia en el caso del divorcio que dictaminó la Corte Suprema de México. Mi mamá lo sabía. Lucha decidió que el mejor lugar para esconderme era en casa de su madre, la señora Cristina Rule. Doña Cristina era conocida por su fuerte carácter. Nadie me sacaría de su casa. Estuve con los Rule dos semestres. Fue la primera vez que terminé un año en la misma escuela, en el colegio Franco-Inglés. Los dos jóvenes hermanos de Lucha estaban en el último año de prepa y me acompañaban de ida y vuelta... eran mis guardaespaldas.

K: *¿Algún recuerdo especial de esa larga estancia?*

D: Sí. Una travesura. Vivía en la casa un viejito malhumorado —creo que era un tío— que roncaba. Los jóvenes Rule dormían en el cuarto junto a él y decían que hasta la ventanas resonaban con los ronquidos. En la noche dejaba su dentadura postiza en un vaso de agua. Me convencieron de que me robara sus dientes. Cuando estaba en su cuarto, el viejito medio despertó, así que salí corriendo y escondí la dentadura en una maceta. Se me olvidó en cuál y jamás los encontraron.

K: *¿Creías que tu mamá iba a regresar?*

D: Me había escrito que vendría por mí en cuanto pudiera. Nunca me mentía.

K: *¿Cuándo llegó?*

D: Creo que fue en noviembre. Recuerdo que mi mamá apenas saludó a todos, le dio las gracias a la señora Rule, empacó rápido y nos fuimos. En aquel entonces, Mario era socio de una pequeña línea aérea que volaba a Acapulco. Un amigo piloto nos llevó a Tampico y en el aeropuerto nos recibió un amigo de mi mamá, creo que un ex gobernador. Ese señor nos llevó en su yate a Tuxpan. Su rancho, donde nos iba a esconder, quedaba cerca. Ahí nos esperaba un caballerango con caballos. Mi mamá montaba muy bien, pero yo sólo había montado unas cuantas veces cuando iba a visitar a mis primos Gargollo en su hacienda de Echegaray.

K: *Nunca me has hablado de Echegaray.*

D: Era enorme. Abarcaba todo lo que es hoy el fraccionamiento de Echegaray. Éramos cuatro chiquillos de casi la misma edad: las cuatas, Paulina y Margarita Gargollo, de mi edad, y Manuel, un par de años menor. Corría un canal por el rancho y los chicos tenían un barco en el que remábamos por todo el canal.

K: *Regresemos al rancho de Tuxpan. Ibas a caballo...*

D: Ya anochecía. De repente mi caballo se alzó en el aire y con dificultad me quedé montado. El caballerango me preguntó si había escuchado un grito y me dijo que había espectros en ese bosque que rodeaba la hacienda. Esa noche no dormí, oía a los espectros gritando.

K: ¿Cuánto tiempo se quedaron en ese rancho?

D: No mucho. Unos días, quizá una semana. Regresamos a Tampico donde tomamos el tren a Nueva Orleans. Allí nos hospedamos con una señora conocida de mamá, era la madre de un buen amigo de mi tío Mario, había sido su compañero de la Universidad de Princeton.

K: ¿Habrán sido como dos semanas desde que salieron de México?

D: Más o menos. De Nueva Orleans tomamos un autobús al puerto de Galveston, Texas, para embarcarnos rumbo a Francia. Era un buque de carga francés, de nombre *Lasalle,* que tenía cupo para unos cuantos pasajeros. Había otra familia con niños y pronto nos hicimos amigos. Como era una larga travesía, los marineros nos construyeron una alberca con unas tablas de madera y lona, y esa fue nuestra diversión.

K: Estamos hablando del año 1930. ¿Cuantos días hicieron a Francia?

D: El primer puerto donde paramos fue Cuba. Serían como tres días para llegar y dos de estancia. De allí seguimos a las Islas Canarias, como cinco días de viaje y dos de estancia. Finalmente dos o tres días a Le Havre. Con estas paradas, calculo que el viaje duró dos semanas. Y de ahí se abordaba el tren que conducía de Le Havre a París.

K: ¿Sabías a qué iban o dónde vivirían?

D: No. Siempre me dejaba llevar. Nunca había sentido que tenía una casa fija. Estaba acostumbrado a las idas y venidas de mi mamá, y como entraba y salía de escuelas no había hecho buenos amigos a quienes extrañar. Mi mejor amigo era el chofer, Ignacio. Donde estuviera mi mamá era mi casa.

K: Se quedaron en París algún tiempo, ¿verdad?

D: Quizá un mes. Lo que más recuerdo es que mi mamá me llevó a una gran exposición de autos. Siempre me habían interesado los coches. Pude identificar muchos: un Hudson como el que tenía mi abuelo en la casa de Héroes, un Daimler semejante al de medidas especiales que pidió mi abuelo para esa larga estancia en Europa de 1923 a 1926. El Duesenberg de mi tío Pepe, un Chrysler y un La Salle como los que mi mamá le compró a Mario, y nuestro gran Cadillac de siete pasajeros con Ignacio vestido con todo y cachucha. Mi mamá andaba en ese coche por toda la Ciudad de México. Todo el mundo conocía su Cadillac azul.

K: *¿Algún otro recuerdo de París además de la expo de autos?*

D: Hacía frío. Mi mamá tuvo que comprarme botas y un abrigo. Nos quedamos en París para la Navidad. Mi regalo fue un tren eléctrico. Lo abrí en el hotel y me picaban las ganas de llegar a un lugar donde lo pudiera armar bien.

K: *¿Dónde lo pudiste armar?*

D: Sobre el pequeño tapete de nuestro cuarto en Burdeos. Lo armaba y lo desarmaba. Ese tren era una miniatura maravillosa. Tenía dos carros de pasajeros, tipo pullman, algunos carros de carga y una máquina tipo vapor. Además mi mamá me había regalado un modelo de una maquina que hacía vapor. Esa maquinita fue una de las pocas cosas que llegaron conmigo cuando regresé a México después de la guerra. Se lo regalé a mi hijo Monte.

K: *Ah, esa es la maquinita que tiene en el entrepaño de su cuarto. Me dijo que es uno de sus tesoros.*

D: Esa misma. Sabía que mi madre había pedido dinero prestado para comprarme el tren y la máquina de vapor y todavía me llevó a cenar en uno de los más caros restaurantes de París para celebrar esa Navidad de 1930.

K: *¿Y salieron para Burdeos poco después?*

D: Correcto.

K: *¿Cuándo fue la última vez que viste a tu mamá?*

D: Fue la mañana del 10 de febrero. Me dijo que había llegado Vasconcelos y se iban a ver en París. Se vistió temprano, se llevó una carpeta de papeles y me dijo que regresaría en un par de días. No fue extraño. Se había ido a París en otras ocasiones.

K: *¿Qué opinabas de Vasconcelos? Lo habías conocido durante la campaña, ¿verdad?*

D: Sí. Mi mamá me llevó con ellos dos veces, a Toluca y a Puebla. Vasconcelos me caía bien. Era muy amable conmigo. Recuerdo que un gran gentío llenaba la plaza donde él hablaba. Yo sabía que la derrota de Vasconcelos había afectado mucho a mi mamá. Cuando regresó de la campaña del norte me preguntó qué tanto me gustaría ser el hijo del presidente de México. Pero yo no podía decir nada a nadie. Era un secreto.

K: *Después de la campaña, ¿lo volviste a ver?*

D: Sólo una vez. El hijo del embajador de Colombia jugaba beisbol con Monte en el equipo de las ligas menores que yo dirigía en el año 1958. Su esposa nunca faltaba a los juegos. Cuando supo que yo era hijo de Antonieta me dijo que Vasconcelos era un buen amigo. Me invitó a una reunión en la embajada donde iba a estar él. Acepté. Cuando entré a la sala lo vi sentado en un sillón, algo apartado de los demás. Me acerqué y me presenté. «Soy el hijo de Antonieta», le dije. Se levantó, me abrazó. Vi lágrimas en sus ojos. Charlamos un poco y me invitó a visitarlo en la Biblioteca Nacional de México que quedaba en la Ciudadela, de la que era director. «Tengo mucho que quisiera decirte», me dijo. Acepté la cita.

K: *¿Y qué fue lo que te dijo?*

D: No fui.

K: *¿Por qué?*

D: No sé. Cuando llegó la hora, decidí no ir... él murió unos meses después.

K: *Regresemos a Burdeos. ¿Qué pensaste cuando pasaron varios días y no llegó tu mamá?*

D: Me preocupó un poco. Siempre me avisaba por teléfono o telegrama si no iba a llegar cuando me había dicho. La noche del 11 de febrero desperté como a las dos de la mañana creyendo oír la voz de mi mamá. Pensé que había regresado. Prendí la luz y vi que no había nadie. Se me soltaron las lágrimas. En ese momento sentí que mi madre había muerto. Un par de días después llegó el señor Martínez del Campo, de la embajada de México, enviado por el cónsul, Arturo Pani. Dijo que venía por mí porque mi mamá se había enfermado y estaba en un sanatorio en París. Me dijo que me iba a quedar en casa con su familia unos días mientras mi mamá se mejoraba. Otra vez me dejé llevar. Me quedé con los Martínez del Campo una o dos semanas.

K: *¿Y las cosas de tu mamá? ¿Su máquina, sus papeles, su ropa y la tuya?*

D: Creo que mandaron por ellas unos días después. Las han de haber enviado a Amelia o mi padre. No sé.

K: *¿Qué te dijeron de tu mamá en París?*

D: Que estaba muy enferma, que yo no la podía ver. Sabía que estaba muy delgada y padecía de dolores de cabeza. No se había sentido bien en meses. Estaba preocupada porque no le había llegado dinero. ¿Qué más pensar? Lo acepté. El señor Martínez del Campo y su esposa se portaron muy amables y cariñosos conmigo. Tenían dos hijas como de mi edad que me llevaron a pasear. Había pasado un buen rato cuando el señor me dijo que me iban a embarcar a Nueva York, que mi padre había aceptado recibirme y tenerme con él una temporada hasta que mi mamá se aliviara. Después ella iría por mí y decidiría si debíamos irnos a México o volver a Francia.

K: *¿Aceptaste embarcarte lejos de ella sin despedirte?*

D: Me dijeron que el doctor no me permitía a mí ni a nadie verla pero que ella le había pedido a mi padre que me tuviera con él un tiempo. Como siempre, en decisiones de mi mamá, me deje llevar.

K: *¿No te dio miedo cruzar el océano solo?*

D: ¡De ninguna manera! Me gustó mucho. El barco se llamaba *Lafayette*. Era nuevo, moderno, rápido y grande. Yo fui el estrella entre los chicos. Tenía mi propia cabina y viajaba solo. Bueno, casi. Una pareja, amigos de los Pani, venían a bordo y se habían comprometido a encargarse de mí. Pero casi nunca estuve con ellos. Me divertí muchísimo en esa cruzada.

K: *¿Pensaste alguna vez cómo te ibas a sentir con tu papá?*

D: Sí. Pero a los once años tú no tomas tus propias decisiones. Obedeces y te dices: «así son las cosas». El pleito era entre mi madre y mi padre, no era mío. Siempre sentí que mi padre me quería. La verdad es que toda mi vida he estado rodeado de gente que me ha tratado bien, que me ha querido. Creo que tengo un ángel que me protege y sé que Dios me ha dirigido el paso. Cuando desembarqué en la playa de Normandía, el Día D, ni siquiera me mojé las botas.

K: *¿Cómo te fue con tu papá en Nueva York? ¿Hablaban en inglés?*

D: Hablábamos en español, él lo dominaba muy bien. El inglés era mi peor idioma, lo hablaba apenas un poco mejor que el alemán que mi mamá me hizo estudiar por una temporada.

Coincidía que mi padre había ido a Nueva York para un curso de entrenamiento con la compañía Vacuum Oil Company. Además de ser uno de los más importantes productores de petróleo en México, tambien vendían productos como grasas y lubricantes. Su cliente número uno era la Compañía de Luz y Fuerza, y los accionistas principales eran los canadienses. Mi padre era el representante en México de la compañía comercial Vacuum que vendía estos productos bajo el nombre de Mobiloil. En 1938, cuando vio que la expropiación era inminente, mi padre cambió la cédula, es decir, el permiso de operar a nombre de compañía comercial Vacuum. Esto permitió que Vacuum Oil Company siguiera vendiendo sus grasas y lubricantes y, además, podía importar otros productos para vender.

K: *Sigamos con tu estancia en Nueva York.*

D: Mi padre tenía muchos amigos en Nueva York. Como estaba en un curso, me inscribió en una escuela internado en Long Island, cerca de la casa de uno de los ejecutivos, el señor Sheldon Butler que vivía con su esposa; ellos me llevaban en su velero y me enseñaron a abrir almejas, aunque al tratar de probar una, ya abierta en su concha, la vi moverse. Casi vomité.

K: *¿Te gustan ahora?*

D: Prefiero los ostiones. Cuando mamá me sirvió ostiones de chico los eché abajo de la mesa y fingí comerlos. Pero lo peor fue un plato de sesos. Mi mamá insistió en que eran importantes para alimentar la inteligencia. Creo que ella estaba en una de sus épocas culinarias recomendadas por un yogui. Miré el plato y me parecía que esos sesos acababan de ser extraídos de un cráneo.

K: *Cuando tu papá terminó su curso, ¿qué hicieron?*

D: Fuimos a pasear por Nueva York. Yo estaba fascinado con todo. Unos días después me dijo que le urgía regresar a México. Esperé que me dijera que ya me había comprado un boleto para ir en el tren con él, pero no fue así. Me explicó que él vivía en un club y no me podía cuidar como quisiera. Había hablado con su hermana, mi tía Grace, ella y su esposo habían aceptado que yo viviera con ellos y su familia en un lugar cerca de Chicago. «Te prometo que te va a gustar», me aseguró. «Es un lugar hermoso que se llama Highland Park, cerca del lago Michigan». Dos años después, cuando ya me había dicho que mi madre se suicidó, me confesó que no me había llevado a México porque el drama de la muerte de mi madre había sido la fuente de un chisme en todos lados y no quería que yo fuera señalado como el hijo de Antonieta, provocándome dolor.

K: Ahora lo entiendo. Al enterarme de que no te había llevado a México con él estaba muy molesta. ¿Cuándo saliste para Chicago?

D: Me quedé en la escuela de Long Island hasta que cerró para las vacaciones de verano. La siguiente mañana, la señora Butler me llevó a la estación del tren en Nueva York y se percató de que yo estuviera bien acomodado con mi maleta bien colocada y mi boleto en el bolsillo. Le pidió al conductor que me cuidara.

K: Otra vez el destino jugaba con tu futuro.

D: El tren era el famoso 20th Century Limited, el tren rápido que iba de Nueva York a Chicago. Yo pasaría la noche en el tren. Me fascinó saber que mi asiento se convertiría en una cama. A las doce el conductor vino por mí para llevarme al carro comedor. Me sentí como un príncipe. Además causé mucha atención. Me había vestido con mi ropa de Francia. Traía unos pantalones abombados que se abrochaban debajo de la rodilla, calcetines largos, zapatos bien boleados, una camisa con botones, un saco y una boina.

K: Con razón llamabas tanto la atención. ¿Te preocupaba el ir a vivir con una familia que no conocías?

D: Sabía que mi tío era un doctor y que tenían dos hijos, una hija como de diecinueve años y uno como de dieciséis. Mi mamá los conocía y hablaba muy bien de ellos. Inclusive había consultado por correo con mi tío cuando supo que estaba embarazada. Mi tía Grace había guardado la carta. Parecía que se habían mantenido en contacto. Además, yo siempre llevaba colgada de mi cuello la medalla de san Antonio de Padua, que me protegía. Me la había regalado mi mamá.

K: Cuando llegaron a Chicago, ¿quién te recibió?

D: Mi tía Grace.

K: ¿La reconociste?

D: Ella me reconoció a mí. Me abrazó, me aseguró que le daba mucho gusto que yo fuera a vivir con ellos y me dijo que antes de ir a casa, iríamos de compras. Me llevó a Sears Roebuck, el gran almacén en Chicago. Salí de esa tienda vestido de *shorts*, camiseta, calcetines, tenis y cargando tres bolsas de ropa.

K: ¿Cómo te recibieron tus primos?

D: Mi primo Lee me cayó bien de inmediato. Era alto, güero, tipo atleta, guapo y con una sonrisa contagiosa. Mi tía me presentó con la cocinera, una suiza, y su esposo, el chofer y mozo. Luego Lee me ayudó a instalarme en una espaciosa recámara arriba que yo compartiría con él. Mi prima, también Grace, llegó al rato. Se acababa de recibir de *high school* y en septiembre iba a entrar en una universidad para mujeres en California.

K: ¿Qué te parecía este nuevo hogar?

D: Era una casa grande y bonita, con un jardín abierto a la calle. Nunca había visto una casa sin muros y reja. Todas eran así, abiertas. Lee me llevó a conocer el lago Michigan que quedaba a dos cuadras. Era inmenso. Estaba lleno de barcos de todos los tamaños y Lee me dijo que me enseñaría a ir con él en las competencias de velero para jóvenes que organizaban los fines de semana. Mi tío, también llamado Lee, llegó del hospital en Chicago, donde atendía a sus pacientes, a la hora de comer. En la casa de mis tíos Gatewood la comida principal era a las 6:30 de la tarde.

K: ¿Le preguntaste a tu tío si había noticias de tu mamá?

D: No me acuerdo.

K: Viviste con tus tíos cinco años, ¿verdad?

D: Sí. Cinco años muy felices. Mi vida dio un giro completo. Ya no era Toñito ni Chacho. Ahora era simplemente Donald Blair.

K: ¿Cómo te recibieron en la escuela?

D: Con interés, curiosidad por saber de dónde venía. Había otros niños extranjeros, bien recibidos todos. Los niños estadounidenses me caían muy bien. Te incluían, te hablaban, te invitaban a jugar. Por no haber cumplido los requisitos, me atrasaron dos años, pero el segundo semestre me adelantaron. Siempre estuve un año atrás.

K: Entonces, desde un principio te gustó la escuela.

D: Sí. Era la mejor primaria pública en todo Highland Park, Elm Place Grammar School. No quedaba lejos de la casa, así que caminaba con mis amigos o iba en bicicleta. Cuando entré a la secundaria me eligieron presidente de mi clase.

K: Qué orgullo. ¿Y tu mamá? ¿La extrañabas?

D: Un poco al principio, pero la fui borrando de mi mente. Mi padre vino a pasar la primera Navidad con nosotros, es decir, en diciembre de 1931. En esa visita me dijo que mi mamá había muerto. Francamente, en mis entrañas, yo ya lo sabía. La siguiente Navidad mi papá llegó con una nueva esposa, Marian Bailey, una linda señora estadounidense que había conocido en México. Ella había vivido muchos años en París y en Centroamérica. Hablaba bien el francés y el español. Siempre me trató con cariño. El verano lo pasé con ellos en México. Fue entonces que mi papá me dijo la verdad: mi mamá no había muerto en un sanatorio, como me habían dicho; se había suicidado.

K: *¿Y cómo fue tu reacción?*

D: De enojo. ¿Por qué me había dejado solo? ¿Era que no me quería? Es difícil entender el suicidio.

K: *¿Viste a tus primos en México?*

D: Poco. Mi papá me prohibió hablar del suicidio de mi madre. No quería que mis primos lo supieran. Y lo respeté. Además, desde que salí de la casa de la señora Rule, ninguno me había escrito, ni siquiera tía Amelia o mi abuela. Como si un hoyo me hubiera tragado. Cada verano nos veíamos un poco más pero nunca hablamos de mi mamá.

K: *Regresemos a Highland Park. ¿Cuáles son tus recuerdos principales de esos cinco años?*

D: ¡Son tantos! Sentí una libertad que no conocía. Aunque mi tía no era como las mexicanas que te daban besitos, siempre fue muy buena conmigo. Había reglas pero tambien podías expresar tu punto de vista. Un verano, Lee y yo construimos un velero. Qué orgullo cuando lo sacamos al lago y pasó la prueba de las olas. Un simpático mozo negro, que tambien era chofer, me enseñó a manejar. Me enlisté en los boy scouts y en el último campamento me otorgaron el «Order of the Arrow», el honor más alto, que nunca se había ganado Lee con todos sus años ahí. De chico iba con toda la bola de chamacos a las casas de los vecinos para hacer nuestras travesuras en Halloween y en la Navidad, cuando nevaba, cantaba los «Christmas carols». Formé parte de la banda musical de la secundaria. Primero tocaba el clarinete y después el saxofón, era desentonado con ambos, pero sabía marchar. Todos los domingos iba a la iglesia de la ciencia cristiana y los Gatewood me llevaban con mi papá a la iglesia presbiteriana. Viajes a los museos y a la gran Feria Mundial de Chicago en 1934. Dos primos, un poco más chicos que yo, también llegaron con los tíos Gatewood cuando su madre, la hermana menor de la tía Grace, murió repentinamente. Se quedaron como un año mientras el padre se fue a Cuba por su nuevo trabajo con la Ford. Mi tía Grace era un ángel. Años después, cuando murió mi madrasta, fue la tía Grace quien se encargó de los dos chicos que papá y Marian habían adoptado.

K: *Me alegra mucho que me tocara conocerla… ¿Cuándo ingresaste a Principia, el internado en St. Louis, Missouri?*

D: El verano que terminé mi primer año de *high school* en Highland Park, mi padre y Marian me llevaron a conocer la escuela. Yo ya era el único que quedaba en casa de los tíos. El campus me gustó mucho, también la idea de ser independiente, pues tenía dieciséis años, ya era tiempo. En septiembre de 1936 ingresé a Principia. Otra experiencia interesante y feliz. Tuve buenos compañeros de cuarto, uno de ellos era de Filipinas y regresó a casa justo cuando los japoneses invadieron su país, fue prisionero durante la guerra. Había algunos estudiantes de Europa, también uno de Japón.

Principia tenía excelentes profesores, muchas actividades (deportes, bailes, actuación, canto en coro). Me gustó tanto que decidí seguir a la universidad que tenía un campus bellísimo a la orilla del río Mississippi.

* * *

En 1941 la vida de Don dio otro giro completo. Hitler se había apoderado de casi todo Europa y sólo quedaba Inglaterra para defenderse en su propia isla. Estados Unidos decidió establecer el draft, *preparándose con una armada lista para ayudar a Inglaterra, si fuera necesario. Todos los jóvenes, a partir de los dieciocho años de edad, se volvían conscriptos. Los Estados Unidos ya estaba mandando armamentos y muchos jóvenes americanos habían ido de voluntarios.*

* * *

K: ¿Por qué y cómo entraste al ejército?

D: Yo tenía pasaportes inglés y mexicano. Quería ser estadounidense. Mis amigos ingleses de México ya estaban peleando en la guerra. Tenía el sueño de ser piloto. Sabía que si me enlistaba como voluntario para la primera llamada mis esperanzas de ser estadounidense se iban a realizar. Y así fue. Después de ese verano en México, me reporté al centro de enlistamiento en San Antonio, Texas, y de allí fui a Oklahoma para ingresar al ejército. Tuve la buenísima suerte de que el doctor que me examinó me dijo que no me recomendaba para la infantería porque tenía pie plano y no era apto para caminar largas marchas. Ingresé en la artillería. Viene el bombardeo japonés de Pearl Harbor el 7 de diciembre de 1941 y el gobierno de Estados Unidos declara la guerra contra Japón y Alemania. Se anunció que todos los extranjeros que se encontraban en el ejército podían retirarse y regresar a sus países de origen o podían optar por quedarse en las fuerzas armadas y recibir la ciudadanía estadounidense de inmediato. ¡Justo lo que estaba buscando! Con mis estudios universitarios podía ser oficial. Nos llamaron los «90-day wonders», noventa días de intenso entrenamiento y te convertías en teniente. Otro gran golpe de suerte. La artillería había proyectado un nuevo puesto: observadores aéreos que podían volar debajo del radar enemigo y, por radio, avisar la posición exacta de los cañones alemanes escondidos. Me apunté y en seis semanas más era piloto. Mi avión era como un juguete (un Piper Cub), la única defensa que tenía era la pistola que llevaba el piloto. Volábamos dos personas: yo como piloto y, en el asiento trasero, el sargento que manejaba el radio. Esa avioneta resultó esencial en muchas batallas. Podía despegar y aterrizar en casi cualquier lugar plano. Me ofrecieron quedarme en los Estados Unidos como instructor o salir en la próxima embarcación para África. Escogí África.

K: Voy a hablar como tu esposa. Sé que nunca has querido hablar de tus hazañas en la guerra pero debes sentirte afortunado por haber estado en un grupo élite que era parte de la Primera División de Artillería, la más renombrada en toda la historia de los Estados Unidos. Tenías un jeep con chofer, nunca faltaba qué comer ni una casa improvisada como cuartel donde, al avanzar, encontraras una cama donde dormir. Hablabas francés y entendías alemán. Más afortunado aún, te habías salvado de la infantería. Estuviste en el ejército del general Patton en África, desde donde partieron a la invasión de Sicilia. Me dijiste que a veces tenías que aterrizar en una pista un poco empinada pues Sicilia es muy montañosa. Cuando se rindió Mussolini, te mandaron a Inglaterra a prepararte para el gran desembarco de Normandía. Ese Día D, nublado y medio tormentoso, llegaste a la peor de las playas (Omaha) sin mojarte los pies. Cruzaste la playa sin que te rozara una sola bala. Llegaste a la cima del cerro. Comiste una lata de jamón. Escarbaste un agujero (fox hole) para dormir y a la siguiente mañana llegó tu avión en un camión de transporte con las alas desmontadas. Tu Piper Cub fue el primer avión de los Aliados que despegó de suelo francés. Estuviste en las más importantes batallas de Europa hasta que Hitler se suicidió y Alemania se rindió. Tienes cuatro medallas, dos de ellas son las segundas de más importancia que otorga el ejército de los Estados Unidos, sólo detrás del Purple Heart, un reconocimiento póstumo. También tienes la medalla del general De Gaulle por la liberación de Francia.

D: Ya, ya. No fui ningún heroe. Simplemente hice lo que tuve que hacer con el respaldo de la fuerza aérea más poderosa que había. Después del Día D, los alemanes fueron una fuerza de defensa en lugar de una de avance. Perdieron todo lo conquistado.

K: En Inglaterra conociste a Jean, una bonita chica inglesa también de uniforme. ¿Cuánto tiempo se trataron?

D: Lo que duró el entrenamiento. Algunos de mis compañeros se habían casado con inglesas que resultaron viudas. Le prometí a Jean que cuando la guerra terminara y yo estuviera vivo, iría por ella a Inglaterra y nos casaríamos. No quería dejar una viuda. Y así fue. Cuando Alemania se rindió, en mayo de 1945, me dieron dos semanas de licencia. Nos casamos y regresé a mi base en Alemania, ya con el rango de capitán. Pronto recibí órdenes para regresar a los Estados Unidos para preparar la invasión de Japón. Afortunadamente los japoneses se rindieron en agosto. En cuanto le dieron de alta, recibí a Jean en Nueva York y pronto fuimos a México, donde mi padre tenía un trabajo esperándome.

El resto lo sabes. Tuvimos tres lindos hijos pero el matrimonio no iba bien. Nos divorciamos y poco después Jean se murió.

K: Tu vida tomó otro giro completo. Esa chiquilla pelirroja que conocía a tu perro regresó a México prometiéndose nunca volver a casarse. Conoció al niño que correteaba el perro y en seis meses se casaron, formando una lindísima familia con cuatro hijos y dos perros. El «niño» retomó su ciudadanía mexicana. Hoy la familia Blair incluye nueve nietos y diez bisnietos. ¡En 2011 celebraremos cincuenta años de casados!

* * *

A principios de marzo de 2007 llegó Don para comer y, apenas sentado a la mesa, me dijo que quería ir a París. «Qué bueno», le dije. «Iremos en mayo cuando el clima es tan bonito». «¡No! Quiero ir la semana entrante». Me quedé mirándolo. «Tiene que ver con tu mamá, ¿verdad?». Él estaba en un curso sobre el perdón, así que todo cobraba sentido. «Sí. Quiero ir a Notre-Dame, el último lugar donde estuvo viva, y decirle que la perdono. Que ahora reconozco la gran mujer que fue y lo importante que fueron todos esos proyectos que ella inició. Que México la reconoce como la promotora de la cultura moderna. Quiero decirle que la entiendo, la quiero y estoy orgulloso de ser su hijo… Tú me hiciste conocer a la mujer que fue mi madre con tu libro».

Me besó… El siguiente lunes estábamos en París. A pesar del frío y la lluvia, fuimos a Notre-Dame. Dejé a Don sentado solo. Cuando se paró para que nos fuéramos, sentí que, de alguna forma, ahora estaba Antonieta libre de esa culpa que quizá le pesaba —el abandono de su hijo—, y que su hijo ahora sólo sentía el amor de su madre en su corazón.

AGRADECIMIENTOS

Mi profundo agradecimiento a todas las personas que compartieron conmigo anécdotas, experiencias y algunos escritos de Antonieta:

Donald Blair Rivas Mercado, Albert Blair, Alicia Rivas Mercado de Gargollo, Amelia Rivas Mercado de Goeters, Lucha Rule de Rivas Mercado, Luis Gargollo, Andrés Henestrosa, general Raúl Madero, Lupe Marín, Mauricio Magdaleno, Juan O'Gorman, Judith Castellanos de Van Beuren, Lupe Rivera, Malú Cabrera de Block.

Asimismo, mi reconocimiento a un sinnúmero de personas que vivieron durante las primeras tres décadas del siglo, a las cuales entrevisté.

Las siguientes obras me fueron de consulta invaluable: *Ulises Criollo* y *El Proconsulado* de José Vasconcelos y *87 Cartas de Amor*, de Antonieta Rivas Mercado, edición de Isaac Rojas Rosillo.

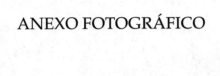

ANEXO FOTOGRÁFICO

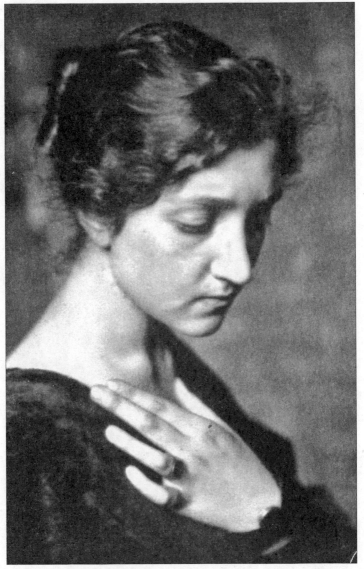

Anónimo, Antonieta Rivas Mercado, 1916.

Anónimo, Antonieta Rivas Mercado en la Casa de Héroes, 1921.

Anónimo, José Vasconcelos y Antonieta Rivas Mercado, ca. 1929.

Anónimo, Antonieta Rivas Mercado y su hijo,
Donald Antonio Blair Rivas Mercado, 1920.

Anónimo, Antonieta Rivas Mercado, París, 1926.

Anónimo, Antonieta Rivas Mercado y Albert Blair, 1918.

*Anónimo, Antonieta Rivas Mercado y Donald Antonio Blair
en el lago Zirahuén, Michoacán, 1929.*

Anónimo, de izquierda a derecha: piloto de autos, Amelia, Manuel Rodríguez Lozano, Antonieta Rivas Mercado, Xavier Villaurrutia, Andrés Henestrosa, Julio Castellanos, y el niño Donald Antonio, 1929.

Angelina Beloff, Antonieta Rivas Mercado y Donald Antonio Blair
Rivas Mercado, *París, 1923*.

Anónimo, entrada de coches y puerta de visitas de la Casa de Héroes, ca. 1925.

Donald Antonio Blair Rivas Mercado (a la izquierda), recién ingresado al ejército de Estados Unidos, en Fort Sam Houston, San Antonio, Texas, enero de 1941.

Anónimo, Familia Rivas Mercado en la Casa de Héroes.

Anónimo, Antonieta Rivas Mercado, 1916.

ÍNDICE

Prólogo 9

PRIMERA PARTE
La familia 13

SEGUNDA PARTE
La Revolución 165

TERCERA PARTE
La campaña 411

Epílogo 639

Agradecimientos 663

Anexo fotográfico 665